Nora Roberts
Nach dem Sturm

Nora Roberts

Nach dem Sturm

Roman

Deutsch von
Margarethe van Pée

blanvalet

Die Originalausgabe erschien 2020
unter dem Titel »Hideaway« bei St. Martin' Press, an imprint of St.
Martin's Publishing Group, New York.

Sollte diese Publikation Links auf Webseiten Dritter enthalten,
so übernehmen wir für deren Inhalte keine Haftung,
da wir uns diese nicht zu eigen machen, sondern lediglich auf
deren Stand zum Zeitpunkt der Erstveröffentlichung verweisen.

Penguin Random House Verlagsgruppe FSC® N001967

1. Auflage
Copyright der Originalausgabe © 2020 Nora Roberts
Published by arrangement with Eleanor Wilder
Dieses Werk wurde vermittelt durch die Literarische Agentur Thomas
Schlück GmbH, 30161 Hannover.
Copyright der deutschsprachigen Ausgabe © 2021
by Blanvalet Verlag, in der Penguin Random House Verlagsgruppe GmbH,
Neumarkter Str. 28, 81673 München
Redaktion: René Stein
Umschlaggestaltung: www.buerosued.de
Umschlagmotiv: Marie Carr/Arcangel Images
LH · Herstellung: sam
Satz: Uhl + Massopust, Aalen
Druck und Bindung: GGP Media GmbH, Pößneck
Printed in Germany
ISBN: 978-3-7645-0752-7

www.blanvalet.de

*Für die Familie –
die Blutsverwandten wie die Seelenverwandten*

TEIL I
VERLORENE UNSCHULD

Das einzig Wahre sind Töchter.

J.M. Barrie

Für ein kleines Kind ist jeder ein Freund, und es ist von Natur aus lieb – bis etwas passiert.

Flannery O'Connor

1

Big Sur – 2001

Als Liam Sullivan im Alter von zweiundneunzig Jahren starb, schlafend in seinem eigenen Bett, neben ihm seine Ehefrau, mit der er seit fünfundsechzig Jahren verheiratet war, trauerte die Welt.

Eine Ikone war gegangen.

Als siebtes und letztes Kind von Seamus und Ailish Sullivan war er in einem kleinen Cottage zur Welt gekommen, das in den grünen Hügeln und Wiesen nahe dem Örtchen Glendree im County Clare lag. In den mageren Jahren hatte er Hunger erlebt, und er hatte nie vergessen, wie der Brot-Pudding seiner Mutter schmeckte – genauso wenig, wie er die Ohrfeigen vergessen hatte, die sie ihm aus dem Handgelenk verpasste, wenn er es verdient hatte.

Im Ersten Weltkrieg hatte er einen Onkel und seinen ältesten Bruder verloren, und er hatte um eine Schwester getrauert, die bei der Geburt ihres zweiten Kindes noch vor ihrem achtzehnten Geburtstag gestorben war.

Schon als kleiner Junge hatte er harte Arbeit kennengelernt, wenn er hinter einem Pferd namens Moon das Feld pflügte. Er hatte gelernt, Schafe zu scheren und Lämmer zu schlachten, Kühe zu melken und eine Mauer aus Feldbrandsteinen zu bauen.

Und er konnte sich sein ganzes langes Leben lang daran erinnern, wie seine Familie abends ums Feuer saß – der Geruch nach Torfrauch, die engelsgleiche Stimme seiner Mutter, wenn sie sang, das Lächeln seines Vaters, der dazu die Fiedel spielte.

Und das Tanzen.

Als Junge hatte er sich manchmal ein paar Pennys dazuverdient, indem er im Pub gesungen hatte, während die Einheimischen ihr Bier tranken und über Landwirtschaft und Politik redeten.

Sein strahlender Tenor trieb manchem die Tränen in die Augen, und sein geschmeidiger Körper und seine flinken Füße munterten die Gemüter auf, wenn er tanzte.

Er erträumte sich mehr vom Leben, als nur das Feld zu pflügen und die Kühe zu melken. Und er wollte viel mehr als die Pennys, die er in dem kleinen Pub von Glendree verdiente.

Kurz vor seinem sechzehnten Geburtstag ging er von zu Hause weg, ein paar kostbare irische Pfund in seiner Tasche. Er ertrug die Überquerung des Atlantiks zusammen mit anderen, die mehr vom Leben wollten, in der bedrückenden Enge unter Deck. Wenn das Schiff in einem Sturm rollte und schlingerte und die Luft nach Erbrochenem und Angst stank, segnete er sich insgeheim für seine eiserne Konstitution.

Pflichtbewusst schrieb er Briefe nach Hause, die er am Ende seiner Reise aufgeben wollte, und munterte seine Mitreisenden auf, indem er für sie sang und tanzte.

Er flirtete ein wenig und tauschte sogar glühende Küsse mit einem flachshaarigen Mädchen namens Mary aus Cork, die nach Brooklyn reiste, um dort eine Stellung als Dienstmädchen in einem vornehmen Haus anzunehmen.

Mit Mary stand er an der kühlen, frischen Luft – endlich frische Luft – und sah die große Frauenstatue, die die Fackel hochreckte. Und er dachte, dass jetzt sein Leben wirklich begann.

So viel Lärm, Geräusche und Bewegung, so viele Menschen, die sich an einem Ort zusammendrängten. Nicht nur das Meer trennte ihn von der Farm, auf der er geboren und groß geworden war, dachte er. Nein, eine ganze Welt lag dazwischen.

Und das war jetzt seine Welt.

Er sollte bei Michael Donahue, dem Bruder seiner Mutter, Metzger lernen im Schlachterviertel. Er wurde willkommen geheißen, umarmt, man gab ihm ein Bett in einem Zimmer, das er sich mit zwei seiner Cousins teilte. Schon nach wenigen Wochen hasste er die Geräusche und Gerüche seiner Arbeit, aber er tat seine Pflicht.

Und immer noch träumte er von mehr.

Dieses Mehr fand er zum ersten Mal, als er einen Teil seines schwer verdienten Geldes dafür ausgab, um mit der flachshaarigen Mary ins Kino zu gehen. Pure Magie ging von der silbernen Leinwand aus, ungeahnte Welten eröffneten sich ihm, Welten, in denen es alles gab, was ein Mann sich nur wünschen konnte.

Hier, in diesem Kino, war das Kreischen der Knochensägen, das knackende Geräusch, mit dem die Beile die Knochen zerteilten, verschwunden. Selbst Mary verblasste neben ihm, als er in den Film und die Welt, die er ihm bot, hineingezogen wurde.

Die schönen Frauen, die heldenhaften Männer, die Dramatik, die Freude. Als er wieder zu sich kam, sah er um sich herum die hingerissenen Gesichter des Publikums, die Tränen, das Lachen, den Applaus.

Das, dachte er, war Nahrung für einen hungrigen Bauch, eine Decke in der Kälte, ein Lichtschimmer für die geschundene Seele. Weniger als ein Jahr, nachdem er New York vom Deck eines Schiffes zum ersten Mal erblickt hatte, verließ er die Stadt wieder und zog nach Westen.

Er arbeitete auf seiner Reise durch das Land, staunte über seine Größe, seine unterschiedlichen Landschaften und Jahreszeiten. Er schlief auf Feldern, in Scheunen, in Hinterzimmern von Bars, in denen er für eine Übernachtung sang.

Einmal verbrachte er sogar die Nacht in einem Gefängnis, nachdem es an einem Ort namens Wichita eine kleine Schlägerei gegeben hatte.

Er lernte, schwarzzufahren, die Polizei zu meiden und genoss – wie er in den unzähligen Interviews im Lauf seiner Karriere zu sagen pflegte – das größte Abenteuer seines Lebens. Als er nach fast zwei Jahren das große weiße Schild sah, auf dem HOLLYWOODLAND stand, gelobte er sich, hier seinen Ruhm und sein Vermögen zu finden.

Sein Einfallsreichtum, seine Stimme, sein starker Rücken sicherten ihm sein Überleben. Mit seinem Einfallsreichtum gelang es ihm, einen Job beim Kulissenbau auf den Studiogeländen zu finden, und bei der Arbeit sang er. Er spielte die Szenen nach, die er sah, und übte sich an den verschiedenen Akzenten, die er auf seiner Reise von Osten nach Westen gehört hatte.

Mit dem Tonfilm wurde alles anders, und jetzt musste er Kulissen auf Tonbühnen bauen. Schauspieler, die er in Stummfilmen bewundert hatte, besaßen oft eine zu hohe oder zu dunkle Stimme, und viele Sterne verloschen.

Sein Durchbruch kam, als ein Regisseur ihn bei der Arbeit singen hörte – das Lied, mit dem der einstige Stummfilmstar seine Dame in einer musikalischen Szene betören sollte.

Liam wusste, dass der Mann überhaupt nicht singen konnte, und er hatte schon mitbekommen, dass man vorhatte, eine andere Singstimme zu verwenden. Ihm war klar, dass er einfach nur dafür sorgen musste, zur richtigen Zeit am richtigen Ort zu sein, um als Stimme genommen zu werden.

Sein Gesicht würde zwar nicht auf der Leinwand erscheinen, aber seine Stimme faszinierte die Zuschauer. Sie öffnete ihm die Türen.

In kleinen Schritten ging es weiter, und schließlich sprach er seine erste Zeile. Der Kulissenbau und ein Schritt nach dem anderen bildeten das Fundament, das er durch seine Arbeit, sein Talent und die unermüdliche Energie der Sullivans festigte.

Er, der Bauernjunge aus Clare, hatte seinen ersten Agenten und seinen Vertrag. Eine jahrzehntelange Karriere in jenem goldenen Zeitalter in Hollywood nahm hier seinen Anfang.

Seiner Rosemary begegnete er, als er und die kecke, populäre Rosemary Ryan in einem Musicalfilm spielten – der erste von fünf Streifen, die sie in ihrem Leben gemeinsam drehten. Das Studio nährte die Klatschgeschichten über ihre Romanze, aber wirklich nötig war es nicht.

Sie heirateten weniger als ein Jahr nach ihrer ersten Begegnung. Die Hochzeitsreise verbrachten sie in Irland, wo sie sowohl seine Familie als auch ihre in Mayo besuchten. Sie bauten sich ein prächtiges Haus in Beverly Hills, bekamen einen Sohn und eine Tochter.

Das Land in Big Sur kauften sie, weil es, wie bei ihrer Liebesgeschichte, Liebe auf den ersten Blick war. Das Haus, das sie am Meer bauten, nannten sie *Sullivan's Rest*. Es wurde ihre Zuflucht und später ihr ständiges Zuhause.

Ihr Sohn war der Beweis dafür, dass das Talent des Paares Sullivan-Ryan Generationen umfasste, denn Hugh war bereits als Kind ein Star. Ebenso wie ihre Tochter, die Karriere am Broadway in New York machte.

Hugh schenkte ihnen ihren ersten Enkel, bevor seine Frau Livvy, seine große Liebe, ums Leben kam, als das Flugzeug auf dem Rückweg von Dreharbeiten in Montana abstürzte.

Mit diesem Sohn war ein weiterer Sullivan als Filmstar geboren.

Liams und Rosemarys Enkel Aidan, der, wie es bei den Sullivans Tradition war, glaubte, die Liebe seines Lebens in der blonden Schönheit Charlotte Dupont gefunden zu haben. Er heiratete sehr glamourös (mit exklusiven Fotos in der Zeitschrift *People*) und kaufte für seine Braut eine Villa in Holmby Hills. Und er schenkte Liam eine Urenkelin.

Die vierte in der Sullivan-Schauspielergeneration hieß Caitlyn. Caitlyn Ryan Sullivan wurde sofort zum Liebling Hollywoods, als sie mit einundzwanzig Monaten ihr Filmdebüt als spitzbübisches, kuppelndes Kleinkind in *Will Daddy Make Three?* hatte.

Die Tatsache, dass in den meisten Rezensionen die kleine Cate beide erwachsenen Hauptdarsteller (einschließlich ihrer Mutter) ausstach, verursachte in gewissen Kreisen einige Empörung.

Es hätte ihr letzter Auftritt als Kinderstar sein können, aber als sie sechs war, gab ihr Urgroßvater ihr die Rolle der ungebändigten Mary Kate in *Donovan's Dream*. Sie verbrachte sechs Wochen am Set in Irland und spielte neben ihrem Vater, ihrem Großvater, ihrem Urgroßvater und ihrer Urgroßmutter. Ihren Text trug sie mit westirischem Akzent vor, als sei sie dort geboren worden.

Der Film, sowohl wirtschaftlich als auch bei den Kritikern ein Erfolg, sollte Liam Sullivans letzter sein. In einem der seltenen Interviews, die er gegen Ende seines Lebens gab, saß er vor dem wogenden Pazifik unter einem blühenden Pflaumenbaum und sagte, sein Traum sei wie bei *Donovan's Dream* wahr geworden. Er habe einen Film gemacht mit der Frau, die er seit sechzig Jahren liebte, mit ihrem Jungen und Enkel, Hugh und Aidan, und mit seiner Urgroßtochter Cate, die das Licht seines Lebens sei.

Filme, so sagte er, seien seine größten Abenteuer gewesen, und dieser hier sei für sein Gefühl der perfekte Deckel für die Dschinn-Flasche seines Lebens.

An einem kühlen, sonnigen Februarnachmittag, drei Wochen nach seinem Tod, versammelten sich seine Witwe, seine Familie und viele der Freunde, die er im Laufe der Jahre gewonnen hatte, auf dem Anwesen in Big Sur, um – wie Rosemary erklärte – ein gutes und erfülltes Leben zu feiern.

Es hatte eine formelle Beerdigung in L.A. gegeben, mit Prominenten und Trauerreden, aber diese Feier sollte jetzt an die Freude erinnern, die er allen geschenkt hatte.

Reden wurden gehalten, Anekdoten erzählt, auch Tränen vergossen. Aber es gab auch Musik und Gelächter, Kinder, die drinnen und draußen spielten. Es gab Essen, und es gab Whisky und Wein.

Rosemary, deren kurze, elegant frisierten Haare mittlerweile so weiß waren wie der Schnee auf den Gipfeln der Santa Lucias, genoss den Tag, als sie sich – ein bisschen erschöpft, wie sie zugeben musste – vor dem großen steinernen Kamin im sogenannten Versammlungsraum niederließ. Von hier aus hatte sie einen guten Blick auf die Kinder und Kindeskinder, die mit ihrer Jugend der Winterkälte trotzten, und das Meer.

Sie ergriff die Hand ihres Sohnes, als Hugh sich neben sie setzte. »Hältst du mich für eine törichte alte Frau, wenn ich dir sage, dass ich ihn immer noch spüren kann, als ob er direkt neben mir säße?« Genau wie ihr Ehemann hatte auch sie den leichten Akzent ihrer irischen Heimat noch nicht verloren.

»Wie könnte ich? Mir geht es doch genauso.«

Sie wandte sich zu ihm und blickte ihn aus ihren grünen Augen amüsiert an. »Deine Schwester würde uns beide für verrückt erklären. Wie bin ich nur an ein so pragmatisches Kind wie Maureen gekommen?« Sie ergriff die Teetasse, die er ihr reichte, und zog eine Augenbraue hoch. »Ist da Whisky drin?«

»Ich kenne doch meine Ma.«

Sie trank einen Schluck Tee und seufzte. Dann musterte sie das Gesicht ihres Sohnes. *Er sieht seinem Vater so ähnlich*, dachte sie. *Ein verdammt gut aussehender Ire*. Ihr Junge, ihr Baby, mit Silbersträhnen im Haar und den immer noch strahlend blauen Augen.

»Ich weiß, wie sehr du getrauert hast, als du deine Livvy verloren hast. So plötzlich, so grausam. Ich sehe sie in unserer Caitlyn, und nicht nur im Aussehen, sondern auch in dem Licht, in der Freude und der Intensität, die sie ausstrahlt. Jetzt klinge ich schon wieder verrückt.«

»Nein. Ich sehe das Gleiche. Wenn sie lacht, höre ich Livvy lachen. Sie ist auch mein großer Schatz.«

»Ich weiß. Auch meiner und der deines Vaters. Ich bin froh, Hugh, dass du nach all den Jahren der Einsamkeit mit Lily dein Glück gefunden hast. Sie ist ihren eigenen Kindern eine gute Mutter und war in den vergangenen vier Jahren auch Cate eine gute Großmutter.«

»Ja, das ist wahr.«

»Da ich das weiß, und da ich auch weiß, dass deine Schwester Maureen und ihre Familie glücklich und wohlauf sind, habe ich eine Entscheidung getroffen.«

»In Bezug auf was?«

»Auf die noch mir verbleibende Zeit. Ich liebe Liams Haus«, murmelte sie. »Das Land hier. Ich kenne es in jedem Licht, in jeder Jahreszeit, in jeder Stimmung. Du weißt, dass wir das Haus in L.A. nicht verkauft haben, hauptsächlich aus sentimentalen Gründen, und weil es so praktisch war, wenn einer von uns dort gedreht hat.«

»Willst du es jetzt verkaufen?«

»Ich glaube nicht. Es gibt auch dort liebgewonnene Erinnerungen. Du weißt, dass wir die Wohnung in New York haben und dass ich sie Maureen überschreiben will. Ich möchte gerne wissen, ob du das Haus in L.A. oder dieses hier haben willst. Ich will es wissen, weil ich nach Irland gehe.«

»Auf Besuch?«

»Nein, um dort zu leben. Warte«, sagte sie, bevor er etwas erwidern konnte. »Ich bin zwar seit meinem zehnten Lebensjahr in Boston aufgewachsen, aber ich habe immer noch Familie da, dort sind meine Wurzeln. Und die Familie deines Vaters ist ebenfalls dort.«

Er legte seine Hand über ihre. Dann wies er mit dem Kinn zum Fenster. »Du hast hier Familie.«

»Ja, sicher. Hier. In New York, in Boston, in Clare, Mayo und jetzt auch in London. Gott, wir sind überall verstreut, was, mein Schatz?«

»Ja, es sieht so aus.«

»Ich hoffe, ihr kommt mich alle besuchen. Aber ich will jetzt einfach in Irland sein, wo es grün ist und still.« Sie lächelte ihn an. »Eine alte Witwe, die Brot backt und Schals strickt.«

»Du kannst weder backen noch stricken.«

»Ha!« Sie schlug ihm auf die Hand. »Das kann ich doch selbst in meinem hohen Alter noch lernen. Du hast dein Zuhause mit Lily, aber für mich ist es Zeit zurückzugehen. Gott weiß, wie Liam und ich so viel Geld verdient haben. Wir haben nur das getan, was wir liebten.«

»Talent.« Sanft tippte er mit dem Finger an ihren Kopf. »Verstand.«

»Na ja, wir hatten beides. Und jetzt will ich ein bisschen von dem, was wir angesammelt haben, ausgeben. Ich möchte in dieses hübsche Cottage ziehen, das wir in Mayo gekauft haben. Also, welches Haus willst du, Hugh? Beverly Hills oder Big Sur?«

»Dieses hier.« Auf ihr Lächeln hin schüttelte er den Kopf. »Du wusstest es schon, bevor du gefragt hast.«

»Ich kenne meinen Jungen sogar noch besser, als er seine Ma kennt. Also abgemacht. Es gehört dir. Und ich vertraue darauf, dass du es gut in Schuss hältst.«

»Das weißt du ja, aber …«

»Kein Aber. Mein Beschluss steht fest. Ich erwarte allerdings, dass ich immer ein Bett hier habe, wenn ich zu Besuch komme. Und ich werde euch besuchen. Wir hatten gute Jahre hier, dein Dad und ich. Und ich will, dass ihr auch gute Jahre hier habt.« Sie tätschelte seine Hand. »Sieh mal da draußen, Hugh.« Sie lachte, als sie sah, wie Cate ein Rad schlug. »Da draußen, das ist die Zukunft, und ich bin so dankbar, dass ich meinen Teil dazu beigetragen habe.«

Während Cate Räder schlug, um zwei ihrer jüngeren Cousins zu unterhalten, stritten sich ihre Eltern in ihrer Gäste-Suite.

Charlotte, die wegen des festlichen Anlasses ihre Haare zu einem Chignon zusammengefasst hatte, marschierte aufgebracht auf dem Hartholzparkett hin und her. Ihre Louboutins klackerten darauf, als würde sie ungeduldig mit den Fingern schnipsen.

Ihre ungezähmte Energie hatte Aidan früher einmal fasziniert. Jetzt machte sie ihn nur noch müde.

»Ich will hier weg, Aidan, um Gottes willen!«

»Wir reisen ja morgen Nachmittag auch ab, wie geplant.«

Sie wirbelte zu ihm herum, den Mund mürrisch verzogen, die Augen glänzend von Tränen der Wut. Das weiche Winterlicht, das durch die breiten Glastüren hinter ihr fiel, hüllte sie wie in einen Heiligenschein ein.

»Ich habe genug, kannst du das denn nicht verstehen? Siehst du nicht, dass ich mit meinen Nerven am Ende bin? Warum zum Teufel müssen wir morgen noch an diesem idiotischen Familien-Brunch teilnehmen? Wir hatten gestern Abend dieses verdammte Dinner, dann heute den ganzen, endlosen Tag – von der Beerdigung ganz zu schweigen. Wie viele Geschichten über den großartigen Liam Sullivan soll ich mir denn noch anhören?«

Früher einmal hatte er gedacht, sie würde seine festen, eng geknüpften Familienbande gutheißen, dann hatte er gehofft, sie würde sie irgendwann einmal verstehen. Aber mittlerweile wussten sie beide, dass sie sie einfach nur tolerierte.

Wenn überhaupt.

Erschöpft setzte Aidan sich hin und gönnte sich eine Minute Zeit, um seine langen Beine auszustrecken. Er hatte begonnen, sich für die nächste Rolle einen Bart stehen zu lassen, der ihn gleichzeitig juckte und ärgerte.

Und er fand es furchtbar, dass es ihm im Moment mit seiner Frau genauso ging.

In der letzten Zeit war ihre Ehe so langsam in ruhigere Gewässer gekommen, aber jetzt sah es so aus, als ob ein weiterer Sturm aufzöge. »Es ist wichtig für meine Großmutter, Charlotte, für meinen Vater, für mich, für die Familie.«

»Deine Familie verschluckt mich mit Haut und Haaren, Aidan.« Sie drehte sich auf dem Absatz um und warf die Hände in die Luft.

So viel Drama in den nächsten Stunden, dachte er. »Es ist doch nur noch eine Nacht. Morgen um diese Zeit sind wir wieder zu Hause. Wir haben noch Gäste, Charlotte, wir sollten langsam mal wieder runtergehen.«

»Soll doch deine Großmutter sich um sie kümmern. Dein Vater. Du. Warum kann ich nicht einfach ins Flugzeug steigen und nach Hause fliegen?«

»Weil es das Flugzeug meines Vaters ist, und du, Caitlyn und ich werden morgen mit ihm und Lily nach Hause fliegen. Im Moment halten wir zusammen.«

»Wenn wir unser eigenes Flugzeug hätten, bräuchte ich nicht zu warten.«

Er spürte, wie sich langsam Kopfschmerzen hinter seinen Augen aufbauten. »Musst du unbedingt davon anfangen? Gerade jetzt?«

Sie zuckte mit den Schultern. »Keiner würde mich vermissen.«

Er versuchte es mit einer anderen Taktik und lächelte. Aus Erfahrung wusste er, dass seine Frau besser auf wohlmeinende Worte als auf strenge reagierte. »Ich schon.«

Seufzend erwiderte sie sein Lächeln.

Sie hatte ein Lächeln, dachte er, bei dem einem Mann das Herz stehen blieb.

»Ich bin ein schreckliches Weib, was?«

»Ja, aber du bist *mein* schreckliches Weib.«

Lachend trat sie zu ihm und kuschelte sich auf seinen Schoß. »Es tut mir leid, Baby. Beinahe leid. Ein bisschen leid. Mir hat es hier noch nie gefallen, das weißt du. Ich fühle mich hier so isoliert, und das macht mich klaustrophobisch. Ja, ich weiß, das ist völlig irrational.«

Da sie sich sorgfältig frisiert hatte, hütete er sich, über ihre glänzenden blonden Haare zu streicheln. Stattdessen hauchte er ihr einen Kuss auf die Schläfe. »Ich verstehe dich, aber morgen fahren wir nach Hause. Du musst nur noch eine Nacht durchhalten, für meine Großmutter, für meinen Dad. Für mich.«

Sie stieß zischend die Luft aus, dann boxte sie ihn an die Schulter und hielt ihm ihren berühmten Schmollmund hin. Volle korallenrote Lippen, sanfte kristallblaue Augen mit langen Wimpern. »Dafür kriege ich aber Punkte. Viele Punkte.«

»Wie wäre es mit einem langen Wochenende in Cabo?«

Keuchend umfasste sie sein Gesicht mit den Händen. »Meinst du das ernst?«

»Ich habe noch zwei Wochen Zeit, bevor die Dreharbeiten losgehen.« Er rieb sich mit der Hand über seine Bartstoppeln. »Lass uns doch einfach für ein paar Tage an den Strand fahren. Cate wird begeistert sein.«

»Sie hat Schule, Aidan.«

»Wir nehmen ihren Privatlehrer mit.«

»Nein, wie fändest du das?« Sie legte von hinten die Arme um ihn und drückte sich mit ihrem Körper, immer noch in Trauerkleidung, an ihn. »Cate verbringt ein langes Wochenende bei Hugh und Lily. Das macht sie doch so gerne. Und wir gönnen uns ein paar Tage in Cabo.« Sie küsste ihn. »Nur wir zwei. Das wäre wundervoll, Baby. Meinst du nicht auch, dass wir wieder einmal Zeit für uns brauchen könnten?«

Wahrscheinlich hatte sie recht – die ruhigen Zeiten in ihrer Ehe mussten ebenso gepflegt werden wie die stürmischen. Er ließ zwar Cate nur ungern allein, aber Charlotte hatte wahrscheinlich wirklich recht. »Das kann ich arrangieren.«

»Ja! Ich schreibe Grant, um ihn zu fragen, ob ich diese Woche noch ein paar zusätzliche Trainingseinheiten bei ihm haben kann. Ich will einen perfekten Bikini-Körper haben!«

»Den hast du doch schon.«

»Das sagt mein süßer Ehemann. Lass uns mal abwarten, wie mein strenger Personal-Trainer es sieht. Oh!« Sie sprang auf. »Ich muss einkaufen.«

»Im Moment müssen wir erst einmal wieder nach unten.«

Ärgerlich verzog sie das Gesicht, hatte sich aber sofort wieder im Griff. »Okay, stimmt, aber gib mir ein paar Minuten, um mein Gesicht herzurichten.«

»Dein Gesicht ist wunderschön, wie immer.«

»Mein Liebster!« Sie zeigte auf ihn, während sie an ihren Schminktisch trat. Dann hielt sie inne. »Danke, Aidan. Die letzten Wochen mit all den Anforderungen, den Gedenkfeiern, das war schwer für uns alle. Ein paar Tage Urlaub werden uns guttun. Ich komme sofort herunter.«

Während ihre Eltern sich stritten und versöhnten, organisierte Cate mit den anderen als letztes Spiel des Tages ein Versteckspiel. Es gehörte zu den Lieblingsspielen bei Familientreffen, und es besaß seine eigenen Regeln, Einschränkungen und Bonus-Punkte.

In diesem Fall gehörte zu den Regeln, dass das Spiel ausschließlich draußen stattfand – einige Erwachsene hatten angeordnet, dass die Kinder nicht rein- und rauslaufen durften. Derjenige, der suchen musste, bekam einen Punkt für jeden Versteckten, den er fand, und wer zuerst gefunden wurde, musste bei der nächsten Runde suchen. Wenn der erste Gefundene, der dann suchen musste, erst fünf oder jünger war, durfte er sich einen Partner für die nächste Suche wählen.

Und da Cate dieses Spiel schon den ganzen Tag geplant hatte, wusste sie genau, wie sie es gewinnen konnte.

Sie rannte los, als der erste Sucher, der elfjährige Boyd, begann, von zehn herunterzuzählen. Da Boyd wie seine Großmutter in New York lebte, kam er im Jahr höchstens ein- oder zweimal nach Big Sur. Er kannte das Anwesen nicht so gut wie sie.

Außerdem hatte sie sich schon ein ganz besonderes Versteck ausgesucht.

Sie verdrehte die Augen, als sie sah, wie ihre fünfjährige Cousine Ava unter das weiße Tischtuch eines Büffet-Tischs krabbelte. Boyd würde Ava in zwei Minuten finden. Fast wäre sie noch einmal zurückgelaufen, um Ava eine bessere Stelle zu zeigen, aber jedes Kind musste für sich selbst sorgen.

Die meisten Gäste waren schon weg, und immer mehr verabschiedeten sich. Trotzdem waren immer noch viele Erwachsene auf den Terrassen, an den Außenbars oder an einer der Feuerstellen. Es versetzte Cate einen Stich, als ihr einfiel, warum das so war.

Sie hatte ihren Urgroßvater geliebt. Er hatte ihr Geschichten erzählt und immer Zitronendrops für sie in der Tasche gehabt. Sie hatte geweint und geweint, als Daddy ihr gesagt hatte, dass sein Granddad und ihr Urgroßvater jetzt im Himmel sei. Auch Daddy hatte geweint, obwohl er gemeint hatte, Granddad habe ein langes, glückliches Leben gehabt. Er habe so vielen Menschen so viel bedeutet und würde nie vergessen werden.

Sie dachte an seinen Text aus dem Film, den sie zusammen gedreht hatten. Dabei hatte er mit ihr auf einer niedrigen Steinmauer gesessen und über das Land geschaut.

»Das Leben wird geprägt durch unsere Taten, Liebling, im Guten wie im Schlechten. Die, die wir zurücklassen, beurteilen sie und erinnern sich.«

Sie erinnerte sich an Zitronendrops und Umarmungen, als sie um die Ecke der Garage lief. Sie konnte immer noch Stimmen hören, von den Terrassen und dem ummauerten Garten. Ihr Ziel? Der hohe Baum. Wenn sie auf den dritten Ast kletterte, konnte sie sich hoch oben hinter dem dicken Stamm verstecken, in den grünen Blättern, die so gut rochen.

Niemand würde sie finden!

Ihre Haare – schwarz wie die einer keltischen Frau – wehten im Wind, als sie dorthin rannte. Ihre Kinderfrau, Nina, hatte sie an beiden Seiten mit Schmetterlingsspangen zurückgesteckt, damit sie ihr nicht ins Gesicht flogen. Ihre leuchtend blauen Augen blitzten, als sie sich immer weiter vom Haus entfernte, weit weg vom Gästehaus mit der Treppe, die zu dem kleinen Strand hinunterführte, und dem Pool, von dem aus man über das Meer blickte.

Sie hatte in der ersten Tageshälfte ein Kleid tragen müssen, um dem Verstorbenen Respekt zu erweisen, aber für nachher, zum Spielen, hatte Nina ihr andere Sachen herausgelegt. Auf den Pullover musste sie ein wenig achtgeben, aber wenn ihre Jeans schmutzig wurden, war das nicht so schlimm.

»Ich werde gewinnen«, flüsterte sie, als sie nach dem ersten Ast des kalifornischen Lorbeers griff und ihre violetten (zurzeit ihre Lieblingsfarbe) Sneaker in das kleine Astloch drückte.

Sie hörte ein Geräusch hinter sich, und obwohl sie wusste, dass es nicht Boyd sein konnte, machte ihr Herz einen Satz.

Sie sah einen Mann in Kellner-Uniform, mit blondem Bart und langen, zu einem Pferdeschwanz zusammengebundenen Haaren. Er trug eine Sonnenbrille mit verspiegelten Gläsern.

Grinsend legte sie den Finger an die Lippen. »Wir spielen Verstecken«, sagte sie zu ihm.

Er erwiderte ihr Lächeln. »Soll ich dir raufhelfen?«

Sie spürte einen scharfen Nadelstich seitlich am Hals und wollte ihn wegwischen, als ob es ein Käfer sei.

Aber dann verdrehte sie die Augen, und sie spürte überhaupt nichts mehr.

Innerhalb von Sekunden steckte er ihr einen Knebel in den Mund, fesselte sie an Händen und Füßen. Das war nur eine Vorsichtsmaßnahme, denn bei der Dosis würde sie mindestens zwei Stunden lang bewusstlos bleiben.

Sie wog nicht viel, aber da er in hervorragender körperlicher Verfassung war, hätte er auch eine ausgewachsene Frau die paar Meter bis zum Servicewagen tragen können.

Er schob sie in den Schrank des Servicewagens und rollte ihn zum Van des Caterers – der extra für diesen Zweck zurechtgemacht worden war. Dort schob er den Wagen über die Rampe hinein und schloss die Türen des Laderaums.

Weniger als zwei Minuten später fuhr er die lange Auffahrt hinunter, am Rand der privaten Halbinsel entlang. An den Sicherheitstoren gab er den Code mit einem behandschuhten Finger ein. Als die Tore sich öffneten, fuhr er hindurch und bog auf den Highway 1 ab.

Er widerstand dem Drang, die Perücke und den falschen Bart abzuziehen.

Noch nicht, es ließ sich aushalten. Es war nicht weit, und er hoffte, die Zehn-Millionen-Dollar-Göre in dem eleganten Ferienhaus (dessen Besitzer gerade auf Maui weilten) eingesperrt zu haben, noch bevor jemand auf die Idee kam, nach ihr zu suchen.

Als er vom Highway abbog und die steile Auffahrt hinauffuhr zu dem Ferienparadies, das sich irgendein reiches Arschloch dort inmitten von Bäumen, Felsen und Chaparral gebaut hatte, pfiff er eine Melodie.

Alles war glattgegangen.

Als er seinen Partner sah, der nervös auf der Veranda im ersten Stock der Luxushütte auf und ab ging, verdrehte er die Augen. Auch so ein Arschloch.

Sie hatten doch alles besprochen, du liebe Güte! Sie würden das Kind sedieren, aber für den Fall aller Fälle Masken tragen. In zwei Tagen – vielleicht sogar weniger – waren sie reich, das Kind konnte zu den blöden Sullivans zurückkehren, und er war mit seinem neuen Namen und dem neuen Pass auf dem Weg nach Mozambique, um stilvoll ein wenig Sonne zu tanken.

Er parkte den Van neben dem Haus. Man konnte es von der Straße aus kaum sehen, deshalb würde auch keiner den Lieferwagen sehen, der halb von Bäumen verdeckt war.

Als er aus dem Wagen stieg, kam sein Partner schon auf ihn zugerannt.

»Hast du sie?«

»Ja, klar. Es war ganz einfach.«

»Bist du sicher, dass dich niemand gesehen hat? Bist du sicher...«

»Himmel, Denby, entspann dich.«

»Keine Namen«, zischte Denby. Er schob seine Sonnenbrille hoch und blickte sich um, als ob im Wald jemand darauf lauerte, sie anzugreifen. »Wir können es nicht riskieren, dass sie unsere Namen hört.«

»Sie ist bewusstlos. Komm, wir bringen sie nach drinnen und sperren sie ein, damit ich endlich dieses Zeug aus meinem Gesicht bekomme. Ich brauche ein Bier.«

»Zuerst die Masken. Wir können schließlich nicht sicher sein, dass sie nicht doch etwas mitbekommt.«

»Gut, gut, geh und hol deine. Ich bleibe so.« Er klopfte sich auf den Bart.

Als Denby ins Haus gegangen war, öffnete er die Türen des Laderaums und sprang hinein, um den Service-Schrank aufzumachen. Die ist immer noch bewusstlos, dachte er. Er rollte sie auf den Boden, zog sie zur Tür – sie gab keinen Mucks von sich – und sprang wieder hinaus.

Denby tauchte in Clownsmaske und Perücke auf, und er musste laut lachen. »Wenn sie aufwacht, bevor wir sie hineingeschafft haben, wird sie vermutlich vor lauter Angst wieder ohnmächtig.«

»Wir wollen ja, dass sie Angst hat, damit sie kooperiert. Das kleine, verwöhnte reiche Blag«, meinte Denby.

»Das klappt bestimmt. Du bist zwar nicht Tim Curry, aber mit der Maske schaffst du es.« Er warf sich Cate über die Schulter. »Ist oben alles fertig?«

»Ja. Die Fenster sind zugesperrt. Sie hat trotzdem eine tolle Aussicht auf die Berge«, fügte Denby hinzu, als er seinem Partner in den rustikalen Wohnbereich folgte. »Obwohl sie sie natürlich kaum genießen kann, schließlich soll sie ja die meiste Zeit nur vor sich hindämmern.«

Denby zuckte zusammen, als das Handy am Gürtel seines Partners plötzlich *The Mexican Hat Dance* dudelte.

»Verdammt noch mal, Grant.«

Grant Sparks lachte nur. »Du hast meinen Namen gesagt, Nimrod.« Er trug Cate die Treppe hinauf in den ersten Stock. »Das ist eine Nachricht von meiner Süßen. Du hast immer einen Schiss, Mann!«

Er trug Cate in das Schlafzimmer, das sie deshalb gewählt hatten, weil es nach hinten lag und ein eigenes Badezimmer hatte. Er warf sie auf das Vier-Pfosten-Bett, das Denby bis auf das Laken abgezogen hatte – sie hatten billige Bettwäsche gekauft, die sie auch wieder mitnehmen würden.

Das dazugehörige Badezimmer sollte vermeiden, dass sie das Zimmer verließ und dass sie das Bett beschmutzte. Falls doch etwas danebenging, würden sie das Laken eben waschen. Wenn sie fertig waren, würden sie das Bett wieder mit dem Original-Bettzeug beziehen und die Nägel entfernen, die sie in die Schlösser der Fenster gehämmert hatten.

Er blickte sich um und stellte zufrieden fest, dass Denby alles herausgeräumt hatte, was das Kind als Waffe oder zum Einschlagen der Fenster benutzen konnte. Natürlich würde die Kleine durch die Medikamente viel zu benommen sein, aber warum sollten sie ein Risiko eingehen?

Wenn sie weg waren, würde das Haus wieder genauso aussehen wie vorher. Niemand würde jemals erfahren, dass sie hier gewesen waren.

»Hast du alle Glühbirnen herausgedreht?«

»Jede einzelne.«

»Gut gemacht. Halt sie im Dunkeln. Nimm ihr die Fesseln ab und zieh den Knebel heraus. Wenn sie aufwacht und pinkeln muss, soll sie das nicht im Bett machen. Sie kann gegen die Tür hämmern und sich die Seele aus dem Leib schreien. Das stört hier niemanden.«

»Wie lange wird es dauern, bis wir sie unter Kontrolle haben?«

»Ein paar Stunden. Wenn es so weit ist, kriegt sie von uns Suppe mit Schlafmitteln, und dann ist sie für die Nacht ausgeschaltet.«

»Wann fährst du, um anzurufen?«

»Nach Einbruch der Dunkelheit. Sie suchen jetzt ja noch nicht einmal nach ihr. Sie hat wie aufs Stichwort Verstecken gespielt und ist mir quasi direkt in die Arme gerannt.« Er schlug Denby auf den Rücken. »Total glatt gelaufen. Mach hier alles fertig und achte darauf, dass du die Tür verschließt. Ich nehme mir jetzt dieses Zeug aus dem Gesicht.« Er zog die Perücke ab und das Haarnetz darunter, sodass seine kurzen, sonnengesträhnten braunen Haare zum Vorschein kamen. »Ich hole mir ein Bier.«

2

Als sich die Gäste verabschiedet hatten und nur noch die Familie übrig war, tat Charlotte ihre Pflicht. Sie setzte sich neben Rosemary und betrieb Konversation mit Lily als auch mit Hugh. Dabei rief sie sich selbst ins Gedächtnis, dass die Belohnung, die sie erwartete, die Mühe wert war.

Und es kostete sie Mühe. Lily mochte sich als große Schauspielerin fühlen, weil sie ein paarmal für den Oscar nominiert worden war (allerdings hatte sie ihn kein einziges Mal gewonnen!), aber wie freundlich sie ihr auch entgegenkam, Charlotte spürte ihre Abneigung.

Zum Teufel, sie konnte sie förmlich riechen, wenn sie der alten Hexe mit ihrem blöden Südstaaten-Akzent auch nur auf drei Meter zu nahe kam.

Aber auch sie konnte so tun als ob, und so zwang sie sich zu lächeln, als Lily in ihr blechernes Lachen ausbrach. Ein Lachen, das nach Charlottes Meinung ebenso falsch war wie Lily Morrows Markenzeichen, ihre leuchtend roten Haare.

Sie trank einen Schluck von dem Cosmo, den Hugh ihr an der Bar auf der anderen Seite des Versammlungsraums gemixt hatte. Wenigstens verstanden es die Sullivans, anständige Drinks zu machen.

Also trank sie, lächelte und tat so, als sei es ihr vollkommen egal, wenn schon wieder jemand eine Geschichte über den heiligen Liam zum Besten gab.

Sie saß es einfach aus.

Als die Sonne über dem Ozean unterging, ein Feuerball,

der im Blau versank, kamen die Kinder herein. Schmutzig, laut und natürlich hungrig.

Hände und Gesichter mussten gewaschen werden, und manche Kinder mussten sogar umgezogen werden, bevor sie ihr Abendessen bekamen und gebadet wurden. Die älteren durften sich im Hauskino einen Film anschauen, während die Erwachsenen aßen und die kleinen Kinder ins Bett gebracht wurden.

In der Küche stellten die Kinderfrauen bewährte Mahlzeiten zusammen – bei dem einen Kind musste die Erdnuss-Allergie berücksichtigt werden, bei anderen die Laktoseintoleranz, wieder ein anderes Kind erhielt nur vegane Speisen.

Nina, die gerade frisches Obst schnitt, blickte sich um und zählte die Köpfe. Sie lächelte Boyd an, der sich ein paar Pommes klaute.

»Hat Caitlyn keinen Hunger?«

»Keine Ahnung.« Er zuckte mit den Schultern und probierte die Salsa. »Sie hat nicht gewonnen. Sie erklärt bestimmt, sie hätte gewonnen, aber das hat sie nicht.« Weil seine Nanny – als ob er überhaupt noch eine brauchte – mit seiner kleinen Schwester beschäftigt war, nahm er sich heimlich ein Plätzchen, obwohl die eigentlich vor dem Abendessen verboten waren. »Sie ist nicht gekommen, als wir das Spiel beendet haben, und wer nicht da ist, hat verloren.«

»Ist sie nicht mit euch anderen hereingekommen?«

Da er ein kluger Junge war, machte er kurzen Prozess mit dem Plätzchen für den Fall, dass seine Kinderfrau es bemerkte. »Keiner hat sie gefunden, deshalb wird sie sagen, sie hätte gewonnen, aber sie war ja nicht da. Vielleicht hat sie sich schon vorher ins Haus geschlichen, und das ist geschummelt. Auf jeden Fall hat sie nicht gewonnen.«

»Caitlyn schummelt nicht.« Nina trocknete sich die Hände ab und machte sich auf die Suche nach »ihrem« Mädchen.

Sie schaute in Cates Zimmer, für den Fall, dass sie sich vielleicht umgezogen oder zur Toilette gemusst hatte. Sie blickte sich im ersten Stock um, aber die meisten Zimmertüren waren geschlossen, deshalb trat sie auf die Terrasse.

Mehr ungeduldig als besorgt rief sie ein paarmal nach ihr und ging über die Brücke, die zu der Pool-Seite des Hauses führte, und dann noch einmal zurück, bevor sie über die Treppe hinunterlief.

Cate liebte den ummauerten Garten, deshalb schaute sie auch dort nach, ging durch den angrenzenden Obstgarten und rief immer wieder ihren Namen.

Die Sonne sank tiefer, die Schatten wurden länger. Es wurde kühl. Und das Herz klopfte ihr bis zum Hals.

Als Stadtmädchen, geboren und aufgewachsen in L.A., empfand Nina Torez gesundes Misstrauen gegenüber dem Land. Sie dachte an Giftschlangen, Pumas, Kojoten, sogar Bären, während sie immer verzweifelter nach Cate rief.

Das ist doch albern, sagte sie sich, *alles nur albern*. Cate ging es gut, sie war einfach nur ... eingeschlafen im großen Haus. Oder ...

Sie rannte zum Gästehaus, riss die Tür auf und rief nach ihrer Schutzbefohlenen. Zum Meer hin bestand das Gästehaus aus einer Glaswand. Sie starrte aufs Meer und dachte an all die gefährlichen Orte, wo kleine Mädchen verschwinden konnten.

Cate liebte den kleinen Strand, dachte sie und rannte hinaus, die Treppe hinunter, rief immer wieder ihren Namen, während die Seelöwen auf den Felsen sie gelangweilt beobachteten.

Erneut rannte sie zum Pool-Haus, zum Gartenschuppen, hinunter ins Hauskino, ins Familienzimmer, den Proberaum, die Lagerräume. Dann wieder hinaus, um die Garage zu durchsuchen.

»Caitlyn Ryan Sullivan! Komm sofort heraus! Du machst mir Angst!«

Und sie fand die Schmetterlingsspange, die sie heute früh in Cates schöne lange Haare gesteckt hatte, am alten Baum.

Es hatte nichts zu bedeuten, redete sie sich ein, als sie die Finger darum schloss. Das Mädchen hatte geturnt, war gerannt und gesprungen, hatte Pirouetten gedreht und Tanzschritte geübt. Die Spange war einfach herausgerutscht.

Das sagte sie sich immer wieder, als sie zum Haus zurückrannte. Tränen brannten in ihren Augen, als sie die große Haustür aufzog. Beinahe wäre sie in Hugh hineingerannt.

»Nina, was in aller Welt ist los?«

»Ich kann... ich kann... Mr Hugh, ich kann Caitlyn nicht finden. Ich kann sie nirgendwo finden. Nur das hier habe ich gefunden.« Sie streckte ihm die Haarspange entgegen und brach in Tränen aus.

»Ach, kommen Sie, machen Sie sich keine Sorgen. Sie hat sich irgendwo versteckt. Wir finden sie schon.«

»Sie hat Verstecken gespielt.« Sie zitterte am ganzen Leib, als er sie in das Hauptwohnzimmer führte, wo die meisten Mitglieder der Familie sich versammelt hatten. »Ich... ich bin hineingegangen, um Maria mit der kleinen Circi und dem Baby zu helfen. Caitlyn hat mit den anderen Kindern gespielt, und ich bin hineingegangen.«

Charlotte, die mit ihrem zweiten Cosmo dasaß, blickte zu ihnen herüber, als Hugh Nina ins Wohnzimmer führte. »Um Gottes willen, Nina, was ist passiert?«

»Ich habe überall nachgeschaut. Ich kann sie nicht finden. Ich kann Cate nicht finden.«

»Sie ist wahrscheinlich einfach nur oben in ihrem Zimmer.«

»Nein, Ma'am, nein. Ich habe überall nachgesehen. Ich habe sie immer wieder gerufen. Sie ist ein liebes Mädchen, sie würde sich nie verstecken, wenn ich nach ihr rufe und sie hört, dass ich mir Sorgen mache.«

Aidan stand auf. »Wann haben Sie sie zuletzt gesehen?«

»Alle Kinder haben angefangen, Verstecken zu spielen, deshalb bin ich hineingegangen, um mit den Babys und den Kleinkindern zu helfen. Mr Aidan ...« Sie zeigte ihm die Haarspange. »Ich habe nur das hier gefunden, am großen Baum in der Nähe der Garage. Ich habe sie ihr heute früh in die Haare gesteckt.«

»Wir finden sie schon. Charlotte, schau noch mal oben nach. In beiden Stockwerken.«

»Ich helfe dir.« Lily erhob sich, und auch ihre Tochter stand auf.

»Sie sollten auf sie aufpassen!« Charlotte sprang auf.

»Ms Charlotte ...«

»Charlotte.« Aidan ergriff seine Frau am Arm. »Nina hatte überhaupt keinen Grund, Cate jede Minute zu beobachten, während sie mit allen Kindern spielte.«

»Und wo ist sie dann?«, entgegnete Charlotte. Sie lief aus dem Zimmer und rief nach ihrer Tochter.

»Nina, kommen Sie, setzen Sie sich zu mir.« Rosemary streckte die Hand aus. »Die Männer schauen draußen in jedem einzelnen Winkel nach. Und die übrigen suchen sie im Haus.«

Rosemary versuchte, tröstend zu lächeln, aber das Lächeln erreichte ihre Augen nicht. »Und wenn wir sie finden, dann halte ich ihr eine Strafpredigt!«

Über eine Stunde lang durchsuchten sie jeden einzelnen Zentimeter des weitläufigen Hauses, der Nebengebäude und des gesamten Grundstücks. Lily rief die Kinder zusammen und fragte sie, wann sie Cate zuletzt gesehen hatten. Alle antworteten übereinstimmend, bis zu dem Spiel, das Cate selbst angeregt hatte.

Lily, deren flammend rote Haare von der Suche ganz zerzaust waren, ergriff Hughs Hand. »Ich glaube, wir sollten die Polizei rufen.«

»Die Polizei!«, kreischte Charlotte. »Mein Baby! Meinem Baby ist etwas passiert. Sie ist gefeuert! Diese nutzlose Frau ist auf der Stelle gefeuert. Aidan, Gott, Aidan!«

Als sie ihm halb ohnmächtig in die Arme sank, klingelte das Telefon.

Hugh holte tief Luft und nahm ab.

»Sullivan.«

»Wenn Sie das Mädchen wiedersehen wollen, kostet Sie das zehn Millionen in unmarkierten, nicht nachverfolgbaren Scheinen. Bezahlen Sie, und Sie bekommen sie unverletzt zurück. Wenn Sie die Polizei einschalten, stirbt sie. Wenn Sie das FBI einschalten, stirbt sie. Wenn Sie irgendjemanden einschalten, stirbt sie. Sorgen Sie dafür, dass diese Leitung frei bleibt. Ich rufe an und gebe Ihnen weitere Instruktionen.«

»Warten Sie. Lassen Sie mich...«

Der Anrufer legte auf.

Hugh ließ das Telefon sinken und blickte seinen Sohn entsetzt an. »Irgendjemand hat Cate.«

»Oh, Gott sei Dank. Wo ist sie?«, wollte Charlotte wissen. »Aidan, wir müssen sie sofort dort abholen.«

»Das hat Dad damit nicht gemeint.« Sein Herz setzte einen Augenblick aus, und er zog Charlotte an sich. »Oder, Dad?«

»Sie wollen zehn Millionen.«

»Was redest du da?« Charlotte versuchte, sich aus Aidans Armen zu winden. »Zehn Millionen für... Du... sie... Mein Baby ist entführt worden?«

»Wir müssen die Polizei rufen«, sagte Lily erneut.

»Das sollten wir, aber ich muss euch sagen... Er sagte, sie würden ihr Verletzungen zufügen, wenn wir die Polizei einschalten.«

»Sie verletzen? Sie ist doch nur ein kleines Mädchen. Sie ist mein kleines Mädchen.« Weinend drückte Charlotte ihr Gesicht an Aidans Schulter. »O Gott. Gott, wie konnte das nur passieren? Nina! Dieses Luder hat es wahrscheinlich mit geplant. Ich könnte sie umbringen!« Sie schob Aidan weg und trat zu Lily. »Niemand ruft die Polizei. Ich lasse nicht zu, dass sie mein kleines Mädchen verletzen. *Mein* Kind! Wir kriegen das Geld zusammen.« Sie packte Aidan am T-Shirt. »Das Geld bedeutet nichts, Aidan, unser kleines Mädchen. Sag ihnen, wir bezahlen, wir bezahlen alles. Sie sollen uns nur unser Baby zurückgeben.«

»Mach dir keine Sorgen! Wir werden sie zurückbekommen, werden sie heil und gesund zurückbekommen.«

»Es geht nicht um das Geld, Charlotte.« Hugh rieb sich mit den Händen durchs Gesicht. »Was ist denn, wenn wir zahlen, und sie… und sie tun ihr trotzdem etwas an? Wir brauchen Hilfe.«

»Was ist wenn? Was ist wenn?« Als sie sich umdrehte, um ihn anzusehen, löste sich Charlottes sorgfältig frisierter Chignon, und ihre Haare fielen ihr auf die Schultern. »Hast du nicht gerade gesagt, wenn wir nicht bezahlen, tun sie ihr etwas an, und wenn wir die Polizei rufen, ebenfalls? Ich will nicht das Leben meiner Tochter aufs Spiel setzen. Das will ich nicht.«

»Sie können aber vielleicht den Anruf zurückverfolgen«, begann Aidan. »Vielleicht können sie ja herausfinden, wie sie hier herausgebracht worden ist.«

»Vielleicht? Vielleicht?« Ihre Stimme überschlug sich, ein Geräusch, als ob Nägel über eine Tafel kratzten. »Mehr bedeutet sie dir nicht?«

»Sie bedeutet mir alles.« Aidan musste sich setzen, weil seine Beine nachgaben. »Wir müssen nachdenken und das tun, was für Cate am besten ist.«

»Wir bezahlen so viel Geld, wie sie haben wollen, und tun alles, was er sagt. Aidan, um Himmels willen, wir können das Geld doch beschaffen. Es geht um unser Baby.«

»Ich werde bezahlen.« Hugh blickte seine tränenüberströmte Schwiegertochter, seinen entsetzten Sohn an. »Sie wurde aus dem Haus meines Vaters entführt, ein Haus, das meine Mutter mir geschenkt hat. Ich bezahle.«

Schluchzend warf sich Charlotte ihm in die Arme. »Das werde ich dir nie vergessen… Es wird ihr nichts passieren. Warum sollte er ihr etwas tun, wenn wir bezahlen? Ich will mein kleines Mädchen zurück. Ich will einfach nur mein kleines Mädchen zurück.«

Lily, die Hughs Körpersprache bei der Umklammerung seiner Schwiegertochter richtig deutete, schritt ein. »Beruhige dich, ich bringe dich nach oben. Miranda«, sie wandte sich an ihre jüngste Tochter, »hilfst du bitte dabei, dass die Kinder beschäftigt sind? Geh doch mit ihnen ins Hauskino und schaut einen Film an. Und könnte jemand Tee für Charlotte nach oben bringen? Alles wird gut«, beruhigte sie Charlotte und zog sie mit sich.

»Ich will mein Baby zurück.«

»Natürlich.«

»Setzt Kaffee auf«, sagte Rosemary. Sie saß ganz aufrecht da, blass, mit im Schoß verschränkten Händen. »Wir müssen klaren Kopf bewahren.«

»Ich mache ein paar Anrufe und fange schon einmal an, das Geld zusammenzukratzen. Nein«, sagte er zu Aidan, der Charlotte hinterhergehen wollte. »Überlass das Lily. Es ist am besten, wenn sie jetzt erst einmal bei Lily bleibt. Wir müssen uns nicht nur überlegen, wie wir das Geld zusammenbekommen, sondern auch, wie zum Teufel es ihnen gelungen ist, Cate sozusagen vor unseren Augen zu entführen. Es sind Amateure, und das erschreckt mich zu Tode.«

»Warum meinst du das?«, wollte Aidan wissen.

»Aidan, zehn Millionen in bar. Natürlich finde ich einen Weg, das Geld zu beschaffen, aber wie soll das logistisch gehen? Wie wollen sie denn so einen großen Betrag transportieren? Das ist doch gar nicht durchführbar. Sich das Geld überweisen zu lassen, verschiedene Kanäle und Konten zu haben, das wäre clever. Aber so?«

Als alle im Raum auf einmal anfingen zu reden und die Stimmen aus Wut und Angst immer lauter wurden, erhob sich Rosemary. »Genug!« Ihre Macht als Matriarchin war so groß, dass alle schwiegen. »Hat irgendjemand von euch schon einmal zehn Millionen in bar gesehen? Hugh hat recht. Und er hat auch recht, wenn er sagt, wir müssen die Polizei einschalten. Aber...« Sie hob einen Finger, bevor das Stimmengewirr erneut einsetzte. »Das haben nur Aidan und Charlotte zu entscheiden. Wir alle lieben Caitlyn, aber sie ist ihre Tochter. Wir besorgen also das Geld. Hugh und ich. Es ist unsere Sache«, sagte sie zu Hugh. »Noch ist es mein Haus, und bald wird es dir gehören. Wir gehen jetzt in das Büro deines Vaters und leiten alles so schnell wie möglich in die Wege. Lasst Tee nach oben bringen«, fuhr Rosemary fort. »Und irgendjemand hier wird ja ein oder zwei Schlaftabletten haben. Bei ihrer Persönlichkeit und ihrer momentanen Verfassung wird es wohl das Beste sein, sie zu überreden, eine Tablette zu nehmen, damit sie ein bisschen Ruhe bekommt.«

»Ich bringe ihr Tee nach oben«, sagte Aidan. »Und Charlotte hat selbst Schlaftabletten. Ich sorge dafür, dass sie eine nimmt. Vorher werde ich jedoch noch einmal versuchen, sie zu überzeugen, dass wir besser die Polizei einschalten. Ich bin derselben Meinung wie ihr. Wenn allerdings etwas passiert...«

»Ein Schritt nach dem anderen.« Rosemary trat zu ihm

und ergriff seine Hände. »Dein Dad und ich beschaffen das Geld. Und wir werden das tun, was du und Charlotte entscheidet.«

»Nan.« Er zog ihre Hände an seine Wangen. »Cate ist für mich das Wichtigste im Leben.«

»Ich weiß. Du wirst stark sein für sie. Komm, Hugh, lass uns dafür sorgen, dass diese Mistkerle ihr Geld bekommen.«

Cate erwachte langsam. Weil ihr Kopf so wehtat, kniff sie fest die Augen zusammen und zog sich in sich selbst zurück, als ob sie den Schmerz zurückweisen könnte. Sie hatte Halsschmerzen und ihr Magen hob sich, als müsse sie sich übergeben.

Sie wollte sich nicht übergeben.

Nina sollte kommen, ihr Daddy, ihre Mom. Jemand sollte dafür sorgen, dass das aufhörte.

Als sie die Augen schließlich öffnete, war es dunkel. Irgendetwas stimmte nicht. Ihr war furchtbar übel, aber sie konnte sich gar nicht daran erinnern, dass ihr übel gewesen war.

Das Bett fühlte sich auch nicht richtig an – so hart, mit kratziger Bettwäsche. Sie hatte viele Betten in vielen Zimmern. Ihr eigenes zu Hause, ihr Bett bei Grandpa und G-Lil, bei ihrem Urgroßvater und Nan, bei …

Nein, ihr Urgroßvater war ja gestorben, fiel ihr auf einmal ein. Und sie hatten in seinem Haus ein Fest wegen seines Lebens gefeiert. Sie hatte mit all den anderen Kindern gespielt. Fangen, Seilchenspringen, Verstecken. Und …

Der Mann, der Mann an ihrem Versteck. War sie vom Baum gefallen?

Ruckartig fuhr sie im Bett auf, vor ihren Augen drehte sich alles. Aber sie rief trotzdem nach Nina. Ganz egal, wo sie gerade war, Nina war immer in der Nähe. Als ihre Augen sich an die Dunkelheit gewöhnt hatten und sie sah, dass nichts richtig war, kletterte sie aus dem Bett. Im schwachen Licht von einigen Sternen und einer Mondsichel trat sie auf eine Tür zu.

Sie ging nicht auf, also schlug sie dagegen und schrie weinend nach Nina.

»Nina! Ich kann nicht heraus! Mir ist schlecht, Nina. Daddy, bitte! Mom, lass mich raus, lass mich raus.«

Da sie dachten, dass es später vielleicht noch zu gebrauchen war, nahmen sie ihre flehenden Schreie auf.

Die Tür ging so plötzlich auf, dass Cate zu Boden gestoßen wurde. Das Licht von draußen strömte ins Zimmer und beleuchtete das Gesicht eines furchterregenden Clowns mit scharfen Zähnen.

Als sie schrie, lachte er.

»Niemand kann dich hören, du Dummerchen, also halt verdammt nochmal den Mund, sonst reiße ich dir den Arm ab und esse ihn auf.«

»Reg dich ab, Pennywise.«

Ein Werwolf kam herein. Er trug ein Tablett und ging an ihr vorbei, während sie sich aufrichtete. Er stellte es aufs Bett.

»Hier hast du Suppe und Milch. Iss und trink, sonst hält mein Kumpel dich hier fest, während ich es dir mit Gewalt einflöße.«

»Ich will zu meinem Daddy!«

»Ohh«, sagte der, der Pennywise genannt worden war, und lachte gemein. »Sie will zu ihrem Daddy. Zu schade, dass ich deinen Daddy bereits in Stücke gerissen und den Schweinen zum Fraß vorgeworfen habe.«

»Das reicht«, sagte der Werwolf. »Hör mir gut zu, du Blag. Du isst, wenn wir es dir bringen und was wir dir bringen. Da drüben ist das Badezimmer. Du machst uns keinen

Ärger, machst nichts schmutzig, und dann bist du in ein paar Tagen wieder bei deinem Daddy. Ansonsten werden wir dir richtig schlimm wehtun.«

Angst und Wut erfüllten sie gleichermaßen. »Du bist gar kein richtiger Werwolf, das ist ja nur erfunden. Das ist eine Maske.«

»Du hältst dich wohl für besonders schlau, was?«

»Ja!«

»Wie gefällt dir das hier?« Pennywise griff hinter sich und zog eine Pistole aus dem Hosenbund. »Sieht die echt aus, du kleines Luder? Willst du, dass ich sie ausprobiere?«

Der Wolfsmann knurrte Pennywise an. »Jetzt reg dich ab. Und du…« Er wandte sich an Cate. »Du kleiner Schlaumeier. Iss die Suppe, und zwar alles! Das Gleiche gilt für die Milch. Sonst breche ich dir jeden einzelnen Finger, wenn ich zurückkomme. Wenn du tust, was ich dir sage, bist du in ein paar Tagen wieder Prinzessin.«

Pennywise griff in ihre Haare, zerrte ihren Kopf zurück und drückte ihr die Pistole an den Hals.

»Lass das, du blöder Clown.« Wolfsmann packte ihn an der Schulter, aber Pennywise schüttelte ihn ab.

»Sie braucht zuerst einmal eine Lektion. Willst du herausfinden, was passiert, wenn kleine reiche Luder widersprechen? Sag ›Nein, Sir‹. Los, sag es!«

»Nein, Sir.«

»Iss dein verdammtes Abendessen.«

Er stürmte hinaus, und sie sank zitternd und schluchzend auf den Boden.

»Himmelherrgott, iss einfach die Suppe«, murmelte der Wolfsmann. »Und sei still.«

Dann ging auch er hinaus und verschloss die Tür.

Weil es auf dem Boden kalt war, krabbelte Cate zurück ins Bett. Sie hatte keine Decke und konnte einfach nicht aufhören zu zittern. Vielleicht hatte sie auch ein bisschen Hunger, aber die Suppe wollte sie nicht.

Andererseits wollte sie auch nicht, dass der Mann mit der Clownsmaske auf sie schoss oder der Werwolf ihr die Finger brach. Sie wollte einfach nur, dass Nina kam und ihr etwas vorsang, oder dass Daddy ihr eine Geschichte erzählte, oder ihre Mom ihr all die hübschen Kleider zeigte, die sie am Tag gekauft hatte.

Sie suchten bestimmt nach ihr. Alle. Und wenn sie sie fanden, würden sie die Männer mit der Maske für immer ins Gefängnis stecken.

Der Gedanke tröstete sie, und sie löffelte ein wenig von der Suppe. Sie roch nicht gut, und das bisschen, das sie schluckte, schmeckte komisch, irgendwie falsch.

Sie konnte sie nicht essen. Warum wollten sie unbedingt, dass sie sie aß?

Stirnrunzelnd roch sie daran, roch auch an dem Glas mit Milch.

Vielleicht hatten sie Gift hineingetan. Sie begann wieder zu zittern und rieb sich die Arme, um sich zu wärmen und sich selbst zu beruhigen. Gift machte doch keinen Sinn. Aber es schmeckte einfach nicht richtig. Sie hatte unzählige Filme gesehen. Böse Männer taten manchmal irgendwas ins Essen. Nur weil sie entführt worden war, war sie ja nicht dumm. Sie wusste so viel. Und sie hatten sie nicht gefesselt, sondern einfach nur eingesperrt.

Sie wollte zum Fenster rennen, dachte dann aber: leise, leise. Also schlüpfte sie aus dem Bett und huschte zum Fenster. Sie sah Bäume und Dunkelheit, die schattenhaften Umrisse von Hügeln. Keine Häuser, kein Licht.

Sie blickte sich um, und ihr Herz klopfte, als sie versuchte, das Fenster zu öffnen. Sie versuchte es aufzusperren, spürte jedoch die Nägel.

Panik stieg in ihr auf, aber sie schloss die Augen und atmete dagegen an. Ihre Mom machte gerne Yoga, und manchmal durfte sie mitmachen. Man musste einfach richtig atmen.

Sie hielten sie für dumm. Sie dachten, sie sei nur ein dummes Kind, aber sie war nicht dumm. Sie würde die Suppe nicht essen und die Milch nicht trinken, weil sie wahrscheinlich Medikamente hineingetan hatten.

Stattdessen ergriff sie die Suppentasse und das Glas und trug sie vorsichtig ins Badezimmer. Sie schüttete alles in die Toilette, und dann urinierte sie auch noch, weil sie musste.

Und betätigte die Spülung.

Wenn sie zurückkamen, würde sie so tun, als ob sie schlafen würde. Fest und tief schlafen würde. Sie wusste, wie das ging. Schließlich war sie Schauspielerin. Und sie war *nicht* dumm, also schob sie den Löffel unter ihr Kissen.

Sie wusste nicht, wie spät es war oder wie lange sie vorher geschlafen hatte; sie wusste nur, dass einer von ihnen sie mit einer Nadel an ihrem Versteck gestochen hatte. Aber sie würde warten, bis sie kamen, um das Tablett abzuholen. Und sie würde beten, dass sie nicht bemerken würden, dass der Löffel fehlte.

Sie versuchte, nicht mehr zu weinen. Es war schwer, aber sie musste darüber nachdenken, was sie tun sollte. Und beim Weinen konnte man nicht denken, also würde sie nicht weinen.

Es dauerte ewig, es dauerte so lange, dass sie über die Warterei beinahe wirklich einschlief. Dann jedoch hörte sie, wie die Schlösser klickten und die Tür aufging.

Ruhig und stetig atmen. Die Augen nicht zukneifen, nicht zusammenzucken, wenn er dich berührt. Sie hatte schon früher so getan, als würde sie schlafen – und sogar Nina damit getäuscht –, wenn sie heimlich aufbleiben und lesen wollte.

Musik ertönte, und beinahe wäre sie zusammengezuckt. Der Mann – der Wolf, weil sie seine Stimme jetzt kannte und wusste, dass er derjenige war, der ihr auf den Baum helfen wollte – sagte ein schlimmes Wort. Aber als er antwortete, klang seine Stimme anders.

»Hi, Darling. Rufst du vom Handy der dämlichen Kinderfrau aus an? Wenn die Bullen das jemals überprüfen, dann werden sie ihr die Schuld in die Schuhe schieben. Gut, gut. Wie läuft's? Ja, ja, es geht ihr gut. Ich schaue sie gerade an. Sie schläft wie ein Baby.« Er stieß Cate fest in die Rippen, aber sie rührte sich nicht. »Braves Mädchen. Enttäusch mich nicht. Ich rufe in etwa einer halben Stunde das nächste Mal an. Das weißt du doch, Darling. Nur noch ein paar Tage, und wir sind frei wie die Vögel. Ich zähle schon die Stunden.«

Sie hörte etwas rascheln, bewegte sich nicht und hörte, wie er wegging.

»Idioten«, murmelte er mit einem Lachen in der Stimme. »Die Leute sind doch blöde Idioten. Und Frauen sind die größten Idioten von allen.«

Die Tür ging zu, die Schlösser klickten.

Sie bewegte sich nicht, sondern wartete, zählte im Stillen bis hundert und dann noch einmal bis hundert, bevor sie es riskierte, die Augen ein wenig aufzumachen.

Zwar sah und hörte sie niemanden, aber vorläufig behielt sie ihren gleichmäßigen Atemrhythmus bei. Dann setzte sie sich langsam auf und zog den Löffel unter dem Kissen hervor. So leise sie konnte, schlich sie zum Fenster. Sie und ihr Grandpa hatten einmal zusammen ein Vogelhaus gebaut. Sie kannte sich mit Nägeln aus und wie man sie hineinhämmern musste. Oder sie wieder herausziehen konnte.

Sie benutzte den Löffel, aber ihre Hände waren schweißnass. Fast hätte sie ihn fallen gelassen, und beinahe wäre sie in Tränen ausgebrochen. Sie wischte ihre Hände und den

Löffel an ihrer Jeans ab und versuchte es noch einmal. Zuerst bewegte sich der Nagel kein bisschen. Doch dann hatte sie das Gefühl, er würde doch nachgeben, und versuchte es noch fester.

Sie dachte schon, sie hätte ihn, hatte ihn auch fast in der Hand, als sie plötzlich draußen Stimmen hörte. Außer sich vor Angst ließ sie sich zu Boden fallen. Ihr Atem kam stoßweise, ohne dass sie etwas dagegen tun konnte.

Ein Auto fuhr an. Sie hörte die Reifen auf dem Kies knirschen. Die Haustür schlug zu. Einer blieb im Haus, einer fuhr irgendwohin. Sie hob den Kopf und blickte den Rücklichtern nach, die sich entfernten.

Vielleicht sollte sie warten, bis sie beide wieder im Haus waren, aber sie hatte zu viel Angst. Mit zusammengebissenen Zähnen machte sie sich wieder daran, den Nagel zu entfernen.

Plötzlich flog er heraus und schlug mit einem *Klick* auf dem Fußboden auf, das in ihren Ohren so laut wie eine Explosion klang. Sie sprang zurück ins Bett, zwang sich, still zu liegen und tief zu atmen, aber sie konnte nicht aufhören zu zittern.

Niemand kam, und Tränen der Erleichterung stiegen ihr in die Augen.

Erneut waren ihre Hände schweißnass, aber sie machte sich trotzdem daran, den zweiten Nagel herauszuholen. Schließlich gelang es ihr, den Fenstergriff zu drehen. Es klang schrecklich laut, als sie es einen Spalt breit öffnete. Aber niemand platzte herein, selbst dann nicht, als sie es weiter öffnete, so weit, dass sie ihren Kopf herausstrecken und die kühle Nachtluft spüren konnte.

Es war zu hoch, zu hoch, um zu springen.

Sie lauschte angestrengt, auf die Geräusche des Ozeans, von Autos, von Menschen, aber sie hörte nur das Rauschen des Windes, das Heulen eines Kojoten, den Ruf einer Eule.

Die Bäume standen nicht nah genug, um sie zu erreichen, es gab keine Leiste und kein Gitter, an dem sie sich hätte herunterhangeln können. Aber sie musste herunterklettern und dann wegrennen. Sie musste weglaufen und Hilfe holen.

Sie fing mit dem Laken und dem Bettbezug an. Zuerst versuchte sie, beides in Fetzen zu reißen, aber das ging nicht. Also knotete sie sie, so fest sie konnte, aneinander. Zum Schluss fügte sie auch noch die Kopfkissenbezüge hinzu.

Im Zimmer konnte sie sie nur an einem der Bettpfosten anbinden. Wie bei Rapunzel, dachte sie, nur dass sie Laken statt Haare benutzte. So würde sie aus dem Turm klettern.

Vor lauter Nervosität musste sie schon wieder aufs Klo, aber sie hielt ein und biss die Zähne zusammen, als sie die zusammengeknotete Bettwäsche am Bettpfosten festband.

Dann hörte sie das Auto zurückkommen. Ihr Magen zog sich zusammen. Wenn einer von ihnen jetzt nach ihr schauen würde, würde er es sehen. Sie hätte doch besser gewartet.

Sie saß in der Falle, konnte nur auf dem Boden kauern und sich vorstellen, wie sich die Tür öffnete. Die Masken. Die Pistole. Ihre Finger, die ihr gebrochen wurden.

Sie rollte sich zu einem Ball zusammen und kniff die Augen zu.

Wieder hörte sie die Stimmen. Sie drangen durch das Fenster. Würden sie sehen, dass es offen war, wenn sie nach oben blickten?

»Himmel, du Arschloch, hältst du das für den richtigen Zeitpunkt, um dich zuzudröhnen?«, fragte der Werwolf jetzt.

Der Clown lachte. »Ja, ganz genau. Besorgen sie das Geld?«

»Das lief wie geschmiert, vor allem als sie die Aufnahmen gehört haben«, erwiderte der Wolf. Die Stimmen wurden leiser, und die Haustür schlug zu.

Zu verängstigt, um sich über ihre Geräusche Sorgen zu

machen, schleppte sie das behelfsmäßige Seil zum Fenster und warf es hinaus. Es war zu kurz, das sah sie sofort, und ihr fielen die Handtücher im Badezimmer ein.

Aber sie konnten jede Minute ins Zimmer kommen, deshalb kletterte sie aus dem Fenster und umklammerte das Laken. Ihre Hände rutschten ab, und fast hätte sie aufgeschrien. Aber dann bekam sie es wieder fest zu fassen und konnte die Rutschpartie verlangsamen.

Sie sah Licht – aus den Fenstern unter ihr. Wenn sie hinausblickten, das Seil sahen, sie sahen, würden sie sie fangen. Vielleicht würden sie sie einfach erschießen. Sie wollte nicht sterben.

»Bitte, bitte, bitte.«

Instinktiv schlang sie die Beine um die Laken und ließ sich heruntergleiten bis zum Ende. Hier konnte sie direkt ins Haus blicken. Sie sah eine große Küche – Edelstahl, eine Arbeitsplatte aus dunkelbraunem Stein, grüne Wände, nicht hell, aber das Licht war an.

Sie schloss die Augen, ließ los und ließ sich fallen.

Es tat weh. Wieder musste sie einen Schrei unterdrücken, als sie auf dem Boden aufschlug. Sie verdrehte sich den Knöchel und schlug sich den Ellbogen auf, aber sie sprang trotzdem sofort auf.

Sie rannte auf die Bäume zu, weil sie von ganzem Herzen glaubte, dass sie sie zwischen den Bäumen nicht finden würden.

Als sie die Bäume erreicht hatte, rannte sie immer weiter.

Aidan betrat das Schlafzimmer, in dem er mit Charlotte schlief. Erschöpft und elend bis auf den Grund seiner Seele, trat er ans Fenster. Seine Cate war da draußen irgendwo. Verängstigt, allein. Lieber Gott, bitte mach, dass sie ihr nichts tun.

»Ich schlafe nicht«, murmelte Charlotte und setzte sich auf. »Ich habe nur eine halbe Tablette genommen, um mich zu beruhigen. Es tut mir so leid, Aidan. Dass ich so hysterisch war, hat keinem weitergeholfen. Es hilft unserem Baby nichts. Aber ich habe solche Angst.«

Er trat ans Bett, setzte sich und ergriff ihre Hand. »Er hat wieder angerufen.«

Sie zog scharf die Luft ein und packte seine Hand fester. »Caitlyn.«

Er würde ihr nicht sagen, dass er verlangt hatte, mit seiner Tochter zu sprechen, um sich zu überzeugen, dass es ihr gut ging. Er würde ihr nicht sagen, dass er gehört hatte, wie sein Kind nach ihrem Daddy geschrien und geschluchzt hatte.

»Sie haben absolut keinen Grund, ihr etwas zu tun.« Zehn Millionen Gründe, dachte er.

»Was haben sie gesagt? Lassen sie sie laufen? Kriegen wir das Geld zusammen?«

»Er will das Geld bis morgen um Mitternacht. Wo, sagt er jetzt noch nicht. Er will wieder anrufen. Dad und Nan kümmern sich um alles. Er sagt, wenn er das Geld hat, sagt er uns, wo wir Cate finden.«

»Wir bekommen sie zurück, Aidan.« Sie schlang die Arme um seinen Hals und schmiegte sich an ihn. »Und dann lassen wir sie nie wieder aus den Augen. Wenn sie sicher wieder bei uns ist, wieder zu Hause, kommen wir nie wieder hierher zurück.«

»Charlotte...«

»Nein! Wir kommen nie wieder in dieses Haus zurück, wo so etwas passieren konnte. Ich will, dass Nina entlassen wird. Sie soll weg.« Sie löste sich von ihm und blickte ihn wütend an. In ihren Augen standen Tränen. »Ich habe hier gelegen, krank vor Sorge, verängstigt, und mir vorgestellt, dass meine Tochter da draußen irgendwo gefangen ist und nach mir weint. Nina? Im besten Fall war sie nachlässig, aber im schlimmsten? Sie könnte Teil des Ganzen sein, Aidan.«

»Oh, Charlotte. Nina liebt Cate. Jetzt hör mir doch mal zu. Wir glauben, es ist einer vom Catering-Personal oder dem Event-Team gewesen, oder jemand, der sich dafür ausgegeben hat. Sie mussten ja einen Lieferwagen oder so haben, um hier überhaupt hereinzukommen. Sie müssen das geplant haben.«

Charlottes eisblaue Augen füllten sich mit Tränen, die ihr über die blassen Wangen liefen. »Es könnte auch jemand aus der Familie oder von den Freunden gewesen sein. Mit jemandem, den sie kennt, wäre sie sicher mitgegangen.«

»Das glaube ich nicht.«

»Das ist mir alles egal.« Charlotte wischte seine Einwände beiseite. »Ich will sie nur zurückhaben. Alles andere ist mir egal.«

»Es ist wichtig, dass wir herausfinden, wer es war und wie er es angestellt hat. Wenn wir die Polizei einschalten würden…«

»Nein. Nein. Nein! Ist dir das Geld wichtiger als Caitlyn, als unser Baby?«

Er durfte es ihr nicht übel nehmen, sagte er sich. Sie sah elend aus, also würde er es ihr verzeihen.

»Du weißt, dass das nicht stimmt. Mir ist egal, wie sehr du dich aufregst, aber sag so etwas nicht zu mir.«

»Dann hör du auf, ständig von der Polizei zu reden, obwohl es sie umbringen könnte, wenn wir sie einschalten! Ich will mein Kind zurück. Und sie soll in Sicherheit sein. Hier ist sie nicht sicher. Bei Nina ist sie nicht sicher.«

Sie wurde schon wieder hysterisch – er erkannte die Zeichen. Und er brachte es nicht über sich, ihr deswegen Vorwürfe zu machen.

»In Ordnung, Charlotte, wir reden später über all das.«

»Du hast recht. Ich weiß, dass du recht hast, aber ich bin außer mir vor Angst. Ich drehe schon wieder beinahe durch, weil ich den Gedanken nicht ertragen kann, dass mein Baby da draußen ist, allein und verängstigt. O Gott, Aidan.« Sie ließ den Kopf auf seine Schulter sinken. »Wo ist unser Baby?«

3

Sie rannte, bis sie nicht mehr konnte, bis sie sich auf den Boden setzen musste. Sie zitterte am ganzen Leib. Ein paarmal war sie gestolpert, wenn die Bäume so dicht standen, dass der Mondschein nicht bis nach unten drang. Jetzt bluteten ihre Hände ein wenig, und ihre Jeans war zerrissen. Ihr Knie tat weh und ihr Knöchel, ihr Ellbogen, aber zu lange konnte sie nicht hier sitzen bleiben.

Sie sah nirgendwo mehr Lichter, und das war gut so. Wenn sie sie nicht sehen konnten, würden sie sie auch nicht finden.

Schlecht jedoch war, dass auch sie nicht wusste, wo sie war. Es war so dunkel, und ihr war so kalt.

Ab und an hörte sie Kojoten, und irgendwas raschelte im Gebüsch. Sie versuchte, nicht an Bären oder Wildkatzen zu denken. Dazu war sie wahrscheinlich gar nicht hoch genug in den Hügeln – Grandpa hatte ihr erzählt, dass sie höher oben lebten und Menschen aus dem Weg gingen –, aber genau wusste sie es nicht.

Sie war noch nie im Dunkeln allein im Wald gewesen.

Sie wusste nur mit absoluter Gewissheit, dass sie weiter in die gleiche Richtung laufen musste. Aber auch da konnte sie sich nicht sicher sein, weil sie am Anfang solche Angst gehabt hatte, dass sie darauf nicht geachtet hatte.

Sie rannte jetzt nicht mehr, sondern ging. Wenn ihr Atem ihr nicht mehr so in den Ohren pfiff, konnte sie besser hören, ob jemand – oder etwas – hinter ihr herkam.

Sie war so müde, so müde, am liebsten hätte sie sich hingelegt und geschlafen. Aber wenn sie das tat, wurde sie vielleicht gefressen. Oder schlimmer noch, dann wachte sie vielleicht wieder in dem Zimmer auf.

Wo sie ihr die Finger brechen und sie erschießen würden.

Ihr Magen schmerzte vor Hunger, und ihre Kehle war wie ausgedörrt, weil sie solchen Durst hatte. Ihre Zähne klapperten, und sie wusste nicht, ob vor Angst oder vor Kälte.

Vielleicht konnte sie wirklich schlafen, nur eine Zeit lang. Sie konnte auf einen Baum klettern und auf einem Ast schlafen. Das Denken fiel ihr schwer, weil sie so müde, weil es ihr so kalt war.

Sie blieb stehen, lehnte sich an einen Baum, legte die Wange an die Rinde. Wenn sie zum Schlafen auf einen Baum kletterte, konnte sie, wenn die Sonne aufgegangen war, vielleicht sehen, wo sie war. Sie wusste, dass die Sonne im Osten aufging, wusste, dass der Ozean im Westen lag. Wenn sie also den Ozean sah, würde sie wissen …

Was würde sie wissen? Sie würde immer noch nicht wissen, wo sie war, weil sie gar nicht wusste, wo sie gewesen war.

Und wenn die Sonne aufgegangen war, konnten sie sie finden.

Also trottete sie weiter, mit gesenktem Kopf schlurfte sie dahin, weil sie es nicht mehr schaffte, die Füße zu heben.

Halb träumend, ging sie weiter. Bei einem Geräusch lächelte sie ein bisschen. Aber dann zwang sie sich, genauer hinzuhören.

War das der Ozean? Vielleicht … und noch etwas anderes.

Sie rieb sich die Augen und schaute genau hin. Ein Licht. Sie sah ein Licht. Sie hielt den Blick fest darauf gerichtet und ging weiter.

Der Ozean, dachte sie wieder. Er wurde immer lauter, kam immer näher. Was, wenn sie stolperte und von einer Klippe fiel? Aber das Licht kam auch näher.

Die Bäume standen weiter auseinander. Im Mondschein sah sie eine Weide. Kühe standen darauf. Und das Licht, das Licht am Rand der Weide, kam von einem Haus.

Fast wäre sie in den Stacheldrahtzaun gelaufen, der um die Kuhweide gespannt war.

Sie schnitt sich ein bisschen, als sie hindurchkrabbelte, und zerriss sich dabei teilweise ihren neuen Pullover. Aus dem Film, den sie in Irland gedreht hatte, wusste sie, dass Kühe aus der Nähe viel größer waren, als sie in Büchern aussahen.

Sie trat in einen Kuhfladen und rief so angeekelt, wie es nur eine Zehnjährige konnte: »Iiih!« Sie wischte ihren Sneaker mit Gras ab und achtete von da an besser auf ihren Weg.

Das Haus stand am Meer, das sah sie jetzt, mit Terrassen oben und unten. Das Licht kam aus einem der unteren Fenster. Es gab Scheunen und so etwas. Offensichtlich war es ein Bauernhof. Dieses Mal hatte sie mehr Erfolg, als sie durch den Stacheldrahtzaun krabbelte.

Sie sah einen Truck, ein Auto, es roch nach Mist und nach Tieren.

Erneut stolperte sie, aber dann rannte sie auf das Haus zu. Jemand, der ihr helfen konnte, jemand, der sie nach Hause brachte. Aber plötzlich blieb sie stehen.

Vielleicht wohnten ja dort auch böse Leute. Woher sollte sie das wissen? Vielleicht waren sie sogar befreundet mit den Männern, die sie in das Zimmer eingesperrt hatten. Sie musste vorsichtig sein.

Offensichtlich war es schon spät, also schliefen sie bestimmt. Sie musste nur irgendwie hineinkommen, ein Telefon finden und den Notruf 911 wählen. Dann konnte sie sich verstecken, bis die Polizei kam.

Sie schlich auf das Haus zu, auf die breite Veranda vor der Haustür. Zwar hatte sie nicht damit gerechnet, aber als die

Haustür sich öffnen ließ, brach sie vor Erleichterung fast zusammen.

Geräuschlos huschte sie hinein.

Die Lampe im Fenster verbreitete einen schwachen Lichtschein. Sie sah ein großes Zimmer, Möbel, einen großen Kamin, eine Treppe, die nach oben führte.

Ein Telefon sah sie nicht, deshalb ging sie durch das Zimmer in die Küche. Grüne Pflanzen wuchsen in roten Töpfen auf einer breiten Fensterbank, ein Tisch mit vier Stühlen, darauf eine Obstschale.

Sie ergriff einen glänzend grünen Apfel und biss hinein. Als sie kaute und der Saft ihr die Kehle hinunterrann, wusste sie, dass sie noch nie etwas so Gutes gegessen hatte. Neben einem Toaster auf der Küchentheke lag ein Telefon.

Dann hörte sie Schritte.

Weil sie sich in der Küche nirgendwo verstecken konnte, rannte sie in das angrenzende Esszimmer. Sie umklammerte den Apfel so fest, dass der Saft ihr über die Hand lief, und drückte sich in eine dunkle Ecke neben einem wuchtigen Büffet.

Als die Lampe in der Küche anging, versuchte sie sich so klein wie möglich zu machen.

Kurz sah sie ihn, als er direkt auf den Kühlschrank zuging. Ein Junge, kein Mann, obwohl er älter aussah als sie und größer war. Er hatte einen wirren dunkelblonden Haarschopf und außer Boxershorts nichts an. Wenn sie nicht so verängstigt gewesen wäre, hätte der Anblick eines fast nackten Jungen, der nicht mit ihr verwandt war, sie peinlich berührt und fasziniert.

Er war ziemlich dünn, stellte sie fest, als er sich ein Hühnerbein aus dem Kühlschrank nahm. Er knabberte daran, während er einen Krug – keinen Karton aus dem Laden – mit Milch herausholte.

Er trank die Milch direkt aus dem Krug und stellte ihn dann auf die Küchentheke. Er sang oder summte leise vor sich hin, während er das Tuch wegzog, das anscheinend über einer Art Kuchen gelegen hatte.

Dann drehte er sich, immer noch summend, um eine Schublade aufzuziehen. Und sah sie.

»Boa!« Erschreckt sprang er einen Schritt zurück, und sie hätte weglaufen können. Aber noch bevor sie reagieren konnte, legte er den Kopf schräg. »Hey! Hast du dich verlaufen oder was?«

Er kam ein paar Schritte auf sie zu, und sie drückte sich eng in die Ecke.

Später, ungefähr tausend Jahre später, konnte sie sich genau daran erinnern, was er gesagt hatte, wie er es gesagt hatte, wie er aussah.

Er lächelte sie an und sagte leichthin, als hätten sie sich gerade in einem Park oder an der Eisdiele getroffen: »Es ist okay. Dir passiert nichts. Niemand will dir etwas tun. Hey, hast du Hunger? Meine Oma macht total hervorragendes gebratenes Hühnchen. Wir haben noch was übrig.« Um seine Aussage zu beweisen, wackelte er mit dem Hühnerschenkel, den er in der Hand hatte. »Ich bin Dillon. Dillon Cooper. Das ist unsere Ranch. Sie gehört mir, Mom und Oma.«

Er ging weiter auf sie zu, während er redete, dann hockte er sich hin. Als er es tat, änderte sich der Ausdruck in seinen Augen. Grüne Augen, wie sie jetzt sehen konnte, aber weicher, ruhiger als die von ihrem Urgroßvater.

»Du blutest ja. Wo hast du dich verletzt?«

Sie begann erneut zu zittern, aber sie hatte keine Angst vor ihm. Vielleicht zitterte sie ja, weil sie keine Angst vor ihm hatte. »Ich bin hingefallen, und dann waren da so scharfe Dinger am Zaun, wo die Kühe sind.«

»Wir können dich versorgen, okay? Komm, setz dich in

die Küche. Wir haben Jod hier und so, um die Schnitte zu versorgen. Wie heißt du? Ich bin Dillon, weißt du noch?«

»Caitlyn. Cate – mit C.«

»Du solltest wirklich in die Küche kommen, Cate, damit wir deine Wunden versorgen können. Ich muss nur schnell meine Mom holen. Sie ist cool«, sagte er rasch. »Ernsthaft.«

»Ich muss die 911 anrufen. Ich brauche das Telefon, um die 911 anzurufen, deshalb bin ich hereingekommen. Die Tür war nicht abgeschlossen.«

»Okay, ich hole vorher nur schnell meine Mom. Mann, sie würde sich zu Tode erschrecken, wenn die Polizei käme, wenn sie noch schläft. Es würde ihr Angst machen.«

Cates Kinn bebte. »Kann ich auch meinen Daddy anrufen?«

»Ja, klar. Klar. Willst du dich nicht erst einmal setzen? Iss deinen Apfel zu Ende, und ich hole Mom.«

»Da waren böse Männer«, flüsterte sie, und er riss die Augen auf.

»Ohne Scheiß? Erzähl Mom bloß nicht, dass ich ›Scheiß‹ gesagt habe.« Als er die Hand ausstreckte, ergriff sie sie. »Wo sind sie?«

»Ich weiß es nicht.«

»Mann, wein nicht. Jetzt wird alles gut. Setz dich einfach hin, und ich hole schnell Mom. Lauf nicht weg, hörst du? Wir wollen dir helfen. Ich verspreche es dir.«

Sie glaubte ihm. Sie senkte den Kopf und nickte.

Dillon wollte unbedingt seine Mutter holen. Er rannte die Hintertreppe hinauf. Ein Kind zu finden, das sich im Haus versteckte, während er den Kühlschrank plündern wollte, war cool – wäre cool gewesen, wenn sie nicht so viele Schrammen und Wunden gehabt hätte. Und sie sah so verängstigt aus, als wollte sie sich gleich in die Hose machen.

Allerdings war es wieder cool, dass sie die Polizei rufen

wollte, und dann die bösen Männer, noch cooler. Aber sie war noch ein Kind, und irgendjemand hatte ihr was getan.

Ohne anzuklopfen, stürmte er in das Schlafzimmer seiner Mutter und schüttelte sie an der Schulter. »Mom, Mom, wach auf!«

»O Gott, Dillon, was ist los?«

Damit sie ihn nicht abwimmelte, schüttelte er sie erneut an der Schulter. »Du musst aufstehen. Da unten ist ein Kind, ein Mädchen, und sie ist verletzt. Sie sagt, sie wollte die Polizei anrufen wegen böser Männer.«

Julia Cooper öffnete müde ein Auge. »Dillon, du träumst schon wieder.«

»Nein! Ich schwöre bei Gott! Ich muss zurück in die Küche, weil sie Angst hat, und vielleicht läuft sie wieder weg. Du musst runterkommen. Sie blutet ein bisschen.«

Julia war mittlerweile hellwach. Sie setzte sich auf und schob ihre langen blonden Haare aus dem Gesicht. »Sie blutet?«

»Beeil dich, ja? Himmel, ich muss mir eine Hose anziehen.«

Er stürzte in sein Zimmer und griff nach Jeans und Sweatshirt, die er am Abend auf den Boden geworfen hatte – obwohl er das eigentlich nicht sollte. Im Laufen steckte er zuerst ein Bein in die Hose, hüpfte so lange herum, bis auch das andere Bein untergebracht war. Seine bloßen Füße klatschten auf der Holztreppe, als er sich beim Herunterrennen das Shirt überzog.

Sie saß immer noch am Tisch, und er stieß erleichtert die Luft aus. »Mom kommt. Ich hole ihren Erste-Hilfe-Kasten aus der Speisekammer. Sie wird schon wissen, was sie tun muss. Du kannst das Hühnerbein essen, wenn du willst.« Er wies auf den Hühnerschenkel, den er auf den Tisch gelegt hatte. »Ich habe nur einmal abgebissen.«

Sie zog die Schultern hoch, als jemand die Treppe herunterkam.

»Das ist nur Mom.«

»Dillon James Cooper, ich schwöre, wenn du…« Die Worte erstarben ihr auf den Lippen, als sie das Mädchen sah, und ihr verschlafen gereizter Gesichtsausdruck wandelte sich. Wie ihr Sohn wusste Julia, wie man mit verletzten, verängstigten Personen umging.

»Ich bin Julia, Liebes, Dillons Mom. Ich muss dich mal anschauen. Dillon, hol den Erste-Hilfe-Kasten.«

»Bin schon dabei«, murmelte er und holte ihn von einem Regal in der Speisekammer.

»Und jetzt ein sauberes Tuch und eine Schüssel mit warmem Wasser. Und eine Decke. Mach Feuer im Küchenherd.«

Hinter ihrem Rücken verdrehte er die Augen, gehorchte aber.

»Wie heißt du, Süße?«

»Caitlyn.«

»Caitlyn, das ist hübsch. Ich säubere jetzt erst einmal den Schnitt an deinem Arm. Ich glaube nicht, dass er genäht werden muss.« Sie lächelte beim Sprechen.

In ihren Augen war viel Gold, aber auch etwas Grünes, wie bei dem Jungen. Wie bei Dillon, fiel Cate der Name wieder ein.

»Willst du mir nicht erzählen, was passiert ist, während ich dich verarzte? Dillon, schenk Caitlyn auch ein Glas Milch ein, bevor du sie wieder in den Kühlschrank stellst.«

»Ich will keine Milch. Sie wollten mir Milch geben, aber sie war falsch. Ich will keine Milch.«

»In Ordnung. Wie wäre es mit…«

Sie brach ab, als Cate zusammenzuckte. Maggie Hudson kam die Treppe herunter. Maggie warf einen Blick auf Caitlyn und legte den Kopf schief. »Ich habe mich schon gefragt, was das hier für ein Lärm ist. Sieht so aus, als hätten wir Besuch.«

Sie hatte auch blonde Haare, aber heller als die von Dillon und seiner Mom. Sie fielen ihr mit einer blauen Strähne bis auf die Schultern.

Sie trug ein T-Shirt, auf dem unter dem Bild einer Frau mit lockigen Haaren JANIS stand, und eine geblümte Pyjamahose.

»Das ist meine Mom«, sagte Julia zu ihr, während sie die Schnitte auf Caitlyns Arm säuberte. »Leg Caitlyn die Decke um die Schultern, Dillon. Ihr ist kalt.«

»Lasst uns Feuer im Herd machen.«

»Ich arbeite daran, Oma«, erwiderte der Junge gestresst, aber sie streichelte ihm nur kurz über die Haare und trat an den Tisch. »Ich bin Maggie Hudson, aber du kannst Oma zu mir sagen. Du siehst aus wie ein Mädchen, das eine heiße Schokolade brauchen könnte. Ich habe da mein eigenes Geheimrezept.«

Sie griff in einen Schrank und holte ein Päckchen Swiss Miss heraus. Dann zwinkerte sie Cate zu.

»Das ist Caitlyn, Mom. Sie wollte uns gerade erzählen, was passiert ist. Kannst du das, Caitlyn?«

»Wir haben Verstecken gespielt nach dem Fest für meinen Urgroßvater, und ich bin zu dem Baum neben der Garage gegangen, um hochzuklettern und mich dort zu verstecken, und da war ein Mann, und er hat mich mit etwas gestochen, und ich bin woanders aufgewacht.«

Die Worte purzelten nur so aus Cate heraus, während Maggie einen großen Porzellanbecher in die Mikrowelle stellte. Julia tupfte Salbe auf die Schnitte, und Dillon, der sich hingehockt hatte, um Feuer im Herd zu machen, fielen fast die Augen aus dem Kopf.

»Sie hatten Masken an, wie ein gemeiner Clown und ein

Werwolf, und sagten, sie würden mir die Finger brechen, wenn ich nicht tun würde, was sie mir sagten. Und der mit der Clownsmaske hatte eine Pistole, und er sagte, sie würden mich erschießen. Aber ich habe die Suppe nicht gegessen und auch die Milch nicht getrunken, weil sie komisch schmeckte. Sie haben bestimmt Medikamente hineingetan, damit ich einschlafe, das tun böse Männer, und deshalb habe ich alles in die Toilette gekippt und abgezogen und habe nur so getan, als ob ich schlafe.«

»Heilige Scheiße!«

Julia warf Dillon einen strengen Blick zu.

»Das war sehr klug. Liebes, haben sie dir wehgetan?«

»Ich bin hingefallen, als sie die Tür so schnell geöffnet haben, und der Clown hat mich echt fest an den Haaren gezogen. Aber dann dachten sie, ich würde schlafen, und einer von ihnen – es war der Wolfsmann – kam herein und redete am Telefon. Ich habe weiter so getan, als ob ich schlafen würde, und er hat es geglaubt. Den Löffel von der Suppe habe ich behalten, und damit habe ich die Nägel aus dem Fensterschloss herausbekommen. Einer von ihnen ist weggefahren. Ich konnte sie draußen reden hören, und er fuhr weg, und dann habe ich das Fenster so weit aufgemacht, dass ich hinausklettern konnte, aber es war zu hoch zum Springen.«

Die Mikrowelle ging aus, aber Caitlyn achtete nicht auf das Geräusch, sondern blickte Julia unverwandt in die Augen. In dem Gold und dem Grün fühlte sie sich sicher. In ihrer freundlichen Art.

»Ich habe die Bettwäsche zusammengeknotet. Ich konnte sie nicht zerreißen, aber ich habe sie zusammengeknotet, und dann kam der eine zurück, und ich hatte Angst, denn wenn er hereingekommen wäre, hätte er alles gesehen und mir die Finger gebrochen.«

»Niemand tut dir etwas, Kleines.« Maggie stellte die heiße Schokolade auf den Tisch.

»Ich musste herunterklettern, und meine Hände sind abgerutscht, und unten war Licht, und die Laken waren nicht lang genug, deshalb musste ich springen. Ich habe mir den Knöchel ein bisschen wehgetan, aber ich bin weggelaufen. Da waren Bäume, viele Bäume, dorthin bin ich gerannt, und ich bin hingefallen und habe mir das Knie wehgetan, aber ich bin weitergelaufen. Ich wusste nicht, wo ich war.«

Tränen rollten ihr jetzt über die Wangen, und Maggie wischte sie sanft weg.

»Dann habe ich das Meer gehört, zuerst leise, dann ein bisschen mehr. Und ich habe das Licht gesehen. Sie hatten das Licht an, und ich bin auf das Licht zugegangen, und ich habe die Kühe gesehen und das Haus und das Licht. Aber ich hatte Angst, ihr wärt auch böse Leute, deshalb habe ich mich hineingeschlichen. Ich wollte 911 anrufen. Ich habe einen Apfel gestohlen, weil ich Hunger hatte, und Dillon ist heruntergekommen und hat mich gefunden.«

»Das ist ja eine Wahnsinnsgeschichte.« Maggie legte den Arm um Dillon. »Du bist das tapferste kleine Mädchen, dem ich je begegnet bin.«

»Wenn die bösen Männer mich hier finden, dann erschießen sie mich und euch auch.«

»Hierher kommen sie nicht.« Julia strich Cate die Haare aus dem Gesicht. »Weißt du, in welchem Haus du Verstecken gespielt hast?«

»Im Haus von meinem Urgroßvater. Er hat es immer *Sullivan's Rest* genannt.«

»Liebes.« Maggie setzte sich. »Bist du Liam Sullivans Urgroßenkelin?«

»Ja, Ma'am. Er ist gestorben, und wir haben sein Leben gefeiert. Kannten Sie ihn?«

»Nein, aber ich habe ihn, seine Filme und sein Leben bewundert.«

»Trink jetzt die heiße Schokolade, Caitlyn.« Lächelnd streichelte Julia Cates zerzauste Haare. »Ich rufe jetzt für dich die 911 an.«

»Können Sie auch meinen Daddy anrufen? Können Sie ihm sagen, wo er mich findet?«

»Absolut. Kennst du die Nummer? Wenn nicht, kann ich ...«

»Ich kenne sie.« Cate ratterte sie herunter.

»Gut gemacht. Mom, ich wette, Caitlyn könnte was zu essen vertragen.«

»Ja, das glaube ich auch. Dillon, setz dich zu Caitlyn und leiste ihr Gesellschaft, während ich Rührei mache. Mitten in der Nacht gibt es nichts Besseres als Rührei.«

Gehorsam setzte er sich zu ihr. Er hätte es sowieso getan, weil sie ein Gast war und man das eben so machte. Aber er tat es auch, weil er sie ernsthaft toll fand.

»Du hast ein Seil aus Bettwäsche gemacht und bist aus dem Fenster geklettert?«

»Das musste ich doch.«

»Das könnte aber nicht jeder. Das ist großartig. Ich meine, du bist gekidnappt worden und hast sie überlistet.«

»Sie haben mich für dumm gehalten. Das habe ich gemerkt.«

Da sie ihn anscheinend nicht essen wollte, ergriff Dillon den Hühnerschenkel und biss davon ab. »Nein, das bist du wirklich nicht. Warst du in einem Haus?«

»Ich glaube schon. Ich war hinten, glaube ich, und ich konnte eigentlich nur die Bäume und die Hügel sehen. Im Zimmer war es dunkel. Die Küche habe ich gesehen, als ich heruntergeklettert bin. Sie war nicht so schön wie diese hier, aber ganz schön. Es ist nur ... ich wusste ja nicht, wo ich war, und zwischen den Bäumen bin ich ganz durcheinandergekommen, deshalb kann ich es nicht sagen. Und ich weiß nicht, wie lange ich von dem, was in der Spritze war, geschlafen habe.«

Sie klang immer noch verängstigt, aber eher müde. Um sie aufzumuntern, wackelte er mit dem Hühnerschenkel. »Ich wette, die Polizei findet das Haus und die bösen Männer. Wir sind mit dem Sheriff befreundet, und er ist ziemlich klug. Vielleicht haben die bösen Männer noch gar nicht bemerkt, dass du entkommen bist.«

»Vielleicht. Er hat am Telefon zu jemandem gesagt...« Sie runzelte die Stirn und versuchte, sich zu erinnern. Julia kam mit dem Telefon in der Hand.

»Caitlyn, jemand möchte mit dir sprechen.«

»Ist es Daddy?« Cate ergriff das Telefon. »Daddy!« Erneut strömten ihr die Tränen über die Wangen. Julia streichelte ihr über die Haare. »Mir geht es gut. Ich bin ihnen entkommen. Ich bin gerannt, und jetzt bin ich bei Julia und Oma und Dillon. Kommst du her? Weißt du, wo ich bin?«

Julia beugte sich zu ihr herunter und küsste Cate auf den Scheitel. »Ich beschreibe ihm den Weg genau.«

»Oma macht mir Rührei. Ich habe solchen Hunger. Ich liebe dich auch, Daddy.« Sie reichte Julia das Telefon zurück und wischte sich die Tränen ab. »Er hat geweint. Ich habe ihn noch nie zuvor weinen hören.«

»Tränen des Glücks.« Oma stellte einen Teller mit Eiern und Toast vor Cate. »Weil sein kleines Mädchen in Sicherheit ist.«

Das kleine Mädchen schaufelte die Rühreier in sich hinein. Sie aß alles auf, die Eier, den Toast und hatte gerade mit dem Kuchen angefangen, den Julia vor sie auf den Tisch gestellt hatte, als jemand an die Tür klopfte.

»Die bösen Männer...«

»Die würden nicht klopfen«, versicherte Julia ihr. »Hab keine Angst.«

Trotzdem tat Cates Brustkorb weh, als ob jemand darauf drücken würde, als Julia zur Haustür ging. Dillon ergriff ihre Hand, und sie drückte sie ganz fest. Und als Julia die Tür öffnete, hielt sie den Atem an, obwohl ihr Brustkorb dann noch mehr wehtat.

Doch alles fiel von ihr ab, als sie die Stimme ihres Vaters hörte. »Daddy!«

Sie sprang auf und rannte so schnell aus der Küche, wie sie durch den Wald gelaufen war. Er fing sie auf, schwenkte sie hoch in der Luft und drückte sie ganz fest an sich. Sie spürte, wie er zitterte, wie seine Bartstoppeln über ihr Gesicht kratzten. Spürte, wie seine Tränen sich mit ihren vermischten.

Andere Arme umschlangen sie und zogen sie in eine warme, sichere Umarmung.

Grandpa.

»Cate. Oh, mein Baby.« Aidan hielt sie ein Stück von sich weg, und erneut traten ihm die Tränen in die Augen, als er ihr Gesicht sah. »Er hat dir wehgetan.«

»Ich bin hingefallen, weil es so dunkel war. Ich bin weggerannt.«

»Du bist jetzt in Sicherheit. Jetzt bist du in Sicherheit.«

Hugh drehte sich zu Julia und ergriff ihre Hände. »Es gibt keine Worte, um Ihnen zu danken.« Er blickte hinter sie, wo Maggie und Dillon standen. »Ihnen allen.«

»Sie brauchen nichts zu sagen. Caitlyn ist ein ganz besonders kluges, tapferes Mädchen.«

»Dillon hat mich gefunden, und seine Mom hat meine Verletzungen behandelt, und Oma hat mir Rührei gemacht.«

»Ms Cooper.« Aidan versuchte zu sprechen, aber er bekam kein Wort heraus.

»Julia. Ich setze Kaffee auf. Der Sheriff ist unterwegs. Ich hielt es für das Beste, ihn anzurufen, obwohl mir natürlich klar ist, dass sie mit Caitlyn so schnell wie möglich nach Hause möchten, um dann von dort alles zu regeln.«

»Ja, ich hätte schrecklich gerne einen Kaffee. Ich muss nur schnell meine Frau anrufen und ihr und den anderen sagen, dass wir unsere Tochter wiederhaben.« Hugh streichelte über Cates Haare. »Wenn es nicht zu aufdringlich ist, hielte ich es auch für das Beste, hier mit dem Sheriff zu reden.«

»In der Küche ist ein Telefon.« Maggie trat vor. »Wir haben hier kein anständiges Handynetz. Maggie Hudson«, fügte sie hinzu und streckte die Hand aus.

Hugh umarmte sie.

»Na, das war ja heute ein Tag, und dabei ist noch nicht mal die Sonne aufgegangen. Wir haben das tapferste Mädchen in ganz Kalifornien kennengelernt, und ich bin von Hugh Sullivan umarmt worden. Kommen Sie wieder, Hugh.«

»Cates Mutter hat endlich eine Schlaftablette genommen, kurz bevor Sie angerufen haben«, berichtete Aidan. »Sie wird so glücklich sein, Cate, wenn sie aufwacht und dich sieht. Wir haben uns solche Sorgen gemacht, so große Angst gehabt.« Er hob ihren verbundenen Arm an und drückte einen Kuss darauf.

»Setzen Sie sich doch mit Cate dahin, damit Sie zu Atem kommen«, bat Julia. »Ich helfe mit dem Kaffee. Möchtest du noch eine heiße Schokolade, Cate?«

Cate, die sich immer noch eng an ihren Vater schmiegte, nickte. »Ja, bitte.«

In diesem Moment leuchteten Scheinwerfer auf dem Hof auf. »Das müsste der Sheriff sein. Er ist ein netter Mann«, sagte sie zu Cate.

»Wird er die bösen Männer fangen?«

»Auf jeden Fall.« Julia ging zur Tür, öffnete sie und trat auf die Veranda. »Sheriff.«

»Julia.«

Sheriff Red Buckman sah gar nicht aus wie ein Polizist, eher wie ein Surfer. Vom Alter her lag er zwar irgendwo zwischen vierzig und fünfzig, aber wenn seine Zeit es erlaubte, schnappte er sich immer noch sein Board und ging zum Wellenreiten. Seine Haare, zu einem kurzen, sonnengebleichten Zopf gebunden, fielen knapp über den Hemdkragen. Sein Gesicht, gebräunt und faltig von den Stunden am Strand und auf dem Wasser, wirkte skeptisch.

Julia wusste, dass er klug, scharfsinnig und engagiert war. Und sie wusste, dass er und ihre Mutter gut miteinander befreundet waren.

»Ich glaube, du kennst Deputy Michaela Wilson noch nicht. Michaela, das ist Julia Cooper.«

»Ma'am.«

Die dunkelhäutige Schönheit neben Red mit den honigfarbenen Augen sah in ihrer Khaki-Uniform makellos aus. Kaum alt genug, um schon Alkohol trinken zu dürfen, dachte Julia. Wie ein Soldat stand sie in ihren auf Hochglanz polierten Schuhen da.

»Caitlyn ist mit ihrem Vater im Wohnzimmer. Ihr Großvater ist auch hier.«

»Ich muss zuerst dir eine Frage stellen. Bist du sicher, dass das Kind nicht einfach nur von zu Hause weggelaufen ist?«

»Das steht außer Frage, Red. Das wirst du selbst sehen, wenn du mit ihr redest. Sie hat sich jetzt beruhigt, aber dieses Kind war außer sich vor Angst, und die Männer haben sie offensichtlich in Angst und Schrecken versetzt. Sie wollte 911 anrufen und ihren Vater.«

»Okay. Dann wollen wir mal.«

Er trat ein, seine Deputy einen halben Schritt hinter ihm.

Von Aidans Schoß aus musterte Cate ihn eingehend. »Sind Sie wirklich der Sheriff?«

»Ja, genau.« Er zog einen Ausweis aus der Tasche und zeigte ihn ihr. »Hier steht es. Red Buckman«, sagte er zu Aidan. »Sind Sie Caitlyns Dad?«

»Ja. Aidan Sullivan.«

»Und sind Sie einverstanden damit, dass wir hier mit ihr reden?«

»Ja. Es ist doch okay für dich, Cate, mit Sheriff Buckman zu reden, oder?«

»Ich wollte ja die 911 anrufen, aber Dillon hat mich gefunden, bevor ich es konnte. Also hat Julia angerufen.«

»Das war genau das Richtige. Setz dich, Mic«, sagte Buckman zu seiner Deputy. Sie warf ihm einen Blick zu, als er »Mic« sagte, gehorchte aber. Red setzte sich so an den Couchtisch, dass er Cate gegenübersaß. »Willst du mir denn mal von Anfang an erzählen, was passiert ist?«

»Wir hatten viel Besuch auf *Sullivan's Rest*, weil mein Urgroßvater gestorben ist.«

»Das habe ich gehört. Es tut mir leid mit deinem Urgroßvater. Kanntest du die Leute, die da waren?«

»Die meisten. Als die Leute schließlich angefangen haben, über ihn zu reden, Geschichten zu erzählen und so, habe ich mir andere Sachen angezogen und draußen mit meinen Vettern und Cousinen und den anderen Kindern gespielt. Zum Schluss wollten wir Verstecken spielen. Boyd musste als Erster suchen, und ich wusste schon genau, wo ich mich verstecken wollte.«

Kurz runzelte sie die Stirn, erzählte aber dann weiter.

Red unterbrach sie nicht, stand nur kurz auf, als Maggie mit Hugh Sullivan hereinkam. Er nahm seinen Kaffee entgegen und nickte Cate zu. »Erzähl ruhig weiter, Liebes.«

Er sah Aidans untröstliches Gesicht, als sie von den Drohungen sprach – gebrochene Finger, die Pistole –, sah, wie der Vater des Kindes mit den Tränen kämpfte.

Michaela in ihrem Sessel machte sich sorgfältig Notizen und beobachtete alle.

»Dann sah ich das Licht. Nein, zuerst hörte ich das Meer«, korrigierte sich Cate und erzählte den Rest der Geschichte.

»Du musst ja schreckliche Angst gehabt haben.«

»Alles an mir hat gezittert, sogar innen drin. Ich musste es unterdrücken, als ich so tat, als ob ich schlafen würde, sonst hätte er es gemerkt.«

»Wie bist du darauf gekommen, die Laken zu einem Seil zusammenzuknoten?«

»Das habe ich in einem Film gesehen. Ich dachte, es wäre leichter, aber ich konnte sie nicht zerreißen, sie waren zu dick und ziemlich schwer zusammenzubinden.«

»Ihre Gesichter hast du aber nie gesehen?«

»Ich habe den am Baum für eine Sekunde gesehen. Er hatte einen Bart und blonde Haare.«

»Würdest du ihn erkennen, wenn du ihn noch einmal sehen würdest?«

»Ich weiß nicht.« Sie drückte sich an ihren Vater. »Muss ich?«

»Darüber machen wir uns jetzt erst einmal keine Gedanken. Was ist mit Namen? Haben sie jemals einen Namen gesagt?«

»Ich glaube nicht. Warten Sie – am Telefon, als ich so getan habe, als ob ich schliefe, nannte er die Person, mit der er telefoniert hat, ›Darling‹. Aber das ist ja kein Name.«

»Weißt du ungefähr, wie lange du gebraucht hast, nachdem du aus dem Fenster geklettert warst, bis du hier warst?«

Cate schüttelte den Kopf. »Mir kam es ewig lang vor. Es war dunkel und kalt, und alles tat mir weh. Ich hatte Angst, dass sie mich finden, oder dass vielleicht ein Bär kommen und mich fressen würde.« Sie lehnte den Kopf an Aidans Schulter. »Ich wollte nur nach Hause.«

»Ja, das glaube ich dir. Ich möchte gerne ein bisschen mit deinem Dad und deinem Grandpa reden. Vielleicht kann Dillon dir sein Zimmer zeigen?«

»Ich will es hören. Es ist mir passiert. Ich will es hören.«

»Sie hat recht.« Als Caitlyn von Aidans Schoß auf seinen krabbelte, strich Hugh ihr über die Haare. »Es ist ihr passiert.«

»In Ordnung. Wir brauchen eine Liste von allen, die in Ihrem Haus waren. Gäste, Personal, Lieferanten.«

»Sie bekommen sie.«

»Wenn wir sie haben, müssen wir durchgehen, wann die Leute gegangen sind und wie sie das Anwesen verlassen haben. Und jetzt erzählen Sie mir, wann es Ihnen zum ersten Mal aufgefallen ist, dass Cate nicht da war.«

»Das ist Nina, ihrem Kindermädchen, aufgefallen.«

»Voller Name?«

»Nina Torez. Sie ist seit sechs Jahren bei uns – fast sieben«, korrigierte Aidan sich. »Als Cate nicht mit den anderen Kindern hereinkam, ist Nina sie suchen gegangen. Und als sie sie nicht finden konnte, kam sie zu uns. Alle machten sich auf die Suche. Ich glaube, das war nach sechs, vielleicht kurz vor sieben, als Nina besorgt hereinkam.«

»Kurz vor sieben«, warf Hugh ein. »Wir haben uns in Gruppen aufgemacht, um sie überall im Haus, in den Nebengebäuden, draußen zu suchen. Nina hatte Cates Haarspange an der Garage gefunden.«

»Ich habe meine anderen Haarspangen verloren.«

»Wir kaufen dir neue«, versprach Hugh.

»Wir wollten gerade die Polizei anrufen«, fuhr Aidan fort, »als das Telefon klingelte.«

»Welches Telefon?«

»Das Haustelefon.«

»Um wie viel Uhr?«

»Gegen acht. Ja, kurz vor acht. Es war eine Männerstimme. Er sagte, er hätte Cate, und wenn wir die Polizei, das FBI oder irgendjemanden sonst einschalten würden, würde er … würde er ihr etwas tun. Er sagte, er wolle zehn Millionen in bar, damit wir sie unversehrt zurückbekommen, und er würde anrufen und uns weitere Anweisungen geben.«

»Einige von uns wollten immer noch die Polizei anrufen.« Hugh fuhr fort, Cate zu streicheln. Er sah sie an. »Wir hatten solche Angst um dich. Aber meine Schwiegertochter war einem Nervenzusammenbruch nahe. Sie war absolut dagegen. Wir beschlossen zu warten – es ist mir so schrecklich schwergefallen, nur das Geld zu beschaffen und zu warten.« Er küsste Cate auf den Scheitel. »Und zu beten.«

»Der zweite Anruf kam gegen halb elf. Er sagte, wir hätten Zeit bis morgen um Mitternacht – also heute bis Mitternacht. Er würde uns wieder anrufen und uns sagen, wohin wir das Geld bringen sollten. Dann erst würde er uns sagen, wo wir Cate finden würden. Aidan und ich berieten uns und kamen überein, dass wir mit Cate sprechen wollten, um sicher sein zu können …«

»Sie schrie. Sie rief nach mir.« Aidan ließ den Kopf in die Hände sinken.

»Cate, du sagtest, einer der Männer sei eine Zeit lang weggefahren«, warf Red ein.

»Ja. Sie kamen nach draußen. Ich habe sie durch das Fenster gehört. Ich habe die Rücklichter gesehen.«

»Weißt du, wie lange er weg war?«

»Ich weiß es nicht, aber als er weg war, zog ich die Nägel aus dem Fenster und begann, die Laken zusammenzuknoten. Und er ist zurückgekommen, bevor ich sie aus dem Fenster hängen konnte.«

»Aber du bist direkt danach herausgeklettert?«

»Ich hatte Angst, sie würden wieder ins Zimmer kommen

und sehen, dass ich das Fenster aufgekriegt hatte und die Laken zusammengeknotet waren. Deshalb bin ich rausgeklettert.«

»Du bist ein kluges Mädchen. Hey, Dillon, um wie viel Uhr bist du heruntergekommen und hast Cate gefunden?«

»Ich weiß nicht genau. Ich bin aufgewacht und hatte Hunger, und ich musste an das gebratene Hühnchen denken.«

»Ich kann Ihnen sagen, dass Dillon mich kurz vor eins geweckt hat.«

»Ja, gut.« Red hatte die Zeitlinie jetzt im Kopf und stand auf. »Sie können Ihr Kind jetzt mit nach Hause nehmen. Wir müssen mit der Kinderfrau und den anderen im Haus sprechen. Das würde ich gerne gleich heute früh tun.«

»Wann immer Sie wollen.«

»Sagen wir gegen acht? Dann kriegen Sie noch ein paar Stunden Schlaf.« Er blickte zu Cate. Er hatte braune Augen, in denen extra für sie ein Lächeln stand. »Ich muss vielleicht auch noch einmal mit dir sprechen, Cate. Ist das in Ordnung für dich?«

»Ja. Werden Sie sie fangen?«

»Das habe ich vor. Denk in der Zwischenzeit ein bisschen nach, und wenn dir irgendetwas einfällt – die kleinste Kleinigkeit –, dann sag mir Bescheid.« Er zog eine Visitenkarte aus seiner Tasche. »Das bin ich, hier ist die Nummer in meinem Büro und die von zu Hause. Meine E-Mail steht auch drauf. Verwahr sie gut.« Red tätschelte sie, stand auf und ging um den Tisch herum. »Wir sind dann gegen acht da. Wir müssen uns auch bei Ihnen umschauen, vor allem an der Stelle, wo Cate den Mann gesehen hat, der sie entführt hat. Und wir müssen mit allen im Haushalt sprechen. Machen Sie diese Liste von Gästen, Personal und so weiter.«

»Wir erstellen sie sofort.« Hugh gab Cate an ihren Vater weiter und stand auf, um Red die Hand zu schütteln. Dann trat er zu Dillon und schüttelte ihm ebenfalls die Hand. »Danke, dass du alles richtig gemacht hast.«

»Oh, das ist schon okay.«

»Es ist mehr als okay. Ich danke euch allen. Ich möchte gerne in ein oder zwei Tagen wiederkommen.«

»Jederzeit«, sagte Julia zu ihm.

»Wir geben Ihnen eine Polizeieskorte nach Hause.« Red zwinkerte Cate zu. »Keine Sirenen, aber was hältst du davon, wenn wir das Blaulicht anmachen?«

Cate musste grinsen. »Okay.«

Draußen setzte Red sich hinter das Steuer und wartete, bis Michaela auf dem Beifahrersitz saß. Dann machte er das Blaulicht an.

Er fuhr hinter der schicken Limousine den Weg entlang, der zur Farm führte. »Sieht so aus, als hätten die Kidnapper das Opfer gekannt, Mic.«

»Michaela«, murmelte sie und stieß die Luft aus. »Ja, Sir, das sieht so aus.«

4

Cate war in den Armen ihres Vaters eingeschlafen, noch bevor sie das Ende des Feldwegs erreicht hatten.

»Sie ist völlig erschöpft«, murmelte Aidan. »Ich möchte sie gerne vom Arzt untersuchen lassen, aber ...«

»Lass sie erst einmal schlafen. Ich bestelle Ben zu uns nach Hause. Das macht er bestimmt für uns.«

»Ich hatte solche Angst ... Ich weiß, dass sie erst zehn ist, aber ich hatte Angst, dass sie vielleicht ...«

Hugh drückte ihm den Arm. »Ich auch. Aber das ist nicht passiert. Sie haben sie nicht so berührt. Und jetzt ist sie in Sicherheit.«

»Sie war die ganze Zeit in unserer Nähe. Nur ein paar Meilen entfernt. Gott, Dad, sie war so tapfer, so verdammt clever und tapfer. Sie hat sich selbst gerettet! Mein furchtloses kleines Mädchen hat sich selbst gerettet! Und jetzt habe ich nur noch Angst, sie aus den Augen zu lassen.«

Hugh fuhr langsamer, als sie sich den Toren näherten, die den Eingang zur Halbinsel sicherten, und wartete, bis sie aufgingen. »Sie müssen gewusst haben, wie sie hinein- und wieder hinauskommen. Ohne den Sicherheitscode oder Passierschein ging es nicht. Gerade heute, wo all die Leute ein und aus gegangen sind.«

Entlang der Auffahrt, die sich vom Meer bis zu dem mehrstöckigen Haus auf dem Hügel hinaufwand, leuchteten Lampen.

Ein Haus, dachte Hugh, das seine Eltern als Zufluchtsort

für sich und ihre Familie gebaut hatten. Heute, an dem Tag, an dem sie seinen Vater geehrt hatten, war jemand in diese Zuflucht eingedrungen, hatte sie beschmutzt und sein Enkelkind entführt.

Der Zufluchtsort gehörte jetzt ihm, und er würde tun, was er konnte, um dafür zu sorgen, dass niemand je wieder seine Grenzen überschritt.

»Warte, ich mache dir die Beifahrertür auf«, sagte Hugh, aber da strömte die Familie bereits aus dem Haus. Während seine Frau, seine Schwester und sein Schwager zum Auto eilten, trat Hugh zu seiner Mutter, die im Eingangsportal stand.

Sie sah so gebrechlich und müde aus.

Er umfasste ihr Gesicht mit den Händen und streichelte mit den Daumen ihre Tränen weg. »Es geht ihr gut, Ma. Sie schläft.«

»Wo ...«

»Ich erzähle dir drinnen alles. Lass uns hineingehen. Aidan bringt sie nach oben ins Bett. Unser kleiner Liebling hat etwas Schreckliches erlebt, aber jetzt ist sie in Sicherheit, Ma, und sie ist nicht verletzt. Nur ein paar Schrammen und Beulen.«

»Meine Beine zittern. Sie fangen immer erst danach an zu zittern. Gib mir die Hand.«

Er half ihr hinein, in ihren Lieblingswintersessel am Kamin, wo sie durch das große Fenster aufs Meer blicken konnte.

Als Aidan sie hineintrug, Cates Kopf auf seiner Schulter, ihr Körper so schlaff wie der einer Lumpenpuppe, so wie Kinder eben schlafen, presste Rosemary sich die Hand vor den Mund.

»Ich bringe sie ins Bett«, sagte Aidan leise. »Ich muss bei ihr bleiben, falls sie aufwacht. Sie soll dann nicht allein sein.«

»Ich bringe dir Tee und etwas zu essen«, sagte Maureen.

»Und ich schaue auch nach Charlotte, ob sie noch schläft. Wenn sie wach ist, bringe ich sie direkt zu dir.«

»Ich helfe dir, sie ins Bett zu bringen, Aidan. Ich kümmere mich auch um Charlotte, Maureen, während du Aidan was zu essen besorgst.« Lily eilte zur Treppe und lief vor Aidan hinauf.

»Wir warten, bis Lilly und Maureen wieder da sind«, beschloss Rosemary. »Dann soll Hugh uns alles erzählen, bevor wir versuchen, noch ein bisschen zu schlafen.«

»Es ist eine Wahnsinnsgeschichte. Die Polizei ermittelt, und sie sind in ein paar Stunden schon hier, um mit uns zu reden. Also sollten wir wirklich versuchen, ein bisschen zu schlafen.«

Während Aidan Cate die Sneakers auszog, fuhren Red und Michaela eine steile Straße über einen Hügel entlang.

»Du musst dir vorstellen, dass sie wahrscheinlich aus dem Süden zum Hof der Coopers kam, wenn sie aus dem Wald auf das Feld und den Zaun um die Kuhweide gestoßen ist.«

»Oder sie ist im Kreis gelaufen und sogar noch mehr von oben heruntergekommen.«

»Alles möglich«, stimmte er ihr zu. »Aber oben an dieser Straße liegt eine schicke, zweistöckige Hütte. Im Umkreis von einer weiteren Meile gibt es sonst nichts, und der Hof der Coopers liegt etwa drei Meilen nördlich von hier. Es lohnt sich auf jeden Fall, wenn wir mal vorbeifahren.«

»Weißt du, wer da wohnt?«

»Wenn du hier in der Gegend arbeitest, zahlt es sich aus, jeden zu kennen. Ich weiß zum Beispiel, dass die Eigentümer gerade auf Hawaii sind.«

Michaela beugte sich vor und blickte die gewundene Straße hoch. »Dann ist das Haus im Moment also unbewohnt. Das wäre verdammt praktisch.«

»Das habe ich auch gedacht. Ich kann draußen kein Licht sehen, nur da rechts ist ein schwacher Schein. Sie haben wahrscheinlich das Sicherheitslicht angelassen.«

Er fuhr langsamer, und die Umrisse des Hauses tauchten im Scheinwerferlicht auf.

»Sieht so aus, als sei eine Lampe auf der Rückseite an. Unter dem Carport da steht ein Pick-up. Gehört der den Leuten?«

»Das ist einer ihrer Wagen. Sie haben auch einen SUV, aber damit sind sie wahrscheinlich zum Flughafen gefahren. Halt deine Waffe bereit, Mic.«

Sie öffnete den Sicherheitsverschluss an ihrem Holster, als sie aus dem Wagen ausstiegen.

»Lass uns erst einmal hintenrum gehen. Das Kind hat gesagt, es sei in einem Zimmer nach hinten raus festgehalten worden, mit Blick auf die Hügel.«

»Und sie konnte die Rücklichter des Autos sehen, als er wegfuhr. So wie das Haus liegt, ist das vielleicht der Weg zum Highway 1? Ja, das könnte hinkommen.«

»Wenn das der Ort ist, sind sie wahrscheinlich schon längst weg, aber...«

Red hielt inne und blickte zu dem weißen Seil aus Bettwäsche hinauf, das aus dem Fenster hing. »Sieht so aus, als ob wir hier richtig sind. Christus auf Krücken, Mic, sieh dir an, was dieses Kind zustande gebracht hat.« Kopfschüttelnd trat er an die Hintertür. »Nicht verschlossen. Dann lass uns mal hineingehen.«

Mit gezogenen Waffen traten sie ein, einer nach rechts, der andere nach links.

Michaela sah eine offene Tüte Doritos – Cool Ranch – und einen Pappkarton mit ein paar leeren Bierflaschen. Es roch nach Gras, als sie einen Wäscheraum, eine Gästetoilette und eine Art Hobbyraum durchquerte, bevor sie im Wohnbereich wieder mit Red zusammentraf.

Sie gingen nach oben, schauten ins Elternschlafzimmer mit dem großen begehbaren Kleiderschrank und dem riesigen angeschlossenen Bad. Ein Gästezimmer – mit eigenem Bad. Ein weiteres Gästezimmer, dann das letzte Zimmer.

»Das kleinste«, bemerkte Red. »Geht nach hinten raus. Komplett blöd sind sie nicht.«

»Aber schon längst weg.« Michaela untersuchte die Fenster. »Sie sind sofort abgehauen, als sie gemerkt haben, dass sie nicht mehr da ist. Ein Fenster hier ist immer noch zugenagelt.« Sie wies auf den Boden. »Und da liegt der Nagel, den sie mit dem Löffel herausgeholt hat. Der Löffel ist völlig verbogen und zerkratzt. Sie hat hart dran gearbeitet.«

Red schob seine Pistole ins Halfter und blickte durch das Fenster nach unten. »Wenn dieses Kind schon volljährig wäre, würde ich ihr ein Bier ausgeben. Ach was, ich würde ihr einen ganzen Kasten kaufen. Die hat vielleicht Mut, Mic. Komm, lass uns diese Scheißkerle schnappen!«

»Da bin ich dabei!«

Während Aidan auf dem Stuhl neben dem Bett döste, fielen die ersten Sonnenstrahlen durch das Fenster. Und Cate warf sich im Schlaf hin und her, begann zu wimmern.

Er erwachte mit einem Ruck, kämpfte sich durch die dicken Schichten von Müdigkeit, die seinen Geist und seinen Körper umfangen hielten. Rasch stand er auf und setzte sich auf die Bettkante. Er ergriff Cates Hand und streichelte ihr über die Haare.

»Es ist okay, Baby, alles ist okay. Daddy ist hier.«

Sie öffnete die Augen. Schluchzend warf sie sich in seine Arme. »Ich hatte einen schlimmen Traum. Ich hatte einen schrecklichen, schlimmen Traum.«

»Ich bin da.«

Schniefend schmiegte sie sich an ihn. Plötzlich erstarrte sie, als ihr alles wieder einfiel. »Das war kein schlimmer Traum. Die bösen Männer ...«

»Jetzt bist du in Sicherheit. Du bist hier bei mir.«

»Ich bin weggelaufen.« Sie holte tief Luft und entspannte sich wieder. »Du und Grandpa, ihr habt mich nach Hause geholt.«

»Genau.« Er küsste sie auf die Nase. Die blauen Flecken in ihrem Gesicht und die Schatten unter ihren Augen taten ihm weh. »Ich lasse doch meine liebste Tochter nicht im Stich.«

Sie drückte ihre Wange an seine Schulter und sagte stirnrunzelnd: »Ich habe meinen Pullover zerrissen.«

»Das spielt keine Rolle.« Beruhigend streichelte er ihr den Rücken. »Ich wollte dich nicht aufwecken, aber wo du schon einmal wach bist, was hältst du denn davon, wenn ich dich bade und dir frische Sachen anziehe?«

»Daddy!« Aufrichtig entsetzt schob sie ihn weg. »Du kannst mir nicht beim Baden helfen! Ich bin ein Mädchen und du nicht. Und außerdem dusche ich mittlerweile lieber.«

So normal, dachte er. Tränen schnürten ihm die Kehle zu. So komplett normal. »Wie konnte ich das bloß vergessen! Ich sag dir was, ich schaue mal nach, ob deine Mom wach ist. Sie hatte solche Angst um dich und hat sich solche Sorgen gemacht, dass ich sie überredet habe, eine Schlaftablette zu nehmen. Sie wird sich so freuen, wenn sie dich sieht.«

»Nun sieh dir einmal das an!« Lily, einen Kaschmir-Morgenmantel über dem maßgeschneiderten Pyjama, stand in der Tür und strahlte sie an. Dann kam sie ans Bett und umarmte Cate. »Du bist hellwach, was, Süße?«

»Und viel zu groß, um von Dad gebadet zu werden.«

Lily zog ihre roten Augenbrauen hoch. »Das würde ich aber auch sagen. Ich wollte dich gerade ein bisschen ablösen, Aidan. Lass uns mal allein, damit Cate und ich uns um unsere Mädchensachen kümmern können.«

»Ich habe meinen Pullover völlig ruiniert, G-Lil.«

Da Cate ihn immer noch anhatte, fuhr Lily mit dem Finger über den Riss. »Ich würde das als Ehrenabzeichen betrachten. Na komm, Süße, dann wollen wir dich mal baden.« Erneut zog sie die Augenbrauen hoch und blickte Aidan auffordernd an. Mit einem übertriebenen Südstaaten-Akzent sagte sie: »Entschuldigen Sie uns, Sir!«

»Ich gehe schon.«

Er schenkte Cate ein breites Grinsen, das aber sofort wieder verschwand, als er aus dem Zimmer ging. Würde sein kleines Mädchen von jetzt immer Albträume haben und sich zitternd an ihn klammern?

Wie viel hatten diese Bastarde seinem Baby von ihrer kindlichen Unschuld geraubt? Und wie viel tiefer als die Schnitte und Schrammen gingen diese Wunden?

Charlotte schlief, als er ihr Schlafzimmer betrat. Er zog die Vorhänge zu, damit die Strahlen der aufgehenden Sonne sie nicht weckten. Insgeheim war er erleichtert, dass sie die Schlaftablette genommen hatte und immer noch schlief.

Wenn sie aufwachte, würde Cate schon geduscht und angezogen sein. Und hier. Das konnten sie feiern, sich darüber freuen, bevor sie darüber redeten, was sie als Nächstes tun wollten. Ein Privatdetektiv, wenn die Polizei die Entführer nicht schnell fand? Ein Therapeut für Cate – für sie alle, korrigierte er sich, als er leise ins Bad ging, um rasch zu duschen.

Die Sicherheitsmaßnahmen in ihrem Haus, in Cates Schule, wenn sie auf Reisen waren, mussten verstärkt werden.

Es tat ihm unendlich leid, dass sie Nina entlassen mussten. Er glaubte nicht einen Augenblick lang, dass sie nachlässig gewesen war und Schuld an dem Ganzen hatte. Aber Charlotte würde keine Ruhe geben, bis sie weg war.

Während er duschte und die schlimmste Müdigkeit vom

Wasser wegspülen ließ, dachte er an das neue Projekt, das er unterschrieben hatte. Er musste in Louisiana drehen, in nur zwei Wochen. Sollte er Cate aus der Schule nehmen, sodass sie und der Hauslehrer ihn begleiten konnten? Sollte er einfach vom Vertrag zurücktreten und zu Hause bleiben, bis er sich sicher fühlte, dass Cate wieder stabil war?

In unbekanntem Gelände, dachte er, sollte man besser nur einen vorsichtigen Schritt nach dem anderen machen.

Er schlüpfte in Jeans und Pullover, bevor er wieder ins Schlafzimmer trat. Kein romantisches langes Wochenende in Cabo, dachte er. Jetzt nicht. Keine Kurzreise ohne ihre Tochter.

Charlotte würde das genauso sehen.

Er ließ sie schlafen und schloss leise die Tür hinter sich.

Sein Herz machte einen Satz, als er Kichern hinter Cates Schlafzimmertür hörte, und dann das Lachen seiner Stiefmutter. Gott sei Dank haben wir Lily, dachte er, als er nach unten ging.

Gott sei Dank sind wir eine Familie.

Es überraschte ihn trotzdem, als er seinen Vater auf der hinteren Terrasse sah, wo er Kaffee trank und auf die Hügel schaute. Aidan schenkte sich ebenfalls einen Kaffee ein und ging hinaus.

Der Wind, der über die Ebene, durch die Redwoods und Pinien pfiff, brachte den Duft von den Hügeln und dem Meer mit sich. Auf den Bergen lag Schnee, und über den Boden kroch der Morgennebel.

»Ein bisschen kalt hier draußen, Dad.«

»Ich brauchte frische Luft. Manchmal vergesse ich, wie schön der Blick auf die Hügel ist. Was ist mit Cate?«

»Lily ist bei ihr. Sie ist voller Angst aufgewacht, aber ... sie hat viel Widerstandskraft.«

»Hast du etwas geschlafen?«

»Ein bisschen. Und du?«

»Ein bisschen.«

»Dad, ich möchte mich bei dir bedanken für alles, was du tun wolltest. Es ist nicht nur das Geld, sondern...«

»Du brauchst dich nicht zu bedanken.«

»Ich wusste, dass es dich irritiert. Ja.« Dieses Mal fiel ihm das Lächeln nicht so schwer. »Aber ich muss dir trotzdem danken. Und ich liebe dich, Dad.«

»Das irritiert mich nicht.« Hugh legte Aidan die Hand auf die Schulter. »Es gibt nichts, was ich für die Familie nicht tun würde. Das ist doch bei dir genauso.«

»Ich versuche gerade herauszubekommen, was das Beste für die Familie ist. Ich muss in zwei Wochen nach New Orleans zu den Dreharbeiten an *Quiet Death*. Selbst wenn ich Cate und Charlotte mitnähme – beziehungsweise Charlotte nur zum Teil, weil sie nächsten Monat in L.A. anfängt, *Sizzle* zu drehen... All die lange Arbeitszeit. Ich überlege, ob ich vom Vertrag zurücktreten soll.«

»Ach, Aidan, ich sähe es nicht gerne, wenn du diese Rolle aufgibst. Sie ist ein Juwel. Ich weiß, warum du darüber nachdenkst, aber ich hasse es. Ich hasse die ganze Situation. Du weißt, dass Lily und ich Cate zu uns nehmen würden, während du am Set bist.«

»Ich glaube nicht, dass ich im Moment ohne sie fahren könnte.«

Nein, dachte er, er *wusste*, dass er nicht ohne sie sein konnte. Und sie nicht ohne ihn.

»Charlotte hat sich so um die Rolle in *Sizzle* bemüht«, fuhr er fort. »Ich kann sie nicht bitten, sie abzusagen und in New Orleans zu bleiben, während ich drehe.«

Hugh starrte zu den Gipfeln, über denen schwere Wolken so tief hingen, als wollten sie sie ersticken. »Du hast recht. An deiner Stelle würde ich das Gleiche tun.«

»Ich habe daran gedacht, mir sechs Monate, vielleicht sogar ein ganzes Jahr Auszeit zu nehmen. Ich könnte mit Cate nach Irland fliegen und Nan helfen, sich dort niederzulassen. Das fänden sicher beide toll.«

Hugh nickte, obwohl ihm bei dem Gedanken das Herz wehtat. Seine Mutter, sein Sohn, seine kostbare Enkelin, alle auf der anderen Seite des Ozeans. »Das wäre bestimmt das Beste.«

»Ich möchte einen Privatdetektiv engagieren, wenn die Polizei diese Mistkerle nicht so schnell findet. Ich könnte eine Belohnung ausschreiben.«

Hugh blickte seinen Sohn an. Er hatte sich nicht rasiert, und seine Wangen und sein Kinn waren von grauen Bartstoppeln bedeckt. »Daran habe ich auch schon gedacht.«

»Gut. Dann bin ich ja auf dem richtigen Weg. Und ich möchte einen guten Familientherapeuten. Resilienz hin oder her, Cate muss mit jemandem reden. Das müssen wir alle drei.« Aidan blickte auf seine Uhr. »Die Polizei wird gleich hier sein, und das ist der nächste Schritt. Ich muss Charlotte wecken.« Als er sich umdrehte, sah er Cate am Küchentresen sitzen. Sie sah Nina dabei zu, wie sie Mehl in eine Schüssel siebte.

»Sieh mal«, sagte er zu seinem Vater.

»Es geht mir zu Herzen«, murmelte Hugh. »Im besten Sinne.«

Hugh öffnete die Tür und ging mit Aidan hinein.

»Da ist ja mein Mädchen.« Er trat zu Cate, um sie auf den Scheitel zu küssen, und warf Lily, die mit einer Tasse Kaffee am Kühlschrank lehnte, einen dankbaren Blick zu.

Sie hatte Cates Haare, die jetzt wieder glänzten, zu einem hohen Pferdeschwanz zusammengebunden, mit ihr zusammen Jeans mit Blumen auf den Taschen ausgesucht und einen hellblauen Pullover.

Sie hätte wie jedes andere hübsche zehnjährige Mädchen ausgesehen, wären da nicht der blaue Fleck an ihrer Schläfe und die dunklen Schatten unter ihren Augen gewesen.

»Nina macht Pfannkuchen.«

»Ja?«

»Caitlyn hat mich darum gebeten, deshalb...« Nina warf Aidan einen flehenden Blick zu. Tiefe Schatten lagen unter ihren vom vielen Weinen verquollenen Augen.

»Ich bin absolut für Pfannkuchen.« Er würde noch ein bisschen warten, bevor er Charlotte aufweckte.

Lily gab ihm ein Zeichen, und er folgte ihr aus der Küche in das frühere Arbeitszimmer seines Großvaters.

Liam Sullivans Oscars und andere Trophäen glänzten in der Morgensonne; gerahmte Szenenfotos aus seinen Filmen, Aufnahmen mit anderen Schauspielern und Regisseuren, von Hollywoods Prominenz, hingen an den Wänden.

Die breiten Glastüren führten in den Garten, den er so geliebt hatte.

»Aidan, du weißt, dass ich Cate mehr liebe als Erdbeerkuchen mit Schlagsahne.«

Er musste lächeln. »Ja. Und ich weiß, wie sehr du Erdbeerkuchen mit Schlagsahne liebst.«

»Nina«, begann sie in ihrer direkten Art. »Sie ist in das Zimmer neben der Küche gezogen, weil sie wusste, dass Charlotte sie nicht sehen wollte. Aber sie hat uns gehört, als wir herunterkamen. Sie wollte nur einen Moment lang bei Cate sein. Cate hat sich so gefreut, sie zu sehen, und hat sofort um Pfannkuchen gebeten. Aidan, das Mädchen war nicht nachlässig oder verantwortungslos, sie...«

»Ich weiß.«

Lily holte tief Luft, als er sie unterbrach. Ihr topasfarbenen Augen vermittelten Erleichterung und Enttäuschung zugleich. »Aber du willst sie trotzdem entlassen.«

»Ich werde noch einmal versuchen, mit Charlotte zu reden, aber ich fürchte, sie wird ihre Meinung nicht ändern. Und Tatsache ist auch, Lily, ich glaube nicht, dass Nina sich jemals wieder wohl bei uns fühlen wird.«

»Schon wieder wegen Charlotte.« Der Südstaaten-Akzent nahm der Bemerkung ein wenig die Schärfe.

Aidan liebte seine Stiefmutter. Und er wusste genau, dass Lily und Charlotte keineswegs einander zugetan waren.

»Okay, ja. Ich werde tun, was ich kann, um ihr bei der Suche nach einer anderen Stelle behilflich zu sein, und ich werde ihr eine hohe Abfindung zahlen.«

»Ich werde mich auch um eine neue Stelle für sie kümmern. Die Leute hören auf mich.«

»Weil du ihnen keine Wahl lässt.«

Sie stach ihm den Finger in die Brust. »Warum sollte ich?« Dann küsste sie ihn auf die Wange. »Cate kommt wieder in Ordnung. Ein bisschen Zeit, ein bisschen Liebe, und alles kommt wieder ins Lot.«

»Damit rechne ich auch. Willst du Pfannkuchen?«

»Süßer, in meinem Alter und bei diesem Beruf sollte ich mich eigentlich nie im gleichen Zimmer aufhalten wie ein Pfannkuchen.« Sie klopfte sich auf den Hintern. »Aber heute Morgen mache ich eine Ausnahme.«

Aidan behielt die Uhr im Auge, als sie in der Küche frühstückten. Er merkte, dass Nina leise davongehuscht war.

»Ich wecke jetzt deine Mom auf, Baby. Sie wird sich vorkommen wie am Weihnachtsmorgen, und du bist das beste Geschenk unter dem Baum.«

Cate lächelte und zerteilte den Pfannkuchen auf ihrem Teller. »Schläft Nan auch noch?«

»Wahrscheinlich, aber ich schaue mal nach. Tante Maureen und Onkel Harry sind noch hier. Und Miranda und Jack und ein paar der anderen Kinder auch.«

»Fahren wir heute nach Hause?«

»Das sehen wir noch. Erinnerst du dich noch an Sheriff Buckman von gestern Abend? Er kommt gleich noch einmal und will mit allen reden.«

Cate legte die Gabel weg und faltete die Hände unter dem Tisch. Sie starrte auf ihren Teller. »Hat er sie gefangen?«

»Ich weiß nicht, Cate, aber dir kann nichts mehr passieren.«

»Kommst du gleich wieder zurück? Wenn du hinaufgegangen bist, kommst du dann gleich wieder?«

»Sofort. Und G-Lil und Grandpa bleiben hier bei dir.«

»Und Nina?«

»Nina ist gerade beschäftigt«, sagte Lily leichthin. »Sollen wir uns nicht eines dieser Puzzles herausholen, die du so gerne hast, weil ich dann immer diese schlimmen Wörter sagen muss?«

Cate lächelte. »Können wir das im Wohnzimmer machen, damit wir das Wasser sehen und Feuer im Kamin machen können?«

»Großartige Idee.« Hugh stand auf. »Ich hole das Puzzle.«

»Aber kein leichtes!« Hastig erhob sich Cate, um hinter ihm herzulaufen. Dann blieb sie stehen und warf ihrem Vater einen flehenden Blick zu. »Du kommst gleich wieder zurück!«

»Sofort!«, versprach Aidan.

»Zeit und Liebe, Aidan«, rief Lily ihm ins Gedächtnis, als er seiner Tochter nachschaute.

Er nickte und wandte sich zur Treppe. Im Schlafzimmer zog er die Vorhänge auf, sodass Tageslicht in den Raum fiel.

Er trat ans Bett und setzte sich zu Charlotte auf den Bettrand. Ihre Haare fielen im Sonnenlicht wie ein luxuriöser Teppich über das Kopfkissen. Sanft schob er sie ihr aus dem Gesicht und küsste sie.

Sie rührte sich nicht – auch ohne Schlaftablette hatte sie einen tiefen Schlaf –, deshalb zog er ihre Hand an die Lippen und küsste ihre Finger. »Charlotte, wach jetzt auf.«

Da erst bewegte sie sich, sie hätte sich umgedreht, wenn er sie nicht davon abgehalten hätte. »Charlotte, wach jetzt auf.«

»Lass mich nur noch ein bisschen schla...« Sie riss die Augen auf, die sich schlagartig mit Tränen füllten. »Caitlyn!« Weinend warf sie sich in Aidans Arme. »Gott, Gott, wie konnte ich nur schlafen, wo mein Baby weg ist! Wie konnte ich...«

»Charlotte! Hör auf, hör auf! Cate ist hier. Sie ist wohlbehalten unten.«

»Oh, warum lügst du mich an? Warum quälst du mich so?«

»Hör auf!« Er musste sie wegschieben und sie ein wenig schütteln, damit sie nicht wieder hysterisch wurde. »Sie ist unten, Charlotte. Sie ist ihnen entkommen. Sie ist in Sicherheit!«

Sie blickte ihn verständnislos an. »Was redest du da?«

»Unser Mädchen, Charlotte!« Tränen schnürten ihm die Kehle zu. »Unser tapferes kleines Mädchen ist aus einem Fenster geklettert. Sie ist entkommen und hat Hilfe geholt. Dad und ich haben sie gestern Nacht dort abgeholt, nachdem wir mit der Polizei geredet haben. Als wir endlich zu Hause waren, hat sie schon geschlafen, und du auch, deshalb...«

»Sie... sie ist aus einem Fenster geklettert? O mein Gott! Haben sie... Die Polizei, du hast die Polizei gerufen?«

»Die Familie, die ihr geholfen hat, hat sie gerufen. Sheriff Buckman und seine Deputy kommen in etwa zehn Minuten, um...«

»Sie kommen hierher? Haben sie sie erwischt? Haben sie die Männer festgenommen, die Caitlyn hatten?«

»Ich weiß nicht. Sie haben Masken getragen. Cate wusste

nicht, wo sie war. Es war ein Geschenk Gottes, dass sie dieses Haus gefunden hat, diese Familie, die ihr geholfen und sich um sie gekümmert hat, bis wir da waren. Charlotte, sie ist unten. Du musst aufstehen.«

»O Gott, o Gott, ich – ich bin so benommen von der Tablette. Ich kann nicht mehr klar denken.« Sie schlug die Decke zurück und sprang aus dem Bett. Da sie nur ein seidenes Nachthemd trug, konnte Aidan sie gerade noch zurückhalten, bevor sie aus dem Raum rennen konnte.

»Süße, du musst dir wenigstens einen Morgenmantel anziehen. Die Polizei kommt gleich.«

»Was kümmert mich...«

Er ergriff den Morgenmantel, der am Fußende des Bettes lag, und half ihr hinein.

»Ich zittere, ich zittere. Das ist alles wie ein schrecklicher Traum. Caitlyn.«

Weinend rannte sie aus dem Zimmer die Treppe hinunter. Sie stieß ein lautes Jammern aus, als sie Cate auf dem Boden sitzen sah, wo sie an einem Puzzle arbeitete. »Caitlyn! Cate! Mein Baby! Ich kann es nicht glauben, dass du...« Sie brach ab und überschüttete Cates Gesicht mit Küssen. »Oh, lass dich anschauen, lass dich anschauen. Oh, mein Liebling, haben sie dir wehgetan?«

»Sie haben mich in ein Zimmer eingesperrt, aber ich bin entkommen.«

»Oh, wie konnte das nur passieren!« Erneut zog sie Cate an sich. »Wenn ich denke, was hätte passieren können... Diese Nina! Ich bringe sie ins Gefängnis!«

»Charlotte!« Hugh versuchte einzuschreiten, aber Cate hatte sich schon aus den Armen ihrer Mutter gewunden und stieß sie weg.

»Nina hat gar nichts getan! Du kannst nicht gemein zu Nina sein!«

»Sie sollte auf dich aufpassen, sich um dich kümmern. Ich habe ihr vertraut. Das werde ich ihr nie verzeihen. Ich glaube mit Sicherheit, dass sie daran beteiligt war. Mein süßes Baby!«

»Es ist nicht Ninas Schuld.« Wieder wand sich Cate aus Charlottes Armen. »Du hast mir gesagt, wo ich mich verstecken soll. Du hast mir gesagt, wir sollten Verstecken spielen, und wenn ich mich in dem Baum verstecke, würde mich niemand finden, und ich würde gewinnen!«

»Sei nicht albern!«

Bevor Aidan etwas sagen konnte, hob Hugh die Hand und stand langsam auf. »Wann hat deine Mutter dir gesagt, wo du dich verstecken sollst, Cate?«

»Hör auf, sie zu bedrängen! Hat sie nicht schon genug durchgemacht! Hugh, es ist an der Zeit, dass wir mit unserer Tochter dieses Haus hier verlassen. Zeit, nach Hause zu fahren.«

»Wann, Caitlyn?«, wiederholte Hugh.

»Am Morgen vor dem Fest.« Ihre Stimme bebte zwar ein wenig, aber Cate schaute Charlotte unverwandt an. Zwar musterte sie ihre Mutter nicht, als sei sie eine Fremde, aber doch so, als ob sie auf einmal etwas sähe, was sie immer gewusst hatte.

»Sie sagte, komm, wir machen einen Spaziergang, noch bevor Nina aufgestanden war. Ganz früh. Und sie sagte, sie hätte das beste Versteck, und als sie es mir zeigte, sagte sie, ich solle es keinem verraten. Es sei unser Geheimnis, und ich sollte als letztes Spiel Verstecken spielen vorschlagen.«

»Das ist lächerlich! Sie ist durcheinander. Komm jetzt sofort mit mir, Caitlyn. Wir gehen nach oben und packen.«

»*Sie.*« Bleich wie der Tod, trat Aidan vor und stellte sich zwischen Frau und Tochter. »Als ich gesagt habe, Cate sei hier und in Sicherheit, hast du als Erstes… Es war das Entsetzen, keine Erleichterung, das sehe ich jetzt. Und du sagtest ›sie‹. Hat die Polizei sie gefangen, die Männer, die sie entführt haben.«

»Du liebe Güte, Aidan, was heißt das schon? Ich war gerade aus meinem Schlaftablettenschlaf aufgewacht. Und…«

Die Stimme ihres Vaters klang so kalt, dass Cate zu zittern begann. Lily zog sie an sich.

»Als du die Schlaftablette genommen hast, wussten wir nur von einem Mann. Aber es waren zwei. Es waren zwei. Woher wusstest du das, Charlotte?«

»Das wusste ich doch gar nicht!« Ihr Morgenmantel schwang ihr um die Beine, als sie sich heftig umdrehte. Sie presste die Hand aufs Herz. »Woher sollte ich das denn wissen? Das war nur so eine Redewendung, und ich war benommen und durcheinander. Hör auf damit. Ich will nach Hause!«

Etwas in Cates Bauch bebte, aber sie trat trotzdem einen Schritt näher. »Ich konnte mich nicht daran erinnern, als ich mit der Polizei geredet habe, aber jetzt weiß ich es wieder.«

Lily ergriff Cates Hand. »Was weißt du wieder?«

»Was er gesagt hat, als ich so tat, als ob ich schlafen würde, und er am Telefon mit jemandem geredet hat. Er fragte, benutzt du das Telefon der Kinderfrau? Und dass man ihr die Schuld geben würde, wenn sie es überprüfen würden.«

»Caitlyn ist völlig verwirrt. Gott weiß, was sie ihr angetan haben, als sie…«

»Nein, bin ich nicht.« Tränen liefen ihr über die Wangen, aber ihre Augen schossen Blitze. »Ich erinnere mich. Du hast mir gesagt, wo ich mich verstecken soll. Du hast gesagt, spielt das als letztes Spiel. Und er hat gefragt, ob du das Telefon der Kinderfrau benutzt. Du warst es nämlich. Ich wusste es. Ich wusste es tief im Inneren, G-Lil, deshalb wollte ich Mom heute Morgen auch nicht sehen, ich wollte nur Dad.«

»Du hörst jetzt sofort mit diesem Unsinn auf.« Als Charlotte nach Cate greifen wollte, versperrte Lily ihr den Weg.

»Wag es nicht, dieses Kind zu berühren.«

»Geh mir aus dem Weg, du ausgekochte Schlampe.« Doch Lily bewegte sich keinen Millimeter, bis Charlotte sie wütend schubste. »Geh mit deinem fetten Arsch aus dem Weg, sonst...«

Mit glitzernden Augen trat Lily ganz dicht an Charlotte heran. »Sonst was? Willst du mich erschießen, du seelenloser Vorwand für eine Mutter? Mit deinen Schauspielkünsten kämst du nicht aus einem Raum mit einer Tür heraus, wenn die Tür weit offen stünde, und du wirst dich auch hier nicht verdrücken, du Möchtegern-Aktrice. Schubs mich noch einmal, dann liegst du auf dem Boden, und aus dieser Nase, für die Aidan viel Geld bezahlt hat, fließt Blut.«

»Hört auf!« Aidan hob die Hände und drängte sich zwischen die beiden Frauen, während Hugh Cate wegzog. »Hört damit auf! Charlotte, Lily, setzt euch hin!«

Charlotte warf ihre Haare zurück und zeigte mit dem Finger auf Lily. »Ich bleibe nicht mehr im gleichen Haus wie sie. Ich gehe nach oben und ziehe mich an. Aidan, wir fahren.«

Er packte sie am Arm, bevor sie hinausstürmen konnte. »Ich sagte, setz dich hin!«

»Sprich nicht so mit mir. Was ist bloß los mit dir?« Schluchzend drängte sie sich an ihn. »Ich kann nicht hierbleiben! Aidan, o Aidan, diese Frau hasst mich. Sie hat mich immer schon gehasst. Hast du nicht gehört? Hast du gehört, was sie zu mir gesagt hat? Wie kannst du nur zulassen, dass sie mich so beleidigt?«

»Ich weiß noch tausend andere Wege, um dich zu beleidigen«, zischte Lily. »Ich habe sie schon seit Jahren gesammelt.«

Aidan warf Lily einen flehenden Blick zu, und sie hob mit einer entschuldigenden Geste die Hand.

»Setz dich, Charlotte«, wiederholte Aidan.

»Ich werde mich nicht im gleichen Haus und schon gar nicht im gleichen Raum wie diese Frau hinsetzen.«

»Es geht hier nicht um Lily. Es geht um Caitlyn. Es geht darum, dass du an dem, was ihr passiert ist, beteiligt warst.«

»Das kannst du doch nicht im Ernst glauben. Ich bin Caitlyns Mutter! Unser Baby ist durcheinander und verwirrt.«

»Nein, bin ich nicht.«

Charlottes Kopf fuhr herum, und einen Moment lang kämpfte sie mit sich, während Cate sie mit Tränen in den Augen wütend ansah. »Wir werden uns darum kümmern, dass du die Hilfe bekommst, die du brauchst, Cate. Du hast Schreckliches erlebt.«

»Du hast mir gesagt, wo ich mich verstecken soll. Du sagtest: ›Lass uns einen Spaziergang machen, bevor die anderen aufstehen, dann zeige ich dir ein Geheimversteck‹.«

»Das habe ich nicht! Du bringst das durcheinander. Du bist bestimmt mit Nina spazieren gegangen, und…«

»Sie ist mit dir gegangen.« Rosemary, die ein wenig zitterte, stand in der breiten Eingangstür. »Ich habe euch gesehen. Gestern Morgen habe ich dich und Cate draußen gesehen, als ich auf den Balkon getreten bin, um das Meer zu riechen.«

»Das hast du geträumt! Ihr habt euch alle gegen mich verschworen! Ihr…«

»Sei still! Sei still, und setz dich endlich hin!« Aidan fühlte sich total elend, als er Charlotte zu einem Stuhl zerrte und sie zwang, sich hinzusetzen. »Nan. Was hast du gesehen?«

»Ich sah, wie sie zusammen gingen, und ich dachte noch, wie süß, die beiden machen so früh schon einen Spaziergang, wenn die Sonne aufgeht und auf dem Wasser glitzert. Ich hätte fast nach ihnen gerufen, habe es dann aber doch nicht getan, weil ich ihren Moment der Zweisamkeit nicht stören wollte.«

»Was hast du nur getan?«

»Ich habe gar nichts getan! Das ist so typisch für dich!«, fuhr Charlotte Aidan an. »So typisch, dass du mit allen anderen Partei gegen mich ergreifst.«

»Nein«, murmelte er. »Eigentlich nicht.« Er blickte zum Fenster, als das Torsignal ertönte. »Das müsste der Sheriff sein.«

»Ich öffne das Tor.« Lily ging hinaus zur Gegensprechanlage.

»Wenn du versuchst aufzustehen«, warnte Aidan Charlotte, die Anstalten machte, sich zu erheben, »dann drücke ich dich eigenhändig wieder zurück auf den Stuhl.«

»Wenn du die Hand gegen mich…« Sie brach ab und zuckte zusammen, als er drohend auf sie zutrat. »Du hast den Verstand verloren.«

Sie schlug die Hände vors Gesicht und griff zu ihrer üblichen Verteidigungsmethode. Tränen.

5

»Setz dich hierhin, Cate. Ma, setz dich neben Cate.«

»Du glaubst mir doch, Grandpa, oder?«

»Ja, natürlich.« Er umarmte sie, dann gab er ihr einen Klaps auf den Po und schickte sie zu einem der Sofas. »Leider muss ich sagen, ja.«

Er trat zu seiner Mutter und legte ihr den Arm um die Schultern, um sie zu Cate zu führen.

»Lily«, sagte er, »würdest du Nina bitten, ebenfalls hereinzukommen und ihr Handy mitzubringen?«

»Wag es nicht, diese Lügnerin hier hereinzuholen.«

»Halt den Mund. Meinetwegen kannst du so viel Tränen vergießen, wie du willst, aber halt endlich den Mund. Ich gehe an die Tür«, sagte er zu Aidan.

Seine Schwester kam die Treppe heruntergestürmt. »Was ist los? Wir haben euch hier schreien hören.«

»Charlotte war anscheinend an Cates Entführung beteiligt.«

»Du ... *was?*«

Er rieb sich mit den Händen durchs Gesicht. »Tu mir einen Gefallen und sieh zu, ob du Kaffee organisieren kannst. Die Polizisten wollen vielleicht auch welchen. Und dann hol Harry. Er soll herunterkommen und zuhören. Miranda und Jack sollen sich darum kümmern, dass die Kinder oben bleiben oder runter ins Kino gehen. Hier wird eine Show aufgeführt werden, die sie besser nicht zu sehen kriegen.«

»Hugh, wie kommst du auf die Idee, dass sie ... In Ordnung«, sagte sie, als er einfach nur den Kopf schüttelte. »Ich kümmere mich darum.«

Als Hugh die Tür öffnete, stiegen Red und Michaela gerade aus dem Auto.

»Guten Morgen, Mr Sullivan. Wie geht es Caitlyn?«

»Hugh«, sagte er. »Bitte, sagen Sie beide Hugh zu mir. Es gab einige ... Entwicklungen heute Morgen. Cate hat sich an etwas erinnert. Sie hat sich an weitere Details erinnert.«

»Das ist hilfreich.« Red sah Hugh den Stress und die schreckliche Wut an. »Haben sie ihr mehr Schaden zugefügt, als wir angenommen haben?«

»Nein, nein, das nicht. Es ist ...« Er zwang sich, seine Finger zu strecken, die er zu Fäusten geballt hatte. »Hören Sie es sich besser selber an. Bitte, kommen Sie herein.«

Red trat in die Halle mit der hohen Decke.

Das kleine Mädchen saß mit tränenverschmiertem Gesicht und wütenden Augen im schützenden Arm seiner Urgroßmutter. Die üppige Rothaarige, die er aus zahlreichen Filmen kannte, saß auf der Sofalehne neben dem Kind.

Wie ein Wachtposten.

Die attraktive Blondine, die er ebenfalls vom Film kannte, weinte in ihrem weißen Seidenmorgenmantel, während ihr Mann hinter ihrem Stuhl stand. Anscheinend jedoch nicht, um sie zu beschützen, sondern um sie zu bewachen.

»Meine Mutter Rosemary«, begann Hugh, »meine Frau, Lily. Und ah, da kommt meine Schwester Maureen.«

»Der Kaffee ist gleich fertig. Harry zieht sich gerade an.« Ein Blick ihres Bruders veranlasste sie, zum Sofa zu gehen und sich auf die andere Seite neben ihre Mutter zu setzen.

Eine vereinte Front, dachte Red. Die Blonde ist offensichtlich ausgeschlossen.

»Das sind Sheriff Buckman und Deputy Wilson. Und hier kommt Nina, Caitlyns Kinderfrau.«

»Schafft mir diese Frau aus den Augen!«

Nina wich taumelnd zurück bei Charlottes wütendem Aufschrei. »Miss Lily hat gesagt, ich solle herkommen und mein Handy mitbringen.«

»Sie sind gefeuert! Kennen Sie das Wort?«

Nina war eine kleine Frau und gerade einmal fünfundzwanzig Jahre alt. Sie hatte immer alles getan, was Charlotte wollte. Hatte sich immer von ihr einschüchtern lassen. Aber jetzt straffte sie die Schultern. »Dann brauche ich ja nicht mehr auf das zu hören, was Sie sagen.«

Charlotte – Red fand es faszinierend, wie schnell sich bei ihr Tränen in einen Wutanfall verwandelten – wollte aufspringen, aber Aidan packte sie an den Schultern und drückte sie zurück.

»Fass mich nicht an. Sheriff, Sie müssen mir helfen.«

Und, stellte Red fest, schon kamen die Tränen wieder.

»Bitte, bitte, ich werde misshandelt. Körperlich, verbal und emotional. Bitte.« Sie wandte ihm ihr schönes Gesicht mit den tränenerfüllten Augen zu, hob flehend die Hände.

»Wir sind hier, um zu helfen«, sagte Red freundlich. »Setzen Sie sich doch bitte alle.«

Eine Frau kam mit einem Servierwagen ins Zimmer, und sofort duftete es nach Kaffee.

»Danke, Susan.« Maureen sprang auf. »Ich übernehme das. Susan unterstützt meine Mutter im Haushalt. Susan, Sie können gehen. Hier kommt mein Mann. Harry, das sind Sheriff Buckman und Deputy Wilson. Du solltest dich setzen«, murmelte sie ihm zu.

Aber vorher trat er noch zu Cate und drückte ihr einen übertriebenen Kuss auf den Scheitel. »Du hast schon geschlafen, als ich dich heute Nacht gesehen habe.« Dann setzte er sich auf einen Stuhl und streckte die langen Beine aus.

Da es zahlreiche Sitzgelegenheiten gab, wählte Red einen

Stuhl, der ihm den besten Blickwinkel auf die Blonde und das Kind bot. Mutter und Tochter. Zwischen ihnen stimmte irgendetwas absolut nicht.

»Wie geht es dir heute, Cate?«

»Ich habe keine Angst mehr. Und mir ist eingefallen, dass sie mir gesagt hat, wo ich mich verstecken soll.« Sie hob die Hand und zeigte anklagend auf ihre Mutter.

»Sie ist völlig durcheinander. Diese Monster müssen ihr etwas gegeben haben, das ihr Gedächtnis getrübt hat. Sie weiß nicht, was sie sagt.«

»Doch, das weiß ich.« Cate blickte ihre Mutter unverwandt an.

Charlotte wandte als Erste den Blick ab.

»Sie hat mich gestern Morgen ganz früh geweckt, weil sie eine Überraschung für mich hat, hat sie gesagt. Sie steht normalerweise nicht so früh auf, außer wenn sie einen Termin hat, aber sie war schon angezogen, und sie hatte meine Jacke und meine Schuhe dabei.«

»Das stimmt nicht!«

»Doch, das stimmt.«

»Charlotte«, sagte Rosemary seufzend. »Ich habe euch gesehen. Ich habe sie beide vorne herausgehen sehen, etwa eine halbe Stunde nach Sonnenaufgang.«

Red hob die Hand, bevor Charlotte erneut etwas sagen konnte. »Ich möchte gerne hören, was Cate zu sagen hat.«

»Ich lasse nicht zu, dass Sie mein Kind verhören.«

»Ich glaube nicht, dass ich das tue.« Red würdigte Charlotte kaum eines Blickes. Er schenkte Cate seine ganze Aufmerksamkeit. »Ich höre nur zu. Erzähl mir, woran du dich erinnerst, Cate.«

»Sie sagte, wir wollten spazieren gehen, und das taten wir auch. Und ich war aufgeregt, weil sie sagte, es sei ein Geheimnis.« Ihre Stimme klang zwar wütend, aber sie hatte

Tränen in den Augen. »Sie sagte, sie wüsste das beste Versteck, und ich sollte als letztes Spiel draußen Verstecken spielen und mich dann an diesem Ort verstecken – dem Baum an der Garage. Dort würde mich niemand finden, und ich würde gewinnen.«

»Yoga«, murmelte Aidan. »Gott, wie konnte ich nur so dumm sein, so blind? Ich bin aufgewacht, und du kamst gerade ins Schlafzimmer. Du hattest eine Yogahose und ein Tank-Top an und sagtest, du wärst mit deiner Matte am Pool gewesen, um Yoga zu machen.«

»Und genau das habe ich auch getan, oder ist das etwa ein Verbrechen?«

»Eine schwarze Yogahose«, sagte Rosemary. Sie schloss die Augen und rief sich die Szene noch einmal ins Gedächtnis. »Ein schwarz-weiß geblümtes Tanktop.«

»Ja.« Aidan nickte.

»Offensichtlich hat Rosemary gesehen, wie ich vom Pool zurückgekommen bin, und sie ist verwirrt.«

»Scheint mir ein bisschen viel Verwirrung auf einmal«, bemerkte Red. »Cate scheint sich sehr klar und deutlich zu erinnern.«

»Sie steht noch unter Schock, vielleicht sogar noch unter dem Einfluss dessen, was ihr diese Monster verabreicht haben.«

»Das müssen die Monster gewesen sein, die sie mit in das Ferienhaus der Wenfields genommen haben, ungefähr drei Meilen Luftlinie von hier.« Er ließ Charlotte nicht aus den Augen, während er sprach. »Vielleicht halten Sie diese Männer auch für verwirrt?«

Sie wurde blass, und er sah, wie sich ihre Finger in die Lehnen des Sessels gruben. Er roch die Lüge, noch bevor sie sie aussprach.

»Das sind Kriminelle, Lügner. Sie arbeiten mit diesem

herzlosen Luder zusammen.« Sie machte eine Handbewegung in Richtung Nina. »Wendet mein eigen Fleisch und Blut gegen mich, und nur wegen Geld.«

»Ich würde mir eher die Hand abhacken, als zuzulassen, dass irgendjemand Caitlyn etwas antut. Ich bin bereit, mich einem Lügendetektor-Test zu unterziehen«, sagte Nina zu Red. »Ich tue alles, was Sie wollen.«

»Mum hat mit ihm am Telefon geredet – nicht Nina«, beharrte Cate. »Er fragte, ob sie das Telefon der Kinderfrau benutzen würde, und sagte, das wäre gut. Er nannte sie ›Darling‹. Und als sein Handy klingelte, war es nach der Melodie *The Mexican Hat Dance*. Ich weiß das, weil wir das im Tanzunterricht gelernt haben.«

Nina schlug sich die Hand vor den Mund, konnte aber ihr Keuchen nicht zurückhalten.

»Sehen Sie, sie ist schuldig.«

»Ich habe nichts getan.« Nina zog ihr Telefon aus der Tasche und stand auf. Sie entsperrte es und reichte es Red. Dann beugte sie sich zu ihm herunter und flüsterte: »Ich habe etwas zu sagen, möchte es aber nicht vor Caitlyn tun.«

Er nickte und lächelte Lily zu. »Ma'am – und ich möchte Ihnen zuerst sagen, dass ich Ihre Filme über die Jahre sehr geschätzt habe –, könnten Sie vielleicht mit Cate kurz nach hinten gehen und ihr etwas zu trinken geben?«

»Sie wollen etwas sagen, was ich nicht hören soll. Es ist mir passiert, ich sollte alles hören.«

Eigensinnig zog sie die Augenbrauen zusammen. Er musste ihren Wunsch respektieren. »Das mag so sein, Liebes, aber ich möchte trotzdem, dass du mir zuerst ein paar Minuten Zeit gibst. Ich wäre dir sehr dankbar.«

»Komm, Süße. Ich hole dir eine Cola.«

»Mein Kind darf keine kohlensäurehaltigen Zuckergetränke trinken!«

»Na, rate mal, wer heute nichts zu sagen hat!« Lily warf Charlotte einen Blick zu und ergriff Cates Hand.

Red wartete, bis sie aus dem Zimmer waren, dann nickte er Nina zu. »Was wollten Sie sagen?«

»Ich will es eigentlich nicht sagen. Ich wünschte, ich müsste es nicht, und es tut mir so leid, Mr Aidan. Es tut mir so leid, aber Ms Dupont...« Ninas Wangen röteten sich vor Verlegenheit. »Sie hatte Sex mit Mr Sparks.«

»Lügnerin!« In einer Woge von weißer Seide wollte Charlotte aufspringen und schlug nach Aidan, als er versuchte, sie zurückzuhalten. Sie stürzte sich auf Nina, und es gelang ihr, der jungen Frau die Wange zu zerkratzen, bevor Michaela sie überwältigte.

Aber auch in ihrem Griff strampelte sie und trat um sich.

»Wir werden Ihnen Handschellen anlegen müssen«, warnte Red sie in einem Tonfall, als wolle er sagen, dass es nach Regen aussähe. »Körperverletzung und Widerstand gegen die Staatsgewalt. Sie setzen sich besser wieder, bevor Sie sich in einer Zelle abregen müssen.«

»Meine Anwälte werden dafür sorgen, dass Sie beide ihre Jobs verlieren. Und sie werden Sie vernichten«, zischte Charlotte, an Nina gewandt.

Langsam und ruhig erhob sich Red. »Setzen Sie sich. Oder ich lasse Sie auf der Stelle festnehmen und abführen. Nina, brauchen Sie ärztliche Hilfe?«

»Es ist schon in Ordnung. Ich lüge nicht.«

»Erzählen Sie mir doch, warum Sie glauben, dass Ms Dupont eine Affäre mit diesem Mr Sparks hat.«

»Ich glaube es nicht, ich weiß es, weil ich sie überrascht habe. Es tut mir so leid, Mr Aidan. Sie sagte, sie würde mich entlassen und dafür sorgen, dass ich nie wieder einen anderen Job bekäme, wenn ich etwas sagen würde.«

»Aidan, das kannst du doch nicht glauben.« Charlotte griff

nach seiner Hand, das Gesicht kummervoll verzogen. »Du kannst doch nicht im Ernst glauben, dass ich dir untreu war.«

Er zog seine Hand zurück. »Glaubst du wirklich, dass es mich an diesem Punkt auch nur im Geringsten interessiert, was mit dir ist?«

»O, Aidan!«

»Du kannst deine blöden Tränen abstellen, Charlotte. Die Szene hast du ausgereizt.«

»Nina, und warum spielt die Sache zwischen Ms Dupont und Mr Sparks gerade jetzt eine Rolle?«

»Sein Klingelton. Ich habe den Klingelton seines Handys gehört. Es ist die Melodie, von der Cate gesprochen hat. Der Hat Dance.«

»Als ob Grants Handy das einzige auf der Welt ist mit…«

»Halt den Mund!«, fuhr Aidan sie an.

»Er nannte sie ›Darling‹«, fuhr Nina fort. »Das hat er in meiner Gegenwart gesagt. Cate und ich haben ihre Großeltern besucht, und sie wollte ihnen eine Geschichte zeigen, die sie für die Schule geschrieben hatte. Sie wohnen ganz in der Nähe, deshalb sagte ich, ich laufe schnell zurück und hole sie. Sie war so stolz darauf. Ich dachte, sie – Ms Dupont und Mr Sparks – wären im Studio unten. Ich habe gar nicht weiter überlegt und bin direkt nach oben gerannt. Die Zimmer des Elternschlafzimmers standen weit offen. Zuerst hörte ich sie nur. Ich hörte sie, und dann sah ich sie. Sie lagen zusammen im Bett.« Sie stieß die Luft aus. »Ich nehme an, ich habe ein Geräusch gemacht – ich war so schockiert. Als sie mich hörte, stand sie auf und kam aus dem Zimmer. Nackt. Sie sagte mir, wenn ich sie verraten würde, wäre ich erledigt, und sie würde der Polizei sagen, ich hätte versucht, ihren Schmuck zu stehlen. Ich wollte meinen Job nicht verlieren, und ich wollte Caitlyn nicht verlassen. Ich wollte nicht ins Gefängnis, deshalb sagte ich nichts.«

»Kein Wort«, sagte Aidan leise, als Charlotte leugnen wollte. »Kein einziges Wort. Haben Sie noch mehr zu sagen, Nina?«

»Es tut mir leid, Mr Aidan. Es tut mir leid. Danach hat sie sich keine Mühe mehr gegeben, es vor mir zu verstecken. Und er nannte sie ›Darling‹. Er sagte: ›Darling, sie wird schon den Mund halten. Komm wieder ins Bett.‹ Oder auch, wenn ich ihnen eine Flasche Wein ins Studio bringen musste, nannte er sie so. Er nannte sie immer so.«

»Darf ich Sie fragen, Nina, ob Sie Ihr Handy immer bei sich tragen?«

Nina nickte. »Ja, Sir. Fast immer. Außer, wenn ich es aufladen muss, aber das versuche ich immer nachts zu tun.«

»Und gestern, nachdem Sie gemerkt haben, dass Caitlyn nicht da war?«

»Ich hatte es bei mir, als ich nach ihr gesucht habe. Später, nachdem Ms Dupont mir die Schuld dafür gegeben hatte, sagten Miss Lily und Miss Rosemary, ich solle meine Sachen nach unten bringen und in dem Raum neben der Küche schlafen, damit sich Ms Dupont nicht noch mehr aufregte. Das habe ich getan, und als wir alle darauf gewartet haben, dass der Entführer anruft, habe ich mein Telefon dort aufgeladen.«

»Hat Ms Dupont auch mit Ihnen gewartet?«

»Nein, Sir, sie war oben. Sie hatte sich hingelegt. Ich glaube, sie hat eine Schlaftablette genommen und hat geschlafen, als er anrief.«

»Okay, Nina. Ma'am«, sagte Red zu Rosemary, »gibt es eine Möglichkeit, von oben zu diesem Schlafzimmer hier unten zu gelangen, ohne von allen gesehen zu werden, die hier gewartet haben?«

»Mehrere Möglichkeiten.«

»Wir werden Ihr Handy mitnehmen, Nina. Wenn Sie einverstanden sind, können wir mit einer speziellen Software die letzten Anrufe nachverfolgen.«

Er sah, dass in Michaelas Gesicht ein Muskel zuckte, weil sie seinen Bluff erkannte, aber Red war der Meinung, dass man jeden Bluff – und sogar direkte Lügen – mit lässigem Selbstvertrauen äußern sollte.

»Zum einen können wir zweifelsfrei feststellen, dass nicht Sie den Anruf gemacht haben, wenn er zu einem Zeitpunkt stattgefunden hat, wo Sie hier mit allen Zeugen zusammen waren. Und zum anderen können wir, auch wenn sie keine Namen genannt haben, die Stimmen durch die Stimmerkennung identifizieren lassen. Da es sich um eine Entführung handelt, wird das FBI uns dabei unterstützen. Sie verfügen wirklich über eine erstaunliche Ausrüstung.«

Michaela spielte mit und nickte. »Es ist ganz einfach, die Stimmen zuzuordnen, da wir die beiden Männer bereits haben.«

»Ja. Mic, geh bitte nach oben mit Ms Dupont, damit sie sich anziehen kann.«

»Sie bringen mich nicht ins Gefängnis. Ich bin ein Opfer. Sie können sich nicht vorstellen, was ich durchgemacht habe.«

»Ich denke, ich weiß alles Wesentliche schon, aber wenn Sie eine Aussage machen möchten, habe ich nichts dagegen. Ich werde sie aufnehmen. Aber zuerst muss ich Sie über Ihre Rechte belehren.« Er zog ein Aufnahmegerät aus der Tasche, schaltete es ein und legte es auf den Tisch. »So machen wir das.«

Red fand ihre Miene berechnend, als er ihr ihre Rechte vorlas. »Haben Sie alles verstanden, Ms Dupont?«

»Ja, natürlich. Ich bitte Sie um Hilfe. Ich habe einen schrecklichen Fehler gemacht, aber ich wurde erpresst.«

»Tatsächlich?«

»Ich hatte eine Affäre mit Grant. Ein weiterer schrecklicher Fehler. Ich war schwach, Aidan, einsam und dumm. Bitte verzeih mir.«

Sein Gesicht war ausdruckslos. Er zeigte keine Emotion, noch nicht einmal Abscheu. »Das interessiert mich nicht.«

»Wollen Sie behaupten, dass Grant Sparks Sie wegen der Affäre erpresst hat?«

»Es war ein Paparazzo, der Fotos von uns gemacht hatte. Es war schrecklich, einfach…« Sie senkte den Kopf und schlug die Hand vor den Mund. »Er verlangte Millionen, damit er sie nicht veröffentlicht. Ich wollte meine Ehe, meine Familie, mein kleines Mädchen, uns alle schützen. Ich wusste aber nicht, wie ich an so viel Geld kommen sollte.«

»Und die Lösung war, eine Entführung zu inszenieren?«, fragte Red.

»Grant hatte die Idee. Wenn wir eine Entführung vortäuschten… Ich habe den Verstand verloren, ich konnte nicht mehr klar denken. Der Stress. Ich wusste, dass Grant ihr niemals ein Haar krümmen würde. Wir würden bezahlen, und sie würde schnell wieder nach Hause zurückkommen. Es war Wahnsinn, das sehe ich jetzt auch. Ich war wie von Sinnen, verzweifelt.«

Aidan ging woandershin. Er konnte nicht mehr in ihrer Nähe sein.

»Wie war der Name des Erpressers?«

»Er sagte, sein Name sei Denby. Frank Denby. Nach dem ersten Anruf hat Grant sich mit ihm getroffen. Ich konnte es einfach nicht. Ich konnte es nicht ertragen. Bitte glauben Sie mir, nachdem Caitlyn… Ich war außer mir vor Angst. Ich begann mir alles Mögliche vorzustellen, was schiefgehen könnte, und…«

»Wussten Sie, wohin sie gebracht worden war?«

»Natürlich! Sie ist meine Tochter. Ich wusste, wo sie war, aber…«

»Und obwohl Sie Angst hatten und sich Sorgen machten, haben Sie das Ganze nicht abgeblasen?«

»Ich konnte nicht!« Flehend griff sie sich an den Hals und streckte Red die andere Hand entgegen. »Ich wusste nicht, was ich tun sollte! Ich habe ihn angerufen, weil ich sicher sein wollte, dass es Caitlyn gut ging.«

»Sie haben ihr ein Betäubungsmittel gespritzt.«

Charlotte blickte zu Aidan. »Es war nur ein leichtes Sedativ, damit sie keine Angst hatte. Sie sollte einfach die ganze Zeit über schlafen, bis…«

»Sie haben sie zu Tode geängstigt, ihr blaue Flecken im Gesicht zugefügt und sie mit einer Pistole bedroht.«

»Sie sollten sie nicht…«

»Du hast das wegen Geld, wegen Sex gemacht. Sie ist aus einem Fenster im ersten Stock geklettert, allein in der Dunkelheit herumgelaufen, Gott weiß, wie lange. Du hast dein eigenes Kind benutzt, dein eigenes Kind in Lebensgefahr gebracht wegen einer gottverdammten Affäre!«

»Sie sollte doch schlafen! Es ist ihre eigene Schuld, dass sie die Milch nicht getrunken hat!«

»Woher wissen Sie denn, dass das Sedativum in der Milch war?«, fragte Michaela, die sich sorgfältig Notizen machte. »Haben Sie ihnen gesagt, sie sollten Milch nehmen?«

»Ich… ich weiß nicht! Sie bringen mich ganz durcheinander. Sie war nicht verletzt. Sie sollte schlafen. Wenn wir das Geld besorgt hätten, sollte ich es übergeben.«

»Das gehörte dazu? Dass Sie die Übergabe machen sollten?«

»Ja, und dann hätten sie Caitlyn an der Abzweigung auf die Halbinsel gefahren und dort abgesetzt.«

»Und du, du hattest die ganze Zeit über die Rolle der erschütterten, liebenden Mutter gespielt.« Hugh stand auf. »Wenn es nach mir geht, wirst du dieses Kind nie mehr zu sehen bekommen. Du wirst nie auch nur einen Cent vom Geld der Sullivans sehen. Und du wirst dieses Haus hier niemals wieder betreten.«

»Aber es geht nicht nach dir!«, schrie Charlotte ihn an. »Du kannst mich nicht von meiner eigenen Tochter fernhalten.«

»Das wird das Gericht entscheiden. Charlotte Dupont, ich verhafte Sie hiermit wegen Gefährdung eines Kindes, Beihilfe zur Entführung einer Minderjährigen, Beihilfe zur Kindesmisshandlung, Beihilfe zur Erpressung.«

»Haben Sie mir nicht zugehört? Ich bin das Opfer, ich wurde erpresst.«

»Das bezweifeln wir stark. Aber wir werden sicher noch weitere Gespräche führen. Jetzt wird Deputy Wilson Sie nach oben begleiten, damit Sie sich anziehen können.«

»Ich verlange meinen Anwalt.«

»Dein Anwalt ist *mein* Anwalt«, sagte Aidan. »Du wirst dir einen eigenen suchen müssen.«

»Oh, das werde ich.« Jetzt kam ihr ganzer Hass zum Vorschein. »Und ich bin nicht die Einzige, die es versteht, mit der Presse zu reden. Ich werde jeden Einzelnen von euch ruinieren.«

»Sie werden jetzt erst einmal mit mir kommen.«

Charlotte wehrte sich, als Michaela zu ihr trat und sie am Arm ergriff. »Fassen Sie mich nicht an.«

»Wenn Sie das noch einmal tun, kommt noch Widerstand gegen die Festnahme hinzu. Es ist bereits jetzt eine lange Liste.«

Charlotte erhob sich und warf ihre Haare zurück. »Ich scheiße auf jeden Einzelnen von euch beschissenen Sullivans.«

Rosemary schloss die Augen, als Michaela Charlotte nach oben begleitete. »Ein jämmerlicher Abgang für eine jämmerliche Frau. Aidan, es tut mir so schrecklich leid.«

»Nein, mir tut es leid. Ich habe sie geliebt. Ich habe so oft weggeschaut, weil ich sie geliebt habe. Weil sie mir Cate geschenkt hat. Ihr eigenes Kind, sie hat das ihrem eigenen Kind angetan. Ich muss an die frische Luft. Ich gehe nur einmal rasch nach draußen. Ist das in Ordnung?«

Red nickte. »Klar.«

»Was passiert jetzt?«, fragte Hugh, als Aidan hinausgegangen war.

»Jetzt suchen wir Grant Sparks und Frank Denby.«

»Sie sagten doch, Sie hätten sie schon...« Hugh stieß ein kurzes Lachen aus. »Sie haben gebluftt. Gut gemacht.«

»Es wird eine Weile dauern, bis alles geklärt ist. Ich muss wahrscheinlich noch einmal mit Ihnen und mit Cate sprechen. Im Moment kann ich nur sagen, dass es nicht sehr wahrscheinlich ist, dass Ms Dupont in nächster Zeit auf Kaution freikommt. Ich erwarte eher, dass sie einen Deal anstreben wird, den man ihr auch gewähren wird, wenn sie sich ein bisschen beruhigt hat und einen anständigen Anwalt engagiert.«

»Ich hätte Mr Hugh das mit Mr Sparks sagen sollen.«

»Machen Sie sich keinen Vorwurf. Sie tragen keine Schuld.« Maureen stand auf und nahm Nina in den Arm. »Kommen Sie mit mir. Ich werde diese Kratzer versorgen. Die Krallen einer tollwütigen Katze sind gefährlich.«

»Meinen Sie, ich kann bei Cate bleiben?«, fragte Nina, als sie mit Maureen allein war.

»Ich kenne meinen Neffen. Sie haben einen Job auf Lebenszeit.«

Charlottes Miene wirkte wie versteinert, als Michaela kurz darauf mit ihr herunterkam.

»Wir müssen noch versuchte Bestechung einer Polizeibeamtin hinzufügen, Sheriff. Sie hat mir zehntausend geboten, wenn ich sie laufen lasse.«

»Das ist eine Lüge!«

»Da ich es vorausgesehen habe, habe ich mein Handy angeschaltet. Ich habe ihr Handschellen anlegen müssen, weil sie mein Nein nicht verstehen wollte.«

»Komm, wir nehmen sie mit. Ich melde mich bei Ihnen«, sagte Red zu den anderen. »Wenn Sie Fragen haben, wissen Sie ja, wie Sie mich erreichen können.«

Als sich die Tür hinter ihnen geschlossen hatte, legte Hugh die Hand auf die Schulter seiner Mutter. »Ich gehe schnell nach hinten, damit Lily weiß, dass sie mit Cate wiederkommen kann.«

»Ja, tu das. Aidan und Cate brauchen jetzt einander. Und sie beide brauchen uns jetzt.«

Er beugte sich über sie und küsste sie auf den Scheitel. »Wir Sullivans halten zusammen. Das schließt auch dich ein, Harry.«

»Sie hat nie zu uns gehört.«

Harry, ein stiller Mann mit einer ruhigen Art, faltete seine ganze Länge aus dem Sessel, in dem er gesessen hatte, und setzte sich neben seine Schwiegermutter. Sie tätschelte seine Hand.

»Du hast sie nie besonders gemocht, Harry, oder?«

»Ich konnte sie nicht ausstehen, aber Aidan hat sie geliebt. Man kann sich seine Familie nicht aussuchen, Rosemary. Ich habe bloß Glück gehabt mit meiner. Ach, komm.«

Er legte den Arm um sie, als Rosemary den Kopf an seine Schulter sinken ließ und endlich weinte.

Aidan lief gegen die Übelkeit und die schlimmsten Spitzen seiner Wut an. Um Cates willen, rief er sich beim Gehen ins Gedächtnis, während er tief die kühle, salzige Luft einatmete, musste er ruhig und gelassen bleiben.

Aber darunter lebte diese Wut, ein wildes Tier, das Blut schmecken wollte. Er fürchtete, dass es immer weiterleben würde. Und darunter, noch unter diesem knurrenden, lauernden wilden Tier, lag ein Scherbenhaufen, der einmal sein Herz gewesen war.

Er hatte Charlotte von ganzem Herzen geliebt.

Wie konnte er nur so blind gewesen sein? Wieso hatte er nicht gewusst, wie raffgierig, selbstsüchtig und unmoralisch diese Frau unter ihrer Fassade war? Und er musste zugeben, dass er, als diese Fassade dünner geworden war und er ab und zu einen Blick dahinter geworfen hatte, vieles einfach übersehen hatte.

Er hatte sie geliebt und ihr vertraut. Er hatte ein Kind mit ihr gezeugt, und sie hatte dieses Kind in Gefahr gebracht, benutzt und verraten.

Das würde er ihr nie verzeihen. Und er würde es auch sich selbst nie verzeihen.

Aber wenn er weiter in sein Inneres schaute, hatte er eine dicke Schicht Ruhe und Gelassenheit darübergelegt. Diese Schicht war so dick, dass sie keine Risse bekam – noch nicht einmal, als er durch die Hintertür wieder ins Haus ging und Cate in den Armen seines Vaters sah.

Ihre Blicke trafen sich über Cates Kopf.

»Ich glaube, Cate und ich sollten reden.«

»Ja, klar.« Hugh schob Cate von sich und lächelte sie an. »Alles wird wieder in Ordnung kommen. Sicher, es kann eine Zeit lang dauern, aber letztendlich wird es in Ordnung sein.«

Er drückte sie ein letztes Mal und ließ sie dann alleine.

»Was meinst du? Sollen wir in die Bibliothek gehen und miteinander reden? Nur du und ich?«

Als er die Hand ausstreckte und sie sie vertrauensvoll ergriff, brach sein Herz noch ein bisschen mehr.

Weil er mit ihr allein und ungestört sein wollte, nahm er den langen Weg durch das offizielle Esszimmer, am Wintergarten vorbei, um das Musikzimmer herum in die Bibliothek.

Die Fenster blickten auf die Hügel, den Garten und einen Teil des Obstgartens. Im Schein der blassen Wintersonne war diese Aussicht ruhiger als der Blick auf das rauschende Meer. Unter einer Kassettendecke in Braun- und Cremetönen bedeckten Regale voller Bücher und gebundener Drehbücher die Wände. Der Boden aus Kastanienholz schimmerte unter einem Aubusson-Teppich in elegant verblassten Grün- und Rosétönen. Aidan wusste, dass seine Großmutter manchmal an dem antiken Bibliothekstisch saß, den sie extra aus Dublin hatte kommen lassen, um Briefe zu schreiben und sich Notizen zu machen.

Er schloss die zweiflügelige Kassettentür hinter sich und führte Cate zu dem großen Ledersofa. Bevor er sich setzte, machte er Feuer im Kamin.

Dann setzte er sich neben sie und umfasste ihr Gesicht mit beiden Händen. »Es tut mir leid.«

»Daddy...«

»Ich muss das erst einmal sagen, dann werde ich dir zuhören. Es tut mir so leid, Cate, meine Cate. Ich habe nicht gut genug auf dich aufgepasst. Ich habe dich nicht beschützt. Du bedeutest mir alles, und ich verspreche, ich werde dich nie wieder im Stich lassen.«

»Das hast du doch gar nicht. Sie...«

»Doch, ich habe dich im Stich gelassen, und ich werde es nie wieder tun. Nichts und niemand ist mir so wichtig wie du. Nichts und niemand wird es jemals sein.« Er küsste sie auf die Stirn. Es beruhigte ihn ein wenig, dass er ihr das sagen konnte.

»Ich wusste, dass sie es war, als ich in diesem Zimmer war. Sie hat mir gesagt, wo ich mich verstecken soll. Sie hat mich dorthin geführt und es mir gezeigt, deshalb wusste ich es. Aber nur im Inneren, weil...«

»Sie ist deine Mutter.«

»Warum liebt sie mich nicht?«

»Ich weiß nicht. Aber ich liebe dich, Cate.«

»Muss ... muss sie weiter bei uns wohnen?«

»Nein, das wird sie auch nicht. Nie mehr.« Und wieder zerriss es ihm das Herz, als sein kleines Mädchen erleichtert aufatmete.

»Müssen wir wieder in unserem alten Haus wohnen? Ich will nicht mehr dorthin zurück und da leben, wo sie auch war. Ich will nicht ...«

»Dann machen wir das auch nicht. Ich glaube, in der nächsten Zeit können wir bei Grandpa und G-Lil wohnen, bis wir einen Ort für dich und mich gefunden haben.«

Sie warf ihm einen hoffnungsvollen Blick zu. »Wirklich?«

Er zwang sich zu lächeln. »Wir Sullivans halten doch zusammen, oder?«

Sie erwiderte sein Lächeln nicht. Ihre Stimme bebte. »Muss ich sie sehen? Muss ich mit ihr reden? Muss ich ...«

»Nein.« Er konnte nur beten, dass das die Wahrheit war.

Sie blickte ihn aus ihren blauen Augen an, die jetzt all ihre Unschuld verloren hatten. »Sie hat zugelassen, dass sie mir Angst gemacht und mir wehgetan haben. Und ich weiß, was ›Darling‹ bedeutet. Sie hat auch dir Angst gemacht und dir wehgetan. Sie liebt uns nicht, und ich will sie nie mehr wiedersehen. Sie ist nicht wirklich meine Mutter, weil Mütter so etwas nicht tun.«

»Du musst dir darüber keine Gedanken machen.«

»Ich bin nicht traurig deswegen«, erklärte sie, obwohl ihr schon wieder Tränen in die Augen traten. »Es ist mir egal. Ich liebe sie auch nicht, deshalb ist es mir egal.«

Er sagte nichts; er verstand sie so gut. Er fühlte genau das Gleiche. Er war bis ins Mark erschüttert und wollte nur, dass ihm alles egal war. Also nahm er sie einfach nur in den Arm, und sie weinte bei ihm, bis sie schließlich erschöpft einschlief.

Er hielt sie im Arm, während sie schlief, und schaute ins Feuer.

6

Deputy Michaela Wilson hatte den Job in Big Sur angenommen, weil sie eine Veränderung brauchte und nicht allein sein wollte. Und, obwohl sie es nie zugeben würde, weil der Mann, mit dem sie zwei Jahre zusammengelebt hatte, der Mann, mit dem sie den Rest ihres Lebens hatte verbringen wollen, es auf einmal zu kompliziert fand, mit einer Polizistin zusammen zu sein.

Sie, die von ganzem Herzen an das Gesetz, Ordnung, Regeln, Verfahren, an Gerechtigkeit glaubte, konnte zugeben, dass sie mehr als einmal ihren Job über ihre Beziehung gestellt hatte.

Aber für Michaela war das ganz normal.

Sie war ihr Leben lang eine Städterin gewesen, deshalb bedeutete der Wohnortwechsel, die Veränderungen in Kultur und Tempo für sie eine enorme persönliche Herausforderung. Aber genau das hatte sie gewollt.

Sie konnte nicht leugnen, dass die ersten Wochen anstrengend für sie gewesen waren, genauso wenig, wie sie leugnen konnte, dass sie Red Buckman für eine Fehlbesetzung als Sheriff gehalten hatte. Der Mann hatte eine Tätowierung auf dem Bizeps, die eine üppige Frau im Bikini auf einer Welle darstellte. Oftmals trug er einen Ohrring. Von den Haaren ganz zu schweigen.

All das trug ihrer Meinung nach dazu bei, dass er ein bisschen zu entspannt, zu hemdsärmelig und – wie sie dachte – zu langsam war.

Es fiel Michaela Wilson nicht leicht, einen Fehler zuzugeben, vor allem, was ihr Urteil betraf. Aber in den letzten achtzehn Stunden hatte sie ihr Urteil revidieren müssen. Er mochte zwar aussehen wie ein Surfer im mittleren Alter, aber er war ein Vollblut-Polizist.

Eine weitere Dosis dieses Polizisten bekam sie, als sie Charlotte Dupont im Beisein ihres kostspieligen Anwalts verhörten.

Michaela wusste nicht viel über Charles Anthony Scarpetti, aber sie wusste, dass er in seinem Privatjet von L.A. hierhergeflogen war. Er trug einen maßgeschneiderten Anzug und Gucci-Schuhe. Und sie wusste – weil Red sie gewarnt hatte –, dass Scarpetti gerne die Medien für seine Zwecke einspannte und ab und zu bei Larry King auftauchte.

Red saß friedlich da, während Scarpetti sich auf seine glatte Anwaltsart ausließ über Anträge auf Entlassung wegen Schikane, Einschüchterung, Antrag auf volles Sorgerecht für das minderjährige Kind sowie ehelichen Missbrauch.

Offensichtlich hatte er eine Menge Kaninchen in seinem Anwaltszylinder. Red ließ sie einfach eine Zeit lang herumhoppeln.

Noch vor vierundzwanzig Stunden hätte Michaela sich angesichts seiner Friedfertigkeit buchstäblich die Haare gerauft. Jetzt jedoch sah sie die sorgfältig angelegte Strategie dahinter.

»Ich muss sagen, Mr Scarpetti, das ist eine ganze Menge, und Sie haben einige wirklich gute, starke Worte gewählt. Wenn Sie jetzt fertig sind, werde ich Ihnen sagen, warum Sie und Ihre Mandantin enttäuscht sein werden.«

»Sheriff, meine Mandantin wird noch heute Abend mit ihrer Tochter wieder in ihrem Haus in Los Angeles sein.«

»Ich weiß, dass Sie das denken. Das haben Sie ja klar geäußert. Es wird allerdings nicht so kommen, und das ist eine

Enttäuschung für Sie beide.« Er beugte sich vor und blickte den Anwalt freundlich an. »Ich habe den starken Verdacht, Mr Scarpetti, dass Ihre Mandantin nicht aufrichtig mit Ihnen war. Ich könnte mich irren – Anwälte tun das, was sie tun müssen –, aber da ich ein wenig Erfahrung mit der Art Ihrer Mandantin habe, kann ich mich des Gedankens nicht erwehren, dass sie Ihnen einen großen Haufen Scheiße serviert hat.«

»Charles!« Charlotte wandte sich empört an Scarpetti. Selbst in ihrem orangefarbenen Jumpsuit sah sie großartig aus.

Scarpetti tätschelte ihr die Hand. »Meine Mandantin ist außer sich ...«

»Ihre Mandantin ist an der Entführung ihrer eigenen Tochter beteiligt – wie sie selbst zugegeben hat.«

»Sie war völlig aufgelöst«, sagte Scarpetti. »Verwirrt, benommen von der Schlaftablette, die ihr Ehemann ihr aufgezwungen hat. Ihre Tochter war ebenfalls völlig verstört und hat Ihnen das gesagt, was ihr Vater ihr aufgetragen hat zu sagen.«

»Ach ja?« Red musterte Charlotte kopfschüttelnd. »Mann, Sie lassen sich was einfallen. Deputy, spielen Sie uns doch einmal vor, was Sie oben im Schlafzimmer, als Ms Dupont sich angezogen hat, mit dem Handy aufgenommen haben.«

Michaela legte ihr Handy auf den Tisch und schaltete es ein.

Charlottes Stimme, ein wenig atemlos, aber ganz klar und deutlich, ertönte. »*Bei der Polizei verdient man wohl nicht viel, vor allem nicht als Frau, oder?*«

Michaelas Stimme erwiderte knapp und nüchtern: »*Sie sollten sich Schuhe anziehen, Ma'am.*«

»*Ich habe Geld, ich kann Ihnen das Leben leichter machen. Sie müssen mich nur laufen lassen. Sagen Sie ihnen, ich sei rausgerannt, geben Sie mir zehn Minuten Vorsprung. Zehntausend für zehn Minuten Vorsprung.«*

»Bieten Sie mir gerade zehntausend Dollar an, damit ich Sie entwischen lasse? Wie wollen Sie mir denn das Geld zukommen lassen?«

»Ich bürge dafür. Sie wissen doch, wer ich bin! Hier, Sie können diese Uhr nehmen, es ist eine Bulgari. Sie ist mehr wert, als Sie in zehn Jahren verdienen werden.«

»Sie sollten sich Schuhe anziehen, Ma'am, sonst müssen Sie draußen barfuß gehen.«

»Nehmen Sie die Uhr, Sie Idiotin! Zehn Minuten. Ich besorge Ihnen auch die Summe in bar. Lassen Sie mich! Wagen Sie es nicht, mir diese Dinger anzulegen!«

»Sie haben versucht, eine Polizeibeamtin zu bestechen, und haben zu erkennen gegeben, dass Fluchtgefahr besteht. Setzen Sie sich. Da Sie jetzt Handschellen tragen, hole ich Ihnen Ihre Schuhe.«

Michaela stellte die Aufnahme ab, als nur noch ein Strom von Flüchen erklang.

»Ich wette, das hat sie Ihnen nicht erzählt.« Red kratzte sich am Hals. »Und Sie können sich Ihren Atem sparen, wenn Sie sagen wollen, das sei nur das verzweifelte Flehen einer verzweifelten Frau gewesen. Es war Bestechung eines Polizeibeamten und nichts anderes. Ich habe auch das Geständnis Ihrer Mandantin auf Band – einschließlich der Aufklärung über ihre Rechte vorher. Die Fahndung für ihre beiden Partner ist raus, und wir werden sie fassen.«

»Sie sagten doch, sie hätten sie bereits...«

Red lächelte nur, als der Anwalt Charlotte unterbrach.

»Gefasst?«, beendete Red ihren Satz. »Vielleicht haben Sie das angenommen. Wir werden sie fassen. Wissen Sie, Ihre beiden Kompagnons haben sehr sorgfältig alles abgewischt, um keine Spuren zu hinterlassen, aber es ist schwer, an alles zu denken. Vor allem, wenn man sich so beeilen muss, weil, hey, das Kind ist auf einmal weg, und jeden Moment könnte die Polizei kommen. Wir haben Fingerabdrücke.«

»Wir streiten gar nicht ab, dass das Kind entführt worden ist«, sagte Scarpetti. »Ms Dupont hat mit diesem schrecklichen Verbrechen nichts zu tun.«

»Sie wusste vermutlich nicht, wohin sie das Kind gebracht haben und wo sie es gefangen gehalten haben. Sie war ja bestimmt nie dort.«

»Woher sollte ich das wissen? Ich weiß ja noch nicht einmal mehr, was ich auf dieser Aufnahme, die Sie haben, gesagt haben soll. Ich war so benommen von den Tabletten, die Aidan mir gegeben hat. Es ist nicht das erste Mal, dass er mich gezwungen hat... Dinge zu tun.« Sie wandte den Kopf ab, und eine einzelne Träne rann ihr über die Wange.

»Ich nehme an, Sie kannten auch die Wenfields nicht. Die Leute, denen das Ferienhaus gehört.«

»Ich kenne sie nicht. Ich weiß nicht, wo dieses verdammte Ferienhaus ist. Ich fahre nur nach Big Sur, wenn Aidan es will. Charles!«

»Charlotte, Sie müssen ruhig bleiben. Überlassen Sie das mir.«

»Kennt die Wenfields nicht, war niemals in dem Ferienhaus. Dann haben Sie bestimmt auch keine Ahnung gehabt, dass die Leute verreist waren und das Haus leer sein würde.«

»Genau! Oh, Gott sei Dank!«

»Jetzt bin ich verwirrt. Was ist mit dir, Mic? Bist du auch verwirrt?«

Michaela verzog keine Miene, aber innerlich musste sie ein wenig lächeln. »Nein, eigentlich nicht.«

»Dann bin also nur ich verwirrt. Wenn Sie die Wenfields nicht kennen, wenn Sie ihr Ferienhaus nicht kennen, wie kommt es dann, dass sich Ihr Fingerabdruck – rechter Zeigefinger – auf dem Lichtschalter der Toilette im Erdgeschoss befindet?«

»Das ist eine Lüge.«

»Ich vermute, Sie waren ein wenig zu sorglos. Meiner Meinung nach haben Sie das Haus mit Ihren Partnern geprüft und mussten zur Toilette. Und haben nicht nachgedacht, als Sie den Lichtschalter betätigt haben.«

»Sie haben den Abdruck darauf drapiert. Charles…«

»Ruhig jetzt.«

Michaela sah die Veränderung in seinen Augen. Es mochte ihm zwar gleichgültig sein, ob seine Mandantin schuldig war oder nicht, aber es machte ihm schon etwas aus, wenn sich die Beweise häuften.

»Ihre Geschichte ist so voller Lügen, Lücken und Wendungen, dass man kaum mitkommt. Aber ich bin ein guter Surfer. Die Erpressung? Blödsinn. Erpressung ist eine Sache, und wenn man sich dabei erwischen lässt, bekommt man ein paar Jahre. Aber ein Kind zu betäuben und zu entführen? Einsatz einer tödlichen Waffe? Das ist ein ganz anderes Level. Ein Mann ist hinter einem Haufen Geld her. Ich sehe nicht, dass er die geringere Strafe dafür eintauscht, indem er bei der Entführung mithilft. Das ist nicht sein Job, nicht sein Spiel.«

»Er hatte Fotos!«

»Charlotte, hören Sie auf zu reden. Sie sagen jetzt kein Wort mehr!«

»Sie ist jetzt nicht mehr von der Schlaftablette benommen, und schon wieder redet sie von Erpressung. Eine neue Wendung, nachdem angeblich zuerst ihre Tochter angehalten worden war, sie zu beschuldigen. Sie haben sie mit einer Spritze betäubt.« Auf einmal wirkte Red gar nicht mehr entspannt. Er schlug mit der Faust auf den Tisch. »Sie haben die Stelle ausgesucht, wo sie sich das Kind geholt und sie mit einer Spritze betäubt haben.«

»Für Geld«, fügte Michaela hinzu. »Für noch mehr Bulgari-Uhren.«

»Aus Liebe!«

Dieses Mal packte Scarpetti Charlotte am Arm. »Kein Wort mehr. Ich muss mich mit meiner Mandantin beraten.«

»Überraschung, Überraschung.« Red erhob sich und hielt den Recorder an. »Er wird Ihnen sagen, dass derjenige, der zuerst auspackt, den besten Deal bekommt. Er hat nicht unrecht. Willst du auch eine Cola, Mic? Ich könnte eine Cola vertragen.«

Als sie hinausgingen, gab er einem anderen Deputy ein Zeichen, damit er die Tür bewachte, dann bedeutete er Michaela, ihm zu folgen. Sie gingen durch den Verhör-Bereich und die Station in sein Büro, wo er sich einen Vorrat gekühlter Colaflaschen zugelegt hatte.

Er holte zwei aus dem Kühlschrank und reichte ihr eine, bevor er sich an seinen Schreibtisch setzte und die Füße, die in High-top-Chucks steckten, hochlegte.

»Okay, dann wollen wir dem Staatsanwalt mal sagen, dass wir so weit sind. Der schicke Anwalt wird versuchen, einen schicken Deal auszuhandeln.«

»Wie viel kriegt sie? Egal, wie lange sie ins Gefängnis kommt, es ist nicht genug, aber was denkst du, wie viel?«

»Nun.« Er kratzte sich wieder am Hals. »Entführung einer Minderjährigen mit Lösegeldforderung. Medikamentöse Betäubung eines Kindes, die Pistole. Sie kann allerdings behaupten, von der Pistole nichts gewusst zu haben, also lassen wir das mal weg. Und da sie ein Elternteil ist, kann sie darauf auch pochen. Aber das Lösegeld, das ist ein Minuspunkt, auch wenn sie geständig ist.«

»Sie wird gestehen. Sie besitzt keinen Funken Loyalität.«

»Kein bisschen. Fünf bis zehn Jahre, schätze ich. Ihr Geliebter und der Andere? Können leicht zwanzig bis fünfundzwanzig werden, je nachdem, wie blöd sie sind, könnten sie sogar lebenslänglich kriegen. Aber ich denke mir, die drei werden sich gegenseitig schon so mit Scheiße bewerfen, dass es zwanzig bis fünfundzwanzig werden. Und wenn wir beweisen können, wer die Pistole gezogen hat, dann könnte derjenige fünfundzwanzig Jahre bis lebenslänglich kriegen.« Er nahm einen langen Schluck aus seiner Colaflasche. »Aber das ist Sache der Anwälte und des Gerichts. Wir, wir müssen sie nur fangen. Sie geht ins Gefängnis, und wenn Sullivan klug ist – was er wohl ist –, dann wird er jetzt schon das alleinige Sorgerecht beantragen, die Scheidung einreichen und einen Antrag auf Kontaktsperre stellen, falls sie doch auf Kaution freikommt.« Er trank noch einen Schluck. »Du hast gute Arbeit geleistet, Mic.«

»So viel habe ich ja nicht gemacht.«

»Du hast deinen Job gemacht, und du hast ihn gut gemacht. Sagst du bitte dem Staatsanwalt Bescheid, dass wir auf Deal spielen?«

Michaela nickte und wandte sich zur Tür. »Die Medien werden sich wie die Schmeißfliegen auf das kleine Mädchen stürzen, Sheriff.«

»Ja. Wir können nur eine Presseerklärung herausgeben und danach jeden weiteren Kommentar ablehnen. Was jetzt passieren wird, das hat sie nicht verdient.«

Nein, dachte Michaela, als sie hinausging. Das hatte keiner aus der Familie verdient.

Fünf Minuten, nachdem Charlotte begonnen hatte, Halbwahrheiten, Lügen und Entschuldigungen vorzubringen, schnitt Scarpetti ihr das Wort ab. Er erklärte ihr klar und deutlich, dass er die Wahrheit brauchte, und zwar die ganze Wahrheit, sonst würde er das Mandat niederlegen.

Weil sie ihm glaubte, erleichterte Charlotte ihr Gewissen.

Während sie das tat, lungerte Frank Denby auf dem Bett in seinem Motelzimmer südlich von Santa Maria herum und schaute sich einen Porno an. Auf sein blaues Auge und seinen geschwollenen Kiefer drückte er einen Eisbeutel.

Seine Rippen schmerzten wie der Teufel. Er war so weit gefahren, wie er konnte, bevor er sich darum kümmerte. Jetzt, nachdem er eine Schmerztablette genommen, ein bisschen Gras geraucht und einen Eisbeutel daraufgelegt hatte, hatte er das Gefühl, in zwei Stunden weiterfahren zu können.

Sparks hatte ihn zusammengeschlagen, als sie entdeckt hatten, dass das Blag entkommen war. Als ob das seine Schuld gewesen wäre. Ja, gut, er hatte ein paar Schnäpse intus gehabt.

Aber Sparks hätte ihn bestimmt totgeschlagen, wenn er nicht gewusst hätte, dass auch ihn eine Mitschuld traf.

Der Job hatte sich also in Rauch aufgelöst – das ganze schöne Geld –, und jetzt besaß er nur noch ein paar hundert Dollar in bar, eine gestohlene Kreditkarte, die er noch nicht benutzen wollte, den Rest an Kleingeld in seiner Reisetasche, und musste sich eine Zeit lang bedeckt halten.

Das Kind konnte ihn zwar nicht identifizieren, aber wenn ein Job in die Hose ging, haute er lieber nach Mexiko ab. Ein bisschen Taschendiebstahl, viel Zeit am Strand. Er würde in die Touristenorte fahren und da ein paar kleinere Coups landen.

Sparks mochte ja ein schönes Leben führen mit seinem Personal Training und sogar einen Filmstar bumsen, aber er, Denby, zog kurze, einfache Nummern vor.

Er bediente sich aus einer Tüte Kartoffelchips und verzog die Mundwinkel, weil der Typ auf dem beschissenen Motelfernseher einen Blowjob bekam und er nicht.

Er hätte sich von Sparks nie zu dem Ganzen überreden lassen sollen, aber es war ihm alles so verdammt leicht vorgekommen. Und dann sein Anteil von den zwei Millionen, die diese reichen Arschlöcher bezahlen würden.

Himmel, mit einer Million hätte er in Mexiko wie ein König leben können. Und dafür hatte er nur im Ferienhaus alles vorbereiten und zwei Tage lang auf das Kind aufpassen müssen.

Wer konnte denn ahnen, dass das Blag aus dem verdammten Fenster klettern und sich in Luft auflösen würde?

Aber das Blag hatte sein Gesicht und auch das von Sparks nicht ohne Maske gesehen, und der Filmstar konnte nichts sagen, wenn sie nicht ihre Armani-Klamotten gegen eine Gefängniskluft eintauschen wollte.

Außerdem war das Luder scharf auf Sparks.

Der gute alte Sparks wusste, wie man bei den Reichen die richtigen Knöpfe drückte.

Er zog an seinem Joint, stieß den Rauch wieder aus und seine Sorgen entschwebten.

Sonne, Sand und Señoritas, dachte er.

Es gab Schlimmeres.

Dann traten die Polizisten die Tür ein.

Grant Sparks war weder so zuversichtlich noch so dumm wie sein zeitweiliger Partner. Er hatte fast ein Jahr an dem Plan für die Entführung gearbeitet. Denby an Bord zu holen war genauso einfach gewesen, wie ihn mit einer Million Dollar zu ködern. Denby dachte klein, und so hatte er ohne jeden Zweifel geschluckt, dass sie sich zwei Millionen Dollar teilen würden.

Damit wären für den Kopf hinter dem Ganzen neun Millionen geblieben– wenn alles glattgegangen wäre.

Er hätte sein Geld genommen, zwei Jahre in Mozambique verbracht – die lieferten nicht aus – und aus dem Vollen geschöpft.

Er wusste, dass Charlotte nicht ganz so dumm war wie Denby – und sie konnte viel besser lügen. Frauen waren für ihn ein offenes Buch, er wusste genau, wie er mit ihnen umgehen musste. Davon lebte er.

Aber anscheinend, und das machte ihn stinksauer, hatte er das verdammte Kind unterschätzt. Ein Teil von ihm bewunderte sogar, wie sie ihn hereingelegt hatte – anscheinend hatte sie die Milch in die Toilette gekippt. Verdammt clever. Und das bedeutete, dass sie wach gewesen war, als er in ihrem Zimmer gewesen war und mit Charlotte telefoniert hatte.

Beim Packen war er das Gespräch – seine Seite – ein Dutzend Mal durchgegangen. Er hatte nichts gesagt, was zu ihm, zu Denby oder zu Charlotte führen konnte.

Außer ... die Frage nach dem Handy des Kindermädchens. Wenn sich das Kind daran erinnerte, könnte er Probleme kriegen. Trotzdem, es konnte ja auch sein, dass das Kind allein in der Dunkelheit herumgelaufen und von irgendeiner Klippe gefallen war.

Er hatte nicht vorgehabt, ihr etwas zu tun – jedenfalls nicht mehr als nötig –, aber letztendlich wäre er auch nicht traurig, wenn sie irgendwo tot auf den Felsen läge.

Aber tot oder lebendig, er konnte kein Risiko eingehen. Von Frauen verstand er nämlich was, und er wusste, dass Charlotte sie alle reinreiten konnte. Wenn irgendwas schiefging, würde sie alles tun, um ihren Arsch zu retten.

Das würde er an ihrer Stelle auch tun.

Er brachte sich besser in Sicherheit, dachte er, als er die TAG Heuer einpackte, die Charlotte ihm geschenkt hatte. Er würde ein bisschen verreisen, L.A. verlassen, bevor sie das Kind – oder die Leiche – fanden und sie alles zunichtemachte.

Er hatte Geld. Personal-Trainer für Promis zu sein zahlte sich aus. Und er bekam auch noch einen Haufen Trinkgeld.

Er hatte eine Rolex und die TAG, Manschettenknöpfe von Tiffany und was Charlotte ihm in den letzten anderthalb Jahren noch so geschenkt hatte. Sie war wirklich etwas Besonderes gewesen, deshalb hatte er sich während der Entwicklung seines Plans ganz auf sie konzentriert.

Das Kind war ihr völlig gleichgültig, und so war der Plan entstanden, das Mädchen zu entführen. Charlotte verachtete die Sullivans, beneidete sie um ihren Status – und ihr Geld.

Sie um Millionen zu erleichtern – sie hatte die Idee geliebt. Wenn er so zurückblickte, hätte er Denby und die Erpressungsnummer vermutlich gar nicht gebraucht, um sie ins Boot zu holen.

Es hätte auch so funktioniert.

Er packte seinen Laptop ein, warf Tablet und Prepaid-Handys in den Koffer und schaute sich ein letztes Mal in der Wohnung um, in der er in den vergangenen drei Jahren gewohnt hatte. Eine lange Zeit für ihn, dachte er, aber er hatte hier viel Geld verdient.

Zeit, in den Osten aufzubrechen, dachte er, und einen Abstecher durch den Mittleren Westen zu machen. Dort gab es bestimmt eine Menge reiche, gelangweilte Hausfrauen, sexhungrige Witwen und Geschiedene, die er nur zu pflücken brauchte.

Er hängte sich seine Laptoptasche um und rollte den ersten seiner beiden Koffer zur Tür. Den anderen würde er gleich holen.

Als er die Tür öffnete, erkannte er sofort, dass es Bullen waren. Einer von ihnen hatte gerade die Faust erhoben, um zu klopfen.

Dieses verdammte Kind, dachte er.

Den ganzen Tag über schickte Red Deputys los, um Anrufen von Zeugen nachzugehen. Er erledigte Papierkram, aß zum

Mittagessen einen Burrito am Schreibtisch. Schließlich erhielt er einen Anruf von einem Kollegen bei der State Police, nickte, machte sich Notizen. Dann legte er auf und rief Michaela in sein Büro.

»Die Kollegen von der State Police haben gerade Frank Denby in einem Motel außerhalb von Santa Maria festgenommen. Er hat Pornos geguckt und sich einen Joint gegönnt. Wirklich genial.«

»Kriegen wir ihn?«

»Ich muss wirklich bewundern, wie direkt du immer auf den Punkt kommst, Mic. Es ist in unserem Zuständigkeitsbereich passiert, aber das Verfahren ist Bundessache, deshalb werden wir ihn behalten dürfen. Doch zuerst einmal bringen die Jungs von der Staatspolizei ihn hierher, damit wir auch zum Zuge kommen.«

»Gut.« Genau das wollte sie. »Das ging ja flott.«

»Na ja, er ist eben ein Genie. Er hatte eine Neun-Millimeter S&W bei sich. Was ist?« Red wich blinzelnd zurück. »Warte mal! Sehe ich da ein Lächeln? Ich glaube, ich sehe den Anflug eines Lächelns!«

»Ich kann lächeln. Ich tue es sogar ab und zu.« Amüsiert verzog sie das Gesicht. »Siehst du?«

»Irre, Mic. Wie wir erfahren haben, nachdem Dupont schließlich Namen genannt hat, hat unser Freund Denby noch ein paar Monate Bewährung auf seine Vorstrafe als halbgarer Erpresser abzuleisten. Die Schusswaffe ist eine Verletzung der Bewährungsauflagen, ein zusätzliches Sahnehaubchen.«

Er hob den Finger, als sein Telefon klingelte. »Warte. Sheriff Buckman. Ja, Sir, Detective.« Erneut breitete sich ein Grinsen auf seinem Gesicht aus. »Na, das sind ja tolle Neuigkeiten! Wir sind Ihnen für Ihre schnelle Arbeit sehr dankbar. Ach ja? Oh, oh. Na ja, das kann man ihm nicht übelnehmen. Ich bin hier. Und ich informiere die Familie. Das wird ihnen eine große Last von den Schultern nehmen. Echt gute Arbeit.«

»Sie haben Sparks.«

»Gerade haben die Handschellen geklickt.« Red nickte. »Kurz bevor er seine Habseligkeiten aus seiner Wohnung in L.A. schaffen wollte. Er ist nicht schnell genug getürmt.«

»Sie wussten ja beide nicht, dass Dupont geredet hat und dass die Fahndung schon raus war.«

»Weißt du, Mic, was gut daran war, dass die Sullivans nicht die Polizei eingeschaltet haben? Nichts ist durchgesickert. Die Presse weiß von nichts. Und dann noch die Coopers, die auch viel zu anständig sind, um herumzurennen und Reporter anzurufen, um mit ihrer Geschichte zu prahlen.« Er schwang seine Chucks vom Schreibtisch und stand auf. »Möchtest du mit mir zur Fluchtburg der Sullivans fahren?«

»Absolut. Zuerst möchte ich dir jedoch noch sagen, dass es sehr lehrreich war, dir zuzusehen, wie du das Ganze Schritt für Schritt angegangen bist.«

»Das ist mein Job, Mic. Es gibt nur wenige Dinge im Leben, die ich ernst nehme und richtig machen will, auf die ich mich konzentriere. Sex, Surfen und den Job. Dann wollen wir mal den Sullivans die guten Neuigkeiten überbringen.«

Die Sonne tauchte Himmel und Meer in eine Symphonie von Farben, als sie langsam am Horizont unterging. Möwen schrien, und die Wellen schlugen auf den ruhigen Strandstreifen der Sullivan-Halbinsel, wo sie im aufgewühlten Sand glitzerndes Meerglas und Muscheln zurückließen.

Auf den Felsen aalten sich die Seelöwen.

Unter Lilys aufmerksamen Blicken sammelte Cate, was sie interessierte, und ließ kleine Schätze in einen rosa Plastikeimer fallen. Sie studierten die kleinen Universen in den

Gezeitentümpeln zwischen den Felsen, hinterließen Fußabdrücke im feuchten Sand, beobachteten die dahinhuschenden Strandläufer.

Hinter ihnen und um sie herum ragten dramatisch die atemberaubenden Klippen empor. Wellen schlugen gegen die felsige Küste, gruben strudelnde Teiche, kleine, steinerne Bögen und machten dieses kleine Stück Strand zu einem privaten Zufluchtsort.

Der Wind frischte auf, und Lily band sich den Schal, den sie umgelegt hatte, fester um den Hals.

Sie konnte nicht behaupten, dass sie dem Strand an diesem kühlen Februarabend besonders viel abgewinnen konnte, aber es half, das Mädchen abzulenken. Und Lily suchte auch für sich selbst nach Ablenkung.

Der Sonnenuntergang über dem Pazifik war dazu natürlich großartig geeignet, aber bei dem frischen, böigen Wind hätte sie ihn lieber von einem gemütlichen Sessel am Kamin mit einem kalten, trockenen Martini in der Hand bewundert. Aber Cate brauchte frische Luft und Bewegung.

Jetzt allerdings, wo die Sonne tiefer ins Meer eintauchte und es dunkler wurde, mussten sie so langsam zum Haus zurückgehen.

Sie wollte sie gerade rufen, als Cate ihr einen Blick zuwarf. So große blaue Augen, dachte Lily.

»Vermisst du Miranda und Keenan und alle, wenn sie wieder nach Hause fahren?«

»Natürlich. Vor allem jetzt, wo Miranda so weit weg in New York lebt. Aber … ich bin glücklich, dass sie ihr eigenes Leben führen. Das bedeutet, dass ich meine Sache gut gemacht habe.« Sie ergriff Cates sandige Hand und ging mit ihr über den Strand zu der in Stein gehauenen Treppe. »Und ich habe dann ja dich und deinen Dad um mich.«

»Wir werden eine Zeit lang in eurem Gästehaus wohnen.«

»Das wird bestimmt lustig. Wir können an unserem Vorhaben arbeiten, eine Million Puzzles fertigzukriegen.«

»Daddy hat gesagt, ich soll aufschreiben, was ich in ein neues Haus mitnehmen will. Ich muss nicht alles behalten. Wenn wir ein neues Haus haben, können wir uns auch neue Sachen anschaffen, die dann nur uns gehören.«

»Was steht als Erstes auf der Liste?«

»Meine Stofftiere. Ich kann sie nicht dalassen. Er hat gesagt, ich kann auch ein paar davon mit nach Irland nehmen, weil wir dorthin fahren und Nan dabei helfen, sich einzurichten.«

»Du wirst eine große Hilfe für sie sein.«

Lily sah, dass die Lampen entlang der Wege um die Terrasse bereits angegangen waren. Unwillkürlich musste sie daran denken, welche Angst und Panik sie gestern um diese Uhrzeit empfunden hatte.

Rasch drückte sie die kleine Hand, die in ihrer lag, einfach nur, um sich zu vergewissern.

Auf einmal packte Cate ihre Hand fester. »Da kommt jemand. Da kommt ein Auto.«

Auch in Lily stieg leise Panik auf, aber sie lächelte nur. »Schätzchen, du hast Ohren wie ein Luchs. Da ist ein Tor offen«, sagte sie. »Dein Grandpa lässt nur die Leute herein, die er kennt.«

Cate ließ ihre Hand los und rannte die Stufen hinauf, bis sie etwas sehen konnte. »Das ist das Auto des Sheriffs! Es ist okay, G-Lil, es ist der Sheriff.«

War es wirklich okay?, fragte sich Lily, als sie Cate folgte. Würde es jemals wieder in Ordnung kommen?

7

Als Lily Cate eingeholt hatte – dieses Kind konnte aber auch rennen! –, stand Cate oben an der letzten Biegung der Auffahrt und wartete auf den Wagen. Sie legte den Arm um Cates Schultern und spürte, wie das Kind zitterte.

»Lass uns hineingehen, Süße.«

»Ich will es wissen«, stieß sie heftig hervor. »Ich will nicht wieder weggeschickt werden. Ich will es wissen.«

Sie riss sich los und marschierte zu dem parkenden Auto. Als Red ausstieg, sprudelte sie hervor: »Haben Sie sie gefangen?«

Er blickte sie ernst an. »Ja, sie sind in polizeilichem Gewahrsam. Wir reden drinnen darüber.«

Lily schluchzte unwillkürlich auf. Als Cate sich zu ihr umdrehte und sie aus großen, besorgten Augen musterte, schüttelte sie den Kopf. »Alles in Ordnung. Mir geht es gut. Ich bin nur erleichtert. Einfach erleichtert. Kommt, lasst uns hineingehen. Es wird langsam kalt.« Und als Aidan die Haustür öffnete, rief sie: »Lässt du bitte Kaffee aufsetzen? Und mix mir einen Martini. Aber einen großen.«

»Sind sie im Gefängnis? Kommen sie auf Kaution frei? Sind sie...«

»Beruhigen Sie sich, Tiger. Einen Kaffee würde ich nicht ablehnen«, sagte Red zu Lily. »Es wäre schön, wenn alle zusammenkommen würden, damit wir es nur einmal erzählen müssen.«

»Natürlich. Ich trommle alle zusammen. Die meisten von

uns mussten nach Hause fahren, deshalb sind nur noch mein Mann Hugh und ich, Aidan und Cate, Rosemary und Nina da. Sie beide hatten sicher einen langen Tag«, fügte sie hinzu, als sie die Polizisten hineinbegleitete.

»Ich würde sagen, den hatten wir alle.«

»Setzen Sie sich. So ein Kaminfeuer ist was Feines an so einem kühlen Abend. Ich denke, Rosemary ist oben, und... Oh, Nina, laufen Sie bitte hinauf und geben Sie Miss Rosemary Bescheid, dass der Sheriff und die Deputy da sind?«

»Ja, sofort. Caitlyn, du musst dir den Sand von den Händen waschen.«

Hastig wischte Cate sie an ihrer Jeans ab. »Ist schon in Ordnung. Bitte.«

Bevor Nina etwas erwidern konnte, machte Lily hinter Cates Rücken ein Zeichen.

»Ich gebe Miss Rosemary Bescheid und hole den Kaffee. Soll ich auch bleiben?«

»Ja, bitte«, erwiderte Red. Er nickte Aidan zu, der gerade ins Zimmer kam. »Entschuldigung, dass wir Sie schon wieder stören müssen.«

»Keineswegs. Mein Vater kommt sofort.« Aidan warf Red einen fragenden Blick zu. »Haben Sie Neuigkeiten für uns?«

»Ja, und ich hoffe, dass sie zu Ihrer Beruhigung beitragen.«

»Sie sind in Gewahrsam. Das hat er gesagt, aber nicht, wie. Ich will wissen...«

»Caitlyn.« Der ruhige Verweis ihres Vaters brachte sie zum Schweigen. »Kann ich Ihnen die Mäntel abnehmen?«

»Nein, danke. Es wird nicht allzu lange dauern.« Red setzte sich und lächelte Cate an. »Du warst am Strand, nicht wahr?«

»Ich wollte nach draußen. Am Strand ist es schön.«

»Zufällig ist das mein absoluter Lieblingsort. Kannst du surfen?«

»Nein.« Sie legte den Kopf schräg. »Du?«

»Darauf kannst du wetten. Wenn morgen genug Wind ist, nehme ich mein Brett und mache die Morgendämmerungspatrouille.« Er zwinkerte ihr zu. »Das ist so ein Surfer-Ausdruck.«

Fasziniert setzte sie sich mit gekreuzten Beinen auf den Boden. »Haben Sie jemals einen Hai gesehen?«

»Einen? Einmal habe ich einem direkt ins Gesicht geboxt.«

»Nein – wirklich?«

»Hand aufs Herz. Ich schwöre.« Er fuhr mit seiner Hand über sein Herz und hob drei Finger. »Er war zwar nicht sehr groß, aber jedes Mal, wenn ich die Geschichte erzähle, wird er ein bisschen größer.«

»Surfen Sie auch?«, fragte Cate Michaela.

»Nein.«

»Ich werde es ihr beibringen.«

Michaela lachte leise. »Nein, ganz bestimmt nicht.«

»Warte nur ab.«

Hugh kam herein, mit einem Martini in der einen und einem Whisky in der anderen Hand.

»Mein Held«, murmelte Lily. Sie ergriff das Glas und nahm einen großen Schluck.

Hugh setzte sich. »Nina bringt gleich den Kaffee. Ich hoffe, Sie beide kommen noch einmal her, wenn Sie nicht im Dienst sind, damit ich Sie auf einen Drink einladen kann.«

»Das werden wir bestimmt.« Red stand auf, als Rosemary die Treppe herunterkam. »Entschuldigen Sie die Storung.«

»Sie stören mich nicht im Geringsten.« Rosemary nahm das Whiskyglas von ihrem Sohn entgegen. »Aidan, sei so lieb und bring Hugh noch ein Glas Jameson's. Ich nehme seines.«

»Der Sheriff hat gesagt, er hat schon mal einem Hai ins Gesicht geboxt.«

Rosemary nickte und setzte sich. »Das überrascht mich nicht. Sie sind begeisterter Surfer, nicht wahr?«

»Ja, sehr begeistert.«

Small Talk, dachte er, trug zur Beruhigung bei.

Dann kam Nina mit dem Kaffee.

»Okay. Wir wollten vorbeikommen, um Ihnen zu sagen, dass Grant Sparks und Frank Denby, die im Verdacht stehen, die Kleine hier entführt zu haben, sich beide in polizeilichem Gewahrsam befinden. Die State Police hat Denby in einem Motelzimmer südlich von hier festgenommen.«

»Woher wussten sie, dass er dort war?«

Red blickte Cate an. »Nun, ich muss dir sagen, er war leider nicht besonders schlau. Wir haben einfach unseren Job gemacht, seinen Namen…«

»Wie?«

»Cate, es ist unhöflich, jemanden zu unterbrechen.«

Sie warf ihrem Vater einen Blick zu. »Woher soll ich es denn wissen, wenn ich nicht frage?«

»Da ist was dran«, stimmte Red ihr zu.

Er zögerte noch, aber Michaela traf eine Entscheidung. Das Mädchen hatte ein Recht darauf, es zu erfahren. »Ms Dupont hat uns den Namen gesagt, als wir mit ihr geredet haben, und als wir wussten, nach wem wir suchen mussten, kamen wir auch an Informationen. Zum Beispiel, wo er wohnte, was für ein Auto er fährt und das Kennzeichen. Dann haben wir eine Fahndungsmeldung herausgegeben. Und die State Police hat seinen Wagen mit dem Kennzeichen auf dem Parkplatz des Motels gesehen.«

»Dann war er wirklich nicht besonders schlau.«

»Nein«, sagte Michaela, »das war er wirklich nicht. Aber er war ja auch so dumm, dass er nicht gemerkt hat, dass du den Löffel behalten hast. Du warst die Klügste da.«

»Das ist eine unverrückbare Tatsache«, warf Red ein.

»Der zweite Täter, Sparks, hatte gerade gepackt, um abzuhauen. Aber er war nicht schnell genug, und die Polizei in L. A. nahm ihn fest. Beide werden jetzt hierhergebracht, und wir sperren sie ein und verhören sie.«

»Wie lange sperren Sie sie ein?«

»Nun, das hängt von den Anwälten und den Gerichten ab, da haben Mic und ich nichts mitzuentscheiden. Aber ich kann dir sagen, bei den Beweisen und der Aussage und den Beschuldigungen wird es schon eine lange Zeit werden.«

»Ein Jahr?«

»Nein, Liebes, viel länger. Vielleicht zwanzig Jahre.«

»Meine Mutter auch?«

Hier war Red vorsichtiger. Er blickte Aidan an.

»Wir haben darüber geredet. Cate muss es wissen. Wir alle müssen es wissen.«

»Dann sage ich es Ihnen. Weil deine Mutter uns Informationen über die beiden Männer und das, was sie alle geplant und vorgehabt haben, gegeben hat, hat der Staatsanwalt – das ist derjenige, der sich um solche Fälle vor Gericht kümmert – eine Vereinbarung mit dem Anwalt deiner Mutter getroffen. Sie haben einen Deal gemacht und sind von einigen der Anklagepunkten zurückgetreten, unter der Voraussetzung, dass deine Mutter die Tat zugibt. Auch sie muss bestimmt für zehn Jahre ins Gefängnis. Nach sieben Jahren kann sie dann herauskommen, wenn sie sich gut benimmt und die Verantwortlichen dafür sind. Aber sieben Jahre sitzt sie wohl mindestens im Gefängnis.«

»Es wird ihr dort nicht gefallen«, sagte Cate wie zu sich selbst. »Sie kann nicht einkaufen gehen, zu Partys oder zum Vorsprechen. Ich brauche sie nicht zu besuchen.« Sie blickte ihren Vater an. »Auch nicht, wenn sie wieder herauskommt.«

»Nein.«

»Und wir lassen uns von ihr scheiden.«

»Ja, Baby, wir lassen uns scheiden.«

»Sie liebt uns nicht. Nina bekommt keine Probleme.«

»Nein, kein bisschen«, versicherte Red ihr. »Allerdings müssen wir Ihr Handy als Beweismittel noch ein wenig länger behalten, Ms Torez.«

»Ich will es gar nicht zurück, danke. Ich will es wirklich nicht mehr haben. Caitlyn, jetzt hast du ja mit dem Sheriff geredet. Wir sollten jetzt nach oben gehen, dich waschen und zum Abendessen umziehen.«

Cate war zwar nicht völlig zufriedengestellt, aber sie nahm an, dass sie bis jetzt so viel erfahren hatte wie möglich. Sie stand auf. »Sagen Sie es auch den Leuten, die mir geholfen haben? Dillon und Julia und Oma?«

»Dass du das fragst, spricht für dich, Kleines. Das ist ein gutes Zeichen. Ja, wir fahren auf dem Rückweg auch bei ihnen vorbei.«

»Sagen Sie ihnen noch einmal vielen Dank?«

»Versprochen.«

»Wir werden eine Zeit lang in Grandpas Gästehaus wohnen, und dann fahren wir mit Nan nach Irland und bleiben dort auch eine Weile. Aber sagen Sie mir trotzdem Bescheid, ob Sie recht hatten und die Männer für zwanzig Jahre ins Gefängnis müssen?«

»Das kann ich machen.«

»Danke.«

»Gern geschehen.«

»Danke, Deputy Wilson.«

»Bitte.«

Als sie mit Nina aus dem Zimmer ging, hörte Red sie fragen: »Bleibst du bei mir, während ich mich wasche und umziehe? Bleibst du in meinem Zimmer?«

»Sie hat Angst, alleine zu sein«, sagte Aidan leise. »Sie war immer so unabhängig, wollte alles erforschen oder sich einfach allein zurückziehen, um zu lesen oder Hausaufgaben zu machen. Und jetzt hat sie Angst, allein in einem Zimmer zu sein.«

»Ich will nicht übergriffig sein, Mr Sullivan, aber es könnte hilfreich sein, wenn Ihre Tochter zu einem Therapeuten geht.«

»Ja.« Aidan nickte Michaela zu. »Ich habe schon ein bisschen herumtelefoniert. Sie will nicht in unser Haus in L.A. zurück, deshalb werden wir, wie sie auch erzählt hat, in das Gästehaus meines Vaters ziehen. Und wir werden einige Zeit in Irland verbringen – sie so lange wie möglich aus der Öffentlichkeit raushalten. Ich weiß, dass Sie zu tun haben, Sheriff, und es war sicher ein sehr langer Tag. Ich will Sie nicht aufhalten, aber ich muss einfach fragen: Wird es einen Prozess geben? Wird Cate aussagen müssen?«

»Ms Dupont hat auf schuldig plädiert, deshalb gibt es mit ziemlicher Sicherheit keinen Prozess. Zu Sparks und Denby kann ich Ihnen noch nichts sagen. Sie mögen zwar beide nicht gerade die Schlausten sein, aber ich denke, sie sind schlau genug, um zu kooperieren. Wenn sie es nicht tun, haben wir genug Beweise, um sie lebenslänglich ohne Bewährung hinter Gitter zu bringen. Zwanzig ist wesentlich besser als lebenslänglich.« Red erhob sich. »Wir halten Sie auf dem Laufenden. Fahren Sie bald zurück nach L.A.?«

»Ich glaube ja. So bald wie möglich.«

»Ich habe ja Ihre Handynummer. Ich rufe Sie an.«

Als sie zum Auto gingen, blickte Red auf die Uhr. »Ich glaube, wir kriegen bei Maggie etwas zu essen, wenn wir sie über die neuesten Entwicklungen informieren. Ich kann dir sagen, Mic, die beiden Frauen kochen großartig.«

Michaela überlegte. »Ich könnte etwas zu essen vertragen. Wollen wir Denby und Sparks schon heute Abend verhören?«

»Wir sollten loslegen, solange das Eisen noch so heiß ist, dass es ihnen den Arsch verbrennt. Bist du dabei?«

Michaela setzte sich auf den Beifahrersitz und warf einen Blick zurück aufs Haus. Sie dachte an das Mädchen. »Ich bin dabei.«

Beide Männer verlangten einen Anwalt. Nicht weiter überrascht, forderte Red einen Pflichtverteidiger für Denby an – er behauptete, er könne einen Anwalt nicht bezahlen – und ließ Sparks seinen Anruf machen, damit er seinen Anwalt kontaktieren konnte.

Da Maggies außergewöhnlich leckeres Hühnchen mit Klößen – und ein Stück von Julias Gewürzkuchen – seinen Bauch gefüllt hatten, wartete er geduldig mit Michaela, bis die beiden eintrudelten.

Sie waren sich beide einig, dass Denby der Dümmere von beiden war. Mit ihm würden sie anfangen.

Gemeinsam gingen sie in den Verhörraum. Und obwohl er den Recorder einschaltete, hob Red zunächst die Hand. »Es wird eine Weile dauern, bis das Gericht einen Anwalt bestimmt hat, und dann dauert es noch einmal, bis er hier ist. Sie brauchen nichts zu sagen, das ist Ihr Recht. Wir sind lediglich hier, um Ihnen mitzuteilen, dass es bis morgen früh dauern kann, und um Ihnen ein paar Informationen zu geben.«

»Ich habe nichts zu sagen.«

»Das verlangt auch keiner von Ihnen. Wir wollen Sie nur darauf aufmerksam machen, dass Charlotte Dupont uns im Tausch für mildernde Umstände eine beachtliche Menge an Informationen zur Verfügung gestellt hat. Wer als Erster kommt, mahlt zuerst – Sie wissen, wie das funktioniert. Mit dem, was wir von ihr haben, und weiteren Beweisen wird der Staat auf lebenslänglich ohne Bewährung plädieren.«

»Das ist doch Blödsinn.« Aber er war ganz grau im Gesicht geworden. »Ich habe doch gar nichts getan.«

»Wir fragen Sie gar nicht, was Sie getan haben oder nicht. Oder, Mic?«

»Nein, Sir, der Verdächtige hat von seinem Recht auf einen Anwalt Gebrauch gemacht. Bis dieser Anwalt – nun, wen auch immer das Gericht auftreiben kann – herkommt, stellen wir keine einzige Frage. Wir informieren nur.«

»Ich wette, er kriegt Bilbo.« Red kicherte hämisch. »Bei dem Glück, was der Typ hat, kriegt er bestimmt Bilbo. Na ja, nach allem, was wir bereits wissen, war das Ganze Ihre Idee, also werden Sie wohl auch am härtesten bestraft.«

»Meine? Der Scheiß stammt von…«

»Frank.« Red hob erneut die Hand. »Sie wollen doch bestimmt nichts sagen, bevor Sie nicht mit Ihrem…« Er wandte sich an Michaela und verdrehte die Augen – »…Anwalt geredet haben. Mic und ich haben einen langen Tag hinter uns, aber wir haben gedacht, bevor wir hier alles abschließen und nach Hause fahren, sollten wir Ihnen noch den Stand der Dinge mitteilen. Die Blonde hat Ihnen hart zugesetzt, Frank. Und Ihnen gehört die Schusswaffe. Und dann kommt noch die Erpressung dazu.«

»Es hat gar keine Erpressung gegeben! Das war nur ein Trick!«

»Frank, wenn Sie weiterreden, müssen wir Sie in Ihre Zelle zurückbringen, ohne Ihnen die Information zu geben, die Ihnen helfen soll zu entscheiden, wie Sie mit der Sache umgehen, wenn Ihr Pflichtverteidiger morgen kommt.«

»Scheiß auf den Anwalt. Es hat keine Erpressung gegeben. Ich lasse mich nicht wegen Scheiß-Erpressung einbuchten.«

»Hören Sie, wenn Sie etwas sagen möchten, wenn Sie uns etwas sagen möchten, dann müssen Sie Ihr Recht auf einen Pflichtverteidiger zurücknehmen. Sonst…«

»Habe ich nicht gerade gesagt: ›Scheiß auf den Anwalt‹?«
Seine Blicke schossen zwischen ihnen hin und her. In seinen Augen stand Angst. »Ich verzichte also auf die Scheiße. Erpressung, du liebe Güte.«

»Okay, wir haben aufgenommen, dass Sie auf Ihr Recht verzichten, auf einen Anwalt zu warten, und eine Aussage machen möchten. Sie haben Ms Dupont und Mr Sparks Fotos gezeigt, auf denen Sie die beiden in äußerst kompromittierenden Situationen aufgenommen haben.«

»Das stimmt, das stimmt. Aber mit Sparks' Kamera, Herrgott nochmal! Glauben Sie, ich könnte mir so ein verdammtes Teleobjektiv leisten? Glauben Sie, ich wäre in dieses Hochsicherheitshaus der reichen Familie reingekommen, wenn er mir nicht geholfen hätte?«

Michaela hörte aufmerksam zu. Jetzt verdrehte sie die Augen. »Himmel, sollen wir ihm etwa glauben, dass Sparks das Ganze initiiert hat? Wir verschwenden unsere Zeit mit dem Typ, Sheriff.«

»Doch, das hat er. So macht er das immer. Er reißt reiche Frauen auf, greift Darlehen, dicke Geschenke, Bargeld, was auch immer ab. Und wenn er merkt, dass noch mehr aus ihnen herauszuholen ist, dann schmiert er ihnen noch mehr Honig ums Maul.«

»Und woher wollen Sie das wissen?«, fragte Red.

»Vielleicht haben wir mal welche zusammen ausgenommen. Es ist nicht das erste Mal, dass er mit mir zusammengearbeitet hat.«

»Jetzt haben sie also *zusammengearbeitet*.« Michaela schob den Stuhl zurück und gähnte. »Sparks verdient sein Geld als Personal-Trainer bei reichen Kunden. Warum sollte er sich mit einem zweitklassigen kleinen Taschendieb wie Ihnen zusammentun?«

»Hör mal zu, du Schlampe …«

»Na, na«, sagte Red milde. »Achten Sie auf Ihre Ausdrucksweise.«

»Er hat eben Stil, okay? Das ist seine Nummer. Sex, Stil, Frauen finden, die beides wollen. Manchmal braucht er jemanden, der mit Fotos noch ein bisschen nachhilft. Das bin ich. Man erpresst ein paar Tausend und zieht dann weiter.«

»Ein paar Tausend? Sie haben zehn Millionen verlangt.«

»Zehn…« Alles an Denby wurde düster und hässlich. »Der Hurensohn! Er sagte zwei. Wir würden uns zwei Millionen teilen. So viel hatten wir noch nie verlangt. Er hatte die Frau im Griff. Er sah, was da lief. Das Kind bedeutete ihr nicht viel – aber dem Vater bedeutete das Kind alles. Und der Vater hatte das Geld. Einen Haufen Geld. Die beschissenen Hollywood-Sullivans.« Er klopfte sich auf die Brust. »Kann ich eine Zigarette haben?«

»Nein.« Red lächelte nur. »Reden Sie weiter.«

»Er sagte, wir ziehen das ganz große Ding durch, und danach kannst du dich zur Ruhe setzen. Ich entführe nicht einfach so ein Kind, das will ich damit sagen. Ich meinte, boah. Aber er so: ›Ich kann die Blonde dazu bringen, dass sie alles einfädelt. Wenn sie sich weigert, hauen wir ab. Aber wenn sie anbeißt, sind wir dabei.‹ Sie hat angebissen.« Er beugte sich vor. »Also, ich musste Sparks wegen der Fotos ansprechen, und er musste zu ihr gehen und es ihr sagen. Wir treffen uns – sie trägt eine Perücke, du liebe Güte, eine große Sonnenbrille. Als ob das irgendjemanden interessiert. Ich zeige die Fotos, sie wird hysterisch – ›Was wollen Sie dafür haben? Sie können sie nicht verkaufen. Meine Karriere, die Presse!‹ Ich merke also, dass Sparks das gut geplant hat. Ihr geht es nur um sich, und das macht die Sache einfach. Ich sage, wie Sparks und ich das geübt haben, ich sage ihr Bescheid, was es kostet, aber es wird nicht billig sein.«

»Sie haben nicht direkt zehn Millionen verlangt?«

»Nein. Mann, er hat gesagt, es ginge um zwei Millionen, also sagte ich, ich wolle zwei. Sie haben mich reingelegt«, murmelte er verbittert. »Haben mich reingelegt und zehn verlangt. Ich dachte, zwei kriegt sie zusammen, verkauft sie eben irgendwas, aber er kommt zurück und sagt, sie hat nicht so viel, und er hat sie überredet, das Kind zu benutzen. Und darauf wäre sie eingegangen.« Er wand sich auf seinem Stuhl. »Hören Sie mal, wenn ich schon keine Zigarette kriege, kann ich dann wenigstens eine Cola oder ein bisschen Gras kriegen?«

»Erzählen Sie zu Ende, und dann kümmern wir uns drum.«

»Himmel, sehen Sie denn nicht? Er hat mich reingelegt. Die beiden haben mich verdammt noch mal reingelegt. Ich lasse mich nicht für all das einbuchten. Sie haben das Ganze geplant. Er sagte, sie wüsste den perfekten Zeitpunkt und Ort, weil es da oben in Big Sur eine große Party für den alten Mann, den gerade Gestorbenen geben sollte. Alles wäre ganz einfach. Sie wusste auch, dass das Haus, wo wir das Kind festhalten sollten, leer war. Das wusste sie, weil die Leute verreist waren und deshalb nicht zur Party kommen konnten, kapiert?«

»Ja.« Red legte zufrieden die Füße auf den Tisch. »Wir können Ihnen folgen.«

»Ich habe das Kind nicht entführt. Das war Sparks. Die Blonde hat den Ort bestimmt, und er hat das Kind betäubt und sie in einen von diesen Servierwägen gepackt – die mit den Vorratsfächern. Ab in den Lieferwagen – wir haben ihn so hergerichtet wie einen von den Lieferwägen der Caterer –, und dann ist er mit ihr einfach weggefahren.«

»Wie hat die Blonde denn den Ort festgelegt?«, fragte Michaela.

»Woher zum Teufel soll ich das wissen? Die Details haben

die beiden ausbaldowert. Ich sollte nur das Zimmer fertig machen, es absichern und ein paar Vorräte da hinbringen. Ich war nur der Babysitter, haben Sie es immer noch nicht kapiert?«

»Gehörten zu den Vorräten auch Masken?«

Wieder wand er sich auf seinem Stuhl. »Wir wollten ja schließlich nicht, dass sie unsere Gesichter sieht. Das war besser so. Und ich habe diese verdammten Masken aus der eigenen Tasche bezahlt. Genauso wie das Essen und das Bier. Das muss mir zurückbezahlt werden.«

»Das war anscheinend schlecht investiertes Geld«, kommentierte Red. »Aber als Babysitter haben Sie auch nicht gerade einen guten Job gemacht.«

»Wer rechnet denn damit, dass das Kind aus dem Fenster klettert? Ein Seil aus der Bettwäsche macht? Einen verdammten Löffel benutzt, um die Nägel aus dem Fensterschloss herauszuholen? Wer rechnet damit? Sparks hat mich dafür zusammengeschlagen, als ob es meine Schuld sei.« Er beugte sich vor. »Ich sage ja nur, Sparks ist auf die Idee gekommen, er hat die Blonde ins Spiel gebracht. Die beiden haben die Details ausgearbeitet – und haben mich die ganze Zeit über den Tisch gezogen. Ich habe nur auf das Kind aufgepasst.«

»Sie waren also praktisch ein unschuldiger ... Beteiligter.«

Denby streckte den Zeigefinger aus, als Michaelas sarkastische Bemerkung über seinen Kopf hinwegsegelte wie ein Drache im Sommerwind. »Ganz genau.«

»Okay, Frank.« Red schob ihm Notizblock und Kugelschreiber über den Tisch. »Schreiben Sie es auf und lassen Sie kein Detail aus. Wir kümmern uns um Ihre Cola.«

Als sie mit Denby fertig waren – der kein einziges Detail ausgelassen hatte –, wollte Red nur noch ein Bier und ins Bett, in dieser Reihenfolge.

Aber er kalkulierte das Timing und die Tatsache, dass

Scarpetti sein Spiel mit den Medien spielen würde, wie auf einer Violine. Mark Rozwell, Sparks' Anwalt, mit dem sich Scarpetti jetzt schon beriet, kannte er nicht. Aber auch da musste er mit Medieninteresse rechnen.

Je mehr sie vor den Morgennachrichten geschafft bekamen, desto besser.

Wieder einmal griff er in seinen Vorratsschrank für Cola. Er hatte Michaela in sein Büro gerufen. »Ich wollte dich fragen, ob du Lust auf mehr hast, Mic.«

»Habe ich.«

»Ja, das habe ich mir gedacht.« Er schob ihr die Cola zu. »Wir müssen uns darauf vorbereiten, dass Scarpetti für morgen früh eine Pressekonferenz anberaumt. Er wird alles tun, was in seinen Kräften steht, um Dupont als Opfer dastehen zu lassen. Und das will ich vor allem deshalb nicht, weil sich dann die Presseleute wie die Geier auf die kleine Sullivan stürzen werden.«

»Dann holen wir also aus Sparks alles heraus, so wie wir es bei Denby gemacht haben, damit er uns nicht zuvorkommen kann.«

»Das ist der Plan.«

»Glaubst du, Dupont war von Anfang an dabei?«

»So halb und halb. Ich lasse mir das noch mal durch den Kopf gehen, wenn wir mit Sparks geredet haben. Jetzt gucke ich mir erst mal seinen Anwalt an, damit wir ein Gefühl dafür bekommen, was wir hier haben.«

»Das habe ich schon getan.«

Red lehnte sich auf seinem Stuhl zurück. »Du bist eine fleißige, unternehmungslustige Seele, Mic.«

»Nur eine Polizistin. Ich habe ihn auch nur aus Neugier gegoogelt. In Kalifornien geboren, sechsundvierzig, verheiratet, ein Kind und eins unterwegs. Hat Jura in Berkeley studiert. Er hat zehn Jahre lang für *Kobash and Milford* gearbeitet und ist vor drei Jahren voll als Partner eingestiegen. Er ist ein hochgeschätzter Strafverteidiger mit solidem Ruf.« Sie trank einen großen Schluck Cola. »Er sieht gut aus, und die Kamera liebt ihn. Er hat keine Angst vor der Presse. Er hat auch ein paar Gerichtsthriller geschrieben, aber es sieht nicht so aus, als ob John Grisham sich Sorgen machen müsste.«

»Und Sparks ist sein Personal-Trainer.«

»Genau«, bestätigte sie. »Er hat ein Haus in Holmby Hills, ein Strandhaus in Oceanside. Er fährt einen Lexus wie seine Frau – sie ist freiberufliche Drehbuchlektorin.«

Red wartete kurz. »Ist das alles? Du hast nicht zufällig auch noch seine Schuhgröße und seine politische Einstellung?«

»Politisch unabhängig. Für seine Schuhgröße müsste ich noch ein bisschen tiefer graben.«

Red lachte. »Okay, wir werden uns darauf einstellen. Der Mann hat einen Ruf zu verlieren, hört sich nicht an wie ein Idiot und trägt die Verantwortung für eine Anwaltskanzlei. Der Junge ist sein Trainer, nicht sein Bruder oder sein bester Kumpel. Wir werden ihn kalt erwischen.«

»Du willst die Voraussetzungen für einen Deal schaffen.«

»Ich will, dass dieser Hurensohn für den Rest seines Lebens in San Quentin sitzt, Mic. Das ist mein persönlicher Wunsch. Und ich muss hoffen, dass mir das nicht gelingt, weil mich die Vorstellung, dieses Kind – und die Familie, aber vor allem dieses Kind – einem Prozess auszusetzen, krank macht.«

Weil ihre Gedanken in die gleiche Richtung gingen, nickte Michaela. »Ich hasse zwar den Gedanken, dass er eines Tages einfach freikommt, dass alle drei nach Hause gehen können. Aber ich sehe das genauso wie du. Trotzdem haben wir darauf keinen Einfluss.«

»Der Bundesstaatsanwalt wird zwanzig bis fünfundzwanzig fordern. Das müssen wir abwarten. Unser Job ist es, dafür zu sorgen, dass der Anwalt die Beweislage richtig einschätzt und Sparks dahingehend brieft, dass ihm lebenslänglich ohne Bewährung droht.«

»Verstanden. Ich frage den Anwalt, ob sie bereit sind, mit uns zu sprechen.«

Es dauerte noch zwanzig Minuten, aber schließlich erklärte Rozwell sich mit der Vernehmung einverstanden. Da Red kein Anfänger war, ging er davon aus, dass Rozwell annahm, es würde sich nur um ein einleitendes Gespräch mit allen Parteien handeln, das am nächsten Morgen erst richtig losging.

Michaela hatte Rozwell gut beschrieben – ein attraktiver Typ mit einem Fünfhundert-Dollar-Haarschnitt, der ihm einen Hauch von Silber an den Schläfen gestattete und nur wenige Strähnen im dunklen Haar. Dunkelbraune Augen, klug, clever. Gepflegt und sportlich.

Aber neben Sparks und seinem Filmstar-Aussehen wirkte er blass. Noch nicht einmal die paar Stunden in der Zelle oder der orangefarbene Overall hatten ihm etwas anhaben können. Sonnengesträhnte, leicht gelockte Haare rahmten ein golden gebräuntes Gesicht mit markanten Gesichtszügen ein – die Wangenknochen, die großen braunen Augen, der volle Mund. Und dazu noch dieser schlanke, muskulöse Körper.

Er machte auf – nach Reds Meinung spielten Sparks und Typen wie er immer eine Rolle – nervös, besorgt, ohne Wut und nur eine leise Andeutung von Reue und Kummer.

Red setzte sich, schaltete das Aufnahmegerät ein und las die notwendigen Sätze vor.

»Sheriff, Deputy, zuerst möchte ich Ihnen danken, dass Sie heute Abend Zeit für uns haben. Ich gehe davon aus, dass Sie einen sehr langen Tag hatten.« Rozwells Miene war sachlich, seine Stimme glatt. »Zu diesem Zeitpunkt möchte ich Sie informieren, dass ich morgen einen Antrag auf Niederschlagung zahlreicher Anschuldigungen gegenüber meinem Mandanten stellen werde. Mein Mandant ist entsetzt darüber, dass er unwissentlich an diesen Ereignissen beteiligt war. Was er in geringfügigem Umfang dazu beigetragen hat, geschah auf Veranlassung und Verlangen der Mutter der Minderjährigen, und zwar in der Annahme, dass besagtes minderjähriges Kind von seinem Vater missbraucht würde. Da er von Ms Duponts Plan, Lösegeld von der Familie Sullivan zu erpressen ...«

»Entschuldigung, darf ich Sie an dieser Stelle unterbrechen?« Er achtete darauf, dass er freundlich klang, eben wie der Sheriff vom Land. »Sie brauchen Ihre Zeit nicht unnötig zu verschwenden. Es war sicher auch ein langer Tag für Sie, deshalb lassen Sie es uns abkürzen. Wir haben sowohl von Charlotte Dupont als auch von Frank Denby schriftliche Geständnisse.«

Er lächelte Sparks an. Red hatte sorgfältig darauf geachtet, dass die Festnahmen, Vernehmungen und Vereinbarungen nicht an die Öffentlichkeit gedrungen waren. »Sie stimmen inhaltlich überein, ebenso wie die Aussage des minderjährigen Kindes.«

»Mr Sparks erklärt, dass Ms Dupont und Mr Denby bei diesem Plan zusammengearbeitet und ihn überlistet haben.«

»Haben sie Sie so weit überlistet, dass Sie dem kleinen Mädchen eine ganze Ladung Propofol in den Nacken gejagt haben?«

»Ich habe nicht ...«

»Sparen Sie sich das. Sie trugen eine Perücke – wir haben sie gefunden – und eine Sonnenbrille, aber Caitlyn hat Augen im Kopf. Gute Augen. Und Ohren. Sie haben mit ihr gesprochen, bevor Sie ihr das Mittel gespritzt haben, und Sie haben auch mit ihr durch die Wolfsmann-Maske – die wir ebenfalls entdeckt haben – gesprochen, mit der Sie das zehnjährige Mädchen erschreckt haben. Sie haben ihr die Spritze gesetzt, sie in einen Servierwagen gestopft und sind dann von der Gedenkfeier für einen anständigen Mann, von einer Familie, die in Trauer war, mit ihr weggefahren.«

»Sheriff, ein Kind unter solchem Stress ist wohl kaum in der Lage, Stimmen zweifelsfrei zu identifizieren.«

Michaela stieß ein kurzes Lachen aus. »Sie kennen dieses Kind nicht. Lassen Sie sie unter Eid in einem Gerichtssaal aussagen, und ich kann Ihnen versprechen, dass die Jury an ihren Lippen hängen wird. An den Lippen eines Kindes, dessen eigene Mutter mit ihrem Liebhaber plante, sie zu betäuben und sie zu Tode zu erschrecken. Für Geld. Wir haben auch Ihre Stimme am Telefon, Sparks, wie Sie zehn Millionen Dollar Lösegeld verlangen. Die Familie hat zwar nicht die Polizei gerufen, aber sie hat die Anrufe aufgenommen.«

»Ihre Partner haben ausgepackt, und zwar alles. Denby ist ziemlich sauer, dass Sie ihm was von zwei Millionen – fifty-fifty – erzählt haben, während Sie von den Sullivans zehn verlangt haben. Das hat ihn geöffnet wie eine frisch gekochte Miesmuschel. Und wenn Sie wirklich glauben, dass eine Frau, die mit ihrem Personal-Trainer im gleichen Bett schläft wie mit ihrem Mann, eine Frau, die mit dem Sicherheitsgefühl ihrer eigenen Tochter spielt und zulässt, dass dieses Kind betäubt und terrorisiert wird, auch nur eine Spur von Loyalität besitzt, sind Sie ein Idiot.«

Red wandte sich an Rozwell. »Ich breite das so vor Ihnen aus, weil ich es satt bin. Ich bin angewidert, und meine Toleranz für die Scheiße, die ich mir heute anhören musste, ist erschöpft. Dupont und Denby haben über das Strafmaß verhandelt. Ihr Mandant ist der letzte in der Reihe, und ich denke, in diesem Raum weiß jeder, dass der Letzte immer die Arschkarte hat. Vielleicht hat dieser Heini Ihnen eine zu Herzen gehende Geschichte erzählt und so getan, als sei er das entsetzte Opfer einer arglistigen Täuschung, und wie leid ihm das arme Kind in dem Ganzen tut, aber wir haben Beweise, bei denen sich all seine Beteuerungen in Rauch auflösen. Kurz zusammengefasst, hat Ihr Mandant Dupont für ein geeignetes Opfer gehalten, die letzte in einer Reihe reicher Frauen, die er ausgenommen hat. Wir haben Namen, und wir bekommen Aussagen, die das bestätigen. Bei Dupont hat er das ganz große Geld gesehen, genug, um sich stilvoll zur Ruhe zu setzen, wobei er zunächst mal in Mozambique untertauchen wollte.«

Red bedachte Sparks mit einem mitleidigen Blick. »In Ihrer Suchhistorie ist eine ganze Menge Anfragen nach Mozambique – kein Auslieferungsvertrag – auf Ihrem Laptop.« Er wandte sich wieder an Rozwell. »Er hat das Ganze mit seinem zeitweiligen Partner Frank Denby ausgeheckt, der den ersten Teil durchziehen sollte. Erpressung mit Fotos seiner Kamera, die wir ebenfalls sichergestellt haben, von seiner Geliebten und ihm selbst – wie heißt es so schön? – in flagranti. Besagte Geliebte, die beschissenste Mutter in der Geschichte aller Mütter, willigte in die Entführung ihrer Tochter für Lösegeld ein – Sparks und Dupont hoben den Preis an, um Denby hereinzulegen. Sie unternahm entsprechende Vorbereitungen, sagte dem Kind, wo es sich für ein Versteckspiel mit den anderen Kindern am besten verstecken sollte, und Sparks wartete dort mit der Spritze, und dann ab in den Servierwagen und den Lieferwagen.« Als ob es ihn anekelte – nicht, weil er sich mal strecken wollte –, stand Red auf und wandte sich ab. »Machen Sie weiter, Deputy. Ich brauche eine Minute, bis sich mein Magen wieder beruhigt hat.«

Michaela übernahm und berichtete übergangslos den Rest oder zumindest die wichtigsten Punkte.

Rozwells Miene blieb undurchschaubar. Er war beim Pokerspielen wahrscheinlich genauso gut wie im Gerichtssaal. Aber jeder hatte eine Schwachstelle, dachte Red. Rozwells musste er erst noch herausfinden, aber er hatte das Gefühl, er hatte sie getroffen.

Ein ganz leichtes Anspannen der Mundwinkel, ein Muskelzucken, das ein kleines Grübchen zutage förderte.

Als Michaela fertig war, setzte Red sich wieder. »Es gibt keinen einzigen Richter auf der Welt, der auch nur eine dieser Anschuldigungen fallenlässt. Und es gibt keine einzige Jury auf der ganzen Welt, die beim Anblick dieses süßen kleinen Mädchens nicht sofort das Urteil fällt. Und Ihr Mandant bekommt lebenslänglich ohne Bewährung.« Er warf Sparks einen Blick zu. »Wenn Sie das Spiel weiterspielen, ist das Ihr toller Preis!«

»Ich habe es aus Liebe getan!« Sparks' Ausbruch klang gramerfüllt.

»Jesus«, murmelte Red. »Immer die gleiche Leier.«

»Charlotte hat geschworen, sie...«

»Halten Sie den Mund, Grant.«

»Mark, Sie müssen mir glauben. Sie kennen mich doch. Ich würde nie...«

»Ich sagte, halten Sie den Mund.« Dieses Mal hörte er sich schon deutlich erschöpfter an. »Ich muss einen Augenblick mit meinem Mandanten unter vier Augen sprechen.«

»Tun Sie das. Ich muss sowieso mal an die frische Luft.«

Als sie hinausgingen, merkte Red, dass er das nicht nur so gesagt hatte. »Ich gehe mal einen Moment raus und atme durch, Mic.«

»Glaubst du, er lenkt ein? Der Anwalt, meine ich?«

»Ich würde sagen, er denkt bestimmt darüber nach. Sag mir Bescheid, wenn sie so weit sind.«

Draußen blickte er zum Himmel und stellte dankbar fest,

dass es eine sternenklare Nacht war. Er hätte gerne noch so viel Energie gehabt, um sich für eine kleine Nummer zu Maggie ins Bett zu kuscheln, aber da er sich kaum noch auf den Beinen halten konnte, musste er sich wohl mit dem sternenübersäten Himmel begnügen.

Der Anblick beruhigte ihn und erinnerte ihn daran, dass das Leben eine ganze Menge schöner Dinge bereithielt. Man musste sich nur ab und zu ein paar Minuten Zeit nehmen, um sie zu finden.

Er hörte, wie hinter ihm die Tür aufging. »Ich komme sofort, Mic.«

»Sheriff, Ihre Deputy bringt Mr Sparks für heute Nacht zurück in seine Zelle.«

Red nickte Rozwell zu. »Gut.«

»Ich muss morgen früh noch einmal kurz mit ihm sprechen und würde mich gerne mit dem Staatsanwalt treffen.«

»Das kann ich arrangieren. Sagen wir, neun Uhr?«

»Das ist gut. Ich werde da sein. Könnten Sie mir vielleicht ein Hotel oder ein Motel empfehlen, irgendetwas Anständiges, wo ich übernachten kann? Ich hatte keine Zeit, Vorkehrungen zu treffen.«

»Na klar. Kommen Sie mit in mein Büro. Ich gebe Ihnen die Adressen von ein paar Hotels in der Nähe – wenn Sie in der Nähe bleiben wollen.«

»Ja, das wäre toll.«

»Sie können von hier aus anrufen und fragen, ob sie ein Zimmer für Sie haben.« In seinem Büro schrieb er rasch ein paar Namen auf einen Block. »Das oberste hat gute Betten, guten Service und vierundzwanzig Stunden Zimmerservice, wenn Sie noch etwas brauchen. Allerdings berechnen sie das WLAN, was ich ziemlich unverschämt finde.«

»Danke.«

»Gerne. Rufen Sie an.«

Red ging hinaus, um auf Michaela zu warten. Wahrscheinlich hatte er noch genug Energie für ein kaltes Bier vor dem Zubettgehen. Und für eine heiße Dusche. Oh ja, die Dusche brauchte er noch mehr als das Bier.

Rozwell kam aus dem Büro.

»Alles geregelt?«

»Ja, danke. Ich bin dann um neun hier. Ich habe Ihnen meine Handynummer hinterlassen, falls Sie mich anrufen müssen.« Er wandte sich zum Gehen, drehte sich aber an der Tür noch einmal um und blickte Red an. »Ich habe eine Tochter. Sie ist erst vier. Ich habe auch ein kleines Mädchen.«

Als er hinausging, wusste Red, dass der Deal klarging.

Michaela kam zurück. *Sieht immer noch aus wie aus dem Ei gepellt*, dachte er. Bewundernswert.

»Hast du ihn in die Zelle gebracht?«

»Er hat es mit Tränen bei mir versucht. Langsame, mit Seelenschmerz angefüllte Tränen. Er ist gut.«

»Wir sind besser. Rozwell will morgen früh mit dem Staatsanwalt sprechen. Ich rufe ihn auf dem Heimweg an. Du kannst dir morgen freinehmen.«

»Ich möchte gerne bis zum bitteren Ende dabei sein.«

»Dann komm um neun. Ich bringe dich hinaus.«

»Wir bringen uns gegenseitig hinaus.«

»Oder so.«

8

Dillon mistete gerne die Ställe aus. Er liebte den Geruch der Pferde – sogar den nach Pferdeäpfeln. Die Ranch war alles, was er kannte, und die Pferde gehörten zu seinen Lieblingen.

Seine absolute Lieblingserinnerung jedoch war der Abend, an dem er, seine Mom und seine Oma dabei gewesen waren, wie Diva ihr erstes Fohlen bekommen hatte. Es war ein bisschen eklig gewesen, aber größtenteils einfach nur cool. Er hatte sogar einen Namen für das Fohlen aussuchen dürfen, ein hübsches braunes Stutfohlen mit vier weißen Socken und einer geschwungenen weißen Blesse.

Er hatte es Komet genannt, weil die Blesse aussah wie ein Kometenschweif. In etwa.

Und obwohl er erst sechs gewesen war, durfte er die kleine Stute versorgen und mit ihr longieren, als sie alt genug war. Er hatte sich als Erster über ihren Rücken gelegt, um sie an Gewicht zu gewöhnen. Er war der Erste gewesen, der ihr einen Sattel angepasst und sie geritten hatte. Er hatte dabei geholfen, andere Pferde einzureiten, und fand, dass er das ziemlich gut konnte. Aber Komet gehörte ihm ganz allein.

Und er war an ihrer Seite gewesen, als sie im letzten Frühjahr ihr erstes Fohlen bekommen hatte.

Er war einfach gerne Rancher – Landwirt und Rancher, weil sie auch Gemüse anbauten und verkauften, einen Obstgarten hatten und sogar einen Weingarten, der Oma gehörte, obwohl sie den Wein eigentlich nur für sich und für Freunde machte. All die Pflichten auf dem Hof machten ihm nichts aus, eigentlich gefielen sie ihm viel besser als die Schule. Pflanzen und hacken, füttern und tränken, selbst die Heuernte, wenn die Sonne knallte, oder am Stand auf dem Markt aushelfen lagen ihm.

Es war schön, hoch oben auf der Klippe zu wohnen, sodass er jeden Tag das Meer sehen konnte, über die Felder zu laufen oder über die Felder und in den Wald hineinzureiten.

In den Wintermonaten gab es an den Samstagen eine Menge Pflichtaufgaben, die er allein erledigte oder mit seiner Mom zusammen, die ihm half, wo sie konnte. Im Haus, wo Oma und seine Mom Brot und Kuchen und Torten für die Kooperative backten. Von Freitagmorgen bis Samstag roch es im Haus echt gut. Manchmal machte Oma auch Kerzen aus Soja und irgendwelchem Duftzeug. Ihm brachte sie das auch bei, so wie die beiden Frauen ihm beigebracht hatten, Brot und Kuchen und so zu backen.

Allerdings fütterte er lieber die Schweine und die Hühner, schleppte Futter zu den Trögen für das Vieh, molk die Ziegen. Und mistete die Ställe aus.

Kurz vor elf war er mit der morgendlichen Routine so gut wie durch. Gerade schob er die letzte volle Schubkarre zum Misthaufen.

Als er das Auto kommen hörte, blickte er zum Himmel, um die Uhrzeit zu schätzen. Seine Freunde Leo und Dave wollten ihn besuchen, aber erst am Nachmittag. Es war noch zu früh für sie.

Er rollte die leere Schubkarre zurück in die Scheune, stellte sie an ihren Platz und schlug seine Arbeitshandschuhe gegen seine Hosenbeine, um sie zu säubern. Dann ging er nach draußen, um zu gucken, wer da kam.

Er erkannte das glänzende silberne Fahrzeug natürlich sofort als BMW – ein todschicker SUV. Aber er kannte niemanden, der so ein tolles Auto fuhr.

Da er ja der Mann im Haus war, blieb er wartend stehen – breitbeinig, die Daumen in seine Vordertaschen gehakt. Als er Hugh Sullivan aussteigen sah, ging er ihm entgegen, um ihn zu begrüßen.

»Hi, Mr Sullivan.«

»Dillon.«

So, dass Dillon sich absolut wie der Herr des Hauses vorkam, schüttelte Hugh ihm die Hand. Er blickte sich um.

»Ich habe mir das hier gar nicht so richtig angesehen, als wir hier waren. Dazu war ich viel zu besorgt, und es war ja auch dunkel. Es ist wunderschön hier.«

»Danke.«

Hugh wies auf die Arbeitshandschuhe, die Dillon in die hintere Tasche seiner Jeans gesteckt hatte. »Und ich sehe, du arbeitest fleißig, um das Ganze hier zu pflegen. Du hast sicher noch viel Arbeit, aber könnte ich vielleicht kurz mit dir, deiner Mutter und deiner Großmutter sprechen?«

»Klar. Ich habe für den Morgen schon fast alle Aufgaben erledigt. Mom und Oma sind drinnen und backen. Sie backen meistens freitags für die Kooperative, aber morgen ist irgendeine spezielle Sache, deshalb erledigen sie das meiste heute.«

Wenn er es schade fand, dass Cate nicht mitgekommen war, ließ er sich nichts anmerken.

»Ah, der Sheriff war gestern da und hat uns gesagt, dass sie die Typen erwischt haben, die Cate entführt haben. Dass sie schon im Gefängnis sind und so. Da bin ich froh«, sagte er, als er neben Hugh zur Tür ging. »Der Mann, der meinen Dad umgebracht hat, sitzt auch im Gefängnis.«

Hugh blieb stehen und schaute den Jungen an. »Das mit deinem Dad tut mir leid, Dillon. Das wusste ich nicht.«

»Ich war so klein, ich kann mich gar nicht an ihn erinnern. Aber er war ein Held.« Dillon putzte sich die Gummistiefel gründlich auf der Fußmatte ab und öffnete die Tür. »Ich kann Ihren Mantel aufhängen«, bot er an.

»Ja, danke.«

Als Dillon ihm den Mantel abnahm, atmete Hugh tief ein. »So wie es hier riecht, stelle ich mir den Himmel vor.«

Dillon grinste. »In der Küche wird es sogar noch besser. Da Sie schon einmal hier sind, werden sie Sie bestimmt fragen, ob sie ein Stück Kuchen oder Plätzchen haben möchten. Wenn Sie nicht Nein sagen, kriege ich auch was.«

»Ich sage bestimmt nicht Nein.«

Er führte ihn durch den Duft nach frischem Brot, aufgehendem Teig, gebackenen Früchten und Zucker nach hinten, wo die beiden Frauen in ihren großen Schürzen wie am Fließband arbeiteten.

Tortenböden, Brotlaibe, vier Kuchen ohne Zuckerguss und Plätzchen waren auf der langen Theke auf Gitterrosten zum Abkühlen aufgereiht. In zahlreichen weißen Gebäckschachteln auf dem Esstisch mit dem Label der Horizon Ranch waren weitere Schätze verborgen.

In einem großen Standmixer drehte sich Teig, während Julia, die langen Haare unter einer kleinen Kochmütze zusammengedreht, gerade ein Blech mit Plätzchen aus dem Backofen zog. Auf der Küchinsel stand ein Gerät, mit dem Maggie Äpfel für die Tortenböden schälte und entkernte.

Aus einem Ghettoblaster dröhnte Musik und ließ die Luft mit Rock 'n' Roll erbeben.

Hugh fand die beiden Frauen so anmutig wie Ballerinas, so stark wie Holzfäller, so konzentriert wie Forscher.

»Mom! Mr Sullivan ist hier.«

»Was? Bist du fertig mit… Oh.« Als sie Hugh sah, stellte Julia das Tablett ab und klopfte sich die Hände an der Schürze ab. Sie tippte ihrer Mutter auf die Schulter und stellte die Musik ab.

»Entschuldigung für das Chaos«, sagte sie.

»Das ist doch kein Chaos. Ich finde es wundervoll. Ich muss mich entschuldigen, dass ich Sie störe.«

»Ich könnte eine kleine Pause gebrauchen.« Maggie rollte ihre Schultern. »Dillon, bringst du Hugh bitte ins Wohnzimmer?«

»Könnte ich mich nicht einfach hierhin setzen?« Hugh schloss die Augen und zog übertrieben die Luft ein. »Und mich an diesem Duft berauschen?«

»Setzen Sie sich einfach irgendwo hin.« Julia schaltete die Küchenmaschine ab. »Dillon, du fasst nichts an. Geh und wasch dir die Hände.«

»Ich kenne die Regeln.« Er verdrehte die Augen und ging hinaus, denn eine der Regeln besagte, dass er sich am Backtag nach der Arbeit nicht die Hände in der Küche waschen durfte.

»Ich muss ehrlich sagen«, erklärte Maggie, »Sie sehen erschöpft und völlig übermüdet aus. Ich werde Ihnen keinen Kaffee anbieten, weil der Körper manchmal einfach einen Kräutertee braucht. Ich habe genau das Richtige für Sie.«

Dankbar setzte Hugh sich an den Tisch mit den Backutensilien, während Maggie den Wasserkessel aufsetzte. Er lächelte, als Julia eine Auswahl von Plätzchen auf einen Teller legte.

»Ich kann mich gar nicht genug bedanken.«

»Doch, das können Sie«, sagte Julia. »Wir sind alle so erleichtert, dass die Täter im Gefängnis sitzen. Wie geht es Caitlyn?«

»Sie...« Er hatte eigentlich sagen wollen, dass es ihr gut ging, aber Angst und Sorge ließen ihn ehrlich antworten. »Sie hat Albträume, und sie hat Angst, alleine zu bleiben. Aidan, mein Sohn, wird mit ihr zu einem Therapeuten gehen, zu einem Spezialisten, jemandem, mit dem sie reden kann.«

Er schwieg, als Dillon wieder hereingestürmt kam. »Er hat gesagt, er will mit uns allen reden.«

»Ja, das ist auch so. Vielleicht kannst du dich hier zu mir setzen und mir helfen, diese Plätzchen aufzuessen.«

»Ja, mach das, Dillon.« Julia holte einen Krug aus dem Kühlschrank und schenkte ihrem Sohn ein Glas Ziegenmilch ein.

»Ich soll Ihnen auch von meiner Frau – Lily – danken. Sie wäre mit mir gekommen, aber sie ist mit Aidan und Cate nach L.A. gefahren. Sie bleiben jetzt erst einmal in unserem Gästehaus. Cate wollte nicht in ihr Haus zurück.«

»Weil ihre Mutter dort gewohnt hat.«

»Dillon«, murmelte Julia.

»Nein, er hat recht, das stimmt schon. Meine Mutter ist heute früh nach Irland abgereist. Das Haus hier – es ist viel zu groß für sie ohne meinen Vater. Und es hängen auch im Moment noch zu viele Erinnerungen daran, die sie traurig machen. Aidan wird mit Cate auch dorthin fahren, damit sie hier von allem wegkommt. Wir halten es alle für das Beste, und sie will auch gerne nach Irland.«

»Sie werden Ihnen bestimmt fehlen.«

»Ja. Meine Mutter hat mir das Haus überschrieben. Ich hoffe, Lily und ich können mehr Zeit hier verbringen, aber wenn wir in L.A. arbeiten müssen, kümmern sich die Verwalter – ein Ehepaar, das viele Jahre für meine Eltern gearbeitet hat – um das Haus.«

Maggie stellte eine Tasse vor ihn hin. »Trinken Sie das.«

»Ja. Ich wollte fragen, ob Sie zu uns zum Abendessen kommen wollen, wenn wir wieder hier sind.«

»Natürlich. Sind Sie heute Abend alleine?«, fragte Julia.

»Ja. Ich muss noch einige Dinge erledigen, bevor ich morgen Nachmittag abreise.«

»Dann essen Sie heute Abend bei uns. Red kommt auch,

und wir machen einen Schmorbraten, sobald wir mit dem Backen fertig sind.«

»Ich würde ... danke. Ich komme sehr gerne zum Abendessen.« Um wieder die Fassung zu gewinnen, hob er die Teetasse und trank einen Schluck. »Das schmeckt gut. Interessant. Was ist darin?«

»Basilikum und Honig«, sagte Maggie zu ihm. »Man nennt es heiliges Basilikum, mit Honig von unseren eigenen Bienen. Er hilft bei Stress und Erschöpfung.«

»Sie sind wirklich beide wundervolle Frauen, die offensichtlich einen wundervollen jungen Mann großziehen. Ich spreche für meine ganze Familie – und wir sind viele –, wenn ich sage, dass wir auf ewig in Ihrer Schuld stehen.«

»Es gibt keine Schuld«, begann Julia, aber Hugh unterbrach sie, indem er ihre Hand ergriff.

»Sie bedeutet mir die Welt. Ich liebe die Kinder, die Lily mit in unsere Ehe gebracht hat, wie meine eigenen. Aber Caitlyn ist das einzige Kind meines einzigen Kindes. Meine erste Frau ist gestorben«, sagte er zu Dillon.

»Das tut mir leid.«

»Ihr zweiter Vorname war Caitlyn, und ich sehe sie in Cates Augen, in der Art, wie sie sich bewegt. Sie ist die Welt für mich. Erlauben Sie mir bitte, Ihnen meine Dankbarkeit mit mehr als nur mit Worten zu zeigen. Ich weiß, dass das, was Sie für Cate getan haben, mit Geld nicht aufzuwiegen ist, aber ich möchte Ihnen etwas Greifbares geben für etwas, das eigentlich nicht zu bezahlen ist.«

»Sie haben das Herz am rechten Fleck.« Maggie ergriff eine Schüssel und goss den Inhalt über die Äpfel. »Wir können kein Geld annehmen, weil wir getan haben, was für ein verängstigtes Kind richtig war.«

»Sie bedeutet mir die Welt«, wiederholte Hugh.

Da sie ihm die Emotionen, den Schmerz und das Bedürfnis, etwas zu tun, ansah, traf Julia eine Entscheidung. »Dillon, hast du alle deine Pflichten erledigt?«

Er stopfte sich die zweite Hälfte eines Plätzchens in den Mund, bevor es zu spät war. »Fast.«

»Da du deinen Anteil an den Plätzchen schon verdrückt hast, kannst du wieder an die Arbeit gehen. Erledige bitte auch den Rest.«

»Aber…« Als er den Ausdruck in den Augen seiner Mutter sah, den Ausdruck, der sagte, dass sie keinen Widerspruch duldete, stand er auf. »Ich sehe Sie wahrscheinlich zum Abendessen, Mr Sullivan.«

»Sag Hugh zu mir, und ja, da sehen wir uns.«

Er wartete, bis der Junge verschwunden war. »Ihnen ist etwas eingefallen, was sie akzeptieren könnten.«

»Kommt darauf an. Wir hatten einen Hund. Dillon hat Daisy so sehr geliebt. Sie hat ihn überall begleitet – außer in die Schule, und wenn sie gewusst hätte, wie sie es hätte anstellen können, dann hätte sie auch da unter seinem Pult gelegen. Wir, mein Mann und ich, bekamen sie, bevor Dillon auf der Welt war, sie war also sein ganzes Leben lang bei ihm. Sie ist vor zwei Monaten gestorben.« Ihre Stimme versagte kurz, dann fuhr sie fort: »Ich bin auch noch nicht darüber hinweg. Aber alle Trauer muss einmal ein Ende haben, und ich habe gesehen, dass Dillon, wenn er an den Computer darf, sich Hunde angeschaut hat. Er ist bereit.«

Maggie wischte sich mit dem Schürzenzipfel über die Augen. »Ich habe diesen verdammten Hund geliebt.«

»Ich kaufe ihm jeden Hund, den er haben will.«

»Ich kenne eine Frau, die Hunde rettet und bei sich aufnimmt. Ich denke schon seit zwei Wochen darüber nach, konnte mich aber bisher noch nicht dazu aufraffen.«

»Aber jetzt ist der richtige Zeitpunkt«, warf Maggie ein und streichelte Julia über den Rücken.

»Es fühlt sich jedenfalls so an. Sie lebt auf dieser Seite von Monterey, es ist also nicht so weit. Ich kann sie anrufen, wenn Sie mit Dillon dort vorbeifahren möchten.«

»Ja. Wenn Sie das akzeptieren, dann tue ich das.«

»Noch eins, bitte. Sagen Sie ihm nicht, wohin Sie fahren. Ich glaube, die Überraschung gehört zum Geschenk dazu. Es ist ein Geschenk, keine Bezahlung.«

»Ein Geschenk.« Hugh stand auf und zog Julias Hand an die Lippen, um sie zu küssen. »Danke.«

Sie rief Dillon herein, damit er sich wusch – noch einmal –, um Hugh angeblich bei einer Besorgung zu helfen.

»Äh, Leo und Dave kommen in zwei Stunden vorbei.«

»Bis dahin bist du wieder zurück, und wenn nicht, unterhalten wir sie schon.«

Statt seiner Arbeitsjacke musste er sein Schuljackett anziehen – als ob das irgendwen interessieren würde. Aber trotzdem, gegen eine Fahrt in dem schicken Auto hatte er nichts einzuwenden.

»Das ist nett von dir, Dillon, danke.«

»Ist schon okay.« Als Dillon sich anschnallte, fuhr er mit dem Finger über den Ledersitz. Ganz glatt. »Das ist wirklich ein schönes Auto.«

»Ja, mir gefällt es auch. Hier, du kannst mir den Weg zeigen.« Er reichte Dillon die Richtungsangaben, die Julia aufgeschrieben hatte.

»Das ist Moms Schrift.«

»Ja, sie hilft mir auch. Dann sag mal, Dillon«, fuhr er gleich fort, damit der Junge nicht auf die Idee kam zu fragen, bei was sie ihm half, »was willst du denn mal machen, wenn du erwachsen bist?«

»Ich will Rancher sein, so wie jetzt. Das ist das Beste. Man arbeitet mit Tieren, vor allem mit Pferden. Und man pflanzt an.«

»Das ist bestimmt viel Arbeit.«

»Ja, aber es macht trotzdem großen Spaß. Wir bekommen Hilfe im Frühjahr und im Sommer, wenn wir sie brauchen, aber meistens machen Mom, Oma und ich alles alleine. Am Ende der Straße müssen Sie links abbiegen, Richtung Monterey.«

»Ja. Du sagtest, vor allem Pferde. Reitest du?«

»Klar. Das ist das Beste. Aber ich kann sie auch trainieren. Ich habe diesen Film gesehen, in dem Sie Rancher waren, aber da waren Sie vorher ein Revolverheld gewesen.«

»Ah. *Into Redemption.*«

»Ja, genau. Da vorne auf der Straße müssen Sie links abbiegen. Da sind Sie wirklich gut geritten. Mom hat mir erlaubt, den Film, den Sie mit Cate und Ihrem Sohn, und ich glaube, auch mit Ihrem Dad, gemacht haben, als DVD auszuleihen. Wir haben ihn gestern Abend gesehen, weil heute keine Schule ist. Sie haben alle mit Akzent gesprochen, sogar Cate. Das war komisch.«

Hugh lachte und bog ab.

»Ich meinte, es war komisch für mich, weil ich nach einer Weile vergessen habe, wer sie war, und Sie und Ihr Dad. Mir ist es eher so vorgekommen, als ob Sie die Leute in dem Film waren. Die nächste links.«

Hugh fuhr langsam. Er warf Dillon einen Blick von der Seite zu. »Du hast gerade mir und meinem Sohn, meiner Enkelin und meinem Vater das allergrößte Kompliment gemacht.«

Dillon fand, das war ein gutes Gefühl, obwohl er nicht genau wusste, wieso er ihm ein Kompliment gemacht hatte. »Macht es Spaß, ein Filmstar zu sein?«

»Nicht immer, aber ich bin gerne Schauspieler.«

Dillon war sich nicht sicher, wo da der Unterschied lag, aber es erschien ihm unhöflich zu fragen. Mom hasste Unhöflichkeit.

»Mom schreibt, es ist in dem blauen Haus auf der linken Seite mit der großen Garage.«

»Dann sind wir also da.«

Hugh parkte in der Einfahrt hinter einem Kombi und einem Truck. »Danke, dass du mich begleitest.«

»Das ist schon okay. Mom und Oma hätten mir sonst sicher nur aufgetragen, mein Zimmer aufzuräumen.«

»Cleverer Junge«, murmelte Hugh, als sie ausstiegen.

Vor dem blau getünchten Bauernhaus stand ein Pflanzen-Riesenrad auf dem kurz geschnittenen Rasen. Ein Vogelhäuschen hing vom Eckbalken am Dach herunter, und vor dem Fenster saß eine dicke getigerte Katze, die ihnen gelangweilt entgegensah.

Als Hugh klopfte, ertönte drinnen vielstimmiges Gebell. Die Katze im Fenster gähnte, und die Tür sprang fast sofort auf.

Dillon sah eine Frau, älter als seine Mutter, aber jünger als seine Oma mit kurzen braunen Haaren, knallroten Lippen und ziemlich rosa Wangen. Sie drückte die Hand in Höhe des Herzens auf ein Shirt, das Dillon für einen Samstagvormittag viel zu bunt vorkam.

Sie sagte – oder eigentlich quietschte sie: »Oh, Hugh Sullivan! Ich kann es einfach nicht glauben… Ich bin so… Kommen Sie herein, kommen Sie herein. Ich bin Lori Greenspan. Es ist mir eine große Ehre.«

Hugh sagte höfliche Sachen und gab ihr die Hand, aber Dillon achtete nicht wirklich darauf. Er hatte dieses Filmstar-Ding mittlerweile kapiert. Die Leute, oder manche Leute auf jeden Fall, drehten fast durch, wenn sie einen Filmstar sahen. Schauspieler war offenbar echt ein cooler Job.

»Und du bist Julias Sohn.«

»Ja, Ma'am.«

»Kommt beide herein. Ich hoffe, Sie entschuldigen die Unordnung«, sagte sie und schaute Hugh wieder ganz verzückt an. »Ich habe gerade meinen samstäglichen Hausputz gemacht, als Sie angerufen haben.«

Nicht in diesem Shirt, dachte Dillon.

»Ihr Haus ist reizend, und es ist sehr nett von Ihnen, dass wir an Ihrem Haushaltstag einfach so vorbeikommen dürfen.«

Ihre Wangen wurden bei Hughs Kompliment noch rosiger, als sie es schon waren. »Ich bin nie zu beschäftigt für...« Sie fing sich gerade noch und warf Dillon einen raschen Blick zu. »Für netten Besuch. Bitte setzen Sie sich doch. Ich komme gleich wieder.«

Als sie hinauseilte, warf Dillon Hugh einen Blick zu. »Machen das viele Leute so, wenn sie Ihnen begegnen?«

»Was?«

Dillon machte ihren Augenaufschlag nach und wackelte mit dem Kopf. Hugh lachte und versetzte Dillon einen freundschaftlichen Stoß an die Schulter.

»Manchmal.«

»Haben Sie...« Der Junge brach ab, als zwei Welpen ins Zimmer gestürmt kamen.

Hugh beobachtete, wie Dillons Gesicht aufleuchtete, als er sich auf den Boden hockte. Die Welpen leckten ihn ab und stolperten übereinander, als sie versuchten, an ihm hochzuklettern. Der entzückte Junge streichelte und tätschelte die beiden überall gleichzeitig.

Liebe auf den ersten Blick, dachte Hugh.

»Sind die nicht süß?«

»Ja, Ma'am.« Dillon lachte, während die Welpen an ihm hochsprangen, ihn ableckten und übereinander kugelten. »Wie heißen sie?«

»Sie haben noch keine Namen. Ich habe sie Mädchen und Junge genannt, damit ich mich nicht zu sehr an sie gewöhne.

Weißt du, wir pflegen die Tiere nur, vor allem Hunde und Katzen, aber man weiß nie. Manchmal sind sie ausgesetzt oder misshandelt worden, und wir kümmern uns um sie, bis sie ein richtiges Zuhause für immer finden. Diese beiden gehören zu einem Wurf von ursprünglich sechs Hunden. Die arme Mama hat ihr Möglichstes getan, um sich um sie zu kümmern. Sie lebten in einem Abflussgraben, die armen Dinger.«

»Sie tun ein gutes, fürsorgliches Werk, Lori.«

»Ich kann es nur nicht ertragen, wenn Tiere misshandelt werden. Natürlich sollte niemand misshandelt werden, aber wir haben die Verantwortung für solche Tiere wie diese Welpen und ihre Mama.«

»Ist die Hündin denn okay?«, fragte Dillon.

Der Blick, den Lori ihm zuwarf, zeigte ihr Herz und ließ ihn ihren Augenaufschlag vergessen. »Ja. Mein Mann ist heute mit ihr zum Tierarzt gefahren, weil wir sie sterilisieren lassen. Wir mussten erst die Welpen entwöhnen und ihr Zeit geben, wieder gesund zu werden und auf die Beine zu kommen. Wir beschlossen, sie Angel zu nennen, weil sie so liebevolle Augen hat. Wir werden sie behalten.«

»Aber die Welpen können Sie nicht behalten?«

Lori lächelte Dillon an. »Wenn es nach mir ginge und ich genug Platz hätte und die passende Umgebung, dann würde ich jedes einzelne gerettete Tier behalten. Aber ich glaube, es ist gut, sie an andere Menschen weiterzugeben. Vier Welpen haben wir schon gut untergebracht.«

Sie warf Hugh einen Blick zu. Er nickte.

»Die Schätzchen hier haben eine Menge Energie. Wir nehmen an, dass Angel ein bisschen Border Collie und ein bisschen Beagle in sich hat. Wenn sie nach ihr kommen, dann sind sie sehr menschenbezogen, beschützen, rennen und spielen gerne. Sie brauchen jemanden, der es mit ihnen aufnehmen kann, deshalb habe ich gehofft, du würdest einen von ihnen mitnehmen, um ihm ein gutes Zuhause zu bieten.«

»Oh!« Wieder leuchtete Dillons Gesicht auf. Er senkte den Kopf und streichelte die Welpen. »Meine Mom...«

»Hat Ja gesagt«, ergänzte Hugh.

Strahlend blickte der Junge auf. »Wirklich? Wirklich? Himmel! Ich kann einen haben? Ich kann einfach... aber welchen soll ich nehmen?«

Hugh hockte sich hin und ließ sich ebenfalls von den kleinen Hunden ablecken. »Sie sind beide ganz großartig.«

»Sie haben beide im Aussehen viel von einem Border Collie«, kommentierte Lori. »Girl hat mehr Braun im Gesicht, aber sie haben beide eine hübsche Musterung, diese Mischung aus Schwarz, Braun und Weiß. Und die dicken Ruten und die Hängeohren. Und sie haben beide die Augen ihrer Mama geerbt, ich schwöre es. Vielleicht möchtest du ja lieber einen Rüden oder eine Hündin.«

Dillon schüttelte nur den Kopf. »Aber sie kommen aus einer Familie und sind auch Freunde. Das sieht man daran, wie sie miteinander spielen und sich Küsschen geben und so. Wenn ich einen aussuche, dann bleibt der andere allein zurück. Es kommt mir einfach nicht richtig vor, Geschwister zu trennen. Es ist nicht fair.«

Dillon warf Hugh einen raschen Blick zu, bevor er sein Gesicht erneut im weichen Fell der Welpen vergrub. Und in diesem kurzen Augenblick lag eine herzzerreißende Bitte.

Hugh stieß die Luft aus und erhob sich. »Ich muss schnell einen Anruf tätigen. Wenn Sie mich kurz entschuldigen.«

»Ja, machen Sie nur.« Lori setzte sich auf eine Stuhlkante, als Hugh hinausging. »Ganz gleich, welchen du mit nach Hause nimmst, ich sehe schon, dass du dich sehr gut kümmern wirst und ein echter Freund für den Hund sein wirst. Das bedeutet mir viel.«

»Fällt es Ihnen schwer, sie wegzugeben?«

»Na ja, nicht so sehr, wenn ich weiß, dass es die richtige Person ist. Dann gibt es mir ein gutes Gefühl. So fühle ich mich auch jetzt, weil ich weiß, dass einer der Süßen ein Herrchen haben wird, das ihn liebt, sich um ihn kümmert und sich für ihn verantwortlich fühlt.«

»Wird der andere dann nicht traurig sein?«

»Ich werde alles dafür tun, damit der andere glücklich und gesund bleibt, bis wir die richtige Person und das richtige Zuhause für ihn finden.«

Hin und her gerissen zwischen seinem verzweifelten Wunsch nach einem Welpen und dem aufrichtigen Schuldgefühl, einen zurücklassen zu müssen, streichelte Dillon das weiche Fell der beiden Hundebabys.

Hugh kam wieder herein. »Du hast Glück, Dillon, dass du so eine kluge, liebevolle Mutter hast. Mit Ihrer Zustimmung, Lori, darf Dillon beide adoptieren.«

»Beide? Ich kann beide haben?« Mit leuchtenden Augen bemühte sich Dillon, beide Welpen zu umarmen. »Sie können beide mit mir nach Hause kommen?«

»Wenn Ms Greenspan nichts dagegen hat.«

»Bitte.« Dillon schaute Lori an. Sein ganzes Herz stand in seinen Augen. »Ich kümmere mich auch gut um sie. Wir haben viel Land, auf dem sie herumrennen können. Wenn ich in der Schule bin, sorgen Mom und Oma für sie, aber vorher und nachher können sie mit mir kommen, wenn ich meine Pflichten erledige. Ich gebe ihnen zu fressen und sorge dafür, dass sie immer frisches Wasser haben. Ich weiß, wie man das macht.«

»Ich glaube, die beiden haben sich schon für dich entschieden. Du weißt ja, dass sie klug sind, ganz schön klug für Hunde. Du wirst ihnen jede Menge Tricks beibringen können.«

»Ist es okay? Kann ich sie haben?«

Ohne auf ihr sorgfältig aufgelegtes Make-up zu achten, betupfte Lori sich die Augen. »Du hast sie ja schon. Ich habe eine Liste von Dingen, die du mir versprechen musst. Sie sind geimpft, aber du musst regelmäßig mit ihnen zum Tierarzt gehen. Ihr habt einen guten – deine Mom hat mir gesagt, zu wem ihr immer gegangen seid. Wenn sie alt genug sind, musst du sie beim Tierarzt kastrieren lassen. Das musst du mir versprechen, das ist wirklich wichtig. Und ich warne dich, sie sind zwar schon stubenrein, aber wenn sie in ein neues Haus kommen, werden sie oft noch einmal rückfällig. Das musst du mit ihnen trainieren.«

»Ja, das mache ich. Ich verspreche es.«

»Na gut. Ich hole jetzt die Liste, und du kannst sie unterschreiben. Und ich habe noch eine Broschüre mit Tipps zu Pflege, Futter und Training. Ich gebe den neuen Besitzern immer ein kleines Starterpaket mit – Leckerchen und Spielzeug. Und ich brauche leider fünfzig Dollar, um die Kosten für die Pflege zu decken.«

»Ich habe kein Geld bei mir, aber ich habe mein Taschengeld gespart. Ich kann es Ihnen bringen, sobald…«

»Dillon, die Hunde sind mein Geschenk an dich.«

Wieder hin und her gerissen, schüttelte Dillon den Kopf. »Mom hat gesagt…«

»Dass dieses Geschenk akzeptabel ist«, ergänzte Hugh. »Es würde mir sehr viel bedeuten, wenn auch du es annimmst.«

Hugh streckte die Hand aus und lächelte, als Dillon einschlug.

»Danke. Das ist das beste Geschenk, was ich jemals bekommen habe.«

»Du hast mir genauso ein Geschenk gemacht. Lori, Julia sagte, die Rettungsorganisation, mit der Sie zusammenarbeiten, heißt *Loving Hearts Animal Rescue*. Abgesehen von der Adoptionsgebühr möchte ich gerne für Ihre Gruppe spenden.«

»Das ist sehr großzügig von Ihnen, und ich kann Ihnen versprechen, dass wir das sehr zu schätzen wissen. Wir können uns gleich hier um die Formulare kümmern. Dillon, willst du nicht mit deinen Hunden schon mal ein bisschen nach draußen gehen? Da ist eine kleine eingezäunte Wiese. Es wäre klug von dir, wenn du sie ihr Geschäft machen lässt, bevor ihr sie im Auto mitnehmt.«

Es dauerte fast eine halbe Stunde, aber schließlich half Hugh Dillon, die Hunde – in einem geborgten Transportkorb – hinten in den SUV zu laden. Lori gab ihnen noch einen Geschenkkorb mit Proben von Hundefutter, Leckerchen und Kauspielzeug mit.

Da die Welpen gerade damit beschäftigt waren, ein großes blaues knochenförmiges Spielzeug gemeinsam zu zerlegen, setzte Hugh sich hinters Steuer.

»Du musst ihnen auch noch einen Namen geben. Irgendwelche Ideen?«

»Er heißt Gambit, und sie Jubilee.«

Hugh blickte nach hinten zu den Hunden, während er aus der Einfahrt fuhr. »Gute Wahl. Ich glaube, wir haben noch etwas zu tun, bevor wir mit ihnen nach Hause fahren. Wir sollten Halsbänder, Leinen, Körbchen, und was du sonst noch so brauchst, kaufen. Gehört zum Geschenk«, sagte Hugh, bevor Dillon widersprechen konnte.

Dillon warf einen Blick nach hinten, dann sah er Hugh an. »Das werde ich nie vergessen.«

Hugh wendete, fuhr los und sagte nur: »Ich auch nicht.«

TEIL II
DIE NÄCHSTE ABZWEIGUNG

From fame to infamy is a beaten road.

Francis Quarles

Die ganze Welt ist ein Theaterstück.

Montaigne

9

County Mayo – 2008

Cate stand am See und schaute Lola, dem großen schwarzen Hund, den ihre Nan so geliebt hatte, beim Schwimmen zu. Enten schnatterten ihren Protest lautstark heraus, während Lola wie ein Seehund durch das Wasser glitt.

Feiner Nieselregen kam aus den dunklen Wolken am Himmel, aber für Lola war jeder Tag ein Festtag.

Zuerst hatte Lola getrauert, als Nan gestorben war – friedlich im Schlaf wie der Mann, den sie auch über seinen Tod hinaus geliebt hatte. Der Hund hatte tagelang am Fußende von Nans Bett gelegen, untröstlich, bis Cate ihm schließlich eines von Nans Halstüchern umgebunden hatte.

Ein Geruchstrost, dachte Cate, und nach und nach war Lola wieder ein fröhlicher Hund geworden.

Eine weitere Beerdigung für den Sullivan-Clan – und für die Welt. Ein weiteres Lebensfest für die Familie.

Cate verstand zwar, warum der Verlust und die darauffolgenden Rituale die Albträume und die Angst zurückbrachten, aber das machte es ihr nicht leichter, sie durchzustehen. Selbst jetzt hier mit Lola und in dem Wissen, dass zahlreiche Familienmitglieder im Cottage waren, ertappte sie sich dabei, wie sie den Wald am anderen Ufer des Sees musterte.

Für den Fall, dass sie eine Bewegung sah, für den Fall, dass jemand dort wartete.

Sie wusste es besser – sie war kein Kind mehr –, aber sie schaute trotzdem genau hin. Sie kannte diesen Wald, so wie sie den Garten kannte, wie sie jedes Zimmer im Cottage kannte. Es war in den letzten sieben Jahren die meiste Zeit ihr Zuhause gewesen. In L.A. hatten sie nur Stippvisiten gemacht.

Auch die Reisen nach England oder Italien waren einfach nur Reisen.

Im ersten Jahr hatte ihr Vater jedes Drehbuch abgelehnt, jedes Angebot, um sie abzuschirmen, sowohl von der Presse als auch von ihren Ängsten.

Aber sie hatte Nan und Nina gehabt, und bei den Besuchen in L.A. waren G-Lil und ihr Großvater da gewesen. Tante Mo, Onkel Harry und die anderen bei Besuchen in New York.

Sie hatte sich gefreut, als Nina sich verliebt und geheiratet hatte, obwohl das bedeutete, dass sie nicht mehr im Cottage oder im Gästehaus in L.A. wohnen konnte.

Jetzt konnte auch Cate nicht mehr im Cottage wohnen. Ihre Nan war nicht mehr da, und ihr Vater musste arbeiten. Jetzt würde sie also nach L.A. zurückkehren und nur noch zu Besuch hier hinfahren.

Schließlich kam Lola aus dem Wasser und schüttelte sich wie wild. Dann wälzte sie sich aus purer Lebensfreude auf dem nassen Gras.

»Sie macht dich ganz nass.«

Sie rang sich ein Lächeln für ihren Großvater ab. »Das sind doch nur ein paar Tropfen.« Als er ihr den Arm um die Schultern legte, schmiegte sie sich an ihn. »Ich weiß, dass sie zu ihrem Mann wollte. Sie hat in den letzten Wochen so viel von ihm geredet. Manchmal…«

»Manchmal?«

»Sie hat mit ihm gesprochen.« Als sie ihn anblickte, stellte sie fest, dass der Regen einen leichten Schimmer über seine weißen Haare legte. »Ich habe gehört, wie sie mit ihm geredet hat, fast so, als rechne sie mit einer Antwort. Ich habe nicht daran geglaubt, aber sie schon, glaube ich.«

»Sie haben sich ein Leben lang geliebt.« Überrascht darüber, dass ihr Kopf ihm jetzt schon bis ans Kinn reichte, drückte er ihr einen Kuss auf die Schläfe. »Es ist für uns alle schwer, ohne die beiden zu sein, und ich weiß, dass es dir besonders schwerfällt, hier wegzugehen. Du wirst zurückkommen, das verspreche ich dir.«

Es würde aber nicht dasselbe sein.

»Ich weiß, dass ich Lola nicht mitnehmen kann. Hier ist ihr Zuhause, und es wäre nicht fair. Sie liebt Nina und Rob und die Kinder, und sie wird sich bei ihnen wohlfühlen.«

»Was kann ich für dich tun, Cate? Was kann ich tun, damit es ein bisschen leichter für dich wird?«

»Lass nicht zu, dass Dad weiter gute Drehbücher ablehnt, weil er sich Sorgen um mich macht. Ich hasse es, wenn er das tut. Ich bin siebzehn. Er muss darauf vertrauen, dass ich … dass ich damit umgehen kann.«

»Was wünschst du dir denn für dich?«

»Ich weiß nicht, nicht genau jedenfalls. Aber, na ja, ich bin eine Sullivan, deshalb denke ich, ich sollte noch einmal versuchen, das zu tun, was wir alle tun.«

»Du willst wieder als Schauspielerin arbeiten?«

»Ich möchte es versuchen. Ich weiß, dass es lange her ist, aber es liegt uns im Blut, oder? Ich meine, nur eine kleine Rolle, irgendwas Kleines, damit ich mal wieder einen Fuß in die Tür kriege.«

»Ich habe vielleicht genau das Richtige für dich. Wir reden auf dem Flug nach Hause darüber.«

Alles in ihr krampfte sich zusammen. »Müssen wir denn schon abreisen?«

»Ja, bald.«

»Ich … ich möchte Lola zu Nina bringen und mich von allen verabschieden.«

»Dann los. Ich sage deinem Vater Bescheid. Caitlyn«, fügte er hinzu, als sie auf den Hund zuging. »Das Leben ist voller Abzweigungen. Und vor einer solchen Abzweigung stehst du jetzt.«

Sie stand da, die dunklen Haare feucht vom Regen, mit Augen so blau wie ein Sommerhimmel. Und so traurig wie ein gebrochenes Herz. »Woher weiß man, wohin sie einen bringt?«

»Das weißt du nie. Das ist Teil des Abenteuers.«

Und wenn ich jetzt gar kein Abenteuer will?, dachte sie und nahm den Rucksack, der Lolas Lieblingsspielzeug enthielt. Wenn sie es einfach nur ruhig und normal haben wollte?

Wenn sie nun gar nicht in eine neue Richtung wollte?

Aber sie hatte keine andere Wahl – es nagte an ihr, immer so wenig selbst entscheiden zu können. Sie rief den Hund und ging mit Lola den Weg am Waldrand entlang.

Der vertraute Weg, den sie unzählige Male gegangen war, oft in Begleitung von Lola, aber manchmal auch allein mit ihren Gedanken. Hatte sie nicht das Recht dazu, es zu hassen, dass sie das Vertraute verlassen musste?

Wo würde sie in L.A. diese feuchten grünen Düfte finden? Dieses einfache Vergnügen, im sanften Regen einen schmalen Pfad entlangzulaufen?

Sie hörte den Ruf einer Elster, bevor sie den Vogel in den Bäumen sah. Noch etwas, was sie vermissen würde.

Ihre erste Abzweigung hatte sie genommen, als sie zehn gewesen war. Seitdem hatte sich alles verändert.

»Niemand redet darüber, Lola.« Als sie ihren Namen hörte, kam Lola, die an einer Fuchsie, die aus der Hecke wuchs, geschnüffelt hatte, eilig angelaufen. »Noch nicht einmal mehr ich. Wozu auch? Aber ich kann zählen, oder? Ich weiß, dass sie auf Bewährung freikommt.« Cate zuckte mit den Achseln und schob ihren Rucksack zurecht. »Aber wen kümmert es schon, was? Wen interessiert das schon? Wenn sie rauskommt, kommt sie eben raus. Es ändert ja nichts.«

Aber sie hatte doch Angst, dass sich etwas ändern würde, wenn ihre Mutter aus dem Gefängnis entlassen wurde. Es würde schon wieder eine Veränderung sein, die sie nicht kontrollieren konnte und einfach so akzeptieren musste.

Vielleicht, aber nur vielleicht, bekam sie ja ihr eigenes Leben ein bisschen besser in den Griff, wenn sie wieder als Schauspielerin arbeitete. So sehr sie ihre Familie liebte – und bei Gott, sie liebte sie alle, hier in Irland und in den Vereinigten Staaten –, sie brauchte etwas Eigenes.

»Es fehlt mir«, murmelte sie, an Lola gerichtet. »Die Schauspielerei fehlt mir, mir fehlt, dass ich jemand anderer sein kann, mir fehlt die Arbeit und der Spaß daran. Also vielleicht.«

Und in einem Jahr, rief sie sich ins Gedächtnis, konnte sie sowieso ihre eigenen Entscheidungen treffen. Sie konnte einen Film nach dem anderen machen, sie konnte hierher zurückkommen und am See wohnen. Sie konnte nach New York gehen oder anderswohin. Sie konnte... eine andere Richtung einschlagen.

»Na ja, Mist, Lola, genau das hat Grandpa doch gemeint. Irgendwie hasse ich es, wenn sie immer recht haben.«

Sie zog ihr Handy heraus und machte ein Foto von den Fuchsien, die sich blutrot von dem nassen Grün abhoben. Dann noch eins von Lola, mit heraushängender Zunge und vergnügten Augen. Dann noch eins und noch eins.

Der alte, knorrige Baum – unter dem sie ihren ersten Kuss

bekommen hatte. Tom McLaughlin, dachte sie, ein Cousin vierten oder fünften Grades, er gehörte also auch immer noch zur Familie.

Die Kuh, die ihren Kopf über eine Steinmauer reckte, um das Gras auf der anderen Seite zu fressen. Mrs Learys Cottage, weil Mrs Leary ihr und Nan beigebracht hatte, braunes Brot zu backen.

Sie würde all das mitnehmen, damit sie es sich immer, wenn sie traurig oder allein war, anschauen konnte.

Knapp eine halbe Meile vom Cottage entfernt, bog sie auf die Schotterstraße ab. Lola, die sofort wusste, wohin es ging, bellte fröhlich und rannte voraus.

»Auf Wiedersehen«, sagte Cate und ließ ihren Tränen freien Lauf. Nina würde wissen, warum sie weinte. »Auf Wiedersehen«, sagte sie noch einmal.

Einen Moment lang blieb sie stehen, schlank und aufrecht, mit wehenden langen schwarzen Haaren. Dann folgte sie dem Hund, um es offiziell zu machen.

L.A. lag im Sonnenschein. Die Straßen und Bürgersteige kochten förmlich in der Hitze. Überall blühten bunte Blumen. Vor den Mauern und Toren des Anwesens der Sullivans pulsierte der Verkehr.

In den angesagten Restaurants redeten schöne Menschen bei Bio-Salaten mit Quinoa übers Geschäft, während schöne Menschen, die hofften, entdeckt zu werden, sie bedienten.

Das Gästehaus hatte Vorteile. Cate hatte ein schönes Zimmer, mit sanften Farben und im Shabby-Chic-Stil eingerichtet, ihr eigenes Badezimmer mit einer großzügigen Dusche, aus der so viel heißes Wasser floss, wie sie nur wollte.

Sie hatte sogar ihren eigenen Eingang, sodass sie Tag und Nacht kommen und gehen konnte, wie es ihr passte, ohne durch den Hauptteil des Hauses laufen zu müssen – eine Gewohnheit, die sie angenommen hatte, wenn ihr Vater arbeitete.

Sie liebte den Garten und genoss es sehr, dass sie einen Pool hatten.

Sie konnte sich ihre Mahlzeiten selbst zubereiten, wenn sie wollte – Mrs Leary hatte ihr viel mehr beigebracht, als nur braunes Brot zu backen –, oder zum Haupthaus zu ihren Großeltern hinübergehen. Wenn sie eine Dinner-Verabredung hatten, konnte sie in der Küche bei Consuela, ihrer Köchin und Haushälterin, sitzen, um etwas zu essen zu bekommen und sich mit ihr zu unterhalten.

Als ihr Großvater ihr das Drehbuch für die Rolle, die ihm für sie vorschwebte, in die Hand gedrückt hatte, las sie erst gemächlich, dann verschlang sie es. Und sie machte sich daran, sich in Jute zu verwandeln – die schrullige, sorglose beste Freundin der Tochter einer alleinerziehenden Mutter in einer pointierten, romantischen Low-Budget-Komödie.

Sie hatte nur eine Handvoll von Szenen, aber es waren wichtige Szenen. Weil sie seine Meinung respektierte und seine Erlaubnis brauchte, gab sie das Drehbuch ihrem Vater.

Als er an ihre Zimmertür klopfte, hatte sie gerade Jutes Gang geübt, so wie sie ihn sich vorstellte. »Komm herein«, rief sie.

Ihre Handflächen wurden feucht, als sie sah, dass er das Drehbuch in der Hand hielt.

»Du hast es gelesen.«

»Ja. Es ist gut, aber dein Großvater ist vorsichtig bei seinen Projekten. Du weißt, dass sie Karrie schon besetzt haben.«

»Ich will nicht Karrie spielen. Nicht, dass die Rolle nicht gut wäre, aber ich will nicht so viel annehmen, noch nicht. Jute ist besser für mich. Sie ist der Gegensatz zu Karries Hang zur Perfektion und der Überkompensation der Mutter. Und sie bringt ein bisschen Chaos in die Geschichte.«

»Ja, das tut sie«, stimmte Aidan zu. »Sie hat ein ganz schönes Mundwerk, Cate.«

Cate rollte ihre Schultern und verdrehte die Augen, während sie sich auf einen Sessel sinken ließ. »Himmel, sie redet verfickt noch mal, wie ihr der Schnabel gewachsen ist.«

Sie sah, wie sich die Augen ihres Vaters schockiert weiteten, und fragte sich, ob sie in ihrer Darstellung von Jute vielleicht zu weit gegangen war.

Dann lachte er. Er setzte sich auf die Bettkante und legte das Drehbuch neben sich. »Es ist kein Wunder, dass Jutes Eltern ein bisschen Angst vor ihr haben.«

»Sie ist klüger und mutiger als sie. Ich verstehe sie, Dad.« Cate beugte sich vor. »Ich bewundere, dass es ihr egal ist, ob sie in irgendein Schema passt. Ich glaube, ich glaube wirklich, dass ich gut wäre, wenn ich die Rolle kriegen kann. Und die Rolle wäre gut für mich.«

»Das wolltest du lange Zeit gar nicht. Oder…« Er wandte den Blick ab und schaute zu ihren Terrassentüren, hinter denen es langsam dunkel wurde. »Ich habe die Tür zugelassen. Nicht verschlossen, aber zu.«

»Es lag nicht an dir. Ich habe nie gefragt, ob ich die Tür aufmachen könnte, und ich habe auch nur selten daran gedacht. Doch jetzt will ich sehen, ob ich es kann, und wie ich mich dabei fühle.«

»Du musst auf Fragen vorbereitet sein. Sie werden alles aufwärmen, was in Big Sur passiert ist.«

Cate schwieg einen Moment lang. Sie saß einfach da und schaute ihn an. »Muss ich alles aufgeben, weil sie das getan hat?«

»Nein, Cate, nein. Aber…«

»Dann lass mich versuchen, die Rolle zu bekommen. Lass mich einfach sehen, was passiert.«

»Ich werde dir nicht im Weg stehen.«

Sie sprang auf und schlang die Arme um ihn. »Danke, danke, danke!«

Er drückte sie fest. »Es gibt Bedingungen.«

»Oh, oh.«

»Ich engagiere einen Bodyguard.«

Entsetzt löste sie sich von ihm. »Ach, komm.«

»Ich engagiere eine Frau«, fuhr er fort. »Wir können ja sagen, sie sei deine persönliche Assistentin.«

»Gott, als ob ich eine persönliche Assistentin bräuchte. Dad, im Studio gibt's Security.«

»Du musst dich an die Abmachung halten.«

Den Tonfall kannte sie, ruhig und glasklar. Er meinte es ernst.

»Willst du dir dein ganzes Leben lang Sorgen um mich machen?«

»Ja, das gehört zu meiner Jobbeschreibung.«

»Gut, gut. Was sonst noch?«

»Wenn es spät wird, schickst du mir eine Nachricht. Und da wir beide vielleicht gleichzeitig arbeiten, kriege ich auch eine Nachricht, wenn du zu Hause bist, falls ich dann woanders bin.«

»Kein Problem. Noch mehr?«

»Die Schule leidet nicht darunter.«

»In Ordnung. Ist das alles?«

»Nur noch das, was auch sonst gilt: kein Alkohol, keine Drogen, ja. Das ist alles.«

»Abgemacht. Ich laufe rasch zu Grandpa und bitte ihn, ein Vorsprechen zu arrangieren.«

Sie rannte so schnell davon, dass er kaum Zeit hatte, Stolz darüber zu empfinden, dass sie ein Vorsprechen für nötig hielt. Allerdings blieb ihm genug Zeit, um sich Sorgen darüber zu machen, was sie draußen in der Welt, die er sieben Jahre lang von ihr ferngehalten hatte, wohl erwartete.

Cate jedoch dachte nur ans Jetzt, als sie über den breiten, gepflasterten Weg zum Haupthaus lief. Es war ein prächtiges Herrenhaus im georgianischen Stil, das in der Abenddämmerung vor ihr aufragte. Die Lampen am Weg und überall im Garten, in dem es nach Rosen und Pfingstrosen roch, gingen an, sie leuchteten in den Fenstern, schimmerten im tiefblauen Wasser des Pools.

Und sie beleuchtete die große Terrasse mit ihrer Outdoor-Küche unter der mit Glyzinien bewachsenen Pergola, wo ihre Großeltern saßen und an ihren Getränken nippten.

»Sieh mal, wer zu Besuch kommt«, sagte Lily. Ihre flammend roten Haare rahmten wie ein Feuerschein ihr Gesicht ein. Sie hob zum Gruß ihren Martini. »Hol dir eine Cola, Liebling, und setz dich zu uns alten Langweilern.«

»Ich sehe keine alten Langweiler.«

Sie setzte sich auf die Kante eines Stuhls, weil sie sich im Moment genauso fühlte. Auf der Kante.

»Ich wollte nichts sagen, ehe ich die Erlaubnis von Dad hatte. Wir haben das Drehbuch zu *Absolutely Maybe* gelesen. Er hat gesagt, ich dürfte es machen. Mann, ich will es auch. Wann kann ich für Jute vorsprechen?«

Sichtlich erfreut, musterte Hugh sie über den Rand seines Whiskyglases. »Liebes, ich spiele nicht nur den jähzornigen Großvater von Karrie, ich bin der Produzent. Du hast die Rolle.«

Ihr Puls beschleunigte sich. Am liebsten hätte sie einen kleinen Freudentanz aufgeführt. »Oh, Mann. Ich will sie so sehr. Es wäre viel zu einfach, wenn ich sie so ohne Weiteres kriege. Ich will vorsprechen. Ich will alles richtig machen.«

»Hugh, arrangiere ein Vorsprechen und gratuliere dir selbst zu einer Enkelin, die so viel Stolz und Integrität besitzt.«

»In Ordnung. Ich werde es arrangieren.«

»Ja! Ich muss los, um mich vorzubereiten.« Sie sprang auf, sank aber dann wieder auf ihren Stuhl zurück. »Ich brauche… G-Lil, ich brauche einen guten Friseur. Meine Haare. Und ich brauche Klamotten für L.A. Kannst du mir sagen, wo ich am besten hingehe, und kann ich euren Fahrer haben?«

Lily hob einen Finger, dann griff sie nach dem Telefon, das auf dem Tisch lag, und wählte eine Kurzwahl. »Mimi, kannst du mir einen Gefallen tun? Sag bitte mein Mittagessen morgen ab und ruf Gino an – ja, jetzt, zu Hause. Sag ihm, er muss sich morgen um meine Enkelin kümmern. Ja, genau, persönlich. Wir können uns nach seinem Terminplan richten, weil wir sowieso den größten Teil des Tages einkaufen gehen. Danke.«

»Das wäre nicht nötig gewesen.«

»Wäre es nicht?« Lily warf den Kopf zurück und lachte. »Muss ein Hahn krähen? Ich wollte schon seit Jahren, dass mein Gino sein Genie an deinen Haaren austobt. Jetzt habe ich meine Chance. Und dann noch das Shopping, das ist für mich wie ein Tag im Zirkus! Und ich liebe Zirkus.«

»Ja, genau«, bestätigte Hugh. »Deshalb hat sie in unsere Familie eingeheiratet.«

»Das ist die reine Wahrheit. Oh, Mimi ist schnell. Ich bin's, Lil«, sagte sie, als sie ans Telefon ging. »Das ist perfekt! Großartig. Du bist die Beste, Mimi! Küsschen!« Sie legte das Telefon wieder auf den Tisch. »Gino macht ganz früh das Geschäft auf – also für ihn früh –, nur für dich. Halte dich um acht Uhr dreißig bereit.«

»Nicht Mimi ist die Beste, du bist es.« Cate sprang wieder auf, gab Lily einen lauten Schmatzer auf die Wange und wiederholte das Ganze dann für ihren Großvater. »Ihr beide! Ich werde euch stolz machen. Ich muss jetzt los!«

Als sie davonrannte, hob Lily erneut ihr Martiniglas an.

»Ich kann mich dunkel erinnern, dass ich auch einmal so viel Energie hatte. Du musst auf sie aufpassen, Hugh.«

»Ich weiß. Das mache ich.«

Es war schon Jahre her, seit Cate zuletzt in L.A. in einem Friseursalon gewesen war. Gino führte die Art von exklusivem Laden, wo den Kunden Quellwasser oder Champagner, Tee oder Latte serviert wurde. Es gab abgeschirmte Bereiche und eine Liste von Dienstleistungen, die so dick war wie ein Roman.

Als Cate eintrat, vermischten sich die Düfte – teure Produkte, Parfüm, Duftkerzen – und versetzten sie zurück in ihre Kindheit.

Zurück zu ihrer Mutter.

Sie wäre fast an der Tür wieder zurückgewichen.

»Cate?«

»Entschuldigung.« Entschlossen betrat sie den in Schwarz und Silber eingerichteten Laden, mit dem leisen Pulsieren von Techno-Klängen und hell strahlenden Kronleuchtern aus geschwungenen Silberbändern.

Ein Mann in einem Hemd, das von Jackson Pollock hätte entworfen sein können, stand hinter einem halbrunden Empfangstisch. Seine Haare fielen ihm lockig in die Stirn. Am linken Ohrläppchen trug er drei kleine Brillanten, und auf dem Handrücken seiner linken Hand war eine Libelle eintätowiert.

»Lily, meine Liebe!« Er richtete sich auf und klatschte in die Hände. »Gino erwartet euch bereits. Das kann unmöglich deine Enkelin sein. Warst du erst zehn, als sie auf die Welt gekommen ist?«

»Cicero!« Lily küsste ihn auf beide Wangen. »Du bist mir einer! Caitlyn, das ist Cicero.«

»Mein süßes Mädchen.« Er umfasste ihre Hand mit beiden Händen. »Was für eine Schönheit! Ich führe euch sofort nach hinten. Was kann ich euch bringen? Deine morgendliche Latte, Lily, meine Liebe?«

»Ja, wir nehmen beide eine, Cicero. Wie steht es denn bei dir und Marcus?«

Er wackelte mit den Augenbrauen, während er sie durch den Salon führte. »Die Dinge kommen in Fahrt. Er hat mich gebeten, zu ihm zu ziehen.«

»Und?«

»Ich denke … ja.«

Es war süß, dachte Cate, wie Lily ihren Arm um den Mann legte und ihn kurz an sich zog. »Er hat Glück, dass er dich hat. Weißt du, Cate, Cicero hat nicht einfach nur ein hübsches Gesicht. Er hilft Gino, das Geschäft zu führen, und er macht die beste Latte in ganz Beverly Hills.«

»Aber er ist auch hübsch«, sagte Cate, und Cicero strahlte sie an.

»Du bist ein Schatz!« Er schob einen schwarzen Vorhang beiseite.

»Gino, zwei attraktive Damen für dich.«

»Meine Lieblingskundinnen.«

Cicero war schlank und schmal, aber Gino war schon fast dick und sehr muskulös. Er hatte dicke schwarze Haare, die ihm bis auf den Kragen seiner schwarzen Tunika fielen, braune Augen mit schweren Lidern und einen perfekten Zwei-Tage-Bart.

Er küsste Lily nicht, sondern umarmte sie und hob sie hoch. »*Mi amor*. Wegen dir bin ich eine Stunde zu früh aufgestanden.«

»Ich hoffe, wer auch immer die glückliche Frau war, sie verzeiht mir.«

Er grinste breit und zeigte seine schönen, strahlend weißen Zähne. Dann wandte er sich zu Caitlyn. »Das ist also

Caitlyn. Meine Lily erzählt mir alles über ihre Kinder.« Er packte in Cates Haare. »Dick und gesund. Setz dich. Lily, mein Schatz, Zoe gibt dir eine Mani-Pedi.«

»Ich wollte eigentlich dabeibleiben und zuschauen. Ich bin auch still«, beharrte Lily.

Gino zog beide Augenbrauen hoch, dann zeigte er auf den Vorhang. »Ziehst du ihn bitte zu, wenn du hinausgehst?«

Cate saß in dem breiten Ledersessel vor der großen silbernen Station mit dem Dreifachspiegel und der Hollywood-Beleuchtung. »Sie müssen ja ein Genie mit den Haaren sein. Ich habe noch nie erlebt, dass Lily sich einfach wegschicken lässt.«

»Ein Genie mit den Haaren und verschwiegen wie die Sphinx. Die Geheimnisse, die hier ausgeplaudert werden, bleiben auch hier.« Während er sprach, fuhr er mit den Händen durch ihre Haare und musterte ihr Gesicht im Spiegel. »Du bist durch und durch eine Sullivan. Eine irische Schönheit in der Knospe. Ich erzähle dir sicher kein Geheimnis, wenn ich dir sage, dass Lily dich von ganzem Herzen liebt.«

»Das beruht auf Gegenseitigkeit.«

»Gut. So, wie möchtest du denn deine Haare, oder bist du klug und lässt es dir von mir sagen?«

»Ich glaube, ich würde eher zu Letzterem tendieren, weil mich hier alles so einschüchtert, aber ich muss aussehen wie eine Rolle, für die ich vorspreche.«

»Na gut, an solche Ausnahmen glaube ich. Erzähl es mir.«

»Ich habe ein paar Bilder dabei.«

Als sie ihr Handy herausholte, brachte Cicero die Latte, stellte sie ab und huschte wieder hinaus.

»Hm. Hmm.« Gino nickte, als er die Fotos betrachtete, und musterte ihr Gesicht im Spiegel mit zusammengekniffenen Augen.

»Ich stelle mir so eine Art Kombination vor. Sie ist aufsässig und ein bisschen eigenwillig und macht gerne Ansagen – also, ihre eigenen. Wenn Sie also...«

Er unterbrach sie mit einem Fingerschnipsen. »Du kannst es ruhig mir überlassen. Eine Frage. Du lässt dir gutes, gesundes Haar abschneiden. Willst du es spenden?«

»Oh. Klar. Daran hatte ich gar nicht gedacht.«

»Ich kümmere mich darum. Trink deine Latte und entspann dich.«

Sie versuchte es, aber obwohl er sie vom Spiegel wegdrehte, kniff sie die Augen zusammen, als er die Schere ansetzte.

Jetzt ist alles zu spät, dachte sie.

»Du kannst ruhig wieder atmen. Tief einatmen, ausatmen. Gut. Erzähl mir von dir.«

»Okay. Okay. Gott. Puh. Seit ich zehn war, habe ich hauptsächlich in Irland gelebt.«

»Ich war noch nicht da. Beschreib es mir.«

Sie schloss die Augen, erzählte ihm vom Cottage, vom See, den Leuten dort, während er arbeitete.

Volle zweieinhalb Stunden später öffnete er den Vorhang und holte Lily herein.

Sie schlug sich beide Hände vor den Mund, als müsse sie einen Schrei unterdrücken.

Cate saß im Friseurstuhl, die Haare zu einem kurzen Keil geschnitten mit einem schweren Schopf, der, tiefblau gefärbt, nach vorne fiel. Als Cate Lilys Reaktion sah, verwandelte sich ihr Entzücken in Schrecken.

»O Gott. Oh, G-Lil.«

Lily schüttelte den Kopf, wedelte mit den Händen durch die Luft und drehte sich um. Dann wandte sie sich erneut Cate zu. »Ich liebe diese Frisur! Ich liebe sie!«, wiederholte sie und wedelte wieder mit den Händen. »O heilige Scheiße, Cate, du bist ein aufsässiger Teenager!«

»Wirklich?«

»Ich habe das Drehbuch auch gelesen. Aber selbst, wenn ich das nicht getan hätte, wäre es fantastisch. Sei siebzehn, meine Süße. Hör Mellencamp und bleib siebzehn, solange du kannst. Gino, großartig, was du für mein Mädchen getan hast.«

Cate wusste zwar nicht, wer dieser Mellencamp war, fragte aber dennoch: »Hast du daran gezweifelt?«

»Keine Sekunde. Steh auf, steh mal auf und dreh dich um. Ich liebe die Frisur. Dein Vater wird sie wahrscheinlich schrecklich finden, aber das muss so sein. Mach dir deswegen keine Gedanken. Außerdem bist du Jute, also wird er es schon schlucken. Wir kaufen dir jetzt ein paar Klamotten, die zu dieser Frisur passen. Und ein paar wirklich coole Teenager-Boots.«

Zwei Tage später marschierte sie mit ihrer Statement-Frisur, ihren geschnürten Kampfstiefeln, zerrissenen Jeans und einem kunstvoll ausgeblichenen Frank-Zappa-T-Shirt sowie blauem Nagellack, den sie strategisch ein bisschen abgeblättert hatte, und einem Arm voller Leder- und Stoffbänder zum Vorsprechen.

Ihr Herz klopfte, ihr Magen zog sich zusammen, und ihre Kehle wurde eng, als die Regisseurin – eine Frau, die sie anscheinend respektierte – sie mit zusammengekniffenen Augen anstarrte.

»Caitlyn Sullivan. Ich wollte für Jute vorsprechen.«

Sie spürte, wie die Frau sie musterte und bewertete und ließ sich in die Rolle fallen.

Sie schob die Hüfte vor und ließ Jutes gelangweilten Trotz in sich aufsteigen. Ihre Sprache hatte einen ganz leisen kalifornischen Einschlag.

»Und, machen wir das, oder nicht? Ich hab nämlich noch

'ne Menge Besseres vor, zum Beispiel, mich am Arsch zu kratzen oder so.«

Als sie einen Anflug von Lächeln im Auge der Regisseurin sah, wusste sie, dass sie erneut durch die Tür gegangen war.

10

In der langen Pause zwischen *Donovan's Dream* und *Absolutely Maybe* hatte Cate ganz vergessen, wie viel Spaß es machte, einen Film zu drehen, Teil einer Gemeinschaft zu sein. Aber jetzt kam alles wieder zurück.

Bei den Sprechproben kleidete sie sich nicht so, wie es der Rolle entsprach, aber ihre Frisur war nun mal da. Und außerdem kam sie besser in die Rolle hinein, wenn sie sich so anzog, wie Jute es ihrer Meinung nach tat.

Sie hatte fleißig an ihrer Stimme gearbeitet – an der Tonlage, dem Rhythmus. Und an dem, was Lilly als »die Einstellung« bezeichnete.

Ihr gefiel Jutes Einstellung, und sie hätte gerne selber ein bisschen mehr davon gehabt.

Darlie Maddigan, die die Karrie spielen sollte, hatte zur Probe eine Szene mit ihr zusammen, um zu überprüfen, ob die Chemie zwischen ihnen stimmte. Cate gefiel, wie Darlie an die Rolle heranging – das großäugige, stets um Perfektion bemühte Mädchen.

Sie spielten es so, als ob Gegensätze sich anzogen, und es funktionierte.

In Wirklichkeit hatte Darlie, eine selbstbewusste, clevere Achtzehnjährige, schon als Dreijährige das erste Mal in einem Film mitgespielt, und sie blickte nie zurück.

Sie hatte ein Haus in Malibu, zog Verabredungen zum Mittagessen Abenden in den Clubs vor und hatte kürzlich einen lukrativen Vertrag als Gesicht – und Körper – einer Sportbekleidungsfirma unterschrieben, die auf die Zielgruppe der Sechzehn- bis Fünfundzwanzigjährigen ausgerichtet war.

Darlie, die langen blonden Haare zu einem schlichten Pferdeschwanz zurückgebunden, kam zur Sprechprobe und ging direkt zu Hugh. »*Gramps*«, begrüßte sie ihn mit dem Namen der Figur und umarmte ihn. »Ich muss noch einmal sagen, wie aufregend ich es finde, mit dir zu arbeiten. Wie läuft's, Cate? Bist du bereit?«

»Definitiv.«

»Gut. Ich bin total gut drauf. Dann lass uns mal Spaß haben.«

Das war auch so – meistens. Cate saß am Tisch mit den anderen Schauspielern, der Regisseurin, den Geldgebern, dem Autor, der Assistentin, die alle Regieanweisungen vorlas. Sie war ihren Film-Eltern zum ersten Mal begegnet, dem Schauspieler (der den Spitzensportler spielte, hinter dem Karrie her war), dem ungeschickten Nerd (der ziemlich offensichtlich hinter Jute her war) und allen anderen.

»Karrie heult, wirft sich schluchzend auf ihr Bett.«

Obwohl Cate das Geheul beeindruckend fand, steckte sie viel zu tief in ihrer Rolle, um es zu zeigen.

»Jee-sus, Kare, hör endlich auf damit! Du machst dich lächerlich! Und vor allem machst du mich lächerlich.«

»Jute sinkt ebenfalls aufs Bett. Einen kurzen Moment lang zeigt ihr Gesicht Mitgefühl, dann schlägt sie Karrie auf den Hintern.«

»Der Typ ist ein Schwachkopf.«

»Aber warum will er denn nicht *mein* Schwachkopf sein?«

»Karrie dreht sich zu ihr.«

»Ich liebe ihn. Ich will sterben. Meine Mutter schläft mit Mr Schroder. Sie hat Sex-Unterwäsche gekauft! Ich kriege ein B – ein B! – in Mathe. Und – und nachdem ich Kevin zwei Wochen lang Nachhilfe gegeben habe, nachdem ich Stunden mit ihm verbracht habe, nachdem ich ihm geholfen habe, ein A zu kriegen, sagt er einfach: *Danke, ich bin froh, dass es vorbei ist!*«

»Ich sag' ja: Schwachkopf. Lass uns mal gucken, ohne eine bestimmte Reihenfolge. Dass deine Mom mit Schroder schläft – der für so einen alten Kerl echt heiß ist –, ist Vorteil Karrie. Solange sie Sex hat, an Sex denkt, Sex-Unterwäsche kauft, kümmert sie sich nicht um dich. In den Dürreperioden, Kare, da gehen sie uns auf die Nerven. Gönn ihr den Sex, und du hast freie Bahn.«

»Karrie legt den Arm über ihre Augen und schnieft.«

»Ohne Kevin will ich keine freie Bahn. Du bist meine beste Freundin. Du musst auf meiner Seite sein.«

Cate sprang auf, marschierte einmal im Kreis und trat nach einem imaginären Bettpfosten. »Ich soll auf deiner Seite sein. Sei du erst mal auf deiner Seite! Willst du diesen Schwachkopf wirklich?« Sie schrie jetzt. »Willst du ihn?«

»Ja!«

»Dann hör zum Teufel damit auf. Hör jetzt auf! Halt die Eierstöcke stramm und Titten raus!« Sie trat ans Bett und zog Darlie hoch. »Zeig, was du hast, dann kriegst du deinen Schwachkopf auch.«

»Wie denn?«

»Sind deine Eierstöcke stramm?« Cate stieß mit dem Finger in Darlies Bauch. »Titten raus?« Sie umfasste die Brüste der völlig verblüfften Darlie und schob sie hoch.

»Ja?«

»Dann sage ich es dir. Aber zuerst brauche ich ein paar Nachos.«

Rund um den Tisch ertönten Applaus und Gelächter.

»Können wir das drin behalten?«, fragte Darlie. »Können wir das Pieksen und Grapschen drin behalten?«

»Schon notiert«, sagte die Regisseurin. »Gute Arbeit, meine Damen. Nächste Szene.«

Cate hüpfte förmlich aus der Sprechprobe, und sie wäre am nächsten Tag auch in die Garderobenprobe gehüpft.

Doch an jenem Abend brachte *Entertainment Tonight* die Geschichte von Caitlyn Sullivans Rückkehr – und wärmte die Entführung noch einmal auf. *Variety* übernahm die Geschichte, *People,* die *Los Angeles Times, Entertainment Weekly,* alle standen sie auf einmal vor der Tür und wollten Interviews, Erklärungen, Kommentare, Fotos.

Das Internet explodierte förmlich.

Die Weigerung, Interviews zu geben oder Kommentare zu äußern, schürte das Feuer nur noch. In der ersten Produktionswoche schossen die Flammen noch höher, als es jemandem gelang, ein Foto von Cate auf dem hinteren Parkplatz zu machen und es an die Klatschpresse zu verkaufen.

Sie zeigten ein Foto von ihr, wie sie, als Jute gekleidet, den Mittelfinger hob, neben einem Foto, das sie als Zehnjährige zeigte.

Aus dem kleinen Mädchen ist ein rebellischer Teenager geworden – Caitlyn Sullivans hässliche Geheimnisse

Die Sozialen Medien griffen das Motiv auf und zeigten es ebenfalls.

Cate saß schäumend vor Wut in Darlies Trailer auf dem hinteren Parkplatz und wartete darauf, für die nächste Szene aufgerufen zu werden.

»Ich weiß, wie es funktioniert. Ich weiß, warum sie es tun. Ich verstehe nur nicht, warum es sie so interessiert.«

»Klar verstehst du das. Du warst ein Kind, das von seiner Mutter nicht nur im Stich gelassen worden ist, sondern noch viel mehr. Es tut mir leid, dass ich so deutlich werde.«

Cate schüttelte den Kopf. »Das weiß ich ja.«

»Na ja, das erregt eben Aufsehen. Und du bist eine von den Hollywood-Sullivans.« Darlie, die für ihre Rolle ein rot-weißes Cheerleader-Outfit trug, zeigte mit ihrer Flasche ungesüßtem Pfefferminztee auf sie. »Und auch wenn das nicht so wäre, du bist Schauspielerin, eine Darstellerin. Wir sind so eine Art Freiwild, Cate. Dieser Scheiß gehört nun mal dazu.«

Diese simple Wahrheit machte es für Cate nicht einfacher. »Ich wusste ja, dass es passiert. Ich dachte, es würde ein paar Schlagzeilen geben und sich dann, wenn sie keine Nahrung kriegen, in Wohlgefallen auflösen.«

»Aber die Leute halten es doch am Laufen. Die Leute, die die Geschichten anklicken, die sich an der Kasse noch schnell eine Klatschzeitschrift holen, während die Kassiererin ihre Thunfischdosen übers Band zieht.«

»Ich weiß, dass es dir nicht anders geht.«

»Ja. Für gewöhnlich kann ich es ignorieren. Aber letztes Jahr hatte ich jemanden, mit dem es mir ziemlich ernst war. Ich gehe mit meinem Filmpartner zum Abendessen, und irgendjemand schießt ein Foto von uns, wie wir uns anlächeln, und bam, ist überall zu lesen, dass wir es ordentlich miteinander treiben. Ich konnte es abschütteln, aber der Typ nicht. Er wollte es nicht. Irgendwie hat er mehr einen Teil von dem Mist geglaubt, und deshalb…« Sie zuckte die Schultern und trank einen Schluck Tee. »Das war das Ende.«

»Das tut mir leid.«

»Mir auch. Ich hatte ihn wirklich gern.« Lächelnd stupste sie Cate an. »Obwohl er sich in einen Schwachkopf verwandelte.«

Darlie blickte auf, als es an der Tür klopfte.

»Sie werden am Set erwartet, Ms Maddigan, Ms Sullivan.«

»Danke! Es geht vorbei«, sagte sie zu Cate. »Irgendjemand betrügt irgendjemanden oder wird mit einem Baby sitzengelassen oder für eine Jüngere verlassen. Irgendwas ist immer. Also.« Sie erhob sich, legte den Kopf nach rechts und nach links, um die Muskeln zu lockern. »Raus mit deinen Titten.«

»Sie sind hoch genug.« Cate glitt vom Tisch und schob sie rasch hoch, um es zu beweisen. »Deine sind einfach besser als meine.«

Mit geschürzten Lippen blickte Darlie an sich herunter. »Das stimmt. Aber du hast längere Beine. Komm, meine Freundin, dann wollen wir mal meine Titten und deine Beine nehmen und die Szene in den Kasten bringen.«

Die Arbeit half. Es half auch, mit jemandem reden zu können, der nicht zur Familie gehörte und in ihrem Alter war. Ihre kleine Rolle war in wenigen Wochen abgedreht, und Darlie behielt recht – das Medieninteresse ließ nach.

Da ihr Vater mindestens eine Woche ebenfalls am Set war, wartete sie, bis ihr Großvater einen drehfreien Tag hatte, um mit ihm zu sprechen.

Er saß in seinem Büro mit Aussicht auf einen dreistrahligen Brunnen und einen weitläufigen grünen Rasen. Stapel von Drehbüchern und Notizen verteilten sich auf seinem Schreibtisch. Er trug ein hellblaues Polohemd und eine Khakihose und hatte immer noch den grauen Bart von Gramps.

»Endlich kriege ich Gesellschaft, damit ich mich nicht weiter mit Drehbüchern auseinandersetzen muss, die mich für so blöd halten, dass ich mich von einem Mädchen verführen lasse, das kaum älter ist als du und nur hinter meinem Geld her ist.

»Wirklich?«

»Am Ende erwürge ich sie.« Er legte das Drehbuch aus der Hand.

»Vielleicht solltest du besser eines lesen, bei dem du nicht so blöd erscheinst. Oder in dem es eine authentische Figur für dich gibt.«

Er musterte das Drehbuch, das sie in der Hand hielt. »Eine Rolle für dich?«

»Ich habe von meinem Agenten diese Woche drei Angebote bekommen. Aber das weißt du wahrscheinlich, schließlich ist er auch dein Agent.«

»Ich habe so ein Gerücht gehört.« Er sah ihr an, dass sie die Frage ernst meinte, deshalb schüttelte er den Kopf. »Ich habe Joel nicht gebeten, dir irgendetwas zu schicken oder irgendwelche Beziehungen spielen zu lassen. Aber er hat erwähnt, dass er drei Drehbücher bekäme, die du lesen solltest – und bei zweien bist du ausdrücklich angefordert worden.«

»Das hat er auch gesagt. Das hier ist eines von den zweien. Kann ich es bei dir lassen?«

»Natürlich.«

Irgendwas war, dachte Cate. Seine Stimme klang irgendwie komisch. »Stimmt etwas nicht?«

»Leg das Drehbuch doch einfach auf meinen Stapel hier, und wir gehen ein bisschen spazieren, ja? Ich könnte ein wenig Bewegung und frische Luft gebrauchen.«

»Irgendetwas stimmt nicht.« Aber sie legte das Drehbuch auf den Stapel. »Habe ich bei Jute irgendwas falsch gemacht?«

»Du warst perfekt.« Er erhob sich, kam um den Schreibtisch herum und legte ihr den Arm um die Schultern, um sie aus dem Büro zu führen. »Wir werden nächste Woche wahrscheinlich fertig. Rechtzeitig und im Budget. Kleine Wunder.«

Über den honigfarbenen Fliesenboden gingen sie durch den hohen Raum nach draußen. Sie nannten ihn den Großen Salon, weil dort ein Flügel stand, seidenbezogene Sofas, antike Tische und Schränke im georgianischen Stil.

»Ich habe Neuigkeiten«, sagte er, als sie auf die geschwungenen Flügeltüren zugingen. »Du wirst dich aufregen.«
»Ist etwas mit G-Lil? Mit dir?«
»Nein.« Er zog sie mit nach draußen, über eine Terrasse zu einem der Gartenwege. »Wir sind kerngesund. Ich wollte eigentlich warten, bis dein Dad und Lily wieder hier sind, aber ich will nicht, dass du es von jemand anderem hörst.«
»Du machst mir Angst. Sag es mir doch einfach.«
»Charlotte ist auf Bewährung raus.«
»Sie ist ...« Einen Moment lang erstarrte sie. Sie sah einen Schmetterling leicht und frei dahinflattern, bevor er sich – gelb wie Butter – auf eine dunkelblaue Blume setzte.
»Ich glaube nicht, dass sie wieder hierhin zurückkommt, Cate. Im Moment muss sie zwar erst einmal in Kalifornien bleiben, aber ich glaube nicht, dass sie nach L.A. zurückkommt. Die Stadt hält nur Spott und Peinlichkeit für sie bereit.«
»Woher weißt du, dass sie herauskommt?«
»Red Buckman hat uns immer auf dem Laufenden gehalten. Erinnerst du dich noch an Sheriff Buckman?«
»Ja.« Und da war eine Libelle, schnell und flimmernd wie ein Farbenblitz und genauso schnell wieder weg. »Ich erinnere mich. Ich schreibe ihm und Julia – und auch der Familie – mindestens einmal im Jahr. Na ja, Julia schreibe ich häufiger als einmal im Jahr.«
»Ja?« Er warf ihr einen Blick zu. »Das wusste ich ja gar nicht.«
»Sie sollten wissen, wie es mir geht, und ich wollte wissen, wie es ihnen geht. Ich habe mich nie richtig von ihnen verabschiedet, als wir weggegangen sind, und ich denke, ich wollte irgendwie die Verbindung halten. Äh, Dillon ist mittlerweile auf dem College, und Red surft immer noch.«
Eine Biene flog an einem Rosenbusch vorbei.

So viel Leben um sie herum, überall. Warum fühlte es sich auf einmal so an, als ob ihres still stünde?

Sie taumelte, als sich die Last auf sie legte und ihre Lunge zusammendrückte. »Ich kriege keine Luft mehr.«

»Doch. Sieh mich an, komm. Cate, sieh mich an. Einatmen, ausatmen. Ganz langsam. Ein und aus.« Er umfasste ihr Gesicht fest mit den Händen, blickte sie unverwandt an und sagte ihr, sie solle atmen.

»Brustkorb tut weh.«

»Ich weiß. Einatmen, ganz langsam, gleichmäßig, ausatmen, schön langsam.«

Es war Jahre her, dachte er, mindestens drei Jahre, seit sie eine ausgewachsene Panikattacke gehabt hatte. Zur Hölle mit dieser verdammten Charlotte.

»Komm, wir setzen uns. Ich hole dir ein Glas Wasser.«

»Ich will sie nicht sehen.«

»Das musst du auch nicht. Hier wird sie nie mehr willkommen sein, nie mehr durch diese Tore schreiten. Dein Vater hat das alleinige Sorgerecht, das weißt du doch.« Bekümmert führte Hugh sie zum Haus zurück. »Du bist sowieso fast schon achtzehn. Mein Baby ist fast volljährig.«

»Sparks und Denby.«

»Die haben noch Jahre vor sich. Und sie haben beide keinen Grund, jemals wieder in deine Nähe zu kommen. Hier, nimm Platz, setzen wir uns an den Pool. Ah, Consuela.«

Sie hatte wahrscheinlich gesehen, dass er Cate wie ein Unfallopfer stützte, dachte er, so schnell, wie sie aus dem Haus gerannt kam. »Würden Sie uns bitte etwas Wasser bringen?« Als sie zurücklief, drückte er Cate in einen Sessel unter einem Sonnenschirm. »Wir setzen uns hier in den Schatten und atmen ein wenig frische Luft.«

»Es geht mir gut, es geht mir wieder gut. Ich... ich hatte mir nur eingeredet, dass sie die vollen zehn Jahre im Gefängnis absitzen muss. Es hat mir geholfen, das zu glauben. Aber es spielt keine Rolle.« Sie wischte sich den kalten Schweiß von der Stirn. »Es ist ganz egal. Bitte, sag Dad nichts davon, dass ich eine Panikattacke hatte. Er macht sich nur wieder wochenlang Sorgen, und dabei geht es mir gut.«

Hugh hockte sich vor sie und rieb ihr die Hände. »Ich werde ihm nichts sagen. Hör mir jetzt zu, Caitlyn. Sie kann dir nichts mehr tun. In dieser Stadt kriegt sie kein Bein mehr auf die Erde. Sie war nur eine kleine Schauspielerin, bevor sie ins Gefängnis gekommen ist.«

»Ich denke, sie hat Dad nur wegen des Namens geheiratet, um über ihn Karriere zu machen. Ich glaube, mich hat sie aus dem gleichen Grund gekriegt. Es ist gute Presse.«

»Ich widerspreche dir nicht. Oh. Consuela, danke schön.«

Er richtete sich auf, als die Köchin, die Cate mit besorgten Blicken musterte, mit einem Tablett herangeeilt kam – ein Krug Wasser mit Eis und Zitronenscheiben, Gläser und ein kaltes, feuchtes Tuch.

Sie stellte das Tablett ab, schenkte das Wasser ein und ergriff das Tuch.

Sanft tupfte sie mit dem Tuch Cates Gesicht ab.

»*Mi pobra niña*«, murmelte sie.

»*Estoy bien*, Consuela. *Estoy bien.*«

»Trink ein bisschen Wasser, mein braves Mädchen.« Sie drückte Cate das Glas in die Hand. »Mr Hugh, bitte setzen Sie sich, und bitte, trinken Sie auch ein Glas Wasser. Ich mache Ihnen beiden etwas Schönes zu essen und die Limonade, die meine Cate so gerne trinkt. Gleich geht es dir wieder besser.«

»Danke, Consuela.«

»*De nada.*« Sie bedeutete Cate, noch mehr Wasser zu trinken, dann eilte sie wieder ins Haus.

»Ich bin okay. Es geht mir wieder gut«, sagte Cate zu Hugh. »Und ich weiß es eigentlich besser. Sie hat sich nie etwas aus mir gemacht, warum also sollte sie jetzt versuchen, mich zu sehen? Ich weiß. Es tut mir leid.«

»Entschuldige dich nicht. Ich sage jetzt noch einen Satz zu Charlotte, und dann reden wir nur noch über angenehme Dinge. Ich habe nie verstanden, wie eine so engstirnige, schwache, untalentierte, herzlose Frau jemals ein Geschöpf wie dich zur Welt bringen konnte.«

Cate musste unwillkürlich lächeln. »Die Gene der Sullivans sind stark.«

»Sehr richtig.« Er prostete ihr mit seinem Wasserglas zu und musterte sie, als sie trank. »Aber du hast auch viel von den Dunns, weil du jeden Tag mehr aussiehst wie deine Großmutter Liv.«

Cate zupfte an ihrem blauen Haarschopf. »Selbst damit?«

»Selbst damit. Und jetzt erzähl mir von der Rolle, die du gerne annehmen möchtest.«

»Na ja, sie ist überhaupt nicht wie Jute. Sie ist das älteste von drei Kindern und versucht damit klarzukommen, als ihr verwitweter Vater mit der Familie wegen seines Jobs aus einem Vorort von Atlanta nach L.A. umzieht.«

»Atlanta. Südstaaten-Akzent.«

Cate zog eine Augenbraue hoch und sagte mit leichtem Georgia-Akzent: »Ich glaube, das schaffe ich.«

»Das konntest du schon immer«, sagte Hugh. »Deinen Tonfall verändern. Na gut, erzähl mir mehr.«

Sie erzählte ihm die Handlung, trank ihre Limonade, aß mit ihm draußen zwischen Blumen und Schmetterlingen zu Mittag. Und schob alle Gedanken an ihre Mutter beiseite.

An jenem Abend lag sie halb schlafend bei gedämpftem Licht vor dem Fernseher, als ihr Handy vibrierte, das sie immer noch in den schlaffen Fingern hielt.

Verschlafen nahm sie den Anruf mit geschlossenen Augen an. »Cate hier.«

Zuerst hörte sie Singen – ihre Stimme, eine Kinderstimme. Ein paar Takte aus dem Lied, das sie mit ihrem Großvater zusammen in dem Film gesungen hatte, den sie in Irland gedreht hatten.

Sie musste lächeln.

Dann hörte sie jemanden schreien.

Ruckartig fuhr sie im Bett hoch und riss die Augen auf.

Jemand lachte – es klang falsch. Und über dem Lachen hörte sie die Stimme ihrer Mutter.

»*Ich komme nach Hause. Pass auf. Pass auf.*«

»*Hast du geglaubt, es wäre vorbei?*«, flüsterte jemand.

»*Du hast nie bezahlt. Aber du wirst bezahlen.*«

Cate rang nach Luft. Das Telefon fiel ihr aus der Hand. Das Gewicht, das schreckliche Gewicht auf ihrem Brustkorb zerdrückte ihr die Lungen. Ihre Kehle zog sich zusammen.

Der Raum um sie herum wurde grau.

Atmen, befahl sie sich und schloss die Augen. Atmen, atmen. Sie dachte an die kühle, feuchte Luft am See in Irland, stellte sich vor, wie sie über den kalten Schweiß glitt, der ihr übers Gesicht lief.

Sie stellte sich vor, dass sie sie langsam und stetig einatmete.

Stellte sich die Behaglichkeit des Landhauses vor, den Geschmack von heißer Schokolade und Rührei. Den sanften Druck von Julias Händen.

Das Gewicht hob sich ein wenig. Es verschwand nicht ganz, nahm aber ab. Immer noch nach Luft ringend, sprang sie aus dem Bett, atmete zischend aus, überprüfte alle Schlösser.

Niemand konnte hereinkommen. Niemand würde hereinkommen.

Ihre Beine gaben nach, und sie sank zu Boden neben das wieder verstummte Handy.

Wenn ihr Vater zu Hause gewesen wäre, wäre sie schreiend zu ihm gelaufen.

Aber er war nicht zu Hause, und sie war kein Kind mehr, das seinen Vater brauchte, um die Monster zu verjagen. Wenn sie es ihm erzählte, ihren Großeltern erzählte… das sollte sie besser, das wusste sie, sie sollte es, aber… Sie zog die Knie an die Brust und ließ ihre Stirn darauf sinken.

Alles begänne von vorn. Ihr Vater würde den Film absagen und sofort nach Hause kommen. Er würde keine Drehbücher mehr annehmen und vielleicht wieder mit ihr nach Irland fahren.

Obwohl ein Teil von ihr sich nach diesem grünen, sicheren Ort sehnte, war es nicht richtig, weder für sie noch für ihren Vater noch für irgendjemanden, den sie liebte.

Es war nur eine Aufnahme gewesen. Irgendjemand, der böse und hässlich war, ihr Angst machen wollte, hatte etwas aufgenommen und ihre Handynummer herausgefunden.

Gut, das war ihnen gelungen.

Sie zwang sich aufzustehen und in die Küche zu gehen. Sie machte überall Licht, sodass alles hell war. Und sicher, rief sie sich ins Gedächtnis.

Die Wände, das Tor, die Security, die Schlösser. Alles war sicher.

Sie holte sich eine Flasche Wasser, trank durstig, bis sich ihre Kehle nicht mehr ausgetrocknet anfühlte. Sie würde ihre Telefonnummer ändern. Sie würde sagen, ein Reporter – woher wusste sie, dass es nicht tatsächlich ein Reporter gewesen war? – hätte sie herausgefunden.

Sie würde nichts sagen und einfach ihre Nummer ändern. Niemand musste sich um sie Sorgen machen. Sie regelte das schon allein. Und wer auch immer ihr die gemeine Aufnahme vorgespielt hatte, würde sich nicht darüber freuen können, dass er ihr Angst eingejagt hatte.

Sie zwang sich, alle Lampen in der Küche wieder auszumachen, dann schaltete sie auch noch ihr Handy ab, für den Fall, dass jemand noch einmal versuchen würde, sie anzurufen. Aber im Schlafzimmer konnte sie Stille und Dunkelheit nicht ertragen, deshalb ließ sie den Fernseher und die Lampen an.

»Ich bin nicht eingesperrt«, murmelte sie, als sie die Augen schloss. »Sie sind ausgesperrt.«

Trotzdem dauerte es lange, bis sie eingeschlafen war.

Sie erzählte es niemandem. Nach einem Tag, nach einer ruhigen Nacht, war es nicht mehr so schlimm. Das allein sagte ihr, dass es richtig gewesen war, es für sich zu behalten.

Sie musste mit ihrem Tutor lernen, musste für die Rolle recherchieren, die sie gerne annehmen wollte. Da sie eine Sullivan war, plante sie sorgfältig die nächsten Karriereschritte, auch wenn sie erst siebzehn war.

Sie bereitete sich vor und fuhr allein zu Gino, da Lily arbeiten musste. Der blaue Haarschopf wurde zu Ponyfransen – mit ein paar blauen Strähnen, weil sie ihr gefielen.

Wenn sie den Vertrag unterzeichnete – weil das wunderbarerweise ihr überlassen blieb –, hatte sie immer noch Zeit genug, die Farbe herauswachsen zu lassen.

Und weil sie sich auf die erste Begegnung mit dem Regisseur und dem Autor freute, wählte sie ihr Outfit sorgfältig aus. Dieses Mal keine zerrissenen Jeans, keine klobigen Stiefel. Für ihr erstes professionelles Lunch-Meeting entschied sie sich für ein ärmelloses Shiftkleid mit bunten diagonalen Streifen und roten Sandalen, die bis zur Mitte der Wade geschnürt waren.

Für das Treffen war sie Cate Sullivan, Schauspielerin. Wenn sie die Rolle annahm, würde sie sich hineinversetzen.

Ihr Vater gab sein Okay zu dem Treffen, unter der Bedingung, dass sie sich vom Chauffeur dorthin fahren ließ. Ein letztes Mal musterte sie sich im Spiegel, ergriff ihre Tasche – eine Clutch, so blau wie die Strähnen – und ging zum Haupthaus.

Sie musste dringend den Führerschein machen, dachte sie. In Irland war sie bereits gefahren, doch hier musste sie sich erst an den Rechtsverkehr gewöhnen; und auch wenn der Verkehr hier geradezu groteske Ausmaße hatte, brauchte sie dringend einen Führerschein.

Und ein eigenes Auto. Nicht irgendeine langweilige alte Limousine. Ein schickes Cabrio vielleicht. Sie hatte Geld auf der Bank, und wenn sie – wenn, wenn, rief sie sich ins Gedächtnis – die Rolle bekam, würde sie noch mehr haben. Ihren Bodyguard Monika nahm sie in Kauf, sie war ja auch okay, aber sie brauchte ein Auto, um ein bisschen Freiheit zu haben.

Im Moment jedoch war es vielleicht noch besser, sich von Jasper durch den dichten Verkehr fahren zu lassen.

Er lächelte sie strahlend an, seine Zähne leuchteten weiß in seinem dunklen, faltigen Gesicht, als er die Tür des glänzenden (langweiligen) Stadtautos öffnete.

»Alles bereit für Sie, Ms Sullivan.«

»Wie sehe ich aus?«

»Wunderschön.«

Gut genug, dachte sie, als sie sich auf die Rückbank setzte. Trotzdem betrachtete sie noch einmal prüfend ihr Gesicht und tupfte frischen Lipgloss auf die Lippen. Es war doch nur ein Kennenlernen, rief sie sich ins Gedächtnis. Und ihr Agent würde auch dabei sein.

Außerdem wollten sie Cate für die Rolle haben, und das nahm dem Treffen den Druck. Auch wenn sie dieses Mal die Hauptrolle spielte, so war es doch nur ein Ensemble-Film.

Als Jasper am Straßenrand hielt, blickte sie auf die Uhr. Nicht zu früh – was peinlich war. Nicht zu spät – was unprofessionell war. »Es wird mindestens eine Stunde dauern, Jasper. Wahrscheinlich sogar eher zwei. Ich schicke Ihnen eine Nachricht, wenn wir fertig sind.«

»Ich bleibe in der Nähe«, sagte er, als er ihr die Tür öffnete. »Wünschen Sie mir Glück.«

»Das tue ich doch immer.«

Ihr hüpfender Gang mochte vielleicht nicht gerade abgeklärt wirken, aber was sollte es. Aufregung zu zeigen, dachte sie, als sie das Gartenbistro durch den Bogengang betrat, war echt und aufrichtig. Auf diesen beiden Pfeilern wollte sie ihre Karriere aufbauen. Und genau das tat sie jetzt – sie baute ihre Karriere auf.

Sie trat an das Empfangspult. »Ich bin mit Steven McCoy zum Mittagessen verabredet.«

»Natürlich. Mr McCoy ist bereits da. Bitte folgen Sie mir.«

Sie gingen durch die Blumen und die Gründekoration, untermalt vom Geräusch des Wassers, das in kleine Teiche plätscherte, vorbei an Tischen mit pfirsichfarbenen Tischdecken, an denen die Gäste sprudelnde Getränke tranken und die Pergament-Speisekarte betrachteten.

Sie spürte, dass Blicke auf sie gerichtet waren, und zwang sich, ruhig zu bleiben, obwohl ihre Nerven angespannt waren. Das gehört zum Job, dachte sie. Entweder bezahlst du den Preis, oder du siehst dich nach einer anderen Arbeit um.

Sie erkannte McCoy, und da sie sie gegoogelt hatte, auch die Autorin Jennifer Grogan. Sie saßen nebeneinander an einem Tisch für vier Personen, wohl, damit sie und ihr Agent ihnen gegenübersaßen.

McCoy stand auf, als er sie sah. Er war noch nicht vierzig, hatte wirre, drahtige Haare, die er bei der Arbeit mit einer Dodgers-Kappe verdeckte. Grogan musterte Cate durch eine viereckige, strenge Brille mit schwarzem Gestell.

»Caitlyn.« Er küsste sie nach Hollywood-Art auf die

Wange. »Schön, Sie persönlich kennenzulernen. Jenny, das ist unsere Olive.«

»Ich kenne Ihre Stief-Großmutter.«

»Das hat Lily mir erzählt. Sie sagte, es gefällt ihr, dass Sie über vielschichtige Frauen mit Substanz schreiben.«

»Irgendjemand muss es ja tun.«

»Setzen Sie sich, Cate.« McCoy zog ihr den Stuhl heraus. »Wir haben eine Flasche Pellegrino bestellt, aber Sie können natürlich selbst einen Blick auf die Wasserkarte werfen.«

»Nein, das ist perfekt, danke.« Sie legte ihre Tasche in den Schoß und wartete, bis der Kellner ihr eingeschenkt hatte.

»Wir erwarten zwar noch einen weiteren Gast, aber wir könnten ja schon einmal von diesen gefüllten Kürbisblüten bestellen. Sie sind fantastisch«, sagte McCoy zu Cate. »Mit Ziegenkäse gefüllt.«

»Bewahre mich vor Vegetariern«, erwiderte Jenny. »Bringen Sie wenigstens ein bisschen Brot.«

»Kommt sofort«, bestätigte ein herbeigeeilter Kellner.

Sie warf Cate einen missmutigen Blick zu. »Oder gehören Sie auch zu den Tofu-Essern?«

»Nicht, dass ich wüsste. Ich möchte Ihnen danken, Mr McCoy...«

»Steve.«

»Ich möchte Ihnen beiden danken, dass Sie für die Rolle der Olive an mich gedacht haben. Sie ist ein großartiger Charakter.«

»Sie werden mit einem Stimmcoach arbeiten müssen.« Der Brotkorb stand kaum auf dem Tisch, als Jenny sich auch schon ein kleines Sauerteig-Brötchen genommen hatte. »Der Akzent – und er darf nicht so dick sein, dass man ihn mit dem Messer schneiden kann – ist für ihren Charakter wesentlich und Teil ihres Konflikts und Kulturschocks. Er muss genau stimmen.«

Cate nickte und trank einen Schluck Wasser. Und legte Georgia in ihre Stimme. »Ich würde sehr gerne mit einem Stimmcoach arbeiten, wenn ich die Rolle annehme. Ihr Akzent, ihre Sprechmuster, ihre stimmlichen Rhythmen tragen zu ihrem Gefühl der Isolierung bei, jedenfalls anfänglich. So habe ich das wenigstens verstanden.«

Jenny brach das kleine Brötchen in zwei Teile und steckte sich die eine Hälfte in den Mund. »Okay, das ist gut. Verdammt noch mal. Worüber soll ich mich denn jetzt noch aufregen?«

»Du wirst schon noch etwas finden. Da ist Joel.«

»Entschuldigung, ich bin wie üblich aufgehalten worden.« Joel Mitchell, klein und rundlich, küsste Cate auf den Scheitel wie ein Onkel. Er trug ein rotes Golfshirt – so rot wie Cates Sandalen – und ließ sich neben Cate auf den Stuhl sinken.

Er hatte weiße Haarbüschel an jeder Seite seines breiten, rosigen Schädels, eine Brille mit dicken Gläsern und den Ruf, dass er für seine Klienten das Letzte aus einem Projekt herausholte.

»So.« Er trank einen großen Schluck Wasser. »Ist sie nicht großartig? Verdammt, Mädchen, du bist Liv wie aus dem Gesicht geschnitten.«

»Das hat Grandpa vor Kurzem auch gesagt.«

»Sie ist mir ans Herz gewachsen. Was hieltet ihr denn davon, wenn wir etwas Richtiges zu essen bestellen – ich sehe nämlich, dass Steve sich wieder über seinen gefüllten Kürbis hermacht. Hier gibt es super Burger – selbst gemacht. Ich besorge uns ein paar Speisekarten, dann können wir uns was aussuchen.« Er gab dem Kellner ein Zeichen.

Cate sah, wie seine Hand mitten in der Bewegung erstarrte und seine Augen sich weiteten.

Bevor sie sich nach der Ursache für den Schock, der sich

auf seinem Gesicht abzeichnete, umdrehen konnte, hörte sie ihren Namen.

»Caitlyn! O mein Gott! Mein Baby!«

Hände zerrten sie aus dem Stuhl in eine feste Umarmung. Sie kannte die Stimme, kannte den Duft.

Wehrte sich.

»Oh, so erwachsen! So wunderschön!« Lippen streiften ihr Gesicht, ihre Haare, und Charlotte weinte: »Verzeih mir, oh, mein Liebling, verzeih mir.«

»Lass mich los! Geh weg. Zieht sie doch weg!«

Sie bekam keine Luft mehr, eine Last drückte ihr wie Steine den Brustkorb zusammen. Die Arme, die sie umschlangen wie Schraubzwingen, die das Leben und ihre Identität aus ihr herausdrückten.

Sekunden, es dauerte nur Sekunden, und sie war wieder gefangen in einem Raum mit zugenagelten Fenstern.

Nach Luft ringend, stieß Cate Charlotte weg, riss sich los.

Charlotte stand tränenüberströmt vor ihr, mit bebenden Lippen, und hob die Hand an die Wange, als sei sie geschlagen worden. »Ich habe es verdient. Wirklich. Aber ich flehe dich an.« Sie sank auf die Knie und faltete wie im Gebet die Hände. »Verzeih mir.«

»Hau verdammt noch mal endlich ab!« Joel war aufgesprungen und stürzte auf sie zu.

In dem Chaos aus Schluchzen, Schreien und raunenden Stimmen rannte Cate weg.

Sie rannte, so wie sie es in der Nacht im Wald getan hatte. Weg, nur weg. Irgendwohin. Sie rannte über Kreuzungen, blind für den Verkehr, taub für Hupen, quietschende Bremsen.

Weg, nur weg, das Wild floh vor dem Jäger.

In ihren Ohren brauste es, ihr Puls raste, sie rannte immer weiter, bis ihre Beine nachgaben.

Zitternd, bedeckt von kaltem Schweiß, drückte sie sich an die Wand eines Gebäudes. Langsam lichtete sich der Schimmer vor ihren Augen, und die Geräusche um sie herum drangen zu ihr durch.

Autos, die in der Sonne blitzten, ein Autoradio, aus dem Hiphop-Klänge dröhnten, das Klicken von Absätzen auf dem Asphalt, als eine Frau mit Hochglanz-Einkaufstüten aus einem Geschäft trat.

Sie hatte sich verirrt, stellte sie fest. Wie damals im Wald, aber hier war alles zu heiß, zu hell. Was hier rauschte, war nicht das Meer, sondern der Verkehr.

Sie hatte ihre Tasche – ihr Handy – zurückgelassen. Sie hatte gar nichts dabei.

Sie hatte sich selbst, rief sie sich ins Gedächtnis und schloss einen Moment lang die Augen. Sie riss sich zusammen und stakste auf Beinen, die sie kaum spürte, zur Tür des Geschäfts.

Drinnen war es kühl, und es duftete. Sie sah zwei Frauen – eine jung, spindeldürr in Bonbonrosa, die ältere, schlank in aufgekrempelten Hosen und einer weißen Bluse.

Die jüngere drehte sich um und musterte Cate stirnrunzelnd. »Einen Augenblick.« Sie atmete Missbilligung aus jeder Pore, als sie auf Cate zukam. »Wenn Sie zur Toilette möchten, sollten Sie es bei Starbucks versuchen.«

»Ich... ich muss jemanden anrufen. Kann ich Ihr Telefon benutzen?«

»Nein. Sie müssen gehen. Ich habe eine Kundin.«

»Ich habe meine Tasche verloren, mein Handy. Ich...«

»Gehen Sie. Sofort.«

»Was ist denn mit Ihnen los?« Die ältere Frau trat zu ihnen und schob die jüngere beiseite. »Holen Sie dem Mädchen ein Glas Wasser. Was ist passiert, Liebes?«

»Ms Langston...«

Die ältere Frau durchbohrte die jüngere mit ihren Blicken. »Ich sagte, holen Sie ihr ein Glas Wasser.« Sie legte den Arm um Cate und führte sie zu einem Stuhl. »Setzen Sie sich und kommen Sie erst einmal zu Atem.«

Eine weitere Frau kam aus dem hinteren Teil des Ladens. Sie hielt kurz inne und kam dann zu ihnen geeilt. »Was ist passiert?«

»Das Mädchen braucht Hilfe, Randi. Ich habe gerade diese herzlose, unverschämte Angestellte von dir nach hinten geschickt, um ihr ein Glas Wasser zu holen.«

»Ich kümmere mich darum.«

Ms Langston ergriff Cates Hand und drückte sie. »Soll ich die Polizei rufen?«

»Nein, nein. Ich habe meine Tasche fallen lassen – mein Handy.«

»Ist schon in Ordnung, Sie können mein Handy benutzen. Wie heißen Sie?«

»Cate. Caitlyn Sullivan.«

»Ich bin Gloria«, sagte sie, während sie in ihrer riesigen Prada-Umhängetasche nach ihrem Handy suchte. Dann musterte sie Cate mit zusammengekniffenen Augen. »Sind Sie Aidan Sullivans Tochter?«

»Ja.«

»Mein Mann hat mit ihm in *Compromises* als Regisseur gearbeitet. Hollywood ist ein kleines, inzestuöses Dorf, was? Ah, da kommt Randi mit Ihrem Wasser. Und hier ist ja endlich mein Telefon.«

Die dritte Frau – die im Alter etwa zwischen den beiden anderen stand – reichte Cate ein hohes, schlankes Glas.

»Danke. Ich...« Sie starrte auf das Handy und versuchte krampfhaft, sich Jaspers Nummer ins Gedächtnis zu rufen. Sie tippte sie zögernd ein und schloss erleichtert die Augen, als Jaspers Stimme ertönte.

»Jasper, ich bin's, Cate.«

»Oh, Miss, Gott sei Dank! Mr Mitchell hat mich gerade informiert. Ich wollte schon Ihren Daddy anrufen!«

»Nein, bitte, tun Sie es nicht. Wenn Sie mich nur bitte abholen würden. Ich…« Sie blickte Gloria an. »Ich weiß nicht genau, wo ich bin.«

»Unique Boutique«, sagte Randi zu ihr und gab ihr eine Adresse auf dem Rodeo Drive.

»Ja, ich habe verstanden, Miss. In ein paar Minuten bin ich da. Bleiben Sie einfach sitzen.«

»Okay, danke.« Sie reichte Gloria das Handy zurück. »Danke, vielen Dank.«

»Keine Ursache.« Gloria drehte den Kopf und warf einen finsteren Blick nach hinten in den Laden. »Das nennt man Menschlichkeit.«

11

Die Fernsehsender, die Kabelkanäle sendeten ein Video, das jemand mit dem Handy gefilmt hatte. Fotos der erzwungenen Umarmung, von Charlotte, die flehend auf den Knien lag oder sich die Wange hielt, als ob Cate sie geohrfeigt hätte, füllten das Internet, die Zeitungen.

Angewidert knallte Hugh die Boulevardzeitung mit ihrer dicken Schlagzeile auf den Tisch.

EINE REUIGE MUTTER
EIN UNVERSÖHNLICHES KIND
Charlotte Duponts Herz ist gebrochen

»Sie hat es inszeniert. Jemand hat ihr gesagt, dass Cate dort sein würde, und wenn ich herausfinde, wer das...« Er ballte die Fäuste.

»Stell dich hinten an«, sagte Lily, die in seinem Büro auf und ab marschierte, während Aidan an den Terrassenfenstern stand und hinausstarrte.

»Obwohl sie all das getan hat«, sagte Aidan leise, »haben wir sie unterschätzt. Sie ist erst seit wenigen Tagen aus dem Gefängnis entlassen und benutzt Cate schon wieder, um auf sich aufmerksam zu machen. Für die Fotos hat sie bestimmt einen Paparazzo engagiert. Sie hat die Story geplant.«

»Wir erwirken eine einstweilige Verfügung«, sagte Hugh. »Und wenn sie versucht, Cate noch einmal zu nahe zu kommen, wandert sie wieder ins Gefängnis.«

»Wir stecken alle schon viel zu weit in unseren jeweiligen Projekten, als dass wir zu diesem Zeitpunkt einfach so aussteigen könnten. Aber sobald ich fertig bin, fahre ich mit ihr zurück nach Irland. Wir hätten dableiben sollen.«

»Ich könnte sie jetzt nach Big Sur mitnehmen«, schlug Hugh vor. »Wenn ich für die Postproduktion gebraucht werde, kann ich ja pendeln.«

»Nein.« Cate stand in der Tür. »Weder nach Big Sur noch nach Irland oder sonst irgendwohin.« Sie schüttelte den Kopf, als Hugh die Boulevardzeitung mit einem Manuskript verdecken wollte. »Ich habe sie schon gesehen, Grandpa. Ihr, ihr alle, könnt mich nicht ewig beschützen.«

»Wetten, dass doch?«

Cate trat zu Lily und drückte ihr die Hand. »Ich weiß, dass ich völlig falsch reagiert habe. Doch«, beharrte sie, bevor alle drei protestieren konnten. »Ich hätte mich gegen sie wehren sollen. Wenn es ein nächstes Mal geben sollte, mache ich das auch.«

»Es wird kein nächstes Mal geben. Die einstweilige Verfügung werde ich auf jeden Fall erwirken«, sagte Hugh zu ihr.

»Das ist auch in Ordnung. Ich kann nur hoffen, dass sie sich nicht daran hält, damit sie wieder ins Gefängnis muss. Aber ich werde nicht zulassen, dass sie mich zu einem Feigling macht, und das hat sie getan. Wenn sie das will – diese scheiß Publicity, dann kann sie das haben. Ich weiß, dass es eine Menge Reporter gibt, die nur zu gerne von meinem Standpunkt aus berichten würden.«

»Du redest mit der Presse nicht darüber.« Aidan trat zu ihr und packte sie an der Schulter.

»Nein, tue ich nicht. Die Befriedigung gönne ich ihr nicht. Jeder hier, jeder Einzelne von euch hat mir das mitgegeben, was ich damals gebraucht habe, um aus dem Zimmer zu entkommen. Und jeder Einzelne von euch hat mir mitgegeben, was ich jetzt tun muss. Ich habe Joel gesagt, dass ich die Rolle annehme. Ich mache den Film.«

»Cate.« Aidan streichelte ihr sanft über die Haare. »Ich bin mir nicht sicher, ob du genau weißt, was für einer Situation du dich da aussetzt. Selbst mit Security, selbst wenn sie einwilligen, unter Ausschluss der Öffentlichkeit zu drehen, wird es weitere Storys geben, weitere Fotos.«

»Wenn ich es nicht tue, wird es noch mehr Storys, noch mehr Fotos geben, weil ja schon bekannt war, dass ich wegen dieses Films ein Meeting hatte, als sie aufgetaucht ist. Wenn ich jetzt einen Rückzieher mache, hat sie gewonnen.« Sie legte ihrem Vater die Hand aufs Herz. Dann hob sie die Arme. »Ihr könnt mir alle erzählen, dass es für mich keinen Grund gibt, mich zu schämen, aber ich schäme mich. Ich muss das für mich selbst machen, um zu beweisen, dass ich es kann, ganz gleich, was für Steine sie mir in den Weg legt. Es geht nicht mehr um den Film, um ein Projekt oder eine Rolle. Es geht darum, wie ich mich selbst fühle. Und im Moment fühle ich mich klein.«

Aidan zog sie in die Arme und legte seine Wange auf ihren Scheitel. »Ich werde dir nicht im Weg stehen. Aber wir müssen uns auf bestimmte Vorsichtsmaßnahmen einigen.«

»Eine solche Publicity lockt Irre an«, sagte Lily. »Ich kann stolz auf dich sein, und das bin ich auch, weil du dein Leben im Griff hast. Aber wir wollen dich auf jeden Fall beschützen.«

»Ich akzeptiere den Bodyguard. Ich fahre nur mit Chauffeur. Ich werde nirgendwo alleine hingehen. Im Moment werde ich mich entweder hier oder im Studio aufhalten.«

Mit wütendem Gesicht ließ Lily sich in einen Sessel fallen. »Das Mädchen wird bald achtzehn, Hugh, du liebe Güte. Wir sollten uns sorgen wegen der bösen Jungs, in die sie sich verliebt, wegen der Clubs, in die sie heimlich geht.«

»Ich hoffe, all das erlebe ich auch noch.« Cate rang sich ein Lächeln ab. »Vielleicht nur ein bisschen später als normal.«

Während Cate sich auf die Vorbereitungen noch vor Drehstart des Films konzentrierte, genoss Charlotte die Aufmerksamkeit.

Gott, wie hatte sie die Kameras, die Blitzlichter, die Aufmerksamkeit vermisst. Es spielte keine Rolle, ob ihr Missbilligung oder Faszination entgegenschlugen, wenn sie vor einer Talk Show in der Maske saß.

Sie war wieder im Gespräch!

Sie wusste, wie sie ihre Rolle zu spielen hatte. Schließlich hatte sie sieben Jahre lang daran feilen können. Reue über das, was sie getan hatte. Trauer um das, was sie verloren hatte, die schwache, bebende Hoffnung auf eine zweite Chance. Und durch das Ganze zog sich eine dünne Linie, die die wahre Schuld Denby und Grant zuschrieb.

Sie hatten sie angelogen, ihr Angst eingejagt, bis sie schließlich etwas Schreckliches getan hatte.

Vor ihrem Interview – ein drittklassiges Klatschblatt, aber Titelstory – ging sie ihre Garderobe durch.

Sie brauchte neue Kleider, Garderobe für einen Star, aber im Moment musste sie es schlicht halten. Nicht ganz langweilig, dachte sie und betrachtete finster die magere Auswahl in dem kleinen Schrank in dem schäbigen Haus, das sie gemietet hatte. Zu ganz mausgrau konnte sie sich nicht durchringen, aber schlichte, klare Linien ohne etwas Auffälliges waren für den Moment am besten.

Also ... die schwarzen Leggings – sie hatte im Gefängnis wie besessen trainiert, um in Form zu bleiben – und die hellblaue Tunika mit dem Wasserfallausschnitt.

Keine kräftigen Farben.

Sie legte ihre Auswahl aufs Bett, setzte sich an den Schreibtisch – das schäbige Haus war möbliert –, den sie als Schminktisch benutzte, und schaltete den guten Schminkspiegel ein, den sie sich geleistet hatte. Sie brauchte leicht gebräunte Haut, aber die Blässe tat es für jetzt. Sobald sie ein paar Wochen Zeit hatte, würde sie etwas machen lassen. Nichts Drastisches, aber sie war es leid, immer auf die Falten zu gucken.

Ebenso wie in den Spiegel hatte sie auch in gute Hautpflegeprodukte, in gutes Make-up investiert. Es zahlte sich nicht aus, billige Produkte zu verwenden. Und außerdem hatte sie sich ein bisschen dazuverdient, indem sie an den Besuchstagen andere Insassinnen geschminkt hatte.

Es dauerte eine Stunde, bis sie ihr Gesicht perfektioniert hatte. Man musste geschickt sein, um dieses reine, ungeschminkte Aussehen zu erreichen.

Während sie sich anzog, probte sie – und sie plante. Die momentane Serie von Interviews und Auftritten würde nicht andauern. Sie würde eines der Angebote auf ihrem Tisch annehmen müssen. Eine magere Ausbeute – zwei direkt für den DVD-Verleih, und das dritte lautete, dass sie in einem B-Movie eine Irre spielte, die schon im ersten Akt in kleine Stücke geschnitten wurde.

So ein Quatsch.

Vielleicht fand sie ja einen Weg, um die beiden anderen Angebote miteinander zu kombinieren, damit die Dinge wieder ans Laufen kamen. Und sie noch mehr Presse bekam.

Sie musste Beziehungen knüpfen. Wenn sie einen Mann fände, der ihre Karriere unterstützte – und sie aus dieser schäbigen Hütte herausholte –, dann hätte sie es wirklich wieder geschafft. Ein alter, reicher Mann, überlegte sie. Den brauchte man nur ordentlich flachzulegen, und man konnte leben wie eine Königin.

Schwanger konnte sie dieses Mal nicht noch einmal werden – dazu war es schon zu spät, und selbst sie konnte den Gedanken an noch ein Kind nicht ertragen. Aber Sex, mit einer großzügigen Dosis Schmeichelei, Anbetung und was sonst noch alles so verfing.

Sie würde schon einen finden, dieses Mal den Richtigen, einen ohne all diese familiären Bande und Einmischungen.

Aber in der Zwischenzeit...

Als sie sich Parfüm auf die Handgelenke, auf ihre Kehle tupfte, dachte sie an Cate. Vielleicht hatte sie das Kind nie gewollt, vielleicht hatte sie es nur als Mittel zum Zweck gesehen – aber sie hatte dieses egoistische, undankbare Mädchen doch behandelt wie eine Prinzessin. Wunderschöne Kleider, dachte Charlotte, als sie in den kleinen Wohnraum mit dem hässlichen dunkelblauen Sofa und den scheußlichen Lampen ging. Die besten Kleider, ein professionelles Kindermädchen. Eine Nanny – diese verfluchte Nina. Hatte sie nicht eine Top-Designerin für das Kinderzimmer engagiert? Ihr die süßesten kleinen Diamant-Ohrstecker gekauft, als sie dem Blag Ohrlöcher hatte stechen lassen?

Sie hatte einen Fehler gemacht – und das war noch nicht einmal so richtig ihr Fehler –, nur einen einzigen Fehler, und schon versuchten die Sullivans, sie als Monster darzustellen.

Sie blickte sich um im Zimmer mit den beigefarbenen Wänden, den gebrauchten Möbeln, dem Blick auf die Straße, die nur ein paar Schritte von der Haustür entfernt war. Tränen des Selbstmitleids schimmerten in ihren Augen. Jahrelang, dachte sie, hatte sie ehrlich geglaubt, dass nichts so schlimm sein konnte wie Gefängnis – das Geräusch der Zellentüren, die geschlossen wurden, der Geruch nach Schweiß und Schlimmerem, die niederen Arbeiten, das ekelerregende Essen.

Die Einsamkeit. Aber war das denn hier besser?

Cate war ein paar Stunden – Stunden – in einem Zimmer eingesperrt gewesen, und dafür hatte Charlotte sieben Jahre in einer Gefängniszelle sitzen müssen und noch wer weiß wie lange in diesem schrecklichen Haus.

Es war nicht fair, es war nicht richtig.

Sie spürte, wie sie auf eine Depression zusteuerte, aber dann klopfte es an der Tür. Sie drängte die Tränen zurück und setzte die tapfere, kummervolle Miene auf, die sie perfekt beherrschte.

Und traf damit ins Schwarze bei ihrer nächsten Szene.

In ihrem Trailer schenkte Cate zwei Gläser mit Mineralwasser ein. »Ich bin so froh, dass du hier bist, Darlie.«

»Wie schon gesagt, ich hatte ein Meeting und dachte, ich schaue mal vorbei. Wie geht's dir denn?«

Cate, die bereits den flauschigen rosa Pullover für ihre nächste Szene trug, setzte sich mit Darlie an den kleinen Tisch. »Ganz gut. Steve ist – na ja, er ist einfach ein toller Regisseur. Er holt das Letzte aus dir heraus. Die beiden, die meine Brüder spielen, sind großartig, vor allem der jüngere. Sie mischen uns alle ganz schön auf. Außerdem habe ich ja dieses Mal selbst eine eigenwillige beste Freundin, und sie bringt mich vor und hinter den Kulissen zum Lachen.«

»Hervorragend.« Darlie trank einen Schluck Wasser. »Und jetzt, wie geht es dir, Cate?«

»Oh, Mist.« Cate sank auf dem Stuhl zurück und schloss einen Moment lang die Augen. »Es ist eine gute Rolle, und ich glaube, ich mache meine Sache auch ganz gut. Aber sie hat mir die Freude daran genommen, Darlie. Ich habe einfach keinen Spaß mehr an der Arbeit. Sie haut immer noch Storys raus. Dreht Videos. Ich weiß schon, das gehört zum Job, das hast du mir ja auch mal gesagt, aber ich kann keinen Schritt unbeobachtet tun. Ich werde mit Teleobjektiv abgeschossen, wenn ich bei meinen Großeltern am Pool sitze.«

»Warst du nackt?«

»Haha.«

Darlie tätschelte ihr die Hand. »Siehst du, es kann immer noch schlimmer werden.«

»Wurde es auch. Wir mussten ein paar Außenszenen am Originalschauplatz drehen, und das ist irgendwie durchgesickert. Sie sind alle hingekommen, haben Fotos gemacht und Fragen gerufen, weil ich geglaubt hatte, ich könnte mit meinen Filmbrüdern mittags in diese Pizzeria gehen. Einfach nur so. Und weißt du, was das Schlimmste war? Einer von ihnen hat die Köchin meines Großvaters – die liebste Frau auf der Welt – bedrängt, als sie auf dem Markt war. Er hat ihr gedroht, Darlie, gedroht, sie bei der Einwanderungsbehörde anzuzeigen, wenn sie ihm nicht Zugang zu mir verschafft. Sie ist US-Staatsbürgerin, verdammt noch mal, amerikanische Staatsbürgerin, aber er hat ihr Angst gemacht.«

»Okay, Scheiße. Das gehört definitiv nicht zum Job. Nichts davon.«

»Vielleicht nicht, aber ich kann nichts dagegen tun, solange ich diesen Job mache.«

»Du darfst nicht aufgeben, Cate. Du bist gut, wirklich gut.«

»Aber es macht keinen Spaß mehr.«

»Das ist echt schlimm. Wir brauchen Zucker.«

Schockiert zog Cate die Augenbrauen so hoch, dass sie unter ihren Ponyfransen verschwanden. »Du? *Zucker?*«

»Krisennahrung.« Darlie kramte in ihrer Tasche. »Mein Notvorrat.«

Cate starrte auf die Tüte, die Darlie herauszog und öffnete. »*Peanut Butter Cups* von Reese's sind dein Notvorrat?«

»Verurteile mich nicht.« Darlie steckte sich ein Dragee in den Mund und hielt Cate die Tüte hin. »Was willst du machen?«

»Ich weiß es noch nicht.« Aber seltsamerweise beruhigte

es sie, in dem absichtlich albernen Pullover dazusitzen und mit einer Freundin Süßigkeiten zu essen. »Ich werde das zu Ende bringen, was ich angefangen habe, und so gute Arbeit leisten, wie ich kann. Danach weiß ich noch nicht. Mit meiner Familie kann ich im Moment nicht darüber reden. Sie machen sich ständig Sorgen, und das ist auch nur schwer auszuhalten.«

»Scheiß auf sie alle – nicht auf deine Familie, aber auf alle anderen.«

»Ich tue mir selbst leid«, gab Cate zu. »*Absolutely Maybe* kommt bald in die Kinos. Ich konnte noch nicht einmal die Runde machen. Ich kann nicht zur Premiere gehen, jedenfalls nicht, ohne dass meine Familie – und ich auch – total durchdrehen.«

»Das ist es nicht wert.«

»Nein, das ist es nicht wert.« Sie stützte den Ellbogen auf und legte das Kinn auf die Faust. »Seit Irland habe ich keinen Jungen mehr geküsst.«

»Aua.«

Cate nahm sich eine Handvoll Reese's. »Ich werde noch als Jungfrau sterben.«

»Nein, wirst du nicht. Nicht mit diesem Gesicht, diesen Beinen und deinem positiven Blick aufs Leben. Aber du bist echt überfällig, selbst wenn man berücksichtigt, wie klein deine Brüste sind.«

»Du sagst es.« Cate musste unwillkürlich lächeln. »Ich habe dich wirklich vermisst.«

»Beruht auf Gegenseitigkeit.«

»Und jetzt haben wir echt genug über mich geredet. Erzähl mir, was bei dir so alles los ist, damit ich noch Neid auf meine Liste schreiben kann.«

Cate blickte auf, als es an der Trailertür klopfte. »Sie werden am Set gebraucht, Ms Sullivan.«

»Tut mir leid, verdammt. Jetzt habe ich mich die ganze Zeit über bei dir ausgeweint.«

»Ich werde schon wieder trocknen. Was hältst du davon, wenn ich dir schreibe, und wir verbringen mal ein bisschen Zeit miteinander? Ich kann zu dir nach Hause kommen.«

»Das wäre toll. Wirklich.«

Als sie gemeinsam hinausgingen, legte Darlie Cate den Arm um die Taille, und Cate erwiderte die Geste. »Ich würde ja gerne bleiben und dir zugucken, aber ich muss mich beeilen. Ich habe ein heißes Date heute Abend.«

»Du Luder!«

Lachend verabschiedete Darlie sich.

Innerhalb von vierundzwanzig Stunden druckte die Boulevardpresse ein unscharfes Foto der liebevollen Umarmung der beiden Freundinnen mit der Schlagzeile:

**Sind Hollywoods Lieblinge tatsächlich ein Liebespaar?
Die geheime Romanze von Darlie und Cate**

In dem Artikel wurde darüber spekuliert, dass sich die beiden Schauspielerinnen während der Dreharbeiten zu *Absolutely Maybe* ineinander verliebt hätten. Charlotte hatte ein Zitat dazu beigesteuert.

»Ich stehe hinter meiner Tochter, ungeachtet ihres Lebensstils und ihrer Orientierung. Man soll immer seinem Herzen folgen. Und mein Herz will nur Caitlyns Glück.«

Cate schluckte ihren Schmerz hinunter. Doch als sie in einer Schlüsselszene fünfmal hintereinander ihren Text vermasselte, spürte sie, wie etwas in ihr zerbrach.

»Es tut mir leid.« Tränen stiegen in ihr auf, schnürten ihr die Kehle zusammen. »Ich muss nur ...«

»Mittagspause«, verkündete McCoy. »Cate, lass uns kurz miteinander sprechen.«

Sie würde nicht weinen, gelobte sie sich. Sie würde nicht weinen, und sie würde nicht wie diese überemotionalen, überempfindlichen Schauspieler reagieren, die keinen Rückschlag vertragen konnten.

»Es tut mir leid«, sagte sie noch einmal, als er am Küchen-Set, das sich schnell leerte, auf sie zukam.

Das Set sah so aus, wie sie sich fühlte, dachte sie. Das totale Chaos. Genau darum ging es in der Szene, die sie die ganze Zeit über vermasselt hatte.

»Setz dich.« Er wies auf den Boden und hockte sich im Schneidersitz hin.

Cate zögerte, setzte sich dann aber neben ihn auf den Fußboden.

»Ich kann den Text«, begann sie. »Ich kenne die Szene. Ich weiß nicht, was mit mir los ist.«

»Ich aber. Du bist mit deinen Gedanken woanders, und dabei solltest du hier sein. Du bist nicht mit dem Kopf dabei, Cate. Es ist nicht nur der Text, du zeigst mir kein Herz, zeigst mir nicht die Frustration, die aufgestaute Wut, die zu dem Schlag führt. Du spazierst einfach nur durch.«

»Ich werde besser.«

»Das musst du auch. Was immer dich davon abhält, musst du loswerden. Und du musst härter werden und darfst diesen Boulevardpresse-Scheiß nicht an dich heranlassen.«

»Das versuche ich ja! Sie schwafelt über mich in *Hollywood Confessions*, ich muss härter werden. Sie quatscht bei *Joey Rivers* dummes Zeug, lass es nicht an dich heran, Cate! *Celeb Secrets Magazine* macht eine Titelgeschichte über ihr Geschwätz? Denk nicht darüber nach, Cate, lass es an dir abprallen. Und so geht es immer weiter.«

Sie sprang auf und warf die Arme hoch. Gott, am liebsten würde sie jetzt etwas zerstören! Alles kaputtmachen.

»Und jetzt das, nachdem ich wochenlang gejagt worden

bin. Ich darf nicht einmal eine Freundin haben? Jemanden, mit dem ich reden kann, ohne dass sie auch noch durch den Dreck gezogen wird? Was wäre denn, wenn ich oder Darlie tatsächlich lesbisch wären und wir noch nicht bereit wären, uns zu outen? Was für einen Schaden würde das bei jemandem anrichten, der noch herauszufinden versucht, wer er eigentlich ist? Ich weiß, dass so eine Scheiße vorkommt, okay? Härter werden? Verdammt noch mal. Mein ganzes Leben findet im Haus meines Großvaters und diesem Film-Set hier statt. Ich habe kein Leben. Ich kann noch nicht einmal eine Pizza essen oder einkaufen gehen, ein Konzert besuchen oder ins Kino. Sie lassen mich einfach nicht in Frieden, und sie sorgt dafür. Weil ich ihr verdammtes goldenes Ticket bin. Das war ich immer schon für sie.«

Schwer atmend stand sie da, mit geballten Fäusten. Tränen der Wut strömten ihr übers Gesicht.

McCoy, der sie unverwandt ansah, nickte. »Zwei Dinge. Das erste als Mensch, der selbst Vater ist, und als Freund. Alles, was du gesagt hast, stimmt. Und du hast ein Recht darauf, es leid zu sein, genug davon zu haben. Es ist nicht fair, es ist nicht richtig, und es ist nicht anständig.« Er klopfte auf den Boden neben sich und wartete, bis sie sich – sichtlich zögernd – wieder neben ihn gesetzt hatte. »Ich habe bis jetzt dir gegenüber nichts zu Charlotte Dupont gesagt. Vielleicht war das ein Fehler, deshalb sage ich es jetzt. Sie ist widerwärtig, in jeder Hinsicht, unter jedem Gesichtspunkt, von jedem Standpunkt aus, einfach widerwärtig. Es tut mir leid, dass dir das alles passiert. Du hast es nicht verdient.«

»Im Leben geht es nicht darum, was man verdient hat. Das ist mir schon ziemlich früh klargeworden.«

»Gute Lektion«, stimmte er ihr zu. »Aber ich hoffe, sie bekommt, was sie verdient. Mir macht es größere Sorgen, wie jemand an dieses Foto gekommen ist, als das, was im Artikel steht. Du musst wissen, dass ich ein ernstes Wort mit der Security gesprochen habe.«

»Okay, okay. Ich sollte das alles nicht bei dir abladen. Das ist nicht deine Schuld.«

»Warte. Das zweite was ich dir sagen will, kommt von deinem Regisseur. Benutze diese Emotionen, die Frustration, die Wut, die Auflehnung gegen diese Scheiße. Genau das will ich sehen. Und jetzt hol dir was zu essen, geh noch mal in die Maske, damit sie dein Gesicht wieder in Ordnung bringen, und dann kommst du wieder ans Set und zeigst es mir. Zahl es ihr heim. Zahl es den Arschlöchern heim und zeig es mir!«

Sie zeigte es ihm, blieb mit dem Kopf bei der Rolle und wurde härter. Und in den darauffolgenden Produktionswochen traf sie eine Entscheidung.

Sie wartete. Ein Schauspieler wusste, was richtiges Timing wert war. Außerdem stand Weihnachten vor der Tür, und dieses Jahr würde der gesamte Sullivan-Clan die Feiertage in Big Sur verbringen.

Durch die Arbeit, die Schule und das Bedürfnis ihrer Familie, sie erst in Irland und dann in L.A. abzuschirmen, hatte sie es bisher vermeiden können, noch einmal dorthin zu fahren.

Aber dieses Jahr hatten alle frei, und die echte Freude ihres Großvaters bei der Aussicht, ein großes Familienfest feiern zu können, war so mitreißend, dass sie es nicht übers Herz brachte, sie ihm zu verderben.

Sie hatte bisher nur ihrer Therapeutin erzählt, dass jeder Albtraum, den sie hatte, in diesem Haus am Meer mit den hoch aufragenden Bergen dahinter begann. Aber wenn es ihr Ziel blieb, härter zu werden, musste sie sich ihrer Angst stellen.

Genauso wie sie gelernt hatte, auf der rechten Straßenseite

Auto zu fahren – wobei sie hauptsächlich auf abgelegenen Parkplätzen geübt hatte –, und allein Weihnachtseinkäufe zu machen. Ja, sie brauchte dazu einen Lockvogel, Verkleidung und einen Bodyguard, aber sie schaffte es.

Auf jeden Fall war Weihnachten in Big Sur sicher viel festlicher und weniger merkwürdig als Weihnachten in L. A. mit den heißen, trockenen Santa-Ana-Winden. Schwitzende Weihnachtsmänner in Einkaufszentren, falsche Weihnachtsbäume mit Kunstschnee und Leute in Tanktops ließen einfach keine Weihnachtsstimmung aufkommen.

Nächstes Jahr würde alles anders werden, versprach sie sich. Jetzt jedoch packte sie für die Reise und setzte ihre strahlende, glückliche Miene auf. Und behielt sie während des gesamten kurzen Flugs bei.

»Wir sind als Erste da.« Lily scrollte durch den Terminkalender, den ihre persönliche Assistentin ihr durchgegeben hatte. »Das gibt uns genug Zeit, um vor der Invasion durchatmen zu können.«

Strahlend und glücklich, dachte Cate, so sah Lily aus. »Du kannst es bestimmt nicht erwarten, Josh und Miranda und die Kinder zu sehen. Ich weiß, dass du sie vermisst.« Der richtige Zeitpunkt, dachte Cate, und fuhr fort: »Wenn du ein ganzes Jahr lang in New York bist, wirst du Miranda und die Kinder viel öfter sehen.«

»Ein Jahr, wenn das Stück nicht den Bach runtergeht.« Lily machte sich an ihrem kunstvoll geknoteten Schal zu schaffen. »Wenn ich es nicht vermassele.«

»Das glaubst du doch selber nicht. Es wird großartig werden. Du wirst fantastisch sein.«

»Du bist so süß. Mir bricht schon der Schweiß aus, wenn ich nur daran denke, dass es ein Flop werden könnte.«

»Meine G-Lil produziert keine Flops.«

»Es gibt immer ein erstes Mal«, murmelte Lily und griff

nach ihrem Perrier. »Es ist Jahre her, seit ich zuletzt Theater gespielt habe, geschweige denn am Broadway. Aber die Chance, *Mame* zu spielen? Ich bin einfach verrückt genug, es zu versuchen. Die Proben in New York fangen erst in sechs Wochen an, deshalb muss ich versuchen, meine Stimmbänder und meinen Körper in Form zu kriegen.«

Bevor Cate etwas erwidern konnte, beugte Hugh sich über den Gang zu ihnen. »Ihre Stimmbänder habe ich heute früh in der Dusche gehört. Sie klingen gut.«

»Die Dusche ist nicht der Broadway, mein lieber Mann.«

»Sie werden dir aus der Hand fressen. Das Leben ist schließlich ein Bankett.«

Lily lachte. »Und Hurensöhne verhungern. Oh, apropos Bankett. Mo hat mir heute früh geschrieben, dass Chelsea beschlossen hat, sich nur noch vegan zu ernähren. Wir müssen mal gucken, was wir ihr zu essen geben.«

Da Lily jetzt mit anderen Dingen beschäftigt war, wartete Cate einfach auf die nächste Gelegenheit.

Auf der Fahrt vom Flugplatz wurde ihr Hals so trocken, dass sie kaum schlucken konnte, aber sie verbarg es geschickt. Sie benutzte ihr Handy als Schild und tat so, als lese und verschicke sie fortwährend Nachrichten. Es war die perfekte Methode, um sich nicht unterhalten oder auf das Meer blicken zu müssen, während sie die kurvenreiche Straße entlangfuhren. Ein zweites Auto brachte das Gepäck – und Berge von Geschenken –, und wenn sie erst im Haus waren, konnte sie sich sofort ans Auspacken machen.

Ihr Magen zog sich zusammen, als sie auf die Halbinsel abbogen. Sie legte ihre Hand über das Hämatit-Armband, das Darlie ihr zu Weihnachten geschenkt hatte. Der Stein würde ihr Lebensfreude geben, hatte Darlie behauptet, und ihr gegen ihre Ängste helfen.

Auf jeden Fall brachte er ihr ihre Freundin näher und half

Cate dabei, ruhig zu bleiben, als das Auto vor dem Tor anhielt. Es sah aus wie immer – natürlich sah es so aus wie immer. Das schöne, einzigartige Haus thronte hoch auf dem Hügel mit seinen hellen, sonnenbeschienenen Mauern und Bögen, dem rot gedeckten Dach. Die großen Glasfronten mit ihren Ausblicken, die weiten Rasenflächen, die hohen Türen unter dem Frontportal. Zu beiden Seiten des Eingangs standen Weihnachtsbäume in roten Kübeln. Noch mehr Bäume standen auf der Terrasse und wie Soldaten entlang der Brücke. Hinter den großzügigen Fenstern glänzten weitere.

Die Sonne schien von einem blassen, winterlich blauen Himmel und tauchte das Haus, die Bäume, die schneebedeckten Gipfel der Berge in ein funkelndes Schauspiel von Licht und Dunkelheit. Als Kind hatte sie die architektonische Leistung hinter dem Design des Hauses nicht besonders zu schätzen gewusst – welches Kind konnte das schon? –, so wie es auf dem Hügel aufragte, die einzelnen Schichten, Kanten und Winkel, die organisch und elegant zugleich waren.

Cate wünschte sich, sie könnte nicht so klar und deutlich das Mädchen sehen, das sie gewesen war, das kleine Mädchen, das an einem kühlen Wintermorgen mit seiner Mutter über den Rasenhang gegangen war.

Ihr Großvater beugte sich zu ihr, küsste sie auf die Wange und flüsterte ihr ins Ohr: »Lass sie nicht hierherkommen. Das ist nicht ihr Ort. Er war es nie.«

Entschlossen steckte Cate das Telefon in die Tasche. Die Augen fest auf das Haus gerichtet, sagte sie: »Als sie mich an jenem Morgen weckte, als sie mit mir draußen spazieren ging, glaubte ich zum letzten Mal, dass sie mich geliebt hat. Selbst mit zehn hatte ich dieses Gefühl kaum jemals von ihr gespürt. Aber an jenem Morgen glaubte ich es. Bei euch dreien wusste ich immer, dass ihr mich liebt. Das musste ich nicht glauben, weil ich es wusste.«

Kaum hatte der Wagen angehalten, stieß sie die Tür auf und sprang hinaus. Ein starker Windstoß fuhr ihr ins Gesicht. Sie fand, er schmeckte blau, wie der Ozean. Kühl, blau und vertraut. »Ich kann mindestens zwei Dutzend Weihnachtsbäume zählen.«

»Oh, es sind noch mehr.« Lily warf ihre Haare zurück. »Ich habe einen für jedes Zimmer bestellt. Manche sind nur klein, andere sind riesengroß. Es hat unheimlichen Spaß gemacht, alles zu planen.« Sie streckte die Hand aus. »Bereit hineinzugehen?«

»Ja.« Sie ergriff Lilys Hand und betrat das Haus.

Ihre Großeltern hatten wohl eine ganze Armee von Elfen engagiert, um die zahlreichen Zimmer zu dekorieren, vom hoch aufragenden Baum im großen Wohnraum bis hin zu den drei Miniaturbäumchen auf der Fensterbank im Frühstückszimmer. Im Haus duftete es nach Tanne und Cranberry, und alles sah aus wie auf einer Weihnachtskarte.

An einem zweiten Baum im Familienwohnzimmer – offensichtlich der Familienweihnachtsbaum – hingen hellrote Socken. Cate lächelte, als sie die Socke mit ihrem Namen entdeckte.

»Wenn Josh wieder heiraten und eine zweite Familie mitbringen würde, auch wieder mit Kindern, dann wären wir zu viele, um die Socken an das Kaminsims zu hängen.« Lily stemmte die Hände in die Hüften und musterte den Raum. »Hugh hat sich das mit dem Familienbaum ausgedacht. Ich finde, es funktioniert. Es gefällt mir.«

Wie Lily musterte auch Cate das Zimmer mit den grünen Girlanden, dicken Beeren, goldbestäubten Tannenzapfen, den Kerzen und den Pyramiden von Weihnachtssternen.

»Ein ganz schlichtes Weihnachten bei den Sullivans.«

Lily lachte schallend. »Das ist hier erst der Anfang, du

hast den Rest noch nicht gesehen. Ich möchte noch ein paar Dinge überprüfen. Geh du erst einmal nach oben, Süße, und richte dich ein. Wir sind jetzt in Rosemarys Räumen, und du bist in dem Zimmer, in dem wir sonst immer übernachtet haben. Weißt du noch, wo es ist?«

Nicht das Zimmer, in dem sie als Kind war, dachte Cate. Nicht das Zimmer, aus dem ihre Mutter sie am schlimmsten Tag ihres Lebens geholt hatte.

»Klar. G-Lil.« Seufzend umarmte sie ihre Großmutter. »Danke.«

»Wir exorzieren die dunklen Geister hier. Das ist ein gutes Haus mit viel Liebe und Licht.«

Geister exorzieren, dachte Cate, als sie nach oben ging. Nun, das hatte sie auch vor, also würde sie sich Lily anschließen.

Dillon, der die College-Winterferien zu Hause verbrachte, gewöhnte sich mit Leichtigkeit wieder an die Ranch-Routine. Seine Hunde waren begeistert, dass er wieder da war, und folgten ihm auf Schritt und Tritt, während er die Futtertröge füllte und Heuballen schleppte.

Oder auch, wenn er manchmal einfach nur dastand und über die Felder aufs Meer schaute.

Es war nicht so, dass er nicht gerne aufs College ging. Seine Noten waren ganz ordentlich, und in akademischer Hinsicht schlug er sich gut, dachte er, als er dem freudigen Gegacker der Hühner lauschte, während seine Mutter ihnen Futter hinstreute. Er verstand sogar, dass das, was er lernte – zumindest ein Teil davon –, ihn zu einem besseren Rancher machen würde. Auch seine Kumpels im Wohnheim waren okay, obwohl manchmal die Luft so von Gras geschwängert war, dass er kaum atmen konnte, ohne gleich high zu werden. Ihm gefielen die Partys, die Musik, die langen, ausgedehnten Diskussionen bei Bier und Hasch. Und die Mädchen – oder im Moment ein bestimmtes Mädchen: Imogene.

Aber wenn er nach Hause kam, erschien ihm das alles wie ein seltsamer Traum, ein Traum, der seiner Realität im Weg stand. Wenn er versuchte, sich Imogene hier vorzustellen, wie sie Eier einsammelte, Brot für die Kooperative backte, mit ihm über den Büchern hockte oder einfach nur neben ihm stand, so wie jetzt, um über die Felder zum Meer zu schauen, gelang ihm das nicht.

Es hielt ihn nicht davon ab, daran zu denken, wie sie nackt aussah. Aber er musste zugeben, dass er sie bei Weitem nicht so vermisste, wie er gedacht hatte.

»Ich habe einfach zu viel zu tun, das ist alles«, sagte er zu den Hunden, die ihn bettelnd ansahen. Er ergriff den Ball, den sie ihm vor die Füße gelegt hatten, und warf ihn weit weg. Er blickte ihnen nach, als sie ihm hinterherrannten, sich gegenseitig behindernd wie gegnerische Fußballspieler, die auf dem Platz einem Ball nachjagten.

Imogene liebte Hunde. Sie hatte Fotos von ihrem flauschigen roten Zwergspitz Fancy auf ihrem Handy. Und sie hatte vor, Fancy nach den Winterferien mitzubringen, weil sie und zwei andere Mädchen in ein Gruppenhaus außerhalb des Campus zogen. Sie ritt auch, im englischen Stil. Genauso schick wie ihr Hund, aber sie konnte ziemlich gut reiten.

Mit einem Mädchen, das Hunde und Pferde nicht liebte, hätte er nichts anfangen können, ganz gleich, wie gut sie nackt aussah. Wahrscheinlich würde er von der nackten Imogene noch wesentlich mehr sehen, wenn sie ihr eigenes Zimmer im Gruppenhaus hatte.

Dillon warf den Ball noch ein paar Mal und ging dann zu den Ställen; dort brachte er die Pferde hinaus auf die Weide, wobei er sich ein bisschen mehr Zeit für Komet nahm.

»Na, wie geht's dir, mein Mädchen? Wie geht es meinem besten Mädchen?«

Als sie an seiner Schulter knabberte, schmiegte er seine Wange an ihre. Noch zweieinhalb Jahre, dachte er, und dann würde er wieder für immer zu Hause sein.

Er zog einen Apfel aus der Tasche und schnitt ihn mit seinem Messer in Viertel. »Sag den anderen nichts davon«, warnte er die Stute, als er ihr die eine Hälfte verfütterte. Ein Viertel aß er selbst, dann gab er ihr das letzte Viertel, bevor er sie hinausführte.

Schließlich schnappte er sich eine Mistgabel und machte sich an die Arbeit.

Seine Muskeln erinnerten sich.

Seit er zum College gegangen war, war er noch einmal um ein paar Zentimeter gewachsen und war jetzt gut eins sechsundachtzig. Da er zeitweise in einem Reitstall arbeitete, hielt er seine Muskulatur gut in Form, verdiente ein bisschen Geld und verbrachte Zeit mit Pferden.

Als er die erste Schubkarre hinausrollte, hatte er seinen Rhythmus wiedergefunden, ein neunzehnjähriger Junge, dessen Schuhgröße endlich seiner Körpergröße entsprach, schlank und muskulös in Jeans und Arbeitsjacke, mit schmutzigen, schlammbedeckten Stiefeln.

Eine der Kühe muhte lange und träge. Seine Hunde balgten sich um ihren roten Ball. Eine trächtige Stute zuckte mit ihrem Schweif. Rauch drang aus den Schornsteinen vom Wohngebäude der Ranch, und das Rauschen des Meeres war so deutlich zu hören, als ob er sich auf einem Segelboot befände.

In diesem Moment war er vollkommen und aus tiefstem Herzen glücklich.

12

Nach dem Frühstück, als der Duft nach Speck, Kaffee und Pfannkuchen immer noch in der Luft hing, fasste Dillon vage den Plan, seinen zwei Kumpels im Ort zu schreiben und zu fragen, ob sie sich später mit ihm treffen wollten. So blieb ihm genügend Zeit, Komet zu satteln und mit ihr auszureiten. Vielleicht konnte er dabei gleichzeitig die Zäune überprüfen.

Aber die Frauen in seinem Leben hatten etwas anderes vor.

»Wir müssen mit dir reden.«

Dillon blickte seine Mutter an. Sie wischte den Küchentresen und den Herd ab, während er die Spülmaschine einräumte. Oma – die das Frühstück gemacht hatte – saß mit ihrer zweiten Tasse Kaffee am Tisch.

»Klar. Ist irgendwas nicht in Ordnung?«

»Keineswegs.«

Sie beließ es dabei.

Sie hatte so eine Art, nur so viel zu sagen, wie sie sagen wollte, dachte Dillon, und über den Rest konnte man sich dann Gedanken machen. Und wenn er noch so nachstocherte, fragte oder bettelte, er würde kein Wort mehr aus ihr herausbekommen, bis sie dazu bereit war.

Also räumte er weiter die Spülmaschine ein.

Da er schon genug Kaffee getrunken hatte, holte er sich eine Cola. Und da sie anscheinend über etwas diskutieren wollten, setzte er sich an den Küchentisch, die Diskussionszentrale.

»Was ist los?«

Bevor sie sich setzte, umarmte Julia ihn von hinten. »Ich versuche immer, dich nicht allzu sehr zu vermissen, wenn du nicht hier bist. Es ist so schön, wenn wir alle drei nach der Morgenarbeit hier sitzen, bevor wir uns an die anderen Aufgaben des Tages machen.«

»Ich wollte mit Komet ausreiten. Sie könnte ein bisschen Auslauf gebrauchen, und ich kann dabei die Zäune überprüfen. Außerdem wollte ich mit euch darüber reden, ob wir nicht vielleicht auf einen Querstrebenzaun umstellen sollten. Manche der Pfosten stehen schon seit der Zeit vor meiner Geburt, und klar, es kostet Geld, in ein neues System zu investieren, aber es ist auch teuer, kaputte Stellen ständig zu flicken. Außerdem ist es nicht besonders klug, nicht umweltbewusst und auch nicht praktisch.«

»Der College-Junge.« Maggie trank einen Schluck Kaffee. Sie hatte für die Feiertage einen Teil ihrer Haare frisch gefärbt und trug an der Seite einen roten und einen grünen Zopf.

»Ja, aber das bin ich nur, weil meine Mutter und meine Großmutter mich dazu zwingen.«

»Ich stehe auf College-Jungs. Vor allem wenn sie so hübsch sind wie du.«

»Über den Zaun können wir reden«, warf Julia ein. »Du kannst ja mal die Kosten überschlagen, von der Arbeitsleistung her und vom Material.«

»Ich arbeite schon daran.«

Er hatte das Thema eigentlich erst anschneiden wollen, wenn er mit seinen Berechnungen fertig war. Im Gegensatz zu seiner Mutter war er eben nicht so perfekt darin, etwas zurückzuhalten, bis es spruchreif war.

Aber daran würde er auch noch arbeiten.

»Gut. Es interessiert mich wirklich, was dabei herauskommt. Oma und ich haben uns ein paar Gedanken über die Zukunft gemacht. Du hast noch über zwei Jahre College vor dir, aber die Zeit vergeht schnell. In zwei Jahren musst du weitreichende Entscheidungen treffen.«

»Ich habe meine Entscheidung schon getroffen, Mom. Daran hat sich nichts geändert, und das wird es auch nicht.«

Sie beugte sich zu ihm. »Eine Ranch zu besitzen, sie zu bewirtschaften, die Verantwortung für alle Tiere zu übernehmen, von der Ernte abzuhängen ist ein erfüllendes Leben, Dillon. Aber es ist auch hart und verlangt dir körperlich eine Menge ab. Wir haben dich nicht nur wegen der Bildung aufs College geschickt, obwohl das ein wichtiger Faktor ist. Wir wollten, dass du mal etwas anderes siehst, andere Dinge tust und erfährst. Dass du über die Welt, in der wir hier leben, mal hinausschaust.«

»Und um dich aus einem Haushalt zu entfernen, in dem zwei Frauen das Sagen haben«, fügte Maggie hinzu.

Julia lächelte ihre Mutter an. »Ja, auch das. Ich weiß – wir wissen, dass du diesen Ort hier liebst. Aber ich konnte nicht zulassen, dass du niemals etwas anderes zu Gesicht bekommst. Du begegnest jetzt anderen Leuten, Leuten, die aus anderen Orten kommen, andere Ansichten haben, andere Ziele. Es ist eine Gelegenheit für dich, Möglichkeiten und Potenzial über das Bekannte hinaus zu erforschen.«

Ihm wurde ein wenig übel, und er trank einen Schluck Cola, um seinen Magen zu beruhigen. »Willst du etwas anderes? Willst du mir damit sagen, dass du verkaufen willst?«

»Nein. Nein, o Gott. Ich will nur nicht, dass mein Sohn, das Beste, was ich in meinem Leben je zustande gebracht habe, sich selbst beschränkt, weil er nicht gut genug hingeschaut hat.«

»Ich komme in der Schule ganz gut klar«, sagte er vorsichtig. »Manches ist viel interessanter, als ich jemals gedacht hätte, auch außerhalb der Kurse über Landwirtschaft und Hof-Management. Ich diskutiere gern mit den anderen über Politik und das, was in der Welt schiefläuft. Selbst wenn vieles davon Blödsinn ist, dann ist es doch interessanter Blödsinn. Ich höre mir also durchaus andere Ansichten an. Ich sehe, was andere studieren, auf was sie hinarbeiten, und ich kann das nur bewundern. Heute Morgen habe ich ein paar Minuten lang einfach nur draußen gestanden. Einfach nur geguckt und gefühlt. Ich würde woanders, mit einer anderen Arbeit, nie so glücklich sein. Ich weiß, was ich will. Ich halte durch und mache meinen Abschluss, weil es mir dabei helfen wird, ein guter Rancher zu sein. Darauf arbeite ich hin, weil es das ist, was ich will.«

Julia lehnte sich zurück. »Dein Dad hat diese Ranch geliebt, und er hätte sie um nichts in der Welt aufgegeben. Aber er war nie so wie ich mit ganzem Herzen dabei. Und so wie du. Okay also.«

Als sie aufstand und aus dem Zimmer ging, blickte Dillon ihr stirnrunzelnd nach. »War es das?«

»Nein.« Seine Großmutter Maggie musterte ihn. »Das hast du gut gesagt, mein Junge. Das kam von Herzen, und das weiß sie, ebenso wie ich es weiß. Als du aufs College gegangen bist, war dein Gerede von ›Ich will die Ranch‹ eher noch unreif, ein bisschen eigensinnig.«

»Ich will sie jetzt mehr als damals.«

»Genau.« Sie stach ihm mit dem Finger in die Schulter. »Weil zwei Frauen dich gezwungen haben, aufs College zu gehen.« Sie lächelte, als Julia wieder hereinkam. »Hier ist eine Belohnung dafür, dass du dich nicht zu sehr dagegen aufgelehnt hast.«

Julia setzte sich und legte eine Papierrolle auf den Tisch. »Wenn du dein Examen machst, bist du über zwanzig, und ein Mann in diesem Alter sollte nicht mehr mit seiner Mutter und seiner Großmutter unter einem Dach wohnen. Er sollte ein bisschen Privatsphäre haben und ein unabhängiges Leben führen können.«

»Und er sollte dem Mädchen, das er ins Bett kriegen möchte, nicht sagen müssen, dass er noch bei seiner Mutter wohnt«, warf Maggie ein.

»Wollt ihr mich etwa rausschmeißen?«

»Gewissermaßen, ja. Wir arbeiten alle auf der Ranch, wir leben alle auf der Ranch, aber...« Julia rollte das Blatt auf. »Wir haben hin und her über alle möglichen Optionen diskutiert, und das hier scheint uns die beste zu sein.«

Dillon studierte die Zeichnungen – offensichtlich waren sie professioneller Natur, wie er am Stempel des Architekten in der Ecke erkannte. Er sah die Ställe, aber am hinteren Ende war auf der Zeichnung noch etwas hinzugefügt worden.

»Das ist ein hübsches kleines Haus«, erläuterte seine Mutter. »Weit genug weg vom Haupthaus, damit du Privatsphäre hast, aber nahe genug, um, na ja, nach Hause zu kommen. Das Erdgeschoss könnte so aussehen wie hier, mit zwei Schlafzimmern, zwei Bädern, einem Wohnraum, einer Küche und einer Waschküche.«

»Eine Junggesellenbude«, sagte Maggie augenzwinkernd.

»Gute Fenster, eine kleine Veranda vorne. Das ist erst vorläufig, wir können also immer noch Änderungen vornehmen.«

»Es ist toll. Es ist... Ich habe nie erwartet... Ihr müsst nicht...«

»Tun wir aber. Du brauchst dein eigenes Reich, Dillon. Und ich bin froh, dass es hier sein wird. Ich bin froh, dass du das so willst, aber du musst etwas Eigenes haben. Und wenn du eine Familie gründest, wenn du mich in ferner Zukunft zur Großmutter machst, tauschen wir einfach die Häuser. Oma und ich nehmen das kleine Haus, und du das hier. Du willst die Ranch, und ich glaube dir. Das hier wollen Oma und ich, für uns alle.«

Er fühlte sich genauso, wie er sich vor dem Frühstück draußen gefühlt hatte. Total glücklich. »Darf ich trotzdem noch zum Frühstück kommen?«

Das war das beste Weihnachten aller Zeiten, dachte Dillon, als er hinausging, um Komet zu satteln und die Zäune abzureiten. Er würde später in den Ort fahren, um sich mit seinen Freunden auf eine Pizza zu treffen und ein bisschen zu quatschen.

Noch im Gehen zog er sein Handy heraus und las die eingegangene Nachricht von Imogene.

Mist, Mist, er hatte vergessen, ihr zu schreiben. Während die Hunde ihr Bestes taten, um ihn wieder ins Haus zu locken, suchte er fieberhaft nach einer guten Ausrede.

Ich vermisse dich auch. Tut mir leid, aber meine Mom hat eine Familiensitzung einberufen, und sie ist gerade erst zu Ende gegangen. Und was sonst noch?, fragte er sich. Er musste sich noch etwas ausdenken. *Ich wette, es ist warm in San Diego. Wenn du am Pool liegst, schick mir ein Foto. Und hab nicht zu viel Spaß ohne mich.*

Er schickte den Text ab. Hoffentlich reichte das. Nur Sekunden später bekam er wieder eine Nachricht. Mit einem Selfie von Imogene, mit ihren langen blonden kalifornischen Haaren, den großen braunen Augen und diesem… oh Himmel, diesem Körper in einem wirklich winzigen Bikini.

Wärst du nicht lieber hier?

Mann!

Hast du gerade was gesagt? Ich glaube, ich war kurz ohnmächtig. Du weißt wahrscheinlich, an was und an wen ich den ganzen Tag denke. Wir telefonieren später, ich muss jetzt arbeiten.

Er studierte das Foto noch einmal und stöhnte leise. Diesen Schmollmund zog sie absichtlich, weil sie wusste, wie er darauf stand. Als er jedoch versuchte, sie sich hier vorzustellen, mit ihm, gelang es ihm nicht, obwohl sie so fantastisch aussah.

Die Hunde spitzten die Ohren, und tatsächlich hörte er gleich darauf, wie ein Auto den Feldweg zur Ranch heraufkam. Er steckte das Telefon wieder in die Hosentasche, schob den Hut zurück und wartete.

Er erkannte eines der Autos, die Hugh auf *Sullivan's Rest* stehen hatte, einen schicken SUV, und pfiff erfreut die Hunde zurück. Um sie zu beschäftigen, warf er ihren Ball in weitem Schwung in die entgegengesetzte Richtung.

Aber als er sich wieder umdrehte, stand jedoch nicht Hugh oder Lily vor ihm.

Sie hatte einen ganzen Arm voll roter Lilien dabei. Der Wind zerrte an ihren rabenschwarzen Haaren und wehte sie ihr aus dem Gesicht. Er hatte nie wirklich verstanden, was gemeint war, wenn von klassischer Schönheit die Rede war. Aber jetzt sah er es. Vor allem, als sie ihre Sonnenbrille auf den Kopf schob und ihn mit diesen blauen Augen – wie Laserstrahlen – ansah. Dann verzogen sich ihre Mundwinkel – echt, echt schöne Lippen –, und sie trat auf ihn zu.

Die Hunde kamen bellend angerannt.

»Sie...« Noch bevor er den Satz vollenden und Entwarnung geben konnte, dass die beiden nicht beißen, hatte sie sich hingehockt und hielt die Lilien hoch, während sie versuchte, beide gleichzeitig mit einer Hand zu streicheln.

»Ich weiß, wer ihr seid.« Sie lachte und kraulte sie. »Ich habe alles über euch gehört. Gambit und Jubilee.« Immer noch lachend, blickte sie zu Dillon hoch. »Ich bin Cate.«

Das wusste er natürlich, auch wenn sie jetzt nicht mehr so

aussah wie die lustige kleine Irre in dem Film, den er letzten Monat gesehen hatte. Oder wie auf den Fotos, die man überall im Internet von ihr fand.

Sie sah glücklich aus und, na ja, heiß. Echt heiß.

»Ich bin Dillon.«

»Mein Held«, sagte sie so, dass sein Herz in seiner Brust herumhüpfte, als sei es betrunken.

Sie richtete sich auf. Anscheinend war es ihr egal, dass die Hunde ihre echt sexy Stiefel – die Art, die bis zu den Oberschenkeln ihrer langen Beine reichte – mit Dreck beschmierten.

»Es ist lange her«, fuhr sie fort, weil er anscheinend nicht in der Lage war, einen zusammenhängenden Satz herauszubringen. »Ich war seitdem nicht mehr hier.« Sie schob ihre Haare zurück und blickte sich um. »Oh, es ist so schön hier. Ich habe es eigentlich nie gesehen... damals. Wie kriegst du das alles geschafft?«

»Es... es geht ganz gut.«

»Ich hatte auch fast vergessen, wie toll die Aussicht vom Haus meines Großvaters ist. Gestern habe ich fast den ganzen Tag nur geguckt. Aber heute ist das Haus voller Menschen, und ich wollte einfach mal raus. Und ich wollte zu euch, um mich noch einmal persönlich zu bedanken. Ich schreibe ab und zu mit deiner Mutter E-Mails.«

»Ja, das hat sie mir gesagt.«

»Ist sie... ist sie zu Hause?«

»Was? Ja. Entschuldigung. Komm mit ins Haus.« Während sie dorthin gingen, versuchte er verzweifelt, Konversation zu machen. »Das Blau ist weg. In deinen Haaren«, fügte er hinzu, als sie ihn fragend ansah.

»Ja, genau. Jetzt sind sie wieder normal.«

»Der Film hat mir gefallen. Du klingst aber nicht so wie in der Rolle.«

»Na ja, da war ich *Jute*. Jetzt bin ich Cate.«

»Klar.« Er zog ein blaues Taschentuch aus der Tasche, als sie an der Veranda ankamen. »Warte mal. Die Hunde haben deine Stiefel schmutzig gemacht.«

Sie sagte nichts, als er sich hinhockte und den Dreck von ihren Stiefeln wischte. Er nutzte den Augenblick, um die Fassung wiederzugewinnen.

»Und du bist über Weihnachten hier?«

»Ja, wir alle. Die ganze Sullivan-Horde.«

Sie trat ein, als er die Tür öffnete.

Ihr Baum stand im Vorderfenster, die Geschenke darunter gestapelt, ein Stern an der Spitze. Es roch nach Tanne und Holzrauch, nach Hunden und Plätzchen.

»Setz dich doch. Ich hole die anderen.«

Die Hunde gingen mit ihm, als ob er sie an unsichtbaren Leinen führte. Und sie konnte einen Moment lang durchatmen.

Sie empfand keine Panik, was gut war, dachte sie. Sie war nervös, sehr nervös, aber die Hunde hatten sie abgelenkt. Und Dillon. Er sah so anders aus. So groß und nicht mehr so mager. Vermutlich sah er aus wie ein Rancher – der junge, sexy Typ von Rancher –, mit seinen zerschrammten Stiefeln und dem Cowboy-Hut. Er war immer noch so nett, dachte sie und rieb ihr Armband. Als er sich gebückt und ihre Stiefel sauber gemacht hatte, wären ihr fast die Tränen gekommen. Einfach nur freundlich.

Sie stand auf, als Julia die Treppe heruntergelaufen kam. Die Haare zu einem unordentlichen Pferdeschwanz zusammengebunden, kariertes Hemd und Jeans.

»Caitlyn!«

Sie breitete die Arme aus und zog sie in eine Umarmung.

»Das ist die beste Überraschung!« Julia hielt sie einen Schritt von sich entfernt und musterte sie lächelnd. »Du bist erwachsen und wunderschön geworden. Dillon holt seine Oma. Sie wird begeistert sein.«

»Es ist so schön, Sie zu sehen. Ich habe nie… ich wollte einfach vorbeikommen und Sie sehen.« Cate streckte ihr die Lilien entgegen.

»Danke. Die sind ja spektakulär. Komm doch mit in die Küche und setz dich, während ich sie in die Vase stelle. Ich habe gehofft, dass du vorbeikommst, als du schriebst, dass deine Familie über Weihnachten hier ist.«

»Es sieht noch so aus wie damals«, murmelte Cate.

»Ja. Ich habe schon mal über eine neue Küche nachgedacht, komme aber über das Denken nicht hinaus.«

»Sie ist wundervoll.« Einer ihrer sicheren Orte, wenn die Panik sie überfiel. »Ich wäre fast nicht mitgekommen.«

Julia holte zwei Vasen – das Mädchen hatte anscheinend alle roten Lilien in ganz Big Sur aufgekauft. »Warum?«

»Im Kopf konnte ich mich hierher zurückversetzen – meine Therapeutin hat mir dabei geholfen –, wenn ich Albträume hatte und mal wieder nicht schlafen konnte. Wenn ich im Kopf hierherkam, fühlte ich mich sicher. Ich wusste nicht, ob das auch in der Realität so sein würde.«

Julia drehte sich zu ihr um und wartete.

»Aber es ist das Gleiche. Ich fühle mich sicher. Es ist das Gleiche«, wiederholte sie, »das Gefühl ändert sich nicht.«

»Drängle mich nicht so, Junge.« Maggie schob Dillon weg, als sie unten an der Treppe angekommen war.

Erneut sprang Cate auf. »Oma.«

»Komm her und lass dich drücken.«

Ruhig, ganz ruhig trat Cate zu ihr und ließ sich umarmen. »Deine Zöpfe gefallen mir.«

»Extra für Weihnachten. Dillon, hol dem Mädchen eine Cola und ein paar Plätzchen. Ich hoffe, ein paar von den Blumen sind auch für mich.«

»Siehst du zwei Vasen hier, Mom?«

»Ich hab' ja nur gefragt. Und jetzt setz dich und erzähl mir alles über dein Liebesleben.«

Cate warf Oma einen bekümmerten Blick zu und formte eine Null mit einer Hand.

»Das ist ja ein trauriger Zustand. Anscheinend muss ich dir ein paar Tipps geben.«

Cate blieb eine Stunde und genoss jede Minute. Als Dillon sie herausbrachte, blieb sie noch einmal stehen, um über die Felder, das Vieh und die Pferde, das Meer zu schauen.

»Du hast wirklich Glück.«

»Ich weiß.«

»Gut, dass du das weißt. Ich muss jetzt zurück, und du hast sicher noch eine Menge zu tun.«

»Ich wollte die Zäune abreiten. Kannst du reiten?«

»Ich liebe es. Seit ich wieder in L. A. bin, hatte ich keine Gelegenheit mehr dazu, aber in Irland hatten wir Nachbarn mit Pferden, und da bin ich geritten, wann immer ich konnte.«

»Wenn du Lust hast, kann ich dir auch jederzeit ein Pferd satteln.«

»Ja, gerne. Ich würde wirklich schrecklich gerne wieder reiten. Ich versuche mal wiederzukommen und dich beim Wort zu nehmen. Ich bin so froh, dass ich das alles hier im Sonnenschein gesehen habe. Frohe Weihnachten, Dillon.«

»Frohe Weihnachten.«

Dillon blickte ihr nach, als sie wegfuhr, bevor er zum Stall ging. Er dachte, wie ulkig es doch war, dass er sich Imogene auf der Ranch nicht vorstellen konnte, während es ihm leicht fiel, Cate hier zu sehen. Einen Filmstar.

Es war schon seltsam, dass er überhaupt darüber nachdachte, also schob er den Gedanken beiseite und ging seiner Arbeit nach.

Cate stellte fest, dass ihr Besuch auf der Horizon Ranch sie eher mit neuer Energie erfüllt hatte, als ihre Ängste zu befördern.

Einige der älteren Cousins spielten Football auf dem vorderen Rasen. Es sah ziemlich ruppig aus, deshalb lehnte sie das Angebot mitzumachen ab.

Sie musste ihre eigene Schlacht kämpfen.

Und als sie auf Lily, ihre Tante Maureen und Lilys Tochter Miranda im Familienwohnzimmer traf, wappnete sie sich.

»Komm, setz dich zu uns. Wir genießen gerade die Kinder- und Erwachsenen-freie Zone.« Lily winkte sie zu sich. »Die meisten sind im Spielzimmer, und die Bande vor dem Haus, die sich die Köpfe mit dem Football einschlägt, hast du ja bestimmt gesehen.«

»Wir sind darauf vorbereitet, in beiden Bereichen Erste Hilfe zu leisten.« Maureen klopfte einladend auf das Sofa neben sich. »Aber im Moment machen wir gerade mal Pause von ›Ich hatte ihn aber zuerst‹ und dem Geschrei wegen Fouls.« Sie zog Cate mit einem Arm an sich. »Ich hatte noch gar keine Gelegenheit, das Neueste von dir zu hören.«

»Im Moment gibt's nicht viel Neues.«

»Ich kann mir nicht vorstellen, dass du lange Zeit zwischen zwei Projekten hast, aber ich hoffe, du nutzt diese Pause, um ein bisschen Spaß zu haben. Ein paar von den Mädchen wollen die Frühjahrsferien in Cancún verbringen. Du solltest dich anschließen.«

»Meine Mallory will unbedingt hin.« Miranda häkelte während des Gesprächs weiter an einem Schal in verschiedenen Blautönen. Sie hatte zwar die flammend roten Haare ihrer Mutter geerbt, strahlte aber Ruhe und Frieden aus.

»Sie macht im Mai schon Examen – es ist nicht zu glauben. Sie will nach Harvard. Du bist doch diesen Mai auch fertig, Cate, oder?«

»Ich habe schon vor Weihnachten alle erforderlichen Kurse abgeschlossen.«

»Du hast ja gar nichts gesagt.«

Cate zuckte mit den Schultern. »Es war so viel los.«

»So viel, um das zu verschweigen, nun auch wieder nicht. Süße, das ist ein wichtiges Ereignis, das muss gefeiert werden.«

»Na ja, es ist ja nicht so, als ob ich den traditionellen Marsch mit Barett und Umhang machen würde.«

Lilys Lächeln erlosch, und ihre Tigeraugen wurden weich vor Kummer. »Wenn du das willst...«

»Nein. Wirklich nicht. Ich bin froh, dass ich es geschafft habe, es abgehakt habe.« Sie zeichnete mit einem Finger einen Haken in die Luft. »Erledigt und weg damit. Anfang des Jahres bekommt Dad dann das Abschlusszeugnis und alles zugeschickt.«

Maureen wechselte einen Blick mit Lily. »Und was willst du jetzt machen? College, dir eine Auszeit nehmen oder voll ins Familiengeschäft der Sullivans einsteigen?«

Bevor Cate antworten konnte, kam Lily ihr zuvor. »Du kannst dir Zeit lassen. Deine Noten waren immer großartig. Du hast eine Million Möglichkeiten.«

»Für Harvard bin ich nicht geeignet.«

»Mach dich nicht kleiner, als du bist«, sagte Miranda, die immer noch häkelte. »Du bist eine intelligente, begabte junge Frau. Du hast gerade die High School vor der Zeit abgeschlossen und dabei auch noch an einer anstrengenden Karriere gearbeitet und gute Arbeit geleistet. Und dann musst du auch noch mit Schwierigkeiten kämpfen, denen keine junge Frau ausgesetzt sein dürfte, besonders nicht einer kriminellen, kaltschnäuzigen Mutter.«

Sie sagte das ganz freundlich, im Plauderton, ohne dabei auch nur eine Masche fallen zu lassen. Als alle schwiegen, blickte Miranda auf. »Was? Habe ich was Falsches gesagt?«

»Keineswegs. Ich liebe dich, Miranda.«

»Ich liebe dich auch, Mama. Mach dich nicht kleiner, als du bist«, sagte sie noch einmal zu Cate. »Zu viele Frauen neigen dazu, ihren eigenen Wert zu unterschätzen. Ich habe vom Meister höchstpersönlich gelernt, an mich zu glauben und auf das hinzuarbeiten, was ich im Leben wirklich wollte. Das solltest du auch.«

»Vielleicht braucht sie noch ein paar Lektionen«, warf Lily ein. »Da du den High-School-Abschluss in der Tasche hast, kannst du nach New York kommen und mich besuchen. Ein oder zwei Wochen lang bleiben.«

»Ich will dich nicht in New York besuchen.« Es kam nicht so heraus, wie sie es geplant hatte, sondern scharf und spitz, fast zornig. Und sie sah sofort, wie sehr sie Lily verletzt hatte. »Ich will dich nicht in New York besuchen«, wiederholte sie sanfter. »Ich will mit dir nach New York gehen.«

»Du ... ich verstehe nicht, Süße.«

»Ich will mit dir nach New York ziehen.«

»Ach, Cate, du weißt ja, ich hätte dich schrecklich gerne bei mir, aber ...«

»Nein, nein, zähl mir nicht all die Gründe auf, warum nicht. Du musst dir meine Gründe anhören, warum ich es machen möchte.«

»Steh auf«, murmelte Maureen. »Du vibrierst ja förmlich. Steh auf und nutz die Energie.«

Cate stand auf und ging ein paar Schritte hin und her. »Ich kann nicht in L.A. bleiben. Ich kann nirgendwohin gehen, nichts tun. Jedes Mal, wenn ich denke, es lässt langsam nach, fällt ihr etwas Neues ein, und sie stehen schon wieder vor der Tür.« Dieses Mal sah sie die Blicke, die die drei Frauen wechselten. »Was? Was ist denn jetzt schon wieder?«

»Sie ist verlobt«, sagte Lily. »Mit Conrad Buster, von *Buster's Burgers*.«

»B-Buster's Burgers?« Cate musste lachen. »Kein Witz?«

»Ich frage mich, wie viele Dreifach-Bs mit der Zaubersauce sie herunterwürgen musste, um ihn einzufangen. Die Presse lacht sich auch kaputt«, sagte Maureen.

»Ich weiß noch, wie sie mir mal einen Vortrag über die Gefahren von rotem Fleisch gehalten hat«, meinte Miranda.

»Und jetzt ist sie Königin von Busterville.«

»Er ist siebenundsiebzig Jahre alt – er sollte es besser wissen.« Lily nahm sich eine der kandierten Orangenscheiben auf dem Tablett auf dem Tisch. »Er hat zwei Ex-Frauen, aber keine Kinder. Er ist obszön reich und hat ihr gestern Abend einen Fünfundzwanzig-Karat-Diamantring an den Finger gesteckt. Die Geschichte ist heute früh durchgesickert.«

»Nun, wenn ich ein Glas hätte, würde ich es jetzt erheben«, sagte Cate. »Wenn sie ständig Burger essen muss und eine Hochzeit plant, wird sie mich ja in der nächsten Zeit wohl in Ruhe lassen.« Doch das Schweigen der anderen Frauen sprach eine andere Sprache. »Was ist? Ihr könnt es ruhig aussprechen.«

»Sie verpasst nie eine Gelegenheit, Liebes. Sie hofft, sagt sie, dass ihre Tochter, ihr einziges Kind, jetzt ihr Herz öffnet und ihre Brautjungfer wird.«

»Sie kann mich wahrscheinlich gar nicht in Ruhe lassen. Sie bekommt alles, was sie will – Geld, Ruhm, einen reichen Ehemann ohne Kinder, die ihr im Weg stehen könnten. Aber sie kann mich nicht in Ruhe lassen.«

Das bestärkte sie nur noch in ihrem Entschluss.

Sie ging auf und ab in dem Raum, wo das Kaminfeuer prasselte, das Meer draußen vor den Fenstern rauschte, die Weihnachtsbäume funkelten. Alles in ihr wurde starr.

»Und es wird nicht aufhören. Wenn ich versuche, in Hollywood als Schauspielerin zu arbeiten, wird es nie aufhören. Sie will viel mehr. Sie will mich vernichten. Dad oder Grandpa kann sie nicht schaden, dafür sind sie beide viel zu groß. Aber ich habe ja gerade erst angefangen.«

»Lass dir das von ihr nicht wegnehmen, Cate.«

»G-Lil, das hat sie ja bereits.« Sie ließ sich auf die Lehne eines Sessels sinken, der vor dem Fenster stand, wo ihre Urgroßmutter ihr früher einmal beim Radschlagen zugeschaut hatte. »Sie hat das genommen, was sie mir angetan hat, hat es einmal umgedreht und mir alle Freude an der Arbeit genommen. Ich weiß nicht, ob ich sie jemals wiederfinde. Und ich weiß auch nicht, ob ich es überhaupt versuchen will. Natürlich habe ich den Film zu Ende gedreht, weil ich dazu verpflichtet war und nicht einfach so aussteigen konnte. Und ich habe wirklich gute Arbeit abgeliefert. Aber ich kann nicht so weitermachen. Ich brauche ein Leben. Ich muss etwas anderes kennenlernen. Ich weiß nicht, was ich werden oder sein will, aber ich weiß, dass ich es nicht in L.A. finde. Ich muss in der Lage sein, ohne eine doofe Perücke und einen Bodyguard vor die Haustür zu gehen. Ich will mit Leuten in meinem Alter herumsitzen, einen Jungen kennenlernen, dem es egal ist, wie ich mit Nachnamen heiße. Vielleicht werde ich ein paar Kurse belegen, vielleicht suche ich mir einen Job. Ich will einfach nur die Chance haben, etwas zu tun, irgendwo zu sein, wo ich nicht ständig behütet, beschützt und umsorgt werden muss.«

»In New York gibt es auch Paparazzi«, warf Lily ein.

»Das ist nicht dasselbe, das weißt du auch. New York lebt nicht von Filmen, es interessiert niemanden, wer sie macht, wer mitspielt. Ich brauche das, und ich bitte dich, es mir zu gewähren. Wenn ich achtzehn bin, kann ich es mir einfach nehmen, ohne jemanden zu fragen, aber ich möchte, dass du es mir erlaubst.«

Die Haustür schlug zu, und mit dem beleidigten Schrei »Mom!« stürmte Mirandas Jüngster in den Raum.

»Flynn, vor dir ist eine unsichtbare Mauer.«
»Aber Mom...«
»Sie mag unsichtbar sein, aber sie ist auch undurchlässig. Ich gebe dir Bescheid, wenn ich sie wieder einreiße.«
Mit der angewiderten Schmollmiene, zu der nur Zwölfjährige fähig sind, marschierte Flynn davon.
»Entschuldigung, Cate. Red weiter.«
»Ich glaube, ich habe alles gesagt.«
»Es bricht mir das Herz«, begann Lily, »es bricht mir das Herz, was sie dir genommen hat. Du weißt, wie sehr ich dich liebe – du bist absolut genauso meine Enkelin, wie Flynn mein Enkel ist. Du hast schon gesehen, dass er eine blutige Lippe hatte«, fügte sie, an Miranda gewandt, hinzu.

Miranda nickte, häkelte aber ungerührt weiter. »Das wäre nicht das erste Mal.«

Nickend wandte Lily sich wieder Cate zu. »Ich hätte dich schrecklich gerne bei mir. Du weißt, wie beschäftigt ich sein werde mit Proben und Sitzungen, auch schon, bevor alles losgeht. Aber du hast ja auch Familie in New York. Und wenn du mitkommen willst, rede ich mit deinem Vater.«

»Ja, genau das will ich. Im Moment will ich nur das. Danke.«

»Du brauchst dich noch nicht zu bedanken.« Lily stand auf. »Na gut, warum soll ich es vor mir herschieben?«

»Ich komme mit dir.« Miranda legte ihre Häkelarbeit beiseite. »Ich muss mich um Flynns Lippe kümmern.« Sie drückte Cates Arm. »Gut gemacht.«

»Warte, ich hole mir eine Jacke.« Maureen erhob sich. »Dann können wir zwei einen Spaziergang machen.«

»Vielleicht sollte ich lieber bei G-Lils Gespräch mit Dad dabei sein.«

»Überlass das ihr.« Sie legte den Arm um Cate und führte sie aus dem Raum. »Ich kenne viele Leute in deinem Alter.

Und Miri und Mallory auch. Und nicht alle sind Schauspieler.«

»Sind darunter auch ein paar süße Hetero-Jungs, so achtzehn oder neunzehn?«

»Ich werde sehen, was ich tun kann.«

Cate wusste, dass Lily ihr Bestes gegeben hatte, als Aidan an ihre offene Zimmertür klopfte.

»Hi. Ich wollte gerade wieder herunterkommen. Später«, fügte sie hinzu, als er die Tür hinter sich schloss. Sie wappnete sich. »Du bist böse.«

»Nein. Ich bin frustriert. Warum sagst du mir nicht, wenn du unglücklich bist?«

»Du hättest ja sowieso nichts daran ändern können.«

»Woher willst du das wissen?«, erwiderte er. »Verdammt noch mal, Cate. Wenn du es mir nicht erzählst, kann ich es auch nicht versuchen.«

»Du bist sauer, also gut, sei sauer auf mich. Aber ich wollte mich einfach nicht schon wieder bei dir ausweinen. Ich habe ein Recht darauf, selbst herauszufinden, was ich will und was ich brauche. Und sie hat ein Recht darauf, ihr idiotisches Geschwätz, das die Presse aufsaugt wie ein Schwamm, zu verbreiten.«

»Sie hat verdammt noch mal nicht das Recht, dich so unglücklich zu machen, dass du das, was du willst und brauchst, aufgeben willst. Ich habe bisher nicht bestimmte Hebel in Bewegung gesetzt, weil ich dachte, dann würde für dich alles nur noch schlimmer. Aber Charlotte ist nicht die Einzige, die die Presse benutzen kann.«

»Ich will das nicht!« Allein bei dem Gedanken daran drehte sich ihr der Magen um. »Das ist doch ihre Masche! Sie würde diese Art von Aufmerksamkeit lieben.«

»Sei dir da nicht so sicher«, erwiderte Aidan. »Dass ich

keine schmutzigen Spielchen spiele, heißt noch lange nicht, dass ich sie nicht beherrsche.«

»Du könntest sie vermutlich verletzen«, räumte Cate ein.

»Ich glaube, sie unterschätzt dich, uns alle eigentlich. Sie hasst uns, und deshalb unterschätzt sie uns. Und ...« Sie fuhr mit dem Finger über die Schnitzereien in ihrem Bettpfosten, um ein wenig Zeit zu gewinnen, damit sie die richtigen Worte fand. »Ich verstehe sie besser, als du glaubst. Lily hat sie damals als seelenlos bezeichnet. Eine seelenlose Mutter.«

»Daran kannst du dich noch erinnern?«

Sie blickte ihn offen an. »Ich kann mich an alles erinnern, daran, dass du mich im Arm gehalten hast, als ich voller Angst aufgewacht bin, und daran, dass G-Lil zweistimmig mit mir gesungen hat, als ich geduscht habe, damit ich wusste, sie steht direkt neben der Dusche.«

»Das wusste ich nicht«, sagte er leise.

»Ich kann mich an Ninas Pfannkuchen erinnern und daran, dass ich mit Grandpa ein Puzzle angefangen habe. An das prasselnde Feuer, an den Nebel, der sich aufgelöst hat, sodass man das Meer sah. Ich kann mich an alles erinnern, was sie gesagt hat, was ich gesagt habe und alle anderen.« Sie setzte sich auf die Bettkante. »Und das kann sie auch – auf ihre Art. Sie wird das Ganze umgeschrieben und sich als Heldin oder als Opfer besetzt haben – je nachdem, was für sie am besten funktioniert. Aber ganz gleich, wie sie sich erinnert, wie sie es umschreibt, für sie geht es dabei nicht um mich. Es geht darum, wie sie mich benutzen kann, um dich, Grandpa, G-Lil, die ganze Familie, aber vor allem dich zu treffen. Du hast mich ihr vorgezogen.«

»Das war doch keine Wahl. Du hast nie zur Wahl gestanden, Caitlyn.« Liebevoll umfasste er ihr Gesicht mit beiden Händen. »Du warst ein Geschenk. Was hieltest du denn davon, wenn wir zurück nach Irland gingen?«

»Dort verstecken wir uns doch wieder nur. Es war damals richtig, und es hat mir genau das gegeben, was ich gebraucht habe. Aber jetzt brauche ich es nicht.«

»Warum gerade New York?«

»Es ist so weit von L.A. entfernt, wie es nur sein kann, wenn ich in diesem Land bleiben will. Das ist das eine. G-Lil hätte Platz für mich. Mo und Harry, Miranda und Jack, die ganze New Yorker Verwandtschaft wohnt da, und du weißt, dass sie auf mich aufpassen würden. Vielleicht würde ich nicht anonym sein, nicht sofort jedenfalls, aber ich würde mich auf jeden Fall nicht mehr gestalkt fühlen.«

»Und dieses Gefühl hast du hier?«

»Ja. Jeden Tag. Ich will nicht als Schauspielerin arbeiten, nicht im Moment. Ich fühle es nicht, Dad. Es war nie nur ein Job für uns, und ich will nicht, dass es für mich so wird. Und sie wird denken, dass sie gewonnen hat. Wir werden wissen, dass das nicht der Fall ist, aber sie wird es denken, und vielleicht gibt sie dann auf. Ein reicher Ehemann, der ihr ein paar Rollen kaufen kann, der genug Geld und Einfluss besitzt, um sie auf der sozialen Leiter ein wenig hochzuschubsen.«

»Du kennst sie wirklich gut.« Er trat ans Fenster, um aufs Meer zu blicken. »Ich war mehr als zehn Jahre mit ihr zusammen, habe alles entschuldigt oder übersehen.«

»Meinetwegen. Ich weiß, dass du sie geliebt hast, aber du hast wegen mir weggeguckt und Entschuldigungen für sie gefunden. Sonst wärst du nie so lange mit ihr zusammengeblieben.«

»Ich weiß nicht.«

»Du hattest seitdem keine ernsthafte Beziehung mehr, auch wegen mir.«

Rasch drehte er sich um. »Nein, das darfst du nicht denken. Das liegt nur an mir. Ich kann nicht mehr vertrauen«, sagte er und kam wieder ans Bett. »Das ist doch verständlich.«

»Ja, klar«, sagte sie. »Aber du kannst mir vertrauen, Dad. Mir genug vertrauen, um mich gehen zu lassen.«

»Das Schwerste auf der Welt.« Er nahm sie in den Arm. »Ich werde dich oft in New York besuchen, das musst du tolerieren. Und du weißt schon, dass auch dein Großvater ständig da sein wird – wahrscheinlich doppelt so oft, weil jetzt nicht nur Lily, sondern seine beiden liebsten Mädchen an der Ostküste sein werden.«

»Ihr seid meine besten Männer.«

»Du musst mir jeden Tag eine Nachricht schicken und jede Woche einmal anrufen. Die Nachrichten vor allem im ersten Monat. Die Anrufe für den Rest deines Lebens.«

»Damit bin ich einverstanden.«

Er legte sein Kinn auf ihren Scheitel und vermisste sie jetzt schon.

13

NEW YORK CITY

In den ersten Wochen in New York hielt Cate sich vor allem an der Upper West Side auf, wo Lily ihr Haus hatte. Wenn sie sich weiter vorwagte, dann nur mit Lily, ihren Tanten oder ihren Vettern und Kusinen.

Da das Wetter im Spätwinter in New York ein Schock für ihr System war, fiel es ihr nicht besonders schwer, sich nur in der Nähe des Hauses aufzuhalten. Schließlich ging sie ja hinaus – und war so eingepackt, dass die Möglichkeit, erkannt zu werden, gegen Null tendierte. Und sie lief gerne durch die Stadt, die das möglich machte. Es war zwar ganz anders als in den stillen Wegen und Straßen von Mayo, aber die langen Avenuen, die Kreuzungen mit ihrem dichten Verkehr, die unzähligen Läden, Cafés und Restaurant luden dazu ein, sie zu erforschen.

Als sich so langsam der Frühling ankündigte, hatte sie genug Selbstvertrauen gewonnen und gelernt, den Geschmack der Freiheit zu lieben.

Durch ihre Vettern und Cousinen lernte sie Leute in ihrem Alter kennen. Die meisten waren viel zu beschäftigt, um von ihrer Herkunft beeindruckt zu sein. Und Schauspieler aus der Generation ihres Vaters oder ihres Großvaters waren für sie so uralt wie Moses.

Das gefiel ihr.

Sie lernte, sich mit schnellen Schritten zu bewegen, wie

eine Einheimische, und nachdem sie sich ein paar Mal verfahren hatte, durchschaute sie auch das System der Subway. Sie zog lange Spaziergänge oder Fahrten mit der Subway den Cabs vor und fand beides faszinierend.

So viele Stimmen, Akzente, Sprachen. So viele Looks und Stilrichtungen. Und das Beste an allem war: Niemand beachtete sie.

Da sie sich noch einmal in Ginos Hände begeben hatte, bevor sie L.A. verließ, trug sie jetzt einen schwungvollen Bob mit zur Seite gekämmten Ponyfransen. Manchmal erkannte sie sich selber kaum.

Als Lily mit den Proben begann, schaute Cate gerne ein- oder zweimal in der Woche im Theater vorbei, um sich ganz hinten in den dunklen Zuschauersaal zu drücken und zuzugucken, welche Fortschritte das Stück machte. Wieder war um sie herum alles voller Stimmen, große, strahlende Broadway-Stimmen, die sich um sie herum erhoben.

Lilys Lachen, dachte sie beim Zuschauen, oder vielmehr Mames Lachen, erfüllte den Raum. Manche Schauspieler waren für manche Rollen geboren. Nach Cates Meinung war Lily für die Figur der Mame geboren.

Sie zog ihr Handy heraus – das sie während der Proben immer auf stumm gestellt hatte – und schickte ihrem Vater eine Textnachricht.

Die Nachrichten von heute aus New York. Ich sehe zu, wie der Regisseur und die Besetzung an Szene fünf im ersten Akt arbeiten. Im Moment stehen gerade Mame und Vera auf der Bühne. Lily trägt Leggings, Marian Keene trägt Jeans, aber ich schwöre, dass ich sie beinahe im Kostüm vor mir sehe. Info für dich: Mimi, Lilys persönliche Assistentin, musste nach LA zu ihrer Mutter fliegen, die sich den Knöchel gebrochen hat. Im Moment helfe ich also aus. Sag Grandpa, Lily freut sich, dass er nächste Woche kommt. Sie vermisst ihn und ich auch. Dich vermisse ich auch. Ach übrigens, ich lasse mir den ganzen Arm tätowieren und die Zunge piercen. Kleiner Scherz. Oder doch nicht?

Grinsend schickte sie ihm den Text. Dann verschränkte sie die Arme auf dem Sitz vor ihr, stützte ihr Kinn auf und ließ die Magie auf sich wirken.

Als sie kurz Pause machten und der Regisseur sich mit dem Choreographen und dem Bühnenmanager beriet, rief Lily:

»Bist du noch da, Cate?«

»Ja, hier.« Cate stand auf, ergriff ihre große Umhängetasche und trat ins Licht.

»Komm zu uns herauf.«

Cate eilte durch die Türen ins linke Haus, lief hindurch nach oben, wo die Tänzer sich gerade für die nächste Nummer aufwärmten, ihre Gliedmaßen streckten und Tonleitern sangen. Noch im Laufen griff sie in die Tasche und trat nach rechts auf die Bühne.

»Protein-Riegel und stilles Wasser, Zimmertemperatur.«

Lily nahm beides entgegen. »Mimi wird Angst haben, dass sie ihren Job verliert.«

»Ich kümmere mich lediglich um meine G-Lil, bis sie wiederkommt.«

»Ich kann's gebrauchen.« Lily ließ sich auf einen Klappstuhl sinken, streckte ihre Beine aus und ließ die Knöchel kreisen. »Theater ist gar nichts im Vergleich zu Musical. Das ist viel anstrengender.«

»Soll ich dir für später eine Massage buchen? Ich kann Bill um sechs nach Hause kommen lassen – ich habe schon nachgefragt, und um sieben Uhr dreißig kann ich die Penne, die du so gerne magst, und einen schönen Salat von Luigi's liefern lassen. Kohlenhydrate geben dir Energie.«

»Mein Gott, Mädchen, du bist das reinste Wunder.«

»Das Wunder beruht nur auf Mimis ausführlicher Liste, ihren Tabellen und endlosen Kontaktinformationen.«

»Wie bin ich bloß an einen Masseur namens Bill gekommen? Er sollte Esteban oder Sven heißen.«

Cate wackelte mit den Fingern. »Magische Hände, wenn ich mich recht erinnere.«

»Ja, die hat er. Mach alles so, wie du gesagt hast. Und jetzt sag mir, was du denkst. Wie findest du uns?«

»Ganz aufrichtig?«

»Ach, du liebe Güte.« Lily verdrehte die Augen und wappnete sich. »Nun schlag mich schon.«

»Ich weiß, dass du Marian vorher nicht kanntest, geschweige denn mit ihr gearbeitet hast. Das Gleiche gilt für Todd und Brandon, deine jungen Patricks. Das Publikum wird glauben, Mame und Vera seien schon immer Freundinnen gewesen, und Patrick sei deine große Liebe.«

»Nun.« Lily trank durstig einen Schluck Wasser. »Ganz aufrichtig gefällt mir gut. Davon könnte ich noch mehr vertragen.«

»Es ist etwas ganz anderes, als einen Film zu machen, G-Lil. Man macht nicht einen Take, noch einen und noch einen, und dann sitzt man wieder da und wartet. Wartet noch ein bisschen länger. Nahaufnahme, Nachdrehen, warten. Hier geht alles so schnell. Und du musst dich an jede Zeile, jede Geste, jeden Schritt, jede Position erinnern, von Anfang bis Ende. Nicht nur ein Dialog, nicht nur eine Szene. Alles. Die Energie ist also eine ganz andere.«

»Hast du dich angesteckt?«

»Ich?« Kopfschüttelnd trat Cate in die Mitte der Bühne und blickte in den Zuschauerraum. All diese Plätze, dachte sie, vom Orchestergraben bis zu den Logen oben, alle diese Gesichter, die einen ansahen.

In diesem Augenblick. Im Jetzt.

Aus Spaß machte sie einen kleinen Stepptanz und breitete die Arme aus. Sie lachte, als Lily applaudierte.

»Aber näher will ich an all das gar nicht ran. Die Arbeit auf der Bühne muss wirklich furchteinflößend sein. Wahrscheinlich treibt sie jeden Tag den Adrenalinspiegel in die Höhe. Und das acht Mal die Woche, sechs Abende und zwei Matineen. Nein, das ist nichts für mich. Außerdem ist beides magisch, oder?« Sie trat wieder zu Lily. »Magische Arten, Geschichten zu erzählen. Ich finde es wundervoll, wenn man in beiden Arten der Magie echt großartig ist.«

»Meine Süße. Du hast mich mehr aufgebaut als dieser blöde Protein-Riegel.« Lily stand auf und rollte die Schultern. »So, und jetzt bist du entlassen.«

»Gefeuert?«

»Erst wenn Mimi wieder da ist. Geh, schreib deinen Freunden, verabredet euch zum Einkaufsbummel oder trefft euch im Coffee Shop.«

»Bist du sicher?«

»Hau ab. Aber schick mir eine Nachricht, wenn du heute Abend was vorhast.«

»Mache ich, danke. Toi, toi, toi.«

Sie zog ihr Handy heraus, um die Massage für Lily zu buchen, und lief zum Ausgang. Abrupt blieb sie stehen, als jemand von den Tänzern vor sie trat.

Sie blickte auf. »Entschuldigung. Nachrichten schreiben beim Gehen.«

»Ich bin dir in den Weg gelaufen. Ich bin Noah, einer von den Tänzern.«

Das wusste sie; er war ihr aufgefallen. Sie hatte ihn und die anderen beobachtet, wie sie unermüdlich – so sah es jedenfalls aus – immer wieder ihre Nummern probten.

Aus der Nähe, so wie jetzt, spürte sie ein leises Flattern im Magen. Diese glatte Haut, wie die Karamellschicht, mit der

Mrs Leary an Allerheiligen die Äpfel überzogen hatte. Goldene Augen, ein bisschen wie ein Löwe, die exotisch leicht schräg gestellt waren.

In ihrem Kopf summte es.

Aber eine Sullivan wusste, wie sie ein Ziel erreichte.

»Ich habe bei einigen Proben zugeschaut. Mir gefällt es, wie du zu *We Need a Little Christmas* jonglierst.«

»Das hat mir meine Großmutter beigebracht.«

»Echt?«

»Ja. Sie ist als Kind für ein paar Jahre von zu Hause weggelaufen zum Zirkus – ernsthaft. Also, hey, ich bin so gegen vier fertig. Willst du einen Kaffee mit mir trinken?«

In ihr begann alles zu prickeln. »Ich wollte gerade weg, aber… wir könnten uns treffen.«

»Toll. Vier Uhr dreißig im Café *Café*? Das ist direkt um die Ecke.«

»Ja, ich kenne es. Okay, klar. Bis später dann.«

Lässig ging sie zur Bühnentür, ging hindurch und dann noch ein paar Meter weiter, bis sie sich sicher fühlte.

Dann stieß sie einen Schrei aus und vollführte einen kleinen Freudentanz auf dem Bürgersteig. Da der Bürgersteig im Theaterviertel von New York City lag, achtete kaum jemand auf sie.

Sie buchte die Massage für Lily und stellte den Alarm ein, der sie dran erinnern sollte, wann sie Abendessen bestellen musste. Dann textete sie ihrer Cousine Mallory, die nach Harvard gehen würde, weil sie ihrer Meinung nach die Zuverlässigste und am wenigsten Alberne war.

Wie schnell kannst du dich mit mir bei Sephora treffen? Der Laden in der 42.?

Während sie auf die Antwort wartete, überlegte sie, ob sie nach Hause gehen und sich umziehen oder sich einfach etwas Neues zum Anziehen kaufen sollte.

Viel zu viel, sei nicht so blöd. Wir trinken doch nur einen Kaffee. Willst du ihn denn unbedingt mit der Nase darauf stoßen, dass er der erste, nicht mit dir verwandte Mann ist, der dich jemals zum Kaffeetrinken eingeladen hat?

Endlich, die Antwort ihrer Cousine. *Mein letzter Kurs endet um 2:45. Gegen 3?*

Perfekt. Bis dahin.

Was ist los?

Ich habe ein Date. Nur Kaffee, aber ein Date.

Großartig. Bis gleich.

Da sie noch Zeit hatte, ging Cate langsamer und überlegte sich, worüber sie sich unterhalten konnten. Als sie die 42. Straße erreichte, ging sie zu Sephora hinein und streifte durch die Gänge.

Letztendlich füllte sie ihren Korb mehr aus Nervosität als aus dem wirklichen Bedürfnis heraus. Und sie schaute mindestens ein halbes Dutzend Mal auf ihr Handy, obwohl sie genau wusste, dass Noah ihr nicht absagen konnte, weil er ihre Nummer nicht hatte.

Hätte sie ihm besser ihre Nummer geben sollen?

Sie zuckte zusammen, als ihr Handy eine eingehende Nachricht anzeigte.

Bin gerade gekommen. Wo bist du?

Ich stehe am Schminktisch.

Ihre Cousine kam mit wippenden rötlich blonden Haaren, einer strengen Brille mit schwarzem Rahmen vor den braunen Augen und einem Rucksack über der Schulter auf sie zu.

»Okay, wer ist es, wo hast du ihn kennengelernt, und ist er süß?«

»Er heißt Noah, ist in *Mame* ein Tänzer und supersüß.«

»Einer aus dem Theater, da habt ihr ja schon mal was gemeinsam. Wie willst du aussehen?«

»Ich…«

Ein Angestellter – ein Typ mit smaragdgrünem Puschel im glänzend schwarzen Haar und mit Kohl umrandeten Augen – trat zu ihnen. »Guten Tag, meine Damen, was kann ich heute für Sie tun? Ich würde Ihnen schrecklich gern die Augen schminken«, sagte er zu Cate. »Und Ihnen auch.«

»Es geht um sie.« Mallory zeigte auf Cate. »Sie hat ein Date.«

»Ooh. Ein heißes?«

»Nur zum Kaffee.«

»Na ja, irgendwo müssen diese Dinge ja mal anfangen. Setzen Sie sich hier hin und lassen Sie Jarmaines Zauber auf sich wirken.«

Sie konnte sich selbst schminken und fand, dass sie ein gutes Händchen dafür hatte. Aber für ein Date? »Ich möchte so aussehen, als wenn es mir gar nicht so wichtig wäre, verstehen Sie? Oder nur ein bisschen.«

»Vertrauen Sie mir.« Jarmaine ergriff Cates Kinn und drehte ihren Kopf hin und her. »Sie haben bereits das Richtige in ihrem Korb. Ich kann einiges davon verwenden. So.« Jarmaine zog Abschminktücher aus der Box. »Wie ist er denn so? Hat er einen Freund?«

Er tupfte, pinselte und puderte an ihr herum, während Mallory zuschaute.

»Das ist toll, was Sie mit ihren Augen anstellen. Sie sind schon irre blau, aber Sie machen sie noch strahlender.«

»Sie hat eine gute Farbpalette gewählt, neutral, aber nicht langweilig. Wenn wir es darauf anlegen, dass sie so aussieht als habe sie sich gar nicht geschminkt, sondern wäre einfach von Natur aus wunderschön, dann sind neutrale Farben das Beste.«

»Ich werde deine Haare flechten«, beschloss Mallory. »Einfach nur einen tiefen, lockeren Zopf. Das passt zum Make-up.« Sie holte aus ihrem Rucksack eine Klappbürste, einen kleinen Toupierkamm und ein durchsichtiges Döschen mit verschiedenen Zopfgummis.

Absolut die Tochter ihrer Mutter, dachte Cate.

»Haare und Make-up.« Jarmaine strahlte Cate an. »Die reinste Filmstar-Behandlung.«

Sie erwiderte sein Lächeln, dachte aber: Um Gottes willen, hoffentlich nicht.

Als Jarmaine fertig war und sie im Spiegel überprüft hatte, wie toll er sie geschminkt hatte, ging sie mit Mallory aus dem Laden.

»Ich begleite dich noch ein Stück, und dann biege ich ab. Ich habe noch einen Haufen zu lernen. Aber ich erwarte einen ausführlichen Bericht.«

»Den bekommst du. Danke, dass du mit mir gekommen bist. Ich bin total nervös.«

»Sei einfach Cate, und wenn er kein Idiot ist, wird er dich bitten, mit ihm auszugehen. Wenn sich nicht hinter dem süßen Jungen ein Blödmann verbirgt, gehst du mit Sicherheit noch einmal mit ihm aus. Mach ein bisschen langsamer, damit du fünf Minuten nach der vereinbarten Zeit da ankommst. Nicht wirklich unhöflich zu spät, aber auch nicht überpünktlich.«

»All diese Dinge muss ich erst noch lernen.«

Mallory hakte sie unter und stieß sie mit der Hüfte an. »Bleib nicht länger als eine Stunde, auch nicht, wenn es toll ist. In diesem Fall vielleicht eine Stunde und fünfzehn Minuten – aber das ist das Maximum. Dann musst du gehen. Wenn er mehr will, und das wird er wollen, bittet er dich um ein weiteres Date. Aber schau bloß nicht in deinem Terminkalender nach – das ist echt lahm –, es sei denn, du musst tatsächlich nachgucken.«

»Mein sozialer Kalender ist weit offen.«

Ein weiterer Stoß mit der Hüfte. »Sag das bloß nicht!

Wenn er dir zum Beispiel vorschlägt, morgen oder so mit ihm ins Kino zu gehen, dann kannst du den Tag wiederholen. Freitag? Klar, das wäre toll. Wenn er auf dich zukommt und dir einen Kuss geben will, dann ist das okay, wenn du ihn auch küssen willst. Aber nicht mit der Zunge, nicht bei einer Verabredung zum Kaffee.«

»Du lieber Himmel, ich muss mir langsam mal alles aufschreiben.«

»Du bist doch Schauspielerin, Schätzchen. Du kannst dir doch Texte merken. So, ich muss jetzt los. Denk an diese einfachen Regeln, und dann entspann dich und genieß dein Date.« Damit lief Mallory mit dem Strom der Fußgänger bei Grün über die Kreuzung. »Ausführlicher Bericht!«, rief sie Cate noch zu.

Sei Cate. Fünf Minuten zu spät, was nicht Cate entsprach, da sie immer pünktlich war. Bleibe eine Stunde, höchstens eine Stunde fünfzehn. Tu nicht so, als wäre dein Terminkalender übervoll, und kein Zungenkuss.

Sie tat, was ihre Regisseurin von ihr verlangt hatte, und betrat auf ihr Stichwort hin den lärmenden Trubel von Café *Café*.

Die Sofas und bequemen Sessel, die immer heiß begehrt waren, waren bereits besetzt, und die Baristas an der Kaffee-Bar waren bei der Arbeit.

Sie erblickte Noah an einem Zweiertisch. Statt des Tanktops, in dem er geprobt hatte, trug er jetzt ein Sweatshirt. Er blickte sie aus seinen schönen Löwenaugen an, als sie auf ihn zukam.

»Hey, du siehst toll aus.«

»Danke.« Sie setzte sich ihm gegenüber. »Wie lief der Rest der Probe?«

Er verdrehte die Augen. »Es ging so, aber es wird langsam. Hey, Tory.«

»Noah. Was kann ich euch bringen?«

Noah blickte sie fragend an, und Cate entschied sich für das Einfachste. »Eine Latte.«

»Latte mit fettarmer Milch, doppelter Espresso. Danke, Tory. Ich habe heute Abend noch Tanzunterricht«, sagte er zu Cate. »Ich brauche den doppelten Espresso.«

»Hast du Unterricht, oder gibst du welchen?«

»Nein, ich bekomme Unterricht. Drei Abende in der Woche. Ich muss es einmal sagen, um es loszuwerden: Lily Morrow ist eine Göttin!«

Er ist absolut kein Idiot oder Blödmann, dachte Cate sofort. »Meine war sie auf jeden Fall immer.«

»Das muss auf Gegenseitigkeit beruhen. Sie strahlt förmlich, wenn du da bist. Was tust du denn, wenn du nicht da bist – also nicht im Theater?«

»Ich versuche, mir über so einiges klar zu werden.«

Sein langsames, liebes Lächeln brachte ihr Herz zum Hüpfen. »Hey, ich auch.«

Sie unterhielten sich, und es war ganz einfach. So einfach, dass sie vergaß, nervös zu sein. Und sie vergaß auch die Stundenregel, bis auf einmal ihr Alarm losging.

»Entschuldigung, Entschuldigung.« Sie zog das Handy heraus und stellte es ab. »Das sollte mich daran erinnern, dass ich Abendessen bestellen muss. Ich vertrete für ein paar Wochen G-Lils persönliche Assistentin. Ich, ah, ich muss mich jetzt darum kümmern. Es war richtig nett. Danke.«

»Hör mal, bevor du gehst, Samstagabend ist eine Party. Ein paar von meinen Kollegen – auch ein paar Zivilisten – wollen einfach nur Dampf ablassen. Möchtest du mitkommen?«

Wiederhol den Tag, fiel ihr ein, als alles in ihr jubelte. »Samstagabend? Klar.«

Er hielt ihr sein Handy hin. »Kannst du deine Nummer eintippen?«

Natürlich konnte sie das, nur einfach noch nie mit jemandem, der sie gerade um ein zweites Date gebeten hatte. Sie reichte ihm ihr Telefon und nahm seines.

»Ich kann dich gegen neun abholen.« Er gab ihr ihr Handy zurück. »Es sei denn, du willst vorher noch Pizza essen gehen.«

O Gott! O Gott! »Ich mag Pizza.«

»Dann um acht. Schreib mir einfach deine Adresse.«

»Ja, das mache ich.« Als er weiter nichts sagte, wusste sie nicht genau, ob sie jetzt erleichtert oder enttäuscht sein sollte. »Danke für den Kaffee.«

Sie schlenderte hinaus, und als sie weit außer Sichtweite ihren kleinen Freudentanz vollführte, blickte Tory zu Noah und zog eine Augenbraue hoch.

Er tat so, als müsse er seufzen und schlug sich mit der Hand aufs Herz.

Drei Wochen später, nach Pizza und Partys, nach Tanzen in Clubs und langen Küssen unter blühenden Bäumen im Frühling, lag Cate auf Noahs schmalem Bett in seinem winzigen Schlafzimmer in der vollgestopften Wohnung, die er sich mit zwei Broadway-Darstellerinnen teilte.

Es war das erste Mal für Cate, und in ihrer Vorstellung war die klumpige Matratze eine weiche Wolke, und das nervtötende Hämmern des Rap, das durch die Wand aus der Nebenwohnung drang, der Gesang himmlischer Engel.

Sie hatte zwar keinen Vergleich, war sich aber absolut sicher, dass sie gerade die wahre Bedeutung jedes Liedes, jedes Gedichts, jedes Sonetts erfuhr, das jemals geschrieben worden war.

Als Noah den Kopf hob, um ihr in die Augen zu blicken, war sie mitten in der größten Liebesgeschichte der Welt.

»Ich wollte dich schon hierher mitnehmen, als ich dich das

erste Mal gesehen habe. Du hattest einen blauen Pullover an. Lily hat dich Backstage herumgeführt, aber ich hatte zu viel Angst, dich anzusprechen.«

»Warum?«

Er drehte eine Locke von ihr um den Finger. »Du bist einfach so verdammt schön. Lily Morrows Enkelin. Und dann hast du angefangen, mich zu quälen, bist zu den Proben gekommen, und ich konnte es einfach nicht mehr aushalten. Ich dachte mir, hey, ich lad' sie einfach auf einen Kaffee ein, und wenn sie mich abblitzen lässt, dann weiß ich wenigstens Bescheid.«

Er küsste sie leicht auf die Lippen, die Wangen, die Augen. Ihr Herz geriet ins Stolpern.

»Ich war erst so nervös, und dann haben wir uns einfach unterhalten.« Sie legte ihm die Hand auf die Wange. »Und ich war auf einmal gar nicht mehr nervös. Und wegen dem hier war ich auch nervös, aber dann hast du mich berührt, und auf einmal war ich ganz ruhig.«

Und es war ihr erstes Mal gewesen.

»Es war gut, oder?«

Er warf ihr einen abwägenden Blick zu, der sie zweifeln ließ. »Na ja ... ich weiß nicht. Ich glaube, wir machen es besser noch einmal, damit wir sicher sein können.«

Entzücken spülte all ihre Zweifel weg. »Damit wir sicher sein können«, stimmte sie ihm zu.

Weil Cate nach Lilys Regeln ein Taxi nehmen musste, wenn sie erst nach Mitternacht nach Hause kam, brachte Noah sie zur 8th Avenue, damit sie dort eines anhalten konnten.

Während sie langsam Hand in Hand dort hinschlenderten, dachte Cate, dass New York aussah wie eine Filmkulisse. Es war so romantisch, wie das Licht der Straßenlaternen sich in den Pfützen und auf dem Pflaster spiegelte.

»Schreib mir, wenn du zu Hause angekommen bist, okay?«

»Du bist genauso schlimm wie G-Lil.«

»So ist das eben, wenn dich jemand mag.« Er zog sie an sich und küsste sie erneut. »Komm morgen Abend zum Tanzunterricht. Du hast die richtigen Bewegungen drauf, und du weißt ja, wie gut es dir gefällt.«

Das tat sie. Ihre Muskeln waren vielleicht ein wenig eingerostet, aber die zwei Stunden, zu denen er sie bereits überredet hatte, hatten ihr Spaß gemacht. Außerdem würde er da sein.

»In Ordnung. Bis morgen dann.«

Jetzt zog sie ihn an sich, küsste ihn. Dann schlüpfte sie ins Taxi. »Siebenundsechzigste und Achte«, sagte sie zu dem Fahrer. Sie drehte sich um, um Noah so lange wie möglich noch zu sehen.

Dann zog sie ihr Handy heraus und schrieb an Darlie.

Ich werde nicht als Jungfrau sterben!!!

Sie genoss das Gefühl und blickte verträumt aus dem Fenster, während das Taxi wendete und die Achte hinauffuhr.

Als Darlies Antwort kam, musste sie laut lachen.

Willkommen im Club, du Schlampe. Und jetzt erzähl mir jedes Detail!

Beschwingt glitt sie durch den Frühling, nahm Tanzunterricht, machte einen Yoga-Kurs und beschloss aus einer Laune heraus, über den Sommer ein paar Kurse an der NYU zu belegen.

Französisch, nur weil ihr der Klang der Sprache so gut gefiel; ein Filmseminar, weil sie die Branche immer noch interessierte, auch wenn sie vielleicht nicht mehr als Schauspielerin arbeiten wollte; und einen Drehbuchkurs, weil sie vielleicht etwas in die Richtung machen wollte.

Einmal in der Woche aßen sie und Lily gemeinsam zu

Abend, nur sie beide, in der Wohnung, in der New York durch alle Fenster strahlte.

»Ich kann es kaum glauben, dass du das gemacht hast.«

Cate sonnte sich in ihrer Leistung, während Lily einen weiteren Bissen von den Penne mit Basilikum und Tomate aß. »Ich auch nicht, aber es schmeckt ziemlich gut.«

»Süße, es schmeckt genauso gut wie bei Luigi's – aber verrat ihm nicht, dass ich das gesagt habe. Und du hast italienisches Brot gebacken.«

»Das hat Spaß gemacht. Nan und ich haben bei einer Nachbarin in Irland Brot backen gelernt. Ich musste dabei wieder an die Zeit mit ihr damals denken. Und außerdem wollte ich dich überraschen.«

»Das ist dir gelungen. So überrascht war ich das letzte Mal, als ich mein erstes graues Haar entdeckt habe – und diese Überraschung hier ist viel freudiger. Meinst du, du kannst sie wiederholen, wenn dein Großvater das nächste Mal hier ist?«

»Du vermisst ihn sehr, oder?«

»Ich habe kaum Zeit, jemanden zu vermissen, aber ihn vermisse ich natürlich. Der verdammte alte Bock hat mich fest in den Fängen.«

»Wusstest du das immer schon?« Cate spielte mit dem kleinen goldenen Herz um ihren Hals, das Noah ihr zum achtzehnten Geburtstag geschenkt hatte. »Ich meine, wusstest du von Anfang an, dass du ihn liebst?«

»Ich würde sagen, ich fühlte mich von ihm angezogen, was mich ziemlich irritiert hat. Ich hatte eine gescheiterte Ehe hinter mir und kam gerade in das Alter, in dem Hollywood dich gerne abserviert, nur weil du eine Frau bist. Eigentlich hatte ich mit der Liebe schon eine Zeit lang gar nichts mehr am Hut. Ich hatte zwei Kinder auf dem College und musste darum kämpfen, als Filmschauspielerin in Erinnerung zu bleiben. Und dann kommt er einfach so vorbei.«

»Und er sieht so gut aus«, sagte Cate und wackelte anzüglich mit den Augenbrauen. Lily musste lachen.

»Kind, der Mann hat dreimal zugegriffen, als Gott gutes Aussehen verschenkt hat. Und jetzt, wo er als Schauspieler in dem gewissen Alter ist, werde ich als exzentrische Tante seiner jungen Freundin besetzt – ich kann ja schon froh sein, dass ich nicht die Mutter spielen muss. Niemand denkt sich etwas dabei, dass er zwanzig Jahre älter ist als das Mädchen, das spielt überhaupt keine Rolle.«

»Aber du hast den Helden im wahren Leben bekommen.«

»Ja. Ich habe es zwar nicht darauf angelegt, aber ich habe ihn bekommen.« Lily musterte Cate nachdenklich. »Du bist alt genug, um zu hören, dass ich dachte – nein, eigentlich dachten wir beide das –, wir hätten einfach nur guten Sex, und das wäre es dann gewesen. Keiner von uns hat auch nur im Entferntesten daran gedacht, wieder zu heiraten. Ich hatte eine schlimme Ehe hinter mir, und seine war fast perfekt gewesen.« Lily legte ihre Gabel hin und trank einen Schluck Wein. »Olivia Dunn war seine große Liebe. Als wir merkten, dass es doch nicht nur guter Sex war, musste ich über diese Tatsache sehr gründlich nachdenken. Konnte ich im Ernst mit einem Mann zusammenbleiben, der so eine Liebe verloren hatte und diese andere Frau immer noch über alles liebte?«

»Und zu was für einem Ergebnis bist du gekommen?«, fragte Cate.

Lily trank einen weiteren kleinen Schluck aus dem einen Glas Wein, dass sie sich am Abend vor einer Kostümprobe gestattete. »Nun, es wäre dumm von mir gewesen, so einen Mann, der zu so einer Liebe fähig war, abzuweisen, ohne wenigstens herauszufinden, wie er mich lieben konnte. Und meine Mutter hat keine Idiotin großgezogen, das kann ich dir versichern.«

»Wie ihr zwei miteinander umgeht, hat mir mein ganzes Leben lang gezeigt, was Liebe ist oder was sie sein konnte.«

»Dann haben wir ja alles richtig gemacht.« Lily stellte das Weinglas hin. »Das erleichtert mir die Überleitung zu einem Thema, von dem ich eigentlich gehofft habe, dass du es ansprichst. Da du aber nichts gesagt hast, stoße ich jetzt einfach mal mitten ins Wespennest. Und ich kann nur hoffen, dass ich keinen Stich abbekomme. Es ist ganz reizend, meine Süße, dass du und Noah eure Beziehung so geheim haltet.«

»Ich...«

»Ich verstehe sogar, warum du nicht darüber reden willst – obwohl, du liebe Güte, Cate, das ist ein Theater. Wir lieben Klatsch, und Sex und Drama lieben wir noch viel mehr.«

»Ich wusste nicht, wie du reagieren würdest.« Sie hatte Angst vor dem, was kommen würde, gemischt mit Erleichterung, dass sie das Geheimnis jetzt endlich aussprechen konnte.

»Dann muss ich irgendwann etwas falsch gemacht haben, wenn du nicht weißt, dass du mit mir über alles reden kannst.«

»Das weiß ich doch. Es tut mir leid. Das ist nicht fair. In der Hauptsache liegt es an mir. Es war so schön, so richtig schön, dass ich mir einmal keine Gedanken darüber machen musste, was die Leute über mich lesen, hören oder sagen würden. Sie ist total mit ihrer Verlobung beschäftigt, ihren großen Hochzeitsplänen und braucht mich im Moment nicht, um Presse zu bekommen. Deshalb wollte ich niemandem auch nur ein Wort sagen. Ich habe es Darlie erzählt, und Mallory weiß es. Und Noahs Mitbewohnerinnen. Ich habe so oft Anlauf genommen, um es dir zu erzählen, aber... ich wusste echt nicht, wie.«

»Dann machen wir es jetzt, und zum Teufel, heute breche ich meine Regeln und nehme ein zweites Glas Wein. Du kannst auch eines trinken, schließlich ist es ein besonderer Anlass.«

Bevor Lily die Flasche holen konnte, sprang Cate auf und holte sie mit einem weiteren Glas aus der Küche. »Treibe ich dich jetzt in den Alkoholismus?«

Lily tätschelte ihr die Hand. »Du gibst mir nur einen Vorwand, mir etwas zu gönnen. Hat er dir diese hübsche Kette geschenkt?«

»Zum Geburtstag.«

»Dafür bekommt er Punkte. Er hat sich Gedanken über das Geschenk gemacht. Geht er auch sonst so umsichtig mit dir um?«

»Ja. Er bringt mich immer zum Cab, wartet, bis ich weggefahren bin, und bittet mich, ihm eine Nachricht zu schicken, wenn ich heil zu Hause angekommen bin. Er hört mir zu, ist aufmerksam. Er hat mich dazu gebracht, dass ich Tanzunterricht nehme, und bis ich das erste Mal da war, habe ich nicht gewusst, wie sehr mir das gefehlt hat. Er hat nicht darüber geredet, weil ich ihn darum gebeten habe.«

»Ich muss dir beichten, dass ich mich nach ihm erkundigt habe – das ist nicht nur mein Privileg«, fuhr sie fort, als Cate den Mund zu einer Erwiderung öffnete, »das ist meine Pflicht. Deshalb weiß ich, dass er nicht trinkt und keine Drogen nimmt, weil es ihm mit seiner Arbeit ernst ist. Er kommt aus einer interessanten Familie – was wir Frauen aus den Südstaaten bewundern und gerne haben. Er arbeitet hart, das sehe ich selbst. Und er ist gut, er ist verdammt gut. Er kann es noch weit bringen.«

Alles in Cate strahlte, als sie die Zustimmung der wichtigsten Frau in ihrem Leben hörte. »Er liebt das Theater.«

»Das merkt man. Und jetzt die große Frage: Passt ihr auf, ihr beide?«

»Ja. Ich verspreche es dir.«

»Na gut. Es ist an der Zeit, dass er zu uns kommt, statt dich draußen oder sonst wo zu treffen. Ich habe deinem Vater und Hugh noch nichts erzählt, und das werde ich auch nicht, das ist deine Sache. Und dein Bedürfnis, es aus der Presse herauszuhalten, verstehe ich vollkommen.« Sie beugte sich vor und ergriff Cates Hand. »Aber früher oder später wird es herauskommen. Darauf müsst ihr euch beide vorbereiten.«

»Ich rede mit ihm darüber.«

»Gut. Wann seht ihr euch wieder?«

»Ich wollte ihn morgen nach der Probe treffen, und...« Sie sah die hochgezogenen Augenbrauen. »Ich lasse ihn herkommen.«

14

Cate freute sich sehr darüber, wie leicht Lily und Noah zueinander fanden. Sie liebte es, ihren beiden Lieblingsmenschen zuzuhören, wenn sie sich gegenseitig Theatergeschichten erzählten. Als Lily darauf bestand, ihn zum Abendessen einzuladen, brachte er Blumen für sie beide mit. Und damit war alles besiegelt.

Sie vermisste beide schmerzlich, als das Stück Premiere in San Francisco und Chicago hatte.

Aber sie mussten sich beide auf ihre Arbeit konzentrieren, das sah sie ein. Und sie konnte ein paar Tage ausprobieren, wie es war, allein zu leben.

Zum ersten Mal in meinem Leben, dachte sie, als sie in der milden Luft auf der Terrasse stand und chinesisches Takeout direkt aus dem Karton aß. Keine Angst, keine Albträume, einfach nur ihr eigener Alltag.

Gute lange Spaziergänge jeden Tag und täglich Yoga. Tanzunterricht, obwohl sie dann Noah umso mehr vermisste. Nachmittags Recherchen für die Kurse, die sie in ein paar Wochen belegen würde. Zwei gescheiterte Versuche, ein Drehbuch zu schreiben, beide so schlecht, dass sie sie sofort in den Papierkorb warf. Sie würde den Kurs trotzdem machen, beschloss sie, aber sie hatte das Gefühl, dass Schreiben nicht zu ihren eigentlichen Talenten gehörte.

Das war okay. Während sie ihre Nudeln löffelte, trat sie an die polierte Betonwand und blickte hinunter auf die ach so geschäftige Welt da unten. Letztendlich würde sie ihren Platz finden. Entweder in dieser geschäftigen Welt oder irgendwo anders. Aber jetzt, jetzt im Moment, gab ihr diese ruhige Zeit, in der sie anonym bleiben und an einem Zeitungsstand vorbeilaufen konnte, ohne ihr Foto oder irgendeine Schlagzeile mit ihrem Namen zu sehen, alles Nötige, was sie brauchte.

Als Kind hatte Irland ihr das geboten. Jetzt würde sie es von New York mitnehmen, und weil sie kein Kind mehr war, würde sie das Intermezzo nutzen, um ihre Talente und Fähigkeiten zu erforschen.

Vielleicht würde sie ja einen Fotografie-Kurs machen, Kunstunterricht nehmen, oder, oder, oder.

»Ich werde es herausfinden«, murmelte sie, als sie wieder hineinging, die Glastüren schloss und damit den Geräuschen der Stadt Einhalt gebot. Sie setzte sich mit ihrem Tablet hin und recherchierte ein wenig über Fotografie. Sie sah gern Menschen an, hörte ihnen gern zu. Vielleicht konnte sie ja auch gut Bilder einfangen.

Einen Moment einfrieren, einen Ausdruck, eine Stimmung. Sie konnte ja mit ihrer Handykamera schon einmal üben und ein bisschen herumspielen. Morgen früh würde sie ein bisschen durch das Viertel laufen, bevor sie zur NYU fuhr, um sich dort ein wenig zu orientieren.

Als ihr Telefon brummte, nahm sie ab.

»Vorhang.«

Sie stellte sich vor, wie sich auf der Bühne in San Francisco der Vorhang hob, die Lichter angingen, die Kulisse zu sehen war.

»Euch allen toi, toi, toi.«

Sie versuchte sich mit weiteren Recherchen zu beschäftigen, aber es ging nicht mehr. Sie konnte die Eröffnungsszene hören, die Noten, die Takte, den Dialog, die Stimmen. Lachte das Publikum hier, applaudierte es da? Waren die Zuschauer hingerissen, gingen sie mit? Sie stellte sich das Getümmel hinter der Bühne vor, die Kostümwechsel, das Warm-up, die Hektik vor dem Auftritt.

Schließlich stand sie auf und überprüfte, ob alles abgeschlossen war, und dimmte das Licht, bevor sie in ihr Schlafzimmer ging. Um etwas gegen das angstvolle Gefühl im Magen, das Nicht-Wissen, zu tun, rollte sie ihre Yogamatte aus und begann mit Entspannungsübungen. Sie hätte sich wahrscheinlich besser entspannen können, musste sie zugeben, wenn sie nicht ständig auf die Uhr geblickt hätte, aber eine halbe Stunde gelang ihr trotzdem.

Um die Zeit so zu dehnen wie ihren Körper, zog sie schon einmal ein Tanktop und eine Schlafshorts an und machte ausgiebig Gesichtspflege.

Das brachte sie schon einmal bis zur Pause.

Sie schaltete den Fernseher ein, zappte durch die Sender, bis sie einen Film fand, der bereits lief. Die Autojagden und Explosionen lenkten sie völlig vom Musicaltheater ab.

Anscheinend hatte die Yoga-Entspannung doch besser gewirkt, als sie gedacht hatte, denn als der von Matt Damon gespielte Jason Bourne sich einiger Bösewichte entledigte, schlief sie ein.

Das Handy weckte sie. Hastig griff sie danach und schaltete den Fernseher aus. »Noah.«

»Ich habe dich geweckt. Ich hätte besser bis morgen früh gewartet.«

»Ich habe dir doch gesagt, ich bringe dich um, wenn du das tust. Ich bin wach. Erzähl.«

»Ein paar Macken müssen wir noch ausmerzen.«

Sie hörte den Lärm, das Stimmengewirr im Hintergrund. »Erzähl«, wiederholte sie.

»Es war großartig.« Sein staunendes Lachen wärmte sie. »Es war unglaublich großartig. Volles Haus, Standing Ovations. Zwölf Vorhänge. Zwölf!«

»Ich wusste es! Ich wusste es! Ich freue mich so für euch.«

»Wir müssen abwarten, was die Rezensionen sagen. Mann, Cate, du hättest hören sollen, wie das Haus explodierte, als Lily auf die Bühne kam. Dein Großvater saß ganz vorne. Er kommt gleich zur Party. Du fehlst mir.«

»Du mir auch, aber ich freue mich so für dich. Für euch alle.«

»Es fühlt sich an wie der beste Abend meines Lebens. Schlaf weiter. Ich schreibe dir morgen.«

»Ja, geh feiern. Und wenn du deine Knallerpremiere am Broadway hast, bin ich da.«

»Ich verlasse mich drauf. Gute Nacht.«

»Nacht.«

Sie legte das Handy auf das Ladegerät auf dem Nachttisch und kuschelte sich ein.

Lächelnd glitt sie in den Schlaf. Als das Handy erneut brummte, murmelte sie immer noch lächelnd »Noah«, als sie abnahm.

»Du hast nicht getan, was man dir gesagt hat.«

Die Roboterstimme ließ sie im Bett auffahren. »Was? Was?«

Musik erklang, und ein bekannter Sänger sang: *»Are you lonesome tonight?«*

Sie bekam kaum Luft. Blindlings tastete sie nach dem Lichtschalter.

Die Stimme ihrer Mutter, die flüsterte: *»Du bist allein.«* Dann Rauschen, eine Veränderung in der Tonlage. *»Du kannst dich nicht verstecken.«*

In Panik sprang sie aus dem Bett, fiel auf die Knie.

Wieder Musik, der fröhliche Sound verwandelte sich in Entsetzen. *»Warte! Ich komme!«*

Ein Horror-Film-Lachen, das gierige Lachen, das im Friedhofsnebel aus dunklen Kellern aufsteigt.

Als die Leitung tot war, brach sie in Tränen aus.

Sie änderte nicht nur ihre Nummer, sie zerstörte auch das Handy und kaufte ein neues. Sie rang mit sich, ob sie es jemandem erzählen sollte. Der Premiere-Abend rückte näher, das Timing war also ganz schlecht. Aber schließlich erzählte sie es Noah.

Sie saßen im Café *Café*, und er umklammerte ihre Hände.

»Und das ist schon einmal passiert?«

»In L. A., letzten Winter. Es war eine Aufnahme. Ich meine, das hier war zwar anders, aber es sind immer Zusammenschnitte von Aufnahmen.«

»Warum hast du es nicht gleich deinem Dad erzählt?«

»Noah, ich habe dir doch gesagt, wie er reagiert, wie er sich Sorgen macht und versucht, einen Schutzschild um mich herum aufzubauen. Und ich dachte wirklich, dass es nur ein idiotischer Scherz wäre, irgendein Blödmann, der ein hässliches Spiel spielt.«

»Aber jetzt ist es wieder passiert. Wir gehen zur Polizei.«

»Ich habe das Handy zerstört«, rief sie ihm ins Gedächtnis. »Teils aus Panik und auch aus Dummheit, aber es ist kaputt. Und was sollten sie auch tun? Es war ja nicht wirklich eine Drohung.«

»Jemandem Angst zu machen ist eine Drohung. Glaubst du, es ist deine Mutter?«

»Nein. Nicht, dass sie zu so etwas nicht fähig wäre, aber ich glaube nicht, dass sie ihre eigene Stimme verwendet hätte. Beim ersten Mal waren es Sätze aus einem Film, den sie gemacht hat. Ich wette, dieses Mal auch.«

»Cate, sie wusste, dass du alleine bist.«

»Ja.« Sie hatte genug Zeit gehabt, um in aller Ruhe nachzudenken. »Ich habe dir ja gesagt, wie es bei mir funktioniert. Es hat ein paar Meldungen darüber gegeben, dass ich in New York bei G-Lil wohne, es ist sogar kurz darüber berichtet worden, dass ich mich für Kurse an der NYU eingeschrieben habe. Die Premiere in den anderen Städten hat jede Menge Presse bekommen, deshalb ...«

»Du musst es Lily erzählen. Ich komme mit dir.«

»Was? Jetzt?«

»Jetzt.«

»Ich will sie nicht aufregen, und sie kann ...«

Noah warf das Geld für den Kaffee auf den Tisch. »Wenn du es ihr nicht erzählst, tue ich es.«

»Das ist nicht in Ordnung«, erwiderte sie aufgebracht. »Das geht nur mich etwas an. Es ist meine Entscheidung.«

Er stand einfach auf, ergriff ihre Hand und zog sie hoch. »Das wirst du aushalten müssen.«

Wütend widersprach sie ihm, forderte, drohte, aber er gab nicht nach, während sie schnell über den Bürgersteig zur Wohnung liefen. Seine goldenen Augen, die sie so sehr liebte, blieben hart, seine Miene undurchdringlich.

Lilys Reaktion machte die Dinge nicht besser.

»Verfickte Scheiße!« Frisch von der Massage, noch im Morgenrock, wirbelte Lily durch den Wohnraum. »Zum zweiten Mal? Und das hast du mir nicht erzählt?«

»Ich habe nur ...«

»Hier gibt's kein ›Ich habe nur ...‹« Sie kniff die Augen zusammen, als sie den vorwurfsvollen Blick sah, den Cate Noah zuwarf. »Und lass es bloß nicht an ihm aus. Noah hat das Richtige getan.«

»Du kannst doch nichts dagegen tun«, begann Cate.

»Du hast keine Ahnung, was ich alles tun kann, wenn ich es muss. Aber wenn ich nicht Bescheid weiß, dann kann ich gar nichts tun. Ich bin verantwortlich für dich, mein Mädchen. Mir ist es vollkommen egal, ob du achtzehn bist oder hundertacht. Ich bin für dich verantwortlich. Und als Erstes gehen wir jetzt zur Polizei.«

Erneut stieg Panik in Cate auf. »Würdest du bitte mal

warten?« Lily strahlte so viel Wut aus, dass es Cate schwerfiel, ihr entgegenzutreten. »Was soll denn dann passieren? Ich habe das Handy geschrottet. Es ist nicht mehr da. Ich kann ja zugeben, dass das dumm war, aber es ist nun mal geschehen. Also erzähle ich der Polizei, an was ich mich erinnere. Und dann?«

»Ich bin nicht die verdammte Polizei, ich weiß nicht, was dann passiert.«

»Aber ich. Ich erstatte Anzeige, und das wird bekannt. Das ist ein Fest für die Boulevardpresse. Dann ist es in der Öffentlichkeit, und was denkst du, wie viele andere Anrufe ich danach noch kriege?«

»Verfickte Scheiße!« Mit wehendem Bademantel marschierte Lily zu den Terrassentüren und riss sie auf, um nach draußen zu gehen.

»Bist du jetzt zufrieden?«, zischte Cate Noah zu.

»Hier geht es nicht darum, ob ich zufrieden bin. Sei doch nicht so blöd. Sie ist so aufgebracht, weil sie dich liebt. Und ich auch.«

»Das hilft mir im Moment gar nicht.« Obwohl das eigentlich nicht stimmte, es half schon. Sie trat ebenfalls auf die Terrasse.

»Es tut mir leid, dass ich es dir nicht erzählt habe. Beim ersten Mal habe ich es niemandem erzählt, weil ich wusste, dass Dad mir dann nie die Rolle in dem Film erlaubt hätte, und ich wollte sie unbedingt. Ich brauchte sie. Er hätte mich nicht drehen lassen.«

»Wahrscheinlich nicht«, murmelte Lily.

»Und ich habe dieses Mal zuerst nichts davon erzählt, weil deine Premiere bevorsteht, G-Lil.«

Lily wirbelte herum. »Glaubst du, ein Stück ist mir wichtiger als du? Dass alles auf der Welt mir wichtiger ist als du?«

»Nein. Aber es ändert nichts für mich. Als es das erste Mal

passierte, gab es Veröffentlichungen in der Presse über meine Mutter, über mich, über das neue Projekt. Und erst kürzlich wurde darüber berichtet, dass ich auf die NYU will, und meine Mutter hat jede Menge Interviews wegen ihrer Hochzeit gegeben. Jemand hat das ausgenutzt.«

»Das könnte auch sie gewesen sein. Ich hielte das nicht für unwahrscheinlich.«

»Sie könnte sich was Besseres leisten.«

»Es sind Amateur-Aufnahmen, G-Lil. Ich erkenne eine Amateur-Aufnahme, wenn ich sie höre. Das Overdubbing, die schlechten Übergänge. Sie hat jetzt so viel Geld, dass sie für Qualität bezahlen kann, und das ist keine Qualität.«

»Das macht es nicht besser.«

»Aber ich kann deswegen nicht aufhören zu leben. Ich hasse, wie ich mich fühle, wenn es passiert, aber ich kann deshalb nicht mein Leben aufgeben.«

Lily setzte sich in den Schatten und trommelte mit den Fingern auf der Tischplatte. »Das will auch niemand, Cate. Mit der Polizei hast du recht. Dieses Mal. Wenn es aber noch einmal passiert, machen wir es anders. Du behältst das Handy, rufst die Polizei und gibst ihnen das Handy, damit sie es untersuchen können.«

»In Ordnung.«

»Und jetzt schreibst du erst einmal alles auf, an das du dich noch aus beiden Anrufen erinnerst, damit wir etwas Schriftliches in der Hand haben, wenn wir es brauchen sollten. Und du wirst deinen Vater anrufen und es ihm sagen.«

»Aber...«

»Nein!« Lilys Augen blitzten, und sie hob einen Finger. »Das wirst du tun. Er muss es wissen. Und dann verträgst du dich wieder mit deinem Freund, weil er genau das Richtige getan hat. Und er hat es aus Liebe zu dir und Sorge um dich getan.«

»Mir gefällt nicht, wie er es gemacht hat.«

Lily zog ihre Augenbrauen hoch. »Wäre das ein Trennungsgrund?«

»Nein.«

»Dann geh jetzt und rede mit ihm. Danach soll er mir – und sich selbst – eine schöne kalte Cola holen. Und während du mit deinem Daddy redest, werden wir sie hier auf der Terrasse trinken. Und ich helfe dir dabei«, beschloss Lily. »Bring mir das Telefon, wenn du mit ihm geredet hast.«

Da ihr keine andere Wahl blieb, ging Cate wieder hinein, wo Noah wartete. »Mir hat nicht gefallen, wie du über mich bestimmt hast.«

»Das habe ich verstanden.«

»Ich muss mein Leben selbst führen und meine Entscheidungen alleine treffen.«

»Das ist etwas anderes. Du weißt, dass es etwas anderes ist, aber du bist noch zu aufgewühlt, um es zuzugeben.« Er kam zu ihr, bevor sie wütend reagieren konnte, und umfasste ihr Gesicht mit beiden Händen. »Ich ertrage es nicht, dich so aufgewühlt zu sehen. Wenn du so bist, kann ich nicht danebenstehen und nichts tun.« Er küsste sie zart. »Jetzt, wo Lily Bescheid weiß, wird es dir besser gehen.«

»Vielleicht, aber zuerst muss ich es noch meinem Vater erzählen, und das wird schwierig. Lily sagte, du sollst zwei Cola mitbringen und zu ihr auf die Terrasse kommen, während ich meinen Dad anrufe.«

Es wurde tatsächlich ein schwieriges Gespräch, er war außer sich und beruhigte sich erst wieder, als Lily eingriff. Aber das Schlimmste, was Cate befürchtet hatte, trat nicht ein. Sie wurde nicht zurück nach L.A. beordert – aber sie hätte sich auch geweigert. Und sie bekam noch eine Chance, ihr Leben zu leben.

Vor der Premiere kam die Generalprobe, an der alle Familienmitglieder und Freunde teilnahmen. Cate sah das Stück zum ersten Mal in voller Pracht – Scheinwerfer, Musik, Kulissen, Kostüme – in einem Theater, das voller Menschen war, die nichts anderes wollten, als dass ihre Liebsten Erfolg auf der Bühne hatten.

Sie lernte Noahs Familie kennen, und es fühlte sich wie ein weiterer Meilenstein in ihrem Leben an.

In der Vorpremiere, zu der auch die Kritiker geladen waren, blieb sie hinter der Bühne. Im Zuschauerraum saßen sowohl Kritiker als auch Reporter und Fotografen. Sie wollte nicht das Risiko eingehen, ihrer Großmutter und ihrem Freund Aufmerksamkeit zu stehlen. Trotzdem wartete sie genauso sehnsüchtig wie die Schauspieler auf die ersten Kritiken und feierte sie für die Lobeshymnen.

Da der Montag theaterfreier Tag war, ging sie mit Noah früh zum Tanzunterricht, und danach begleitete er sie zu einer Besichtigungstour über den Campus der NYU.

»Es ist so riesig«, sagte sie, als sie zur Subway zurückgingen, um den Zug nach Uptown zu nehmen. »Ich finde es ziemlich überwältigend.«

»Du wirst das schon gut machen. Besser als gut.«

»Ich war immer nur auf der Privatschule, hatte Privatlehrer.«

»Armes reiches weißes Mädchen«, sagte er. Cate musste lachen und stieß ihn mit dem Ellbogen an.

»Es liegt vermutlich nur daran, dass der Campus so groß ist.« Sie gingen durch das Drehkreuz. »Und so viele Leute. Selbst in den Sommerkursen wird es jede Menge Studenten geben. Der Vorteil dabei ist allerdings«, fügte sie hinzu und zog ihre Metrokarte heraus, »dass man mehr oder weniger untertaucht. *Change of Scene* kommt in ein paar Wochen in die Kinos. Meine Kollegen sind bereits auf Tour.«

»Wir sehen ihn uns an.«

»Ach, ich weiß nicht.« Sie zog die Schultern hoch und bewegte sie hin und her, als ob es sie juckte.

»Doch, unbedingt.«

Sie warteten auf dem Bahnsteig mit zwei Frauen, von denen eine ein pausbackiges Baby im Buggy dabeihatte. Sie sprachen in schnellem Spanisch miteinander, während das Baby auf einem orangefarbenen Beißring kaute. Neben ihnen stand ein Mann im Business-Anzug, der mit dem Daumen auf seinem Handy scrollte. Ein kleiner, vierschrötiger Mann in weiten Basketball-Shorts verdrückte ein Stück Pizza, wobei sein Kopf im Takt wackelte, der anscheinend aus seinen Kopfhörern drang.

Es roch nach Pizza, Schweiß und Zwiebelringen.

»Es war ein ziemlich beschissener Teil meines Lebens.«

Noah fuhr Cate mit der Hand über den Arm. »Ein weiterer Grund, warum wir ihn uns anschauen. Dann kannst du mit eigenen Augen sehen, wie gut du selbst in beschissenen Zeiten bist. Wir können ja in die Nachmittagsvorstellung gehen.« Er ergriff ihre Hand, als der Zug durch den Tunnel herandonnerte.

Die Türen glitten auf, Leute strömten heraus, strömten hinein. »Was hältst du von einem kleinen Spaziergang im Park?« Er zog sie zu den Sitzen. »Wir können ein bisschen in der Sonne herumlaufen und uns ein Hot Dog holen.«

Und ihn von morgen Abend ablenken, vom Premierenabend, dachte sie. »Ja, das klingt gut. Ich bringe nur schnell den Rucksack in die Wohnung und ziehe mir Schuhe an, mit denen ich in der Sonne spazieren gehen kann.«

Noah blickte auf seine zerschlissenen Nikes. »Ich könnte auch mal ein paar neue Schuhe gebrauchen.«

»Wir können ja nach dem Spaziergang noch einkaufen gehen.«

Er blickte sie an. »Wie viele Schuhe hast du eigentlich?«

»Irrelevant«, sagte sie spröde – so spröde, dass er grinste und sie küsste.

Sie redeten über potenzielle Schuhe, über den Spaziergang, darüber, sich vielleicht mit Freunden zu verabreden oder vielleicht zu ihm in die Wohnung zu gehen, da zumindest eine seiner Mitbewohnerinnen am Nachmittag ein Vorsprechen hatte und die andere tagsüber arbeitete.

Das ist das Leben, dachte sie. Kein hässlicher Anruf, kein aufdringlicher Reporter konnte sie davon abhalten.

»Wir machen eine Kombination aus allem«, beschloss sie, als sie vom Aufzug zur Wohnung gingen. »Zuerst bei dir, vor allem, wenn keiner da ist, weil das sonst nie der Fall ist. Dann der Spaziergang, danach die Schuhe, damit wir keine Tüten schleppen müssen.«

»Vielleicht.« Er strich ihr über die Haare, als sie ihren Schlüssel hervorkramte. »Vielleicht verlassen wir aber auch meine Wohnung gar nicht mehr.«

»Das hättest du wohl gerne.«

Lachend und verliebt traten sie ein.

»Da ist sie ja!«

Hugh kam ihnen von der Terrasse entgegen. Sein Gesicht strahlte vor Freude, und er breitete die Arme aus.

»Grandpa! Du wolltest doch erst morgen kommen!« Sie ließ ihren Rucksack zu Boden fallen und umarmte ihn.

»Wir haben gedacht, wir wollten dich und Lily überraschen. Und euch vielleicht mit ein paar hübschen Tänzern erwischen.« Er küsste sie auf beide Wangen und blickte zu Noah. »Und das haben wir ja auch. Der Jongleur mit den äußerst begabten Füßen.«

»Ja, Sir, danke. Noah Tanaka.« Er schüttelte Hugh die Hand. »Ich kann in ein paar Minuten weitere hübsche Tänzer auftreiben.«

Hugh lachte und schlug ihm auf den Rücken.

»Ist schon gut, Lily. Mir geht's gut.«

Cates Kopf fuhr herum, als sie die Stimme hörte. »Dad.« Sie rannte zu ihm und umschlang ihn mit beiden Armen. Er hob sie hoch und drückte sie fest an sich.

»Lass dich anschauen. Fotos und Skype sind nicht das Gleiche.« Erneut zog er sie an sich.

So geschickt er es jedoch auch verbergen mochte, sie kannte ihn viel zu gut und sah die Sorge in seinem Gesicht.

»Es ist alles in Ordnung, Dad. Mehr als in Ordnung.«

»Das sehe ich. Ich habe dich vermisst.«

»Ich dich auch. Wir hatten uns alle schon auf morgen eingerichtet. Ein spätes, ausgiebiges Mittagessen hier, bevor Lily zum Theater muss. Dann wollten wir hingehen und hinter die Bühne.«

»Das machen wir auch. Dad und ich haben beschlossen, wir nehmen uns mehr Zeit und überraschen euch.«

Lily blickte zu Cate. »Apropos Überraschung. Aidan, das ist Noah, er ist in der Tanzgruppe.«

»Da wird er nicht lange bleiben«, kommentierte Hugh. »Der Junge hat Präsenz.«

»Ich freue mich sehr, Sie kennenzulernen, Mr Sullivan. Sie beide.«

»Schön, Sie kennenzulernen. Ist es Ihr erstes Mal am Broadway?«

»Nein, eigentlich schon das dritte Mal. Aber im Programmheft habe ich nur ein weiteres Engagement erwähnt, weil das erste nach zehn Tagen schon abgesetzt wurde. Aber... ich sollte jetzt... besser gehen.«

»Wir gehen mit unseren zwei liebsten Frauen essen«, warf Hugh ein. »Wollen Sie nicht mitkommen?«

»Oh, na ja, danke, aber...«

Mist, dachte Cate, *Mist. Mach den nächsten Schritt.*

»Essen gehen ist eine großartige Idee.« Cate ergriff Noahs Hand. »Noah und ich sind zusammen.«

Sie sah die Überraschung auf dem Gesicht ihres Vaters. Und vielleicht auch ein bisschen Ärger. »Das muss ich erst mal verdauen. Ganz neues Territorium für mich. ›Zusammen‹ bedeutet ...«

»Dad, ich bin achtzehn.«

»Ja, klar. Stimmt. Nun, ich denke, jetzt müssen wir erst recht alle zusammen essen gehen. Ich brauche ein bisschen Zeit, um Noah auf den Prüfstand zu stellen.« Er gab einen warnenden Laut von sich, als Cate den Mund öffnete, um zu widersprechen. »Das ist meine Aufgabe. Ich muss mir nur noch überlegen, wie ich es am besten anstelle. Lily, du sagtest, dein Lieblingsrestaurant zum Mittagessen ist nur ein paar Blocks entfernt?«

»Ja, genau. Ein angenehmer Spaziergang.«

Aidan grinste Noah breit an. »Für einige von uns.«

Später, als Cate mit Noah bis zur Ecke ging – in die entgegengesetzte Richtung wie ihre Familie, schlug sie die Hände vors Gesicht.

»Es tut mir so leid!«

»Nein, es war cool. Ein bisschen merkwürdig, aber cool. Am Anfang macht es einem vielleicht ein bisschen Angst. Nein, ziemlich viel Angst.« Er tat so, als wische er sich den Schweiß von der Stirn. »Weißt du noch, wie er gesagt hat, er müsse sich nur noch überlegen, wie er es am besten anstellt? Nun, er ist ziemlich fit, dein alter Herr. Noch bevor wir im Restaurant angekommen sind, hat er meine gesamte Lebensgeschichte aus mir herausgepresst. Und dabei ganz nebenbei gefragt, was ich als Nächstes plane. Und ich so, ›Ah, ich will erster Tänzer werden und Sprechrollen bekommen, und okay, ich will Schlagzeilen machen. Ich arbeite noch dran, aber ich will berühmt werden‹.«

»Das wirst du auch.«

»Wie gesagt, ich arbeite daran. Auf jeden Fall hat er mir deutlich zu verstehen gegeben, dass er wie der Zorn Gottes über mich kommen wird, wenn ich seiner Tochter auch nur ein Härchen krümme.«

Cate kannte solche Äußerungen von ihrem Vater. Sie hängte sich bei Noah ein. »Sie beschützen mich eben sehr.«

»Das ist schon okay. Ich habe ihm gesagt, dass ich niemandem etwas tue, schon gar nicht Leuten, die mir was bedeuten. Ich glaube, das hat ihm gefallen, und ich glaube, als das Essen vorbei war, hat er mich fast schon gemocht.«

»Du warst auch toll.« Sie küsste ihn, um es ihm zu beweisen. »Und es tut mir leid, dass ich nicht mit zu dir kommen kann.«

»Nein, das wäre jetzt auch merkwürdig. Und ich finde, irgendwie respektlos. Außerdem brauche ich nach dem Verhör ein bisschen Erholung.«

»Vielleicht tröstet es dich ein bisschen, wenn du weißt, dass ich als Nächste dran bin.« Sie warf einen Blick zurück. »Ich bringe es am besten gleich hinter mich.«

»Schreibst du mir später?«

»Ja, klar. Wir sehen uns dann morgen backstage, und wenn der Vorhang hochgeht, sitze ich in der ersten Reihe in der Mitte.«

Als sie die Wohnung betrat, sah sie sofort, dass ihr Großvater das Feld geräumt hatte. Ihr Vater saß allein auf der Terrasse.

Sie ging hinaus, setzte sich auf den Stuhl neben ihn. Und wartete.

»Ich liebe dich, Caitlyn.«

»Ich weiß, Dad, ich weiß. Ich liebe dich auch.«

»Ein Teil von mir wird in dir immer das kleine Mädchen sehen. Das ist nun mal so. Und du kennst die Gründe, warum ich dich immer beschützen möchte.«

»Ja. Und du musst wissen, dass ich immer besser darin werde, mich selbst zu beschützen.«

»Das ändert nichts an meinem Bedürfnis. Ich kann nicht so tun, als ob diese Anrufe mir keine Sorgen bereiten würden, und ich kann auch nicht einfach so akzeptieren, dass ich dich nicht einfach mitnehmen und in Sicherheit bringen kann.«

»Ich weiß, dass ich nicht besonders gut damit umgegangen bin, aber wenn es jemals noch einmal passiert, dann werde ich anders reagieren. Nicht nur, weil ich dir, G-Lil und Grandpa mein Wort gegeben habe, sondern auch, weil ich nicht zulassen werde, dass gesichtslose Arschlöcher mich jemals wieder in Angst und Schrecken versetzen. New York war gut für mich«, fuhr sie fort. »Ich konnte mich ein bisschen distanzieren – nicht von dir, aber von allem anderen. Ich bin in Panik geraten, weil ich dachte, es ist Noah, und ich habe noch halb geschlafen.«

»Der erste Anruf kam auch, als du alleine warst und geschlafen hast.«

»Ja, aber es ist ganz einfach, so etwas herauszubekommen. Spät in der Nacht ist man immer verletzlicher. Wer auch immer angerufen hat, hatte diesen Vorteil, aber ich lasse ihn ihm nicht. Zwischen den beiden Anrufen liegen Monate, und wenn er damit nichts gewinnt, wird er es auch sein lassen.«

»Und wenn nicht?«

»Dann erzähle ich es dir. Ich schwöre es.«

»Die Anrufe waren nicht das Einzige, was du mir nicht erzählt hast.«

»Es ist für eine Tochter immer ein bisschen komisch, ihrem Vater von dem Jungen zu erzählen, mit dem sie zusammen ist. Du hast ihn ja jetzt kennengelernt und mit ihm geredet. Mittlerweile müsstest du wissen, was für ein toller Mensch Noah ist.«

Aidan schwieg einen Moment und tippte mit den Fingern auf die Armlehne seines Stuhls. Dann gab er nach. »Ja, das scheint mir wirklich so. Man kann sich auch gut mit ihm unterhalten, und er scheint zu wissen, was er im Leben erreichen will, hat eine gewisse Arbeitsmoral. Aber am liebsten würde ich ihn trotzdem noch mit einem Stock abwehren.«

»Dad!« Sie lachte. »Na, komm.«

»Das wird schon noch nachlassen. Vielleicht.« Er wandte sich zu ihr. »Ich habe ihn nicht gefragt, weil ich so viele andere Fragen hatte. Seit wann kennt ihr euch?«

»Seit ein paar Monaten.«

»Liebst du ihn?«

»Es fühlt sich so an. Ich weiß, dass es mich glücklich macht, mit ihm zusammen zu sein. Er hat mich wieder zum Tanzen gebracht. Ich hatte ganz vergessen, wie viel Spaß es mir macht. Nicht wegen ihm beleg ich Kurse an der NYU, aber ich glaube, er hat mir erst das Selbstvertrauen gegeben, es zu versuchen, weil, na ja, weil es normal ist. Es ist schön, ein normales Leben zu führen.«

Aidan musterte sie und nickte. Dann blickte er über die Stadt. »Es ist mir schwergefallen, dich nach New York ziehen zu lassen, aber es fällt mir nicht besonders schwer zuzugeben, dass du recht hattest. Es hat dir gutgetan.«

»Das heißt nicht, dass ich dich und Grandpa nicht vermisse. Und Consuela. Der Garten fehlt mir und der Pool. Junge, den Pool vermisse ich wirklich. Aber ...« Sie stand auf und trat an die Brüstung. »Ich liebe es, überall hingehen zu können, mich mit Freunden auf einen Kaffee zu treffen oder in einen Club zu gehen. Jeans oder Schuhe oder irgendwas einzukaufen. Ab und zu mustert mich jemand genauer oder sagt sogar, ich käme ihm irgendwie bekannt vor, aber eigentlich achtet niemand auf mich.«

»Dein Film kommt bald in die Kinos. Das könnte einiges ändern.«

»Ich weiß nicht. Vielleicht. Ich hoffe, es ändert sich nicht zu viel und nicht für zu lange. Auf jeden Fall fühle ich mich nicht mehr so auf dem Präsentierteller wie früher.« Lächelnd drehte sie sich zu ihm um. »Ich bin härter geworden.«

Charlotte hatte alles erreicht. Sie hatte sich einen äußerst reichen, nachsichtigen Verlobten geangelt, der sie für die charmanteste, entzückendste Frau auf der Welt hielt. Sex war kein Problem – trotz Conrad Burgers Alter besaß er sogar einen gewissen Stil. Außerdem hatte es sich mehr als gelohnt, sich auf ihn einzulassen.

Sie lebte in der mächtigsten Villa in Holmby Hills, 5000 Quadratmeter groß, mit Marmorwänden, zwanzig Schlafzimmern, Ballsaal, zwei Esszimmern – im größeren prangte ein handgefertigter Esstisch aus Zebraholz für achtzig Personen –, einem Kino mit hundert Plätzen. Sie hatte ihren eigenen Kosmetiksalon, eine Ankleide-Suite an den zwei Zimmern voller Schränke und einem dritten, das nur für ihre Schuhe bestimmt war. Ihr Schmuck, und Conrad verwöhnte sie, lag in einem Tresor.

Ein riesiger geschwungener Swimmingpool, Tennisplätze, eine zweistöckige Garage mit Aufzug, ein formell angelegter Garten mit sechs Brunnen – in einem stand in der Mitte eine Statue, die nach ihrem Ebenbild angefertigt worden war –, ein Golfplatz und ein kleiner Park mit einem Koi-Teich.

Sie hatte allein für sich dreißig Angestellte, einschließlich ihrer eigenen Sekretärin, zwei Haushaltsgehilfinnen, einem Fahrer, einem Friseur und einem Ernährungsspezialisten, der ihre täglichen Mahlzeiten zusammenstellte. Sie hatte einen Medienspezialisten unter Vertrag, dessen Aufgabe es war,

Storys über sie zu platzieren und dafür zu sorgen, dass sie bei jedem Event, das sie besuchte, fotografiert wurde.

Natürlich konnte sie auch über drei Privatjets verfügen, die Villa an der Kona Küste von Hawaii, die Villa in der Toskana, ein Schloss in Luxemburg und das Herrenhaus in Englands Lake District. Ganz zu schweigen von der Hundert-Meter-Superyacht.

An Conrads Arm hatte sie Zutritt zu den obersten Gesellschaftsschichten, nicht nur in Hollywood, sondern auf der ganzen Welt. Er kaufte die Rechte an den Drehbüchern, die sie persönlich auswählte, und wollte den Blockbuster-Film produzieren, der ihr wieder den Ruhm und die Verehrung als Schauspielerin einbringen würde, die sie verdient hatte.

Doch war es nicht genug. Sie saß im Bett mit ihrem Frühstückstablett – griechischer Joghurt mit Beeren, ein Spinat-Omelette aus einem Ei, eine einzelne Scheibe Vollkorntoast mit Mandelbutter – und sah in *Today*, wie dieser zweitklassige Regisseur Steven McCoy Cate und ihren blöden Film mit Lob überhäufte.

»Es ist ein Ensemble-Film, eine Familiengeschichte, aber im Mittelpunkt steht Olive. Caitlyn Sullivan hat dieser Story erst Herz gegeben. Es war eine Freude, mit ihr zu arbeiten, sie ist professionell und immer gut vorbereitet. Die Arbeitsmoral der Sullivans ist nicht ohne Grund legendär, und sie hat sich auch auf die nächste Generation übertragen...«

»So ein Blödsinn.«

In ihr loderte ein Feuer, so heiß, dass es ihr die Tränen in die Augen trieb, als sie den Filmausschnitt sah.

Da war Cate: jung, frisch, schön.

Schlimm genug, dachte Charlotte, schlimm genug, dass der verdammte Trailer überall zu sehen war und die guten Rezensionen sie trafen wie ein Schlag ins Gesicht. Aber daran konnte sie etwas ändern. Sie griff zum Telefon. Das wollte sie doch mal sehen, wie der kleinen Schlampe, die sie sieben Jahre ihres Lebens gekostet hatte, die Art von Presse gefallen würde, die sie sich jetzt leisten konnte.

Die Boulevardpresse schlug an dem Tag zu, als *Change of Scene* in die Kinos kam. *Caitlyns Liebesnest* und *Sex in the City* schrien die Schlagzeilen an den Zeitungsständen überall in der Stadt. Fotos des Mietshauses in Hell's Kitchen, von Cate und Noah, die sich draußen vor dem Bühneneingang küssten, beherrschten die ersten Seiten. Interviews mit Nachbarn in den Artikeln berichteten von wilden Partys, es wurde über Alkohol und Drogen gemunkelt. Details über Noahs Leben, über seine Familie wurden verbreitet.

»Es tut mir leid.« Sie stand mit ihm in Lilys Wohnzimmer – beziehungsweise, sie stand, und er ging auf und ab.

»Sie sind zum Haus meiner Mom gekommen. Sie haben Tasha – ich habe sie vor zwei Jahren etwa fünf Minuten lang gedatet – dazu gebracht zu sagen, ich hätte sie betrogen. Das stimmt nicht. Sie sagen, ich nähme Drogen – nein, eigentlich sagen sie es nicht, sie machen nur so Andeutungen. Meine Mom ist fertig mit den Nerven.«

Cate schwieg, während er wütend auf und ab marschierte. Was sollte sie auch sagen?

»Sie deuten an, ich hätte die Rolle in *Mame* nur wegen dir bekommen. Ich kannte dich noch nicht einmal, als ich vorgesprochen habe. Du würdest Angebote ablehnen, weil ich eifersüchtig bin und du quasi unter meiner Fuchtel stehst.«

Als er schließlich genug Dampf abgelassen hatte, sagte sie noch einmal das Einzige, was sie sagen konnte. »Es tut mir so leid, Noah.«

Er rieb sich mit den Händen übers Gesicht. »Es ist nicht deine Schuld. Es ist nur ... sie machen alles so hässlich.«

»Ich weiß. Es wird nicht ewig so weitergehen. Der Film

läuft an, darauf ist es abgestimmt. Jedenfalls meint das Lily, und ich glaube, sie hat recht. Ich weiß, es ist ganz furchtbar, aber es wird nicht anhalten.«

Er blickte sie an. »Für dich ist es leichter, das zu sagen. Ja, mir tut es auch leid, und ich weiß, dass es dir genauso viel ausmacht wie mir. Aber es ist Hollywood-Scheiße, Cate. Du bist daran gewöhnt.«

Alles in ihr zog sich zusammen. »Willst du dich von mir trennen?«

»Nein, um Himmels willen, nein.« Endlich kam er zu ihr und zog sie in die Arme. »Das will ich nicht. Ich... ich weiß nur nicht, wie ich damit umgehen soll. Mir ist ein Rätsel, wie du das schaffst.«

»Es wird nicht ewig so weitergehen«, sagte sie noch einmal. Aber sie hatte große Angst, dass das ruhige Intermezzo jetzt vorbei war.

Grant Sparks wusste, wie man ein Ding durchzog – lang oder kurz. Nach seinem anfänglichen Entsetzen und der Wut, die er im Gefängnis verspürt hatte, ging er davon aus, dass er am besten überleben würde, wenn er das Ding seines Lebens drehte, was am langfristigsten war.

Er hielt sich die Gangs vom Hals – was ihm die Krankenstation ersparte –, indem er im Gefängnis heiß begehrte Waren hineinschmuggelte. Das bedeutete zwar, dass er Teile des Gefängnispersonals bestechen musste, aber er fand ziemlich schnell heraus, wer sich dazu eignete und wie er ihn am besten bestechen konnte.

Er hatte immer noch Kontakte draußen. Er konnte eine Stange Zigaretten bestellen, dann den Preis für eine einzelne Zigarette hochschrauben und sich den Profit mit seiner Quelle teilen. Alkohol und Gras waren ebenfalls profitabel. Von härteren Drogen allerdings ließ er lieber die Finger.

Wenn er was zu rauchen verkaufte, trug ihm das höchstens eine Ohrfeige ein, aber harte Drogen? Im besten Fall mehr Gefängnis, im schlechtesten ein Messer zwischen die Rippen.

Er nahm Bestellungen für alles Mögliche entgegen, von Handcreme bis zu scharfer Sauce, und verdiente sich den Ruf, zuverlässig zu liefern.

Er genoss Schutz, und niemand legte sich mit ihm an.

Gleichzeitig sorgte er dafür, dass er die ihm zugewiesene Arbeit ohne Klagen erledigte. Er hielt die Füße still und befolgte die Regeln. Jeden Sonntag nahm er am Gottesdienst teil, nachdem er sich nach und nach von den heiligen Arschlöchern im Gefängnis von der Macht Gottes und des Gebets und dem ganzen Scheiß hatte überzeugen lassen.

Er las viel – die Bibel, die Klassiker, Bücher über Achtsamkeit und Selbstverbesserung –, und das führte dazu, dass er von der Gefängniswäscherei – das reinste Höllenloch – in die Bibliothek versetzt wurde.

Er trainierte fleißig und wurde ein stets hilfsbereiter Personal Trainer.

Weil er voll informiert über gewisse Leute draußen bleiben wollte, las er eingeschmuggelte Boulevardblätter und sogar *Variety*. Er wusste, dass das kleine Blag, das ihn ins Gefängnis gebracht hatte, ein paar Filme gemacht hatte. Er wusste auch, dass das Luder, das ihn in die Scheiße geritten hatte, bei der Presse die reuige Mutter spielte. Und er war völlig geplättet, als er über ihre Verlobung mit so einem alten Typen las, einem verdammten Milliardär. Dass sie so gerissen war, hatte er ihr nicht zugetraut. Auf einem gewissen Level bewunderte er sie sogar dafür.

Aber so oder so, irgendwann kam die Stunde der Rache.

Er sah eine Gelegenheit, als er las, dass das Gör in New York einen Tänzer fickte (der Typ war wahrscheinlich schwul). Es dauerte eine Weile, bis er sich überlegt hatte, wie er dem kleinen Luder einen Denkzettel verpassen konnte, wen er damit beauftragen musste und wie viel ihn der Auftrag kosten würde.

In der Vergangenheit hatte es sich immer ausgezahlt, Beziehungen für die Zeit nach der Entlassung zu knüpfen. Und jetzt zahlte es sich auch aus.

Cate brauchte weniger als zwei Wochen, um zu merken, dass sie die Sommerschule hasste. Stunde um Stunde in Klassenzimmern zu sitzen und dem Lehrer zuzuhören, wie er über Dinge redete, die – wie sich herausstellte – sie nicht wirklich interessierten, eröffnete ihr keine neuen Möglichkeiten. Dadurch wurden nur Räume in ihr geschlossen, die jemand anderer entworfen hatte.

Eine Ausnahme bildete der Französischkurs. Sie erlernte gern die Sprache, übte den Klang der Aussprache, merkte sich die Regeln und Eigenheiten.

Filmwissenschaft langweilte sie zu Tode. Sie hatte keine Lust, Filme zu analysieren, verborgene Bedeutungen und Metaphern herauszufinden. Für sie verlor der Film dadurch an Magie, die er auf der Leinwand hatte. Aber sie wollte jeden Kurs zu Ende machen. Die Sullivans gaben nicht auf, sagte sie sich, als sie in einer weiteren Vorlesung saß.

»Sie erwarten von mir, dass ich Sachen weiß, weil ich als Schauspielerin gearbeitet habe, weil meine Familie in der Branche ist.«

Es war einer ihrer freien Montage, und sie kuschelte mit Noah auf seinem kleinen Bett.«

»Du weißt doch auch viele Sachen.«

»Aber nicht das, was sie hören wollen. Im Schauspielunterricht könnte ich wahrscheinlich mehr beitragen, aber ich weiß nicht, warum Hitchcock beschlossen hat, die Duschszene in *Psycho* in schnellen Schnitten zu filmen, oder warum

Spielberg Dreyfuss am Ende von *Der weiße Hai* am Leben gelassen hat. Ich weiß nur, dass beide echt brillante, schaurige Filme sind.«

Träge strich er ihr über die Haare, die ihr mittlerweile bis fast zu den Schultern reichten. »Möchtest du denn Schauspielunterricht nehmen?«

»Nein. Das ist dein Bereich. Du bist derjenige, der im begehrtesten Stück am Broadway spielt. Ich …«

»Was?«

Sie drehte den Kopf und küsste ihn auf die Schulter. »Es ist irgendwie blöd, dass ich das Thema nicht anschneiden kann. Schließlich hat ja der ganze Scheiß nachgelassen.«

»Du hast ja gesagt, dass es so wäre.« Jetzt küsste er ihre Schulter. »Ich hätte auf dich hören sollen.«

»Es war ein Schlag in den Magen für dich, Noah.«

»Tiefer«, meinte er, und sie musste lachen.

»Ich wollte sagen, dass die Leute auf dem College – sogar der Studiendekan – gefragt haben, ob ich ihnen Eintrittskarten für *Mame* besorgen kann.«

»Wir haben immer ein paar Plätze für VIPs reserviert.«

Cate schüttelte den Kopf. »Wenn du es einmal machst, hört es nicht mehr auf. Oh, ich muss gehen. Ich habe morgen um zehn Unterricht, und ich bin noch nicht fertig mit Lesen.«

»Ich wünschte, du würdest bleiben.«

»Ich wünschte, ich könnte, aber ich muss das zu Ende bringen, und ich habe Lily gesagt, ich wäre gegen Mitternacht zu Hause. Es ist schon Mitternacht.«

Sie schlüpfte aus dem Bett, um sich anzuziehen, und seufzte, als er sich ebenfalls anzog. »Du musst mich wirklich nicht zum Taxi bringen, Noah.«

»Mein Mädchen wird begleitet.«

Sie setzte sich aufs Bett und beobachtete, wie er seine Jeans hochzog. »Ich bin wirklich gerne dein Mädchen.«

Wie jeden Montagabend brachte er sie zur 8. Avenue, damit sie dort ein Taxi nach Uptown nehmen konnte. Sie dachte an das erste Mal, nach ihrem ersten Mal, in dem kalten Nieselregen, an das Glänzen des nassen Asphalts. Jetzt gingen sie durch die Hitze einer langen Sommernacht. Der Himmel war bedeckt, und dicke Wolken schoben sich vor den Mond und die Sterne.

»Schreib mir, wenn du zu Hause bist«, sagte er wie immer. Und sie küssten sich ein letztes Mal.

Wie immer blickte sie aus dem Taxi zurück auf die Gestalt, die an der Ecke stand.

Als das Taxi nicht mehr zu sehen war, steckte Noah die Hände in die Taschen und zog seine Ohrstöpsel heraus, um auf dem Nachhauseweg ein wenig *50 Cent* zu hören. Im Kopf entwarf er eine Choreographie zu der Musik, zu dem Text und überlegte, ob er seinen Tanzlehrer bitten sollte, ihm bei der Ausarbeitung zu helfen.

Sie überfielen ihn an der 9. Avenue.

Cate schickte den Text, als sie im Fahrstuhl nach oben fuhr – und ihr fiel gar nicht auf, dass Noah nicht wie üblich seinen Lächel-Emoji schickte, weil Lily noch auf der Terrasse saß.

»Bist du extra wegen mir aufgeblieben?«, fragte sie.

»Nein, ich genieße die Hitze und die Feuchtigkeit. Ich komme aus den Südstaaten, und bei diesem Wetter fühle ich mich immer wie zu Hause.«

»Stehen deshalb hier draußen eine Flasche Wasser und zwei Gläser?«

»Ich dachte, du hast vielleicht Durst, wenn du nach Hause kommst, und willst vielleicht noch ein paar Minuten mit mir hier draußen sitzen.« Sie schenkte ihr ein Glas ein.

»Ja zu beidem.« Cate dachte zwar an die Lektüre, die sie noch nicht zu Ende gelesen hatte, setzte sich aber zu Lily.

»Wie geht es Noah?«

»Gut. Uns geht's gut«, fügte sie hinzu, weil sie wusste, dass eigentlich diese Frage dahinterstand. »Eine Zeit lang war es ein bisschen unruhig, und das kann ich ihm nicht übel nehmen. Aber es hat sich wieder gelegt. Es gibt keine richtige Story, und andere Dramen sind viel interessanter.«

»Na gut, dann kann ich das ja von meiner Liste streichen. Und, wie sehr verabscheust du diese Sommerkurse?«

Cate stieß die Luft aus. »Ich würde sie nicht noch einmal belegen. Meine Abscheu ist nicht so glühend wie tausend Sonnen, noch nicht einmal so heiß wie eine heiße Sommernacht in New York. Mir gefällt es nur einfach auf der Schule nicht. Ich wusste nicht, dass ich Schule nicht mag, bis ich das hier ausprobiert habe. Oh, abgesehen von Französisch, das ist mein Lichtblick. *J'adore parler et penser en francais.*«

»Den ersten Teil habe ich verstanden – du sprichst gerne Französisch.«

»Ja, und ich denke auch gerne in Französisch. Um es sprechen zu können, muss ich schließlich in der Sprache denken können. Die Sommerkurse dauern nur noch ein paar Wochen, und ich möchte sie auf jeden Fall durchhalten. Dann werde ich mich nach einem Fortgeschrittenen-Kurs in französischer Konversation umschauen, vielleicht noch einen Kurs in Fotografie belegen und wieder Tanzunterricht nehmen. Was ich sonst mache, weiß ich noch nicht, aber ich denke darüber nach, was ich mit dem tun kann, was ich lerne und worin ich gut bin.«

»Du wirst es schon noch herausbekommen.«

Das hoffte Cate. Eines wusste sie, als sie sich schließlich an die Lektüre machte: Filmwissenschaft würde es nicht sein.

Der Anruf von Noahs Mitbewohnern weckte sie kurz nach sechs Uhr morgens.

15

Voller Angst rannte Cate zum Schwesternzimmer. »Noah Tanaka. Sie sagten unten, er liege auf dieser Station. Er – er ist letzte Nacht überfallen, zusammengeschlagen worden. Ich …«

Trotz ihres fröhlichen Häubchens mit gelben Margeriten auf blauem Grund fragte die Krankenschwester betont sachlich: »Gehören Sie zur Familie?«

»Nein, ich bin seine Freundin. Bitte …«

»Es tut mir leid. Ich kann Ihnen keine Informationen über Mr Tanaka geben. Nur wenn Sie zur Familie gehören.«

»Aber ich muss ihn sehen. Ich muss doch wissen, ob er wieder gesund wird. Ich weiß nicht, wie schwer er verletzt ist. Ich weiß nicht …«

»Ich kann Ihnen diese Information nicht geben. Wenn Sie warten möchten, der Warteraum ist gleich da vorne rechts.«

»Aber …«

»Im Warteraum«, fuhr die Krankenschwester fort, »sitzt Mr Tanakas Familie.«

»Oh. Danke«, sagte Cate erleichtert und ging zum Warteraum hinüber.

Noahs jüngerer Bruder Eli lag zusammengerollt, mit Kopfhörer, auf einem kleinen Sofa und schlief.

»Weck ihn nicht auf.« Bekka, Noahs Schwester, stand an einer kleinen Station mit Kaffee und Tee. »Er ist gerade erst eingeschlafen.«

»Bekka.«

»Komm, wir setzen uns hierher.« Sie hängte einen Teebeutel in einen Pappbecher mit heißem Wasser und ging mit Cate zu ein paar Stühlen.

Sie sah erschöpft aus. Ihre dicken, dunklen Haare hatte sie hinten am Kopf einfach zusammengebunden. Unter ihren Augen – golden wie Noahs – lagen tiefe Schatten. Sie trug graue Leggings und ein schwarzes T-Shirt, auf dem COLUMBIA stand.

So ernst, wie es Noah mit dem Theater war, nahm sie ihr Medizinstudium.

»Ich habe es gerade erst erfahren, und ich bin sofort hierhergekommen. Sie lassen mich nicht zu ihm, und sie wollen mir auch nichts sagen.«

»Krankenhausvorschriften. Wir können dich auf die Liste setzen lassen. Aber im Moment schläft er. Wegen der Gehirnerschütterung können sie ihm nicht viel gegen die Schmerzen geben. Mom und Dad sind bei ihm. Grandma und Ariel sind gerade hinuntergegangen, um etwas zu essen.«

»Bitte.« Cate griff nach Bekkas Hand. »Sag mir, wie es ihm geht.«

»Entschuldigung. Ich bin ein bisschen groggy. Das Krankenhaus hat in der Nacht, so gegen Morgen, angerufen. Die Polizei war schon da, als wir hier ankamen. Noah wurde bewusstlos eingeliefert, aber er ist zu sich gekommen und hat versucht, der Polizei zu sagen, was passiert ist. Er hat eine Gehirnerschütterung, eine Netzhautablösung am linken Auge, Augenhöhlenfraktur beidseitig, eine gebrochene Nase.« Bekka schloss die Augen und trank einen Schluck Tee. Eine Träne rollte ihr über die Wange. »Gebrochener Wangenknochen, linke Gesichtshälfte. Nierenprellungen, Bauchprellungen.« Sie öffnete die Augen wieder und blickte Cate an. »Es waren zwei, sie haben ihn zusammengeschlagen. Haben einfach immer weiter geschlagen.«

Cate schlang die Arme um sich und schaukelte hin und her. »Wird er wieder gesund?«

»Die Netzhaut muss operiert werden und wahrscheinlich auch die Augenhöhlenfrakturen. Wir warten auf den Spezialisten, der ihn untersuchen soll. Die Wangenknochenfraktur muss gerichtet werden, weil sich der Knochen verschoben hat, aber da müssen sie erst warten, bis die Schwellung zurückgegangen und er stabiler ist.«

»O Gott.« Cate atmete tief ein und aus und drückte sich die Finger an die Augen. »Wie ist das nur passiert? Warum nur hat man ihm das angetan?«

»Er sagte, er war auf dem Heimweg, nachdem er dich zum Taxi gebracht hat.«

»O Gott, o Gott.«

»Er meinte, es seien zwei gewesen, und das haben auch die zwei Zeugen gesagt, die sie vertrieben haben. Zwei Männer, beide weiß, haben sie gemeint. Noah erinnert sich nicht mehr an viel, nur dass er gegangen ist und etwas ihn von hinten getroffen hat. Er weiß nicht, wie sie ausgesehen haben. Die Zeugen haben ein bisschen mehr gesehen, aber auch nicht viel, weil sie einen Block entfernt waren. Aber als sie angefangen haben, ihn zusammenzuschlagen, haben sie gesagt...«

»Was?« Cate umklammerte Bekkas Arm, als sie zögerte.

»Sie nannten ihn Nigger-Schlitzauge, eine Schwuchtel, und sie sagten, wenn er noch einmal versuchen würde, ein weißes Mädchen zu ficken, dann würde er noch mehr abbekommen. Sie sagten, wenn er Cate Sullivan jemals wieder anfassen würde, dann würden sie ihm den Schwanz abschneiden.«

»Sie...« Cate fand keine Worte.

»Das bedeutet nicht, dass du schuld bist. Aber... unsere Mutter, vor allem unsere Mutter... Du musst verstehen, wie sie sich gefühlt hat, als sie das gehört und Noah gesehen hat.«

Cate verstand es nicht. Sie verstand gar nichts. »Ich weiß nicht, was ich tun soll, was ich sagen oder fühlen soll.«
»Die Polizei will bestimmt auch mit dir sprechen.«
»Ich kenne niemanden, der ihm so etwas antun würde, Bekka, ich schwöre.«
»Du musst sie ja nicht kennen.« Eli war wach geworden und hatte sich die Ohrstöpsel herausgezogen. Er saß auf dem Sofa und beobachtete sie. In den Augen des Fünfzehnjährigen lag Bitterkeit. »Sie kennen dich.« Er stand auf. »Ich gehe was an die Luft«, sagte er und ging hinaus.
Aber das tun sie gar nicht, dachte Cate. *Sie kennen mich nicht.*
»Eli ist wütend«, sagte Bekka. »Im Moment sieht er nur, dass sein Bruder im Krankenhaus liegt und von weißen Männern wegen eines weißen Mädchens zusammengeschlagen worden ist. Darüber hinaus sieht er nichts.«
Cate legte die Hand über das kleine Herz, das sie jeden Tag trug. »Erlauben mir deine Eltern, ihn zu sehen?«
»Ja, weil er schon nach dir gefragt hat. Was auch immer sie im Moment empfinden, sie wollen nur das Beste für Noah. Warte hier. Ich rede mit meiner Mutter.«
Erschüttert wartete Cate. Weil sie wusste, dass Lily ebenfalls wartete und sich Sorgen machte, textete sie ihr eine verkürzte Version. Wenn sie zu Hause war, konnte sie es ihr immer noch ausführlich erzählen.
Er schläft jetzt. Zwei Männer haben ihn gestern Nacht überfallen. Er ist verletzt, schläft jetzt aber. Ich warte darauf, dass ich zu ihm kann. Ich erzähle dir alles, wenn ich nach Hause komme.
Lilys Antwort kam postwendend.
Sag ihm alles Liebe von mir. Für dich auch.
Cate stand auf und ging hin und her. Wie konnten Menschen in Warteräumen nur sitzen bleiben? Wie ertrugen sie

es, wie unendlich langsam die Zeit verstrich, bis sie jemanden, den sie liebten, sehen und berühren konnten?

Glocken ertönten, Schritte quatschten auf dem Fußboden vor dem Wartezimmer. Telefone klingelten. Sie wollte keinen Kaffee, keinen Tee. Sie wollte nur zu Noah.

Seine Eltern gingen vorbei. Seine Mutter hielt das Gesicht abgewandt und schmiegte sich an ihren Mann. Sein Vater blickte zu ihr hin, als sie vorbeigingen.

Sie sah Kummer und Müdigkeit in seinen Augen, aber keine Bitterkeit, keinen Vorwurf.

Und dieser einzelne Blick brachte ihre Tränen zum Fließen.

»Ich kann dich jetzt zu seinem Zimmer mitnehmen.« Bekka stand in der Türöffnung. »Er wird immer mal wieder wach. Und wenn er wach ist, hat er Schmerzen, deshalb kannst du nicht lange bleiben.«

»Nein, das werde ich auch nicht. Ich muss ihn einfach nur sehen. Danach gehe ich und bin euch nicht mehr im Weg.«

»Es liegt nicht an dir, Cate. Es ist die Situation. Ich warte hier draußen.« Sie blieb an der Tür stehen, und ihre Augen – matt und müde – begegneten Cates Blick. »Solange Noah dich sehen will, erstelle ich eine Art Besuchsplan. Ich will meiner Mutter möglichst die Aufregung ersparen. Ich sage dir die Zeiten, zu denen du Noah am besten besuchen kannst. Am Anfang nur kurz. Er braucht Ruhe, viel Ruhe.«

»Ich bleibe nicht lange.«

Cate machte sich auf das Schlimmste gefasst und stieß die Tür auf.

Nichts hätte sie auf den Anblick vorbereiten können. Wie Sturmwolken bedeckten violette Blutergüsse sein schönes Gesicht, und wegen der Schwellungen war die Kopfform verzerrt. Sein linkes Auge ragte rot und blutig aus der Höhle. Das rechte Auge war umgeben von weiteren Blutergüssen, schwarz, gelb und violett.

Er lag ganz still in der weißen Bettwäsche. Der Krankenhauskittel in verwaschenem Blau zeigte weitere Blutergüsse an seinen Armen, hässliche Kratzer zogen sich über die Haut. Einen Moment lang fürchtete sie, dass er nicht mehr atmete, aber dann sah sie die Bewegungen seines Brustkorbs, hörte das Piepsen des Monitors.

Sie wäre am liebsten zu ihm gerannt, hätte seinen Körper mit ihrem bedeckt und ihr Herz in ihn fließen lassen. Wollte ihm Stärke geben, ihm all diese Schmerzen nehmen.

Aber sie ging langsam und leise in dem dämmerigen Raum mit dem einzelnen Fenster, dessen Jalousie gegen das Tageslicht heruntergelassen war. Ganz leicht und sanft ergriff sie seine Hand.

»Ich wünschte, ich könnte hier sein, wenn du aufwachst. Ich wünschte, ich könnte mit dir reden. Aber du brauchst Ruhe. Ich komme jeden Tag und bleibe so lange, wie sie mich lassen. Lily sendet dir ihre Liebe, und auch wenn ich nicht hier sein kann, musst du wissen, dass meine Liebe immer bei dir ist.«

In der Sommerhitze, im gleißenden Licht der morgendlichen Sommersonne, ging Cate die fast dreißig Blocks bis nach Hause zu Fuß.

Um diese Uhrzeit waren viele Geschäfte noch geschlossen, und die meisten Touristen waren noch nicht unterwegs. Es war die Zeit, in der Leute ihre Hunde ausführten, Kindermädchen und Jogger in Richtung der Parks liefen, Geschäftsleute zu frühen Meetings eilten. Kaum jemand achtete auf sie.

Sie hatte ihn zerschlagen und zerbrochen zurückgelassen, weil er eine Familie hatte, die ihn liebte. Und die sie jetzt verabscheute. Selbst Bekka, dachte sie. Was Bekka getan hatte, hatte sie nur für Noah getan. Cate konnte es ihr nicht verübeln, konnte es keinem von ihnen verübeln. Wie sehr würde Noah es ihr vorwerfen?

Sie trat aus der Hitze in die Kühle der Lobby, ging zum Fahrstuhl, den Flur entlang zur Tür. Hinein.

»Cate. Oh, mein armes Baby. Komm, setz dich. Bist du zu Fuß gegangen? Lass mich …«

Cate schüttelte den Kopf. Am ganzen Leib zitternd, stürzte sie zur Toilette. Die Übelkeit in ihrem Magen brach sich Bahn, mit brutaler Heftigkeit. Lily war hinter ihr, hielt ihr mit einer Hand die Haare zurück, griff mit der anderen nach einem Gästehandtuch.

»Es ist in Ordnung, Süße. Es wird alles gut.« Sie befeuchtete das Handtuch mit kaltem Wasser, drückte es auf Cates Stirn und dann hinten auf ihren Nacken. »So, komm, du musst dich hinlegen. Komm.« Sie zog Cate hoch, umarmte sie, als sie weinte, und dirigierte sie mit beruhigenden Lauten in ihr Schlafzimmer. »Ich hole dir Wasser und ein bisschen Ginger Ale.«

Sie eilte hinaus und kam mit zwei Gläsern zurück. »Zuerst das Wasser. So ist es gut.« Sie schüttelte die Kissen auf und lehnte Cate dagegen. »Kleine Schlucke, so ist es richtig. Wenn du dich besser fühlst, duschst du dich ab, und ich suche dir frische Sachen heraus.« Zuerst jedoch setzte sich Lily auf die Bettkante und schob Cate die schweißnassen Haare aus dem Gesicht. »Kannst du es mir erzählen?«

»Zwei Männer. Sein Gesicht, G-Lil, sie haben ihn so schrecklich zugerichtet. Er wird mehr als eine Operation brauchen. Es waren zwei Männer, als er nach Hause ging, nachdem er mich zum Taxi gebracht hat. Sie haben ihn zusammengeschlagen. Und sie haben ihn mit hässlichen Namen belegt. Sie sagten, das sei, weil er nicht weiß ist, ich hingegen schon. Sie sagten meinen Namen. Er liegt einfach da, so schrecklich verletzt. Seine Familie gibt mir die Schuld.«

»Natürlich nicht.«

»Doch.« Sie weinte jetzt wieder. »Seine Mutter wollte mich noch nicht einmal anschauen. Sein Bruder wollte nicht im gleichen Raum bleiben wie ich. Sie sagten meinen Namen, als sie ihn zusammenschlugen.«

»Weil sie hässliche, rassistische, bigotte Scheißkerle sind. Nicht wegen dir. Seine Familie ist nur außer sich vor Angst und Sorge. Gib ihnen Zeit. Was haben die Ärzte gesagt?«

»Ich weiß nur, was Bekka mir erzählt hat. Sie können ihm nicht so viel Schmerzmittel geben, weil er eine Gehirnerschütterung hat, und er muss operiert werden. Ich habe ihn nur ganz kurz gesehen, aber er hat geschlafen. Ich konnte nicht bleiben, weil …«

»Das ist schon in Ordnung. Er ist jung und stark, und niemand hat eine bessere Konstitution als ein Tänzer. Trink jetzt ein bisschen Ginger Ale.«

Sie drängte Cate, einen Schluck zu nehmen, dann schickte sie sie unter die Dusche und suchte ihrer Enkelin frische Kleidung heraus. Sie blickte auf die Uhr, rechnete nach und beschloss, Hugh erst später anzurufen. Es hatte ja keinen Zweck, ihn schon so früh mit solchen Nachrichten zu wecken. Das Gleiche galt für Aidan.

Ihren Regisseur würde sie anrufen, sobald sie das Gefühl hatte, dass es Cate ein bisschen besser ging. In einer Stunde würde Mimi kommen, dachte sie. Sie überlegte kurz, dann schickte sie ihrer Assistentin eine Nachricht, bat sie, von zu Hause aus zu arbeiten und unwichtige Anrufe zurückzuhalten.

Sie würde Tee kochen. Sie würde …

»G-Lil …«

Sie drehte sich zu Cate um. Sie hatte die Haare zu einem Pferdeschwanz zusammengebunden und sah so jung und so traurig aus.

»Willst du dich nicht ein bisschen hinlegen, Süße? Ich mache uns einen Tee.«

»Mir geht es gut. Die Dusche hat geholfen. Und wahrscheinlich auch, dass ich mich übergeben habe. Es ist alles in Ordnung. Ich mache Tee. Wenn ich mich beschäftige, hilft das bestimmt auch.« Sie wandte sich zur Küche, aber dann blieb sie stehen und umarmte Lily. »Danke.«

»Ich wüsste nicht wofür.«

»Für alles. Du warst meine Mutter, meine Großmutter, irgendwie beides, solange ich denken kann. Du bist meine G-Lil, und ich brauchte dich so sehr.«

»Jetzt bringst du mich zum Weinen.«

»Du hast Dad oder Grandpa noch nicht angerufen, oder?«

»Ich wollte noch eine Stunde warten.«

»Gut.« Sie löste sich von Lily. »Ich mache jetzt Tee, und vielleicht kannst du mir dabei helfen herauszufinden, was ich jetzt tun soll.«

»In Ordnung. Das mache ich gerne.«

Sie gingen zusammen zur Küche, als das Haustelefon klingelte.

»Ich gehe schon.« Lily nahm den Hörer ab. »Lily Morrow. Ja, Fernando. Oh.« Sie blickte zur Küche. »Ja, schicken Sie sie hinauf.«

In der Küche studierte Cate eine hellrote Blechdose. »Energy Boost Tee. Funktioniert das?«

»Nicht besonders. Wir setzen besser auch noch einen Kaffee auf.«

»Willst du Kaffee?«

»Süße, das war Fernando in der Lobby. Zwei Polizisten kommen herauf. Sie müssen mit dir reden. Ich hielt es für das Beste, wenn du es hinter dich bringst.«

»Ja.« Cate stellte die Dose wieder weg und wandte sich zu

der komplizierten Maschine, die Lily nach eigenen Angaben fast mehr liebte als Sex. »Ich möchte ja helfen. Ich weiß zwar nicht wie, aber vielleicht kann ich ja etwas beitragen. Mir geht es wirklich wieder gut, G-Lil.«

»Das sehe ich. Du warst schon immer stark, Cate.«

»Nicht immer, aber ich weiß, wie es geht. Ich mache Kaffee für uns alle.« Sie rang sich ein Lächeln ab. »Glaubst du, Polizisten trinken ihn schwarz wie in den Büchern und Filmen?«

»Das werden wir wohl erfahren. Ich lasse sie herein«, sagte sie, als die Türklingel summte.

Lily warf einen raschen Blick in den Wohnraum, als sie zur Tür ging. Am besten setzte sie sich mit Cate auf das große Sofa. Wenn ihr Mädchen Unterstützung brauchte, war sie direkt da.

Sie öffnete die Tür.

Was auch immer sie erwartet hatte, sie war nicht gefasst auf eine Frau im mittleren Alter, die ihre braunen Haare mit den grauen Strähnen kurz trug wie Judy Dench, und einen dünnen Schwarzen mit kurzen, ordentlichen Dreadlocks, der kaum alt genug aussah, um legal Alkohol trinken zu dürfen.

Beide trugen Jacketts – seines war gut geschnitten und anthrazitgrau, ihres schwarz und weit.

Und sie hielten ihr beide ihren Ausweis entgegen.

»Ms Morrow, ich bin Detective Riley. Das ist mein Partner, Detective Wasserman.« Sie blickte Lily aus kühlen blauen Augen offen an.

»Bitte, kommen Sie herein. Caitlyn macht gerade Kaffee.«

»Großartige Aussicht«, kommentierte Wasserman, während seine dunklen Augen die Terrassentüren, den Raum und alles, was darin war, musterten. Ihm entging wahrscheinlich nichts, dachte Lily.

»Ja, nicht wahr? Bitte, setzen Sie sich doch.« Sie wies auf die Sessel gegenüber dem Sofa. »Wir sind beide fassungslos wegen Noah. Caitlyn ist eben erst aus dem Krankenhaus wiedergekommen. Ich hoffe, sie finden diejenigen, die den Jungen so zugerichtet haben.«

»Sie kennen ihn gut, persönlich wie beruflich?« Riley setzte sich und zog ein Notizbuch heraus.

»Ja. Er ist ein äußerst talentierter, sehr guter junger Mann. Ich mag ihn sehr.«

»Kennen Sie jemanden, der ihm etwas antun wollte?«

»Nein. Ganz aufrichtig, nein. Alle in der Truppe mögen ihn. Ich habe nie gehört, dass irgendjemand etwas Schlechtes gesagt hat. Als Cate begann, sich mit ihm zu treffen, habe ich mich gründlich nach ihm erkundigt.« Sie lächelte, als sie das sagte. »Er hat die Prüfung bestanden.«

Wasserman stand auf, als Cate mit dem Kaffeetablett hereinkam. »Warten Sie, ich nehme es Ihnen ab.«

Sie reichte es ihm und blieb einen Moment lang stehen. »Ich bin Cate.«

»Detective Riley, Ms Sullivan. Mein Partner, Detective Wasserman.«

»Wie nehmen Sie Ihren Kaffee?«

»Ein bisschen Sahne, kein Zucker«, sagte Riley.

»Sahne und Zucker. Danke«, sagte Wasserman, als Cate den Kaffee verteilte.

»Noahs Mitbewohner hat mich heute früh angerufen. Ich bin direkt ins Krankenhaus gefahren. Ich verstehe nicht, wie ihm das jemand antun konnte, wie man das überhaupt jemandem antun kann.« Sie setzte sich neben Lily. »Noahs Schwester hat mir erzählt, was sie zu ihm gesagt haben. Das verstehe ich auch nicht.«

»Wie lange sind Sie schon mit Noah zusammen?«, fragte Riley.

»Seit etwa Anfang Februar.«

»Gab es jemanden, der etwas dagegen hatte?«

»Dass wir zusammen waren? Nein. Warum?«

»Vielleicht jemand, mit dem Sie vorher zusammen waren?«, warf Wasserman ein. »Oder jemand, mit dem Noah vorher zusammen war.«

»Er hatte Freundinnen gehabt, aber als wir uns kennenlernten, war er solo.«

»Und Sie?«, fragte Riley.

»Nein. Ich hatte vor Noah keinen Freund.«

Wasserman zog die Augenbrauen hoch. »Gar keinen?«

»Ich habe einige Jahre lang in Irland gelebt. Wir sind immer in der Clique ausgegangen, aber ich war nie wirklich mit jemandem zusammen. Es gibt keinen eifersüchtigen Ex-Freund in meinem Leben, und ich weiß auch von keiner eifersüchtigen Ex-Freundin bei Noah. Ich kenne überhaupt niemanden, der so gewalttätig und gemein ist. Wenn ich auch nur den Hauch einer Ahnung hätte, würde ich es Ihnen sofort sagen. Sie haben ihn ja gesehen. Sie haben ja gesehen, was sie ihm angetan haben. Und sie haben dabei meinen Namen gesagt.« Sie packte sich an die Kehle. »Sie wissen sicher, was mir passiert ist, als ich zehn war. Ich kenne grausame Leute und weiß, wozu sie fähig sind. Aber ich kenne niemanden, der Noah so etwas antun würde.«

»Erzählen Sie uns, wie Ihr Montag verlaufen ist.«

Cate nickte Riley zu. »Das Theater ist montags geschlossen, deshalb haben wir Zeit zusammen verbracht. Ich hatte zwei Kurse an der NYU, deshalb habe ich mich erst um eins mit ihm getroffen, in dem Coffee Shop, in dem wir unser erstes Date hatten. Das machen wir normalerweise so. Es ist das Café *Café* auf der Siebten, Ecke 46. Straße. Gegen eins, glaube ich. Wir sind in seine Wohnung gegangen. Seine Mitbewohner arbeiten tagsüber, und wir waren allein. Zum Abendessen waren wir mit Freunden verabredet. Gegen acht. Im *Footlights*, das ist, äh, Broadway, Ecke 48. Straße.«

Sie dachte an den Abend, der ihr auf einmal Jahre entfernt schien, wie in einem anderen Leben.

»Ein paar von ihnen sind hinterher in einen Club gegangen, aber wir... Montagabend ist der einzige Abend, an dem er nicht auf der Bühne steht. Wir sind wieder in seine Wohnung gegangen. Gegen Mitternacht hat er mich zur 8. Avenue gebracht, damit ich dort ein Taxi nehmen konnte. Ich musste noch etwas lesen für einen Kurs am nächsten Morgen. Er bringt mich immer zur achten.«

Als ihr die Stimme versagte, rückte Lily näher an sie heran und ergriff ihre Hand.

»Immer zur 8. Avenue?«, wiederholte Riley. »Und auch der Zeitpunkt um Mitternacht war meist der gleiche?«

»Ja. Ich habe dienstagsmorgens Unterricht. Er bringt mich immer dorthin und wartet, bis ich im Taxi sitze und weggefahren bin. Ich drehe mich immer nach ihm um und sehe ihn an der Ecke stehen, bis wir außer Sichtweite sind. Er...« Sie brach ab und stellte ihre Tasse so abrupt auf den Tisch, dass das Geschirr klapperte. »Wir machen es fast jeden Montagabend so. O Gott, sie wussten, dass er da sein würde, wussten, dass er gegen Mitternacht von dieser Stelle nach Hause gehen würde. Montagnacht.«

»Wissen Sie, ob irgendjemand ihn bedroht hat?« Wasserman beugte sich vor. »Ob jemand irgendetwas dazu gesagt hat, dass er mit Ihnen oder überhaupt mit einer weißen Frau zusammen war?«

»Nein. Nein. Das hätte er mir erzählt. Ganz bestimmt. Niemand hat jemals so etwas zu mir gesagt. Die beiden Männer, die Noah geholfen haben. Haben sie die Männer gesehen, die das getan haben?«

Riley warf Wasserman einen kurzen Blick zu und nickte fast unmerklich.

»Sie kamen gerade aus einer Bar und hatten was getrunken. Als sie um die Ecke bogen, sahen sie den Überfall. Sie schrien und liefen zu Noah. Die Angreifer sind in östlicher Richtung geflohen. Die Zeugen waren nicht nahe genug, um wirklich etwas sehen zu können. Sie waren etwa einen halben Block entfernt und hatten ein paar Bier intus.«

»Aber sie haben sie aufgehalten«, murmelte Cate. »Sie haben die Polizei und einen Krankenwagen gerufen. Sie haben das Ganze beendet. Noah – seine Schwester sagte, er hat auch nicht erkennen können, wer ihn da zusammenschlug.«

»Wir reden noch einmal mit ihm«, versicherte Riley ihr. »Vielleicht erinnert er sich dann an mehr. Prominente bekommen häufig Post von Fans, manchmal regelrecht besessenen Fans, die Besitz-Fantasien entwickeln.«

»Wenn ich Post bekomme, geht sie ans Studio oder an meinen Agenten. Und ich bin nicht wirklich prominent.«

»Sie haben in vier Filmen mitgespielt«, erwiderte Riley. »Und die Presse hat Ihnen viel Aufmerksamkeit geschenkt. Auch Ihre Beziehung mit Noah war vor gar nicht langer Zeit Thema in der Boulevardpresse.«

»Wenn es so einen Brief gegeben hätte...« Sie ergriff Lilys Hand. »Der Anruf.«

»Welcher Anruf?«, fragte Riley.

»Im Juni, als die Theatertruppe außerstädtische Premieren hatte, rief jemand auf meinem Handy an.« Sie berichtete ihnen von dem Anruf, erzählte auch von dem in Los Angeles.

»Und Sie haben das Handy nicht mehr?«

Cate schüttelte den Kopf. »Mir ist klar, dass das ein Fehler war, aber ich...«

»Sie haben einfach nur reagiert«, warf Wasserman ein. »Hat einer von Ihnen andere Anrufe bekommen, die irgendwie beunruhigend waren?«

»Nein, ich nicht.«

»Nichts in der Art«, bestätigte Lily. »Glauben Sie, die Anrufe haben etwas mit dem Überfall auf Noah zu tun?«

»Wir werden ihnen auf jeden Fall nachgehen. Andere Kontaktversuche?«, fragte Riley. »Irgendetwas, bei dem Sie sich unbehaglich gefühlt haben?«

»Nein. Ich meine, normalerweise erkennen die Leute Lily, wenn sie draußen unterwegs ist, und manchmal kommen sie auf sie zu. Seit mein letzter Film in die Kinos gekommen ist, war das bei mir auch ein bisschen so, aber es war nichts Unangenehmes dabei.«

»Sie haben Kurse an der NYU belegt.« Wasserman lächelte sie an und blickte auf sein Notizbuch. »Hat Ihnen irgendjemand besondere Aufmerksamkeit geschenkt, wollte vielleicht mit Ihnen ausgehen?«

»Ein paar haben mich gefragt, aber nachdem ich sagte, ich hätte einen Freund, hat es niemand mehr versucht.«

»Sie sagten, er holt Sie oft auf dem Campus ab. Sie werden also zusammen gesehen.«

Cate erwiderte Rileys Blick. »Ja, Sie meinen, eine weiße Frau und jemand, der nicht weiß ist.«

Riley wich ihr nicht aus. »Wenn diese Attacke rassistisch motiviert war, wäre es ein Verbrechen aus Hass. Wir nehmen so etwas sehr ernst, und wenn Sie irgendetwas in der Richtung mitbekommen, müssen Sie uns das sagen.«

»Ja, das mache ich.«

»Und könnten wir die Namen der Freunde bekommen, die mit Ihnen zu Abend gegessen haben? Vielleicht ist jemandem etwas aufgefallen«, erklärte Wasserman. »Vielleicht hat jemand Ihnen und Noah zu viel Aufmerksamkeit geschenkt.«

»Klar, ich weiß nur nicht von allen die Nachnamen.«

»Darum kümmern wir uns.« Riley stellte ihre leere Tasse ab.

»Möchten Sie noch einen Kaffee?«

»Nein, danke. Es ist sehr guter Kaffee.«

Cate sagte ihnen die Namen, an die sie sich erinnerte, und stand auf, als sich die Detectives erhoben. »Mir ist klar, dass Sie sie vielleicht nicht finden. Ich weiß, dass sich die Dinge normalerweise nicht so lösen wie im Film. Es ist nur, Noah hat das nicht verdient.«

»Nein, das hat er nicht.« Riley steckte ihr Notizbuch in ihre Tasche. »Und auch Sie haben das nicht verdient. Danke für Ihre Zeit. Sie haben uns sehr geholfen.«

»Ich bringe Sie hinaus.« Lily brachte sie zur Tür, dann wandte sie sich an Cate. »Geht es dir gut?«

»Ja. Selbst wenn es zu nichts führt, so tue ich doch wenigstens etwas, indem ich ihnen alles sage, was mir einfällt. Ich lasse mich von nichts und niemandem in eine Ecke drängen.«

»Gut. Ich muss jetzt deinen Großvater anrufen. Du solltest deinen Dad anrufen. Und ich werde unseren Regisseur anrufen. Er muss heute Abend für Noah und mich auf die zweite Besetzung zurückgreifen.«

»Nicht für dich, nein. Nein.«

»Ich will dich hier heute Abend nicht alleine lassen, Süße.«

»Und ich will nicht, dass du all die Leute enttäuschst, die extra heute Abend in die Vorstellung kommen, um Lily Morrow als *Mame* zu sehen. Die Show muss weitergehen, G-Lil. Das wissen wir beide. Ich bin okay. Ich hoffe, Bekka schreibt mir, um Bescheid zu geben, wann ich Noah besuchen darf. Wenn es nicht möglich ist, hat sie mir versprochen, mich auf die Liste setzen zu lassen, sodass ich mich wenigstens nach ihm erkundigen kann. Und ich kann Blumen schicken, damit er weiß, dass ich an ihn denke.«

»Weißt du was, du kommst heute Abend mit ins Theater. Du kannst von der Seite aus zugucken. Wenn du nicht zu Noah musst, kommst du mit mir. Das ist doch eine gute Idee.«

»Okay. Ich rufe jetzt Dad an.«

Bekka schrieb, sie solle um vier kommen und einen fünfzehnminütigen Besuch einplanen.

Sie nahm Blumen mit, einen fröhlichen Sommerstrauß. Wie am Morgen auch war es im Zimmer dämmerig, die Jalousien waren heruntergelassen. Aber dieses Mal öffnete Noah das rechte Auge und sah sie hereinkommen.

Rasch trat sie zu ihm ans Bett, ergriff seine Hand und küsste sie. »Noah. Es tut mir so leid. Es tut mir so leid.«

»Es ist nicht deine Schuld.« Aber das rechte Auge blickte sie nicht an, als er das sagte, und seine Hand lag schlaff in ihrer.

In diesem Augenblick, dieser harten Linie zwischen dem, was war und was ist, wusste sie, dass er nicht meinte, was er sagte. Sie wusste, dass er sich bereits von ihr entfernt hatte.

Trotzdem besuchte sie ihn jeden Tag. Während seiner Operationen saß sie zu Hause und wartete darauf, dass Bekka ihr schrieb, wie es ihm ging.

Als er entlassen wurde – ins Haus seiner Eltern –, um gesund zu werden, schrieb sie ihm einmal am Tag. Nur einmal, weil sie wusste, dass er sich noch weiter von ihr entfernt hatte.

Der Sommer ging in den Herbst über, aber es blieb immer noch so heiß. Sie schrieb sich für zwei Kurse in der Erwachsenenbildung ein, einer für französische, der andere für italienische Konversation.

Sprachen, dachte sie, faszinierten sie. Sie würde das für den Rest des Jahres weiterverfolgen und erforschen. Sich selbst erforschen. Und dann musste sie entscheiden, was sie mit ihrem Leben und ihren Fähigkeiten anfangen wollte.

Der Oktober färbte das Laub in den Parks prachtvoll bunt, und die Farben leuchteten im veränderten Licht, das vom Fluss abstrahlte. Und da der Tag mild war, kaufte sie draußen Colaflaschen und steckte sie in einen Eiskübel. Wenn sich das diesen Sommer nicht geändert hatte, mochte Noah gerne Cola.

Sie zwang ihre Nervosität zurück, als der Summer ertönte und sie die Tür öffnete.

»Noah. Du siehst großartig aus. Oh, es ist so schön, dich zu sehen.«

Er hatte sich einen Dreitagebart stehen lassen, der am Kinn und über der Lippe ein wenig ausgeprägter war. Er sah älter aus und hatte an Gewicht verloren. Hoffentlich kam er bald wieder zu Kräften.

Zwar sah er sie offen an, aber sie konnte lesen, was in seinen Augen stand.

»Komm, wir setzen uns nach draußen. Es ist warm, und ich habe Cola gekauft. Lily sagte, du bist letzte Woche im Theater vorbeigekommen.«

»Ja, ich wollte alle wiedersehen.«

»Du siehst so aus, als seiest du bereit, wieder zurückzugehen.« Sie lächelte, als sie die Flasche öffnete. Eine Sullivan wusste, wie man eine Rolle spielte.

»Ich gehe nicht mehr zurück. Nicht in *Mame*. Carter hatte meine Rolle in den letzten drei Monaten, und ich werde sie ihm nicht wegnehmen. Na ja.«

Da er das Glas, das sie ihm hinhielt, nicht annahm, stellte sie es ab. Er trat an die Brüstung.

»Ich weiß, dass sie die, die dich zusammengeschlagen haben, nie erwischt haben.«

»Ich habe sie nicht gesehen, jedenfalls kann ich mich nicht erinnern. Keiner hat sie gesehen.« Er zuckte mit den Schultern. »Die Polizei hat getan, was sie konnte.«

Ob er wohl die Bitterkeit in seiner Stimme hörte?, fragte sie sich.

»Bekka sagt, du hast immer noch Kopfschmerzen.«

»Manchmal. Nicht so schlimm. Sie werden mit der Zeit abklingen, haben die Ärzte gesagt. Ich nehme wieder Tanzunterricht. Auch ein bisschen Gesangsunterricht, weißt du, meine Stimme ist ganz eingerostet. Ich habe für *Heading Up* vorgesprochen. Das ist ein neues Musical. Ich habe die Rolle bekommen. Zweite Hauptrolle.«

»Oh, Noah.« Sie wäre zu ihm gegangen, spürte aber die Wand zwischen ihnen, die so solide war, als wäre sie aus Stein gemauert. »Das ist ja toll! Einfach toll! Ich freue mich so für dich.«

»Ich werde viel zu tun haben, mit Workshops, Unterricht und dann den Proben. Es ist meine erste Hauptrolle, und ich muss mich darauf konzentrieren. Ich werde keine Zeit mehr für eine Beziehung haben.«

Ich war doch darauf vorbereitet, dachte sie. Und trotzdem schmerzte es so sehr. »Noah, ich freue mich für dich. Du brauchst das, was du angestrebt und wofür du so hart gearbeitet hast, nicht als Vorwand zu nehmen. Wir waren seit jenem schrecklichen Abend nicht mehr zusammen. Manchmal verändert ein einziger schrecklicher Abend alles.«

»Ich weiß, dass es nicht deine Schuld war.«

»Nein, das weißt du nicht.« Jetzt klang sie bitter. Sie bemühte sich, es sich nicht anmerken zu lassen. »Du bist zusammengeschlagen worden, du warst im Krankenhaus, du hattest die Schmerzen, und du hast eine Rolle verloren, für die du gearbeitet hast. Wenigstens ein Teil von dir hat das Gefühl, es ist meine Schuld. Es spielt keine Rolle, dass das nicht stimmt. Du fühlst es so.«

»Ich kann das nicht, Cate. Ich kann nicht mit der Presse umgehen – sie haben versucht, es danach von mir fernzuhalten, aber ich habe die Geschichten, die nach jener Nacht erschienen sind, trotzdem gesehen und gehört. Sie haben deinen Namen gesagt, als sie auf mich einschlugen. Ich weiß nicht, wie ich das je vergessen soll.«

»Für dich spielt es genauso eine große Rolle wie das, was sie getan haben. Und die Presse spielt für dich auch eine Rolle. Also gibst du mir die Schuld.«

»Es ist nicht deine Schuld.«

Cate schüttelte den Kopf. »Du machst es mir zum Vorwurf. Deine Familie gibt mir die Schuld. Eine Zeit lang habe ich sie mir selbst gegeben, aber das tue ich nicht mehr. Ich brauche mir nicht vorzuwerfen, dass ich mich in dich verliebt habe. Und es ist nicht meine Schuld, dass du mich nicht mehr liebst.«

Er wandte den Blick ab. »Ich kann das nicht. Darauf läuft es hinaus. Ich kann es einfach nicht.«

»Du warst der Erste, der nur mich angesehen hat, der nur mich wollte. Das werde ich nie vergessen. Du kannst nicht mehr so für mich empfinden, deshalb kannst du nicht mehr mit mir zusammen sein. Und ich kann aus den gleichen Gründen nicht mehr mit dir zusammen sein.« Sie holte tief Luft. »Die Person, die du bist, ist hierhergekommen, um es mir persönlich zu sagen. Die Person, die ich bin, kann dich loslassen, ohne einem von uns einen Vorwurf daraus zu machen. So.« Sie hob ihr Glas. »Toi, toi, toi, Noah.«

»Ich gehe jetzt besser.« Er ging zur Terrassentür, dann drehte er sich noch einmal um. »Es tut mir leid.«

»Ich weiß«, murmelte sie, als er gegangen war.

Dann saß sie da und vergoss ein paar stumme Tränen über die Süße, die gesichtslose Fremde aus zwei Leben gestohlen hatten.

TEIL III
WURZELN PFLEGEN

Zu Hause glücklich zu sein ist das ultimative Ergebnis allen Strebens...

Samuel Johnson

*Die Stimme ist ein wildes Ding.
Sie bildet sich nicht in Gefangenschaft.*

Willa Cather

16

Wie ihr Großvater einst gesagt hatte, bestand das Leben aus einer Reihe von Abzweigungen. In ihrem Leben hatte Cate meistens das Gefühl gehabt, zu jemand anderem abzubiegen oder auf die Handlungen anderer zu reagieren.

Der Tag der Gedenkfeier für ihren Urgroßvater und die Nacht, die darauf folgte, waren so entscheidend gewesen, dass sie die Landschaft ihres Lebens für immer verändert hatten.

Jahre später war sie aus Angst vor den Übergriffen ihrer Mutter erneut abgebogen. Der Verlust an Freude und Leidenschaft für den Beruf, den sie liebte und den sie eigentlich ergreifen wollte, verschob ihren Lebensweg erneut, und sie änderte ihre Richtung, um nach New York zu gehen. Dann wurde ihr Leben durch das erste Date mit Noah wieder in eine andere Richtung gelenkt. Ihn zu verlieren zwang sie erneut dazu, einen anderen Weg einzuschlagen.

Es war an der Zeit, mit dem ständigen Reagieren aufzuhören und ihre eigene Richtung zu wählen.

Als Hugh ein Filmprojekt in New York übernahm und in die Wohnung einzog, verlängerte Lily ihren Vertrag als *Mame*. Und Cate begann, sich nach einer eigenen Wohnung umzusehen. Es war an der Zeit, wirklich unabhängig zu leben und herauszufinden, wer sie war, wenn sie allein war.

Mit neunzehn konnte sie sich passabel in Spanisch, Französisch und Italienisch unterhalten und arbeitete häufig ehrenamtlich als Dolmetscherin für die Polizei – dank Detective Riley – und für Wohnheime.

Sie verbrachte drei Monate mit ihrem Vater in Neuseeland, während er drehte – unter der Bedingung, dass sie als seine Assistentin arbeiten konnte. Sie genoss jeden Moment.

Als sie nach New York zurückkehrte, wurde sie zwanzig und nahm die Suche nach einer Wohnung wieder auf. Ein neues Kapitel, eine neue Wohnung, eine neue Chance. Aber es war eine zufällige Begegnung in einem belebten kleinen Bistro, die ihr Leben wieder in eine neue Richtung lenkte.

Cate saß mit Darlie – die ebenfalls in New York drehte – bei Salat und Mineralwasser. Während des Mittagessens brachten sie sich gegenseitig auf den neuesten Stand, was in ihrem Leben so passierte – Darlies in L.A., Cates in New York.

»Das körperliche Training für diesen Film war die Hölle. Drei Stunden am Tag, sechs Tage die Woche.«

»Aber sieh dir mal diese Muskeln an.«

Darlies Haare waren so kurz wie bei Tinker Bell, und sie hatte einen echt durchtrainierten Körper. Sie beugte den Arm, um ihren Bizeps anzuspannen. »Die sind wirklich toll.«

»Ja, das würde ich auch sagen.«

»Ich muss zugeben, es gefällt mir, stark zu sein und in einem Actionfilm mitzuspielen. Das ist ja wirklich eine Erwachsenenrolle, und ich kann ganz schön austeilen – muss allerdings auch eine Menge einstecken. Wir haben morgen den letzten Drehtag in Chinatown. Du musst unbedingt vorbeikommen und zuschauen.«

»Schreib mir die genaue Uhrzeit, und ich versuche mal, es in meinem vollen Terminkalender unterzubringen.«

»Ja, du musst wirklich viel zu tun haben. Lernst du jetzt Russisch?«

»Ich probiere es.«

»Dolmetschen.« Darlie aß ein bisschen von ihrem Rucola-

Salat. »Und du bist in deine eigene Wohnung gezogen. Wie fühlt sich das an?«

»Seltsam und wundervoll zugleich. Ich bin in Upper West, weil es in der Nähe meiner Großeltern ist und sie sich dann weniger Sorgen machen. Außerdem kenne ich das Viertel und mag es.«

Darlie beschloss, dass ein bisschen Fladenbrot nichts schaden konnte. Sie brach ein Stück in der Hälfte durch. »Ich mag New York, aber ich bin ein kalifornisches Mädchen. Na ja. Und passen keine Männer in deinen vollen Terminkalender?«

»Du hörst dich an wie meine Nachbarin«, sagte Cate. »›Hübsches Mädchen‹«, ahmte sie den Akzent von Queens nach. »›Wie kommt es nur, dass Sie keinen Freund haben? Warum klopfen die Jungs nicht in Scharen an Ihre Tür?‹«

Cate hob ihr Wasserglas. »Und dann kommt die nächste Nachbarin raus. ›Vielleicht steht sie auf Mädchen.‹« Schwerer russischer Akzent dieses Mal. »›Ist doch okay, wenn sie mag Mädchen.‹« Cate verdrehte die Augen, als Darlie lachte. Und wechselte erneut zum Queens-Akzent: »›Sie mögen Mädchen? Haben Sie eine Freundin?‹«

»Ich dachte, New Yorker kümmern sich nicht so viel umeinander.«

»In meinem Haus schon. Und als ich dann erkläre, weil beide wartend in ihren Türen stehen, ich stünde auf Jungs, hätte aber zurzeit keinen Freund, merke ich zu spät, dass ich jetzt ein Projekt bin.«

»Oh, oh, doch nicht etwa Blind Dates?«

»›Ich habe einen Neffen.‹« Queens. »›Er ist ein guter Junge. Ein kluger Junge. Er geht bestimmt mal mit Ihnen Kaffee trinken.‹« Russischer Akzent. »›Ich rede mal mit Kevin, der im Supermarkt arbeitet. Er hat ein hübsches Gesicht und gute Manieren.‹« Lächelnd gestikulierte Cate mit ihrem

Glas. »Dann kommt ein weiterer Nachbar – ein Mann, der am Ende des Flurs lebt – aus dem Fahrstuhl mit seinem kleinen, wuscheligen Hund, George. George sieht die erste Nachbarin und fängt an...« Cate stieß ein hohes Bellen aus. »Weil sie ihm immer ein Leckerchen gibt. Sie zieht eines aus ihrer Tasche, wirft es George zu und redet weiter über ihren Neffen, mit der anderen Nachbarin, die über den Typ im Supermarkt schwadroniert. Georges Herrchen hört das also alles und mischt sich auch noch ein. ›Lasst das Mädchen in Ruhe.‹« Tiefer, schwerer New Yorker Akzent. »›Sie braucht noch nicht in festen Händen zu sein. Hübsche junge Mädchen müssen sich erst mal austoben, was? Tob dich ruhig aus, Mädchen.‹« Cate rollte mit den Augen und spießte eine Kirschtomate auf. »Und das alles nur, weil ich den Müll runterbringen wollte.«

»Entschuldigung.«

Ein Mann trat an den Tisch. Etwa Mitte dreißig, schätzte Cate, mit einem freundlichen Gesicht, das durch eine Hornbrille intellektuell wirkte.

»Darf ich kurz stören? Ich habe hinter Ihnen gesessen und Sie gehört. Sie haben ein beachtliches Talent für Stimmen.«

»Ich... danke.«

»Entschuldigung. Ich sollte mich vorstellen. Boyd West.« Er blickte Darlie an. »Wir sind uns einmal kurz begegnet. Ich glaube nicht, dass Sie sich erinnern.«

»Doch. Sie sind mit Yolanda Phist verheiratet. Ich habe Sie bei den Dreharbeiten zu *Everlasting* kennengelernt.«

»Ja, genau. Schön, Sie zu sehen. Darf ich mich rasch zu Ihnen setzen?« Er nahm sich einen Stuhl und wandte seine Aufmerksamkeit erneut Cate zu. »Ich führe Regie bei einem animierten Kurzfilm – ein kleines, aber wichtiges Projekt für mich. Die meisten Rollen haben wir besetzt, aber für die Hauptrolle habe ich noch niemanden gefunden. Es geht um die Suche nach persönlicher Identität, darum, seinen Platz in einer chaotischen Welt zu finden und ihn auszufüllen. Haben Sie jemals als Sprecherin gearbeitet?«

»Nein, ich...«

»Entschuldigung, ich unterbreche Sie ständig, aber ich habe Sie gerade erkannt. Sie sind Caitlyn Sullivan.«

Automatisch zog sie die Schultern hoch, aber er grinste sie so offen und erfreut an, dass sie sich wieder entspannte. Bevor sie etwas erwidern konnte, redete er schon weiter.

»Das ist wahrscheinlich Kismet. Ich habe Ihre Arbeit immer bewundert, aber ich hatte ja keine Ahnung, dass Sie dieses Talent besitzen. Ich würde Ihnen schrecklich gerne das Drehbuch schicken. Ach was, ich gebe es Ihnen jetzt gleich. Ich habe gerade mit meinen Produzenten zu Mittag gegessen, und wir haben noch ein paar Dinge besprochen. Warten Sie.« Er stand auf und ging an einen Tisch, an dem ein Mann und eine Frau saßen. Dort ergriff er das Drehbuch und kam wieder zurück. »Nehmen Sie das hier und meine Karte. Das ist meine Privatnummer. Es ist ein kleines Projekt, und ich könnte Ihnen nicht viel zahlen, aber es ist ein wichtiger Film. Ich will Sie nicht aufhalten, aber bitte, lesen Sie es. Lesen Sie es und sagen Sie mir Bescheid. Toll, Sie kennengelernt zu haben, nett, Sie wiederzusehen.«

Als er wieder zu seinem Tisch zurückging, erhoben sich die beiden anderen. Sie drehten sich nach Cate um, bevor sie hinausgingen.

»Das war... äußerst surreal.«

»Lehn es nicht sofort ab. Lies das Drehbuch«, drängte Darlie. »Er wirkt zwar ein bisschen hektisch und intensiv, aber Boyd West hat einen guten Ruf. Die Filme, bei denen er Regie führt, sind kleine Juwelen. Und du hast Talent, Cate. Du hast eine wirklich beschissene Zeit hinter dir, aber das heißt noch lange nicht, dass du dein Talent vergeuden musst.«

»Aber ich habe keine Ahnung von der Arbeit als Sprecherin.«

»Du hast eine wundervoll fließende Stimme, du kannst schauspielern. West ist ein guter Regisseur. Wenn das Drehbuch dich anspricht, was hast du schon zu verlieren?« Lächelnd knabberte Darlie an einem weiteren Salatblatt. »Kismet.«

Über Kismet wusste Cate nichts, aber sie erkannte ein gutes Drehbuch, wenn sie eines vor sich hatte. Und wieder veränderte sich ihr Leben, aber dieses Mal saß sie am Steuer, als sie die Rolle der Alice in *Wer bin ich eigentlich?* übernahm.

Sie fand sich schnell zurecht in Tonstudios, mit Kopfhörern, in dem Wandschrank, den sie in ihrer Wohnung schalldicht ausstattete und als Studio einrichtete. Und als sie mit der Zeit immer mehr zu tun hatte, verwandelte sie einfach das gesamte Schlafzimmer in ihr Studio.

Sie fand ihren Platz, die Antwort auf die eigene Frage nach sich selbst als Sprecherin für Werbefilme, Zeichentrick- und Kurzfilme, Audiobooks und Figuren in Videospielen.

Sie fand ihre Identität, ihre Unabhängigkeit.

Sie fand ihre Freude wieder.

Die Abzweigung, die Richtung, ihr Wissen über sich selbst und die Jahre, die vergangen waren, hatten sie zu einer anderen Person gemacht, als sie zufällig Noah wieder begegnete.

Nach einem langen Tag im Tonstudio ging sie mit ihren Einkäufen nach Hause, als jemand ihren Namen rief. Sie hob den Kopf.

Seine Haare waren länger geworden, aber er hatte immer noch diese wundervollen Löwenaugen. Wahrscheinlich fühlte jede Frau ein leichtes Ziehen in der Brust, wenn sie ihrer ersten Liebe noch einmal gegenüberstand.

»Noah.« Sie trat auf ihn zu und küsste ihn auf die Wangen. Passanten strömten an ihnen vorbei.

»Es ist so schön, dich zu sehen. Hast du etwas Zeit? Kann ich dich auf einen Drink einladen? Ich würde wirklich gerne... mit dir reden, wenn du etwas Zeit hast.«

»Ja, ich könnte was zu trinken gebrauchen. Am nächsten Block ist eine Bar, wenn es dir nichts ausmacht, ein paar Schritte zurückzugehen.«

»Sehr gut.«

Er ging neben ihr her. Ein heißer Sommerabend, dachte sie, fast genauso wie beim letzten Mal, als sie zusammen gegangen waren.

»Ich nehme an, du wohnst noch hier in der Gegend.«

»Aus alter Gewohnheit«, erwiderte sie. »Meine Großeltern sind wieder in Kalifornien, aber ich bin geblieben. Allerdings fahre ich häufiger als früher hin und her. Was machst du?«

»Ich habe ein richtiges Zimmer mit einem richtigen Bett. Eigentlich habe ich ein Stadthaus gekauft. Es ist schön, Platz zu haben.«

»Hier ist die Bar. Willst du dich an einen Tisch setzen? Oder sollen wir an die Theke gehen?«

»Lass uns einen Tisch nehmen.«

In der Bar, viel eleganter als die Coffee Shops, Pizza-Lokale oder mexikanischen Imbisse, die sie damals besucht hatten, gab es Stahltische, schmale Nischen, eine lange Theke aus schwarzem Ebenholz.

Cate bestellte sich ein Glas Rotwein, und Noah tat es ihr gleich.

»Wie geht es deiner Familie?«, begann sie, und er blickte ihr tief in die Augen. »Iren können nachtragend sein, Noah, aber das ist bei uns nicht notwendig.«

»Meinen Eltern geht es gut. Sie sind für ein paar Wochen auf Hawaii – dort ist es kühler, und meine Mom hat immer noch Familie auf dem Big Island. Meine Großmutter ist letztes Jahr gestorben.«

»Das tut mir so leid.«

»Sie fehlt uns. Bekka ist mittlerweile Ärztin. Wir sind wirklich stolz auf sie.«

Er erzählte von seinen Geschwistern, bis die Getränke kamen.

»Ich muss ein paar Dinge sagen. Ich wollte dich, ich weiß nicht wie oft, anrufen, habe es aber nie geschafft. Ich habe dir Unrecht getan, Cate. Ich bin nicht richtig damit umgegangen.«

»Was passiert ist, war unfassbar schrecklich. Es gibt keine richtige Art, damit umzugehen.«

»Es war nicht deine Schuld. Ich habe das damals auch gesagt, aber du hattest recht. Ich habe es nicht gemeint. Jetzt aber meine ich es. Es war nie deine Schuld.«

Sie blickte auf ihren Wein. »Das ist mir wichtig. Dich das sagen zu hören ist mir wichtig. Wir waren beide noch so jung. Gott, und die Presse danach! Noch hässlicher, und damit hätten wir schon gar nicht umgehen können. Mit uns beiden hätte es nie funktioniert.« Sie trank einen Schluck und musterte ihn über den Rand ihres Weinglases. »Du warst eine wichtige Station in meinem Leben. Ich habe in der letzten Zeit viel über wichtige Stationen nachgedacht. Wie sie sich kreuzen oder auseinandergehen. Erst war ich mit dir zusammen, dann nicht. Wichtige Stationen. Ich war seitdem in jedem Stück, in dem du mitgespielt hast.«

Er blinzelte. »Tatsächlich?«

»Wichtige Stationen, Noah. Es war gut zu sehen, wie jemand, der mir etwas bedeutete, etwas tut, wozu er geboren ist.«

»Warum bist du nicht hinter die Bühne gekommen?«

Sie lächelte und trank erneut einen Schluck. »Das war mir zu peinlich.«

»Ich habe *Lucy Lucille* gesehen. Zweimal.«

Sie lachte. »Gehst du jetzt montags in Zeichentrickfilme?«

»Du warst toll. Ernsthaft. Wahrscheinlich ... war es gut, jemanden, der mir etwas bedeutet hat, etwas tun zu sehen, wozu sie geboren war.«

»Du solltest mal meine Shalla, meine Kriegerkönigin, hören. Ach nein, du hast es ja nie so mit Videospielen gehabt«, sagte sie.

»Wer hat dazu schon Zeit? Du siehst glücklich aus.«

»Das bin ich auch. Ich liebe die Arbeit, liebe sie wirklich. Sie macht Spaß und ist herausfordernd, und Gott, sie ist ganz schön abwechslungsreich. Aber ich würde sagen, du siehst auch glücklich aus.«

»Das bin ich auch. Ich liebe meine Arbeit. Und ich habe mich gerade verlobt.«

»Wow! Herzlichen Glückwunsch.« Sie meinte es ernst, stellte Cate fest. Was für eine Erleichterung! »Erzähl mir von ihr.«

Sie hörte ihm zu, während er seine Verlobte beschrieb.

»Wenn du noch einmal zu einer Vorstellung kommen möchtest, gib vorher Bescheid.«

»In Ordnung. Ich werde auf jeden Fall versuchen zu kommen. Im Moment bin ich allerdings gerade dabei, wieder nach Kalifornien zu ziehen.«

»Zurück nach L.A.?«

»Nach Big Sur. Meine Großeltern leben dort, so halbwegs in Rente. Mein Großvater ist letzten Winter gestürzt und hat sich das Bein gebrochen.«

»Das habe ich gehört, aber er soll wieder fit sein. Stimmt das?«

»Ja, größtenteils. Aber er wird eben älter, ob er es nun zugeben möchte oder nicht. Und G-Lil lehnt es bisher ab, in einem Revival von *Mame* zu spielen, weil sie ihn noch nicht einmal für einen begrenzten Zeitraum allein lassen will.«

»Dann stimmen die Gerüchte also – Lily Morrow kommt wieder an den Broadway, um die Rolle, die ihr einen Tony eingebracht hat, noch mal zu spielen? Großes Thema in meiner Welt.«

»Sie würde es tun, wenn ich bei ihm bin, und ich kann meine Arbeit größtenteils von überall machen. Oder ich benutze ein Studio in Monterey, Carmel oder San Francisco. Das kann ich regeln.«

Das werde ich regeln, korrigierte sie sich im Stillen. Sie saß am Steuer; mittlerweile wählte sie, in welche Richtung sie fuhr.

»Und in der letzten Zeit hat mir Kalifornien gefehlt. Ich habe das Gefühl, ich sollte vielleicht mal wieder eine andere Richtung einschlagen.« Sie legte den Kopf schräg. »Dich zu sehen, so mit dir reden zu können ist so, als würde ein Kapitel abgeschlossen – auf eine gute Art und Weise.« Als der Kellner an den Tisch trat und fragte, ob sie noch etwas trinken wollten, schüttelte Cate den Kopf. »Ich muss mich vorbereiten. Ich muss jetzt wirklich los. Ich bin so froh, dass wir uns getroffen haben, Noah.«

»Ich auch.« Er griff nach ihrer Hand. »Du warst ein wichtiger Punkt für mich, Cate. Ein wunderbares Kapitel in meinem Leben.«

Als sie nach Hause ging, fühlte sie sich leicht. Und sie wusste, sie würde New York ohne Bedauern verlassen können.

Wegen eines Jobs flog Cate nach San Francisco. Sie hatte ganz vergessen, wie kalt es im November in *the City* sein konnte.

Nach langer Überlegung hatte sie die meisten ihrer Besitztümer, die sie behalten wollte, vorausgeschickt. Verschiedene Möbel deponierte sie für später in einem Lager, der Rest wurde verkauft oder an Freunde verschenkt. Sie hatte gedacht, dass sie sich danach leichter fühlen würde. Stattdessen fühlte sie sich seltsam leer, ein ganz anderes Gefühl als das, was sie erwartet hatte.

Weil sie definitiv ein eigenes Auto haben wollte und schon recherchiert hatte, welches am besten für sie geeignet war, verbrachte sie einen Tag damit, einen hübschen kleinen Hybrid-SUV Probe zu fahren, den sie schließlich auch kaufte. Es war nicht das Cabrio ihrer Teenager-Träume, dachte sie, als der Portier in ihrem Hotel ihr Gepäck einlud.

Aber sie hatte immer noch Zeit, sich diesen Traum zu erfüllen.

Aus San Francisco herauszufahren stellte ihre eingerosteten und selten angewendeten Fahrkünste auf eine harte Probe. Auf den steilen Hügeln der Stadt scheiterte sie zweimal beinahe, und auf dem Highway 1 geriet sie erneut in Bedrängnis. Um ihre Nerven zu beruhigen, drehte sie das Radio laut und imitierte Lady Gaga. Sie hatte eine ganz gute Stimme – nicht das Niveau von Gaga, aber wer hatte das schon? Doch wenn es erforderlich war, konnte sie damit etwas anfangen.

Und die Aussicht – die wilden Höhen, das aufgewühlte Meer, die steilen Klippen. Ja, sie hatte diese Landschaft vermisst, irgendwo tief im Innern. Wie seltsam es doch war, dachte sie, zurückgerufen zu werden und das Gefühl zu haben, nach Hause zu kommen.

Noch vor einem Jahr hätte sie ohne Zögern gesagt, dass New York ihr Zuhause sei. Und hätte ihre Antwort Irland gelautet.

Machte es sie nicht zu einem glücklichen Menschen, dass sie im Herzen an so vielen Orten zu Hause war? Und dass sie jetzt absolut bereit war, in dieses Zuhause zurückzukommen?

Der dünne Novembernebel, der sich ausbreitete, je höher sie kam, machte alles nur noch schöner. Als sie an der Straße vorbeifuhr, die zur Ranch der Coopers führte, dachte sie an sie, an alle. Sie hielt zwar immer noch den Kontakt, war aber seit Jahren nicht mehr in Big Sur gewesen. Vielleicht würde sie ein Brot backen und demnächst mal bei ihnen vorbeifahren.

Kernstationen, dachte sie. Diese Familie gehörte absolut dazu.

Als sie auf die Halbinsel abbog, verdrängte die Aufregung alle anderen Gedanken. Sie hielt am Tor und ließ die Scheibe herunter, um in die Intercom sprechen zu können, aber die Tore gingen von allein auf.

Video-Überwachung, dachte sie. Sie hatte das Auto detailliert beschrieben, als sie es gekauft hatte.

Sie fuhr die Zufahrt hinauf, dachte an den Strand, die Felsen, das Haus, an alles. Das zweite Tor – installiert nach ihrer Entführung – öffnete sich ebenfalls. Als sie über die letzte Anhöhe kam, standen ihre Großeltern zusammen unter der Säulenvorhalle. Hinter ihnen erhob sich das Haus in voller Pracht. Sie vergaß beinahe, den Automatikhebel auf »Parken« zu stellen, verhinderte aber in letzter Sekunde eine Katastrophe. Dann sprang sie aus dem Auto, um die beiden zu umarmen.

Lilys Haare, immer noch röter als rot, wehten in Flammen in einer neuen Frisur um ihr Gesicht, und Hugh mit seinem gestutzten grauen Bart pflegte ebenfalls einen neuen Stil.

»Wir halten schon seit einer Stunde nach dir Ausschau«, rief Lily ihr entgegen. »Seit du die Nachricht geschickt hast. Komm herein, komm herein, kümmere dich nicht um dein Gepäck. Das wird schon geholt.«

»Was macht dein Bein, Grandpa?«

Er legte einen kleinen Stepptanz hin. »Mach dir darum keine Sorgen. Wie war die Fahrt?«

»Zuerst ein bisschen nervenaufreibend. Ich bin so lange nicht mehr gefahren. Aber nach einer Weile fällt einem alles wieder ein. Oh, alles sieht so gut aus. Das Feuer im Kamin hat mir gefehlt, und dieses Licht. Und… oh, Consuela!«

Sie hatte gewusst, dass die langjährige Köchin jetzt als Haushälterin mit ihnen hierhingezogen war, aber Cate freute sich sehr, sie zu sehen.

Strahlend rollte Consuela ein Tablett herein. »*Bienvenida a casa, mi niña.*« Als Cate sie umarmte, traten ihr die Tränen in die Augen. »Du trinkst jetzt erst einmal ein bisschen Wein, isst etwas und sitzt mit deinen Großeltern zusammen. Dein Großvater sitzt bei Weitem nicht genug.«

»Die beiden hätten es am liebsten, wenn ich von morgens bis abends die Beine hochlege und dann von abends bis morgens im Bett liege.«

Consuela schnalzte nur mit der Zunge, dann streichelte sie Cate über die Wange und huschte hinaus.

»Ein Glas Wein lehne ich nicht ab. Und sieh dir dieses Obst an! Es geht doch nichts über frisches kalifornisches Obst. Setzt euch hin, ihr beiden, ich tue euch auf. Ich muss mich nach der Fahrt ein bisschen bewegen.«

Sie schenkte Wein ein, machte ihnen die kleinen Teller mit Käse und Obst fertig. Dann blieb sie stehen, um aufs Meer zu schauen, den Himmel, die weite Rasenfläche, die bis zu den Klippen abfiel.

»Ich wusste ja, wie schön es ist«, murmelte Cate. »Aber sich zu erinnern ist nicht dasselbe, wie es zu sehen. Es umfasst einfach nicht alles. Prost auf Liam und Rosemary, auf ihre Liebe, ihre Vision und ihr Talent, das sie uns allen weitergegeben haben.«

»Ohne sie gäbe es uns alle nicht!« Hugh stieß mit ihr an. »Das hier nicht, nicht dich, nicht mich.«

Cate aß eine Scheibe Mango und seufzte zufrieden.

»Mann, schmeckt die gut. Das ist wirklich eine andere Welt hier.« Sie hockte sich auf die Sessellehne ihres Großvaters.

»Ich bin bereit für eine andere Welt. Ich habe schon angefangen, von diesem Haus und diesem Ort zu träumen.«

Hugh streichelte ihr über den Oberschenkel. »Schöne Träume.«

»Ja. Schöne Träume. Holzpuzzles, Muscheln suchen am Strand, das Bellen der Seelöwen, mit dem Meer aufzuwachen und Urgroßvaters Geschichten zu lauschen. Er kannte so viele Geschichten. Ich wusste, dass ich eines Tages zurückkommen würde.«

»Wir hätten gerne, dass du bleibst, aber wir wollen nicht, dass du dich verpflichtet fühlst«, fügte Lily hinzu.

»Ich will bleiben, und ich hoffe doch, ihr habt mein Zimmer fertig, weil ihr mich jetzt am Hals habt. Was sagt ihr denn dazu, dass ich mir ein Auto gekauft habe?«

Hugh schwieg und nahm sich noch etwas vom Tablett. »Der, der draußen steht?«

»Ja, gestern. Das ist kein Leihwagen. Wir kalifornischen Mädchen brauchen unseren eigenen fahrbaren Untersatz. Und nächsten Sommer kaufe ich mir vielleicht auch noch ein heißes Cabrio.«

»Du wolltest schon immer eins haben«, murmelte Hugh.

»Und jetzt ist endlich der richtige Zeitpunkt. Ich habe mir Studios in Monterey und Carmel angeguckt, und ich dachte, ich kann euch vielleicht überreden, dass ich mir eine der Kammern oben schalldicht ausbaue. In New York habe ich auch mit einer Kammer angefangen, und das hat gut funktioniert. Also, merkt es euch, ich bin gekommen, um zu bleiben.« Sie nahm sich einen Sea Salt Cracker und bestrich ihn mit Ziegenkäse. »Es steckt zu viel Irin in mir, als dass ich nicht auf meine Träume höre. Ich passe auf dich auf, geliebter Kumpel, während unser Broadway-Baby erneut ins Rampenlicht tritt«, sagte sie, grinsend an ihren Großvater gewandt.

»Du passt auf mich auf«, schnaubte Hugh.

»Ganz genau, also richte dich schon einmal darauf ein. Ich wäre so oder so zurückgekommen, wegen meiner Träume. Aber wenn dann noch ein gebrochenes Bein dazukommt – auch wenn du damit noch einen Stepptanz hinlegen kannst – und *Mame*, dann sind das einfach zu viele Zeichen, als dass ich sie ignorieren könnte. Und nur damit du es weißt, ich habe mir diese Studios schon angeguckt, bevor du von diesem Pferd gefallen bist, Cowboy.«

»Jetzt reicht's.« Lily schlug sich mit den Händen auf die Oberschenkel. »Hugh, ich kann nicht mehr warten.«

Cate griff nach einer Scheibe Kiwi. »Auf was?«

»Nimm deinen Wein mit.« Hugh tätschelte ihr Bein und erhob sich. »Wir zeigen dir dein Zimmer.«

Als Lily durch die hinteren Räume nach draußen ging, schüttelte Cate den Kopf. »Ihr werft mich aus dem Haus, noch bevor ich ausgepackt habe?«

»Eine junge Frau sollte ihr eigenes Zuhause und ein bisschen Privatsphäre haben. Sie möchte ja vielleicht auch mal Herrenbesuch empfangen.«

Cate schnaubte. »Ja, die stehen ja bei mir auch Schlange.«

»Du solltest trotzdem dazu in der Lage sein.« Lily schlang ihr den Arm um die Taille, als sie die seitliche Terrasse überquerten und die Stufen hinuntergingen. »Hugh, pass gut auf hier an der Treppe.«

»Immer diese gut gemeinten Ratschläge.«

»Darauf kannst du deinen irischen Hintern verwetten. Wenn du das Gäste-Cottage nicht willst«, fuhr Lily fort, »kannst du dir natürlich auch ein Zimmer im Haupthaus aussuchen. Du kannst kommen und gehen, wie du willst. Und pass gut auf den alten Mann auf!«, fügte sie leiser hinzu.

»Das habe ich gehört!«

Sie gingen den gepflasterten Weg entlang durch den Garten, in dem die Rosen üppig blühten und in der Novemberkühle dufteten. Der Pool mit Blick aufs Meer schimmerte in verträumtem Blau. Vor ihnen lag das Gästehaus, das als irisches Cottage in einem faszinierenden Kontrast zur modernen Pracht des Haupthauses gebaut worden war. Dunkelgrüne Fensterläden rahmten die Fenster zum Garten ein und hoben sich von den cremeweißen Wänden, der kleinen Steintreppe ab. In den Blumenkästen an den Fenstern blühte es bunt.

Cate wusste, dass die Wände zum Meer hin verglast waren, um die dramatische Aussicht ins Haus zu holen, aber die Vorderseite sprach von stillem Charme, grünen Hügeln und Schafherden.

Sie stellte sich das Innere des Hauses vor und beschloss auf der Stelle, eines der Zimmer im ersten Stock, das mit Glaswand und kleinem Kamin, als Schlafzimmer zu nehmen. Dazu gehörte ein großzügig bemessener Wandschrank, den sie schalldämmen konnte. Das Zimmer gegenüber konnte sie dann als Ankleidezimmer umfunktionieren. Es gab vier Schlafzimmer, erinnerte sie sich. Nein, fünf, einschließlich des Zimmers im Erdgeschoss, das sie als Spielzimmer und Schlafsaal genutzt hatten, wenn die gesamte Familie zu Besuch war.

Hugh zog den Schlüssel aus der Tasche und überreichte ihn Cate mit einer dramatischen Geste.

»Das ist ganz schön aufregend.«

Sie schloss auf und trat ein.

Frische Blumen, Herbstblumen in Milchflaschen und Weckgläsern – Blumen hatte sie erwartet. Sie hatte jedoch nicht erwartet, die wenigen Möbelstücke zu sehen, die sie eingelagert hatte und die jetzt mit dem vorhandenen Mobiliar vermischt worden waren.

»Das ist ja mein Couchtisch, oh, und meine Lampe! Auch mein Jagdtisch und mein Stuhl!«

»Eine Frau muss von ihren eigenen Dingen umgeben sein.« Sie drehte sich zu Lily um. »Aber sie waren eingelagert.«

»Ja, und das hättest du nicht gemacht, wenn sie dir nichts bedeuten würden.«

»Aber wie habt ihr sie denn aus dem Lager bekommen? Wie habt ihr sie hierherbekommen?«

Hugh tat so, als wische er ein Stäubchen von seinem Hemd. »Wir haben so unsere Methoden.«

»Na, ich liebe eure Methoden. Das ist so süß von euch, und alles sieht so toll aus. Und, o Gott, diese Aussicht!«

Atemberaubend, dachte sie, die unverstellte Aussicht auf den strahlend blauen Himmel, die Weite des Meeres, ein paar Bäume, die der Wind in verzauberte Formen verdreht hatte.

»Ich werde meine Arbeit nicht getan kriegen«, murmelte sie. »Ich werde Tag und Nacht nur die Aussicht genießen.«

»Die Küche haben wir neu machen lassen – sie hatte es nötig«, fügte Lily hinzu. »Und du kochst ja ab und zu ganz gerne.«

Brot backen für die Coopers, dachte Cate verträumt.

»Die Speisekammer ist aufgefüllt, falls du nicht zu den Mahlzeiten ins Haupthaus kommen willst – was hoffentlich nicht allzu oft der Fall sein wird.« Hugh trat neben sie.

Sie legte den Kopf auf seine Schulter. »Du wirst herkommen und nach mir sehen müssen, um mich aus meinem glückseligen Koma zu wecken. Ich möchte mir die Küche anschauen, und das…« Sie drehte sich um und blinzelte. »Ich war so abgelenkt, dass mir das gar nicht aufgefallen ist. Ihr habt Wände herausgenommen.«

Es gab jetzt eine offene Küche, die vom Wohnbereich durch eine breite Theke getrennt war und deren Granitplatte in Grau-, Silber und Blautönen schimmerte.

»Es sieht fabelhaft aus. Wann habt ihr das alles gemacht? Ich liebe es.«

Sie trat an den Küchenblock und fuhr mit den Fingern über den Granit. Weiße Schränke – nicht glatt und modern, sondern mit Holzlatten im Landhausstil, ein bisschen abgenutzt –, gerade richtig vor den blassgrauen Wänden. Dazu weiße Vintage-Griffe und an einem Schrank, in dem farbige Gläser standen, eine Glasfront. Auf einem kleinen Küchenblock ein schimmerndes Holzbrett.

Sie bewunderte das tiefe Porzellanspülbecken und öffnete die Holzlattentür zur Speisekammer. So aufgefüllt, dachte sie, dass ich eine Zombie-Apokalypse überstehen könnte.

Sie konnte auf einem der hohen Binsenhocker an der Küchentheke essen und dabei die Aussicht genießen, oder sie konnte sich in die Nische mit den bunten Bänken kuscheln.

»Was meinst du?«

»G-Lil, ich glaube, ich habe den ersten Preis für Großeltern gewonnen.«

»Eine Kombination aus Waschküche und Schmutzraum ist da.« Lily zeigte hin. »Und ich muss dich warnen. Consuela kommt zweimal die Woche, um sauberzumachen und sich um die Wäsche zu kümmern. Es hat keinen Zweck zu widersprechen«, fügte sie hinzu. »Da ist sie unerbittlich. Sehr unerbittlich.«

»Okay, aber ich werde sie auf einmal in der Woche herunterhandeln.«

»Viel Glück«, murmelte Hugh.

»Auf jeden Fall ist es die süßeste Küche, die ich jemals gesehen habe. Ich wäre im Haupthaus auch glücklich gewesen und hätte mich zu Hause gefühlt. Aber das hier? Es ist bereits mein Zuhause, und ich habe noch nicht mal mein Schlafzimmer gesehen.«

»Hier unten gibt es noch eine kleine Veränderung, bevor

wir nach oben gehen.« Hugh hakte sich bei Cate ein. »Du hast immer noch das kleine Bad und das Lesezimmer hier. Und da drüben...«

»Wir haben es immer das Spielzimmer genannt, und die älteren Kinder haben Schlafsaal dazu gesagt.«

»Wir haben uns gedacht, dass du beides nicht brauchst«, sagte er und öffnete die Tür.

Die Veränderungen hatten sie bis jetzt schon überwältigt, aber dieser Anblick machte sie sprachlos.

Sie hatten ihr ein Studio eingebaut, voll ausgestattet, schalldicht, komplett mit Kabine. Lärmschluckende Jalousien, die jetzt oben waren, um das Licht und die Aussicht auf den Garten mit den Hügeln dahinter ins Zimmer zu lassen, konnten heruntergelassen werden, damit sie bei Aufnahmen ungestört und in absoluter Stille arbeiten konnte.

Wie bei ihren Möbeln im Wohnraum vermischte sich auch hier die Ausstattung, die sie aus New York mitgebracht hatte, mit neuem Interieur.

Die Mikrofone, die Stative, selbst die Popfilter, die Kopfhörer, die Drehbücher. Sie hatten einen kleinen Schrank hineingestellt, in dem sie Wasserflaschen abstellen konnte, um ihre Kehle, ihre Zunge feucht zu halten.

Sie hatten an alles gedacht.

»Ich weiß nicht, was ich sagen soll«, stieß sie hervor. »Ich weiß nicht, was ich sagen soll.«

»Ein Profi braucht einen professionellen Arbeitsraum«, sagte ihr Großvater.

Sie konnte nur noch nicken. »Junge, Junge, das ist wirklich professionell. Ihr habt sogar an den Spiegel gedacht.«

»Du hast gesagt, dass du den Gesichtsausdruck einer Rolle übst, um die richtige Stimmlage zu finden.«

»Ja, das stimmt.« Benommen trat sie in die kleine Aufnahmekabine und betrachtete die Geräte.

»Und wenn du ein Lied oder vor allem Hörbuch aufnimmst, ist dir ein bisschen Isolation und Kontrolle bestimmt lieber.«

Sie nickte. »Ja, das ist so eine Macke von mir.«

»Alle Künstler haben Macken.«

Cate drehte sich zu den beiden um. »Das ist das wundervollste, überlegteste, absolut liebevollste Geschenk von den besten Großeltern in der Geschichte der Großeltern. Ich muss ein bisschen weinen.«

»Das habe ich gehofft.«

Lily lachte unter Tränen und zog sie in die Arme.

Cate schlang auch den Arm um Hugh, sodass sie sich alle drei umarmten.

»Und jetzt muss ich vor Glück kreischen!«

Das tat sie, dann machte sie einen Luftsprung, und anschließend weinte sie noch ein bisschen.

Sie war zu Hause angekommen.

17

Sie hatte extra keine Drehbücher angenommen und ihren Kalender für zwei Wochen offengehalten, um Zeit genug zu haben für den Einbau eines Studios zu Hause und für die Besuche in den Studios in Monterey und Carmel.

Jetzt reduzierte sie diese Zeit um eine Woche und informierte ihren Agenten, dass sie schon früher Aufträge annehmen konnte. In dieser einen Woche wollte sie einfach nur da sein und Zeit mit ihren Großeltern verbringen. Brot backen.

Es gab ein Willkommensabendessen, einen Filmabend. Sie trainierte im Fitnessraum mit ihrem Großvater, der sich zwar darüber beschwerte, aber trotzdem brav seine Kräftigungsübungen mit dem verletzten Bein absolvierte. Sie selbst trainierte ebenfalls, damit er unter ihren wachsamen Blicken bei den Übungen nicht pfuschen konnte.

Sie ging am Strand spazieren oder saß einfach nur auf den Felsen.

Um ihren Großeltern eine Freude zu machen, pflückte sie Tomaten oder Paprika, erntete Kräuter oder was ihr sonst so einfiel und brachte es zu Consuela in die Küche des Haupthauses.

Sie las sich ein paar Angebote durch, überlegte und beschloss dann, sie alle anzunehmen. Warum nicht? Es war ja schließlich ihr Job.

Ein Angebot, ein Voice-over für eine Buchwerbung, musste schnell erledigt werden, also begann sie mit der Arbeit, während in der Küche der Brotteig ging.

Da der Kunde etwas Warmes wollte, wählte sie ein dynamisches Mikrofon, benutzte einen Ploppfilter und einen Schwingungsdämpfer, um alle störenden Hintergrundgeräusche auszuschalten. Sie montierte ihr Mikro und richtete den Winkel aus. Zufrieden überprüfte sie die Einstellungen ihrer Software und ihrer Monitore. Und sie stellte einen zweiten Ständer für das Drehbuch auf.

Nachdem sie die Jalousien heruntergelassen hatte, hängte sie das ›ACHTUNG AUFNAHME‹-Schild an die Tür, verschloss sie sicherheitshalber auch noch und setzte ihre Kopfhörer auf. Dann machte sie den ersten Durchgang und spulte zurück.

Fast eine volle Sekunde über der Zeit. Das konnte sie beheben.

Aber der Sound war großartig. Wenn sie sich selbst ein Studio eingerichtet hätte, hätte sie es nicht besser machen können. Erneut machte sie einen Durchlauf, nickte. Warm, dachte sie, einladend. Mich willst du lesen. Sie machte vier Aufnahmen, betonte unterschiedliche Wörter und Sätze. Löschte eine, weil sie mehr sexy als warm klang.

Nach zwei weiteren hörte sie sich jede einzelne an und suchte die ihrer Meinung nach die besten drei heraus, bevor sie die Audio-Dateien an den Kunden schickte.

Wenn sie doch einen anderen Tonfall wollten, würde sie es eben noch einmal machen, aber jetzt hatte sie ihnen eine warme, weibliche, einladende Stimme gegeben. Sie betrachtete ihr Debüt in ihrem neuen Studio als Erfolg.

Als ihr Brot fertig war und zum Abkühlen auf dem Gitterrost lag, zog sie eine Jacke an und ging nach draußen.

Ein frischer Wind brachte den Duft von Rosen und Rosmarin, von Meer und Salz mit. Sie wanderte in Richtung der Hügel, wo ein kleiner Weinberg – eine weitere Neuerwerbung – auf terrassierten Stufen in den Klippen anstieg. Dort stand eine Laube, überwuchert von Rosen mit blass pfirsichfarbenen Blüten und leichtem Duft. Die Blätter rauschten leise im Wind.

Ihr Großvater saß in der Sonne. Er trug einen breitkrempigen Hut zum Schutz vor den Sonnenstrahlen. Auf dem kleinen Stahltisch neben ihm stand eine Tasse, die wahrscheinlich Kaffee enthielt, da niemand ihn dazu bringen konnte, dieses Getränk aufzugeben. Er hatte die Brille aufgesetzt und las ein Manuskript.

»Im Ruhestand, du liebe Güte.«

Er blickte auf und schob die Brille zur Nasenspitze, um sie darüber anzuschauen. »Halber Ruhestand. Ich lese es ja nur. Noch ist es nicht freigegeben. Aber es hätte es verdient.« Er legte es beiseite. »Willst du einen Kaffee?«

»Nein, danke. Gott, was für ein schöner Tag. Ich bin im Herbst kaum jemals hier oben gewesen. Es ist einfach prachtvoll.« Sie legte den Kopf in den Nacken, schloss die Augen und atmete tief durch.

»Wenn Lily dich hier ohne Hut sieht, schimpft sie mit dir. Glaub mir.«

»Nächstes Mal nehme ich einen mit.«

»Breiter Rand«, sagte er und tippte an seinen.

»Ich habe nur Schirmkappen.«

»Dann solltest du dir einen besorgen.«

»Nächstes Mal, wenn ich in den Ort fahre. Ich habe heute früh mein erstes Voice-Over gemacht. Das Studio ist toll, Grandpa. Wirklich toll. Nachher wollte ich noch die ersten Proben für ein Hörbuch machen. Ich habe schon zwei Bücher dieser Autorin gelesen, deshalb kenne ich ihren Stil und ihre Stimme beim Erzählen. Aber ich muss mich erst in die Charaktere hineinversetzen. Das macht bestimmt Spaß.« Sie öffnete die Augen und tippte auf das Drehbuch. »Wer bist du?«

»Der unkonventionelle, leicht verrückte Großvater, der seinen steifen Enkel zu überreden versucht, mal lockerzulassen. Sie sind quer durchs Land unterwegs – von Boston nach Santa Barbara –, weil der alte Mann nicht fliegen will. Die Tochter – die Mutter des Enkels – will den alten Mann für verrückt erklären lassen und in ein Pflegeheim stecken. Aber er wehrt sich dagegen.«

»Sie gefällt mir nicht.«

»Sie ist ein ehemaliges Blumenkind, das zu einer Vorstadt-Matrone geworden ist. Bis jetzt ist es ein unterhaltsamer Film. Gut gemacht.«

Sie zeigte mit dem Finger auf ihn. »Ich höre dich, Sullivan. Du willst sichergehen, dass er grünes Licht bekommt.«

»Möglicherweise mische ich da ein bisschen mit. Aber ich lese es erst einmal zu Ende.« Er wandte den Kopf und grinste, als fröhliches Bellen erklang.

»Seit wann hast du denn einen Hund?«, fragte Cate.

»Noch nicht, aber ich denke darüber nach.« Er klatschte in die Hände und stieß einen Pfiff aus. Zwei schwarzweiße Hunde mit ein paar braunen Flecken kamen direkt auf Hugh zu gerannt. Schwanzwedelnd sprangen sie an ihm hoch.

»Das – das können aber nicht Dillons Hunde sein.«

»Doch. Allerdings nicht Gambit und Jubilee. Sie sind letztes Jahr gestorben. Das hier sind Stark und Natasha.«

Die beiden wandten ihre Aufmerksamkeit Cate zu. Sie streichelte sie und betrachtete ihre seelenvollen Augen. »*Iron Man* und *Black Widow*?« Lachend kraulte sie sie. »Er bleibt beim Marvel-Universum.«

»Was soll ich sagen?« Dillon kam den gepflasterten Weg hinauf. »Ich bin eben ein Fan. Ich habe einen Korb mit diesen Fingerlingen, die Sie so gerne mögen, mitgebracht.«

»Oh, super! Setz dich, Junge. Ich sage Bescheid, damit du einen Kaffee bekommst.«

»Ich wünschte, ich hätte Zeit dafür. Ich bin mit Waren auf dem Weg zur Genossenschaft.« Dillon nahm seine Sonnenbrille ab und lächelte Cate an. »Ich habe schon gehört, dass du zurück bist. Schön, dich zu sehen.«

»Ja, schön, dich zu sehen. Kannst du nicht wenigstens für ein paar Minuten bleiben?«

»Wenn ich mich für eine Minute zu Hugh setze, dann ist auf einmal in Nullkommanichts eine Stunde vergangen. Nächstes Mal.« Er schnipste mit den Fingern nach den Hunden.

Cate stand auf. »Ich verspreche dir, ich halte dich keine Stunde auf, wenn du mit mir zum Haus kommst. Ich habe etwas für dich – für deine Mom und deine Großmutter.«

»Klar. Du wohnst im Gästehaus, oder? Na ja, jetzt ist es wahrscheinlich eher Cates Haus. Bei der nächsten Gelegenheit bleibe ich eine Stunde, Hugh.«

»Das erwarte ich.«

»Du weißt wahrscheinlich«, sagte Dillon, als er mit Cate zum Haus ging, »dass du Hugh und Lily zu den glücklichsten Menschen auf diesem Planeten gemacht hast, als du ihnen gesagt hast, dass du für immer hierbleiben willst.«

»Es hat sich herausgestellt, dass es auch mich ziemlich glücklich macht.«

»Fehlt dir New York nicht?«

»Es bleibt ja an Ort und Stelle, wann immer ich an der Ostküste zu tun habe. Es hat mir gutgetan, und jetzt ist das hier gut für mich. Sag deiner Mom und Oma, dass ich sie besuchen komme. Ich wollte in den ersten Tagen Grandpa nicht aus den Augen lassen.«

»Er kann einen Aufpasser gebrauchen.«

»Ja, das ist mir klar.« Sie öffnete die Tür. Die Hunde stürmten hinein und begannen, alles zu beschnüffeln.

Er ging herum und schaute sich um. »Es sieht gut aus. Ich

habe während des Umbaus verschiedene Phasen mitbekommen. Es sieht wirklich gut aus.«

Und er auch, dachte sie.

Offensichtlich trug er nicht immer einen Hut in der Sonne – breitkrempig oder nicht –, da seine dicken braunen Haare von blonden Strähnen durchzogen waren. Irgendwo in der Mitte zwischen lockig und wellig kringelten sie sich um sein Gesicht – wenn sie das bei ihren glatten Haaren erreichen wollte, würde es Stunden dauern.

Sein Gesicht wirkte erwachsener, kantiger, und die gebräunte Haut eines Mannes, der viel an der frischen Luft arbeitete, brachte seine grünen Augen zum Strahlen. Sein Körper schien für Jeans, Arbeitsstiefel und Arbeitshemd wie geschaffen zu sein. Hart und schlank. Er bewegte sich mit der geschmeidigen Leichtigkeit eines Mannes, der es gewöhnt ist, über seine Wiesen und Weiden zu laufen.

Sie lachte leise. »Wie beim Casting.«

Er blickte sie an, und, Mann, die Sonne glitt über ihn wie ein Scheinwerfer.

Sie zeigte auf ihn. »Rancher. Du triffst mit deinem Aussehen ins Schwarze.«

Er grinste, und natürlich war auch das ganz genau der richtige Gesichtsausdruck. »Ich bin, was ich bin. Und du bist – wie Hugh es nennt – Stimmen-Schauspielerin.«

»Ja, genau. Sie haben mir hier ein Studio eingebaut.«

»Ja, die beiden haben davon gesprochen.«

Sie winkte ihm, ihr zu folgen, und ging voraus.

Er blieb in der Tür stehen und hakte seine Daumen in die Vordertaschen seiner Jeans. »Wow, das ist ja einiges an technischen Geräten. Wie hast du gelernt, sie alle zu bedienen?«

»Ich hab's einfach ausprobiert – und am Anfang habe ich mich ziemlich oft vertan. Aber es ist wirklich nicht so kompliziert, wie es aussieht. Als ich angefangen habe, habe ich in meinem Schlafzimmerschrank gearbeitet. Das hier ist ein großer Fortschritt.«

»Ja, das würde ich auch sagen. Ich habe dich in *Secret Identity* gesehen – gehört. Du hast gut ausgesehen als Superheldin und als ihr Alter Ego, die ruhige, einsame Wissenschaftlerin. Die Stimmen haben gut gepasst. Leise und ein bisschen zögernd für Lauren Long, stark und sexy für Whirlwind.«

»Danke.«

»Ich dachte, du müsstest dafür in ein Studio, mit einem Regisseur und dem ganzen Drum und Dran.«

»Für manches ja, aber bei anderen Sachen funktionierte auch die Arbeit im Schlafzimmerschrank.«

»Na ja, das hier ist auf jeden Fall ein toller Schrank.« Er untermalte das Wort mit seinen Händen, indem er es in Gänsefüßchen setzte. »Vielleicht kannst du mir irgendwann mal zeigen, wie das alles funktioniert. Aber jetzt muss ich los.«

»Ja, das mache ich gerne, wenn wir beide Zeit haben. Ich hole schnell das Sodabrot.«

Als sie an ihm vorbeiging, stellte sie fest, dass er sogar wie ein Rancher roch: nach Leder und frischem Gras.

»Sodabrot?«

»Ich habe es heute Morgen gebacken. Ich behaupte mal, es ist ein altes Familienrezept – nur nicht aus meiner Familie. Eine Nachbarin damals in Irland hat es mir beigebracht.«

»Du backst Brot?«

»Ja. Es hilft mir dabei, den Kopf frei zu kriegen und an Stimmen zu arbeiten.«

Sie holte ein sauberes Geschirrtuch und wickelte einen der Brotlaibe, die auf dem Gitterrost abgekühlt waren, darin ein.

»Ich wollte deiner Familie etwas von mir geben.« Sie hielt es ihm hin.

Er stand einen Moment lang da, das Brot in der Hand, die Hunde zu seinen Füßen. Seine Augen hielten ihren Blick fest, wie damals in jener Nacht vor langer Zeit.

Direkt, neugierig.

»Vielen Dank. Komm einfach vorbei. Mom und Oma würden dich echt gerne sehen.«

»Ja, das mache ich.«

Er wandte sich zur Tür, gefolgt von den Hunden. »Wir sind nie ausgeritten. Reitest du noch?«

Sie antwortete nicht gleich, aber dann sagte sie: »Ja, klar. Es ist allerdings schon eine Weile her.«

»Komm einfach vorbei. Dann sehen wir schon, ob du es noch kannst.« Er ging hinaus, mit diesem leichten, sicheren Schritt, blickte sich noch einmal um. »Als Cate siehst du auch gut aus.«

Als er weiterging, blieb sie zurück und schloss die Tür hinter ihm.

»Na ja«, sagte sie zu sich. »Na ja.«

Dillon machte seine Runde. Er lieferte die Ware an die Kooperative, schleppte eine Bestellung von Heu und Hafer zu einer Frau im Ort, die zwei Pferde hielt, brachte zwei Liter Ziegenmilch zu einem Nachbarn, der sie nicht selbst abholen kommen konnte, weil sein Auto in der Werkstatt war.

Als Dankeschön bekam er zwei Kekse, was er für einen guten Handel hielt.

Wieder zu Hause, ließ er die Hunde laufen und ging im Kopf seine Aufgabenliste noch einmal durch. Was musste er als Erstes erledigen? Das Brot abliefern und ein bisschen zu Mittag essen. Reds Pick-up stand vor dem Haus, was bedeutete, dass er nicht der Einzige war, der etwas essen wollte.

Aber als er in die Küche kam, waren dort nur seine Mutter und seine Großmutter.

Seine Großmutter hängte ein Seihtuch mit Ziegenmilchquark über eine Schüssel, in der die Flüssigkeit aus dem Quark ablief. Seine Mutter machte das Gleiche – und es sah so aus, als seien sie gleich fertig.

Sie hatten in eine Erweiterung der Ziegenherde investiert, noch ein paar Milchkühe dazugekauft und einen Teil der Küche zur Käserei umgewandelt. Das zahlte sich immer noch aus.

»Du hast aber lange gebraucht«, sagte Maggie.

»Ich musste zahlreiche Gespräche führen.« Dillon öffnete den großen Kühlschrank und nahm eine Cola heraus. »Es sind ein paar Aufträge eingegangen – nach dem Mittagessen, das ich hoffentlich bekomme, stelle ich sie gleich zusammen.« Er öffnete die Flasche und trank ein paar Schlucke. »Wo ist Red?«

»Sie hat ihn rausgeschmissen.« Julia wies mit dem Kinn auf ihre Mutter. »Er repariert draußen den kleinen Traktor.«

Dillon strich eine seiner Aufgaben von seiner Liste, denn eigentlich hatte er vorgehabt, sich nach dem Essen um den Traktor zu kümmern.

»Er war im Weg.« Maggie, die Haare zu einem leuchtend orangefarbenen Zopf geflochten, inspizierte den Trennungsvorgang beim Käse. »Genau wie du.«

»Aber ich komme mit Geschenken.« Er wickelte das Brot aus und schnupperte daran. »Riecht auch noch gut. Es ist von Caitlyn Sullivan. Sie hat es gebacken.«

Maggie schürzte die Lippen und winkte ihm, ihr das Brot zu geben, während Julia weiter am letzten Bündel arbeitete. Wie Dillon schnupperte sie daran. »Irisches Sodabrot? Lily hat gesagt, dass das Mädchen ganz gut kochen und backen kann.«

»Wie geht es ihr, Dillon?«

Dillon schenkte seiner Mutter ein gewinnendes Lächeln. »Vielleicht könnte ich dir das beim Essen erzählen.«

Maggie schnipste mit den Fingern nach ihm. »Geh und hol Red, er soll sich die Hände waschen. Wir geben euch was zu essen.«

Dillon gehorchte nur zu gern. Er musste heute Nachmittag mit ein paar Jährlingen arbeiten und wollte auch noch nach den trächtigen Stuten sehen. Dann musste er die Herbstsaat inspizieren. Und den Vorrat. Die drei Milchkühe wurden nachmittags von seiner Mutter gemolken.

Und dank Red – der sich als ganz ausgezeichneter Mechaniker herausgestellt hatte – brauchte er seine Zeit nicht auch noch mit der Reparatur des Traktors zu verschwenden. Er hörte den Motor, als Red ihn startete. Lächelnd stellte er fest, dass er wieder rundlief. Ja, das konnte er von der Liste streichen.

Red saß auf dem Traktor, den Kopf schräg gelegt, und lauschte auf die Motorgeräusche. Seine steingrauen Haare hatte er im Nacken zu einem Zopf zusammengebunden, der bis kurz über den Kragen seiner uralten Jeansjacke reichte. Auf dem Kopf saß eine gleichermaßen uralte Baseballkappe.

Er surfte immer noch bei jeder Gelegenheit, blieb dadurch schlank und beweglich, was er unter Beweis stellte, als er den Motor ausschaltete und heruntersprang. An den Füßen trug er die Pfauenfederstiefel, die Maggie ihm zum Geburtstag geschenkt hatte.

Weil er, wie sie sagte, glaubte, er sei der Hahn im Hühnerhof.

»Hast du ihn wieder zum Laufen gekriegt?«

»Ja.« Red wischte sich die Hände an seiner Jeans ab. »Hauptsächlich lag es daran, dass er lange nicht gewartet worden ist.«

»Du bist genau rechtzeitig zum Mittagessen fertig geworden.«

»Das war mein Plan.«

Sie gingen zusammen zum Haus. »Ich bin heute früh auf meiner Runde bei den Sullivans vorbeigefahren. Caitlyn ist zu ihnen gezogen.«

Red nickte und blieb an der alten Pumpe stehen, um sich die Hände zu waschen. Dillon tat es ihm nach.

»Wie geht es ihr?«

»Anscheinend gut. Sie sieht verdammt gut aus.«

Red verzog die Lippen zu einem Lächeln. »Ach ja?«

»Ja, definitiv.«

Sie gingen nach hinten, kratzten sich den Dreck von den Stiefeln und traten durch den Schmutzraum ein. Dort hängten sie ihre Jacken an die Haken und nahmen die Kappen ab. Niemand saß an Maggie Hudsons Tisch mit Kopfbedeckung oder schmutzigen Fingernägeln.

In der Küche roch es nach Quark und dem Duft der Suppe, die auf dem Herd stand.

»Habt ihr euch die Hände gewaschen?«, wollte Maggie wissen.

Beide Männer hielten ihr die Hände entgegen.

»Dann setzt euch an den großen Tisch. Die Suppe ist gleich fertig.«

Red drückte Maggie einen Kuss auf den Nacken, direkt neben ihrem orangefarbenen Zopf.

»Nimm das Brot hier auf dem Brett mit an den Tisch. Wir wollen doch mal sehen, wie sich Cates Brot gegen Julias Küchenspülsuppe behauptet.«

»Hat sie Brot gebacken?«

Gehorsam nahm Red das Brotbrett in Empfang.

»Sie sagt, das hat sie in Irland gelernt. Und wenn sie backt, kann sie an ihren Stimmen arbeiten.«

Der »große Tisch« war der Tisch im Esszimmer mit dem großen Büffet aus Walnussholz, das Dillon als Teenager mit seiner Mutter zusammen aufpoliert hatte.

Neugierig und sehr hungrig schnitt Dillon eine Scheibe ab und probierte den Knust. »Es schmeckt gut. Jedenfalls habe ich Lily nicht gesehen, als ich die Fingerlinge abgegeben habe, deshalb habe ich nach Hugh geschaut. Er sieht gut aus. Cate hat mit ihm draußen gesessen.«

»Dillon sagt, sie sieht auch gut aus.«

»Und dann«, Dillon kaute an einem weiteren Bissen, »ihr solltet mal sehen, was sie aus dem Gästehaus für Cate gemacht haben. Es ist völlig verändert. Und sie haben ein richtiges Studio eingebaut.«

»Damit sie da arbeiten kann?« Julia brachte den Suppentopf und stellte ihn auf den großen Untersetzer.

»Ja. Sie hat gesagt, angefangen habe sie in einem Schrank. Na ja, was sie jetzt hat, ist jedenfalls kein Schrank.« Da seine Mutter die Butterdose auf den Tisch gestellt hatte – immer frisch gemacht auf der Horizon Ranch –, bestrich er seinen letzten Brotbrocken damit.

Jetzt schmeckte es sogar noch besser.

Maggie brachte die Suppenteller herein und begann, ihnen aufzutun. »Es freut mich, dass sie ihren Weg gefunden hat, und vor allem, dass sie zurückgekommen ist. Sie muss uns unbedingt besuchen.«

»Das hat sie vor.«

»Wenn ich an ihre Mutter denke…«

Red rieb Maggies Schulter, aber es beruhigte sie nicht.

»Es macht mich einfach so wütend.« Sie setzte sich hin und begann ihre Suppe zu essen, wobei sie mit dem Löffel in der Luft gestikulierte. »Diese Frau lebt wie eine Königin nach allem, was sie getan hat. Selbst dieses reiche Arschloch kann ihr keinen erfolgreichen Film kaufen, aber sie bewegt sich immer noch in dieser Branche. Sie werden direkt als DVD produziert oder sofort fürs Fernsehen, aber sie macht sie immer noch, mit einem Gesicht, das so voller Plastik ist, dass sie kaum noch die Augen aufhalten kann.«

»Reich zu sein bedeutet nicht zwangsläufig, glücklich zu sein, Mom.«

Maggie aß einen Löffel Suppe. »Aber es ist viel einfacher, unglücklich zu sein, wenn man in seidener Bettwäsche schläft statt in einer Pappschachtel – was sie eher verdient hätte.« Sie nahm die Scheibe Brot, die Julia ihr abgeschnitten hatte. »Keine Sorge, dem Mädchen sage ich das alles nicht. Ich muss nur mal Dampf ablassen.« Sie probierte das Brot. Kaute, überlegte. »Gute Konsistenz, sehr schöne Struktur und guter Geschmack. Verdammt noch mal, das könnte fast besser als meins sein.«

»Ich habe noch was anderes zu sagen, und es geht nicht um das Brot«, warf Red ein. »Charlotte Dupont sieht genauso aus, wie sie ist. Falsch und betrügerisch. Hugh und Aidan haben mir erzählt, dass sie dafür bezahlt, um erfundene Storys über sich und vor allem über Cate in die Presse zu bringen. Nach all diesen Jahren kann sie immer noch nicht aufhören, sie zu attackieren. Sie kann in Seide auf einem Bett aus Diamanten schlafen, sie wird trotzdem immer nur bleiben, was sie ist. Sie wird nie das bekommen, was sie will. Sie wird nie glücklich sein.« Er zuckte mit den Schultern und aß einen Löffel Suppe. »Sie hat ihre Strafe abgesessen. Aber wenn ihr mich fragt, sitzt sie noch im Gefängnis. Das hat nur etwas mit ihr zu tun, und es erfüllt mich mit tiefer Befriedigung.«

»Was ist mit den anderen beiden, Sparks und Denby? Du hast doch deine Ohren überall?«, fragte Dillon.

»In Ordnung, das erzähle ich euch auch noch. Weil er die Waffe hatte, hat Denby weitere fünf Jahre ohne Bewährung bekommen, und seine Chancen, vorzeitig entlassen zu werden, sind gering. Sparks hat sich zu einem Mustergefangenen entwickelt, nach allem, was ich so gehört habe. Er wird vielleicht früher entlassen. Aber bis dahin ist es immer noch ein Jahr hin«, fügte er hinzu, als Maggie missbilligend zischte. »Die Gefängnisse sind überfüllt, und er hat seine Mindeststrafe fast verbüßt. Möglicherweise lassen sie ihn noch ein Jahr drin. Er hat ziemlich lang gesessen.«

»Ich kann kaum glauben, dass so viel Zeit vergangen ist.« Julia blickte zur Küche. »Manchmal kommt es mir so vor, als sei es gestern gewesen, dass Dillon mich aus dem Bett geholt hat und das kleine Mädchen da saß.«

»Da ist noch etwas, weil das jetzt jederzeit passieren könnte. Es gibt eine True-Crime-Autorin, die ihn schon seit Monaten interviewt. Ich weiß nicht, mit wem sie sonst noch geredet hat – so weit reichen meine Ohren denn auch nicht –, jedenfalls hat sie auch mit Denby gesprochen. Aber am meisten Zeit verbringt sie mit Sparks. Sie hat Jura studiert, und er hat sie zu seiner Anwältin gemacht. Ich kann euch nicht sagen, worüber sie reden.«

»Wahrscheinlich ein weiterer Blutsauger«, sagte Maggie.

»Wer ist sie? Ich möchte sie googeln.«

»Jessica A. Rowe.«

Sparks machte sich sorgfältig zurecht für den Besuch seiner Anwältin und Biografin. Das Gel verlieh seinen grauen Haaren einen leichten Silberschimmer. Und den traurigen, liebevollen Gesichtsausdruck übte er im Spiegel.

Er hatte es immer noch drauf.

Allerdings hatte Jessica sich aber auch in seiner langen Karriere als eine der einfachsten Eroberungen erwiesen. Sechsundvierzig, untersetzt, mit schlaffer Haut, so platt wie eine Holzlatte, war sie reif für eine kleine, unerlaubte Romanze. Sie sehnte sich verzweifelt nach Liebe.

Er hatte sie eingefangen mit der Reuenummer, hatte ihr Details erzählt – manche waren wahr, andere erfunden –, die bisher noch nicht an die Öffentlichkeit gedrungen waren. Scheu hatte er ihr gestanden, er versuche, seine Geschichte als eine Art Buße aufzuschreiben, aber er fände einfach nicht die richtigen Worte. Durch sie konnte er sich ausdrücken, und er brachte sie dazu, ihren lange zurückliegenden Abschluss in Jura wiederaufleben zu lassen, um ihn zu vertreten, sodass sie vertraulich miteinander reden konnten. Über Wochen und Monate umgarnte er sie, zog sie immer näher an sich heran, machte ihr den Hof.

Über die Jahre hatte er einige Briefe und Besuche von Frauen bekommen, die sich zu Männern im Gefängnis hingezogen fühlten. Einige hatte er als Verbindung nach draußen in Betracht gezogen, andere abgelehnt, weil sie ihm zu verrückt oder einfach zu unzuverlässig waren.

Aber Jessie, oh, Jessie war ein völlig anderer Typ.

Sie, die brav alle Regeln befolgte, war fasziniert von denjenigen, die sich über alle Regeln hinwegsetzten. Weil, und das sagte ihm sein Instinkt, sie insgeheim auch so sein wollte. Die einsame Frau im mittleren Alter, die sich für unattraktiv und nicht begehrenswert hielt – seiner Meinung nach übrigens zu Recht. Die naive, fast schon blöde Frau, die sich für besonders einfühlsam hielt.

Als er das erste Mal ihre Hand ergriffen und gehalten hatte, ihr tief in die Augen geschaut und voller Dankbarkeit ihre Fingerspitzen geküsst hatte, wusste er, dass er auf ihr spielen konnte wie auf einer Geige – und das hatte er auch vor.

Jetzt, nach Monaten der Vorbereitung, nach heimlichen Küssen, riskanten Umarmungen, nach Versprechungen und dem Plan, nach seiner Entlassung zu heiraten, kam der wahre Test.

Wenn sie versagte, hatte er seine Zeit vergeudet. Aber die kleinen Tests hatte sie alle bestanden. Sie hatte ihm über alle Bericht erstattet, an denen er sich rächen wollte. Er hatte auch andere Quellen, und jede Information, die sie ihm gab, passte ganz genau. Und da sie sich bemühte, eine frühe Entlassung für ihn zu erreichen – und damit sicher auch durchkam –, wurde es Zeit zu handeln, solange er noch ein hieb- und stichfestes Alibi hatte.

Sie wartete bereits, als der Wärter ihn in das Besprechungszimmer brachte. Mittlerweile legten sie ihm keine Handschellen mehr an. Später würden sie ihn durchsuchen – falls er seinen speziellen Wärter nicht bestach.

Aber das war bei diesem Besuch nicht nötig.

Sie hatte mittlerweile eine andere Frisur. Kürzer, gefärbt und ein bisschen stilvoller. Sie benutzte jetzt auch Make-up, allerdings nie Lippenstift. Wenn sie sich heimlich küssten, würde es keine verräterischen Spuren geben.

Er wusste, dass sie eine Diät machte und Sport trieb, aber sie würde immer klein und untersetzt bleiben.

Trotzdem konnte sie ihm dankbar sein für seine Bemühungen, denn ihre Kleidung, wie ihr Kostüm heute, war jetzt wesentlich schicker – viel eleganter als der braune Sack, den sie bei ihrem ersten Treffen getragen hatte.

»Ich habe dich vermisst, Jessie, ich habe dich so sehr vermisst. Die Jahre vor dir haben mir nichts ausgemacht. Ich habe sie ja verdient. Aber jetzt? Es ist Folter, immer warten zu müssen, bis ich dich wiedersehen kann.«

»Wenn ich könnte, würde ich jeden Tag kommen.« Sie öffnete ihre Aktentasche und zog einen Ordner heraus, als ob sie ein juristisches Problem zu besprechen hätten. »Aber du hattest recht. Wenn ich zu oft käme, würden sie sich wundern. Ich habe das Gefühl, auch im Gefängnis zu sein, Grant.«

»Wenn ich dir doch nur schon vor Jahren begegnet wäre,

bevor ich zuließ, dass Denby und Charlotte mich manipuliert haben. Wir hätten uns ein gemeinsames Leben aufbauen können, Jessie. Hätten ein Haus gehabt. Kinder. Ich habe das Gefühl... das alles haben sie uns genommen.«

»Wir werden ein Zuhause und ein Leben haben, Grant. Wenn du frei bist, werden wir zusammen sein.«

»Ich denke an die Kinder, die wir hätten haben können. Vor allem ein Mädchen mit deinen Augen und deinem Lächeln. Es bricht mir das Herz. Sie sollen für alles bezahlen, was sie uns genommen haben. Für das kleine Mädchen, das es nie geben wird.«

Sie griff über den Tisch nach seiner Hand. »Sie müssen bezahlen, und sie werden bezahlen.«

»Ich hätte dich nicht da hineinziehen sollen. Ich...«

»Grant. Ich bin bei dir. Du hast mir in diesen wenigen Monaten mehr gegeben als irgendjemand anderer in meinem ganzen Leben. Ich gehöre zu dir.«

»Kannst du diesen nächsten Schritt durchführen? Kannst du die Nummer anrufen, die ich dir gegeben habe, die Worte sagen, die ich dir aufgetragen habe? Selbst wenn du weißt, was das bedeutet? Wenn du es nicht kannst, mache ich dir keinen Vorwurf. Meine Gefühle werden sich deswegen nicht ändern.«

»Ich würde alles für dich tun, weißt du das denn nicht? Was sie dir genommen haben, haben sie auch mir genommen. Einen kleinen Jungen mit deinen Augen, deinem Lächeln.«

»Du musst dir aber sicher sein, meine geliebte Jessie.«

Tränen glitzerten in ihren Augen. »Ich bin mir sicher, wegen allem, was sie uns genommen haben. Ich liebe dich.«

»Ich liebe dich.« Er küsste ihre Hand und blickte ihr tief in die Augen. Dann gab er ihr erneut die Nummer und wiederholte, was sie sagen sollte.

Zwölf Stunden später fand ein Wärter Denbys Leiche in der Dusche. In seinem Bauch steckte ein Messer.

Als Sparks davon erfuhr, lächelte er die Decke in seiner Zelle an und dachte: einer weniger.

18

Nachdem er Eier, Butter und Käse ins Haupthaus gebracht hatte, ging Dillon zu Cate. Es mochte ja ein Vorwand sein, dass er ihr das Brotlaib-Tuch wiederbringen wollte, aber es war ja tatsächlich ihr Tuch. Er hatte ein bisschen Zeit und wollte sie wiedersehen.

Daran war doch nichts auszusetzen.

Außerdem hatte er fast eine Woche gewartet – und er musste ja so oder so die Milch ausliefern. Er blickte auf seine Hunde. »Stimmt doch, oder? Ich habe doch recht.«

Sie schienen ihm zuzustimmen.

Der Novemberwind war kühl und brachte einen leichten, stetigen Regen mit. Dillon war das egal. Bei dem Wetter wirkte die Landschaft auf der Halbinsel wie aus einem Märchenbuch. Eine Landschaft, in der Hexen in verzauberten Hütten lebten und zwischen den kahlen, verkrümmten Bäumen Gnome lauerten. Und unter den Wellen, die an die Klippen schlugen, schwammen Meerjungfrauen mit geschmeidigen Leibern – und scharfen Zähnen.

Die Ranch war nur wenige Meilen entfernt, aber das hier war eine andere Welt. Ab und zu gefiel es ihm, anderen Welten einen Besuch abzustatten.

Und im grauen Dämmerlicht, mit dem Rauch, der aus dem Schornstein aufstieg, und den – immer noch – blühenden Blumen in den Blumenkästen auf den Fensterbänken sah auch das Gästehaus aus wie ein verzaubertes Cottage.

Wenn man das Motiv weiterspann, konnte man sich fragen, ob die Frau, die darin lebte, eine gute oder eine böse Hexe war.

Dann hörte er sie schreien.

Er rannte den Weg hinunter, und die Hunde folgten ihm, leise knurrend, auf den Fersen.

Als er durch die Haustür stürmte, bereit zu kämpfen, um sie zu verteidigen, sah er sie an der Kücheninsel stehen, die Haare hochgesteckt, mit weit aufgerissenen Augen. Sie blickte ihn schockiert an.

Und hatte Brotteig in den Händen.

»Was zum Teufel...?«, fragte er.

»Das könnte ich dich auch fragen. Vielleicht hast du schon einmal davon gehört, dass man üblicherweise anklopft?«

»Du hast geschrien.«

»Ich habe geprobt.«

Komisch, dachte er. Das Herz hatte erst angefangen, in der Brust zu hämmern, als er hineingerannt war und sie gesehen hatte. Vorher war er nur im Kampfmodus gewesen.

»Was probst du?«

»Offensichtlich Schreien. Ich kann euch nicht streicheln«, sagte sie zu den Hunden. »Ich habe die Hände voll. Machst du bitte die Tür zu? Es ist kalt draußen.«

»Entschuldigung.« Er schloss die Tür und änderte dann seine Meinung. »Nein, nicht Entschuldigung. Wenn ich höre, wie jemand einen Schrei loslässt, bei dem einem das Blut in den Adern gefriert, reagiere ich eben.«

Sie knetete weiter ihren Teig. »Ist dir das Blut in den Adern gefroren?«

Er konnte sie nur anstarren.

»Ist das mein Tuch? Du kannst es da unten hinlegen. Wenn du Kaffee willst, musst du ihn dir selber machen. Ich kann gut schreien«, fügte sie hinzu.

»Das habe ich gehört. Laut und deutlich.«

»Nicht alle Schauspieler können realistisch schreien oder so schreien, wie Szene und Rolle es verlangen.«

»Gibt es verschiedene Arten von Schreien?«

»Ja klar. Es gibt den Schrei aus gebrochenem Herzen, den Schrei, wenn du über einer Leiche zusammenbrichst – das könnte allerdings auch die Sorte sein, die einem im Hals stecken bleibt –, es gibt den ›Ich habe eine Milliarde Dollar in der Lotterie gewonnen‹-Schrei, den qualvollen Schrei – bebend und voller Tränen – und noch haufenweise andere. Ich brauche einen, bei dem einem das Blut in den Adern gefriert.«

»Na, den hast du getroffen, wenn du mich fragst.«

»Gut. Ich habe nämlich nachher einen eiligen Auftrag, eine Synchronisation für einen Thriller. Die Schauspielerin und ich haben eine ähnliche Stimmlage, und sie hat die Schreie einfach nicht richtig hingekriegt.«

Dillon beschloss, dass er jetzt einen Kaffee brauchen konnte, und da sie dieselbe Maschine hatte wie die, die Lily seiner Großmutter geschenkt hatte, konnte er damit umgehen.

»Sie bezahlen dich dafür zu schreien?«

»Ganz genau. Drei unterschiedliche Schreie für diesen Auftrag. Ich muss die richtige Tonhöhe treffen und das Timing hinkriegen – bei dem Schrei eben sechs Komma drei Sekunden. Für eine gute Synchronisation muss mein Schrei auch zum Gesichtsausdruck der Schauspielerin passen. Der Regisseur – ich habe schon früher mit ihm gearbeitet – möchte drei Fassungen von jedem Schrei.«

»Willst du einen Kaffee?«

»Nein, vor und während der Arbeit trinke ich nur Wasser.«

»Du schreist also und knetest dabei Brotteig.«

»Ich probe«, korrigierte sie ihn. »Und mache italienisches Brot, weil meine Großeltern heute Abend zum Essen kommen. Es gibt Pasta. Ich bin keine besonders großartige Köchin, aber das Gericht habe ich mir in New York beigebracht, weil Lily es so gerne isst.«

Er lehnte sich mit seinem Kaffee an die Küchentheke, während sie eine Schüssel ausfettete und den Teig hineindrückte. Sie bedeckte ihn mit dem Tuch, das er ihr zurückgebracht hatte, dann stellte sie – so wie er das auch gelernt hatte – die Schüssel in den eingeschalteten Ofen, damit der Teig in der Wärme gehen konnte.

Er musterte die Kochinsel. »Du bist ganz schön unordentlich.«

»Ja.« Sie trat an die Spüle, um sich den Teig von den Händen zu waschen. »Und wenn ich nicht nach Consuelas Standards aufräume, dann höre ich sie mit der Zunge schnalzen, wenn sie morgen zum Saubermachen kommt.«

Er sah ihr zu, wie sie das verschüttete Mehl aufkehrte, die Geräte in die Spüle warf und die Dosen wegräumte. Dann sprühte sie die Theke mit Reiniger ein und putzte sie mit einem Lappen ab.

Sie trug Leggings, die ihre hübschen langen Beine eng umschlossen. Darüber einen langen blauen Pullover, dessen Ärmel sie hochgeschoben hatte. Ihre Haare waren lang geworden, und sie hatte sie zu einem Pferdeschwanz zusammengebunden.

Ja, dachte er, während sie arbeitete, sie sah echt gut aus.

»Meine Mom arbeitet an einem ökologischen Reinigungsmittel.«

»Wirklich?«

»Ja, erst mal für allgemeine Zwecke, dann als Waschmittel und so. Du kannst Oma nicht sagen, dass sie weniger körperlich hart auf der Ranch arbeiten soll. Ich meine, du kannst es ihr tatsächlich nicht sagen, weil sie dir dann gleich einen Tritt in den Hintern verpasst.«

Lachend blickte Cate ihn an. »Du sprichst aus eigener Erfahrung, was?«

»Oh ja, und bevor du fragst: Der Zusammenhang zwischen Reinigungsmitteln und Tritten ist, falls – nein, wenn, denn bei meiner Mutter gibt es kein ›falls‹ –, wenn es ihr gelungen ist, übergibt sie das Zepter Oma. Auf die Art und Weise haben wir vor ein paar Jahren die Ziegenherde vergrößert und ein paar Milchkühe dazugekauft.«

Stirnrunzelnd spülte Cate den Lappen im Spülbecken aus. »Klingt wie noch mehr körperliche Arbeit.«

»Ja, das ist es, das ist ein gegenseitiges Übereinkommen. Es bedeutet auch mehr Butter und Käse, was hauptsächlich Omas Bereich ist.«

»Ich habe eure Butter und euren Käse, Eier und Milch von euch im Kühlschrank. Meine Großeltern haben meine Vorräte aufgefüllt. Im Salat heute Abend nehme ich euren Ziegenkäse.«

»Ich habe gerade Ziegenkäse oben im Haus abgeliefert.«

Sie wischte die Theke noch einmal mit dem sauberen Lappen ab. »Gehört die Auslieferung zum Service?«

»Für besondere Kunden.«

Es faszinierte sie. Das Leben von Maggie und den Coopers hatte sie immer schon fasziniert. »Verkaufst du auch direkt von der Farm aus? Milchprodukte? Gemüse?«

Er lächelte. »Klar! Brauchst du was?«

»Ja, könnte sein. Ich brauche die meisten Eier, die ich im Kühlschrank habe, für ein Soufflé. Es macht mich ein bisschen nervös, dass ich noch nie zuvor eines zubereitet habe. Sie sind wohl ganz schön kompliziert. Aber mein Großvater isst so gerne Soufflés. Ich möchte – ich will nicht sagen, dass ich mich revanchieren will. Es ist…«

»Ich weiß, was du meinst.«

Erneut spülte sie den Lappen aus und legte ihn zum Trocknen hin. Dann griff sie nach ihrer Wasserflasche. Sie drehte den Verschluss auf und wieder zu, auf und wieder zu. »Sie fassen mich schon wieder mit Glacéhandschuhen an. Ich hasse das. Frank Denby – das war einer der Männer, die mich entführt haben – ist im Gefängnis ermordet worden. Sie haben ihn erstochen. Du wusstest das schon«, fügte sie hinzu, als sie seinen Gesichtsausdruck sah.

»Red kommt häufig bei uns vorbei.«

»Sie glauben… Ach, ich weiß es nicht, deshalb reden wir nicht darüber.«

Er war schon länger hier, als er ursprünglich vorgehabt hatte. Er musste noch eine Menge Dinge erledigen, aber sie stand da und drehte ständig an dieser blöden Verschlusskappe.

»Red hat gesagt, Denby war wohl nicht besonders beliebt in San Quentin. Er ist mehrmals zusammengeschlagen worden und auf der Krankenstation gelandet. Und er musste auch ein paarmal in Einzelhaft verlegt werden. Es ist schon klar, dass dich solche Nachrichten wieder zurückversetzen und dich aufregen, aber wer auch immer ihn umgebracht hat, hat es wahrscheinlich getan, weil er ganz allgemein ein Arschloch war. Außerdem, das hat Red jedenfalls gesagt, galt er als jemand, der seine Kumpels verpfeift.«

Endlich drehte sie den Verschluss ganz auf, setzte die Flasche an und trank. »Ich weiß nicht, wie ich mich fühle, wo er jetzt tot ist. Ich kann es nicht genau sagen. Aber ich weiß, dass ich es meinen Großeltern übel nehme, dass sie wieder diese besorgte Ausstrahlung haben.«

»Deshalb willst du ihnen also zeigen, wie gut es dir geht, indem du Lilys Lieblingspasta kochst und Hugh sein Soufflé machst.«

Sie zeigte mit der Flasche auf ihn. »Genau.«

»Wenn du meine Meinung wissen willst, die ich dir aber so oder so sage, ich finde das produktiv und gesund.«

»Da mir deine Meinung gefällt, übernehme ich sie. Und ich komm nächste Woche vorbei. Ich wollte diese Woche schon kommen, aber der tote Entführer hat mich zurückgeworfen. Ist irgendein Tag besonders gut? Ich kann meine Termine nach euch einrichten.«

»Jeder Tag ist gut. Ich muss jetzt nach Hause. Danke für den Kaffee.« Er stellte seinen Kaffeebecher in das Spülbecken. »Und du musst schreien üben.«

»Ja. Ach so, ja, danke für die Rettung. Die Tatsache, dass sie nicht nötig war, ändert nichts an der guten Absicht.«

»Gern geschehen.«

Er ging in den Wohnbereich, wo seine Hunde vor dem Kamin lagen und schliefen. Als er kurz pfiff, sprangen sie auf und folgten ihm.

»Viel Glück mit dem Soufflé.«

»Danke. Ich werde es brauchen.«

Sie trat an die Glaswand, um ihm nachzuschauen, als er durch die dünnen Nebelstreifen und den Nieselregen wegging.

Eigentlich hatte sie Denby gar nicht erwähnen wollen, zumal sie sich selbst den Gedanken an ihn verboten hatte. Aber wahrscheinlich machte das Band, das sie als Kinder geknüpft hatten, es ihr leichter, Dinge anzusprechen, die sie sonst zu niemandem sagte.

»Dabei kennen wir uns gar nicht. Nicht richtig jedenfalls.«

Nur bruchstückhaft, aus Julias E-Mails, aus gelegentlichen Bemerkungen ihrer Großeltern.

Nein, das stimmte nicht ganz, wurde ihr klar, als sie mit ihrer Wasserflasche ins Studio ging und die Tür verschloss. Sie wusste, dass er das Leben, das er gewählt hatte, liebte, weil sie es ihm einfach ansah. Sie wusste, dass er andere zu Loyalität inspirierte – zumindest seine Hunde, die ihn sichtlich anbeteten. Sie wusste, dass er ein Mann war, der durch eine Tür gestürmt kam, um, ohne nachzudenken, jemandem zu helfen.

Alles wichtige, sogar bewundernswerte Aspekte eines Gesamtbilds. Aber trotzdem gab es natürlich noch viele Dinge, die sie nicht wusste, musste sie zugeben. Sie musste entscheiden, was sie noch wissen wollte.

Aber zuerst musste sie schreien.

Ein erfolgreiches Familiendinner und der Beginn einer soliden Arbeitswoche lagen hinter ihr, als Cate zum Haupthaus ging. Sie wollte beim Floristen Blumen kaufen und sich dann endlich auf den Weg zur Ranch machen.

Aber zuerst ging sie ins Haus und erfuhr von dem Hausmädchen, dass ihr Großvater in seinem Büro saß, bei geschlossener Tür, und dass Lily sich unten im Fitnessraum befand.

Sie ging die Haupttreppe hinunter, am Kinosaal vorbei zu dem Raum, aus dem laute Rockmusik dröhnte. Drinnen grunzte Lily vor sich hin, während sie ihre Übungen am Beinstrecker absolvierte.

Ihr Gesicht war schweißnass, und auch ihre gut geformten Waden waren feucht, während sie sich bemühte, die Beine im Takt zur Musik zu heben und zu senken. Modisch wie immer trug sie Capri-Leggings mit einem wirbelnden Muster in Blau und Grün und ein blaues Trikot, das ihre verdammt gut trainierten Arme und Schultern zeigte. Im Geiste machte Cate sich eine Notiz, selbst den Fitnessraum regelmäßiger nutzen zu wollen.

Mit einem letzten Grunzer schloss Lily die Augen. Sie wischte sich mit dem Schweißband um ihr Handgelenk – in Grün – übers Gesicht. Als sie sich aufrichtete, erblickte sie Cate.

»O Gott, ich könnte mich selbst mit einem Hammer erschlagen. Weißt du, was die meisten Frauen in meinem Alter gerade machen? Stell die verdammte Musik ab, ja, meine Süße? Ich sage dir, was sie tun. Sie spielen mit ihren Enkeln, stricken, haben es sich mit einem Buch gemütlich gemacht oder bekommen im Kosmetiksalon eine Gesichtsbehandlung. Aber sie trainieren ganz bestimmt nicht an diesem verdammten Foltergerät!« Lily ergriff ihre Wasserflasche und trank einen Schluck, während sie den übrigen Geräten, den Hanteln, den aufgerollten Yogamatten und dem Stapel der Bodenmatten einen finsteren Blick zuwarf.

»Deshalb bist du auch alterslos.«

»Ha!« Sie holte tief Luft, dann stand sie auf und betrachtete sich in der Spiegelwand. »Na ja, ich sehe ziemlich gut aus für eine alte Schachtel.«

»Ich würde sagen *wundervoll*.«

»Ich werde mich daran festhalten, ich bin nämlich erst halb durch. Lieber Gott, Cate, wie bin ich nur auf die Idee gekommen, ich könnte zum Broadway zurückgehen und bei diesem Tempo auch nur halbwegs mithalten?«

»Du schaffst das!«

»Aber vorher bringt es mich um. Na ja.« Erneut setzte sie ihre Wasserflasche an. »Ich habe noch eine ganz schöne Strecke vor mir. Was hast du vor?«

»Ich bin nur vorbeigekommen, um Grandpa und dich zu fragen, ob ihr mit mir kommen wollt. Ich will Blumen kaufen und bei den Coopers vorbeifahren.«

»Ich würde nichts lieber tun als mitkommen. Aber ich muss durchhalten. Danach muss ich duschen und mich präsentabel herrichten. Ich habe heute Nachmittag eine Videokonferenz. Die moderne Technologie macht es einem unmöglich, ein Meeting im Pyjama abzuhalten.« Lily ergriff ein Handtuch und tupfte sich den Hals ab. »Sag Consuela, sie soll das Auto für dich vorfahren lassen.«

»G-Lil, das kann ich alleine. Das kann ich«, wiederholte sie.

»Natürlich kannst du das. Bestell allen viele Grüße von mir. Oh, und sag Maggie, wir müssen dringend mal wieder einen Schachtel-Abend machen.«

»Einen Schachtel-Abend?«

»Zwei alte Schachteln trinken Wein und erzählen sich gegenseitig von ihrer vergeudeten Jugend.«

»Alte Schachteln, du lieber Himmel. Ich sag's ihr. Soll ich die Musik wieder anmachen?«

Lily seufzte. »Ja. Verdammt noch mal. Stell sie an.«

Cate tat es und verließ den Fitnessraum durch die Seitentür.

Die Sonne strahlte und glitzerte auf den Bergen. Irgendwo in der Nähe arbeitete jemand mit einem Gartengerät – ein Rasenkantenschneider oder so. Sie überquerte die Terrasse und lief den gepflasterten Weg, an dem so viele Erinnerungen hingen, entlang zur Garage.

Vielleicht verspürte sie ein leises, unbehagliches Flattern, aber war das nicht normal? Keine Panik, kein Entsetzen, nur ein leichtes Unbehagen bei alten Erinnerungen.

Nachdem es passiert war, hatte ihr Vater den Baum fällen lassen wollen, aber sie hatte ihn gebeten, es nicht zu tun. Selbst als kleines Mädchen hatte sie damals gedacht, der Baum kann doch nichts dafür. Er verdiente den Tod nicht. Er hatte nichts falsch gemacht. Und so stand er immer noch da, alt und knorrig und einfach wundervoll. Sie trat an ihn heran und legte die Handfläche an den Stamm. Die Rinde war rau unter ihren Fingern. »Das war nicht unsere Schuld, oder? Und wir sind beide noch hier. Sie haben keinen von uns beiden untergekriegt.«

Zufrieden und wieder ruhig drückte sie die Fernbedienung für das Garagentor.

Als sie mit einem Arm voller Blumen auf der Ranch parkte, fielen ihr Veränderungen auf. Julia hatte ihr geschrieben, dass sie ein Haus für Dillon gebaut hatten. Es stand hinter den Ställen, und sie sah, dass sie den vorhandenen Platz genutzt hatten, um ihm Privatsphäre und Aussicht zu geben. Es war etwa so groß wie ihr Haus, verfügte allerdings nur über ein Stockwerk.

Auf den Hügeln weideten Ziegen und ein paar Schafe, in der Ebene grasten die Kühe, und die Pferde standen auf den Weiden. Auf dem Reitplatz arbeitete Dillon gerade mit einem Pferd, einem jungen, dachte sie. Da er so weit weg war und sich vollkommen auf seine Arbeit konzentrierte, hatte er sie nicht kommen hören.

Die Hunde hingegen, die bei den Kühen gelegen hatten, liefen auf sie zu. Sie streichelte die beiden und beobachtete dabei Dillon.

Er hatte eine graue Kappe tief in die Stirn gezogen und ließ das Pferd in einem leichten Trab im Kreis laufen. Er trainierte es bestimmt gerade. Sie konnte reiten, wusste, wie man ein Pferd pflegte, hatte aber keine Ahnung, wie man ein Pferd aufzog und trainierte.

Er kannte sich jedoch sichtlich aus, denn das Pferd vollzog brav die Richtungsänderung, die er von ihm verlangte.

Die Hunde wollten sie zum Haus treiben, und sie ließ sich darauf ein.

Julia trat aus der Scheune.

Als sie sie sah, ging Cate durch den Kopf, dass Dillon genauso langgliedrig war wie seine Mutter. Sie hatte den gleichen raumgreifenden Schritt, dunkelblonde Haare unter einem braunen Hut mit gerollter Krempe, Arbeitshandschuhe, die aus den Taschen ihrer Jeans heraushingen.

Cate verspürte ein sehnsüchtiges Ziehen im Bauch, als Julia sie sah und lächelte.

»Caitlyn! Du siehst aus wie auf einem Foto. *Junge Frau mit Blumen!*« Sie trat zu Cate und schloss sie in die Arme. »Oh, du warst schon so lange nicht mehr hier! Komm ins Haus. Du siehst wundervoll aus!«

»Du auch!«

Julia schüttelte lachend den Kopf. »So gut es eben geht nach dem Nachmittagsmelken.«

»Tut mir leid, dass ich das verpasst habe. Ehrlich, ich habe noch nie gesehen, wie man eine Ziege melkt. In Irland war ich ein paarmal dabei, wenn die Kühe gemolken wurden, aber das ist schon eine ganze Weile her.«

»Dreimal am Tag und das jeden Tag, abgesehen von den tragenden Tieren und denen mit Jungen. Die werden höchstens ein- bis zweimal am Tag gemolken. Du hast also reichlich Gelegenheit, dir anzugucken, wie es gemacht wird.«

Cate blickte sich um, als sie zum Haus gingen. Das Silo, die Scheunen, das weitläufige Farmhaus. Sie wiederholte Dillons Gedanken. »Es ist wie eine andere Welt.«

»Ja, aber es ist unsere Welt.« Julia kratzte sich an der Tür den Dreck von den Stiefeln. »Ich hoffe, jetzt, wo du hier lebst, kommst du öfter vorbei.«

Drinnen knisterte ein Feuer im Kamin. Sie hatten ein paar andere Möbelstücke. Dabei hatten sie sich eher für Blau- und Grüntöne entschieden, was gut zum Meer und den Weiden passte. Aber im Großen und Ganzen sah es so aus wie früher.

Ob sie nachts wohl immer noch das Licht brennen ließen, falls irgendeine verirrte Seele vorbeikam?, fragte sie sich.

»Komm mit nach hinten. Mom und Red sind bestimmt in der Milchküche.«

»Dillon sagte, ihr habt ausgebaut.«

»Der Markt für selbstgemachte Butter, Käse, Sahne und Joghurt vom Bauernhof ist gut.«

»Das kann ich gut verstehen, ich beziehe ja selbst ein paar

Produkte von euch. Ach ja, ich muss Sahne, Butter und ... Ihr habt die Küche neu gemacht.«

Julia warf einen Blick auf den kommerziellen Bereich, die doppelten Backöfen. Der große Tisch war immer noch derselbe, aber sie hatten für die Backtage weitere Arbeitsflächen hinzugefügt.

»Das war nötig, um mehr produzieren zu können. Und jetzt stehen Mom und ich uns nicht mehr im Weg, wenn wir hier drin arbeiten. Komm, ich nehme dir die Blumen ab – die sind ja prachtvoll. Und gib mir deine Jacke.«

Glänzender Edelstahl, Regale voller wichtig aussehender Utensilien, von denen sie nichts verstand, die massive, glänzende Dunstabzugshaube über dem großen Küchenblock. Aber in dem kleinen Ofen knisterte immer noch das Feuer, und Kräuter in hübschen Töpfen standen auf der tiefen Fensterbank.

»Es sieht professionell aus, aber gemütlich ist es immer noch.«

»Dann haben wir ja Erfolg gehabt. Mom und ich hatten einige Auseinandersetzungen und manchmal sogar erbitterte Streitgespräche wegen des Designs.« Julia legte die Blumen in ein Spülbecken. Dann ging sie in den Schmutzraum, um die Jacken aufzuhängen.

Cate ging durch die Küche, wobei sie mit der Hand über den Tisch fuhr, wo Julia damals ihre Schürfwunden und Schnitte versorgt hatte. Fasziniert stand sie in dem breiten Durchgang, der in eine weitere Küche führte. Eigentlich nicht wirklich eine Küche, dachte sie, obwohl es eine Küchenzeile, Spülbecken, Arbeitsflächen gab.

Beutel mit ... irgendetwas hingen von Holzstäben und tropften in Glasschalen, die darunter standen. Auf der Küchentheke standen große Glasgefäße mit Milch. Oma, den orangefarbenen Zopf zurückgesteckt, stand am Spülbecken und ließ Wasser laufen. Ihre Schultern bewegten sich, als ob sie etwas herunterdrückte. Red – ja, tatsächlich, das war Red – goss Milch in eine glänzende kleine Maschine.

Julia trat neben sie. »Du wirst nirgendwo frischere Butter und Sahne bekommen.«

»Red fängt gerade mit dem letzten Rest Butter an«, sagte Maggie, ohne sich umzudrehen, »und ich spüle gerade die letzte Partie aus. Schau mal nach dem Quark auf dem Herd.«

»Mache ich. Wir haben einen Kunden.«

»Er muss warten bis…« Sie warf einen Blick über die Schulter. »Na, sieh mal hier, Red. Da ist aber jemand groß geworden.«

Er schaltete die Maschine ein und drehte sich um. »Das kann man wohl sagen.« Er trat zu ihr und streckte die Hand aus.

Cate ignorierte sie und umarmte ihn. »Schön, Sie zu sehen, Sheriff.«

»Jetzt nur noch Red. Ich dachte, ich sei im Ruhestand, aber diese Frauen hier arbeiten einen Mann zu Tode.«

»Für einen toten Mann sehen Sie ziemlich gesund aus.«

Maggie kicherte. »Es wurde auch langsam Zeit, dass du mal vorbeikommst, Mädchen. Wenn die letzte Portion Butter aus dem Butterfass kommt und wir fertig sind, mache ich mal Pause.«

Cate betrachtete die Maschine. »Das ist ein Butterfass?«

»Du denkst wohl an ein Holzfass mit Stock, was?« Wieder kicherte Maggie. »Auch auf dem Land haben sich die Maschinen weiterentwickelt.«

»Der Quark ist fertig. Cate, setz dich einfach hin, und wenn wir hier fertig sind, machen wir alle Pause, ja?«

»Sie hat zwei Hände, die sie benutzen kann. Sind sie sauber?«, fragte Maggie.

»Ich…«

»Du musst sie dir sowieso waschen. Dann kannst du mir helfen, die Butter einzupacken.«

»Ihr entkommt keiner«, warf Red ein.

Neugierig trat Cate an das Spülbecken und blickte hinein. »Ist das Butter?«

»Noch einmal durchgespült, und dann ist sie fertig. Du musst die Buttermilch herausholen. Nimm das Becken da drüben.«

Als Dillon eine halbe Stunde später hereinkam, um sich eine Tasse Kaffee zu holen, stand Cate in einer Schürze da, die Haare zu einem Pferdeschwanz zurückgebunden, und wickelte Butterstücke ein.

»Bring mir bloß keinen Dreck hier herein«, warnte Maggie ihn.

»Ich habe mich gerade an der Pumpe gewaschen. Hi.«

»Hi.« Cate lächelte, als ob sie gerade einen Hauptgewinn in der Lotterie gewonnen hätte. »Ich habe geholfen, Butter zu machen. Und Mozzarella.«

Julia, die die eingepackten Butter- und Käsestücke in den Kühlschrank brachte, sah den Ausdruck, der in den Augen ihres Sohnes stand. Und seufzte innerlich ein wenig.

»Kannst du Red helfen, das Butterfass zu säubern? In der Zwischenzeit machen wir schnell etwas zu essen. Du isst doch noch Fleisch, Cate, oder?«

Eigentlich hatte sie höchstens eine Stunde lang bleiben wollen, die Arbeit wartete auf sie. Aber ... Na ja, dann würde sie eben heute Abend arbeiten, beschloss sie. »Ja.«

Sie setzte sich an den Tisch und aß mit den anderen die Reste eines Hühnereintopfs mit frisch gemachten Klößen.

»Ich habe dich draußen gesehen«, sagte sie zu Dillon, »wie du das Pferd im Kreis hast laufen lassen.«

»An der Longe, zwecks Training und Kommunikation. Das Pferd heißt Jethro. So lernt er, auf Kommando die Gangart zu wechseln, die Richtung zu ändern sowie stehen zu bleiben und weiterzulaufen.«

»Man muss etwas davon verstehen, und man braucht Geduld«, fügte Julia hinzu. »Und die hat Dillon im Übermaß.«

»Ich würde gerne die Pferde sehen, wenn ich das nächste Mal herkomme.«

»Ich kann dich nach dem Essen herumführen.«

»Heute ist ein Arbeitstag für mich – beziehungsweise, es wäre einer gewesen. Wer hätte geahnt, dass ich Butter mache? Und das geht wirklich, indem man einfach nur ein Einmachglas schüttelt?«

»Wenn man genug Kraft im Arm hat und lange genug durchhält. Auf die Art und Weise habe ich es zum ersten Mal gemacht, da war Julia gerade mal… ach, du lieber Himmel, ich glaube, drei.«

»Wir hatten ein Butterfass, das man auf den Tisch stellen konnte – es steht da hinten auf dem Regal. Aber dann hatten wir so viele Kundenanfragen, dass wir in eine bessere Technologie investieren mussten. Mit dem Käse war es genauso. Weißt du noch, Mom?«

»Mein Arm kann sich daran erinnern. Aber jetzt, wo er uns ständig im Weg ist«, Maggie stieß Red mit dem Ellbogen an, »da kann er sich auch seinen Lebensunterhalt hier verdienen. Er ist nur ein halbherziger Rancher, aber halbherzig ist besser als gar nicht.«

»Sie erfüllt mein Leben mit Gram.« Red nahm sich noch von dem Eintopf. »Und mit verdammt guten Klößen.«

»Ich brauche dieses Rezept für Sodabrot.«

»Ich schreibe es dir auf.«

»Die Grundlagen kenne ich ja, aber irgendetwas ist trotzdem anders. Ein bisschen Zucker, oder?«

»Das ist richtig, aber das wahre Geheimnis ist, die Butter mit den Fingern einzuarbeiten.«

»Mit den Fingern?«

»Mrs Leary hat darauf geschworen.«

»Es überrascht mich, dass du überhaupt Zeit für so etwas hast«, warf Red ein. »Hugh sagt, du hast richtig viele Aufträge und viel zu tun.«

»Multitasking.« Dillon warf ihr einen Blick zu. »Sie hat mir letzte Woche fast einen Herzinfarkt beschert, als sie Brot knetete und geschrien hat.«

»Und ich bin fast in Ohnmacht gefallen, als er plötzlich ins Haus gestürmt kam und mich retten wollte. Ich synchronisiere Schreie.«

»So etwas gibt es?«, wunderte sich Red.

»Ja. Guckt einer von euch Horrorfilme?«

Drei Finger zeigten auf Maggie.

»Ich liebe sie. Je mehr Horror, umso besser.«

»Hast du *Retribution* gesehen?«

»Rachsüchtige Geister, verfallene Häuser auf einer Klippe, eine kaputte Ehe, die sie zu kitten versuchen, indem sie an einen neuen Ort ziehen. Da war alles drin, was das Herz begehrt.«

»Immer, wenn Rachel – das war die Mutter – geschrien hat, war ich das.« Cate tippte an ihren Kehlkopf.

»Wirklich? Ich gucke ihn mir sofort noch mal an – dann achte ich auf dich.«

»Es überrascht mich, dass ihr überhaupt die Zeit habt, Filme zu gucken. Bei all dem Melken, Trainieren, Füttern, Machen und Backen.«

»Wenn du dir für so etwas keine Zeit nimmst«, erwiderte Julia, »ist die Arbeit einfach nur Arbeit und nicht das Leben. Noch Eintopf?«

»Nein, danke. Es war großartig. Ich muss jetzt nach Hause, um für einen Zeichentrick-Kurzfilm einen eingebildeten französischen Schwan zu sprechen.

»Wie klingt das denn?«

Cate blickte Dillon an und legte den Kopf schräg. »Ich glaube, so ungefähr...«

Sie veränderte ihre Haltung, ihr Hals wurde irgendwie länger, und sie blickte ihn hochmütig an. Mit französischem Akzent sagte sie von oben herab: »*Alors*, diese Ente ist eine Schande, *non*? Wir haben auf unserem See keinen Platz für so niedriges Geflügel.« Dann wechselte sie wieder den Tonfall. »Es ist eine süße kleine Geschichte über Bigotterie und darüber, dass man andere akzeptieren sollte. Und ich muss mich wirklich heute daransetzen. Kann ich beim Abwasch helfen?«

»Red macht das.«

»Siehst du?« Er wies mit dem Daumen auf Maggie. »Ich schufte mich hier zu Tode.«

»Ich packe dir deine Bestellung ein.« Julia erhob sich.

»Wie machen wir das normalerweise? Kriegen wir am Monatsende eine Rechnung, oder bezahle ich gleich?«

»Deine Großeltern bezahlen monatlich, und du kannst es genauso halten. Aber in diesem Fall hast du dir deine Erzeugnisse verdient.«

»Das nehme ich gerne an, danke. Ich hätte schrecklich gerne was von dem Mozzarella. Wenn ich nächstes Mal eine Tiefkühlpizza in den Ofen schiebe, garniere ich sie damit.«

Betontes Schweigen trat ein.

»Gehelefefroholeforehelefenehelefe Pizhizlefizzahalefa gehthehtlefeht garharlefar nichthichtlefichte«, murmelte Dillon.

»Was?«

»Sie spricht fünf Sprachen, kann aber noch nicht mal ein bisschen Räuberlatein. Alles zu spät.«

»Du weißt nicht, wie man Pizza macht?«, wollte Maggie wissen.

»Doch, klar. Man nimmt sie aus dem Tiefkühlfach und schiebt sie in den Ofen. Oder, wie ich es gemacht habe, als ich in New York gelebt habe: Du rufst an, und wie durch Zauberhand liegt sie vor deiner Tür.«

»Beim nächsten Mal bringe ich dir bei, wie man eine richtige Pizza macht, statt Fertigsauce auf Pappe zu essen.« Maggie schüttelte den Kopf. »Wie willst du jemals den Weltuntergang überleben, wenn du nicht mal selber Pizza backen kannst?«

»So habe ich es noch nie gesehen.«

»Dann solltest du mal damit anfangen.«

»Dillon, bring das bitte für Cate hinaus.« Julia reichte ihm eine Papiertüte, die ein Kind hätte tragen können. »Ihre Jacke hängt im Schmutzraum. Und du kommst uns bald wieder besuchen.« Sie umarmte Cate fest.

»Das mache ich. Ich hoffe, ihr kommt auch alle mal zu mir nach Hause.«

Julia wartete, bis die beiden hinausgegangen waren und die Tür hinter ihnen ins Schloss gefallen war, dann ließ sie ihrem innerlichen Seufzer freien Lauf.

Maggie nickte nur. »Ja, unser Junge ist ganz schön verschossen.«

»Wie meinst du das?«

»Er ist hin und weg, Red. Hast du nicht gesehen, wie er sie angeschaut hat?«

»Sie ist ja auch ein heißer Feger.«

Maggie schüttelte den Kopf. »Männer sind so simpel gestrickt.«

»Sie hat ihm den Kopf verdreht«, murmelte Julia. »Und zwar viel heftiger als irgendeins der anderen Mädchen – Frauen –, an denen er bisher interessiert war. Sie wird ihm entweder das Herz brechen oder seine große Liebe werden.«

Draußen sagte Dillon, als er sich sicher sein konnte, dass ihn im Haus niemand mehr hörte: »Übrigens, bezüglich der Pizza, deren Namen man nicht einmal aussprechen darf: Ich habe eine in meiner Tiefkühltruhe versteckt. Für Notfälle.«

»Für Notfälle?«

»Die treten für gewöhnlich mitten in der Nacht ein.«

»Ich verstehe.« Sie warf einen Blick zurück aufs Haus. »Ich wollte eigentlich nur eine Stunde lang bleiben, auf einen Kaffee oder Tee oder so. Aber man wird förmlich hineingezogen. Dieses Haus, deine Familie, sie nehmen einen immer so warmherzig auf.«

»Und ehe du weißt, wie dir geschieht, hast du eine Schürze um und machst Butter.«

»Ich weiß nicht genau, wie das Buttermachen in meinen Lebenslauf passen würde, aber ich hoffe, ich kann es irgendwie unterbringen.« Sie nahm ihm die Tüte ab und stellte sie vor den Beifahrersitz auf den Boden. »Ich würde wirklich gerne die Pferde sehen, na ja, alles eben. Und mit dir ausreiten.«

»Jederzeit.«

Sie ging um das Auto herum auf die Fahrerseite. »Ich glaube, ›jederzeit‹ funktioniert auf so einer Ranch nicht wirklich. Gibt es irgendeinen Tag, an dem ihr nicht von einer Pflicht zur anderen rennt?«

»An Sonntagen versuchen wir es ein bisschen herunterzufahren. So gegen zehn?«

»Sonntag könnte ich.«

»Gut. Also gegen zehn?«

»Ich werde hier sein. Mit meinen Reitstiefeln.« Sie setzte sich hinters Steuer. »Ich werde heute Abend eine Notfall-Pizza essen. Erzähl es nicht deiner Oma.«

»Dein Geheimnis ist bei mir sicher.«

»Bis Sonntag.« Sie schloss die Tür und ließ den Motor an.

Als sie von der Ranch wegfuhr, lächelte sie vor sich hin. Sie hatte Butter gemacht.

Nachdem sie den Highway erreicht hatte, begann sie mit einer Reihe von Zungenbrechern, um ihre Zunge für die Arbeit am Nachmittag zu lockern.

19

Ihr Vater kam zu Thanksgiving. Unter Consuelas wachsamen Blicken backte Cate ihren ersten Kürbiskuchen. Es war nicht ganz einfach, aber er gelang ihr erstaunlich gut.

Am schönsten war, als sie mit Aidan zu ihrem Cottage ging, ihm alles zeigte, ihm die Funktionsweise des Studios erklärte, bevor sie sich an den Kamin setzten.

Sie tranken Whisky nach einem langen, glücklichen Tag.

»Ich hatte ein schlechtes Gewissen, dich zu drängen hierherzuziehen, wenn ich in L.A. bleiben musste. Aber es scheint nicht nur ein guter Schritt für dich gewesen zu sein, es war anscheinend auch der richtige Schritt.«

»Ich war bereit dafür. Sie haben das Haus, das Studio, alles so toll hergerichtet. Es ist eine Freude, hier zu leben und zu arbeiten.«

»Du hast viel zu tun.«

»Im Moment ist es genau richtig.« Zufrieden mit sich und der Welt zog Cate die Beine unter sich.

Draußen rauschte die Brandung, und der Wind pfiff durch die Bäume. Drinnen prasselte das Feuer, und der Whisky rann warm die Kehle hinunter.

»Nächste Woche fange ich mit einem Hörbuch an, und das wird das größte Projekt, seit ich von New York hierhergezogen bin. Aber es lässt mir trotzdem genug Zeit, um mit Grandpa und G-Lil zusammen zu sein und auch ein bisschen herauszukommen. Ich war vor zwei Wochen zum Reiten auf der Horizon Ranch. Das war toll – nur am nächsten

Tag haben mich meine Muskeln daran erinnert, wie lange ich nicht mehr auf einem Pferd gesessen habe.«

»Und wie läuft's bei den Coopers?«

»Die haben richtig viel zu tun. Sie haben erweitert – auf alle möglichen Milchprodukte. Dillon sagt, in den Winterferien kommen Studenten. Sie lernen und arbeiten da – und es gibt jede Menge Arbeit. Im Frühjahr und im Sommer machen sie es genauso. Und in der Hochsaison stellen sie Hilfskräfte ein. Der Sheriff, beziehungsweise Red«, korrigierte sie sich. »Red ist viel da, seit er im Ruhestand ist, und hilft aus. Wusstest du, dass Deputy Wilson jetzt Sheriff Wilson ist?«

»Dad hat es erwähnt.«

Cate schaute in ihren Whisky. Dann sah sie ihren Vater an. Die Sullivan-Männer sahen mit zunehmendem Alter immer besser aus, dachte sie.

»Da wir zwei gerade unter uns sind, sollen wir nicht mal über den Elefanten im Zimmer reden?«

»Welchen Elefanten?«

»Charlotte. Sie scheint einen endlosen Vorrat davon zu haben. Zum Beispiel, dass ich mich hier verstecke, weil ich einen Nervenzusammenbruch hatte. Oder einmal hat sie behauptet, Justin Harlowe habe mich sitzengelassen.« Zischend stieß sie den Atem aus. Es war ihre eigene Schuld, rief sie sich ins Gedächtnis. Aber trotzdem. »Er amüsiert sich wahrscheinlich königlich, wenn er das Gerücht bestätigt.«

»Er versucht, seine Serie zu puschen und seine schlechte dritte Staffel.«

Irritiert zuckte Cate mit den Schultern. »Das können die beiden halten, wie sie wollen. Es stört mich nicht mehr so wie früher.«

»Nein?«

»Doch, es stört mich«, gab sie zu. »Aber nicht so wie früher. Ich habe das Thema nur angeschnitten, damit wir es endlich wegpacken können. So, wie ich mich damals, vor Monaten, von Justin getrennt habe. Ich habe über die Trennung geschwiegen, weil er vor dem Dreh der neuen Staffel stand und mich darum gebeten hat. Jetzt bereue ich es, dass ich mich darauf eingelassen habe, aber es ist eigentlich auch egal.«

Aidan musterte sie. »Bedeutet er dir noch etwas?«

»Nein. Er bedeutet mir gar nichts, und sie auch nicht.«

»Gut. Alles Übrige verblasst irgendwann, wie immer. Was ist mit den Anrufen?«

Na gut, dachte sie, *dann räumen wir gleich richtig auf.* »Ich hatte keinen mehr seit fast einem Jahr. Wie versprochen habe ich dir von allen erzählt. Und ich habe sie Detective Wasserman alle gemeldet.«

»Gibt es da irgendwelche Fortschritte?«

»Was kann die Polizei schon tun, Dad? Es ist ein Prepaid Handy, es sind Aufnahmen, die Monate, sogar Jahre auseinanderliegen. Sie spielen letztlich auch keine Rolle. Ich habe meine Familie, meine Arbeit, mein Leben. Das wollte ich dir nur klarmachen, vor allem jetzt, wo du zum Dreh nach London fliegst.«

»Ich wollte eigentlich, dass du mit mir kommst, bis ich gesehen habe, wie glücklich du hier bist, wie glücklich Dad und Lily sind. Aber ich fliege ja erst im Februar, wenn du es dir also noch anders überlegst… Auf jeden Fall komme ich zu Weihnachten wieder und bleibe bis nach Silvester. Ich möchte ein bisschen Zeit mit meiner Tochter verbringen.«

»Sie auch mit dir. Wie wäre es, wenn wir in dieser Zeit mal zusammen ausreiten?«

»Drei ist einer zu viel.«

»Nein. So ist es nicht. Wir kennen einander ja kaum. Ich glaube nicht, dass er eine feste Freundin hat, aber wir sind…«

»Bevor du ›Freunde‹ sagst, möchte ich dich darauf hinweisen, dass du über deinen Freund, den du kaum kennst, ziemlich viel redest.«

»Tue ich das?« Vielleicht stimmte das sogar. Vielleicht dachte sie sogar viel an ihn. »Der Lebensstil fasziniert mich und das Arbeitsethos. Wir Sullivans wissen um Leidenschaft und Ethos für unsere Arbeit. Ich glaube, man muss angeborene Freundlichkeit und Mumm besitzen, um die Tiere und das Land so zu pflegen wie sie.« Sie redete schon wieder über ihn, dachte sie. »Weißt du, ich glaube, wir Sullivans haben entweder großes Glück mit unseren Beziehungen oder absolutes Pech. Bei mir hat es bisher nicht so gut funktioniert. Ich konzentriere mich jetzt erst mal auf die Arbeit und sorge dafür, dass Grandpa sich gut benimmt, wenn G-Lil in New York ist.« Sie drehte sich um und blickte hinaus. »Der Mond ist aufgegangen«, murmelte sie.

»Das ist mein Stichwort. Ich gehe zurück zum Haus.« Er stand auf und küsste sie auf den Scheitel. »Es gefällt mir, dich hier sitzen zu sehen und den Mondschein auf dem Wasser zu betrachten. Es wirkt so zufrieden.«

Sie drückte seine Hand. »Das bin ich auch.«

Er ging zum Haupthaus, und Cate betrachtete den Mond. Es gab so vieles, für das sie dankbar sein konnte, und auch wenn einige der schönen Dinge aus dieser schrecklichen Nacht entstanden waren, so war sie es doch wert gewesen.

In der Woche vor Weihnachten, als auf den Hügeln schon Schnee lag und die Luft trocken und kalt war, zündete Cate Kerzen an, um das Haus mit dem Duft von Tannennadeln und Cranberry zu erfüllen. Sie hatte ihren eigenen kleinen Baum aufgestellt und Geschenke eingepackt – nicht besonders schön, aber immerhin.

Ihre Großeltern waren nach L.A. zu einer Weihnachtsparty gefahren, aber Cate hatte darum gebeten, zu Hause bleiben zu können. Stattdessen arbeitete sie in ihrem Studio und verschwendete keinen Gedanken an Los Angeles.

Kurz vor dem Schlafengehen checkte sie noch einmal ihr Handy. Sie hatte eine Sprachnachricht.

»*Ho, ho, ho!*«

»*Ungezogen, sehr ungezogen. Du hast nicht getan, was man dir gesagt hat.*«

Ihr eigener Dialog aus ihrem ersten Job als Sprecherin ertönte.

»*Ich weiß, wer ich bin, aber wer bist du?*«

»*Cate, Cate, wo ist Cate?*«

Jetzt die fröhliche Stimme ihrer Mutter. »*Komm heraus, komm heraus, wo immer du bist.*«

Ein Schrei, ein Lachen und ein abschließendes »*Ho, ho, ho.*«

Erschöpft speicherte Cate die Voice Mail. Sie würde sie Detective Wasserman für seine Akten schicken.

Okay, ja, ihre Hände zitterten ein bisschen, aber nur ein bisschen. Und sie würde ihre Türen abschließen, was sie nicht mehr getan hatte, seit sie nach Big Sur zurückgekommen war.

Aber ihren Vater würde sie erst morgen früh anrufen. Warum sollte er wegen ihr eine schlaflose Nacht haben? Sie würde dieses Ärgernis für sich behalten und das tun, was sie immer tat, wenn die Vergangenheit in ihr jetziges Leben eindrang.

Sie würde irgendeinen alten Film im Fernsehen suchen, einen, in dem es laut zuging, und würde die Nacht mit Geräuschen füllen.

Und ihren Großeltern würde sie erst nach ihrer Rückkehr aus L.A. davon erzählen.

Der Abend in L.A. war mild. Bei Einbruch der Dämmerung blitzten überall Lichter auf.

Charles Anthony Scarpetti, Strafverteidiger im Ruhestand, verdiente eine Menge Geld mit seinen Vorträgen. Häufig erschien er als Rechtsexperte auf CNN.

Mit sechsundsiebzig und drei Scheidungen, die er hinter sich hatte, genoss er sein Dasein als Single und das kleinere Haus, für dessen Instandhaltung er nur zwei Angestellte und einmal in der Woche einen Gärtnertrupp benötigte. Dreimal in der Woche kam der Poolreiniger. Schwimmen war seine Lieblingssportart, um seinen Körper in Topform zu erhalten. Schwimmen und gezielte Kraftübungen. Schließlich stand er noch immer in der Öffentlichkeit.

Er schwamm jeden Morgen – fünfzig Bahnen. Weitere fünfzig Bahnen schwamm er am Abend, und zum Schluss entspannte er sich vor dem Zubettgehen in seinem Whirlpool. Zigarren und Raffinade-Zucker hatte er aufgegeben – beides war ihm schwergefallen.

Er schlief acht Stunden in der Nacht, aß drei ausgewogene Mahlzeiten am Tag und beschränkte seinen Alkoholkonsum auf ein Glas Rotwein am Abend. Er hoffte darauf, gesund zu bleiben und mindestens neunzig zu werden.

Seine Hoffnung sollte enttäuscht werden.

Um Punkt zehn Uhr trat er aus seinem Haus und ging zum Pool. Die Unterwasserlichter schimmerten in dem tropisch blauen Wasser, das gleichbleibend 27° Celsius warm war. Er legte seinen Bademantel ab, drapierte ihn und sein Handtuch über das blitzende Chromgeländer der Leiter des blubbernden Whirlpool-Bereichs, in dem er nach seinem letzten Zug den Abend beschließen würde.

Er ging zum tiefen Ende und machte einen Kopfsprung ins Wasser.

Er zählte die Bahnen, und in seinem Kopf war nichts als

das Wasser, seine Züge, sein Atem. Er bewegte sich ruhig und gleichmäßig, wie immer in kraftvollem Freistil.

Als er bei der zehnten Bahn angelangt war, explodierte etwas in seinem Kopf. Er befürchtete einen Schlaganfall – seine Haushälterin warnte ihn ständig davor, abends allein zu schwimmen.

Er versuchte, aus dem Wasser aufzutauchen, und riss die Augen auf. Blut zog sich wie rote Spinnweben durch das klare Blau.

Er musste sich den Kopf gestoßen haben, irgendetwas hatte ihn an der Seite am Kopf getroffen. Verwirrt griff er nach dem Rand des Pools.

Aber irgendetwas hielt ihn unten, zog ihn herunter.

Er strampelte, schlug mit den Armen um sich und schluckte Wasser. Blindlings griff er nach dem Rand und spürte, wie seine Finger die Oberfläche durchbrachen. Hoffnung linderte die Panik, aber er fand keinen Halt, um sich hochzuziehen. Er versuchte zu schreien, aber unter Wasser drang kein Laut heraus.

Dann vergingen die Panik, die Hoffnung, der Schmerz, und er sank auf den Boden des Pools.

Mit ihrer ersten Tasse Kaffee versuchte Cate, ihr Gehirn in Gang zu bringen, indem sie sich mental den Dingen widmete, die sie heute erledigen wollte. Sie hatte das zweite Set von fünf Kapiteln ihres Hörbuch-Auftrags eingesprochen und zum Bearbeiter und Produzenten geschickt. Vielleicht würde sie heute mit den nächsten fünf Kapiteln beginnen. Wenn sie beim zweiten Set irgendetwas ändern und verbessern musste, konnte sie einfach unterbrechen, die Änderungen vornehmen und weitermachen.

Oder sie konnte zuerst ein paar kleinere Aufträge erledigen und abwarten, bis sich der Bearbeiter meldete.

Da sie in der Nacht so schlecht geschlafen hatte, tendierte sie zu den kleineren Jobs. Sie sollte auf jeden Fall etwas Sport machen – das würde sie wieder auf Trab bringen. Sie konnte ja zum Haus laufen – das war auch schon eine Art Workout – und dann eine Stunde … na ja, vielleicht eine Dreiviertelstunde im Fitnessraum trainieren.

Vielleicht sollte sie das zuerst machen, um ihren typischen Nachmittagsvorwand, keine Zeit mehr zu haben, zu vermeiden. Vielleicht sollte sie auch zuallererst einen Bagel essen.

Offensichtlich brauchte sie einfach mehr Kaffee. Dann würde ihr Verstand wieder funktionieren, und alles würde sich weisen.

Und wenn sie ganz wach und ruhig war, dann würde sie ihren Vater in London anrufen. Und ihr Versprechen halten.

Sie schlurfte zur Kaffeemaschine und sah durch die Scheibe, dass Dillon den Weg entlangkam. Unwillkürlich wich sie zurück, obwohl sie genau wusste, dass er sie von außen nicht sehen konnte. Sie blickte an sich herunter.

Alte Wollsocken, eine alte Flanell-Pyjamahose – die mit den Fröschen drauf –, ein Sweatshirt, das sie über das T-Shirt gezogen hatte, in dem sie geschlafen beziehungsweise zu schlafen versucht hatte. Das Sweatshirt war verblasst rosa, mit einem Loch unter der linken Armbeuge und einem Kaffeefleck, der mitten über die Vorderseite verlief und aussah wie der italienische Stiefel.

Sie hatte es schon lange wegwerfen wollen, aber es war so schön weich.

»Wirklich?«, murmelte sie. »Muss das sein?«

Sie strich sich über die Haare. Wie schlimm sah sie aus? Schlimm.

Merde!

Sie war noch nicht einmal geschminkt – und wahrscheinlich hatte sie noch Schlafkrusten in den Augen.

Mierda!
Sie rieb sich die Augen und durchquerte den Raum, um auf sein Klopfen hin die Tür aufzumachen. Und sie fuhr sich mit der Zunge über die Zähne, die sie auch noch nicht geputzt hatte.

Welches menschliche Wesen klopfte morgens früh um Viertel vor neun bei einer Frau an die Tür?

Sie setzte ihr lässigstes Lächeln auf, als sie die Tür öffnete. Und sie hasste ihn, hasste ihn kurz aus vollem Herzen, weil er einfach wundervoll aussah.

»Hi, du bist aber früh unterwegs. Wo sind die Hunde?«

»Zu Hause. Tut mir leid, habe ich dich geweckt?«

»Nein. Ich wollte mir gerade einen zweiten Kaffee machen.« Sie ging wieder in die Küche. Sie hätte sich treten können, dass sie nicht wenigstens ihre Sportkleidung trug. Dann hätte sie sportlich ausgesehen statt faul und schlampig. »Du trinkst deinen schwarz, nicht? Das könnte ich nie.«

Wenn sie sich doch wenigstens ein Pfefferminz in den Mund schieben könnte! Sie nahm eine weitere Tasse aus dem Schrank.

»Ich muss mit dir reden.«

»Okay.« Sie blickte sich um, den Becher noch in der Hand. Als sie erkannte, was sie vor lauter Sorge über ihr Aussehen übersehen hatte, drehte sie sich langsam ganz zu ihm um. Die besorgte, angstvolle Miene, mit der er sie musterte. Er konnte doch nichts von dem Anruf wissen, oder? Sie hatte doch noch niemandem davon erzählt. Aber es ging ja sowieso nicht immer nur um sie.

»Gott, ist etwas passiert? Mit Oma, mit Julia?«

»Nein, nein, ihnen geht es gut. Das ist es nicht. Es geht um Charles Scarpetti. Der Anwalt«, fügte er hinzu, als sie ihn verständnislos anblickte. »Der Anwalt deiner Mutter damals.«

»Ich weiß, wer er ist. Er gibt jetzt manchmal im Fernsehen den juristischen Fachmann. Er hat ein Buch über seine interessantesten Fälle geschrieben, und dazu gehörte auch meine Entführung. Ich habe es nicht gelesen. Warum auch?«

»Er ist tot. Sie – der Poolreiniger – haben seine Leiche vor ein paar Stunden gefunden, im Wasser treibend. Es wird bald in den Nachrichten sein, wenn es nicht schon da ist. Ich wollte nicht, dass du es auf diese Weise erfährst.«

»In Ordnung.« Sie stellte den Becher ab und rieb sich mit der Hand über ihr Armband. Darlies Hämatit gegen die Angst. »In Ordnung. Ist er ertrunken?«

»Die Polizei in Los Angeles ermittelt. Red hat Beziehungen dorthin, und so hat er davon erfahren. Er – du musst wissen, er passt in gewisser Weise immer noch auf dich auf.«

»Okay. Entschuldigung.« Sie ließ die Hände sinken. »Ich weiß nicht, was ich fühlen soll. Soll das heißen, er ist umgebracht worden?«

»Ich kann dir nur erzählen, was Red mir gesagt hat. Sein Kontakt in L. A. sagt, es stinkt – genauso hat er es gesagt. Ich wollte nur nicht, dass du die Nachrichten einschaltest und es unvorbereitet hörst.«

»Weil sie jetzt automatisch wieder von der Entführung reden.« Cate nickte. Sie nahm den Becher und trat an die Kaffeemaschine. »Und erneut startet eine Runde ›die arme, tapfere Caitlyn‹. Charlotte wird ein paar Interviews geben und dicke Krokodilstränen über ihre verlorene Tochter weinen. Es wird Spekulationen geben, warum ich nicht mehr als Schauspielerin arbeite. Und da der Typ, mit dem ich letztes Jahr leider zusammen war, die Trennung bereits seit Monaten benutzt, um sich ein bisschen Publicity zu verschaffen, kommt das auch noch dazu.«

Französische Flüche murmelnd, marschierte sie im Zimmer auf und ab.

»Sind das schlimme Worte auf Französisch?«

»Was? Oh ja. Die Franzosen fluchen einfach wirkungsvoller.« Sie stellte ihm seinen Becher mit schwarzem Kaffee auf die Theke und entschied sich für Wasser. Ihr Kopf war jetzt wach genug, sie brauchte keinen Kaffee mehr. »Okay. Ein Mann ist tot, und ich weiß nicht, was ich empfinden soll. Er hat seinen Job gemacht – mehr war es nicht für ihn. Warum auch? Es war ja nichts Persönliches, das weiß ich. Auf jeden Fall ist sie ins Gefängnis gewandert.« Da sie auch kein Wasser wollte, stellte sie die Flasche wieder hin. »Hatte er eine Familie? Kinder, Enkel?«

»Ich weiß nicht. Red wusste nur, dass er allein lebte.

»Willst du einen Bagel? Ich wollte gerade einen Bagel essen.«

»Cate.«

»Entschuldigung, ich weiß einfach nicht, wie ich mich fühle. Jemand, den ich nie kennengelernt habe, ist tot, und du bist hierhergekommen, um es mir zu erzählen, weil du weißt, dass es mir Sorgen macht. Das weißt du, weil auch du Teil von dem Ganzen warst, der rettende Teil. So wie Scarpetti Teil davon war. Und Sparks und meine Mutter und Denby.« Sie wurde blass, als es ihr einfiel. »Denby ist vor Wochen im Gefängnis ermordet worden. Und jetzt der Anwalt.«

Dillon hatte sehr darauf geachtet, ihr nicht wirklich zu nahezukommen, seit sie zurückgekommen war. Er sah das als Mechanismus zur Selbstverteidigung. Aber er wusste, wann jemand, ein Mensch oder ein Tier, eine Berührung brauchte.

Zuerst legte er ihr die Hände auf die Schultern, eine Geste, um sie zu beruhigen. »Wahrscheinlich sieht auch die Presse, vielleicht die Polizei da einen Zusammenhang. Aber Denby war im Gefängnis, Scarpetti in Los Angeles. Und beide hatten, wenn man sich ihre Berufswege ansieht, bestimmt viele Feinde – unterschiedlicher Art.«

»Berufsverbrecher und Strafverteidiger.«

»Ich weiß ja, dass sie beide eine Verbindung zu dir hatten, aber...«

»Zu dir auch.« Erschreckt umfasste sie seine Handgelenke. »Zu dir, zu deiner Familie. Hast du daran schon gedacht?«

»Wir sind okay. Unsere Namen standen nicht in der Presse, sind nicht im Fernsehen genannt worden. Deiner aber, und das macht mir Sorgen. Das ist echt ätzend.«

»Echt ätzend«, wiederholte sie.

Sie ließ sich von ihm in die Arme ziehen und legte den Kopf an seine Schulter. Als er sie umschlang, fiel die Anspannung von ihr ab.

»Es ist echt ätzend«, sagte sie noch einmal, »aber ich kann damit umgehen. Das konnte ich nicht immer, aber mittlerweile kann ich es. Oh Mist.« Sie seufzte, blieb aber, wo sie war. Er roch so tröstlich nach Pferden und Mann. »Meine Großeltern. Sie waren gestern in L.A. auf einer Party. Sie kommen heute Nachmittag nach Hause. Ich muss sie warnen. Meinen Vater auch.«

»Ich wette, sie wissen, wie sie damit umgehen müssen.«

»Ja, klar.« Sie drückte ihn kurz an sich, dann löste sie sich und trat einen Schritt zurück. »Ab morgen haben wir Familienbesuch. Dieses Jahr kommen nicht alle – es gab zu viele Terminuberschneidungen –, aber bis Silvester sind die meisten hier. Das wird auch schon helfen.«

Er konnte nicht widerstehen, ihr das zerzauste Haar aus der Stirn zu streichen. »Vereinte Front.«

»Ja, das sind wir.«

»Ja, das ist bei meiner Familie genauso.«

»Ich möchte morgen irgendwann vorbeikommen und ein paar Geschenke dalassen.«

»Morgen ist Backtag«, warnte er sie.

»Ja? Da habe ich ja Glück. Du hast deinen Kaffee gar nicht getrunken. Warte, ich mache dir einen frischen.«

»Ist schon okay. Ich muss...«

»...nach Hause«, ergänzte sie. »Ich wette, du hast schon einen halben Arbeitstag hinter dir – jedenfalls, was die meisten als halben Arbeitstag bezeichnen würden. Und ich habe mir noch nicht einmal die Zähne geputzt.«

»So ist das Leben eben.«

»Und du hast dir extra die Zeit genommen hierherzukommen, um mir über den ersten Schreck hinwegzuhelfen. Ich bin dir dankbar dafür. Es gibt eine Handvoll von Leuten außerhalb meiner Familie, denen ich absolut vertraue. Den größten Teil dieser Handvoll machen du und deine Familie aus.«

»Du musst uns öfter besuchen.« Er lächelte, als er das sagte. »Bis morgen dann, wenn du vorbeikommst.«

»Am Backtag? Absolut.«

Als er den Weg wieder hinaufging, fragte er sich, was er hätte tun sollen, als sie das mit dem Vertrauen gesagt hatte. Sie brauchte einen Freund, nicht jemanden, der sie begehrte. Auch nicht, wenn er dieser Jemand war und sich und ihr Zeit lassen wollte, damit es sich auf allen Ebenen entwickeln konnte.

Vielleicht wäre es besser, er hätte nicht so viele klare Bilder von ihr im Kopf. Das kleine Mädchen, das versuchte, sich im Dunkeln zu verstecken, der langbeinige Teenager mit den roten Blumen, die Frau in der Schürze, die lächerlich aufgeregt war, weil sie Butter machte, die Frau auf dem Pferderücken, die lachend vom Trab in den Galopp wechselte. Und jetzt noch die sexy zerzauste Frau, die ihm die Tür aufgemacht hatte, um die schlechten Nachrichten zu empfangen.

Klüger wäre es, dachte er, als er an seinem Pick-up ankam, diese Bilder zumindest für den Augenblick zu verdrängen.

Sie empfand ihn als Freund, und keine Frau wollte einen Freund, der sie anmachte. Auf der langen Liste von Methoden, wie man eine Freundschaft zerstörte, stand so ein Verhalten bestimmt an erster Stelle.

Er dachte an seine Freunde und beschloss, zwei seiner ältesten Kumpel zu fragen, ob sie später mit ihm abhängen und ein paar Bier trinken wollten. Für Leo, der eine Frau – Hailey – hatte und in ein paar Monaten Vater wurde, war es so spontan vielleicht schwieriger. Aber er konnte sich vorstellen, dass Hailey gar nichts dagegen hatte, wenn sie mal einen ruhigen Abend verbringen konnte.

Er hielt am Tor an und wartete darauf, dass es aufging. Eine Erinnerung an unterschiedliche Welten. Er kam gern hierher, fühlte sich willkommen, aber es blieb eine ganz andere Welt als die, die er für sich gewählt hatte. Er fuhr durch das geöffnete Tor und hielt an der Ecke der Halbinsel erneut an, um auf das zweite Tor zu warten. Die Seelöwen brüllten, und er spürte, wie sich seine Laune hob, als er draußen auf dem Meer einen Wal sah.

Unterschiedliche Welten, vielleicht, aber diese hier hatten sie gemeinsam. Er konnte sich vorstellen, wie sie an ihrer Glaswand stand und auf das gleiche Wunder hinausschaute wie er.

Vielleicht sollte er diese Bilder von ihr doch bewahren. Die Zeit verging. Und er hatte genug.

Als Dillon nach Hause fuhr, machte sich Sparks auf zur Arbeit in der Gefängnisbücherei. Wegen seiner guten Führung würde er heute an der Ausgabetheke mithelfen und wahrscheinlich jene Bücher einräumen, die die Insassen zurückbrachten.

Vom Erkerfenster aus hatte er eine schöne Aussicht auf die Berge. Aber er war immer noch nicht frei.

Vor Jessica hatte er sich – wie viele andere – zahlreiche juristische Fachbücher ausgeliehen. Er fand, er hatte sich ganz schön weitergebildet, deshalb war er auch stinksauer, als er gar nichts fand, keinen Präzedenzfall, kein Schlupfloch, rein gar nichts, was dazu führen konnte, seine Strafe auszusetzen oder zu verkürzen.

Charlotte hatte ihn gründlich hereingelegt.

Er hatte Zugang zu Computern – begrenzt natürlich. In seiner Freizeit las er meistens irgendein blödes Buch oder die *San Quentin News* oder quatschte mit den anderen Insassen – er musste die Dinge am Laufen halten –, während diese Aussicht auf die Bucht von San Francisco ihn verspottete.

Dann war Jessica gekommen, und nach all dem Umgarnen und Schmusen brauchte er seine Zeit nicht mehr mit diesen verdammten Jura-Büchern zu vergeuden. Das würde sie erledigen. Sie würde alles erledigen, was er erledigt haben wollte.

Den Morgen über arbeitete er gewissenhaft. Er wollte den Job in der Bücherei behalten, weil es ein beliebter Ort war, ein Ort, an dem man Kontakte und Verbindungen knüpfen und Deals aushandeln konnte. Gegen Ende seiner Schicht trat einer seiner Stammkunden – zwei Stangen Zigaretten in der Woche – an den Tresen, um zur Tarnung ein Buch zu bestellen. Sparks wusste, dass der Analphabet gar nicht lesen konnte. Er nahm die Bestellung für die Bücher und die Zigaretten entgegen.

»Hey, hab' deinen Namen in den Nachrichten gehört.«

»Meinen Namen?«

»Ja, einen Anwalt hat's erwischt. Er war der Anwalt von diesem reichen Luder, das du mal gefickt hast, haben sie gesagt. Die, die dich wegen der Kindesentführung reingeritten hat.«

»Ach ja? Scarpetti?«

»Ja, genau, so hieß er.«

»Der Scheißkerl hat für sie den reinsten Spaziergang erreicht, weil sie alles mir in die Schuhe geschoben hat.«

Als Sparks seine Schicht beendete, um noch ein bisschen auf dem Hof zu trainieren, dachte er: Der Zweite erledigt.

Bis zu den Sohlen ihrer Louboutins in leuchtendes Rot gekleidet, setzte Charlotte sich vor dem Fotografen in Positur. Ihre Haare waren im Nacken zu einem lockeren Zopf geschlungen, um die Diamantenhänger an ihren Ohrläppchen zur Geltung zu bringen. Sie verzog ihre Lippen – frisch aufgespritzt und so rot wie ihr Kleid – zu einem leisen Lächeln – königlich, mit einem Anflug von Traurigkeit.

Innerlich frohlockte sie. Es wurde aber auch langsam Zeit, dass sie ordentliche Presse für sich selbst bekam, statt immer nur die Frau eines alten Mannes zu sein, der ihr ein ganzes Land kaufen konnte.

Und sie müsste ihn nur darum bitten, dann würde er es tun. Conrad betete sie nach wie vor an. Deshalb konnte sich auch jeder, der behauptete, sie würde es mit ihren Schauspielkünsten noch nicht einmal in die Talentshow einer Highschool schaffen, seine blöde Kritik sonst wohin schieben.

Das Arschloch von Anwalt hatte letztendlich seine Strafe bezahlt. Er hatte einfach nur sterben müssen.

Und dieses Mal berichtete nicht die Boulevardpresse, sondern die echte Presse. Sie hatte es in die *Los Angeles Times* und *The New York Times* geschafft. Als die Nachrichtensender bei ihr anklopften, ließ sie sie herein – beziehungsweise, die Dienstboten machten das.

Und jetzt endlich war sie auf dem Titel von *People*, die ihr ganze vier Seiten widmeten.

Klar, um dahin zu kommen, musste sie die liebende Ehefrau und die bekehrte Dame der Gesellschaft spielen, aber jetzt endlich saß sie im weitläufigen Wohnraum ihrer Villa, im weißen Marmorkamin knisterte ein Feuer, den hoch aufragenden Weihnachtsbaum im Rücken – in Weiß, Gold und schimmerndem Kristall geschmückt. Und sie, (absichtlich) wie eine Flamme gekleidet, war jetzt endlich ganz oben angekommen.

»Charles' Tod – die Polizei sagt, es sei Mord gewesen – ist so schockierend, ich bin immer noch ganz erschüttert. Jeder, der ihn kannte, wird so empfinden. Ich kann mich noch so deutlich an seine Stärke und seine Unterstützung in der schrecklichsten Zeit meines Lebens erinnern.«

Sie wandte den Blick ab und legte die Hand an ihren Hals, während der Reporter weitere Fragen stellte.

»Entschuldigung, ich war in Gedanken in der Vergangenheit. Nein, wir hatten leider keinen Kontakt mehr zueinander. Ich musste natürlich meine Strafe verbüßen, und Charles half mir dabei, es zu verstehen. Ich bat ihn allerdings um Rat, wie ich mich verhalten sollte, als ich meine Schuld beglichen hatte. Was hat er mir geraten?«, wiederholte Charlotte die Frage, um Zeit zu gewinnen, damit sie eine passende Antwort erfinden konnte. »Mir Zeit zu lassen, mir zu vergeben. Er war so klug, eine so große Hilfe.«

Leise seufzend drückte sie eine Fingerspitze unter den Augenwinkel, als wolle sie eine Träne auffangen.

»Als ich nach Los Angeles zurückkam, wollte ich nur wieder mit meiner Tochter zusammenkommen, um einen Weg zu finden, damit Caitlyn mir verzeiht. Ich hoffte so sehr, dass sie mir eine zweite Chance geben würde, wieder ihre Mutter zu sein.« Charlotte drehte den Kopf, damit sich das Licht in den Diamantohrhängern fing, und setzte ihr trauriges, tapferes Lächeln auf. »Ich hoffe immer noch darauf, vor allem während der Feiertage oder an ihrem Geburtstag. Ich musste ihre Ablehnung in meine eigene Stärke verwandeln, um mir erneut ein Leben, eine Karriere aufbauen zu können. Schließlich könnte darin doch die Chance liegen, dass sie es einsieht und mir verzeiht.«

Sie beugte sich leicht vor, als ob sie eine vertrauliche Äußerung machte, und fügte mit leisem Beben in der Stimme hinzu: »Ich mache mir Sorgen um sie. Ich bin von Männern getäuscht und benutzt worden. Und ich war einem Mann so hörig, dass ich die schrecklichste Entscheidung getroffen habe, die eine Frau, eine Mutter, treffen kann. Sie – meine Tochter – ich habe Angst, dass sie den gleichen Weg einschlägt.«

Traurig lächelnd, nickte Charlotte dem Reporter zu, der sich danach erkundigte, wie sie über Justin Harlowe dachte.

»Wie? Caitlyns Beziehung zu Justin Harlowe ist gerade erst in die Brüche gegangen, nicht wahr? Alles, was ich darüber höre, klingt so, als würde sie meine Fehler wiederholen. Sie will zu viel, verlangt zu viel, erwartet einerseits, dass ein Mann diese Leere füllt, und lässt andererseits zu, dass wegen ihres verzweifelten Verlangens nach Liebe auf ihr herumgetrampelt wird. Ich weiß nicht, was aus mir geworden wäre, wenn ich nicht Conrad gefunden und gelernt hätte, seiner Freundlichkeit und seinem liebenden Herzen zu vertrauen. Ich kann nur hoffen, dass meine Tochter einem genauso liebevollen Menschen begegnet, damit sie ihr wahres Ich, ihre innere Stärke findet. Jemand, der ihr hilft, Vergebung zu finden.«

Charlotte machte eine Geste zum Weihnachtsbaum hin. »Sehen Sie den Engel oben auf dem Baum? Das ist Caitlyn, mein Engel. Ich kann nur hoffen, dass sie eines Tages die Flügel ausbreitet und zu mir zurückkommt.«

Und Schnitt, dachte Charlotte.

20

Statt sich durchzukämpfen, blockte Cate den Lärm einfach ab. Nachrichten, vor allem aus der Unterhaltungsbranche, schaltete sie einfach aus. Wenn sie sich zur Recherche an ihr Tablet oder ihren Computer setzte, recherchierte sie nur Dinge, die sie persönlich interessierten. Davon wich sie nicht ab und gab dem Drang nachzuschauen, was jemand gesagt, geschrieben oder gebloggt hatte, nicht nach.

Sie hatte ihre Arbeit, und über die Feiertage war reichlich Familie um sie herum, um sie beschäftigt zu halten.

Und beinahe unmerklich war es auf einmal Februar geworden. Mit diesem Monat begann eigentlich immer eine Zeit schlechter Träume. Und hier, an dem Ort wo alles begonnen hatte, gewannen sie sogar noch an Intensität.

Als sie in der dritten Nacht in Folge zitternd und atemlos aufwachte, stand sie auf, ging hinunter und kochte sich einen Tee. Wieder der Fall-Traum, dachte sie. Er kam in ihrem Alptraum-Repertoire häufig vor. Ihre Hände, die Hände eines Kindes, rutschten ab und glitten hilflos an einem Seil aus Bettlaken herunter. Und die fest gebundenen Knoten lösten sich. Sie fiel, fiel weiter, konnte noch nicht einmal schreien. Das Fenster im ersten Stock hatte sich in eine Klippe verwandelt, und der Boden war zum aufgewühlten Meer geworden.

Die Träume würden vorbeigehen, sagte sie sich und schaute, den Becher mit dem Tee in der Hand, aufs Meer hinaus. Das war immer so. Aber um drei Uhr morgens waren sie so anstrengend.

Keine Tabletten, dachte sie, obwohl sie im Februar häufig in Versuchung geriet. Aber nein, keine Tabletten. Ihre Mutter hatte Schlaftabletten genommen, häufig genug als Vorwand. *Ich bin zu müde, Caitlyn. Ich habe eine Tablette genommen, um schlafen zu können. Sag Nina, sie soll mit dir einkaufen gehen. Ich muss ein bisschen schlafen.*
Wie kam es nur, fragte sie sich, dass ein Kind sich nach der Aufmerksamkeit und Zuneigung gerade der Person sehnte, die ständig beides verweigerte? Wie eine Katze, die auf den Schoß der Person wollte, die eine Abneigung gegen sie hatte.
Allerdings war diese Sehnsucht mittlerweile definitiv vergangen.
Sie musste jetzt schlafen, da Lily am nächsten Tag nach New York flog. Wenn sie sich am Morgen verabschiedete, musste sie wenigstens ausgeruht *aussehen*. Also würde sie sich mit ihrem Tee ins Bett zurückziehen, sich mal wieder einen Film suchen und hoffen, dass sie dabei einschlief.

Doch da sie nur phasenweise eingenickt war, musste sie sich am nächsten Morgen besonders gut schminken, was ihr auch gelang.

»Ihr zwei passt gut aufeinander auf. Ich erfahre sofort, wenn ihr es nicht tut.« Lily drohte Cate und Hugh mit dem Finger. »Ich habe meine Spione.«

»Ich gehe heute Abend mit Grandpa in ein Strip-Lokal.«

»Seht zu, dass ihr viele kleine Scheine mitnehmt.« Lily überprüfte den Inhalt ihrer Reisetasche noch einmal. »Diese Mädchen arbeiten wirklich hart.«

Nachdem sie ihre große Reisetasche endlich geschlossen hatte, umfasste Lily mit beiden Händen Cates Gesicht. »Ich werde dich vermissen.« Dann wandte sie sich zu Hugh und tat bei ihm dasselbe. »Und dich hier auch.«

»Ruf mich an, wenn du gut angekommen bist.«

»Ja, mache ich. Okay, ich fahre jetzt.« Sie küsste Hugh. Und küsste ihn noch einmal, bevor sie Cate in die Arme zog und mit einer Wolke von *J'adore* einhüllte.

»Mach sie fertig, Mame«, murmelte Cate.

Lily legte die Hand aufs Herz, auf ihre Lippen und stieg in die Limousine.

Cate und Hugh schauten dem Wagen nach, als er zum Tor herunterfuhr. »Endlich allein«, sagte sie und brachte ihn damit zum Lachen.

»Sie ist ganz schön dominant, was? Wie lang ist die Liste, die sie dir gegeben hat, um auf mich aufzupassen?«

»Ziemlich lang. Und wie sieht es bei deiner Liste aus?«, fragte sie zurück.

»Das Gleiche. Einen Punkt kann ich schon einmal abstreichen und dich fragen, was du heute vorhast?«

Der Februar war ungewöhnlich mild. Es würde sicher nicht anhalten, aber für heute lag ein Hauch von Frühling in der Luft. Die ersten grünen Spitzen der Zwiebelpflanzen und Knospen von Wildblumen kamen in der warmen Sonne bereits zum Vorschein. Draußen auf dem Meer glitt ein weißes Schiff am Horizont entlang.

Es gab Tage, die sollte man wirklich genießen.

»Ich habe ein paar Stunden gearbeitet und brauche noch ein bisschen, um mein Pensum am Hörbuch vollzumachen. Aber es läuft gut, und ich denke, heute Nachmittag sollten wir mal einen Strandspaziergang machen. Du könntest mir dabei helfen, zwei Punkte von meiner Liste zu streichen, indem du mir beim Aufnehmen zuhörst, ein Sandwich oder so bei mir isst und dann mit mir spazieren gehst.«

»Seltsamerweise erledigen sich damit auch weitere Punkte auf meiner Liste.« Er ergriff ihre Hand, so wie früher, als sie ein kleines Mädchen war. Und sie ging langsamer wegen ihm, so wie er früher wegen ihr.

»Hast du von deinem Dad gehört?«

»Ja, gestern erst. In London ist es kalt und regnerisch.«

»Was haben wir doch für ein Glück! Bist du glücklich hier, Cate?«

»Natürlich. Sieht man mir das nicht an?«

»Du wirkst zufrieden, was nicht ganz dasselbe ist. Einer der Punkte auf meiner Liste besagt, dass ich dich überreden soll, mehr auszugehen, dich mit jungen Leuten deines Alters zu treffen. Lily schlägt Dillon dafür vor.«

»Ach ja?«

»Er hat sein ganzes Leben lang hier gelebt, er hat Freunde hier. Für uns ist die Arbeit wichtig, aber das kann nicht alles sein.«

»Im Moment reicht sie mir.« Sie waren am Cottage angekommen, und sie öffnete die Tür. »Ich genieße die Ruhe, so wie ich in New York die Hektik genossen habe.«

»War es denn ruhig?«

»Grandpa, ich habe dir versprochen, Bescheid zu sagen, wenn ich wieder einen Anruf bekomme, und das tue ich auch. Seit dem Anruf vor Weihnachten war noch nichts wieder. Möchtest du dir einen Tee mit ins Studio nehmen?«

»Ist Lily weit genug weg, damit ich bei dir eine Cola trinken kann?«

»Eigentlich nicht.« Aber sie holte ihm trotzdem eine aus dem Kühlschrank. »Das bleibt unser Geheimnis. Ich gehe in die Kabine, so kannst du es dir im Hauptstudio bequem machen und brauchst dir keine Gedanken wegen Geräuschen zu machen. Und du kannst problemlos jederzeit rein- und rausgehen.«

»Ich habe dich noch nie arbeiten hören – ich kenne nur die Ergebnisse. Rechne damit, dass ich bleibe.«

»Dann mach es dir bequem.« Sie reichte ihm Kopfhörer und stöpselte sie ein. »Bei mir ist schon alles vorbereitet von vorhin. Ich spreche jetzt ein Kapitel. Wenn ich mich verspreche, mache ich es noch einmal. Wenn du etwas brauchst, gib mir einfach ein Zeichen.«

Er rückte sich den Stuhl vor der Kabine zurecht und setzte sich. »Bei mir ist alles in Ordnung. Unterhalte mich.«

Sie setzte sich in die Glaskabine, richtete ihr Mikrofon ein, fuhr ihren Computer hoch und stellte das Tablet mit dem Text darunter.

Zimmerwarmes Wasser, um die Kehle zu befeuchten, die Zunge, die Lippen. Zungenbrecher zur Lockerung.

»Fischers Fritz fischt frische Fische. Frische Fische fischt Fischers Fritz. Blaukraut bleibt Blaukraut und Brautkleid bleibt Brautkleid.«

Immer wieder, gemischt mit anderen Sprüchen, bis sie sich bereit fühlte.

Sie nahm sich kurz Zeit, sich in die Figuren, die Geschichte, den Tonfall und das Tempo hineinzuversetzen. Dann stellte sie sich dicht vor das Mikro und drückte auf Aufnahme. Jetzt spielte sie verschiedene Rollen. Nicht nur die Figuren, die sie sprach und von denen jede einzelne einen anderen Sprechstil erforderte, nicht nur die Rolle der Erzählerin außerhalb der Dialoge. Zugleich war sie auch Tontechnikerin, Regisseurin, hielt sich selbst in der Geschichte, die sie las, während sie schon weiterschaute, um die nächsten Sätze vorzubereiten, den nächsten Dialog, und beobachtete dabei auch noch den Bildschirm, um sicherzugehen, dass sie die richtige Tonhöhe einhielt, nichts schleifen ließ und keine Geräusche erzeugte. Wenn sie nicht ganz zufrieden war, unterbrach sie und wiederholte den entsprechenden Absatz.

Vor der Kabine lauschte Hugh ihrer Stimme – ihren Stimmen. *Sie ist die geborene Darstellerin*, dachte er. Man brauchte sich nur ihren Gesichtsausdruck und ihre Körpersprache anzuschauen, wenn sie die einzelnen Rollen sprach oder wieder zurückfiel in die glatte, klare Sprache der Erzählung.

Ein Teil von ihm mochte ja immer noch hoffen, dass sie wieder vor die Kamera trat, aber das war eine egoistische Hoffnung, und er musste zugeben, dass seine Enkelin ihren Platz gefunden hatte. Talent setzte sich immer durch, dachte er. Er trank einen Schluck Cola, versank in der Geschichte und war überrascht, als sie auf einmal aufhörte. Er schob den Kopfhörer zurück, als sie aus der Kabine kam.

»Wegen mir musst du nicht aufhören. Ich genieße es.«

»Bei dieser Art von Arbeit muss ich Pausen machen, sonst verspreche ich mich zu oft. Wie fandest du es?«

»Ich habe eine verdammt gute Geschichte gehört. Ich würde sagen, ich möchte das Buch lesen, aber ich könnte mir auch vorstellen, mir das ganze Hörbuch anzuhören. Du hast wirklich ein Händchen dafür, Cate.« Er legte den Kopfhörer beiseite. »Hast du für Chuck, den aufdringlichen, lauten Nachbarn, etwa deinen Cousin Ethan zum Vorbild genommen?«

»Erwischt.« Sie zog sich das Gummiband aus den Haaren. »Ethan spricht auch so – er hat so etwas Verkniffenes in der Stimme.«

»Es funktioniert auf jeden Fall.«

»Was hältst du denn davon, wenn ich uns ein paar Sandwiches mache? Consuela hat ein bisschen Schinken vom Abschiedsessen gestern Abend in meinen Kühlschrank geschmuggelt, und ich habe heute früh dunkles Brot gebacken.« Schließlich war sie schon vor dem Morgengrauen aufgestanden.

»Ja, gerne. Ich kann wahrscheinlich nicht noch eine Cola bekommen, oder?«

Er verstand es einfach, sie so unschuldig anzustrahlen. Aber Cate war keine Närrin.

»Nein. Ich will nicht riskieren, dass Lily wütend über

mich herfällt. Wenn sie sagt, sie hat Spione, dann stimmt das auch.«

Sie stellte ein kleines Picknick mit dicken Sandwiches, den Süßkartoffelchips, die Lily noch gerade so für Hugh akzeptierte, etwas Süßem und Wasserflaschen zusammen. Sie hätte gerne selber eine Cola getrunken, aber das kam ihr unfair vor.

Als sie den Weg und die Treppe zum Strand hinuntergingen, entspannte sie sich. Der Mann neben ihr bewegte sich immer noch wie ein Tänzer. Langsamer vielleicht, dachte sie, aber mit der gleichen Leichtigkeit und Anmut wie früher.

Am Strand gingen sie direkt zu der alten Steinbank, damit sie dort ihr Picknick genießen konnten.

Heute wühlte kein Wind weiße Schaumkronen auf dem Wasser auf, und die Luft fühlte sich eher an wie im Mai.

»Ich kann mich noch daran erinnern, wie ich hier mit Urgroßvater gesessen habe. Es muss Sommer gewesen sein, und er hat mir eine Tüte M&M's geschenkt. Meine Mutter erlaubte mir keine Süßigkeiten, deshalb gab er sie mir immer heimlich. Es war so schön, mit ihm an diesem strahlend schönen Sommertag hier zu sitzen. Wir hatten beide eine Sonnenbrille auf – an meine kann ich mich sogar noch erinnern. Ich wollte damals alles nur in Pink haben, und sie war pink und herzförmig, mit kleinen Glitzerpunkten im Rahmen.« Cate lächelte, als sie in ihr Sandwich biss. »Er sagte, wir seien richtige Filmstars.«

»Das ist eine schöne Erinnerung.«

»Ja, wirklich. Und jetzt kommt noch diese hier dazu, mit dir, an einem wolkenlosen, wundervollen Tag im Februar.«

Die hoch aufragenden Bäume des Tangwalds wiegten sich grüngolden im flachen Wasser, und auf dem schmalen Sandstreifen glitzerte – wie damals auf ihrer Sonnenbrille – der Glimmer.

Auf ein paar Felsen an der entfernten Seite der Bucht lagen Seelöwen. Gelegentlich glitt einer von ihnen geschmeidig ins Wasser, um im Tangwald zu schwimmen und zu fressen.

Einer richtete sich auf, zeigte seine breite Brust, hob den Kopf und bellte laut. Cate musste unwillkürlich an Dillon und seine Hunde denken.

»Denkst du wirklich daran, dir einen Hund anzuschaffen?«

»Die Seelöwen klingen genauso, nicht wahr?« Hugh knabberte an einem Chip. Frittiert und mit viel Salz wären sie ihm lieber gewesen, aber ein Mann musste nehmen, was er kriegen konnte. »Wir haben immer so viel gearbeitet und sind so viel gereist, dass es dem Tier gegenüber nicht richtig gewesen wäre. Und jetzt kommt Dillon mit seinen beiden zu Besuch, sodass ja Hunde da sind. Aber ich habe trotzdem darüber nachgedacht. Jetzt, wo wir im Ruhestand sind, wäre ein Hund vielleicht ganz schön.«

»Ruhestand.« Cate verdrehte die Augen. »Lily sitzt im Flugzeug nach New York, um am Broadway aufzutreten. Und ich weiß, dass du dieses Projekt, was du erwähnt hast, annehmen wirst. Diesen Roadtrip von dem verrückten Großvater.«

Grinsend aß er noch einen Chip. »Das ist ein komödiantisches Juwel von einer Rolle. Apropos Projekte, weißt du, ob jemand die Filmrechte an dem Buch gekauft hat, das du gerade einsprichst?«

Erneut verdrehte sie die Augen. »Ruhestand.«

Sie streckte die Beine aus und begann die Orangen zu schälen, die sie für sie beide mitgenommen hatte. Ein scharfer, süßer Geruch stieg auf.

»Ich finde es heraus«, sagte sie.

Die milde Witterung war nicht von Dauer, aber das machte die Erinnerung umso schöner. An einem Tag mit peitschendem Regen und heftigem Wind arbeitete sie durch und stellte sich in den Pausen ans Fenster, um auf das Drama hinauszuschauen.

Hugh besuchte sie zu zwei weiteren Sitzungen, und Cate leistete ihm bei den von Lily verordneten täglichen dreißig Trainingsminuten im Fitnessraum Gesellschaft.

»Meinem Bein geht es wieder gut«, erklärte er, als er in zügigem Schritt auf dem Laufband trainierte.

»Noch zehn Minuten.«

Stirnrunzelnd warf er Cate, die gerade ihren Trainingslauf beendet hatte, einen Blick zu. »Angeberin!«

»Oh ja, und danach kommen noch fünfzehn Minuten Krafttraining mit den Hanteln.«

Wieder verzog er finster das Gesicht, aber sie wusste, dass es ihm eigentlich Spaß machte – zumindest, wenn sie ihm dabei Gesellschaft leistete.

»Wir schließen das Ganze ab...« Sie machte eine Pause, um einen Schluck Wasser zu trinken. »...mit ein paar Dehnübungen, und Consuela, die definitiv zu Lilys Spionen gehört, kann ich ihr berichten, dass wir unsere Pflicht getan haben.«

»Davon kann sie sich mit eigenen Augen überzeugen, wenn ich nächste Woche nach New York fliege. Bist du sicher, dass du nicht mitkommen willst?«

»Ich muss arbeiten.«

Als ihre halbe Stunde beendet war, griffen beide nach ihren Handtüchern und den Wasserflaschen. In den nächsten fünfzehn Minuten trainierte er an Geräten, und sie nahm die Hanteln. Sie musste zugeben, dass es Wirkung zeigte, mit ihrem Großvater zusammen zu trainieren. Sie fühlte sich stärker und schlief besser. Nicht nur, weil der Februar mittlerweile in den März übergegangen war, sondern weil sie sich einfach mehr bewegte.

Als sie am Schluss beide ihre Dehnübungen machten,

schüttelte sie den Kopf. »Du bist noch ganz schön gelenkig, Grandpa.«

Grinsend blickte er zu ihr herüber. »Das habe ich an dich weitergegeben.«

»Und dafür bin ich dir sehr dankbar.«

»Ich werde in Topform sein, wenn ich mit den Dreharbeiten anfange.«

Sie beugte sich zu ihrem rechten Bein. »Du hast die Rolle angenommen.«

»Heute Morgen unterschrieben.«

»Wann fängst du an?«

»Die erste Textprobe ist in zwei Wochen. An den drehfreien Tagen kann ich jederzeit nach Hause fliegen. Das komödiantische Juwel«, sagte er.

Sie beugte sich zu ihrem linken Fuß hinunter. »Was sagt der Boss?«

»Ich wusste, dass du das fragen würdest. Lily ist einverstanden.« Er richtete sich auf. »Was hältst du denn jetzt von einem netten kleinen Snack?«

»Er wird bestimmt aus Obst und Joghurt bestehen. Consuela.«

Er warf ihr einen bekümmerten Blick zu. »Wir haben etwas Besseres verdient. Hast du Eiscreme im Haus?«

»Könnte sein.«

»Vielleicht komme ich dich später besuchen. Wenn du arbeitest, finde ich mich auch alleine zurecht.«

»Eine Kugel, keine Toppings.«

»Was für Toppings hast du denn?«

Kopfschüttelnd gingen sie zur Küche, als ihnen plötzlich Dillons Hunde entgegengerannt kamen.

»Ja, wen haben wir denn da?« Freudig beugte Hugh sich über sie, um sie zu streicheln. »Habt ihr euer Herrchen mitgebracht, oder seid ihr selber gefahren?«

Das Herrchen saß in der Küche vor einer Tasse Kaffee und einem Teller – einem ganzen Teller – voller Plätzchen.
»So was will ich auch.«
»Eins bekommen Sie.« Consuela hob einen Finger. »Und fettarme Milch.«
»Ich war gerade eine Stunde im Fitnessraum. Wer ist hier der Boss?«
»Miss Lily ist der Boss. Setzen Sie sich hin. Ein Plätzchen, fettarme Milch. Für dich zwei Plätzchen«, sagte sie zu Cate. »Und Vollmilch.«
»Kannst du mir eine Latte machen? Ich trinke Milch nicht so, weißt du.«
»Eine Latte«, erwiderte Consuela rasch.
Dillon hob die Hände, als Consuela Hugh fettarme Milch eingoss. »Ich habe Lieferungen ausgefahren und ein paar der Sachen hierhergebracht, die Consuela bestellt hat. Seien Sie mir nicht böse.«
»Ich wusste nicht mal, dass wir Plätzchen im Haus haben«, grummelte Hugh, als Consuela einen einzelnen Keks auf einem kleinen Teller vor ihn stellte.
»Ich habe sie gebacken, als Sie im Fitnessraum waren, weil mein junger Mann mir gesagt hat, dass er mich besuchen kommt.« Consuela warf Dillon einen verführerischen Blick zu. »Und heute Abend können Sie noch ein Plätzchen haben. Und es gibt Steak, weil mein gut aussehender Junge hier vorbeigekommen ist. Rotes Fleisch ist gut für Ihr Blut!«
»Da freue ich mich!«, meinte Hugh.
»Die Stunde im Fitnessraum hat Ihnen gutgetan. Euch beiden!«, lobte Dillon.
»Der hier braucht keinen Fitnessraum! Er ist ein arbeitender Mann.« Um ihre Aussage zu beweisen, drückte Consuela Dillons Bizeps. »Was für Arme!«
»Gemacht, um dich zu umarmen, Consuela.«

Sie kicherte wie ein junges Mädchen, und Cate starrte ihr nach, als sie an die Kaffeemaschine trat, um die Latte zu machen.

Dillon grinste nur. »Ich hab dich lange nicht mehr auf der Ranch gesehen«, sagte er zu Cate.

»Ich hatte kurz hintereinander zwei große Aufträge.« Sie nahm sich ein Plätzchen. »Ich habe tatsächlich überlegt, ob ich später noch vorbeikommen soll.«

»Meine Damen würden sich freuen.«

»Na los. Nimm dein Plätzchen, deine Latte und geh dich duschen. Mach dich hübsch.« Consuela hatte ihre Entscheidung getroffen und füllte die Latte in einen To-go-Becher um. »Du gehst nicht genug aus. Junge Mädchen müssen ausgehen. Warum gehst du nicht einfach mal mit meinem Mädchen tanzen?«, wandte sie sich an Dillon.

»Ich…« Einen Moment brachte ihre Aufforderung ihn aus der Fassung, er sagte dann aber: »Ich habe mir meine Tänze für dich aufgespart, *mi amor*.«

Gut reagiert, dachte Cate, als Consuela wieder kicherte.

»Geh, geh.« Consuela winkte Cate zur Tür. »Ich behalte ihn im Auge.«

»Okay, in Ordnung.« Cate ergriff den Kaffeebecher. »Ich gehe schnell duschen. Ich komme bald bei euch vorbei.«

Sie brauchte nicht lange. Trotzdem überraschte es sie, dass Dillon gerade erst in seinen Pick-up stieg, als sie zum Haus zurückkam.

»Ich bin noch ein bisschen länger geblieben. Ich habe Hugh so lange nicht mehr gesehen.«

»Ich glaube, das benutzt du nur als Vorwand, um mit Consuela flirten zu können.«

»Wer braucht dazu denn einen Vorwand?« Er stieg ein. »Bis gleich.«

Jetzt hatte er ein anderes Bild vor Augen, dachte er, als er nach Hause fuhr. Cate in einer offenen Sportjacke, die einen dieser Sport-BHs enthüllte – blau wie ihre Augen – und eine enge Sporthose mit blauen Blumen, die nur bis zur Wade reichte und den gesamten Bauch frei ließ.

Ja, nun, was war schon ein Bild mehr?

Er hatte Besorgungen gemacht und nach Hugh sehen wollen – außerdem, welcher Junge würde sich nicht freuen, wenn ein solcher Schatz wie Consuela sich um ihn kümmerte? Und er hatte im Stillen gehofft, ein paar Minuten mit Cate reden zu können. *Zum Scheitern verurteilt, Dillon*, dachte er. *Das ist alles zum Scheitern verurteilt.*

Auf der Ranch angekommen, wartete er im Auto, bis sie neben ihm einparkte. Dann nahm er die Plätzchendose aus dem Pick-up.

»Das sind meine, mach dir bloß keine Hoffnungen. Ich bringe sie nur rasch in mein Haus. Du kannst schon mal hineingehen.«

»Ich habe noch nie gesehen, wie du wohnst.«

»Oh. Na gut. Dann komm mit. Aber es sind immer noch meine Plätzchen.«

»Du bist nicht der Einzige, der Consuela ein paar Plätzchen abschmeicheln kann.«

»Soso. Hast du viel zu tun?«

»Ja.« Es roch so gut hier, dachte sie. Anders als die Blumen, Kräuter und das Meer auf *Sullivan's Rest*, aber so gut. »Außerdem verbringe ich auch noch viel Zeit mit Grandpa.«

»Er sieht großartig aus.«

»Ja, wirklich. Man sieht ihm gar nicht an, dass er das letzte Jahr flachgelegen hat. In zwei Wochen fährt er nach L. A. zurück.«

»Ja, das hat er mir erzählt. Ich soll ein Auge auf dich haben.«

»Welches?«

»Das hat er nicht genauer bestimmt.«

Als Dillon die Tür öffnete, trat Cate ein und schaute sich um.

»Das ist ja hübsch hier.«

Auf dem dunklen Holzboden lag ein großer Teppich im Navajo-Stil. Gemälde von hoch aufragenden Bergen, Hügeln, auf denen Schafe grasten, von wilden orangefarbenen Mohnblumen, die auf einer Wiese wuchsen, hingen an den honigfarbenen Wänden.

Er hielt Ordnung, dachte sie, und die Einrichtung war, typisch für einen Mann, ohne jeden Schnickschnack. Keine rüschenverzierten Decken, keine schicken Kissen auf dem dunkelblauen Sofa oder den dunkelgrauen Sesseln. Kein Nippes auf den Tischen, nur ein paar Fotos, eine polierte Holzschale voller interessanter Steine, ein paar Speerspitzen.

»Man weiß nie, was man so findet«, sagte er.

»Wahrscheinlich nicht. Du hast auch eine großartige Aussicht. Die Koppel und das Meer vorne.« Sie ging in die offene Küche – glänzend weiße Fronten, breite Arbeitstheken in Blaugrau. »Felder, Hügel, Pferde und alles Übrige von hier aus. Es war clever, das Haus so zu platzieren, dass du nicht auf die Scheunen gucken musst.«

»Ställe.«

»Ja, klar.«

Er hatte sich einen kleinen Bürobereich eingerichtet, den Arbeitsplatz mit Blick auf die Wand, an der ein großer Kalender hing. Dort waren sein Computer, ein paar Aktenordner, ein Becher voller Kugelschreiber und Bleistifte. Auf einem deckenhohen Eisenregal standen Bücher, viele Bücher, dazwischen weitere Fotos und ein paar Dinge, die er wohl als akzeptablen Schmuck betrachtete. Ein Paar alte Sporen, ein merkwürdiges Werkzeug, ein paar X-Men Action-Figuren.

»Hast du keinen Fernseher?«

»Machst du Witze? Ich bin ein Junge.« Er winkte sie zu sich. »Es gibt zwei Schlafzimmer. Ich schlafe auf dieser Seite. Da sie weit im Voraus geplant haben, wollten meine Frauen alles auf einer Ebene haben. Und jedes Schlafzimmer hat sein eigenes Badezimmer, damit sie sich nicht gegenseitig umbringen.«

Er führte sie hinein. »Sie meinten, ich könnte es ja als Gästezimmer benutzen – für wen, weiß ich allerdings nicht – und als Büro. Aber ich hatte eine andere Idee.«

»Ja, das stimmt.«

Es war so was wie eine Männerhöhle, obwohl es bei der Aussicht auf die Ranch aus den Fenstern eigentlich nichts von einer Höhle hatte.

Es enthielt einen großen Kühlschrank für Bier und Wein, eine große dunkelbraune Ledercouch und zwei Liegesessel. Der riesige Flatscreen an einer Wand dominierte alles.

Sie ging herum, wobei ihr auffiel, dass er sowohl eine Xbox als auch eine Nintendo Switch hatte. Auch hier gab es ein deckenhohes Regal mit – sehr, sehr gut geordneten – Videospielen und DVDs.

»Bist du ein Zocker?«

»Nicht so wie als Kind, aber was nützt das schönste Leben, wenn man sich nicht mal ab und zu ein bisschen Spaß gönnt? Vor allem an langen Winterabenden. Ich habe zwei Kumpels, mit denen ich spiele, wenn wir die Gelegenheit dazu haben. Leo wird in ein paar Monaten Vater, dann fällt er wahrscheinlich eine Zeit lang aus. Und der andere Freund programmiert tatsächlich Spiele. Dave zockt uns regelmäßig ab. Das war immer schon so«, fügte er hinzu, »schon als wir noch Kinder waren.«

»Kennst du sie schon so lange?«

»Ja, seit dem ersten Schuljahr.«

Beneidenswert, dachte sie, so verwurzelt zu sein, so viel Kontinuität zu erleben. Sie fuhr mit dem Finger über die Spiele. »Du spielst *Sword of Astara*?«

»Ja, eine heiße Kriegerin, Schwerter und Kämpfe und Zaubersprüche. Spricht was dagegen?«

»Ich habe sie gesprochen.«

»Was? Shalla, die Kriegerkönigin? Sie klingt gar nicht wie du.«

Cate drehte sich um. Ihr Gesicht wirkte auf einmal entschlossen. Sie tat so, als ziehe sie ein Schwert und hielte es hoch in die Luft. »Mein Schwert für Astara!« Ihre Stimme klang ebenfalls entschlossen, tiefer als ihre eigene Stimme und mit einem leichten schottischen Highland-Akzent. »Mein Leben für Astara!«

Dillon war sich nicht ganz sicher, was es über ihn aussagte, dass er sie, als er sie so sprechen hörte, am liebsten gepackt und geküsst hätte. Aber er hielt sich zurück. »Mann, ich habe dich mindestens ein Dutzend Mal gespielt. Ich wusste nicht, dass du auch Spiele sprichst. Was ist denn noch von dir?«

»Lass mal sehen. Ja, die lebhafte Fee in diesem Spiel hier, die böse Hexenkönigin in diesem, und, ah, die standhafte Soldatin hier und das clevere Straßenkind.« Sie drehte sich und stellte amüsiert fest, dass er sie anstarrte. »Einer der Aufträge, die ich gerade beendet habe, war *Sword of Astara: The Next Battle*. Vielleicht kann ich dir eine frühe Kopie besorgen.«

Endlich fand er seine Stimme wieder. »Du willst wahrscheinlich nicht heiraten, oder?«

»Es ist so nett, dass du mich das fragst, aber wir waren ja noch nicht einmal aus tanzen. Aber vielleicht habe ich das Melken am Nachmittag noch nicht verpasst. Ich würde gerne dabei zuschauen. Wer weiß, vielleicht muss ich ja irgendwann mal eine Melkerin sprechen.«

»Ja, dabei kann ich dir helfen.« Er wandte sich zum Gehen. »Kommt der Eroberer Baltar zurück?«

»Ja.«

»Ich wusste es!«

Sie molk Kühe. Na ja, die Maschinen molken sie, musste sie zugeben, aber Menschen spielten dabei auch eine Rolle. So nahe war sie einer Kuh seit ihrer Kindheit nicht gewesen, und damals hatte sie auch nur geguckt. Aber jetzt kam sie ihnen richtig nahe, wusch und trocknete die Euter.

»Gute Arbeit«, sagte Dillon zu ihr. Er nahm seinen Hut ab und setzte ihn ihr auf den Kopf. »Der nächste Schritt ist strippen, bevor die Maschine übernimmt.«

Sie schob den Hut aus der Stirn und bedachte ihn mit einem fragenden Blick. »Ich soll mich zum Melken ausziehen?«

»Nein. Aber jetzt hast du mir ein Bild in den Kopf gesetzt. Man könnte sagen, wir bereiten die Kühe für die Maschine vor. ›Strippen‹ bedeutet einfach nur, dass man ihnen dabei hilft, die Milch fließen zu lassen. So.«

Er schloss seine eingefettete Hand um die Zitze einer Kuh und ließ sie in einer drehenden Bewegung abwärts gleiten. »Ganz sanft und leicht. Wenn du ihr wehtust, machst du es falsch.«

Entzückt beobachtete Cate, wie Milch in den Eimer spritzte. »Woher weißt du denn, ob es ihr wehtut?«

»Oh, das teilt sie dir schon mit. Hier.«

Er nahm Cates Hand, legte seine darüber und führte sie. Ganz sanft, dachte sie, und zart.

Ein kleiner Schauer durchlief sie, als die Milch in den Eimer spritzte.

Vielleicht sogar mehrere Schauer, stellte sie fest, als er neben ihrem Melkschemel hockte. Sein Körper drückte sich nahe und warm an ihren, seine Wange war fast an ihre gepresst.

Er hatte starke Hände, dachte sie. Starke, schwielige Hände mit harten Handflächen. Sichere Hände. Mit der Freude über eine neue Erfahrung mischte sich die Überraschung darüber, dass es auch im Melkstand, wo es nach Heu, Getreide, nach Kuh und roher Milch roch, in jeder Beziehung sehr sexy sein konnte.

»Du hast ein gutes Händchen.«

Cate drehte ihren Kopf, sodass ihre Gesichter ganz dicht beieinander waren. »Danke.«

Sie sah, wie sein Blick zu ihrem Mund glitt – nur ganz kurz, aber sie bemerkte es. Dann wich er leicht zurück. »Du kannst gleich weitermachen. Willst du auch die anderen beiden Zitzen strippen?«

»Ja.«

Er hatte es auch gespürt, keine Frage. Das war ja interessant. Und faszinierend.

Als sie mit ihrer Kuh fertig war, hatte er bereits die anderen beiden gestrippt und zeigte ihr, wie man die Zitzen an die Melkmaschine anschloss. Die Kühe ließen den Vorgang gelangweilt über sich ergehen. Eine vergrub ihren Kopf in einem Eimer mit Getreide.

»Nach dem Melken sind sie immer hungrig.«

»Woher weißt du, wann sie fertig sind?«

Wie auf ein Stichwort lösten sich die Sauger und fielen von einem Euter ab. »Oh, okay, so ist das. Das ging ja schnell.«

»Ja, es spart definitiv Zeit, aber wir sind noch nicht fertig. Jetzt waschen und trocknen wir die Euter noch einmal, dann säubern und sterilisieren wir die Maschinen.«

»Und all das dreimal am Tag. Was passiert, wenn du das Melken einmal auslässt?«

»Dann hast du unglückliche Kühe«, sagte er. »Sie würden

sich unwohl fühlen, und die Euter täten ihnen weh. Sie können Mastitis kriegen. Wenn du Milchkühe und -ziegen halten willst, musst du dich auch um sie kümmern. Es ist deine Pflicht.«

»Wenn es ihnen wehtut, machst du was falsch.«

»Genau.«

»Ich finde, du hast viel Arbeit.« Sie wusch die Euter, wie er es ihr gezeigt hatte – ein ganz anderes Gefühl nach dem Melken. »Sogar nur dieser kleine Teil hier. Dann hast du noch die Schafe, die Pferde und alles Übrige. Da bleibt nicht viel Zeit für Erholung.«

»Dazu ist immer Zeit.«

Als er die Kanister verstaut hatte, machte er sich daran, die Maschinen zu säubern. Methodisch, dachte sie. Der Mann ging definitiv methodisch vor.

»Seit Red im Ruhestand ist, hilft er aus, und das erleichtert einiges. Ich bin ein ganz brauchbarer Mechaniker, und meine Damen auch, aber er ist besser als wir alle drei zusammen. Und in der Milchküche kann man ihn auch gut einsetzen, deshalb brauche ich da meistens kaum mitzumachen.«

»Aber du weißt, wie man Butter, Käse und all das macht?«

»Ja, klar.«

»Gibt es auf einer Ranch keine Konflikte zwischen den Geschlechtern?«

»Auf dieser hier nicht. Wir haben einfach ein System, was funktioniert. Der Tag beginnt früh, aber wenn die Tiere erst einmal gefüttert und für die Nacht fertig gemacht sind, dann hast du Zeit für alles Mögliche.«

Er geht methodisch vor, dachte sie aufs Neue, als er die Ausrüstung wegräumte und etwas auf einem Klemmbrett, das an der Wand hing, notierte. Er führte die Kühe durch den Stall zurück auf die Weide.

»Im Rasthaus kurz vor Monterey gibt es an den Wochenenden Live-Musik. Tanz.«

Oh ja, er hatte es auch gespürt. Sie lächelte nur innerlich und blickte ihn mit leiser Neugier an. »Kannst du tanzen?«

»Ich bin in einem Frauenhaushalt aufgewachsen. Was glaubst du?«

»Ich glaube, du kannst vermutlich deinen Mann stehen.«

»Dave kann überhaupt nicht tanzen, aber er bildet sich ein, er könnte es. Er hat eine Freundin. Leo und Hailey wollen vielleicht gerne noch einmal ausgehen, bevor das Baby kommt. Hättest du Lust mitzukommen, am Freitag?«

»Ja, vielleicht. Wie ist der Dress-Code?«

»Es ist nicht besonders schick.«

Amüsiert setzte sie seinen Hut ab, stellte sich auf die Zehenspitzen und setzte ihn ihm wieder auf. »Ich habe gerade beim Melken geholfen, da hast du wahrscheinlich schon gemerkt, dass ich es nicht unbedingt schick brauche.«

»Gut. Ich kann dich gegen halb acht abholen.«

»Das passt.«

Er ging mit ihr zum Schmutzraum und nicht zur Haustür. Dabei sah er, dass seine Mutter im Garten harkte. »Sie ist unermüdlich.«

Sie hatte die Haare unter einem breitkrempigen Hut zusammengebunden und trug eine halbe Schürze mit tiefen Taschen über ausgebeulten Jeans. Das verblichene T-Shirt zeigte das Spiel ihrer Muskeln, während die Sonnenstrahlen über sie und die sauberen Reihen im Gemüsebeet glitten.

»Sie ist wundervoll. Ich weiß, dass du weißt, wie viel Glück du hast. Ich kann es sehen. Ich beneide euch.«

Instinktiv trat Dillon einen Schritt zurück. »Wenn du noch ein paar Minuten Zeit hast, freut sie sich bestimmt über Gesellschaft. Ich muss mich noch um ein paar Dinge kümmern. Bis Freitag dann.«

»In Ordnung. Ich wette, ich kann deinem Freund Tanzen beibringen.«

Kopfschüttelnd wandte sich Dillon zum Gehen. »Keine Chance.«

»Ich nehme die Herausforderung an«, murmelte Cate, dann ging sie zum Garten und zu der Mutter, die sie gerne gehabt hätte.

21

Cate überlegte, was für nicht so schicke Sachen sie für Freitag hatte. Sie hatte schon am Donnerstag darüber nachgedacht und sogar am Mittwoch schon einmal kurz durchgeschaut.

Sie hatte schon viele Dates gehabt, rief sie sich ins Gedächtnis. Allerdings in New York, und das war etwas anderes. Und hier hatte sie sich schon seit Monaten mit niemandem mehr verabredet. Hatte es auch nicht gewollt.

Sie war sich nicht ganz sicher, ob Dillon es als ein richtiges Date ansah. Vielleicht eher als Abend mit Freunden? Das funktionierte auch, weil sie selbst entscheiden wollte, ob sie es als richtiges Date sah.

Beziehungen waren so nervenaufreibend, dachte sie, als sie erneut ihre Kleiderauswahl musterte. Bei ihr war es letztendlich jedenfalls immer so.

Die Coopers waren ihr einfach zu wichtig, als dass sie das riskieren wollte. Das war die absolute Nummer eins auf ihrer Kontra-Liste. Sie zog eines ihrer schwarzen Kleider heraus – nicht zu elegant – und musterte es. Dann hängte sie es wieder weg. Es war zwar nicht elegant, aber viel zu sehr New York.

Welche Pros gab es im Gegensatz dazu? Nummer eins war der Moment im Melkstall. Das war definitiv ein Moment, dachte sie, während sie prüfend eine schwarze Jeans betrachtete. Wenn man sich nicht ins Wasser traute, kam man nie zum Schwimmen. Aber da war das Problem, dass sie jedes Mal unterging, wenn sie beschloss zu schwimmen.

Sie ergriff das Kleid, zu dem sie immer zurückkam, eines, das sie aus einem Impuls heraus kurz vor ihrer Abreise aus New York gekauft hatte, weil die orangefarbenen Mohnblumen darauf sie an Big Sur erinnerten. Es war nicht besonders schick, aber sie würde es zum Beispiel bei einem Familienpicknick tragen.

Sie entschied sich dafür, ihre Haare offen und glatt zu tragen. Sie fielen ihr mittlerweile bis über die Schultern und trugen zu einem lässigen Aussehen bei. Dazu niedrige Espadrilles-Wedges und ihre kleinsten Loops als Ohrringe.

Sie musterte sich im Spiegel und versetzte sich in die Rolle. Das erste Vielleicht-Date in der Gesellschaft seiner Freunde, bei dem auch getanzt wurde. Sie fand ihr Aussehen okay, und das Kleid würde auf der Tanzfläche schön schwingen. Sie war nicht overdressed – hoffte sie jedenfalls –, zeigte jedoch, dass sie sich Mühe gegeben und nicht nur einfach etwas übergeworfen hatte.

Außerdem hatte sie so lange herumgezaudert, dass sie jetzt keine Zeit mehr zum Umziehen hatte.

Sie sah Dillon den Weg entlangkommen – er war pünktlich. Jeans und High-Top-Sneakers – aber nicht die Sachen, die er auf der Ranch anhatte. Ein hellgrünes Hemd, offen am Kragen, das mit einer passenden Krawatte auch durchaus unter ein Jackett gepasst hätte.

Die erste Hürde – der Dress-Code – war genommen.

Sie ging zur Tür und öffnete. Und es gefiel ihr, wie er innehielt und sie ansah.

»Kalifornische Mohnblumen stehen dir gut.«

»Das habe ich gehofft.« Sie zog die Tür hinter sich zu und schlang sich ihre kleine Cross-Body-Bag um. »Du bist superpünktlich. Ich wollte eigentlich zum Haus laufen und dir den Weg ersparen, aber du bist mir zuvorgekommen.«

»Ein schöner Abend für einen Spaziergang.«

»Ein schöner Abend. Machst du das oft?«

»Was?«

»Tanzen gehen?«

»Nicht besonders oft.« Himmel, sie roch gut. Warum rochen Frauen nur immer so gut? »Meistens nur, wenn einer meiner Freunde sagt, ›Komm, lass uns ins Roadhouse gehen‹. Ich denke nicht darüber nach. Ich bin nicht so der Typ für die Einzeljagd.« Er drückte sich einen Finger aufs Auge. »Das klang jetzt absolut falsch.«

»Nein, gar nicht. Frauen gehen auch nur in Begleitung aus. Du hast also zurzeit keine feste Freundin?«

»Nein, seit einer ganzen Weile schon nicht.«

Seine Großmutter hatte darauf bestanden, dass er ihr Auto nahm. (»Junge, du willst doch nicht im Ernst mit dem Pickup fahren, wenn du zum ersten Mal mit einer Frau tanzen gehst.«) Er öffnete ihr die Beifahrertür und wartete, bis sie ihren bunten Rock auf dem Sitz arrangiert hatte, bevor er sie schloss.

»Weil?«

»Weil? Oh.« Achselzuckend ließ er den Motor an und fuhr den Weg entlang. »Ich war letztes Jahr eine Zeit lang mit jemand zusammen, aber diesen Sommer hatte ich so viel zu tun. Es hat ihr einfach nicht gepasst, deshalb haben wir es drangegeben. Hailey, das ist Leos Frau, versucht ständig, mich zu verkuppeln. Es würde mir auf die Nerven gehen, wenn ich sie nicht so gernhätte.«

Erfreut darüber, dass sie so viel gemeinsam hatten, fiel sie ein. »Das war bei mir in New York genauso. *Oh, du musst unbedingt den oder den Typen kennenlernen.* Und ich hatte dazu überhaupt keine Lust.«

Er warf ihr einen Blick zu. »Weil?«

»Ob ich mit jemandem aus der Branche oder mit jemandem, der nicht in der Branche war, ausging, immer endete es in der Katastrophe. Es war nervenaufreibend. Genau, *nervenaufreibend* ist das Wort, das mir dazu einfällt. Erzähl mir ein bisschen was von Hailey und der Frau, die dein anderer Freund mitbringt.«

»Hailey ist Grundschullehrerin. Sie ist von Natur aus lieb, hält aber knallhart die Finanzen zusammen. Sie ist klug, lustig und wirklich geduldig. Wir sind alle zusammen zur Schule gegangen. Sie und Dave waren Klassenbeste.«

Grundschule, dachte sie, das ist auch die Zeit, in der für mich alles anders wurde. Danach hatte ich nur noch Privatlehrer – und keine Freunde, mit denen ich ein Leben lang befreundet bleiben konnte.

»Ihr kennt euch alle schon so lange.«

»Ja. Damals hätte man denken können, dass aus Hailey und Dave ein Paar wird. Du weißt schon, so eine Streberliebe. Aber das war nie der Fall. Und dann kam sie vom College zurück, und bei Leo hat der Blitz eingeschlagen. Sie passen gut zusammen. Sie zanken sich wahrscheinlich auch schon mal, aber sie passen richtig gut zusammen.«

»Und Daves Freundin?« Sie musste ja schließlich in Erfahrung bringen, mit wem sie es zu tun hatte.

»Tricia. Sie ist Schreinerin, arbeitet mit Holz. Und darin ist sie sehr gut. Sie hat eine künstlerische Ader. Und sie ist sportlich, wandert gerne. Sie versteht sich gut mit Red, weil sie surft. Ich mag sie. Sie und Dave haben einen schönen Rhythmus miteinander, wenn man mal davon absieht, dass Dave gar kein Rhythmusgefühl hat. Er hat eher Algorithmen im Blut.«

»Na, das wollen wir doch mal sehen.«

Er bog in eine Seitenstraße ein und parkte auf dem überfüllten Parkplatz vor einem Gebäude, das eher wie ein Wohnhaus aussah. Nur ein Stockwerk, aber lang und tief, mit einem Flachdach. Ketten mit großen Glühbirnen hingen über einer Veranda, auf der zahlreiche Leute standen und Bier aus Flaschen tranken.

Da die Türen weit offen standen, hörte sie die Musik.

»Es ist schon ganz schön voll.«

»Die Band fängt bald an zu spielen«, sagte Dillon. »Nach deinen Standards ist es sicher noch früh, aber hier gibt es jede Menge Rancher und Farmer und Leute, die auf den Höfen hier arbeiten. Sie müssen morgen früh wieder vor Sonnenaufgang raus, Samstag hin oder her.«

Cate stieg aus, bevor er auf die Beifahrerseite kommen und ihr die Tür aufmachen konnte, wie man es ihm beigebracht hatte. Sie wies auf die Reihe der Motorräder. »Alles Arbeiter von einer Ranch?«

»Auch Motorradfahrer tanzen gerne.«

Ein paar Leute riefen seinen Namen, als sie über den Kiesplatz gingen. Einige Leute auf der Veranda hatten Stetsons oder Baseballkappen auf, manche trugen aber auch Bandanas oder hatten die Arme tätowiert.

Drinnen standen eng beieinander ein paar Holztische, es gab eine ausreichend große Tanzfläche sowie eine lange Theke. Und vorn eine höher liegende Bühne, auf der die Ausrüstung und die Instrumente bereits warteten.

Fast war sie enttäuscht, dass kein Maschendraht davorgespannt war, wie bei den *Blues Brothers*.

Die Musik vom Band hallte dröhnend von den Wänden wider – Wände, die mit Bierschildern, Bullenköpfen und Kuhfellen dekoriert waren.

»Sieht so aus, als hätten Leo und Hailey schon einen Tisch besetzt.« Dillon ergriff Cates Hand, um sie durch das Gewirr von Tischen, Stühlen, Bänken und Leuten zu führen.

Sein Freund Leo trug seine schwarzen Haare zu kurzen Dreadlocks gedreht und blickte ihnen aus seinen großen braunen Augen wohlwollend entgegen. Hailey, die ihre honigblonden Haare zur Seite frisiert trug, hatte eine Hand auf ihrem Bauch liegen, als sie Cate musterte.

Entscheidung steht noch aus, dachte Cate.

»Hey, Mann.« Zwar blieb sein Blick wachsam, aber Leo lächelte sie an.

»Cate, das sind Hailey und der Typ, der sie an meiner Stelle geheiratet hat.«

»Jemand musste es ja tun. Schön, dich kennenzulernen.«

»Schön, euch kennenzulernen.« Cate setzte sich. »Ist es bald so weit?«

Hailey tätschelte ihren Babybauch. »Noch etwa acht Wochen. Das Kinderzimmer ist fertig, Dillon. Du musst unbedingt vorbeikommen und es dir ansehen.«

»Ja, das mache ich.« Mit der Ungezwungenheit des alten Freundes streichelte er über ihren Bauch. »Wie geht's ihr?«

»So weit, so gut. Wenn wir nicht zählen, wie oft – Entschuldigung«, sagte sie zu Cate, »sie auf meine Blase drückt.«

»Habt ihr schon einen Namen?«, fragte Cate.

»Wir denken Grace, weil…«

»…sie wundervoll wird.«

Hailey legte den Kopf schräg, und ihr Lächeln erreichte ihre Augen. »Ganz genau.«

Die Kellnerin kam an den Tisch.

»Haus-Nachos«, sagte Leo. »Viermal.«

»Ich dachte, wir wären sechs.«

»Dave und Tricia kommen immer zu spät. Mit etwas Glück haben wir schon alles aufgegessen, bis sie hier sind. Willst du ein Bier?«

»Ich trinke eigentlich kein Bier.«

In das folgende Schweigen fragte Dillon: »Aber du kommst doch aus Irland?«

»Ich bin eine Schande für meine Vorfahren. Wie ist der rote Hauswein?«

»Meiner Erinnerung nach?« Hailey wedelte mit der Hand. »Ich riskiere es.«

Vielleicht aus Protest bestellte Dillon sich ein Guinness. Dann lächelte er. »Mein erstes legales Bier hat Hugh mir spendiert. Ein Guinness.«

»Ja, das sieht ihm ähnlich.«

»So...« Leo hob sein Bier. »Du arbeitest als Sprecherin.«

»Ja.«

»Und Dillon sagte, du hast Shalla gesprochen.«

Cate konnte förmlich hören, wie Hailey die Augen verdrehte. Sie beugte sich vor, blickte Leo tief in die Augen und sagte mit Shallas Stimme: »Wir ergeben uns heute nicht. Wir ergeben uns morgen nicht. Wir werden bis zum letzten Atemzug, bis zum letzten Tropfen Blut kämpfen.«

Leo zeigte mit der Flasche auf sie. »Okay. In Ordnung. Das ist cool. Das ist echt cool.«

Die Menge pfiff und jubelte, als die Band – vier Männer, eine Frau – auf die Bühne kam. Mit einem Trommelsolo, einem kreischenden Gitarrenriff begann die Live-Musik. Hailey beugte sich zu Cate und sagte ihr direkt ins Ohr: »Sei dankbar dafür, dass die Musik jetzt angefangen hat und so laut ist. Sonst hätte er jede Videospiel-Stimme, die du jemals gesprochen hast, hören wollen.«

Zwanzig Minuten später hatte Cate einiges dazugelernt. Hailey hatte mit dem Wein recht gehabt – er schmeckte zwar nur so lala, war aber großzügig bemessen. Es fiel vier Personen nicht schwer, eine Platte Nachos zu verdrücken, bevor die Zuspätkommenden eintrafen.

Und Dillon konnte tanzen.

Wenn ein Mann es verstand, sich zu einem harten, schnellen Beat zu bewegen, und die Fähigkeit besaß, eine Frau bei einer langsamen Melodie genau richtig zu halten und zu führen, machte eine logisch denkende Frau sich wohl automatisch Gedanken über seine Fähigkeiten und Bewegungen in anderer Hinsicht. Außerdem beherrschte er es in Perfektion, sie herumzuwirbeln und wieder an sich zu ziehen.

Als er sie zu sich zog, ihre erhitzten Körper sich aneinanderdrückten und sie langsam und geschmeidig im Rhythmus der Musik tanzten, warf sie den Kopf zurück. Ihre Gesichter waren einander so nah wie im Melkstall, die Musik pulsierte, und um sie herum wiegten sich die anderen Paare.

»Deine Damen haben dir gut Tanzen beigebracht, Mr Cooper.«

»Könnte sein, dass sie nur auf mein angeborenes Talent zurückgreifen brauchten.«

»Könnte sein. Aber ein guter Lehrer ist nie zu verachten. Was ich dir beweisen werde.«

Leicht streiften ihre Lippen über seine, dann löste sie sich von ihm und war weg, bevor er mehr aus dem Kuss machen konnte.

Sie brachte ihn um.

Auf ihren echt großartigen Beinen ging sie zurück an den Tisch, wo Dave gerade versuchte, Hailey davon zu überzeugen, dass sie das Baby nach ihm benennen sollte. »Ich bin schließlich derjenige, der Leo überredet hat, endlich den Mumm zu haben, mit dir auszugehen.«

Cate beugte sich über Daves Schulter und zitierte einen Klassiker: »Halt den Mund, und tanz mit mir!«

»Wer, ich? Klar!«

Tricia, mit Ohrringen mit Blumen und Feen, die bis zu ihren Schultern herunterhingen, mit wild gelockten roten Haaren, grinste anzüglich. »Hoffentlich haben deine Schuhe Stahlkappen.«

Cate jedoch fand Dave, mit seiner Elvis-Costello-Brille und den Ron-Howard-Sommersprossen, hinreißend. Die Tatsache, dass er sich, als die Musik einsetzte, wie ein defekter Roboter auf Crack bewegte, machte ihn nur noch hinreißender.

Er errötete unter seinen Sommersprossen, als Cate seine Hüften packte.

»Nimm die hier.«

»Äh.« Verlegen blickte er zum Tisch.

»Du darfst nicht deine Füße bewegen, sondern nur deine Hüften. Tick tack, locker in den Knien.«

Sie lachte, als er gehorsam so in die Knie ging, dass er gleich zehn Zentimeter kleiner wurde.

»So locker nun auch wieder nicht. So geht es, aber lass es uns im Rhythmus zur Musik machen. Zähl bis acht, geh einfach mit mir mit. Eins, zwei, drei, vier, fünf, sechs, sieben, acht. Schließ deine Augen, hör auf die Musik, versuch es noch einmal. Jetzt nimm deine Schultern dazu, nur ein kleines Zucken im selben Rhythmus wie die Hüften.«

Er errötete immer noch, befolgte aber ihre Anweisungen. Er hatte Potenzial, dachte sie.

»Ich tue jetzt für dich, was Ren für Willard getan hat.«

Dave riss die Augen auf, und das Erröten wich einem breiten Grinsen. »*Footloose!*«

»Ich bin dein Kevin Bacon. Wir versuchen jetzt erst einmal einen Two-Step. Mit einem Two-Step kann man alles machen. Guck auf meine Füße.«

Das tat er mit (wirklich hinreißender) Intensität.

»So wie ich und nur deine Füße. Genau, genau, immer im Takt. Eins-zwei, eins-zwei, eins-zwei. Und jetzt nimm deine Hüften dazu. Knie locker. Nicht steif werden. Ja, genau.« Sie nahm seine Hände, hielt die Verbindung. »Eins-zwei, eins-zwei, eins-zwei, tick tack, tick tack. Jetzt eine kleine Schulter, ganz locker. Und jetzt tanzt du.«

Sie grinste zufrieden zum Tisch herüber, wo Dillon ihr anerkennend zuprostete.

»Wie zum Teufel hat sie das gemacht?«, fragte Tricia. Die Blumen und Feen an ihren Ohren wirbelten hin und her, als sie aufsprang. »Ich gehe jetzt da hin. Das kommt in unserem Leben vielleicht nie wieder vor.«

Cate kam zum Tisch zurückgeschlendert. Sie setzte sich und schob ihre Haare zurück. »Ich glaube, jetzt habe ich noch ein Glas Wein verdient.«

Etwa um die Zeit, als Cate ein weiteres Glas Wein bestellte, fuhr Red von der Ranch weg die Küstenstraße entlang. Maggie hatte ihr monatliches Hühnertreffen – nicht, dass er es jemals in ihrer Gegenwart so bezeichnet hätte. Das traute er sich nicht.

Manchmal, wenn das ganze Haus voller Frauen war, zog er sich zurück, trank mit Dillon ein paar Bier und guckte Fernsehen. Aber da der Junge heute selbst ein Date hatte – was jeder hatte kommen sehen, der Augen im Kopf hatte –, beschloss er, einfach mal einen Abend allein zu Hause zu verbringen.

Vielleicht zog er ja morgen früh den Neopren-Anzug an und ging surfen.

Es gefiel ihm, so wie es Maggie gefiel, weiter seine eigene Wohnung zu haben. Mittlerweile waren sie auf diese Art und Weise schon über zwanzig Jahre lang zusammen. Und sie fühlten sich beide wohl dabei. Er hatte eine unabhängige, selbstbewusste Frau, und durch sie hatte er die Familie, die aufzubauen er als junger Mann versäumt hatte.

Ein Teil von ihm vermisste die Polizeiarbeit, und das würde immer so bleiben, aber er hatte eine echte Affinität zur Ranch entwickelt. Mittlerweile verließ er sich darauf, jeden Abend mit den anderen am Tisch zu sitzen und Dinge zu essen, die er selbst mit angebaut, kultiviert und hergestellt hatte. All das erfüllte ihn mit tiefer Zufriedenheit.

Durch das offene Autofenster wehte die frische Seeluft herein, und aus dem Satellitenradio drang ein Klassiker der Beach Boys, um ihn für das Surfen am nächsten Morgen in Stimmung zu bringen. In seinem kleinen Kühlschrank hatte er frische Milch für seinen Morgenkaffee, außerdem noch etwas Speck und ein paar Eier, um nach dem Surfen frühstücken zu können.

Vielleicht würde er noch bei Mic vorbeifahren, bevor er nach Hause fuhr.

Er wohnte in einem kleinen Bungalow außerhalb des Ortes. Sein Zuhause war eigentlich die Ranch.

Aber auch wenn er jetzt Teilzeit-Rancher war, er war lange Zeit Polizist gewesen. Und jeder Polizist mit ein bisschen Verstand merkte, wenn er verfolgt wurde. Vor allem, wenn der Verfolger nicht besonders gut darin war.

Er beobachtete die Scheinwerfer in seinem Rückspiegel. Ganz gleich, ob er schneller oder langsamer fuhr, der Wagen hinter ihm hielt immer die gleiche Distanz. Er hatte sich vermutlich im Laufe seines Lebens einige Feinde gemacht, aber eigentlich war niemand dabei, der ihm ernsthaft schaden wollte.

Vielleicht hatte jemand ein Auge auf seinen Wagen geworfen. Wollte ihn an den Straßenrand drängen, das Auto klauen und ihn da stehen lassen – vielleicht wollte er ihn auch zusammenschlagen. Oder Schlimmeres.

So etwas passierte normalerweise nicht auf dieser Strecke, dachte er, als er seine 9-mm-Glock aus dem Handschuhfach nahm. Er überprüfte, ob sie geladen war, und legte sie neben sich.

Wenn sie es versuchen würden, würden sie eine Überraschung erleben.

Er überlegte, ob er es melden sollte, dachte dann aber, dass er vielleicht langsam alt und paranoid wurde. Auf einmal schossen die Scheinwerfer vorwärts, und er wusste, dass sein Bulleninstinkt mitten ins Schwarze getroffen hatte.

Er trat das Gaspedal durch. Er fuhr diese Straße schon sein ganzes verdammtes Leben lang, kannte jede Kurve und jeden Winkel.

Aber er hatte nicht damit gerechnet, einen Mann zu sehen – schwarz, rotes Durag, unbestimmten Alters –, der aus dem Beifahrerfenster mit einer gottverdammten Halbautomatik auf ihn zielte.

Die erste Salve zerschmetterte sein Heckfenster und durchlöcherte seine Stoßstange. Definitiv kein Raubüberfall. Sie wollten ihn umbringen.

Er umklammerte das Lenkrad und trat das Gaspedal bis zum Anschlag durch. Das Auto hinter ihm – ein großer Jaguar, sah er jetzt, als er um die Kurve schleuderte – brach aus, fing sich aber wieder.

Da vorne kam der Fluss. Er hatte ganz genau vor Augen, wie die Straße kurz auf die Schlucht zulief, über die Brücke und dann wieder auf das Meer zulief.

Er gewann einen kleinen Vorsprung, aber nicht viel. Der Jaguar kam unaufhaltsam näher, und ebenso die Kugeln.

Er musste ein wenig vom Gas gehen, um eine der Serpentinen zu nehmen, und einen Moment lang wurde er von Scheinwerfern geblendet. Die entgegenkommende Limousine versuchte ihm auszuweichen und geriet auf den Seitenstreifen.

Hoffentlich hatten sie so viel Verstand, dass sie die Polizei riefen, denn er war ein bisschen zu beschäftigt, um es zu tun.

Der Jaguar war schnell und hatte genügend PS, aber der Fahrer war anscheinend nicht besonders erfahren. Als Red an seiner rechten Schulter einen schmerzhaften Stich verspürte, sagte er sich, dass er es darauf ankommen lassen musste.

Rechts von ihm fiel die Straße steil zum Meer ab, die Klippe ragte links empor, und vor ihnen lag eine Haarnadelkurve, die nur ein sehr Verzweifelter mit 110 Stundenkilometern nehmen würde. Er durchfuhr sie mit 120 und hatte alle Hände voll zu tun, um seinen Wagen, der kurz nur auf zwei Rädern fuhr, im Griff zu behalten. Seine Schulter brannte, und Kugeln flogen durch die zerschmetterte Heckscheibe.

Hinter ihm geriet der Jaguar ins Schleudern, dann flog er, flog über die Leitplanke.

Seine Reifen quietschten und qualmten, als Red heftig auf die Bremse trat. Er roch verbranntes Gummi und Blut – sein eigenes –, als er den schleudernden Pick-up schließlich zum Stehen brachte. Hinter ihm ein Aufprall, berstendes Glas und Metall. Seine Hände zitterten, als er sie mühsam vom Lenkrad löste und an den Rand fuhr.

Als er über den schmalen Randstreifen hinunterlief, brachte die Explosion die Luft zum Beben. Flammen schlugen hoch. Er blickte auf den zerbeulten Metallhaufen, das Prasseln der Flammen. Die Chancen, dass hier jemand überlebt hatte, gingen gegen Null.

Als oben erste Autos anhielten, schob er seine Pistole hinten in seinen Gürtel.

»Kommen Sie nicht näher«, schrie er. »Ich bin Polizist.«

So ungefähr jedenfalls, dachte er. Er zog sein Handy heraus. »Mic, ich bin's, Red. Ich habe ein ernsthaftes Problem hier draußen auf dem Highway 1.« Er beugte sich vor, stützte sich mit einer Hand auf dem Oberschenkel ab, um wieder zu Atem zu kommen, und gab ihr die nötigen Informationen.

Sie kam selbst, zusammen mit anderen Polizisten, der Feuerwehr, Sanitätern. Spurensicherung, Sicherung der Unfallstelle, all das ging um ihn herum seinen Gang. Erstretter, die die Klippe hinunterkletterten zum Wrack, Blaulicht.

Mic stand neben ihm, während die Sanitäter seine Schulter versorgten.

Sie hatte jetzt einen Ehemann und zwei Kinder – süße Kinder – und trug ihre Haare zu Zopfreihen geflochten, die in einem langen Pferdeschwanz endeten. Bevor sie hier herausgefahren war, hatte sie sich die Uniform angezogen. Weil sie eben Mic war, dachte er, und immer strukturiert vorgehen würde.

Er blickte auf seine Schulter, die deutlich mehr schmerzte, seit sich der Sanitäter daran zu schaffen machte. Aber er lächelte Mic an.

»Nur eine Fleischwunde.«

»Hältst du das wirklich für den richtigen Zeitpunkt, um aus alten B-Western zu zitieren?«

»Ich bin eigentlich mehr für Monty Python. Die Kugeln haben mich nur gestreift, und glaub mir, ich weiß, wie viel Glück ich gehabt habe. Ich schätze mal, der Schütze – schwarz, schlank, auf dem Beifahrersitz – hat ein AR-15 verwendet. Der Wagen hat mich über einige Kilometer hinweg verfolgt, bevor sie dann angegriffen haben. Vom Fahrer habe ich nicht viel gesehen, aber er hatte den Jaguar nicht besonders gut im Griff, sie haben den Wagen also wahrscheinlich gestohlen. Und ich kenne auch keinen, der sich einen Jaguar leisten kann und mir nach dem Leben trachtet.«

»Kennst du sonst jemanden?«

»Nein, verdammt noch mal, Mic.« Er schloss einen Moment lang die Augen. Das Adrenalin war lange schon abgeklungen. Er fühlte sich zittrig, und ihm war ein bisschen übel. »Sie müssen gesehen haben, wie ich von Horizon weggefahren bin.«

»Das hast du eben schon gesagt. Ich habe zwei Männer hingeschickt.«

»Gut.«

»Sie stehen unter Schock, Mr Buckman.«

Red musterte den Sanitäter. Er erinnerte sich an ihn als Skateboard fahrender Teenager, ein kleiner Unruhestifter.

Gott, er war alt.

»Das kommt davon, wenn man angeschossen wird. Ich glaube, ich könnte ein Bier vertragen.«

»Wollen Sie ihn ins Krankenhaus bringen?«, fragte Mic den Sanitäter.

»Ich gehe doch wegen einem Kratzer an der Schulter und einer normalen Reaktion darauf, dass ich keine Kugel in den Kopf gekriegt habe, nicht ins Krankenhaus.«

»Er ist okay, Sheriff. Aber er sollte jetzt nicht Auto fahren.«

»Womit sollte ich denn auch fahren?« Bekümmert wies Red auf seinen Pick-up. »Sieh dir an, was sie mit meinem Baby gemacht haben. Ich habe den Wagen erst letzten Herbst gekauft.«

»Du weißt, dass wir ihn mitnehmen müssen.«

»Ja, ja. Danke, Hollis«, sagte er zu dem Sanitäter. »Gute Arbeit.«

Als Mics Funkgerät krächzte, ging sie ein paar Schritte von ihnen weg, während der frühere Skateboarder Red erklärte, dass er zu seinem Hausarzt gehen solle. Der Verband müsse gewechselt werden, und er müsse auf Anzeichen einer Infektion untersucht werden.

»Ja, ist mir klar. Ja.« Red stand auf und ging zu Mic. »Was ist los?«

»Einer ist lebend davongekommen. Er ist wohl aus dem Auto geschleudert worden. Er ist bewusstlos, übel zugerichtet, aber er atmet. Die Waffe haben wir auch gefunden. AR-15.«

»Ich habe immer noch ein gutes Auge.« Er seufzte, als der Abschleppwagen vorfuhr.

»Möchtest du noch etwas aus dem Wagen holen, bevor wir ihn aufladen?«

»Ja. Ich habe eine Kühlbox darin und frische Kleidung. Verdammte Scheiße, Mic.«

»Hol dein Zeug. Ich lasse dich nach Horizon zurückfahren.«

Vielleicht ein bisschen Übelkeit, vielleicht ein bisschen zittrig, dachte er, aber verdammt noch mal. »Hey, ich stecke da mit drin. Ich bin derjenige.«

»Deine Familie wird sich schon Sorgen um dich machen, Red. Und das wird erst aufhören, wenn sie dich sehen.«

Familie. Sie hatte recht.

»Ich muss aber ...«

»Du brauchst nicht zu fragen«, unterbrach sie ihn. »Was ich erfahre, erfährst auch du.«

Sie bestand auf festen Strukturen, auf Disziplin und ordnungsgemäßes Vorgehen. Trotzdem umarmte sie ihn fest. »Ich bin froh, dass dein Kopf heil geblieben ist.«

»Ich auch.«

22

Als Dillon ein paar Stunden später die Strecke entlangfuhr, sah man nur noch ein paar Straßensperren mit Lampen, Polizeiabsperrband und einen einzelnen Streifenwagen.

»Da muss es einen Unfall gegeben haben.«

Er nickte. Da immer noch Polizei da war, musste es wohl ein schlimmer Unfall gewesen sein, einer, den sie erst bei Tageslicht richtig untersuchen konnten.

»Red weiß bestimmt darüber Bescheid. Er übernachtet heute wahrscheinlich bei sich. Meine Damen hatten ihr monatliches Treffen, Buchclub, politische Aktivisten und feministische Feier, alles in einem.«

»All das?«

»Sogar noch mehr. Red ist entweder in meinem Haus, oder er ist zu sich nach Hause gefahren.«

»Ich sollte eigentlich auch dabei sein. Oma hat es erwähnt, aber... für gewöhnlich nehme ich an so etwas nicht teil. Dass ich heute deine Freunde kennengelernt habe, gibt mir das Gefühl, ich könnte das Fenster ein bisschen weiter aufstoßen.«

»Sie mochten dich. Wenn es nicht so wäre, wüsste ich es.«

Neugierig musterte sie ihn von der Seite. »Würdest du es mir sagen, wenn sie mich nicht leiden könnten?«

»Nein. Ich würde es einfach nur nicht erwähnen.«

Ganz leicht, ein bisschen nur berauscht von dem billigen Wein, kuschelte sie sich in ihren Sitz. »Ich fand sie auch nett.«

»Würdest du es mir sagen, wenn es nicht so wäre?«

»Nein. Ich würde es einfach nur nicht erwähnen. Ernsthaft, es ist einfach schön, Freunde zu haben, die so viele Erinnerungen mit dir teilen, die so viel zusammen mit dir erlebt haben. Und die trotzdem immer noch bereit sind, neue Leute zuzulassen.«

Er blieb am Tor stehen, und Cate öffnete es mit ihrer Fernbedienung.

»Du hast Punkte bekommen – Superpunkte –, weil du Dave beigebracht hast, sich wie ein Mensch zu bewegen. Vorher hat er immer so ausgesehen wie ein ungelenker Roboter.«

Cate musste lachen. Die Beschreibung passte haargenau – vor ihrem Unterricht. »Er hat so was Liebes. Deshalb fühlt sich die esoterische, unbekümmerte Tricia auch so zu ihm hingezogen.«

Als er anhielt, stieg sie aus. Absichtlich, damit er ihr folgen musste. »Deine Damen haben dir sicher beigebracht, dass man eine Frau zur Tür bringen muss.«

»Ja, das haben sie.«

»Es ist so schön hier nachts, nicht wahr? Die Geräusche, die Luft. Ich war im Frühling noch nicht oft hier. Nur immer zu kurzen Besuchen. Hier den Wechsel der Jahreszeiten zu erleben, sie wirklich zu sehen ist so wundervoll.«

Das Mondlicht schimmerte auf dem Wasser, Sterne blinkten zwischen den Wolken über den Bergen, die Wellen rauschten beständig.

Sie gingen am Pool vorbei, am kleinen Poolhaus, das ganz von Bougainvillea überwuchert war.

»Deine Mutter will mir zeigen, wie man Kräuter in Töpfen zieht, damit ich sie in der Küche benutzen kann. Ich habe noch nie etwas gepflanzt.«

»Pass bloß auf. Sie macht noch eine Ranchersfrau aus dir.«

»Da besteht keine Gefahr, aber vielleicht kann ich ja mal einen Topf Basilikum am Leben halten.«

Die Lampen beleuchteten den Weg, ebenso wie die Lampe an ihrer Terrasse, die sie angelassen hatte.

»Immer, wenn ich ein Licht in der Dunkelheit sehe, denke ich an dich und deine Familie. Diese Erinnerung war für mich lange Zeit ein Licht in der Finsternis.«

Sie ergriff seine Hand, seine gute, starke Hand.

»Und jetzt hast du eine weitere Erinnerung hinzugefügt. Tanz in einem Roadhouse, fragwürdiger Wein, hervorragende Nachos, wirklich gute Freunde.«

An der Tür wandte sie sich zu ihm. »Ich werde mir etwas ausdenken müssen, womit ich das erwidern kann.«

»Du könntest mit mir schlafen, dann sind wir quitt.«

»Hmm.« Sie öffnete die Tür, die sie gar nicht erst abgeschlossen hatte. »Du hast ja eine interessante Verhandlungstechnik. Funktioniert das jemals?«

»Es ist nur ein Testlauf.«

»Na ja.« Sie blieb in der offenen Tür stehen und musterte ihn. »Dann lass es uns mal ausprobieren.«

»Ich habe eigentlich nicht…«

»Reden kannst du später.« Sie packte ihn am Hemd und zog ihn ins Haus.

Bevor er sein Gleichgewicht wiederfinden konnte, hatte sie ihm einen Arm um den Hals geschlungen und mit der anderen Hand die Tür zugeschoben. Und dann legten sich ihre Lippen auf seine.

Auf einmal war alles da, alles, was er sich viel zu oft und viel zu lange vorgestellt hatte. Das Gefühl, ihren Körper zu halten, ihre Kraft. Ihr Geschmack, kräftig und warm, schon fast heiß.

Sie war nicht kokett, und sie hatte alles, wonach ein Mann verlangte.

Er musste sie ganz haben. Er hob sie hoch, und einen schrecklichen Moment lang fürchtete er, zu weit gegangen zu sein, zu schnell, denn sie starrte ihn mit aufgerissenen Augen an.

»O, mein Gott.« Dann packte sie mit der Hand in seine Haare, und ihr Mund senkte sich wie im Fieber über seinen. »Jeder Mann sollte von Frauen großgezogen werden. Oben, erstes Zimmer rechts.«

Ihre Lippen glitten zu seinem Hals, und sie benutzte ihre Zähne.

»Du riechst so verdammt gut«, stieß er hervor, als er die Treppe hinaufstieg. »Ändre bloß nicht deine Meinung, sonst muss ich mich aufhängen.«

»Aber keinen Druck«, murmelte sie dicht an seinem Ohr.

Er wandte sich nach rechts, wo er durch die Glaswand das Meer sehen konnte. Mit dem Ellbogen schaltete er das Licht ein, dann fiel ihm der Dimmer auf, und er dimmte es bis zu einem leichten Schimmer herunter.

»Himmel, bist du gut.« Verlangend ließ sie ihre Zähne über sein Kinn gleiten. »Wir haben gerade erst angefangen, und du bist schon wirklich gut.«

»Aber kein Druck.«

Er stellte sie neben dem Bett mit den dicken, gedrehten Säulen auf die Füße. Nur einen Moment, dachte er. Er brauchte nur einen kleinen Moment, um einmal durchzuatmen und sich dieses neue Bild von ihr einzuprägen.

Cate in ihrem hübschen Kleid vor dem Nachthimmel, dahinter die dunkle See.

So wollte er sich an sie erinnern, in diesem Licht, hier wollte er sie entkleiden und ihre Haut unter seinen Händen spüren.

Er griff nach dem Reißverschluss ihres Kleides und zwang sich, ihn langsam herunterzuziehen.

Ihre Hände schossen vor, und sie zerrte die Knöpfe auf. »Können wir uns langsam für die zweite Runde aufheben?«

Möglicherweise war dies der Moment, in dem er sich restlos in sie verliebte. »Damit bin ich hundertprozentig einverstanden.«

Sie zerrten an ihren Kleidern, ihre Hände waren überall, und ihr Atem ging schneller, als sie sich immer wieder küssten.

Als das hübsche Kleid zu Boden fiel, schob sie es mit dem Fuß beiseite.

Sein Körper war so hart, so hart und muskulös. Und seine Hände waren hart, schnell, entschlossen. Sie brachten ihr Blut zum Rauschen, erinnerten sie daran, wie es war, sich nach Berührungen zu sehnen. Wie seine Hände ihre Brüste umschlossen, wie die schwieligen Handflächen über ihre Nippel glitten.

Dann lag sie unter ihm, das Mondlicht floss über sie, leise wisperte das Meer, und ihre Lippen fanden sich in einem leidenschaftlichen Kuss.

»Jetzt. Warte nicht.«

»Ich will...« *Alles*, dachte er. »Sieh mich an. Sieh mich an.«

Als sie es tat, als sie ihn mit ihren tiefblauen Augen anschaute, drang er in sie ein.

Er hörte ihren Schrei, hörte, wie sie den Atem anhielt. Sah, wie sich ein Schleier über ihre Augen legte, als sie ihn mit Armen und Beinen fester umklammerte.

Er stieß in sie hinein, und die jahrelang angestauten Fantasien lösten sich in staunende Realität auf. Sie hielt mit seinem Tempo mit, Stoß für Stoß, noch im Orgasmus, als ihr Blick glasig wurde.

Sie erschauerte, hörte aber nicht auf.

Ihre Hände packten seine Haare, zogen seinen Mund wieder auf ihren. »Mehr, mehr, mehr.«

Er gab ihr mehr, immer noch mehr, bis sie erneut aufschrie. Ihre Hände glitten herunter, und ihr Körper wurde schlaff. Da vergrub er sein Gesicht in ihrer Halsbeuge, sog tief ihren Duft ein und kam ebenfalls.

Cate lag da, verschwitzt, weich und so wundervoll befriedigt. Sie spürte, wie sein Herz an ihrem schlug, ein weiteres wundervolles Gefühl.

Als er sich zur Seite rollte und sie mit sich zog, stellte sie fest, dass sie wieder Luft bekam. In einem langen, befriedigten Seufzer atmete sie aus.

»Das wollte ich schon lange tun«, sagte er zu ihr.

»Du bist ganz gut darin, Dinge für dich zu behalten. Ich war mir die ganze Zeit über nicht sicher, bis du mir gezeigt hast, wie ich melken musste. Wie heißt noch mal die Kuh, mit der ich angefangen habe?«

»Bossie.«

»Das erfindest du jetzt.«

»In einer Milchkuhherde gibt es immer eine, die der Boss ist. Das ist ein Gesetz.«

»Wenn du das sagst.« Sie fuhr mit der Hand über seinen Brustkorb und dachte daran, wie dünn er als Junge gewesen war. Er hatte sich gut entwickelt.

»Ich wollte kein Chaos verursachen.«

»Ich auch nicht. Darüber müssen wir noch reden.«

»Jetzt?«

»Vielleicht nicht gerade jetzt, weil ich erst einmal einen halben Liter Wasser brauche.«

»Ich hole es dir.« Er setzte sich auf und blickte auf sie hinunter. Ein weiteres Bild für seine Sammlung, dachte er. Caitlyn nackt im Sternenlicht. »Ich habe viele Bilder von dir im Kopf.«

Sie verzog die Lippen zu einem schläfrigen, zufriedenen Lächeln. »Ja?«

»Das hier wird vielleicht mein Lieblingsbild. Ich bin gleich wieder da.«

Sie blieb so liegen, als er nach unten ging, und stellte fest, dass sie auch viele Bilder von ihm im Kopf hatte. Angefangen mit dem des dünnen Jungen, der die Treppe heruntergeschlichen kam, um den Kühlschrank zu plündern.

Darüber muss ich mal nachdenken, beschloss sie. *Später.* Heute Nacht wollte sie nicht nachdenken.

Sie setzte sich auf, als er wieder die Treppe heraufkam. Jeder Zentimeter ihres Körpers fühlte sich gut und zufrieden an.

Er blieb in der Tür stehen, in jeder Hand eine Wasserflasche. »Du bist wirklich so schön.«

Sie folgte ihrem Herzen und breitete die Arme aus.

Seine innere Uhr weckte ihn vor Sonnenaufgang. Cate lag warm neben ihm und schlief. Sie hatte einen Arm über ihn gelegt, und er konnte ihre Haare riechen, ihr Bein, das an seines gepresst war.

Es gab Momente, zwar seltene, aber da hatte das Dasein als Rancher entschieden Nachteile.

Dieser hier stand ganz oben auf der Liste.

Aber er glitt aus dem Bett, um sich in der Dunkelheit leise anzuziehen. Da er nicht mehr genau wusste, wie die Möbel standen – er war mit etwas anderem beschäftigt gewesen –, setzte er sich auf den Boden, um seine Schuhe anzuziehen.

Cate regte sich.

»Es ist bestimmt noch mitten in der Nacht.«

»Nein, ganz früh am Morgen. Schlaf weiter.«

»Mache ich. Coffee-to-go-Becher stehen im Schrank, äh, links von der Kaffeemaschine.«

»Danke.« Er stand auf und beugte sich über das Bett. Er strich ihr über die Haare und gab ihr einen Kuss. »Ich möchte dich wiedersehen. So.«

Sie zog ihn zu einem weiteren Kuss herunter. »Ist heute Abend zu früh?«

»Nicht für mich.«

»Gut. Du kannst meine ziemlich wundervolle Pasta aus meinem beschränkten kulinarischen Repertoire probieren.«

»Wirklich? Du willst kochen?«

»Heute Abend mache ich das, weil ich dich wiedersehen will. So. Und wenn wir erst ausgehen, kostet uns das zu viel Zeit.«

»Du wirst ernsthaft darüber nachdenken müssen, ob du mich nicht heiraten willst. Gegen sieben?«

»Ja, gut. Gute Nacht«, fügte sie hinzu und drehte sich um.

Er ging nach unten und machte sich Kaffee, den er auf der Fahrt nach Hause trank, wobei er die ganze Zeit an sie dachte.

Vielleicht würde er ab und zu ganz zwanglos vom Heiraten reden. Dann war sie vielleicht nicht so geschockt, wenn er sie tatsächlich fragte. Sie musste ihn wirklich heiraten. Nicht nur, weil er verrückt nach ihr war, sondern auch, weil sie so gut zusammenpassten. Wenn sie Zeit brauchte, um sich in ihn zu verlieben, nun, er konnte warten.

Als er den Weg zur Ranch entlangfuhr, sah er den Lichtschein in dem Fenster im Erdgeschoss. Er hatte nie viel über Schicksal nachgedacht, aber offensichtlich hatte das Schicksal Cate vor so vielen Jahren zu diesem Licht geführt.

Zu diesem Licht und zu ihm.

Er stellte den Wagen ab und ging ins Haus. Als er geduscht und sich umgezogen hatte, nahm er sich etwas zu essen und machte sich an die Arbeit. Futter und Wasser, die Pferde im Stall auf die Koppel bringen. Und es war Zeit, die Rinder von der Marvel-Weide auf die Hawkeye-Weide zu treiben, damit sie dort frisches Gras fressen konnten. Für diesen

Job würde er Beamer reiten und die Hunde mitnehmen. Ein schöner Tag für alle.

Red konnte die Wassertanks auswaschen, die Ställe ausmisten und frisches Heu bringen. Dann musste er die Saisonarbeiter beim Pflanzen überwachen. Seine Mutter würde sich um die Schweine und die Hühner kümmern. Und sie und Oma würden morgens und nachmittags melken. Er würde den Abend übernehmen.

Er musste noch mit zwei Jährlingen arbeiten, aber er hatte genug Zeit dazu, da seine Frauen an den meisten Samstagen selbst zur Kooperative fuhren.

Er schnappte sich eine leichte Jeansjacke und ging hinaus, um seinen Tag zu beginnen.

Als die Sonne über den Hügeln aufgegangen war, hatte Dillon die Pferde gefüttert, ihnen Wasser gegeben und sie auf die Weide gebracht. Da ihm die Hunde entgegengerannt kamen, war ihm klar, dass die beiden Frauen, die sich letzte Nacht um sie gekümmert hatten, aufgestanden waren.

Als er das Tor zwischen den Weiden öffnete, wussten die Hunde ganz genau, was das bedeutete. Sie rannten zurück, bellten und überschlugen sich förmlich, um ihm dabei zu helfen, das Vieh auf die Weide zu treiben.

So glücklich wie die Hunde ritt Dillon in einem leichten Trab um die Herde herum.

Das Ganze dauerte eine volle Stunde – es gab immer welche, die nicht fanden, dass das Gras auf der neuen Weide grüner war. Er stopfte seine Jacke in eine Satteltasche, als die Sonne höher stieg und es wärmer wurde. Die Luft war erfüllt vom Tuckern der Maschinen und dem Duft von Düngemitteln, als Hilfskräfte ein Feld düngten. Er hörte die Hühner gackern und nach Futter scharren, die Schweine grunzen. Über dem Rauschen des Meeres schrie eine Möwe, bevor sie davonflog. Vom Sattel aus sah er einen Falken, der aus der

Luft Ausschau nach Beute hielt. Seine Hunde balgten sich im Gras, während auf der nahen Weide zwei Fohlen herumhüpften wie Kinder am Samstagmorgen.

Soweit er sehen konnte, war die Welt um ihn herum perfekt.

Reds Truck war nirgendwo zu sehen, und er dachte, dass sein inoffizieller Knecht heute entweder ausschlief oder zum Surfen gegangen war. Das bedeutete, dass er schon mal allein mit dem Ausmisten der Ställe anfangen musste.

Beamer trank, während er ihn absattelte, ihn trockenrieb und seine Hufe untersuchte. Er führte ihn auf die Koppel. Später würde er mit ihm noch einmal über die Felder reiten, und erst danach kam er in den Stall.

Seine Mutter war bereits beim Ausmisten.

»Ich mache das schon«, begann er, aber als sie sich zu ihm umdrehte, zog sich sein Magen zusammen.

Für eine Frau, die scheinbar grenzenlos belastbar war, sah sie erschöpft aus. Sie hatte dunkle Ränder unter den Augen, und ihr Gesicht war blass vor Schlafmangel.

»Was ist los? Bist du krank?« Er ergriff sie am Arm und legte die andere Hand auf ihre Stirn. »Ist was mit Oma?«

»Nein. Es ist Red. Es geht ihm gut«, fügte sie rasch hinzu. »Ich muss arbeiten, Schatz, ich muss arbeiten und in Bewegung bleiben, während ich es dir erzähle.«

Sie lud mit der Schaufel den Mist in die Schubkarre. Den Hut hatte sie so tief heruntergezogen, dass er ihr Gesicht nicht sehen konnte.

»Als er gestern Abend nach Hause gefahren ist, haben zwei Männer in einem gestohlenen Auto… Sie haben auf seinen Wagen geschossen.«

Sie hätte genauso gut sagen können, dass Red von Aliens auf den Mars gebeamt worden sei, das hätte auch nicht mehr Sinn ergeben. »Sie… was? Ist er verletzt? Wo ist er?«

»Er hat nur einen Streifschuss am Arm. Er sagt ständig, es sei nur ein Streifschuss, aber das werden wir ja sehen, wenn wir den Verband wechseln. Die Polizei hat ihn hierher zurückgebracht, weil er nicht ins Krankenhaus wollte.«

»Er ist hier.« Okay, das beruhigte Dillon zunächst einmal. »Mom, du hättest mich anrufen sollen.«

»Du hättest doch nichts tun können, Dillon. Wir konnten ja auch nicht viel tun, außer uns um ihn zu kümmern, soweit er es zugelassen hat. Er regt sich viel mehr über den verdammten Pick-up auf.« Sie hielt inne und stützte sich auf die Mistgabel. »Er sagte, sie haben mit einem dieser halbautomatischen Gewehre geschossen und versucht, ihn von der Straße über die Klippen zu drängen.«

»Herr im Himmel! Hat er sie erkannt? Weiß er warum?«

Julia sah Dillon erschöpft an und schüttelte den Kopf. »Letztendlich sind sie über die Klippen gestürzt. Einer von ihnen ist tot, der andere liegt im Koma, soweit wir wissen. Die Polizei hat den, der im Koma liegt, identifiziert, aber Red kennt ihn nicht. Bei dem anderen wird es länger dauern, ihn zu identifizieren, weil er ... das Auto ist explodiert. Seine Leiche ist verbrannt. Red hätte da unten liegen können, am Fuß der Klippen, bis zur Unkenntlichkeit verbrannt.«

Wenn sie glücklich oder zutiefst bewegt war, weinte sie, aber wenn sie so tieftraurig war wie jetzt, behielt sie ihre Tränen für sich. Dillon nahm ihr die Mistgabel ab und legte sie beiseite. Dann zog er seine Mutter in die Arme. »Er ist für mich wie ein Vater.«

»Ich weiß.« Während er sie beruhigte, die Frau, die so selten beruhigt werden musste, kämpfte er gegen seine eigene Angst an und gegen eine schreckliche Wut. »Wir kümmern uns um ihn, ob es ihm passt oder nicht.«

»Oder nicht.« Sie rang sich ein wässeriges Lächeln ab. »Ernsthaft oder nicht. Ich muss dankbar sein, wir alle müssen dankbar sein, dass er am Leben ist und gesund genug, um uns alle anzugiften, weil wir dauernd um ihn herumtänzeln.« Sie blieb noch einen Moment in der Umarmung ihres Sohnes. »Ich bin so froh, dass du hier bist.«

»Es tut mir leid, dass ich nicht da war.«

»Nein, nein, das habe ich nicht gemeint.« Sie löste sich von ihm und umfasste mit beiden Händen sein Gesicht. »Im Moment ist es gut, dass ich mich bei meinem Jungen anlehnen kann. Du warst bei Caitlyn.«

»Ja.«

Als sie nickte und wieder nach der Mistgabel greifen wollte, hielt er ihre Hand fest.

»Ist das ein Problem?«

»Ich liebe sie schon«, antwortete seine Mutter. »Es ist leicht, sie zu lieben, aber selbst, wenn es nicht so wäre, würde ich sie lieben, weil du sie liebst.«

»Sieht man mir das an?«

»Ich konnte dir schon immer ins Herz gucken, Dillon.« Sie legte ihm die Hand aufs Herz. »Sie ist die Einzige, bei der ich jemals gewusst habe, dass sie es brechen könnte, weil sie die Einzige ist, die dir immer etwas bedeutet hat. Andererseits ist sie auch die Einzige, die dich jemals mit so viel Licht erfüllt hat. Deshalb bin ich hin und her gerissen zwischen Glück und Sorge. Das ist meine Aufgabe.«

»Ich werde sie heiraten.«

Julia öffnete den Mund, holte tief Luft und lud mit der Gabel erneut Mist auf. »Hast du ihr das gesagt?«

»Hast du einen Trottel zum Sohn?«

Sie lächelte ein wenig. »Nein.«

»Ich weiß meine Zeit zu nutzen, und ich werde ihr so viel Zeit lassen, wie sie braucht. Sie kann mir nur das Herz brechen, wenn ich nicht der bin, den sie braucht. Und das bin ich.«

»Ich habe wohl auch einen selbstbewussten Sohn.«

»Ich sehe sie so, wie sie ist, Mom. Und sie sieht mich. Vielleicht braucht sie noch ein bisschen Zeit, um uns zu sehen. Ich kann warten.« Er holte sich ebenfalls eine Mistgabel. »Ich übernehme das hier. Pass auf unseren Kranken auf. Gegen Mittag löse ich euch ab.«

»Oma kümmert sich im Moment um ihn. Sie ist noch wütender als er, wenn das überhaupt möglich ist. Du und ich wissen, dass man gegen Oma nichts ausrichten kann, wenn sie wütend ist.«

»Er hat keine Chance.«

»Nicht den Hauch einer Chance. Lass uns zusammen die Ställe ausmisten, und dann gehen wir gemeinsam zu ihm.«

Cate schlief lange – es war ja schließlich Samstag – und beschloss dann, zum Haupthaus zu gehen. Sie würde ihren Großvater zu einem Spaziergang überreden. Durch den Garten vielleicht, zum Strand hinunter. Dann bräuchte er nicht in den Fitnessraum und würde sich trotzdem bewegen.

Sie würden zusammen Mittag essen, dann würde sie zurückkommen, einen Hefeteig ansetzen und sich ihr nächstes Manuskript ansehen. Danach hatte sie immer noch genügend Zeit, sich zurechtzumachen und die Pasta vorzubereiten – und vielleicht würde sie ja auch den ganz großen Auftritt hinlegen. Kerzen anzünden, Musik aussuchen, den Tisch hübsch decken.

Sie mochte ja noch schlaftrunken gewesen sein, als sie ihn zum Essen eingeladen hatte, aber das war in Ordnung. Sie mussten natürlich reden. Und nach dem Reden, nach dem Essen wollte sie ihn wieder in ihrem Bett haben.

Wie schön, sich daran zu erinnern, dass sie Sex mochte. Und wie viel positive Energie es ihr gab, mit einem Mann intim zu sein, der ihr etwas bedeutete.

Sie zog schwarze Leggings an, dazu ein weißes T-Shirt, das ihr bis zu den Hüften reichte, und alte Sneakers, bei denen es nichts ausmachte, wenn sie während des Strandspaziergangs nass und sandig wurden.

Sie nahm ihr Handy mit, weil Darlie ihr ein kleines Video ihres Babys – Cates inoffizielles Patenkind – geschickt hatte. Luke, wie er kichernd einen Turm aus Bausteinen umwarf. Vielleicht würde sie mit Grandpa ein kleines Video für Luke machen. Er war jetzt ein Jahr alt, und Cate wollte, dass er sie kennenlernte. Sie dachte an ihre Freundin, als sie den Weg entlangging. Und an die Freunde, die Dillon schon fast sein ganzes Leben lang hatte. Es kostete Mühe, enge Freundschaften so zu pflegen, dachte sie. Vielleicht konnte sie Darlie ja überreden, mit dem Baby für ein Wochenende zu ihr zu kommen. Dawson natürlich auch. Ehemänner konnte man nicht ausschließen.

Aber auf jeden Fall wollte sie Darlie und das Baby sehen, ihnen ihr Zuhause zeigen, ihnen die Ranch zeigen. Ihnen Dillon vorstellen.

Je mehr sie darüber nachdachte, desto mehr wollte sie es. Sie begann, Darlie zu schreiben, einfach um es schon einmal anzusprechen. Dann sah sie auf einmal, wie Michaela Wilson aus ihrem Streifenwagen stieg.

»Sheriff Wilson.« Winkend beschleunigte Cate ihre Schritte. »Ich weiß nicht, ob Sie sich noch an mich erinnern.«

»Na klar. Schön, Sie wiederzusehen, Ms Sullivan.«

»Kommen Sie, ich bin Cate.« Cate ergriff die ausgestreckte Hand. »Absolut nur Cate.«

»Ich heiße Michaela.«

»Wollen Sie zu Grandpa? Ich bringe Sie hinein.«

»Ich hatte eigentlich gehofft, mit Ihnen beiden sprechen zu können.«

»In Ordnung.« Sie führte sie in das große Wohnzimmer.

»Setzen Sie sich. Ich gehe ihn suchen. Möchten Sie einen Kaffee?«

»Wenn es nicht zu viel Mühe macht.«

»Sie bieten meinem Großvater einen Vorwand, auch einen zu trinken. Ich bin gleich wieder da.«

Michaela setzte sich nicht, sondern wanderte ein wenig im Zimmer herum. Über die Jahre war sie mehrmals im Haus gewesen, auf Hughs oder Lilys Einladung. Und oft hatte sie auch die Jungs zum Schwimmen mit hierhingebracht, ebenfalls auf Einladung. Aber immer wieder verschlug ihr die Schönheit der Anlage den Atem. Wie das Haus auf dem Hügel lag, mit seinen verschiedenen Terrassen und Schichten, wie es trotz seiner Eleganz so warm und einladend wirkte.

Als Cate wieder hereinkam, dachte Michaela so ziemlich dasselbe über sie. Sie besaß viel Wärme und trotz der lässigen Kleidung eine angeborene Eleganz.

»Der Kaffee kommt gleich und Grandpa auch.« Sie nickte zum Fenster. »Es verfehlt nie seine Wirkung, nicht wahr?«

»Nein. Es muss sich für Sie gut anfühlen, wieder hier zu sein, zu Hause zu sein, jeden Tag das Meer sehen zu können.«

»Ja, alles hier. Ehrlich gesagt wusste ich gar nicht, wie sehr es mir gefehlt hat, bis ich wieder hier war. Ist es ein gutes Gefühl, Sheriff zu sein?«

»Ich habe mir ziemlich große Schuhe übergestreift, aber ich tue mein Bestes.«

»Nach dem, was Red sagt, machen Sie Ihre Sache aber sehr gut.« Cate wies auf einen Sessel, aber die leichte Veränderung in Michaelas Gesichtsausdruck entging ihr nicht. »Ist etwas…«

Sie brach ab, als Hugh hereinkam, mit festen Schritten, ohne sein Bein zu schonen. Er strahlte Michaela an.

»Was für eine nette Überraschung! Wie geht es Ihren Jungs?«

»Sehr gut, danke. Heute passt ihr Dad auf sie auf. Die Little League hat ein Spiel. Es tut mir leid, dass ich am Wochenende hier reinplatze.«

»Seien Sie nicht albern.« Hugh setzte sich mit einer abwehrenden Geste. »Sie sind immer willkommen, und Sie wissen ja, dass ich Ihre Jungs hier im Pool erwarte, sobald es ein bisschen wärmer geworden ist.«

»Sie werden es lieben. Aber das ist heute leider kein Nachbarschaftsbesuch.«

Sie sagte nichts weiter, als Consuela den Kaffee hereinbrachte, mit einem Teller Gebäck. »Guten Morgen, Sheriff. Mr Hugh, für Sie nur ein Stück.«

»Sie sind aber sehr klein.«

»Nur eins.«

»Ich kümmere mich darum, Consuela.« Cate stand auf, um den Kaffee einzuschenken. »Und um ihn auch.«

»Sie verbünden sich gegen mich.« Hugh wartete, bis Consuela das Zimmer verlassen hatte. »Sind Sie aus einem offiziellen Grund hier?«

»Ja. Letzte Nacht hat es einen Zwischenfall gegeben. Red wurde verletzt. Es geht ihm gut, er ist auf der Horizon Ranch.« Sie nahm ihre Kaffeetasse von Cate entgegen. »Zwei Männer in einem gestohlenen Auto haben ihn auf dem Highway 1 in nördlicher Richtung verfolgt, nachdem er die Ranch verlassen hatte, um nach Hause zu fahren. Sie haben auf ihn geschossen.«

»Sie…« Tasse und Untertasse, die Cate Hugh hinhielt, klapperten. »Sie haben auf ihn geschossen?«

»Mit einer AR-15. Sein Pick-up-Truck ist durchlöchert. Er hat allerdings nur eine kleine Fleischwunde am linken Arm.«

»Auf ihn ist geschossen worden!« Hugh packte die Armlehnen seines Sessels und wollte aufstehen.

»Es ist nur eine geringfügige Verletzung, Hugh.« Michaelas Tonfall wandelte sich von der sachlichen Polizistin zu dem einer Freundin. »In dieser Hinsicht kann ich Sie beruhigen, weil ich dabei war, als er untersucht und die Wunde versorgt wurde.«

»Er hätte …«

»Ja, er hätte sterben können«, stimmte Michaela ihm zu. »Aber es ist nicht passiert. Wir rekonstruieren den Fall noch, aber wir wissen bereits, dass Red sie ausmanövrieren konnte. Sie haben den gestohlenen Wagen bei so einer hohen Geschwindigkeit nicht mehr beherrscht, die Leitplanke durchbrochen und sind die Klippen hinuntergestürzt.«

»Das haben wir gesehen – gestern Nacht sind Dillon und ich vom Roadhouse zurück nach Hause gefahren. Wir haben die Absperrungen gesehen, und wir dachten, es hätte einen Unfall gegeben. Aber Red geht es gut, haben Sie gesagt? Geht es ihm wirklich gut?«

»Nur eine kleine Verletzung, zwischen Schulter und Bizeps. Er wurde an Ort und Stelle versorgt. Die anderen beiden haben nicht solches Glück gehabt. Einer ist noch am Unfallort verstorben, der Zweite heute früh im Krankenhaus, ohne das Bewusstsein wiedererlangt zu haben.«

»Aber es gibt einen Grund, warum Sie uns das alles erzählen«, sagte Hugh.

»Wir konnten den zweiten Mann, den Schützen, der heute früh gestorben ist, identifizieren. Jarquin Abdul. Kennt einer von Ihnen diesen Namen?«

»Nein«, sagte Hugh. Cate schüttelte den Kopf.

Michaela zog ihr Handy heraus und zeigte ihnen ein Fahndungsfoto. »Das ist Abdul. Das Foto ist drei Jahre alt. Erkennen Sie ihn?«

Cate nahm das Handy, studierte das Foto eines wütend dreinblickenden farbigen Mannes mit rasiertem Schädel und dickem Spitzbart. Erneut schüttelte sie den Kopf und reichte Hugh das Handy.

»Ich habe ihn noch nie gesehen, oder ich kann mich zumindest nicht erinnern. Müssten wir ihn kennen?«

»Er ist aus L.A., hat eine Zeit lang gesessen. Hat was mit Bandenkriminalität zu tun. Er war seit ungefähr einem Jahr wieder draußen.« Sie nahm das Handy wieder an sich und steckte es weg. »Es wird eine Weile dauern, bis wir den anderen Mann anhand der DNA und der Zähne identifiziert haben.«

»Das ist keine Antwort«, murmelte Cate.

»Ich betrachte das Ganze aus verschiedenen Perspektiven. Seit November hat es zwei Morde und diesen Mordversuch gegeben. Frank Denby wurde im Gefängnis umgebracht. Charles Scarpetti in seinem Haus in Los Angeles. Und jetzt Red.«

»Sie sind alle mit mir verbunden. Mit der Entführung«, korrigierte Cate sich. Sie musste ihre Kaffeetasse hinstellen und ihre Hände falten, um sie ruhig zu halten.

»Das ist fast zwei Jahrzehnte her«, sagte Hugh. »Meinen Sie, dass sie von den beiden Männern getötet wurden, die versucht haben, Red umzubringen?«

»Nein, das glaube ich nicht. Aber die Verbindung ist da. Wer auch immer Denby umgebracht hat, war höchstwahrscheinlich ein Häftling oder jemand, der Zugang zu Denby im Gefängnis hatte. Die Polizei in L.A. hat Raub als Motiv für den Mord an Scarpetti ausgeschlossen. Sie verfolgen eher die Theorie, dass sich jemand an ihm rächen wollte. Vielleicht ein Mandant, der zu einer langen Gefängnisstrafe verurteilt wurde, oder ein Opfer von jemandem, den er vertreten hat. Etwas, was sich nicht ausgezahlt hat. Wenn man Red dazu nimmt, ergibt sich die Möglichkeit, dass alle drei Taten bestellt waren.«

Verbindungen herzustellen war nicht so schwer, wenn sie einem so ins Auge fielen. »Irgendjemand bezahlt dafür, dass Leute getötet werden, die mit meiner Entführung zu tun haben. Aber warum?«

»Rache ist ein starkes Motiv.«

Cate konnte nicht mehr sitzen bleiben. Sie stand auf und trat an die Scheibe, um aufs Meer hinauszuschauen. »Sie glauben, meine Mutter steckt dahinter.«

»Hat sie versucht, Kontakt zu Ihnen aufzunehmen, seit Sie nach Big Sur zurückgekehrt sind?«

»Nein. Mittlerweile hat sie sich eines Besseren besonnen. Sie macht höchstens ab und zu ein paar Anmerkungen über die Presse. Das ist eben ihre Art. Ich glaube nicht, dass sie zu so etwas fähig ist.« Cate stieß zischend die Luft aus und presste die Finger an die Schläfen. »Andererseits, wer hätte schon gedacht, dass sie damals zu all dem fähig war? Aber...«

Sie drehte sich um und blickte ihren Großvater an. Bekümmert erwiderte er ihren Blick. »Sie hat jetzt alles Geld der Welt. Es mag ja dramatisch klingen, aber wenn sie jemanden umbringen wollte, könnte sie einen richtigen Profi engagieren. Sie wäre nicht auf einen Kleinkriminellen aus einer Gang in L.A. angewiesen. Und woher sollte sie wissen, wie man an solche Leute herankommt? Und was bringt es ihr? Bei ihr geht es doch immer nur darum, was es ihr persönlich bringt.«

»Sie besitzt eine gewisse Grausamkeit«, sagte Hugh. »Kalkulierte Grausamkeit. Aber genau wie Cate sehe ich nicht, dass sie dahintersteckt, weil es ihr nichts bringt. Und wenn sie Rache wollte, dann hätte sie nicht so lange gewartet.«

»Sie haben auch eine Verbindung dazu.« Cate wandte sich an Michaela. »Sie, die Coopers, Oma. Mein Gott!«

»Ich bin eine erfahrene Polizeibeamtin, Red auch. Und wie

Red kann ich auf mich alleine aufpassen. Was die Coopers angeht, so werde ich mit ihnen und mit Red sprechen. Aber wenn Charlotte Dupont nichts damit zu tun hat, würde ich Sie als das nächste Opfer sehen. In jener Nacht haben Sie die Coopers gefunden, Cate, nicht umgekehrt. Ich will allerdings nicht sagen, dass sie keine Vorsichtsmaßnahmen ergreifen müssen. Aufpassen müssen auch sie.«

»Dad, G-Lil.«

»Hier gilt das Gleiche. Wenn die Dupont nichts damit zu tun hat, hatten sie keinen Anteil daran. Sie sind erst morgens informiert worden, aber sie haben keine Rolle bei der Entführung gespielt, waren nicht als Ermittler oder Anwälte beteiligt. Es ist nur eine Theorie«, betonte Michaela.

»Grant Sparks.«

»Ich habe vor, nach San Quentin zu fahren und mit ihm zu sprechen, um ein Gefühl dafür zu kriegen. Er gilt als vorbildlicher Gefangener, und sowas macht mich immer misstrauisch.«

»Aber wie sollte er das vom Gefängnis aus arrangieren?«, fragte Cate. »Er war ja noch nicht einmal dazu in der Lage, eine Zehnjährige zu entführen und festzuhalten.«

»Um Kriminelle zu engagieren, gibt es keinen besseren Ort als ein Gefängnis. Das ist wieder nur eine Theorie.« Michaela stellte ihre Kaffeetasse ab. »Und sie ist durchaus beunruhigend. Wenn dies alles nur zufällige Vorkommnisse gewesen wären, die nichts miteinander zu tun hätten…«

»Aber Sie glauben nicht daran«, unterbrach Cate sie.

»Nein. Ich werde mein Bestes tun, all das zu stoppen. Sagen Sie mir Bescheid, wenn irgendjemand Sie kontaktiert oder es auch nur versucht, wenn sich irgendetwas nicht richtig anfühlt oder ungewöhnlich ist.«

»Die Anrufe, Cate.«

Michaela kniff die Augen zusammen. »Was für Anrufe?«

»Das geht schon seit Jahren so.« Da sie es lieber herunterspielen wollte, griff Cate erneut nach ihrer Kaffeetasse, betont ruhig. »Aufnahmen, verschiedene Stimmen – oft ist die von meiner Mutter dabei, aus Filmdialogen –, Musik, Geräusche.«

»Drohungen?«

»Es soll bedrohlich wirken, mir Angst machen, mich beunruhigen.«

»Wann haben sie angefangen?« Michaela zog ihr Notizbuch heraus.

»Als ich siebzehn war, noch in Beverly Hills. Sie kommen in unregelmäßigen Abständen, oft vergehen Monate, manchmal sogar mehr als ein Jahr. Der letzte Anruf kam kurz vor Weihnachten.«

»Warum haben Sie sie nicht angezeigt?«

»Das habe ich. Bei Detective Wasserman in New York. Ich – die meisten Anrufe erfolgten, als ich in New York lebte. Ich habe die Sprachnachrichten an die Polizei dort geschickt, aber die Anrufe sind nicht lang genug, um sie zurückverfolgen zu können, und die Polizei sagt, sie kämen von einem Prepaid-Handy.«

»Ich hätte gerne die Telefonnummer von Detective Wasserman.«

»Ich… in Ordnung.« Cate zog ihr Handy heraus und gab Michaela die Kontaktdaten.

»Wenn Sie wieder einen Anruf bekommen, müssen Sie mir Bescheid sagen.«

»Ja, das mache ich. Ich war nur daran gewöhnt, es Detective Wasserman zu melden und habe nicht so weit gedacht.«

»Kein Problem. Sie sagten, die Stimme Ihrer Mutter ist bei einigen Anrufen zu hören?«

»Bei allen eigentlich. Manchmal auch meine Stimme – aus einem Film oder aus meiner Arbeit als Sprecherin.« Als Cate merkte, dass sie unbewusst die Hände rang, zwang sie sich, sie stillzuhalten. »Ich kann Ihnen sagen, dass es Amateur-Aufnahmen sind, schlechtes Overdubbing, viele Geräusche, schlecht geschnitten und bearbeitet. Aber sie sind trotzdem wirkungsvoll.«

»Gab es, abgesehen von diesen Anrufen, Drohungen oder Versuche, Sie zu verletzen?«

»Nein, mich nicht. Als ich im ersten Jahr in New York lebte, haben zwei Männer meinen damaligen Freund überfallen und zusammengeschlagen. Sie haben ihn rassistisch beschimpft und meinen Namen genannt, als sie ihn verprügelten. Detective Wasserman und Lieutenant Riley haben in dem Fall ermittelt, und ich habe ihnen von den Anrufen erzählt. Sie haben getan, was sie konnten.«

»Haben sie die Angreifer identifizieren und festnehmen können?«

»Nein. Noah, so hieß mein damaliger Freund, konnte sich nicht erinnern, wie sie aussahen. Er war sich nicht einmal sicher, ob er sie überhaupt gesehen hat, bevor sie ihn angriffen.«

»In Ordnung.« Die Details würde sie von Wasserman erfahren. Michaela stand auf. »Ich danke Ihnen, dass Sie sich die Zeit genommen und mir diese Informationen gegeben haben. Ich muss mich jetzt um Red kümmern.«

»Sagen Sie ihm, ich komme vorbei, um mich mit eigenen Augen zu überzeugen, ob er simuliert, nur um mehr Kuchen abzubekommen.«

Grinsend nickte Michaela. »Er liebt seinen Kuchen.«

»Ich bringe Sie hinaus.« Cate stand auf, drückte ihrem Großvater die Schulter und ging mit dem Sheriff hinaus.

»Mein Großvater fährt in ein paar Tagen nach New York, um Lily zu besuchen und ein paar Termine wahrzunehmen. Mein Vater ist in London. Ich glaube, sie sind alle sicherer, wenn sie nicht hier sind.«

»Fühlen Sie sich denn sicher hier?«

»Ja. Nein. Ich weiß nicht«, gab Cate zu. »Ich habe aufgehört, darüber nachzudenken. Aber das hier ist jetzt mein Zuhause, und ich muss hierbleiben.«

»Ich halte Sie auf dem Laufenden, ob ich mit meiner Theorie recht habe.«

»Sagen Sie Red ... sagen Sie ihm, wir denken an ihn.«

Als Michaela wegfuhr, blickte Cate zur Garage, zum alten Berglorbeer. Ein Tag, dachte sie, ein Moment, ein unschuldiges Spiel.

Wie kam es nur, dass jener Tag, jener Moment, jenes Spiel nie zu enden schien?

23

Sie spazierte mit Hugh durch den Garten, der im Frühling so schön war, dass er zu tanzen schien, aber zum Strand ging sie allein, um in Ruhe nachdenken zu können. Um sich von dem salzigen Wind, der vom Pazifik kam, den Kopf freipusten zu lassen.

Verstecken, dachte sie wieder. Nur ein Spiel. Andererseits hatte sie seitdem nichts anderes mehr getan. Sie hatte sich versteckt – oder war versteckt worden, wie damals in Irland. Sie hatte sich hinter den Mauern des Anwesens ihrer Großeltern versteckt, hinter ihrem Studio. Sie hatte die Öffentlichkeit gesucht, sich aber letztendlich in der Menschenmenge und der Anonymität von New York versteckt.

Sie würde immer weitersuchen – das war das Leben. Aber verstecken wollte sie sich nicht mehr.

Sie hatte zu Michaela gesagt, sie sei hier zu Hause. Und das hatte sie ernst gemeint. L. A. würde nie ihr Zuhause sein, aus so vielen Gründen. New York hatte sie gebraucht, als Übergang, als Ort, um zu sich zu finden. Irland war ein Trost gewesen und würde es immer sein.

Aber wenn sie mit einer Stecknadel auf einer Landkarte den Ort bezeichnen müsste, an dem sie sich niederlassen wollte, dann wäre es genau hier, mit den Wellen, die an die Felsen klatschten, der blaugrün wogenden See. Hier mit dem Tangwald an ihrem eigenen hübschen Strand, dem magischen Moment, wenn man einen Wal durchs Blasloch ausatmen oder einen Seeotter durch die Wellen gleiten sah.

Hier mit den Klippen und Hügeln, den Kreosotbüschen und den Mammutbäumen, dem kalifornischen Kondor oder dem Wanderfalken am weiten, weiten Himmel. Hier war ihre Familie – ihre wahre Familie –, und hier hatte sie die Chance, ihr Leben in die Hand zu nehmen. Niemand würde sie hier wieder herausreißen können, niemand konnte sie dazu zwingen, aufzugeben und wieder wegzulaufen.

Sie ging zurück zum Haus und tat, was sie glücklich machte.

Sie machte den Brotteig und stellte ihn zum Gehen an einen geschützten Platz. In der Zwischenzeit würde sie sich in ihrem Studio einschließen, um eine Stunde zu arbeiten, um das zu tun, was Schauspieler taten – eine Stunde lang jemand anderer zu werden.

Danach knetete sie den Brotteig durch, ließ ihn ein weiteres Mal gehen und stellte auf ihrem Handy den Alarm ein, damit sie daran dachte, bevor sie zum Haupthaus ging, um Consuela zu Hilfe zu holen. Wenn sie Abendessen für den Mann kochen wollte, mit dem sie gerade geschlafen hatte, dann musste es schon ein verdammt gutes Abendessen sein. Und es war sicher nicht der richtige Zeitpunkt, um zum ersten Mal zu versuchen, allein ein Tiramisu zu machen.

Sie verbrachte eine glückliche Stunde mit Consuela in der Küche des Gästehauses, wobei die Haushälterin sie mit Anweisungen, Lob (oder einfach nur Zungenschnalzen) durch einen Prozess führte, der sich keineswegs als so schwierig erwies, wie Cate es erwartet hatte.

Consuela nickte zustimmend, als die Brotlaibe auf dem Gitter abkühlten. »Es ist gut, dass du dein eigenes Brot backst. Es ist...« Sie überlegte. »Therapeutisch. Ja, das ist ein gutes Wort.«

»Es trifft für mich auch zu.«

»Nächstes Mal machst du das Tiramisu am Abend vorher. Dann schmeckt es noch besser. Und jetzt deck den Tisch hübsch. Er wird Blumen mitbringen.«

»Da bin ich mir nicht so sicher. Es war eine eher zwanglose Einladung.« Ich war noch nicht einmal richtig wach, dachte sie.

Consuela verschränkte die Arme. »Wenn er es wert ist, bringt er auch Blumen mit. Wenn sie kurze Stiele haben, stell sie auf den hübsch gedeckten Tisch. Wenn sie lang sind, stellst du sie dorthin.«

»Ich wollte eigentlich draußen welche pflücken.« Als Consuela ihr einen missbilligenden Blick zuwarf, lenkte Cate ein. »Aber das mache ich jetzt nicht.«

»Gut. Wenn er dich zum Essen einlädt, bringst du Wein mit. Wenn du für ihn kochst, bringt er Blumen mit. So ist es korrekt. Hast du Sex mit ihm?«

»Consuela!«

Die Haushälterin winkte ab. »Er ist ein guter Mann. Und *muy guapo, sí?*«

Cate konnte nicht leugnen, dass Dillon sehr gut aussah. »*Sí.*«

»Ich beziehe dein Bett frisch, und dann kannst du deine Blumen ins Schlafzimmer stellen. *Pequeña*«, fügte sie hinzu und zeigte mit den Händen die Größe an. »*Bonita y fragrante.* Geh welche im Garten schneiden, während ich die Bettwäsche wechsle.«

Die Erfahrung hatte Cate gelehrt, dass es vergeudete Zeit war, Consuela zu widersprechen. Sie sparte sich ihren Atem lieber. Also ging sie gehorsam in den Garten, um gemäß den Anweisungen kleine hübsche Blumen zu schneiden.

Kleine Rosen, Freesien und ein paar Zweige Rosmarin fanden Consuelas Zustimmung. Und Cate machte ihr zusätzlich eine Freude, indem sie einen Laib Brot in ein Tuch einwickelte, den sie der Haushälterin zum Dank schenkte.

Als schließlich ihre Sauce vor sich hin köchelte, stellte Cate fest, dass sie den größten Teil des Tages nicht an die Bombe, die Michaela heute früh hatte platzen lassen, gedacht hatte.

Also ein guter Tag, dachte sie, während sie den Tisch hübsch deckte. Ein guter Tag zu Hause, ein guter Tag, an dem sie einfach nur Cate gewesen war. Sie legte Musik auf und öffnete eine Flasche Rotwein, damit er atmen konnte. Als sie sich umblickte, ertappte sie sich dabei, dass sie wie Consuela zustimmend nickte. Sie musste lachen, als sie hinaufging, um die letzte Anweisung der Haushälterin zu erfüllen. Sie sollte sich etwas Hübsches anziehen, aber nicht zu elegant, sodass sie attraktiv, aber nicht zu sexy wirkte.

Sie entschied sich für eine blaue Bluse, weich in Farbe und Stoff, und eine steingraue Hose, die knapp über dem Knöchel endete. Als Schmuck wählte sie Ohrhänger und Darlies Armband, das ihr Glück bringen sollte.

Als sie ihre Haare flocht – ganz locker –, überlegte sie, was sie alles mit Dillon besprechen musste. Das Aufrichtige, dachte sie, das Praktische und das Realistische. Weil er ein guter Mann war, dachte sie, als sie wieder hinunterging und sich eine Schürze umband. Und normalerweise hatte sie nicht so viel Glück mit Männern – guten und weniger guten.

Pünktlich um sieben klopfte es. Als sie die Tür öffnete, sah sie, dass er Blumen dabeihatte. Sonnengelbe Tulpen.

»Ich sehe, du bist es wert.«

»Was?«

»Die Einladung zum Abendessen, nach Consuelas Standards. Die Blumen«, fügte sie erklärend hinzu. »Und sie sind perfekt. Danke.«

Als sie sie entgegennahm, überraschte er sie, indem er ihr Gesicht mit den Händen umfasste und sie zuerst auf die Stirn küsste. Das rührte sie beinahe mehr als der warme, lange Kuss, der darauf folgte.

»Ich war mir nicht sicher, ob du überhaupt noch Lust dazu hattest, Abendessen zu machen«, sagte er, als sie eine Vase für die Tulpen holte. »Aber es riecht gut hier drinnen, also hast du ja wahrscheinlich doch Lust gehabt.«

»Ja, mir geht es gut. Wie geht es Red?«

»Er ist stinksauer. Hauptsächlich stinksauer. Ich kann dir gar nicht sagen, wie erleichtert wir darüber sind.«

»Ja, das glaube ich dir. Wenn er die Kraft dazu hat, stinksauer zu sein, dann ist die Verletzung nicht so schlimm.«

»Ja, und trotzdem.« Ruhelos ging Dillon auf und ab. Er trat an die Glaswand und kam wieder zurück. »Ich war dabei, als Oma seinen Verband gewechselt hat. Erinnere mich bitte daran, dass ich nie von einer Kugel getroffen werden möchte. Es ist wirklich eine hässliche Sache.«

»War er beim Arzt?«

»Ja, Oma hat ihm keine Wahl gelassen, aber es ist tatsächlich nur ein Kratzer. Sein Pick-up hat nicht so viel Glück gehabt. Er ist Schrott. Und deswegen ist er noch viel aufgebrachter.«

»Und er kannte den Mann nicht, den sie identifiziert haben.«

»Nein. Keiner von uns hat ihn gekannt.« Er blickte sie auf seine ruhige Art forschend an. »Wie geht es dir?«

Um Zeit zu gewinnen, stellte sie die Blumen auf die Küchentheke, wie Consuela es ihr geraten hatte. »Wein?«

»Gern.«

»Wie geht es mir?« Sie überlegte, als sie für sie beide Wein einschenkte. »Ich bin auch sauer, und nicht nur die meiste Zeit, sondern definitiv. Zuerst über das, was passiert ist – schlimmer noch, was Red hätte passieren können. Und zu wissen, dass es vielleicht – höchstwahrscheinlich – mit dem zusammenhängt, was er damals für mich getan hat. Für mich, für meine Familie. Hinzu kommt noch Frustration, Unbehagen und einfach nur Bestürzung darüber, dass jemand so handelt aus... Ist es Hass? Ressentiments? Einfach nur ein tief verwurzeltes Bedürfnis nach Ausgleich?« Sie reichte ihm das Weinglas. »Das war nicht meine Mutter.«

Er schaute sie einfach nur an – so wie er sie immer anschaute – und sagte nichts.

»Es ist nicht so, dass ich ihr Hass und alles andere nicht zutrauen würde«, fuhr sie fort. »Es ist nur nicht ihre Art, einen Ausgleich herzustellen. Mich und die Familie schlechtzumachen, das auf subtile Weise zu erreichen, während sie selbst im Rampenlicht steht – das ist ihre Art.«

»Und ist das bei diesem Vorfall nicht genauso?«

»Ich... Oh, warte. So habe ich das noch nicht gesehen.« Sie nahm ihr Weinglas mit und trat an den Herd, um – unnötigerweise – in der Sauce zu rühren. »Nein, ich glaube nicht. Es ist natürlich möglich, dass Michaelas Ermittlungen durchsickern, und dann wird es wieder überall breitgetreten, sodass sie wieder Presse bekommt. Aber Denby ist vor Monaten umgebracht worden. Es ist viel zu lange her für sie. Sie braucht unmittelbare Genugtuung.«

»Aber du kennst sie nicht wirklich. Du hast sie seit Jahren nicht mehr gesehen oder mit ihr gesprochen.«

»Doch, ich kenne sie.« Sie drehte sich zu ihm um. »Man muss seinen Feind kennen, und glaub mir, ich weiß, wie sie ist. Über die Jahre habe ich sie genauestens studiert. Sie ist narzisstisch, selbstsüchtig und kreist nur um sich. Wie ein Kind will sie jeden Wunsch, vor allem nach glänzenden Dingen, sofort erfüllt haben. Sie ist sich ihrer selbst überhaupt nicht bewusst, und das ist einer der Gründe, warum sie nur eine mittelmäßige Schauspielerin ist. Sie ist eitel, sie ist gierig, sie hat viele unschöne Eigenschaften, aber sie ist nicht gewalttätig. Wenn ich bei der Entführung gestorben wäre, hätte sie die trauernde Mutter gespielt, aber sie hätte es nicht so empfunden. Sie hätte geglaubt, dass sie es empfindet und dass es nicht ihre Schuld war. Sie glaubte, nichts bei dieser Entführung könne mir etwas anhaben, jedenfalls nicht so, dass es eine Rolle spielte. Sie kann nicht über ihren eigenen Tellerrand blicken. Aber Leute töten zu lassen gehört nicht zu ihrem Repertoire und birgt auch viel zu viele Risiken, ist viel zu zeitaufwändig und mühevoll.«

»Okay.«

Sie legte den Kopf schräg. »Einfach so?«

»Ich sage das jetzt nur, damit wir uns vielleicht zum Essen hinsetzen können und nicht von vornherein schon die ganze Luft aus der Nacht nehmen.« Ganz leicht legte er seine Hand über ihre, mit der sie ihr Armband rieb, um sich zu beruhigen. »Ich halte nicht viel von Hass. Er bringt einen nicht weiter und nagt mehr an dir als die andere Person. Für sie habe ich vor langer Zeit eine Ausnahme gemacht. Damit komme ich klar. Und alles, was du gerade gesagt hast, passt zu meiner Meinung über sie. Also, okay.«

Sie drehte ihre Hand unter seiner und verschränkte ihre Finger mit seinen. »Sie ist in keiner Hinsicht meine Mutter.«

»Nein, das ist sie nicht. Ich möchte noch eines dazu sagen: Ich muss auf dich aufpassen, und du musst es zulassen. Du, Hugh, Lily, ja sogar Consuela. Und dein Dad gehört auch noch dazu, wenn er hier ist.«

Sie wich einen Schritt zurück. »Das sind aber ganz schön viele, auf die du aufpassen willst.«

Er zog ihre Hand an seine Lippen und streifte sie über ihre Knöchel. »Deine Familie bedeutet mir etwas und meine. Du bedeutest mir etwas. Daraus ergibt es sich einfach, dass ich auf dich aufpasse.«

»Deine Familie ist auch mit jener Nacht verbunden, denn die Entführung hat das alles verursacht. Wie wäre es, wenn ich auf dich und deine Familie aufpasse?«

»Kein Problem. Offensichtlich müssen wir nur mehr Zeit miteinander verbringen.«

»Wie hinterlistig.« Sie holte die Salatschüssel aus dem Kühlschrank, gab das Dressing, das sie gemacht hatte, darüber und mischte den Salat. »Lass uns essen.«

Als sie am Tisch saßen, sich Brot genommen hatten und den Salat aßen, beschloss sie, das Thema zu wechseln. »Also, Consuela, die mich überwacht und beraten hat, die mit Adleraugen aufgepasst hat, wie ich das Dessert…«

»Es gibt auch noch Dessert?«

»Ja. Auf jeden Fall wollte sie wissen, ob wir miteinander geschlafen hätten.«

Er verschluckte sich und griff nach seinem Weinglas. »Was?«

»Sie sagt, du bist ein guter Mann und siehst sehr gut aus. Und da sie eine meiner wahren Mütter ist, mag sie dich wirklich gerne. Ich würde sagen, sie fühlte sich berechtigt zu fragen und mir Ratschläge zu geben. Das nur als Warnung. Das Thema könnte zur Sprache kommen, wenn du sie das nächste Mal besuchst.«

Ehrlich gesagt konnte er es sich nicht vorstellen. Und wollte es auch nicht. »Danke für die Vorwarnung.«

»Aber da wir gerade beim Thema sind, es gibt ein paar Dinge, über die ich letzte Nacht nicht mit dir geredet habe, weil ich mehr daran interessiert war, dich ins Bett zu bekommen.«

»Auch dafür vielen Dank.«

»Du bedeutest mir etwas, Dillon. Du und deine Familie, ihr wart mir immer wichtig. Und noch mehr, seitdem ich zurückgekommen bin. Die Zeit, die ich mit euch allen auf der Ranch verbracht habe, hat mir geholfen anzukommen, mich zu Hause zu fühlen. Und ich weiß, wie du für meine Großeltern empfindest. Das habe ich ja selbst gesehen.«

Das war nicht direkt eine Rede, dachte er, aber er hätte wetten können, dass sie das so geübt hatte, wie sie ihre Sprechrollen übte. Er konnte sich nicht so ganz entscheiden, ob ihn das mehr irritierte oder berührte, deshalb hielt er sich – für den Moment – zurück. »Sie sind ein großer Teil meines Lebens.«

»Ich weiß. Wir müssen einander versprechen, dass wir, was auch immer mit uns passiert, diesen Teil unseres Lebens nicht aufgeben oder es dem anderen schwermachen, ihn beizubehalten.«

Jetzt reagierte er aufrichtig bestürzt. »Warum sollten wir das tun?«

»Menschen reagieren verletzt und wütend, wenn Dinge schiefgehen. Bei mir enden alle Beziehungen immer im Chaos.«

Er beschloss, das Gespräch wieder in die richtigen Bahnen zu lenken. »Das klingt so, als hättest du immer die falschen Beziehungen gehabt.«

»Vielleicht, aber das Element, das allen gemeinsam war, war ich. Aufrichtig«, sagte sie. »Ich habe Beziehungen mit Männern in der Branche angefangen, und es wurde kompliziert, und sie gingen auseinander. Ich habe es mit jemandem außerhalb der Branche probiert, aber da passierte das Gleiche.«

»Ja, das hast du schon erzählt.« Da sie beide heute Abend bestimmt nicht mehr Auto fahren würden, schenkte er ihr und sich Wein nach. »Du hast es nur nicht näher ausgeführt.«

»Okay. Der Erste. Ich liebte ihn. Ich liebte ihn, wie man mit achtzehn liebt. Schwindlig vor Glück, berauscht und grenzenlos. Er war ein guter Mann. Eigentlich noch ein Junge«, korrigierte sie sich. »Tänzer am Musical-Theater. So begabt. Und freundlich, lieb. Eines Abends brachte er mich zum Taxi, wie er es immer tat, wartete, bis ich weggefahren war, und dann wurde er von zwei Männern überfallen und landete im Krankenhaus.«

»Ich habe darüber gelesen. Damals war ich auf dem College.«

»Es gab weiß Gott jede Menge Berichterstattung. Dann weißt du also, dass sie meinen Namen benutzt haben, die Tatsache, dass ich weiß war und er nicht, um ihn bewusstlos zu schlagen. Seine Familie gab mir die Schuld. Ich kann ihnen deshalb keinen Vorwurf machen.«

»Und warum nicht? Es war nicht deine Schuld.«

»Es ging nicht um Schuld. Ich war der Grund, der Vorwand oder, zum Teufel, der MacGuffin.«

»Was ist das?«

»MacGuffin ist ein Platzhalter in einem Plot. Oft ist es etwas, was zwar wichtig erscheint, es aber nicht ist.«

»Aber du bist wichtig«, sagte Dillon.

»Für die beiden Männer, die Noah ins Krankenhaus geprügelt haben, wahrscheinlich nicht.« Cate ergriff ihr Weinglas, betrachtete es und sah vor ihrem inneren Auge den strahlenden Herbsttag auf der Terrasse von Lilys Wohnung in New York. »Er konnte es mir nicht verzeihen, damals nicht, deshalb war es vorbei.«

»Er hat etwas Schlimmes erlebt, was er nicht verdient hat. Aber, du liebe Güte, Cate, was hätte er dir verzeihen sollen?«

»MacGuffin.« Sie hob eine Hand und trank einen Schluck Wein. »Eine praktische Vorrichtung, um einen zwanzigjährigen Tänzer ins Krankenhaus zu bringen, Boulevardzeitschriften zu verkaufen und dem Internet für eine Zeit lang Futter zu geben.«

»Er hatte unrecht, und er war dumm.« Plötzliche, heiße Wut ließ seine Worte scharf klingen. »Und sag bloß nicht, dass es für mich leicht wäre, so zu reden. Es ist so, als ob ich dem Ladenbesitzer die Schuld geben würde, dass mein Dad erschossen worden ist, oder als ob ich den Frauen, die Dad beschützt hat, die Schuld gäbe. Es war nicht ihre Schuld. Es war die Schuld des Mannes mit dem Gewehr.«

»Du hast recht, aber trotzdem. Kurz bevor ich nach Big Sur zurückkehrte, sind Noah und ich uns zufällig begegnet, und wir haben uns ausgesprochen. Ich bin dankbar dafür. Es hat lange gedauert, bis ich wieder jemanden wollte, jemandem wieder zwischen diesen Punkten in meinem Leben genug Vertrauen schenken konnte.«

Sie stand auf, um den Salat abzuräumen. »Ich gebe die Pasta gleich auf den Teller, weil ich sie richtig servieren möchte. Es ist mein Meisterstück.«

»Mir ist das recht.«

»Danach habe ich einen Mann über einen Freund von einer meiner Cousinen kennengelernt. Jurastudent, brillanter Kopf. In meiner Branche hab ich nicht mehr gedatet, das wollte ich auch gar nicht mehr. Zwischendurch hatte ich ein oder zwei Verabredungen, aber es war nichts Besonderes.« Sie mischte Pasta und Sauce, während sie erzählte. »Aber bei ihm machte es irgendwie Klick, vielleicht weil er so gar kein Interesse für Filme oder Fernsehen oder so hatte. Er besaß noch nicht einmal einen Fernseher. Wenn er nicht gerade studierte, las er viel. Hauptsächlich Sachbücher. Er kannte sich mit Kunst aus, ging in Galerien. Er war belesen, gebildet.«

»Ich kann es mir schon vorstellen«, sagte Dillon. »Ein Snob.«

»Nein, er...« Sie lachte. »Na ja, doch, das war er, jetzt, wo du es sagst. Auf jeden Fall hatte ich ungefähr sechs Wochen lang keinen Sex mit ihm, und er schien auch geduldig zu sein und bereit, mir Zeit zu lassen. Als wir dann miteinander schliefen, war es gut.«

»Gut«, wiederholte Dillon, mit dem Anflug eines spöttischen Lächelns.

»Na ja, ich hörte nicht gerade die Engel singen, aber es war gut. Ihm war es egal, was die Presse über mich schrieb, weil er diese Zeitschriften alle gar nicht las. Er fand das alles unterste Schublade. Er hielt auch nicht viel von Schauspielern – ich habe damals schon als Sprecherin gearbeitet –, aber ich fand das okay.«

»Und dann?«

»Möchtest du frischen Parmesan?«

»Klar.«

»Und dann?«, fuhr sie fort, während sie ihm Parmesan über die Pasta rieb. »Wir waren ungefähr drei Monate zusammen und redeten vage schon einmal darüber zusammenzuziehen. Ich brauchte eine Wohnung mit Platz für mein Studio – das allerdings nicht so viel Raum einnahm. Und das war der Anfang vom Ende. Es käme auf keinen Fall infrage, dass ich so einen blöden, schallgedämmten Raum in seine oder überhaupt eine Wohnung einbaute. Es sei sowieso höchste Zeit, dass ich dieses lächerliche Hobby aufgäbe, schließlich bräuchte ich ja das Geld nicht. Als ich ihm widersprach, wie du dir vielleicht vorstellen kannst, schlug er mich.«

»Er schlug dich«, wiederholte Dillon sehr ruhig.

»Ein fester Schlag mit dem Handrücken quer über den Wangenknochen. Nur einmal, weil ich dann genug hatte. Ich geriet nicht in Panik«, murmelte sie und dachte an damals. »Ich kann in stressigen Situationen in Panik geraten, aber in dem Fall passierte das nicht. Es war eher wie ein Weckruf. Tja.« Sie zuckte mit den Schultern. »Er entschuldigte sich, immer wieder, als ich ging. Er habe einen schrecklichen Tag gehabt, ihm seien die Nerven durchgegangen, er liebte mich, es würde nie wieder vorkommen.«

Sie brachte die Pasta mit dem frischen Basilikum und dem Parmesan zum Tisch. »Nein, es kam nie wieder vor, weil er gar nicht die Chance dazu bekam. Ich ging nach Hause, machte ein Selfie, für alle Fälle. Das erwies sich als richtig, denn er schrieb immer wieder, rief an, kam sogar zu meiner Wohnung oder tauchte auf, wenn ich aus war.«

»Er stalkte dich.«

Cate kannte sich mit Stimmen und Stimmlagen aus, und bei Dillon erkannte sie eine ganz andere Art von Wut als jemals zuvor. Das hier war eiskalte Wut und definitiv gefährlicher als schnell aufflammender Zorn.

»Ja, so ähnlich. Ich wandte mich an die beiden Detectives, die bei dem Überfall auf Noah ermittelt hatten. Ich zeigte ihnen das Selfie, erklärte ihnen alles und bat sie, zumindest im Anfang, ein Gespräch mit ihm zu führen und ihn zu verwarnen. Wenn das nichts bewirken sollte, würde ich Anzeige erstatten. Es funktionierte.« Sie drehte Pasta auf ihre Gabel. »Probier doch.«

Dillon aß einen Bissen. »Jetzt kann ich verstehen, warum das dein Meisterstück ist. Es schmeckt großartig. Er hat dich also nicht mehr belästigt?«

»Nein. Etwa zwei Jahre später kam die Polizistin – sie war mittlerweile Lieutenant geworden – zu mir und erzählte mir, er sei festgenommen worden, weil er seine Verlobte zusammengeschlagen habe. Sie wollte mir sagen, ich hätte die richtige Entscheidung getroffen, und sie wollte mich fragen, ob ich als Zeugin aussagen würde, wenn es notwendig wäre. Ich sagte zu, aber, Gott, ich war heilfroh, als ich es dann doch nicht musste.« Sie aß weiter und dachte, dass es wirklich großartig schmeckte. »Und damit kommen wir zum Dritten und Letzten, falls du es überhaupt noch hören willst.«

»Ja.«

»Justin Harlowe.«

»Ja, darüber habe ich auch gelesen. Das muss ja wirklich eine Menge Mist gewesen sein.«

»Mist ist das richtige Wort. Wir hatten uns ineinander verliebt und waren eine ganze Zeit lang zusammen. Er ist begabt, kann lustig und definitiv charmant sein. Wir hatten viel gemeinsam. Er war damals sehr erfolgreich, und seine Serie war ein Hit. Was in der Presse stand, war ihm egal. Warum sollte es ihm auch etwas ausmachen, zumal die Hälfte davon sich sowieso um ihn drehte. Wir hatten Spaß miteinander. Ich liebte ihn nicht, aber es war nahe dran. Ich fühlte mich gut mit ihm, und eine Zeit lang war es schön, mit jemandem aus der Branche sprechen zu können. Jemand, der verstand, was von einem erwartet wurde, der Sprecher-Arbeit schätzte, weil er selbst manchmal als Sprecher arbeitete. Dann...« Sie zuckte mit den Schultern. »Seine Quoten wurden schlechter, und der Film fürs Kino, den er in der Zwischenzeit gedreht hatte, bekam keine guten Kritiken. Ich nahm es ihm nicht übel, dass er launisch und gereizt war – das Geschäft ist anstrengend. Dann fand ich heraus, dass er mit seiner Filmpartnerin eine Affäre hatte und dass das schon seit Monaten so ging.« Sie wickelte Pasta auf ihre Gabel und hielt sie hoch. »Und dafür gab er mir die Schuld, als ich ihn darauf ansprach. Ich wäre nicht für ihn da gewesen. Ich unterstützte ihn nicht genug. Ich mochte Sex nicht genug, alles, was ihm so einfiel. Und er meinte, das mit seiner Partnerin sei ja nur Sex und würde nichts bedeuten.«

»Wenn es nichts bedeutet... Du hast dich von ihm getrennt.«

»Ja, aber ich beging den Fehler, mich damit einverstanden zu erklären, es nicht öffentlich zu machen, während die Serie noch lief. Mir war es egal, aber für ihn war es wichtig. Auf jeden Fall bekam meine Mutter Wind davon und überredete ihn, der Presse ein paar Hinweise zu geben. Er erklärte, er habe sich von mir getrennt, weil ich eifersüchtig, fordernd, verrückt und so weiter sei.« Sie ergriff ihr Weinglas. »Also, drei Reinfälle.«

»Für mich sieht das anders aus. Der erste Typ – Noah, oder? Es war weder dein Fehler noch seiner. Du hast das, was ihm passiert ist, nicht verursacht; er konnte damit nicht umgehen. Ich kann es ansatzweise verstehen, weil er noch jung war, und anscheinend war das damals alles zu viel für ihn. Der zweite Typ war einfach ein Hurensohn. Viele Frauen fallen auf Männer herein, die Frauen schlagen. Und vielen Männern gelingt es, das lange genug zu verbergen, bis eine echte Bindung entstanden ist. Du bist gegangen, hast dir das Heft nicht aus der Hand nehmen lassen. Das hast du richtig gemacht. Also, auch nicht deine Schuld. Und der letzte Typ? Viele Leute sind mit Leuten zusammen, die sich als Lügner und Betrüger entpuppen. Und du bist wieder gegangen.«

»Aber das ist doch eine jämmerliche Bilanz, Dillon.«

»Zwei von drei haben sich als Arschlöcher herausgestellt, und du bist gegangen. Dem Ersten bist du später noch einmal begegnet, und ihr habt euch ausgesprochen. Ist er auch ein Arschloch?«

»Nein, im Gegenteil.«

»Ist das alles?«

»Ja.«

»Das kann ich machen«, sagte er, als sie Anstalten machte aufzustehen.

»Ich möchte aber gerne.« Sie nahm seinen Teller und gab ihm eine weitere Portion.

»Willst du auch meine Bilanz wissen?«

Sie blickte zu ihm, während sie die Spaghetti auf den Teller tat. Er saß so entspannt – und selbstbewusst, wurde ihr klar – an ihrem hübsch gedeckten Tisch.

»Es ist nicht zwingend notwendig, aber ich würde es gerne hören.«

»Ich gehe allerdings nicht ins Detail, weil es mehr als drei Frauen waren, mit denen ich geschlafen habe.«

Sie versuchte, ihre Augenbrauen wie Lily Morrow hochzuziehen. »Wie viele mehr?«

»Was bedeuten schon Zahlen? Ich habe mich getrennt, bin sitzengelassen worden. Eine war dabei, die mir ziemlich nahe war, aber ich habe die Grenze zur wirklichen Liebe nie überschritten. Alle haben eine Rolle gespielt in meinem Leben, jede Einzelne. Vielleicht habe ich es vermasselt, vielleicht hat sie es vermasselt. Meistens hat es einfach nicht gehalten, und unsere Wege haben sich getrennt. Ich habe nie betrogen, weil ich das schwach finde. Wenn du jemand anderen willst, sagst du das, und du betrügst nicht. Ich habe nie eine Frau geschlagen, und ich hoffe bei Gott, dass ich nie eine schlecht behandelt habe, denn du kannst jemanden auch anders verletzen als nur mit der Faust.«

»Ja, das stimmt.«

»Ich werde Fehler mit dir machen. Das muss so sein. Du wirst auch Fehler mit mir machen.«

»Das muss so sein«, stimmte sie ihm zu und brachte ihm seine zweite Portion.

»Aber ich verletze Leute nicht absichtlich. Nein, das stimmt nicht«, sagte er und rollte Spaghetti auf. »Ich habe im Laufe der Zeit ein paar Typen verprügelt, und zwar mit Absicht. Aber manche Dinge passieren eben.«

Sie dachte daran, wie er durch ihre Tür gestürmt war, als er ihren Schrei gehört hatte. Ja, vermutlich hatte er tatsächlich ein paar Typen verprügelt.

»Ja, vermutlich.«

»Auf jeden Fall kann ich dir eines versprechen: Was auch immer zwischen uns passiert, du bist Teil unserer Familie. Daran wird sich nichts ändern. Und wenn es dir jemals gelingen sollte, mich loszuwerden, vor allem, nachdem ich das hier gegessen habe, werde ich trotzdem noch vorbeikommen, um Hugh zu besuchen und mit Consuela und Lily zu flirten.«

»Du machst mich schwach, Dillon.«

»Das ist gut. Am Esstisch jedenfalls.«

Lachend lehnte sie sich mit ihrem Weinglas zurück. »Ich gebe dir eine Chance, mich wiederzubeleben, aber ich glaube, nach zwei Portionen Pasta sollten wir erst einmal einen Strandspaziergang machen.«

»Die Pasta war sehr lecker. Wenn wir verheiratet sind, erwarte ich dieses Essen einmal in der Woche.«

»Schon notiert. Es ist ein bisschen kühler geworden. Ich hole mir schnell einen Pullover für den Spaziergang.« Sie stand auf. »Nach dem Spaziergang können wir das Dessert mit ins Bett nehmen.«

»Ein guter Plan.«

Als sie nach oben ging, erhob er sich, um aufzuräumen, wie seine Damen es von ihm erwarten würden.

Und er dachte an Cate und die drei Männer, die die Chance gehabt hatten, sie zu lieben und wertzuschätzen. Die drei Männer, die diese Chance vertan hatten. Er würde die Chance nicht vertun. Er würde ihr ein bisschen Zeit lassen, damit sie das verstand. Wenn jemand da draußen tötete, um ihr Schmerzen und Kummer zu bereiten, wenn jemand sie bedrohte, nun, dann würde er einen Weg finden, um sich darum zu kümmern. Um sich um sie zu kümmern.

Für ihn gab es keinen anderen Weg.

Das Erste, was Michaela auffiel, als sie Sparks in den Vernehmungsraum brachten, war sein gutes Aussehen. Es war immer noch da. Natürlich war er älter geworden, ja, aber er hatte sich immer noch diese Filmstar-Aura bewahrt, wie ein Mann im mittleren Alter, der Hauptrollen spielte. Charakterfältchen um die Augen, graue Strähnen im Haar, aber sowohl sein Gesicht als auch sein Körper waren gut in Form. Keine Handschellen, stellte sie fest, da er nicht als gefährlich galt.

Dabei war er brandgefährlich, dachte sie. Die Polizistin in ihr roch die Gefahr in dem Moment, als er den Raum betrat.

Er setzte sich ihr gegenüber, nickte Red zu und blickte ihr direkt in die Augen.

»Ich habe nicht erwartet, einen von Ihnen jemals wiederzusehen.«

»Unsere Zeit ist begrenzt, also kommen wir am besten direkt auf den Punkt. Was haben Frank Denby und Charles Scarpetti gemeinsam?«

Mit nachdenklichem und zugleich verwirrtem Gesichtsausdruck zog Sparks die Augenbrauen zusammen. »Ich kenne natürlich Denby, aber der andere kommt mir nicht bekannt vor. Denby war ein dummer Fehler innerhalb eines kolossalen Fehlers von mir, aber ...« Er brach ab und hob einen Finger. »Jetzt hab ich es. Das ist der teure Promi-Anwalt, den Charlotte engagiert hat, damit er sie rausholt. Hat nicht ganz so funktioniert, wie sie sich das vorgestellt hat, aber sie stand trotzdem in einem ganz guten Licht da für jemanden, der die Entführung seines eigenen Kindes arrangiert hat.«

»Sie sind beide tot.«

»Das mit Denby habe ich gehört. Der Typ war immer schon ein Arschloch, und nach allem, was ich gehört habe, hat er sich auch hier drin keine Freunde gemacht. Er ist erstochen worden.«

»Hatten Sie hier drin Kontakt mit Denby?«, fragte Red, und Sparks wandte ihm seine Aufmerksamkeit zu. »Haben Sie über alte Zeiten geredet?«

»Du liebe Güte, nein. Sie wissen doch, wie weitläufig es hier ist. Wir waren gar nicht im selben Trakt.«

»Ich weiß, wie groß San Quentin ist, ich weiß aber auch, dass es immer Wege gibt.«

»Warum sollte ich mit dem Arschloch reden wollen? Zuerst war ich einfach nur stinksauer, also ja, wenn es einfach gewesen wäre, hätte ich ihm bestimmt ein paar passende Worte gesagt. Ich stehe zu dem, was ich getan habe, ich will nichts entschuldigen, aber wie gesagt, ein dummer Fehler. Denby ist ein Großmaul und ein Junkie. Wenn Sie sich hier mit so jemandem abgeben, kriegen Sie Dresche oder Schlimmeres. Sie müssen das hier durchstehen, und wenn Sie Ihre Zeit abgesessen haben, müssen Sie noch am Leben sein. Was ist mit dem Anwalt passiert?«

»Ermordet.«

»Ich kapiere es nicht. Denby wird im Knast erstochen, und ein schicker Anwalt wird draußen ermordet. Was hat das mit mir zu tun?«

»Sie hatten beide eine Verbindung zu Caitlyn Sullivans Entführung. Ebenso wie Sheriff Buckman.« Michaela zog ein Foto aus einer Aktenmappe, auf dem einer der Täter aus dem Jaguar abgebildet war, und legte es auf den Tisch. »Erkennen Sie ihn?«

Sparks studierte das Foto eingehend. »Ich glaube nicht. Warum?«

»Er ist auch tot.« Red beugte sich vor und beobachtete Sparks' Gesicht, als er mit dem Finger auf das Foto tippte. »Und sein Freund auch, nachdem sie versucht haben, mich von der Straße zu drängen, und meinen Pick-up durchlöchert haben.«

»Ach, du liebe Scheiße! Aber ich kann auch dieses Mal nur fragen: Was hat das mit mir zu tun? Wenn Sie denken, das hängt alles mit der Entführung zusammen, dann ergibt das für mich überhaupt keinen Sinn. Das ist so lange her.«

»Haben Sie jemals den Spruch gehört, dass man Rache am besten kalt genießt?«, erwiderte Michaela.

Er lächelte sie an. »Ich esse meine Mahlzeiten am liebsten heiß.« Dann wurde er wieder ernst und riss die Augen auf. »Himmel, glauben Sie etwa, dass Charlotte das tut? Dass sie Leute engagiert, die andere töten? Glauben Sie, sie hat es auch auf mich abgesehen?«

Michaela verzog spöttisch das Gesicht. »Hat jemand Sie bedroht?«

»In der letzten Zeit nicht. Sehen Sie, ich halte den Ball flach. Ich bin nicht Frank Denby. Ich arbeite in der Bücherei, mache meinen Job, halte mich aus Auseinandersetzungen heraus. Ich trainiere die anderen ein bisschen. Wenn man sich raushält, keinen Ärger macht und gelassen bleibt, kommt man durch. Ich sage mal, Charlotte hatte so etwas Kaltes, aber sie macht schon wieder Filme, oder? Und sie hat diesen reichen Typ geheiratet. Den Burger-König.«

»Sie halten sich auf dem Laufenden«, warf Red ein.

»Wir dürfen hier fernsehen. Ich wüsste nicht, warum sie einem von uns nachstellen sollte wegen etwas, das auf ihrem eigenen Mist gewachsen ist, ganz gleich, was sie vor Gericht gesagt hat, um mit einer milderen Strafe davonzukommen.«

»Sie sind nicht so milde davongekommen, oder?«

Er blickte wieder Red an. »Nein, bin ich nicht. Ich habe mich in das Luder verliebt, klar? Fehler über Fehler. Ich habe mich bequatschen lassen, habe gedacht, ich könnte mit ihr und einem Haufen Geld abhauen. Ich bezahle dafür. Ich will so etwas auf keinen Fall noch einmal erleben.«

»Denby hat alles vermasselt. Scarpetti hat Charlotte geholfen, mit ein paar Jahren davonzukommen. Sheriff Buckman hat dafür gesorgt, dass Sie hier einsitzen.«

Sparks lehnte sich auf seinem Stuhl zurück und stieß die Luft aus. »Sie glauben, dass ich damit zu tun habe? Das soll wohl ein Scherz sein. Ich sitze hier in einem Hochsicherheitsgefängnis, um Himmels willen!«

»Da hat Denby auch gesessen.«

»Das stimmt. Das stimmt.« Sparks wirkte aufgebracht, als er sich wieder vorbeugte. »Glauben Sie etwa, man hätte sich nicht mit mir darüber unterhalten? Man hätte nicht gewusst, wo ich war, als es passiert ist? Ich bringe keine Leute um, noch nicht einmal Arschlöcher. Ich kenne diesen Fucker nicht.« Sparks schnippte das Foto über den Tisch. »Der Anwalt hatte nicht das Geringste mit mir zu tun. Sie haben mich kalt erwischt, weil ich auf eine Frau hereingefallen bin.«

»Der Anwalt hat Charlotte geholfen, ihre Aussagen so zu machen, dass Sie als Drahtzieher dagestanden haben«, warf Red ein.

»Ja, das ist richtig. Wollen Sie mir damit sagen, dass ich sonst nicht zwanzig Jahre bekommen hätte? Das ist doch Blödsinn. Sie ist mit einer milden Strafe davongekommen, aber ich hätte so oder so meine zwanzig Jahre bekommen. Was soll es also?« Als sei er frustriert, warf Sparks die Hände hoch und fuhr sich dann durch die Haare. »Hören Sie zu, ich habe weniger als ein Jahr, bis ich auf Bewährung raus kann. Mein Anwalt hat einen entsprechenden Antrag gestellt. Und nichts auf der Welt ist mir mehr wert als das. Das werde ich auf keinen Fall aufs Spiel setzen. Und wie zum Teufel sollte ich auch? Bin ich Harry Potter?«

»Man braucht keine Zauberkräfte, um einen Häftling dafür zu gewinnen, einen anderen um die Ecke zu bringen. Eine Hand wäscht die andere. Sie haben viele Verbindungen hier drinnen geknüpft, Sparks.«

»Das ist richtig. Verbindungen helfen einem dabei, die Krankenstation und vor allem das Leichenschauhaus zu vermeiden. Ich bestelle Bücher. Ich helfe einigen Kollegen, die kaum ihren Namen schreiben können, Briefe an ihre Familie draußen zu schreiben. Ich helfe beim Training in der Sporthalle. Denby ist meine Vergangenheit, und hier drinnen bleibt man besser in der Gegenwart. Denken Sie mal darüber nach. Wenn an all dem was dran wäre, säße ich hier fest. Ich muss mich schützen, bis ich hier rauskomme. Da sitzt man seine

Strafe ab, ohne zu jammern, und es ist immer noch nicht genug. Es ist nie genug.« Er warf der Wache an der Tür einen Blick zu. »Ich will zurück in die Zelle. Ich bin hier fertig. Ich möchte zurück.«

Als die Wache Sparks herausgeführt hatte, schob Michaela das Foto wieder in die Mappe. »Er ist gut.«

»Ja.«

»Es ist schwer, dem, was er sagt, etwas entgegenzusetzen.«

»Ja, es hat absolut Sinn gemacht, jeder Satz.« Red stand auf und rieb sich leicht über seinen verwundeten Arm. »Und er ist ein verdammt guter Lügner.«

»Oh ja. Das ist er.«

TEIL IV
LIEBE, DUNKEL UND HELL

*Gesuchte Liebe ist gut,
aber ungesucht geschenkt, ist sie noch besser.*

William Shakespeare

Liebe ist blind.

Geoffrey Chaucer

24

Der April ging in den Mai über, und die Welt war auf einmal voller Mohnblumen. Sie schwankten orange und feuerrot im warmen Wind, tauchten die Wiesen in Farbe. Wiesenlupinen trugen mit ihrem frechen Charme zum Blütenmeer bei, und die Luft war erfüllt vom Duft des Flieders.

Morgens hing oft dicker Nebel über der Landschaft, bis die Sonne schließlich die Welt wieder zum Funkeln brachte.

Cate öffnete alle ihre Fenster, topfte Kräuter für ihre Fensterbank ein – unter Julias Aufsicht – und stellte für ihre Pausen in der Nachmittagssonne Tisch und Stühle auf ihre Terrasse. Sie beobachtete, wie der Garten um sie herum blühte und gedieh, wie das Getreide auf der Ranch wuchs. Der Wald, durch den sie einst dem Licht entgegengelaufen war, wurde üppig und grün.

Natürlich kamen jetzt auch die Touristen, und auf dem Highway 1 herrschte dichter Verkehr. Aber Schönheit hatte eben ihren Preis.

Im friedlichen, blühenden Frühling nahm sie von Michaelas Theorie Abstand. Es gab ja durchaus Zufälle, und die Verbindung war bei jedem der Fälle vage und althergebracht. Der zweite Mann in dem gestohlenen Wagen stellte sich als Cousin des ersten heraus. Und keiner von ihnen hatte zu irgendjemand eine Verbindung.

Sie hatte ein Zuhause. Sie hatte Arbeit. Sie hatte einen Mann, der sie glücklich machte. Warum sollte sie nach Schatten Ausschau halten, wenn sie im Licht stehen konnte?

Da sie wieder an einem Hörbuch arbeitete, verbrachte sie den Morgen in ihrer schalldichten Kabine. Gegen Mittag machte sie eine Pause.

Zeit, um einen Spaziergang zu machen, den Kopf frei zu bekommen, den Stimmbändern Ruhe zu gönnen. Sie beschloss, zum Haupthaus zu gehen und sich in den ummauerten Garten mit seinen Kletterrosen und den strahlend blauen Clematis, den hübschen Blumen und den Bänken zu setzen. Vielleicht konnte sie eine der vorzüglichen Limonaden von Consuela trinken.

Eine Stunde Pause, beschloss sie, als sie aus dem Haus ging. Danach noch zwei Stunden in der Kabine. Vielleicht drei, wenn sie das Gefühl hatte, dass es gut lief. Dann hatte sie immer noch genug Zeit, um sich hübsch zu machen, bevor sie zur Ranch fuhr.

Das Abendessen mit Dillon, seinen Damen und Red war zu einem wöchentlichen Ritual geworden, das sie als Luxus empfand. Und sie würde auch bei Dillon übernachten. Wenn sie es schaffte, ein bisschen früher da zu sein, konnte sie ihm vielleicht noch zuschauen, wie er mit den Pferden arbeitete.

Als sie oben am Hügel angekommen war, blieb sie stehen und beobachtete erstaunt, wie Consuela aus dem Haus auf eine Frau zustürzte, die mit einem Baby auf der Hüfte neben einem Lexus SUV stand.

»Darlie!«

Cate lief los und schaffte es noch vor Consuela, ihre Freundin und den kleinen Jungen zu umarmen. »Oh, das ist die tollste Überraschung überhaupt! Hallo, mein Hübscher!«

Der kleine Junge legte den Kopf auf die Schulter seiner Mutter und grinste sie an. »Hund«, sagte er. Er umklammerte einen Stoffhund. »Meiner.«

»Der ist ja beinahe genauso hübsch wie du. Er ist so groß geworden!«

»Er kann schon laufen. R-rennen.«

Cate hörte das Zittern in Darlies Stimme und sah, dass ihre Augen in Tränen schwammen.

»Ich wusste nicht, wo ich sonst hinsollte.«

Cate verzichtete darauf, Fragen zu stellen. Dazu war jetzt nicht der richtige Zeitpunkt. »Hier bist du immer am richtigen Ort.«

»Komm zu mir, mein Baby. Komm zu Consuela. Darf er einen K-e-k-s haben?«

»Natürlich. Er hat sich einen verdient.«

»Möchtest du einen Keks, *mi pequeño hombre*? Komm mit Consuela.«

»Kek!« Luke streckte die Arme nach ihr aus.

»Wahrscheinlich muss er eine frische Windel haben. Lassen Sie mich…«

»Nein, nein, geben Sie mir die Tasche und das Baby. Consuela kümmert sich um alles. Genau. Jetzt kriegst du eine frische Windel und einen Keks. Du wirst schon sehen, alles wird gut. Jetzt wird alles gut.«

»Er ist so freundlich«, sagte Darlie, als sich der kleine Junge fröhlich plappernd von Consuela ins Haus tragen ließ. »Er ist einfach noch nie einem Fremden begegnet. Oh, Cate, es ist alles so schrecklich.«

Die Tränen liefen ihr jetzt über die Wangen, und Cate nahm Darlie erneut in den Arm. »Dann werden wir es wieder in Ordnung bringen. Wir bringen alles in Ordnung. Bist du von L. A. mit dem Auto gekommen?«

Darlie nickte und wischte die Tränen unter ihrer dunklen Sonnenbrille weg. »Ich bin gestern Abend losgefahren. Luke hat die meiste Zeit geschlafen. Ich…«

»Wir setzen uns jetzt erst einmal und trinken eine Limonade. Dann erzählst du mir alles.«

»Können wir für ein paar Tage hierbleiben? Ich hätte besser vorher angerufen«, fuhr sie fort, als Cate sie zur Küchenterrasse führte. »Aber ich war fest entschlossen hierherzukommen.«

»Du kannst bleiben, solange du willst und solange es sein muss.«

»Es ist wunderschön hier. Du hast mir ja davon erzählt, aber es ist noch viel besser, als ich es mir vorgestellt habe. Und es liegt so abgeschieden, das brauche ich jetzt im Moment wirklich. Oh, das sieht aus wie eine Brücke.«

Cate blickte hoch. »Es ist eine clevere Architektur, mit all den Schichten und Verbindungen. Eine Art von Dorf in einem Haus. Setz dich und atme durch, ich bin gleich wieder da.«

Sie ließ Darlie an einem der Tische unter der Pergola mit der blühenden Glyzinie zurück und eilte in die Küche.

Perfekt, dachte sie, als sie den Krug mit der Limonade fand. Sie hörte, wie Consuela nebenan das Baby zum Lachen brachte. Ja, Consuela kümmerte sich um alles, und das würde sie auch tun. Sie nahm sich ein Tablett, stellte den Krug und Gläser darauf, dachte sogar an Taschentücher. Dann trug sie alles nach draußen.

»Ich wette, du hast noch nichts gegessen.«

»Ich bringe im Moment nichts herunter, aber danke.«

»Wir essen später was. Mach dir wegen Luke keine Gedanken. Consuela kümmert sich um ihn.« Sie setzte sich und schenkte ihnen Limonade ein. »Erzähl mir alles.«

»Dawson hat eine Affäre mit dem Kindermädchen – so ein Klischee.« Nervös zog sie ein Taschentuch aus der Box. »Aber er hat nicht nur eine Affäre mit ihr, sie ist schwanger, und er behauptet, er liebt sie.«

»*Sukin syn.*« Das russische Wort für *Hurensohn* passte am besten zu Dawson. »Ich hätte eine Flasche Wein mit herausbringen sollen.«

Mit einem wässerigen Lachen nahm Darlie sich ein weiteres Taschentuch. »Später ganz bestimmt. Ich habe es gestern herausgefunden. Er hat alles gestanden, weil die Gerüchte immer mehr wurden und man es auch bald sehen wird. Er hofft auf mein Verständnis. Es tut ihm leid, aber gegen sein Herz kommt er nicht an.«

Weitere Taschentücher wurden gebraucht, zerknüllt und weggelegt.

»Der Hurensohn.«

»Es tut mir so leid, Darlie.«

»Er hat mit ihr in unserem Haus geschlafen, Cate, während unser Sohn in seinem Bettchen lag. Während ich am Set war. Hat sich heimlich mit ihr an ihrem freien Tag getroffen. Luke ist kaum ein Jahr alt, und er schwängert schon eine andere Frau. Er will sie heiraten.«

»Hilft es dir oder verletzt es dich, wenn ich sage, dass die zwei einander verdient haben?«

»Es hilft, weil ich das genauso sehe. Wie konnte ich nur so ahnungslos sein, Cate? Wieso habe ich nicht gesehen, was direkt vor meiner Nase passiert ist? Wie konnte ich es nur zulassen, dass aus meinem Leben ein dämlicher Film in Echtzeit wurde?«

»Gib dir bloß nicht die Schuld daran, nicht eine Minute lang. Du hast ihm vertraut, hast beiden vertraut – warum auch nicht? –, und sie haben das ausgenutzt. Liebe, du meine Güte, Darlie! Und wenn sie Tristan und Isolde wären, wobei sie gerne das gleiche Schicksal erleiden können, sie sind nichts anderes als Lügner und Betrüger. Dafür gibt es keine Entschuldigung.«

»Ist ja kein Wunder, dass ich gerade zu dir gekommen bin.« Sie wischte sich mit einer Hand das Gesicht ab und griff mit der anderen nach Cates Hand. »Von allen Orten, wo ich hätte hingehen können, von allen Menschen, an die ich mich hätte wenden können, warst du die Erste und Einzige, die ich wollte.«

»Ich bin für dich da. Du und Luke, ihr seid hier sicher. Niemand wird erfahren, dass du hier bist, wenn du es nicht willst.«

»Cate.« Darlies Stimme brach. »Er sagte, ich könne das alleinige Sorgerecht für Luke haben.« Es flossen die Tränen. Sie nahm sich weitere Taschentücher. »Er sagte, er fände das nur fair, als ob unser Kind ein Druckmittel bei Verhandlungen wäre. Wenn ich ihm eine schnelle Scheidung gewähren würde, ohne ihm Steine in den Weg zu legen oder einen großen Presserummel zu veranstalten, dürfte ich das alleinige Sorgerecht haben. Er bekäme ja sowieso noch ein Kind.«

Cate wusste, was es bedeutete, wenn ein Elternteil kein Interesse an einem hatte, und ihr brach es das Herz für die Freundin. »Hör mir zu. Jemand, der zu so etwas fähig ist, ist nicht eine Träne wert.«

»Und warum weinst du dann auch?«

»Das sind Tränen der Wut. Brust raus, Darlie. Verdammt noch mal, streck deine Titten raus und nimm das Angebot an. Nimm es auf der Stelle an! Er hat dich nicht verdient, und diesen wundervollen kleinen Jungen hat er erst recht nicht verdient.«

»Ich dachte, er liebt mich«, murmelte sie. »Vielleicht hat er das ja auch eine Zeit lang getan. Ich dachte, ich hätte jemanden gefunden, mit dem ich mein Leben teilen kann, mit dem ich etwas aufbauen kann. Und jetzt ist es nur wieder eine weitere schlechte Hollywood-Story.«

»Du wirst die Rolle gut spielen. Das ist schließlich unser Job, nicht wahr? Hast du einen Anwalt angerufen?«

»Ja, auf dem Weg hierher.« Darlie atmete aus und wischte sich das Gesicht ab. »Du hast recht. Ich sollte sein Angebot annehmen. Ich will, dass es hieb- und stichfest schriftlich festgehalten wird, und dann kann er alles haben, was er will. Mir bedeutet nur Luke etwas.«

»Genau. Wir werden jetzt für Luke und dich etwas zu essen machen, dann gehen wir hinunter, und du richtest dich bei mir ein. Du kannst dich darauf verlassen, dass Consuela und ich uns darum streiten werden, wer sich mehr mit Luke beschäftigen darf. Mein Großvater wird sich auch noch daran beteiligen, wenn er wieder da ist. Er ist noch ein paar Tage in New York geblieben.«

»Dafür schulde ich dir was, bis ans Ende meiner Tage.«

»Freunde schulden Freunden gar nichts. Warte nur, bis ihr erst mal die Ranch gesehen habt.«

»Und den supersexy Rancher. Oh, Cate, wir werden euch so im Weg sein.«

»Nein, überhaupt nicht. Du wirst ihn mögen und seine Familie auch. Und Luke wird ganz verrückt nach all den Tieren sein. Er mag ja Hunde – du sagtest, *Hund* sei sein erstes Wort gewesen. Dillon hat zwei süße Hunde.«

»Wir wollten – ich wollte ihm einen Welpen holen. Ich habe schon angefangen, mich nach Welpen umzuschauen.«

»Na, er kann ja fürs Erste Stark und Natasha von Dillon ausprobieren. Jetzt essen wir erst mal zu Mittag. Und trinken ein Glas Wein dazu.«

»Ach Gott, ich habe weder einen Hochstuhl noch ein Bettchen dabei.«

»Ich kann dir garantieren, dass wir alles, was du brauchst, im Haus haben. Die Sullivans haben ständig Babys.«

Am Nachmittag hatte sie Darlie schließlich mit dem Baby im zweiten Schlafzimmer – mit Blick auf die Hügel – untergebracht, das mit ihrem durch ein En-Suite-Bad verbunden war. Einer der Hochstühle stand in ihrer Küche, eine Tasche mit Spielzeug in ihrem Wohnbereich, und Mutter und Baby hielten oben ein dringend notwendiges Schläfchen.

Sie rief Dillon an.

»Hey, meine Schöne.«

»Da hat aber jemand gute Laune.«

»Ich habe einen echt guten Tag.«

»Meiner ist ziemlich geschäftig. Meine Freundin – meine beste Freundin ist hier.«

»Ja? Das ist doch Darlie Maddigan, oder?«

»Ja. Du hörst gut zu. Sie brauchte eine Freundin. Ihre Ehe ist gerade den Bach runtergegangen, deshalb ist sie mit ihrem Baby hierhergekommen. Ich erzähle es dir genauer, wenn sie mir grünes Licht dafür gibt.«

»Okay.«

»Ich werde es also heute Abend nicht schaffen.«

»Mach dir darüber keine Gedanken. Kann ich irgendwie helfen?«

»Ja, ich glaube eigentlich schon. Wenn sie sich ein bisschen erholt hat, wollte ich gerne mit den beiden vorbeikommen. Der Kleine ist vierzehn Monate alt und liebt Tiere.«

»Davon haben wir ja ein paar.«

»Im Moment steht er total auf Hunde. Und ich glaube, deine Damen täten Darlie auch gut. So ein bisschen weiblicher Spirit.«

»Du kannst jederzeit mit ihnen vorbeikommen.«

»Er ist ein kleines Energiebündel«, warnte sie ihn.

»Ich wette, wir sind ihm gewachsen. Du wirst mir heute Nacht fehlen.«

»Du mir auch.«

Das stimmte, stellte sie fest. Sie hatte sich daran gewöhnt, ihn fast jeden Tag zu sehen, mit ihm fast jede Nacht zu schlafen.

Sie wandte sich zur Glaswand und schaute hinaus. Bei diesem Teil ihres Lebens war sie noch nicht bereit, weiter als über den heutigen oder den nächsten Tag zu sehen. Aber so langsam konnte sie erkennen, dass es vielleicht so stetig werden konnte wie das Meer. Es konnte in alle Ewigkeit so weitergehen.

Sparks arbeitete das Timing aus und entschied sich für den Filmabend. Na ja, für den Film in dem kommunalen Fernsehsender. Wieder einmal hatte *Gesprengte Ketten* gewonnen. Schon wieder.

Es war ihm scheißegal.

Wichtig war ihm nur eines. Eine große Menge von Häftlingen und Wachen an einem Ort. Was er vorhatte, würde nicht leicht sein.

Die Polizisten hatten ihn auf die Idee gebracht, und je mehr er mit dem Gedanken spielte, desto perfekter fand er sie.

Er hatte Jessica schon vorgejammert, wie ihn die Polizei bedrängt hatte, und ihr aufgetragen, das Ganze umzudrehen und zu seinem Antrag auf Bewährung hinzuzufügen. Vielleicht sogar auf eine frühe Entlassung zu drängen. Ihr Mandant könnte in körperlicher Gefahr sein. Die Polizei untersuchte gerade diese Möglichkeit, er wäre nicht sicher im Gefängnis, blablabla.

Und heute Abend würde er dafür den Beweis liefern.

Eigentlich hatte er sich vorgenommen, bis zum Ende des Films zu warten, wenn alle herausströmten, aber dann wurde ihm klar, dass ihn bis dahin vielleicht der Mut verlassen hatte. Also jetzt oder nie, beschloss er. Er wusste genau, wohin er zielen musste – er war schließlich Personaltrainer – und rammte sich die Stichwaffe in die Seite, zum Rücken hin, knapp über der Taille.

Er stolperte ein paar Stufen hinunter – das tat ja grauenhaft weh –, bekam einen Ellbogen in die Seite, wurde geschubst. Es gelang ihm, die Hand an der Waffe zu halten, als wolle er sie herausziehen. Und dann ging er in die Knie. Blut, dachte er. Viel Blut. Sein Blut. Als sie es bemerkten, wichen die anderen Häftlinge zurück; Wachleute kamen auf ihn zugerannt.

Mit dem Filmabend war es jetzt Essig.

Ein Baby veränderte die Dinge. Viele Dinge, stellte Cate fest. Es hatte ihre Freundin verändert. Sie merkte, wie sich Darlie völlig auf Lukes Bedürfnisse, seine Wünsche, sein Glück konzentrierte.

Kuscheln, Spielzeit, Essenszeiten.

»Du bist eine gute Mom, Darlie.«

»Ich versuche es. Ich möchte es gerne.«

»Du bist eine gute Mom. Du hast ein glückliches, gesundes, reizendes Kind. Und er hat keine Probleme mit anderen Menschen, weil du ihn so sein lässt.«

Darlie hielt Lukes Hand in ihrer und passte sich seinem Kleinkindgang an. Als sie zu Cates Auto gingen, nahm sie ihn auf den Arm.

Er trug ein dunkelblaues Sonnenhütchen, rote Nikes, blaue Shorts und ein T-Shirt, auf dem *Wild Thing* stand.

»Die ersten zwei Monate bin ich mit ihm zu Hause geblieben, auch mit der Nanny. Dann habe ich sie beide eine Zeit lang mit ans Set genommen, damit ich ihn stillen konnte und ihn in meiner Nähe hatte. Dann hatte Dawson eine Zeit lang zwischen zwei Projekten frei, also habe ich abgepumpt, weil ich dachte, sie sollten die Chance haben, auch mal ohne mich zusammen zu sein. Das hat allerdings nicht so gut funktioniert.«

»Du darfst dir nicht die Schuld daran geben.«

»Das tue ich nicht.« Sie schüttelte so heftig den Kopf, dass ihr blonder Pferdeschwanz hin und her flog. »Noch nicht einmal jetzt. Ich habe erst vor zwei Monaten abgestillt, als ich merkte, dass er dazu bereit war. Ständig will er aus seinem Becher trinken, und er läuft ja auch. Bist du sicher, dass du uns dahin mitnehmen willst? Wir können auch hierbleiben.«

»Wenn du nicht willst, fahren wir nicht.«

»Doch, ich möchte natürlich hinfahren.«

Als sie am Auto ankamen, half Cate ihr mit dem Baby, der Windeltasche und dem Kindersitz.

»Aber du wolltest ja heute Abend eigentlich Zeit mit Dillon verbringen. Ich will nicht, dass wir euch euren Tag kaputtmachen.«

»Schnallst du ihn bitte im Kindersitz an? Ich bin mir nicht sicher, ob ich das richtig mache. Er ist Rancher, Darlie. Und ich weiß erst, seitdem ich es mit eigenen Augen gesehen habe, wie viel Arbeit das ist. Jeden Tag. Heute nimmt er sich ein bisschen Zeit, aber du wirst selbst sehen, wie viel sie zu tun haben. Und auch seine Mutter und seine Großmutter sind unermüdlich. Ich weiß nicht, wie sie das alles schaffen. Wir schenken ihnen eine kleine Pause. Und Luke wird das Beste für sie sein.«

»Das ist er auch für mich.« Sie schnallte ihn mitsamt seinem geliebten Stoffhund an. »Ehrlich, ich glaube, er rettet mir im Moment den Verstand, ja, das Leben.« Sie setzte sich auf den Beifahrersitz und wartete, bis Cate hinter dem Steuer saß. »Ich habe eben mit meinem Anwalt gesprochen.«

»Und?«

»Dawson hat die Sorgerechtsdokumente unterschrieben. Einfach so, Cate. Als ob es nichts wäre. Mein Anwalt sagte, sein Anwalt sei nicht glücklich darüber, aber Dawson war es völlig egal. Wir lassen uns also scheiden wegen unvereinbarer Differenzen, und das war es dann. Natürlich wird danach noch ein Sturm in den Medien losgehen.«

»Sie können dich nicht belästigen, wenn sie nicht wissen,

wo du bist.« Cate fuhr bis zum ersten Tor, hielt kurz an und fuhr hindurch, als es aufging.

»Und weißt du was? Je unangreifbarer du bist, desto mehr werden sie sich über ihn und seine Kindermädchen-Schlampe auslassen.«

Darlie warf ihr einen Blick zu. Ihre Augen waren nicht mehr verweint. »Daran habe ich auch gedacht.«

»Natürlich hast du das. Wir sind ja schließlich nicht umsonst Freundinnen. Der Verkehr ist ein bisschen zäh, aber es ist nicht weit.«

»Cate, diese Tage hier. Du hast mich auch davor gerettet, meinen Verstand zu verlieren.«

»Damals hast du mir mehr als einmal das Leben gerettet.«

»Ich habe nicht viel mit dir über Charlotte Dupont geredet. Ich war mir einfach nicht sicher, ob du es überhaupt hören wolltest oder ob es dich zu sehr aufregt. Seitdem ich hier bin, habe ich eine andere Sicht darauf.«

»Inwiefern anders?«

»Wir sind ja in Kontakt geblieben. Ab und zu haben wir uns sogar ein paarmal persönlich getroffen, aber hauptsächlich waren es Nachrichten, E-Mails, Video-Chats. Aber jetzt, wo ich hier bin, merke ich, dass du dich nicht unterkriegen lässt. Du wirkst zufriedener mit dir selbst und glücklicher. Du hast immer gut ausgesehen, wenn wir uns in New York getroffen haben, und ich habe mir ein bisschen Sorgen gemacht, wie es wird, wenn du hierher zurückkommst. Aber das war unnötig. Hier siehst du sogar noch besser aus. Na ja, du hast ein wundervolles Haus, dieses fantastische Studio, und du hast Sex mit einem Rancher. Warum sollst du also nicht sogar noch besser aussehen?«

»Ich bin so gerne hier.«

»Das sieht man dir an. Also… willst du von Charlotte Dupont hören?«

»Ich bin mir ziemlich sicher, dass meine Familie alles, was sie weiß, für sich behält. Ja, ich hätte gerne die unzensierte Fassung.«

»Das ist gut, denn so will ich es dir auch erzählen. Sie ist eine Witzfigur in der Branche. Sie bekommt Angebote, weil ihr tatteriger, idiotisch reicher Ehemann sie ihr kauft. Es geht das Gerücht, und das glaube ich ohne Weiteres, dass er manchmal auch für Rezensionen zahlt, die sie nicht in der Luft zerreißen. Wenn er nicht zahlt, ist das nämlich unweigerlich der Fall. Und sie hat so viele Schönheitsoperationen hinter sich, dass ich mir nicht sicher bin, ob sie überhaupt noch etwas Organisches an sich hat.«

Cate musste unwillkürlich lachen. »Wirklich?«

»Irgendjemand – ich wünschte, mir wäre das eingefallen – hat gesagt, sie sähe aus wie eine abgehalfterte Barbie. Kalt, aber akkurat. Ich habe sie ein paarmal persönlich gesehen. Auf irgendeinem roten Teppich oder im Restaurant. Ich kann dir sagen, sie weiß offensichtlich nicht, wann sie mit den chirurgischen Eingriffen, den Injektionen oder was sie sonst noch so alles macht, besser aufhören sollte.«

»Vielleicht kriegst du ja am Ende das Gesicht, das du verdient hast.«

»Tja, sieht so aus. Sie hat ihres auf jeden Fall verdient.« Sie drehte sich um und schnitt Gesichter für Luke, um ihn zum Lachen zu bringen. »Einmal hat sie versucht, mit mir zu reden, auf irgendeinem Event. Sie kam auf mich zu, mit diesem Gesicht, mit Diamanten über ihren Plastiktitten, und wollte mich überreden, dass ich mit dir über sie spreche. Hat gewaltig auf die Tränendrüse gedrückt.«

»Das tut mir leid.«

»Das braucht dir nicht leidzutun. Ich habe ihr gesagt, sie solle sich verpissen. Genau das: ›Verpiss dich‹, und dann bin ich weggegangen. Hat sich gut angefühlt.«

»Ich liebe dich, Darlie.«

»Ich dich auch. Vielleicht sollte ich mir hier auch etwas kaufen. Eine Zuflucht.«

»Du hast hier immer eine Zuflucht.«

Darlie ergriff Cates Hand und drückte sie. »Ja, nicht wahr?«

Cate bog von der Schnellstraße auf den Weg zur Ranch ein. Die Fahrt wurde holperig.

»Na, das ist ja mal eine Straße!«

»Es ist eine Ranch.«

»Eine Familienranch. Sie ist bestimmt süß. Ich kann es kaum erwarten zu sehen, wie Luke auf all die Tiere reagiert. Und du hast dabei geholfen, Käse und Butter zu machen. Das macht sicher Spaß. Ich würde auch so gerne ... Das ist nicht so süß«, stieß Darlie hervor, als die Weideflächen, das Haus, die Scheunen und die Hügel dahinter, auf denen Schafe und Ziegen grasten, in Sicht kamen. »Das ist ja großartig.«

»Ja, das ist es wirklich.«

»Ich dachte eher an so eine kleine, süße Ranch. Das ist – sieh dir die Kühe da an! Die haben ja vielleicht eine tolle Aussicht. Luke, guck mal, die Kühe!«

Luke achtete jedoch nicht darauf, weil er ein wichtiges Gespräch mit seinem Hund führte.

»Oh.« Darlie packte Cate am Arm. »Ist das der Rancher? Sag mir bitte, dass das dein Rancher ist. Auf einem Pferd, mit einem Hut und einem Körper. Einem wirklich guten Körper.«

»Das ist Dillon. Er hat wahrscheinlich gerade die Zäune kontrolliert.«

»Er hat Hunde dabei. Hunde, Luke!«

Als sie das Zauberwort nannte, blickte er auf und drehte den Kopf. Dann quietschte er und hüpfte in seinem Sitz ungeduldig auf und ab. »Raus, raus, raus!«

»Ja, klar!«

Als Cate geparkt hatte, sprang Darlie aus dem Wagen, um ihn abzuschnallen. »Kühe, Baby, und Pferde und Schafe.«

»Hund!«

Er versuchte, sich aus ihren Armen zu winden, als die Hunde auf sie zugerannt kamen.

»Sie tun ihm nichts«, rief Dillon. »Sie mögen Kinder.«

Vorsichtig hockte sich Darlie mit Luke hin und spürte seine Freude, als die Hunde ihn beschnüffelten und ihm die Händchen leckten. Er riss sich von ihr los und fiel auf dem Rasen auf sein Hinterteil. Als sie mit den Schwänzen wedelten, lachte er aus vollem Herzen.

»Hund!« Er tat sein Bestes, um beide gleichzeitig zu umarmen.

»Na, die beiden sind im Himmel!« Dillon stieg vom Pferd und schlang die Zügel um einen Zaunpfosten. Er ging direkt zu Cate, hob sie hoch und küsste sie auf den Mund. »Du hast mir gefehlt.« Dann wandte er sich an Darlie. »Entschuldigung.«

»Du brauchst dich nicht zu entschuldigen. Mach es noch mal.«

»Gerne.« Erneut hob er Cate hoch und küsste sie. Dann stellte er sie wieder auf die Füße. »Ich mag deine Freundin jetzt schon. Dillon Cooper.« Er zog sich einen Arbeitshandschuh aus und reichte ihr die Hand.

»Darlie. Und Luke. *Hund* war sein erstes Wort.«

»Das ist ein gutes Wort.« Dillon hockte sich neben den kleinen Jungen. »Na, wie läuft's, Großer?«

»Hund«, erwiderte Luke in einem Tonfall reinster Liebe. Dann sah er Dillons Pferd. Seine Augen weiteten sich. »Hund!« Er krabbelte auf die Füße.

»Das machen wir besser so.« Dillon nahm den Jungen auf den Arm und ging mit ihm zum Pferd. »Du musst es genau hier streicheln.« Er führte Lukes Hand zum Hals des Tieres und ließ sie darübergleiten.

Darlie warf Cate einen Blick zu. Sie legte eine Hand auf ihr Herz und verdrehte die Augen.

25

Darlie konnte sich an die Glaswand in Cates Cottage nicht gewöhnen. Luke liebte sie, was man an den verschmierten Finger- und Mundabdrücken sah, die er regelmäßig dort hinterließ.

Sie sah natürlich, dass sie das Haus enorm aufwertete, aber sie fühlte sich fremden Blicken ausgesetzt, auch wenn das Glas nur nach draußen hin durchsichtig war, wie ein Venezianischer Spiegel. Cate hingegen, das wusste sie, empfand die Glaswand als Freiheit. So wie auch die offenen Fenster Freiheit und den Salzduft des Meeres brachten. In Los Angeles würde Darlie nie, noch nicht einmal hinter Mauern und Toren, während der Nacht ein Fenster offen stehen lassen, geschweige denn die Türen unverschlossen.

Die Tage, in denen sie Cates Leben hier teilte, machten ihr klar, dass Cate für sich die richtige Wahl getroffen hatte, als sie einen anderen Weg eingeschlagen hatte.

Und jetzt, dachte Darlie, musste sie selbst auch eine Entscheidung treffen, in welche Richtung ihr Leben verlaufen sollte. Welchen Weg sollte sie jetzt einschlagen? Sie musste doch zuerst, zuletzt und überhaupt vor allem immer an Luke denken.

Sie war schon ihr ganzes Leben lang Schauspielerin, daher kannte sie die Wege, die Hindernisse, die gefährlichen Kreuzungen. Konnte sie – sollte sie – all das als alleinstehende Mutter bewältigen? Und während ihr Sohn seinen Musikwürfel – mal wieder – von allen Seiten bearbeitete und Cate sich in ihrem Studio eingeschlossen hatte, um zu arbeiten, führte Darlie ein Gespräch mit ihrem Agenten.

Und mit ihrem Anwalt.

Und ihrem Manager.

Zwischen den einzelnen Gesprächen lenkte sie Luke mit anderen Spielsachen ab und setzte ihn für seinen Vormittagssnack in den Hochstuhl. Anschließend wischte sie die Überreste auf und fragte sich dabei, wie Frauen es jemals schafften, mehr als ein Kind zu haben.

Dankbar, die Beine einmal ausstrecken zu können, legte sie sich auf den Boden, um mit Luke mit seinen Bauklötzchen zu spielen. Dabei dachte sie über ihre Optionen nach. Und beobachtete ihren Sohn.

Er konnte *Dada* sagen – außerdem *Mama, Hi, Bye-bye, mein, nein, raus, auf, Cate* und natürlich *Hund*. Seit dem Besuch auf der Ranch hatte er seinen Sprachschatz um *Kuh* und *Pferd* erweitert. Diese Wörter kamen ganz klar heraus, während er andere so halbwegs aussprach und natürlich auch eine Menge brabbelte, dessen Sinn sie sich dann zusammenreimte.

Aber seit sie nach Big Sur gekommen waren, hatte er nicht ein einziges Mal *Dada* gesagt.

Vergaßen Kleinkinder so schnell – oder hatte er eigentlich nie eine wirkliche Beziehung zu seinem Vater gehabt? Wie konnte Dawson nicht dasselbe empfinden wie sie, diese überwältigende Liebe für das Wunder, das sie zusammen geschaffen hatten?

»Er empfindet es eben einfach nicht, so ist das.«

»Mama!« Als er sich ihrer Aufmerksamkeit wieder versichert hatte, warf Luke den kleinen Turm um, den er gebaut hatte, und lachte sich kaputt.

»So ist es richtig, Baby. Wir reißen ihn ein und bauen ihn wieder auf. Wir bauen ihn einfach wieder auf. Und sogar noch besser!« Sie zog ihr Handy heraus und wählte erneut die Nummer ihres Agenten. »Mach den Vertrag.«

Entschlossen und ein bisschen verängstigt, baute sie weiter mit ihrem Sohn Türme aus Holzklötzchen, bis ein Klopfen an der Tür sie zusammenzucken ließ.

Bevor sie aufstehen konnte, öffnete sich die Tür. Kurz stolperte ihr Herz vor Schreck, aber sie beruhigte sich sofort, als sie Dillon mit einem Marktkorb sah. Stark und Natasha rasten ins Zimmer, direkt auf den lachenden, vor Freude quietschenden Luke zu.

»Entschuldigung. Ich bringe Nachschub.«

»Komm herein. Du hast gerade meinem Sohn den Tag gerettet«, fügte sie hinzu. Grinsend wies sie auf das glückliche Gemenge von kleinem Jungen und Fell auf dem Boden.

»Na ja, sie fanden, es sei mal wieder Zeit für einen Besuch.«

»Schön, euch drei zu sehen. Cate nimmt gerade auf.«

»Das tut sie meistens um diese Tageszeit, deshalb stelle ich die Sachen einfach hier ab, wenn sie im Studio ist.«

»Ich räume sie ein. Was haben wir denn?«

»Hauptsächlich Milchprodukte. Meine Damen haben ein paar Plätzchen für deinen Jungen mitgeschickt. Sie sind hingerissen von ihm.«

Luke wackelte auf Dillon zu und reckte die Arme. »Auf!«

»Willst du auf den Arm?« Dillon gab Darlie den Korb, hob Luke hoch und warf ihn ein paarmal in die Luft, um ihn zum Lachen zu bringen.

Es versetzte Darlie einen Stich, einen Mann so leicht, so natürlich mit ihrem Jungen spielen zu sehen. »Du kannst gut mit Kindern umgehen.«

»Das ist nicht schwer.«

»Für manche schon.« Und weil ihr das Herz so wehtat, wiederholte sie im Geiste das alte Mantra. Brust raus. »Du kannst auch gut mit Cate umgehen.«

»Das ist auch nicht schwer«, wiederholte er und warf Luke wieder und wieder in die Luft, während Darlie den Korb auspackte.

»Nicht, wenn du sie liebst.«

Da Luke herunterwollte, setzte Dillon ihn wieder zu den Hunden und trat vorsichtig um die Spielsachen auf dem Boden herum. »Das Leichteste, was ich je getan habe. Du willst mir wahrscheinlich nicht erzählen, wie nahe sie daran ist, das Gleiche zu empfinden.«

»Als ihre Freundin würde ich sagen, für mich erfüllst du viele Kriterien. Du solltest heute Abend zum Abendessen kommen.«

»Sollte ich?«

»Ja. Sie wird sich schon was ausdenken, was sie kocht. Ich rühre und mische. Schneiden und hacken kann ich nur mittelmäßig, aber im Rühren und Mischen bin ich großartig.« Während sie Eier, Käse, Sahne, Butter und Milch aufs Geratewohl einräumte, warf sie ihm einen Blick zu. »Ich war immer nur Schauspielerin, seit ich in Lukes Alter war. Das beherrsche ich.«

»Du bist auch gut. Aber du kannst noch mehr als nur das. Du bist zum Beispiel eine gute Mutter. Eine gute Freundin. So etwas steht für mich ganz oben auf der Liste der Sachen, die man können sollte.«

Kein Wunder, dass Cate ihn toll fand. »Komm zum Abendessen«, wiederholte sie.

»Isst du Fleisch?«

»Ja.«

»Da draußen steht ein Grill. Ich kann ein paar Steaks mitbringen.«

»Steak.« In Darlies Augen trat ein wehmütiger Ausdruck, als sie das Wort wiederholte. »Ich weiß gar nicht, wann ich zum letzten Mal Steak gegessen habe.«

»Pause.« Cate öffnete die Studiotür. »Wo ist dieses Baby? Ich muss mal durchatmen. Oh, Dillon.«

»Er hat den Nachschub gebracht«, sagte Darlie.

»Schön. Und gutes Timing. Wie wäre es mit einem Spaziergang am Strand?«

»Ich habe nur noch zwei Minuten Zeit. Fang das Kind!« Er schnappte sich Luke, tat so, als wolle er ihn Cate zuwerfen, und während ihr fast das Herz stehen blieb, lachte Luke sich kaputt. »Nur ein Scherz.«

»Er kommt zum Abendessen und bringt Steaks mit. Wir feiern ein kleines Fest. Ich habe gerade meinem Agenten gesagt, er soll den Vertrag für eine Serie auf Netflix machen. Größeres Projekt, Hauptrolle.«

»Darlie! Mach den Champagner auf!«

»Heute Abend. Die Serie ist so eine Mischung aus *Game of Thrones* und *Harry Potter* als erwachsene Frau. Das Angebot ist vor ein paar Wochen gekommen, und ich habe es abgelehnt, weil es in Nordirland gedreht wird und wir für die erste Staffel sechs Monate vor Ort sein müssen. Wenn die Serie Erfolg hat, bedeutet das, jedes Jahr ein halbes Jahr für die drei weiteren Staffeln. Aber jetzt...« Sie nahm Luke auf den Arm. »Ich glaube, es wird uns guttun. In der Zwischenzeit muss ich noch eine Menge Dinge regeln und weitere Pläne umsetzen.«

»Der Familiensitz in Mayo ist ganz in der Nähe. Ich komme dich besuchen.«

»Ich verlasse mich darauf.« Darlie ergriff Cates Hand. »Ich verlasse mich ernsthaft darauf.«

»Wann fliegst du?«

»Übermorgen fahre ich zurück nach L.A. und bringe alles unter Dach und Fach. Ich werde dir nachher sicher noch die Ohren vollheulen, aber jetzt gehe ich erst einmal mit meinem Sohn nach oben, ziehe ihn um, reibe ihn mit Sonnenmilch ein wie eine gute, wenn auch leicht gluckenhafte Mutter, damit wir an deinem Strand spazieren gehen können. Bis später dann. Sag bye-bye zu Dillon.«

Luke winkte über Darlies Schulter hinweg, als sie ihn nach oben trug.

»Sie wird dir fehlen. Und das Kind auch.«

»Wie verrückt. Aber ich finde, das ist für sie so ein guter Schritt. Es ist einfach auf so vielen Ebenen klug.« Sie trat zu ihm und umarmte ihn. »Ich wünschte, du könntest auch mit uns spazieren gehen.«

»Ich auch.« Die Art, wie er ihre Arme streichelte, machte sie stutzig.

»Da ist doch noch was.«

»Ich denke, heute Abend sollten wir nur feiern, deshalb erzähle ich es dir jetzt schnell, damit ich es hinter mir habe. Sparks ist vor ein paar Tagen im Gefängnis attackiert worden.«

Sie empfand überhaupt nichts. »Ist er tot?«

»Nein, das Messer hat keine lebenswichtigen Organe getroffen. Er ist verletzt, sagt Red, wird es aber überleben.«

Das einzige Gefühl, das sie zuließ, war leise Angst und Spekulation.

»Das sind jetzt vier«, murmelte sie. »Ich weiß nicht, was ich denken soll, Dillon. Wer sollte so etwas tun? Wenn es meine Mutter ist, dann ist sie nicht nur egoistisch, gierig und ein uneingeschränkt beschissenes menschliches Wesen, sondern sie ist verrückt.«

»Ich mache mir da so meine eigenen Gedanken. Red übrigens auch. Wir reden noch darüber. Du solltest deine letzten zwei Tage mit deiner Freundin genießen.« Er zog sie an sich.

»Bis heute Abend.« Er küsste sie, hob sie ein bisschen hoch und ließ seinen Kuss leidenschaftlicher werden. »Morgen Abend kannst du dich noch richtig von Darlie verabschieden.« Erneut küsste er sie. »Aber danach wirst du dich wieder daran gewöhnen müssen, mit mir zusammen zu sein.«

»Sie ist jetzt über eine Woche da, aber ich habe mich immer noch nicht daran gewöhnt, nicht mehr jede Nacht mit dir zusammen zu sein.«

»Gut.« Er ging, um die Spielsachen herum, zur Tür. »Darlie hat die Plätzchen, die meine Ladys geschickt haben, in den Kühlschrank neben die Butter gelegt.«

Lachend trat Cate an den Kühlschrank.

Das war nicht ihre Mutter, dachte sie wieder. Zwar traute sie Charlotte durchaus zu, anderen etwas anzutun, selbst aus unerklärlichen Gründen, aber sie musste immer auch etwas davon haben, sonst machte sie es nicht. Und von diesem Vorgehen hatte sie nichts, denn wenn das an die Öffentlichkeit kam, würde es für Charlotte nicht schmeichelhaft sein. Im Gegenteil, sie würde verdächtigt werden, und das würde ihre Vergangenheit in ein grelles Licht tauchen. So etwas konnte Charlotte unmöglich wollen. Andererseits hatte sie vielleicht auch gar nicht darüber nachgedacht.

»Und darüber muss ich jetzt nachdenken«, gab sie zu.

Von Zufall konnte jetzt jedenfalls keine Rede mehr sein. Mit diesem letzten Angriff war diese Vermutung geplatzt.

Als sie Darlie die Treppe herunterkommen hörte, drängte sie den Gedanken zurück. Sie wollte auf keinen Fall die letzten beiden Tage ihrer Freundin mit ihren Sorgen und Mutmaßungen belasten.

Zwei Tage später stand sie neben Hugh und blickte Darlies Auto nach.

Hugh legte Cate den Arm um die Schultern. »Sie wird es gut machen. Mehr als gut.«

»Ich weiß. Sie hat schon jemanden engagiert, der sich in Irland nach Häusern umschauen soll. Sie will schon einen

Monat vorher dorthin fliegen, um sich zu akklimatisieren und nach einem Kindermädchen zu suchen. Am liebsten würde sie Julia klonen, hat sie gesagt. Eine nette und liebevolle Person, die selbst schon ein Kind erfolgreich großgezogen hat. Sie und ihre PR-Referentin arbeiten an einer Presseerklärung über die Scheidung.«

»Sie geht an die Öffentlichkeit.« Hugh nickte. »Das ist clever.«

»Vielleicht denke ich ja insgeheim, dass der Bastard zu leicht davonkommt, aber es ist einfach richtig für sie und Luke. Auf jeden Fall bin ich froh, dass sie hier war. Und es war auch schön, dass du noch etwas Zeit mit ihr verbracht hast.«

»Luke ist der Knaller. Seine Energie wird mir fehlen. Wir müssen unbedingt mal wieder ein Familientreffen machen, wenn Lily wieder da ist.«

»Ja, das machen wir.«

»Aber im Moment sind wir nur zu zweit. Hast du Zeit, um mit einem alten Mann ein bisschen am Pool zu sitzen?«

»Ich sehe hier keinen alten Mann, aber ich habe Zeit, um mit meinem attraktiven Großvater am Pool zu sitzen. Morgen allerdings...« Sie bohrte ihm einen Finger in den Bauch. »Morgen heißt es für uns beide wieder, ab in den Fitnessraum.«

»Sklaventreiberin!«

Cate ging mit ihm über den Rasen und einen gepflasterten Pfad entlang. Die Sonnenstrahlen tanzten auf dem blauen Wasser des Pools, und Cate streckte die Beine aus. Es dauerte keine Minute, als Consuela schon mit Limonade über die Brücke kam.

»Bist du jetzt unter die Hellseher gegangen?«

Geheimnisvoll lächelnd stellte Consuela das Tablett ab. »Frische Beeren – gut für euch. Keine Handys«, befahl sie und ging wieder.

Hugh rückte seinen Hut zurecht. »Ich hätte erwähnen sollen, dass ich schon vor einer Stunde gehofft habe, mit dir hier zu sitzen, und mir gedacht habe, dass eine Limonade jetzt ganz schön wäre.«

»Da bin ich aber erleichtert, denn ich fände es erschreckend, wenn Consuela jetzt auch noch hellsehen könnte. Ich glaube, ich gehe in der Nachmittagspause mal schwimmen.« Sie zeigte auf ihn, bevor sie ihr Glas ergriff. »Das wäre für dich auch eine gute Nachmittagsbeschäftigung.«

»Im Moment ist es mir noch zu kalt. Lass noch einen Monat lang so ein Wetter sein. So.« Er ergriff sein Glas. »Wie läuft es denn zwischen dir und Dillon?«

»Das werden wir heute Abend sehen, wenn er zum Essen kommt.« Als ihr Handy signalisierte, dass sie eine Textnachricht bekommen hatte, zuckte sie zusammen.

»Du schummelst«, sagte Hugh.

»Ich will nur schnell sehen… Oh, von Dillon. Hailey hat das Baby bekommen. Er ist auf dem Weg ins Krankenhaus. Hailey und Dillon sind Freunde.«

»Ja. Ich habe sie kennengelernt. Sie, Leo und Dave. Consuelas Mutter und Leos Großmutter kommen aus der gleichen Gegend in Guatemala.«

»Das wusste ich gar nicht.«

»Die Welt ist klein. Na, dann prost auf die neue Familie.« Er stieß mit Cate an. »*Sláinte.*«

»*Sláinte.* Ihr Leben wird nie mehr dasselbe sein. Das meine ich nicht negativ«, sagte sie rasch, als ihr Großvater blinzelte. »Ich habe nur aus erster Hand miterlebt, wie Luke Darlie verändert hat. Beispiel: Vorher hätte sie Dawson aufgespießt, ihn gebraten und in kleine Stücke geschnitten, bevor sie ihn an die Wölfe verfüttert hätte. Aber jetzt ist ihr Sohn ihr wichtiger als ihr Stolz, und sie macht sich nicht die Mühe, sich an Dawson zu rächen.«

»Wenn Liebe nicht stärker als Stolz ist, dann ist es keine Liebe.«

»Das ist… das stimmt absolut. Und ich habe diese Liebe mein ganzes Leben lang erlebt. So wie Dad wählt auch Darlie jetzt ihre Jobs anders aus. Sie hat die Serie zuerst abgelehnt, weil sie ihren Sohn nicht monatelang alleine lassen, ihn aber auch nicht seinem Vater wegnehmen wollte. Jetzt, wo sie alleinerziehend mit einem desinteressierten Ex ist, konnte sie ihn mitnehmen. Und zum Teil natürlich auch, weil Luke so aus dem Medienrummel, dem Klatsch und Tratsch herausgehalten wird. Ich bewundere das.«

»Ich auch.«

»Dad hat für mich das Gleiche getan und ist mit mir nach Irland gegangen. Und danach habt ihr beiden euch mit ihm abgewechselt. Mindestens einer von euch war immer da.«

»Und jetzt bist du für mich da.«

»Ich finde irgendwie, wir sind füreinander da.«

Cate wandte den Blick vom Meer ab und blickte zum Weinberg mit seinen terrassierten Hängen und dem hübschen kleinen Obstgarten, wo die Aprilblüten abgefallen waren und sich die Früchte zu bilden begannen.

Jahreszeit um Jahreszeit, dachte sie. Jahr für Jahr.

»Ich habe sie nie vermisst, weißt du. Es gab so wundervolle Frauen, die die Mutterrolle bei mir übernommen haben. Ich hoffe, Darlie findet einen guten Mann, der das Gleiche für Luke sein wird. Sie hat nicht so eine Familie wie wir.«

»Wer hat die schon?«

Lächelnd prostete sie ihm erneut zu. Dann stellte sie ihr Glas ab, als sie sah, dass Red auf sie zukam.

»Hi! Setzen Sie sich. Ich laufe rasch und hole Ihnen ein Glas.«

»Das nehme ich gerne an.«

Consuela kam ihr bereits mit einem Glas entgegen.

Als Cate wieder zurücklief, sah sie die beiden Männer in ein anscheinend ernstes Gespräch vertieft. *Das ist kein freundschaftlicher Besuch*, dachte sie, obwohl sie genau das erwartet hatte. Sie setzte ein sorgloses Lächeln auf, als sie Red Limonade einschenkte.

»Okay, jetzt können Sie noch mal von vorne anfangen. Was denken, fühlen, glauben, vermuten Sie in Bezug auf Sparks und die anderen?«

Red rückte umständlich seine Sonnenbrille zurecht und stieß die Luft aus. »Ich ziehe Sie nur ungern da wieder hinein, Cate.«

»Ich war ja nie ganz draußen.« Sie ergriff Hughs Hand und rieb sie. »Hör auf, dir Gedanken darüber zu machen, wie du mich am besten abschirmen kannst.«

»Das ist immer mein erster Instinkt, auch wenn ich es mittlerweile besser wissen sollte.«

»Lasst es uns so formulieren: Gefahr erkannt, Gefahr gebannt.«

»Ich wünschte, ich hätte mehr Fakten«, sagte Red. »Aber ich kann ja schon mal mit dem anfangen, was wir sicher wissen. Die Attacke auf Sparks fand im Gemeinschaftsbereich statt, kurz vor dem Beginn des Filmabends, sodass jede Menge Häftlinge hereinströmten und um ihn herum waren, bevor sie sich setzten. Die Stichwunde hat keine lebenswichtigen Organe verletzt.«

Red machte es vor, indem er seine Faust links auf seinen Rücken drückte. »Ein bisschen weiter zur Mitte hin hätte es eine Niere getroffen, und dann hätte er ernsthaftere Probleme. Die Waffe war eine geschärfte Zahnbürste. Er sagt, er habe einen scharfen Schmerz gespürt, nach hinten gegriffen, die Zahnbürste festgehalten und versucht, sie herauszuziehen. Dann ist er zu Boden gegangen.«

»Das klingt schmerzhaft, wenn nicht sogar tödlich.«

»Oh, er hatte durchaus Schmerzen. Aber mit so einer selbstgemachten Waffe muss man auch richtig treffen, und man muss mehr als einmal zustechen. Wenn jemand versucht hat, ihn aus dem Verkehr zu ziehen, hat er einen schlampigen, halbherzigen Job gemacht.«

»Glauben Sie, es sollte eher eine Warnung sein? Vielleicht hatte es gar nichts mit den anderen Fällen zu tun, sondern war eher so eine Art Streit unter Mitgefangenen.«

Red trank genüsslich seine Limonade. »Das ist eine Theorie.«

Cate hörte seinen Tonfall und legte den Kopf schräg. »Aber nicht Ihre.«

»Er sitzt seit fast zwanzig Jahren, und nie gab es einen Zwischenfall. Mic und ich waren vor ein paar Wochen bei ihm, um mit ihm zu reden und ihm klarzumachen, dass wir ein Auge auf ihn haben. Und danach wird schlampig und halbherzig auf ihn eingestochen. Denby ist auch mit einer selbstgebastelten Waffe erstochen worden, er hatte zahlreiche Stichwunden – am Bauch, am Herz, da war nichts Halbherziges. Scarpetti wird überfallen, so lange unter Wasser gedrückt, bis er ertrinkt. Sauber, schnell, erledigt. Die beiden, die mich verfolgt haben: Pech für sie, dass ich die Straße besser kenne als sie, Pech, dass sie ein Auto geklaut haben, das der Fahrer nicht beherrschte. Aber sie haben zumindest meinen Pick-up zerstört, und sie haben das Ganze mit absoluter Sicherheit vorher geplant.«

Cate spreizte die Hände. »Dann war also nur dieser Vorfall hier schlampig und halbherzig. Ganz anders als die anderen.«

»Es könnte sein, dass derjenige, der dahintersteckt, dieses Mal einen schlechten Zeitpunkt gewählt hat.«

Einleuchtend, dachte Cate und nickte. »Aber das ist auch nicht Ihre Theorie.«

»Ich habe darüber nachgedacht und habe es auch mit Dillon durchgesprochen. Ich habe es am Morgen, nachdem es passiert ist, erfahren. Wir haben gerade Rinder von einer Weide zur nächsten getrieben. Ich habe zu ihm gesagt, dass ich es mir nicht zusammenreimen kann. Und Dillon sagt genau das, was ich denke.« Red beugte sich vor. »Was wäre, wenn der Hurensohn sich die Verletzung selbst zugefügt hätte?«

»Er soll sich selbst eine Stichwunde zugefügt haben?« Bei dem Gedanken allein stockte Cate der Atem. »Aber das ist Wahnsinn, oder? Sie haben gesagt, er hat knapp seine Niere verfehlt.«

»Aber er hat sie verfehlt. Der Mann kennt seinen Körper. Er hat den größten Teil seines Lebens damit verbracht, daran zu arbeiten.«

»Halbherzig ist eine Sache. Sich eine geschärfte Zahnbürste in den eigenen Körper zu rammen eine andere. Er hätte sich verrechnen oder in dem Moment angeschubst werden können.«

»Ist er aber nicht.«

»Trotzdem ein enormes Risiko«, warf Hugh ein. »Und was hätte er davon?«

»Wissen Sie, was ich denke? Er wird von der Liste der Verdächtigen genommen. ›Seht mich an. Ich bin auch angegriffen worden.‹ Der Mann ist ein Lügner, er hat sein ganzes Leben auf Lügen und Betrug aufgebaut.« Mit entschlossener Miene klopfte Red mit der Faust auf den Tisch. »Ich sage Ihnen so sicher, wie ich hier sitze, dass er Mic und mich angelogen hat, als wir mit ihm geredet haben. Er hat eine Menge Mist von sich gegeben, er wolle bloß seine Zeit sicher absitzen, und wie verdient seine Strafe doch sei. Klar wiederholte er, dass Denby und Dupont die Hauptschuld träfe, aber das liege jetzt alles hinter ihm. Ein Haufen Scheiße, wenn Sie mich fragen.«

»Glauben Sie das wirklich? Und Dillon glaubt es auch?«
Red nickte. »Für mich ist das die einzig logische Erklärung. Ich habe das richtige Gefühl dabei. Mic ist noch nicht so ganz überzeugt. Ihrer Meinung nach hat er nicht genug Mumm, um sich so eine Verletzung zuzufügen.«

»Er ist immer noch im Gefängnis«, wandte Cate ein. »Wie konnte er denn das alles vom Gefängnis aus machen?«

»Fangen wir mit Denby an. Niemand konnte den Dreckskerl leiden. Er wurde regelmäßig zusammengeschlagen und hat häufiger in Einzelhaft gesessen. Ich wette mit Ihnen, dass der Mord an ihm nicht mehr als zwei Schachteln Zigaretten gekostet hat. Sparks sitzt seit fast zwanzig Jahren und hat in dieser Zeit Verbindungen geknüpft, Freundschaften geschlossen. Er weiß, wer was tun würde, und was er dafür haben will. Kriminelle ziehen ihr Ding drinnen oder draußen durch.«

Hugh blickte über den Pool zum tieferen, viel blaueren Wasser des Pazifiks. »Die anderen können aber nicht so leicht gewesen sein.«

»Verbindungen. Ein Ex-Häftling macht einen Job, kassiert schnelles Geld dafür. Es gibt viele Wege, im Gefängnis an Geld zu kommen, es hinein- oder hinauszuschleusen. Sparks konnte mit Sicherheit Wege finden. Die zwei, die hinter mir her waren, haben ebenfalls gesessen. Nicht in San Quentin, aber du brauchst bloß etwas zu sagen und die Sache in Auftrag zu geben.« Erneut klopfte Red mit der Faust auf den Tisch und blickte mit zusammengekniffenen Augen aufs Meer. »Wenn sie überlebt hätten, hätten wir es aus ihnen herausgekriegt. Sparks hatte Glück.«

»Das ist nicht nur eine Theorie für Sie«, stellte Cate fest.

»Doch, es ist eine Theorie, bis ich sie beweisen kann.« Red nahm sich eine Beere und aß sie geistesabwesend. »Sein Anwalt ist eine Frau, die er vor über einem Jahr engagiert hat.

Sie ist auch Schriftstellerin, mit einer Vorliebe für böse Buben.«

»Ich bin mir nicht sicher, ob ich wissen will, was das genau bedeutet.«

Red lächelte Cate schief an. »Viele Frauen verlieben sich in Männer, die im Gefängnis sitzen. Sie schreiben ihnen, besuchen sie, ja, sie heiraten sie sogar. Diese hier schreibt über sie. Sie hat schon einige True-Crime-Bücher geschrieben. Ich habe eines davon gelesen, und vielleicht ist das nur der Polizist in mir, aber wissen Sie, was ich denke? Sie ist auf der Seite der Kriminellen. Sie hat Zugang zu Denby und Sparks bekommen, weil sie ein Buch über sie schreiben wollte beziehungsweise schreibt.«

»Wie heißt sie?«, fragte Hugh.

»Jessica Rowe.«

»Der Name kommt mir bekannt vor. Warten Sie mal.« Er stand auf, zog sein Handy heraus und ging ans andere Ende des Pools.

»Ich will ja nicht den Advocatus diaboli spielen, aber mir kommt es logisch vor, dass ein Krimineller gerne einen Anwalt möchte, der mit Kriminellen sympathisiert.«

»Sie ist sechsundvierzig, alleinstehend. War nie verheiratet. Und bitte tragen Sie es mir nicht nach, wenn ich sage, sie ist eher stämmig gebaut und nicht besonders attraktiv.«

»Und was soll das für eine Rolle spielen?«

»Für mich ist relevant, dass sie, seit sie Sparks vertritt und ihn zumindest einmal in der Woche besucht, aufgeblüht ist. Sie hat abgenommen, trägt bessere Kleidung, hat sich die Haare gefärbt, solche Sachen.«

»Und Sie glauben, das tut sie für ihn? Dass sie sich in ihn verliebt hat, so wie meine Mutter sich in ihn verliebt hat?«

»Es passt alles zusammen.« Er blickte zu Hugh, der gerade zurückkam.

»Ich musste das erst nachprüfen. Jessica Rowe hat letztes Jahr meine PR-Agentin kontaktiert und vor sechs Monaten noch einmal und versucht, ein Interview zu bekommen. Sie hat sich auch dreimal um einen Interviewtermin mit dir bemüht, Liebes.«

»Davon habe ich nie was gehört.«

»Was hast du denn unserer gemeinsamen PR-Beraterin hinsichtlich Interviews oder Kommentaren zur Entführung gesagt?«

»Dass sie immer ablehnen soll.«

»Und das hat sie auch getan, jedes Mal. Ich nehme auch an, dass sie versucht hat, Kontakt zu Aidan, zu Lily, zu anderen Familienmitgliedern aufzunehmen.«

»Zu meiner Mutter.«

»Charlotte hätte höchstwahrscheinlich nicht Nein gesagt, wenn sie irgendeinen Vorteil für sich sähe.«

»Was sie wieder mit Sparks verbinden würde«, murmelte Cate. »Ich verstehe immer noch nicht, was die Schriftstellerin und Anwältin in der ganzen Sache bedeutet.«

»Was würden Sie aus Liebe alles tun?«

Was würde sie tun?, fragte Cate sich, als sie wieder in ihrem Haus war.

Sie würde keinen Mord begehen, keine Beihilfe zu einem Mord leisten. Kein Kind entführen. Aber welche anderen Grenzen konnte sie überschreiten? Sie wusste es nicht. Sie war nie auf die Probe gestellt worden.

Vielleicht, weil sie – früh – gelernt hatte, vorsichtig mit denen umzugehen, die sie liebte.

Ihre Familie, immer ihre Familie. Darlie, die so etwas wie eine Schwester für sie war. Luke, aber wer würde so einen süßen, glücklichen Jungen nicht lieben? Noah. Oh, sie hatte Noah geliebt, so offen und frei, so aus ganzem Herzen, wie sie es vermocht hatte. Und auch wenn er sie am Ende enttäuscht hatte, hatte sie ihm doch deshalb nie die Schuld dafür gegeben, jedenfalls nicht vollständig.

Sie trat an die Glaswand, blickte hinaus auf den Himmel und das Meer, auf all das Blaue und Schöne, und erforschte ihr Herz.

Nein, sie hatte ihm nicht ganz die Schuld gegeben, aber ein Teil von ihr hatte es ihm doch übel genommen. Nahm es ihm vielleicht immer noch übel. Und ob es nun fair war oder nicht, dieser Teil von ihr hatte sie bisher gehindert, wieder so zu lieben wie damals. Sie hatte zwei anderen Männern, die sie nicht verdient hatten, ihren Körper, aber nicht ihr ganzes Herz geschenkt. Und sie hatte ja auch recht gehabt mit ihrem Misstrauen.

Schließlich, wenn eine Sullivan liebte, wirklich liebte, dann war es für immer.

Mit diesem Gedanken ging sie nach oben in ihr Schlafzimmer und öffnete die Schachtel, in der sie ihre Erinnerungen aufbewahrte. *Theaterprogramme* – einschließlich desjenigen, das sie sich von der Truppe von *Mame* hatte signieren lassen –, Eintrittskarten, bis in ihre Kindheit hinein, das Rezept für Sodabrot – das sie schon lange auswendig wusste – in Mrs Learys sorgfältiger Handschrift. Und das kleine goldene Herz, das Noah ihr zu ihrem achtzehnten Geburtstag geschenkt hatte.

Seit dem Tag, an dem er aus ihrem Leben verschwunden war, hatte sie es nicht mehr getragen, und doch hatte sie es all die Jahre aufbewahrt.

Um sich zu prüfen, legte sie es um, musterte sich im Spiegel, fuhr mit dem Finger über das Herz, wie sie es so oft getan hatte. Ein kleiner Stich für das, was gewesen war, aber keine Sehnsucht, und was noch wichtiger war, kein Bedauern. Es war schließlich nur eine Erinnerung, das Symbol einer schönen Zeit. Sie hatte ihn geliebt, dachte sie, als sie es wieder ablegte und zurück in die Schachtel packte. Sie hatte ihn geliebt, wie man mit achtzehn zu lieben versteht.

»Aber für keinen von uns war es für immer.«

Was würde sie aus Liebe tun? Vielleicht war es an der Zeit, das herauszufinden.

26

Arbeit half immer. Ihr Kopf wurde frei, wenn sie sich in ihrem Studio einschloss und sich auf die Arbeit konzentrierte. Sie wusste, dass ihr Gehirn im Hintergrund weiter an der Lösung des Problems – beider Probleme – arbeiten würde, während sie ihrem Beruf nachging.

Das äußere Problem wollte ihr Angst einjagen, und das konnte sie nicht zulassen. Aber die Vorstellung, dass jemand – Sparks, wenn Reds Instinkt richtiglag – Morde für jene in Auftrag gab, die etwas mit ihrer Entführung zu tun hatten, erschreckte sie.

Rache? Das schien ihr ein nutzloses Motiv. Die Jahre würde er nicht zurückbekommen. Und zugleich riskierte er, auch noch den Rest seines Lebens hinter Gittern zu verbringen. Das konnte es doch unmöglich wert sein.

Sie zwang sich zu drei Stunden in der Kabine, löschte dann aber die letzten zwanzig Minuten bei der Überarbeitung. Das war nicht ihre beste Leistung, und ihr Kunde hatte Besseres verdient.

Als sie schließlich fertig war und die Datei an den Produzenten geschickt hatte, brauchte sie dringend eine Pause. Sie duschte lange und ausgiebig, was ihr half, da sie auch dabei ihren Kopf so leer wie möglich hielt. Der Spaziergang durch den Obstgarten, dessen Boden mit heruntergewehten Blütenblättern übersät war, krönte das Ganze.

In der Küche bereitete sie nach Consuelas Rezept eine recht scharfe Marinade zu, goss sie über die Hühnerbrüste und stellte sie beiseite. Ebenfalls nach Consuelas Art bereitete sie die Tortillas zu. Sie sahen zwar nicht so perfekt aus wie Consuelas, aber sie hoffte, dass sie trotzdem schmeckten.

Sie hatte Dillon noch nie gefragt, ob er mexikanisches Essen mochte, stellte sie fest, als sie die Tomaten für die Salsa hackte. Na ja, hoffentlich mochte er es, denn nichts anderes würde sie ihm auftischen: Pollo fajitas, Frijoles, Reis, Salsa und Chips, und zum Dessert Pudding.

Da das Wetter perfekt mitspielte, baute sie den kleinen Tisch draußen auf und zündete Kerzen an. Warum nicht?

Sie ließ die Tür offen, als sie die Zwiebeln und die Peperoni schnitt, das Hühnchen herausholte und in diagonale Streifen schnitt. Consuela hatte ihr alles ganz genau erklärt, und zum Glück war sie so nett gewesen, die Guacamole für sie zu machen. Ob sie dazu noch Lust gehabt hätte, wusste Cate nicht.

Als Dillon kam, hatte sie alles für die gusseiserne Pfanne (die sie sich von Consuela geborgt hatte) vorbereitet. Und als er mit einem Strauß Wildblumen auf sie zutrat, stellte sie fest, dass ihr Hinterkopf tatsächlich an diesem inneren Konflikt gearbeitet hatte.

Er kam direkt auf sie zu, umarmte und küsste sie wie ein Mann, der es ernst meinte.

»Du riechst toll.«

»Ich oder die Salsa?«

Er schnupperte an ihrem Nacken. »Ich bin mir ziemlich sicher, dass du es bist. Von der Wiese.« Er hielt ihr die Blumen hin.

Alles in ihr wurde weich. »Hast du sie selbst gepflückt?«

»Ich hatte keine Zeit, welche zu kaufen. Eine von den Angus-Kühen fand, dass heute ein guter Tag zum Kalben sei. Sie brauchte ein bisschen Hilfe.«

»Erstens: Wildblumen von der Wiese sind das Allerbeste.«

»Ich werde es mir merken.«

»Zweitens, du hast einer Babykuh auf die Welt geholfen?«

»Ja. Für gewöhnlich schaffen sie es ganz gut alleine, aber ab und zu brauchen sie ein bisschen Hilfe. Ein schönes Bullenkalb. Vielleicht lassen wir ihn, wie er ist.«

Sie holte eine Vase. »Wie?«

»Als Bullen.«

»Was hättet ihr denn sonst... oh.« Sie schauderte. »Aua! So etwas machst du?«

»Du kannst nicht so viele Bullen in einer Rinderherde halten, glaub mir.«

»Ich wette, die kleinen Babykühe vertrauen dir, bevor du...« Sie machte mit den Fingern eine Schere nach.

»Wenn es Kühe wären, bräuchte ich sie nicht...« Er machte die gleiche Geste. »Darf ich mir was von der Salsa nehmen?«

»Ja, klar. Ich hoffe, du magst mexikanisches Essen.«

Er tunkte einen Tortillachip in etwas Salsa. »Warum soll ich das nicht mögen? Scharf«, sagte er, als er probiert hatte. »Scharf mag ich auch gerne.«

»Dann hast du ja Glück. Bier mag ich immer noch nicht, deshalb habe ich Margaritas, aber...« Sie nahm eine Flasche Negra Modelo aus dem Kühlschrank, goss den Inhalt in ein Glas und fügte einen Zitronenschnitz hinzu.

Er betrachtete das Glas, dann musterte er sie. »Du bist die perfekte Frau.«

»Dafür bekommst du so viele Fajitas, wie du essen kannst.«

»Klingt gut. Sind Darlie und Luke gut weggekommen?«

»In aller Herrgottsfrühe. Sie hat mir eben geschrieben, um mich wissen zu lassen, dass sie bei einer Freundin ihrer Mom übernachtet. Sie bleiben dort bis morgen früh, statt nach L.A. durchzufahren.«

»Das ist auch besser so. Es ist eine lange Fahrt mit einem Kleinkind.«

»Apropos Babys. Ganze vier Kilogramm?«

Grinsend hob Dillon sein Bier. »Auf den Punkt, und nach allem, was ich gehört habe, hatte Hailey es leichter als meine Angus-Kuh. Vier Stunden, und jetzt ist die wundervolle Grace da. Das Baby ist eine Schönheit, und Hailey sah aus wie eine Madonna, ich schwöre es. Leo ist ein Wrack. Ein echt glückliches Wrack. Sie sind schon wieder zu Hause.«

»Geburtszentrum, Hebamme, leichte Entbindung.« Cate hob ihre Margarita. »Ein Hoch auf sie alle!«

»Ich kann es kaum glauben, dass man die Leute so schnell wieder nach Hause schickt, auch wenn es so eine leichte Geburt war. Meine Mutter und meine Großmutter wollen morgen mal vorbeigehen, und die beiden frischgebackenen Großmütter sind schon da, um zu helfen.«

»Prost auf Babys, auf jedes einzelne.« Cate stieß mit ihm an. »Ich würde sie auch schrecklich gerne besuchen, vielleicht in ein paar Tagen, wenn sie sich ein bisschen eingelebt haben.«

»Du kannst ja mit mir zusammen hingehen.«

»Sag mir Bescheid, wenn du gehst, Onkel Dil.«

Er grinste, und Cate lehnte sich entspannt zurück.

»Ich möchte mir gerne vorstellen, dass wir eines Tages so hier draußen – oder irgendwo sonst – sitzen können, etwas Leckeres trinken, eine ausgezeichnete Salsa essen und uns nur über schöne Dinge unterhalten.«

»Aber nicht heute Abend. Sparks.«

»Ja, Sparks. Red hat Grandpa und mir gesagt, was er denkt und was du anscheinend auch denkst.«

»Der Typ wird im Gefängnis angegriffen und braucht nur mit ein paar Stichen genäht zu werden? Das kommt mir merkwürdig vor. Ich meine, wenn jemand einem anderen mit einer Waffe eine Verletzung zufügen will, dann würde er doch bestimmt gründlicher vorgehen«, mutmaßte Dillon.

»So hatte ich es noch gar nicht gesehen, aber wenn du vielleicht nervös bist oder es eilig hast...«

Dillon tippte mit einem Finger auf den Tisch. »Erstens, du brauchst Zeit, um so eine Stichwaffe zu basteln, und wenn du dabei erwischt wirst, kommst du in Einzelhaft. Zweitens, du bist so nervös und in Eile, dass du zufällig genau die perfekte Stelle triffst? Die Stelle, wo das Messer am wenigsten Schaden anrichtet? Es blutet heftig, aber damit hat es sich auch schon. Blödsinn!«

Cate sah deutlich, dass er und Red die gleiche Überzeugung teilten.

»Haben sie es denn nicht auf Fingerabdrücke untersucht?«

»Was meinst du, warum Sparks sagte, er habe es gepackt und seine Hand darauf gehalten? So hat er seine Fingerabdrücke und sein Blut überall darauf verschmiert. Er ist nicht blöd, Cate. Er ist kein Genie, aber blöd ist er auch nicht. Er ist berechnend. Ich habe ihn schon all die Jahre so gesehen.«

»Ja?«

Dillon blickte sie an. »Jene Nacht damals war ein Wendepunkt für mich, Cate. Ein bahnbrechender Moment, könnte man sagen. Bis dahin... Ich wusste zwar, dass die Welt nicht nur schön ist, schließlich war das mit meinem Vater passiert. Aber Gewalt oder Angst waren mir noch nie so nahe gewesen. Ich habe dich beobachtet, meine Mom und Oma beobachtet, wie sie getan haben, was zu tun war, deinen Dad, Hugh. Alles hat einen tiefen Eindruck auf mich gemacht, deshalb, ja, klar, habe ich über die Jahre immer wieder über Sparks nachgedacht. Und über Denby und deine Mutter. Ich habe das Gefühl, sie auf einer gewissen Ebene zu kennen.«

»Vielleicht habt ihr recht, du und Red. Vielleicht steckt

er irgendwie hinter all dem, aus was für einem Grund auch immer. Aber wäre dann meine Mutter nicht sein Hauptziel?«

»Bei den Sicherheitsvorkehrungen, in du als Milliardär investieren kannst, dürfte es schwer sein, an sie heranzukommen.« Dillon zuckte mit den Schultern und trank einen Schluck. »Aber ja, du hast recht.«

»Ich empfinde nichts für sie, ich kann schon seit Jahren noch nicht einmal mehr richtige Wut entwickeln. Aber ich würde nicht wollen, dass sie ermordet wird.«

»Um dich mache ich mir wesentlich mehr Sorgen.«

»Ich bin heute früh gegangen, als mein Großvater und Red über zusätzliche Sicherheitsmaßnahmen hier geredet haben. Aber ich sehe dir an, dass du noch andere Ideen hast. Sag mir, was du denkst, bevor ich mit dem Abendessen anfange. Dann können wir dieses Gespräch für eine Zeit lang abschließen.«

»Du solltest besser zu uns auf die Ranch kommen.«

»Ich kann Grandpa nicht allein lassen. Und ich habe auch noch meine Arbeit.«

»Ja, daran habe ich auch gedacht. Deshalb werde ich meine Nächte hier verbringen. Ich muss zwar früh jeden Morgen auf der Ranch sein, aber Red bleibt auch da. Er ist sowieso schon die Hälfte der Zeit da, also braucht er bloß noch die andere Hälfte dranzuhängen, wenn ich hier bin.«

Cate schlug die Beine übereinander und trank einen Schluck Margarita. »Glaubst du, deine Frauen brauchen einen Mann, der sich um sie kümmert? Und ich brauche einen, der sich um mich kümmert?«

Ein Mann konnte ein Minenfeld durchqueren, wenn er wusste, wohin er treten musste. Und wohin nicht.

»Ich denke, meine Ladys können so gut wie alles selbst regeln, was passiert. Und du kannst durchaus auch für dich alleine sorgen. Gleichzeitig aber braucht jeder auch jemanden, der sich um einen kümmert.«

»Das ist eine verdammt gute Antwort auf eine schwierige Frage. Und ich will nicht lügen: Wahrscheinlich schlafe ich nachts besser, wenn du da bist. Nicht nur wegen mir, sondern auch wegen Grandpa und Consuela.«

»Dann ist es also abgemacht. Ich habe nur noch eine Anmerkung, bevor wir das Thema abschließen.«

»In Ordnung.«

»Hugh, Lily oder deinen Dad sehe ich in dem Ganzen nicht. Sie sollten nur das Lösegeld zahlen, und sie hatten keinerlei Einfluss auf das Ergebnis. Wenn wir uns irren und Dupont steckt hinter dem Ganzen, ändert sich das. Aber das kann einfach nicht sein, denn sie wäre als Erstes auf deine Familie losgegangen. Und auf deine Kinderfrau damals.«

Cates Herz machte einen Satz. »O Gott, Nina. An sie habe ich gar nicht gedacht.«

»Red aber. Es geht ihr gut. Du und die Kinderfrau seid diejenigen, die deine Mutter überführt haben. Wenn sie es gewollt hätte, hätte sie in die Richtung etwas unternommen. Die Mittel hätte sie auf jeden Fall dazu.«

»Du kennst sie wirklich.«

»So gut ich eben kann. Für Sparks ist es viel schwerer, jemanden in Irland zu engagieren, und dazu müsste er auch erst einmal wissen, wo sie überhaupt ist. Und warum auch? Du hast ihr so viel bedeutet, und sie hatte solche Angst vor deiner Mutter, dass sie über die Affäre geschwiegen hat. Sie wollten sie vorschieben, aber diesen Betrug hast du ihnen verdorben, und dann hat Dupont der Sache den Rest gegeben.«

»Ich fühle mich besser, wenn ich selbst mit ihr spreche. Ich rufe sie morgen an. Und dich selbst und deine Familie erwähnst du gar nicht?«

»Ich glaube, wir haben nicht so viele Möglichkeiten, deshalb möchte ich auf jeden Fall Red dahaben. Er engagiert ein paar Polizisten im Ruhestand, die er kennt, damit sie während der Saison auf der Ranch mitarbeiten.«

»Du denkst an alles, Dillon.«

»Ich passe auf das, was zu mir gehört, auf.« Er blickte ihr in die Augen, und sie hatte das Gefühl, er würde direkt in ihr Herz schauen. »Du musst wissen, du gehörst auch zu mir.«

Plötzliche Nervosität machte sich in ihr breit und trieb sie dazu an aufzustehen. »Ich muss jetzt kochen.«

Sie eilte hinein und gab Öl in die Pfanne. Als sie die Zutaten zusammenstellte, murmelte sie – in ihre Richtung – Flüche auf Italienisch. Irgendwann ließ ihre Nervosität ein bisschen nach. »Das lässt du mir durchgehen.«

Er füllte ihr Margarita-Glas aus dem Krug auf dem Küchentresen auf. »Ich weiß, wie und wo ich drängen muss, wenn jemand stur ist. Du bist nicht stur, deshalb kann ich warten.«

»Ich versuche herauszufinden, was ich in diesem Leben getan habe, um jemanden wie dich zu verdienen.«

»Na, das ist ja wohl ein blöder Gedanke. Ich nehme mir noch ein Bier.«

»Nein, er ist nicht blöde.« Sie rieb ihr Hämatit-Armband und drehte sich zu ihm um, während das Öl langsam heiß wurde. »Ist er nicht. Und ich bin auch nicht stur. Du musst...« Sie hob eine Hand in seine Richtung. »Komm nicht zu nahe an den Herd, während ich das hier mache.«

Fasziniert schaute er ihr zu, dann schenkte er sich sein Bier ein. »Ernsthaft?«

»Ja.« Sie fuhr sich durch die Haare, wobei sie sich wünschte, sie hätte sie zusammengebunden, damit sie ihr nicht dauernd ins Gesicht fielen. »Ich dachte, wir würden erst das ganze Zeug besprechen, essen und dann viel Sex haben.«

Er hob sein Bier und trank. »Ich habe es ja bereits gesagt. Die perfekte Frau.«

»Nein, das bin ich nicht. Ich bin in so vieler Hinsicht immer noch das totale Chaos und werde es wahrscheinlich immer bleiben. Ich habe Panikattacken und Alpträume gehabt. Mittlerweile kommen sie nur noch selten, einmal alle Jubeljahre, aber ich weiß, wie sie sich anfühlen, und jetzt gerade eben stand ich kurz vor einer Panikattacke.«

»Weil ich dir sage, dass ich dich liebe? Ich habe ja gerade schon gesagt, das ist ein blöder Gedanke.«

»Nicht blöde«, murmelte sie und gab das Hühnchen in das heiße Öl, damit es anbriet. »Ich wollte es nicht.«

»Dass ich dich liebe oder es dir sage?«

»Im Moment, beides nicht. *Merde.*«

»Das ist jetzt Französisch, oder? Ich glaube, ich verstehe.«

Sie atmete tief durch die Nase ein und langsam durch den Mund aus. »Ich fluche nicht über dich. Ich habe immer Angst davor, dass ich oder du oder auch wir es vermasseln, wenn es so weit kommt. Und ich will es einfach nicht vermasseln. Ich brauche dich, Dillon.«

War dieses Bedürfnis nach jemand anderem nicht schon groß genug?

»Aus meiner Sicht ist gar nichts vermasselt.«

Noch nicht, dachte sie und wendete vorsichtig das Hühnchen.

»Es mag ja unsinnig sein, das ›Was-wäre-wenn‹ zu bedenken, aber für mich gilt ... ich brauche dich und deine Familie. Seit meiner Kindheit, seit jener Nacht. Diese E-Mails mit Julia haben mir durch die harten Jahre geholfen, einfach nur dieser ständige, liebevolle Kontakt. Es war ein Maßstab für mich.«

»Wir haben uns doch bereits versprochen, die Verbindung zwischen den Familien niemals abreißen zu lassen.«

»Ich weiß. Wir werden bestimmt versuchen, das Versprechen zu halten. Ich… Mein Vater hat sich um das gekümmert, was zu ihm gehörte, Dillon, und das war ich. Er hat so viel aufgegeben, um für mich da sein zu können, mir zu geben, was ich brauchte. Ich wusste, dass wir beide an einem Wendepunkt angekommen waren, als er sich endlich wieder in der Lage fühlte, wegen der Arbeit zu reisen. Da wusste ich, dass er aufgehört hatte, sich jede einzelne Minute Sorgen zu machen, und dass ich wieder okay war. Und neben all dem hatte ich auch noch Julia. Wenn ich mir eine Mutter wünschen könnte, wäre es Julia.«

Er legte ihr die Hand auf die Schulter. »Du wirst sie niemals verlieren, so wie wir anderen auch immer für dich da sein werden.«

»Ach ja?« Sie fuhr herum. »Und wenn ich dir sagen würde, dass ich dich nicht liebte? Dass ich es nicht könnte? Nicht wollte?«

»Dann würdest du mir das Herz brechen. Aber ich würde dich trotzdem noch lieben.«

Sie zog eine Hand weg und stieß dreimal mit dem Finger in die Luft, damit er da stehen blieb, wo er war. »Ich muss kochen«, sagte sie noch einmal und drückte einen Finger auf die Augen, weil ihr die Tränen kamen.

Mit erzwungener Ruhe nahm sie das Hühnchen aus der Pfanne und deckte es ab, damit es ruhen konnte. Sie gab noch einmal Öl in die Pfanne und sautierte die Peperoni und Zwiebeln, die sie bereits geschnitten hatte.

Tatsächlich ruhiger, weil sie sich auf das Kochen konzentrieren musste, fuhr sie fort: »Ich habe dir doch von den drei Männern erzählt, mit denen ich zusammen war.«

»Ja.«

»Bei Noah empfand ich anfangs eine gewisse Panik, aber ich erkannte, dass das nur an der Nervosität und Aufregung lag, die ein Mädchen mit wenig Erfahrung empfindet, wenn ein Junge, der ihr bereits aufgefallen ist, sie zum ersten Mal um ein Date bittet. Bei den anderen habe ich so etwas nicht gespürt. Das war nur Anziehung, Interesse. Normal, würde ich sagen, wenn auch ein bisschen eingeschränkt. Ich hoffte wirklich, dass das bei dir genauso sein würde – wobei allerdings noch Zuneigung und Freundschaft hinzukamen.«

»So funktioniert das aber nicht.«

Ohne ihn anzusehen, kratzte sie die Röstspuren des Hühnchens über die Peperoni und die Zwiebeln.

Sie ließ sie eine Weile schmoren, während sie das Hühnchen in Streifen schnitt. »Du bist schrecklich selbstsicher.«

»Ich will mich nur nicht damit zufriedengeben. Warum sollte ich?«

»Weil es leicht ist. Etwas nach deinen eigenen Bedingungen ablaufen zu lassen, innerhalb deiner eigenen Grenzen, ist immer leicht. Aber du hast recht, es funktioniert nicht, nicht, wenn du mich ansiehst und sagst, ich gehöre zu dir. Dann gerate ich in Panik.« Sie holte zittrig Luft. »Ich habe nicht gedacht, dass ich deswegen in Panik geraten würde, und ich habe darüber, über dich, über die ganze Sache nachgedacht. Aber ich bin in Panik geraten, und nicht, weil ich eigensinnig oder dumm bin, sondern weil zwar ein Teil von mir die Beziehung einfach gestalten möchte, der größere Teil jedoch zu dir gehören möchte. Und ich möchte, dass du zu mir gehörst.«

Er sagte nichts, während sie begann, das Essen auf einer Platte schön anzurichten.

Als er schließlich doch etwas sagte, klang seine Stimme ganz ruhig und leicht.

»Es ist vielleicht schon in der Nacht passiert, als ich mir ein Hühnerbein aus dem Kühlschrank holen wollte, aufgeblickt und dich gesehen habe. Aber eigentlich denke ich, es war, als du aus dem Auto gestiegen bist und den Arm voller roter Lilien hattest. Du hattest Augen wie blaue Wiesenlupinen, wie Frühling mitten im Winter und ein Lächeln, das mir bis ins Herz gedrungen ist. Und dann diese Stiefel.« Er hielt inne und trank einen Schluck Bier. »Diese hohen schwarzen Stiefel. Mann. Ich hoffe, du hast sie noch, denn ich stelle mir gerne vor, wie du sie trägst und sonst nicht viel anhast. Na ja. Ich bin mir ziemlich sicher, es war genau in diesem Moment, als ich mich in dich verliebt habe. Und das hat nie aufgehört.«

»Du kanntest mich doch noch nicht einmal.«

»Ach, um Himmels willen!« Cate blinzelte verwirrt. Er klang so selten ungeduldig. »Du hattest mich seit Jahren nicht mehr gesehen.«

»Ich kenne dich sehr gut. Durch die E-Mails an meine Mom, durch Hugh und Lily, durch Aidan und Consuela. Ich wusste es, als du dich in den Tänzer verliebt hast, wie du an der NYU studiert hast und dann umgeschwenkt bist und all diese Sprachen gelernt hast. Seit ich zwölf war, hast du zu meinem Leben gehört, also gewöhn dich endlich daran.«

Vorsichtig zog sie die Tortillas aus dem Backofen. »Ich glaube, jetzt habe ich dich zum ersten Mal ernsthaft verärgert.«

»Nein, das ist es nicht. Es wird auch nicht das letzte Mal sein. Es ändert gar nichts.«

»Und wenn ich nicht zurückgekommen wäre?«

»Du bist immer zurückgekommen, aber darauf zu warten war schon eine Herausforderung.«

Sie holte noch einmal tief Luft. Dieses Mal verspürte sie keine Panik. »Ja, ich kam immer wieder zurück«, stimmte sie ihm zu. »Selbst, wenn ich es nicht wusste.« Sie legte ihm eine Hand auf die Wange. »Ich habe auch Bilder von dir, Dillon. Ich ordne sie gerade.«

»Ich habe dir ja erzählt, dass ich mal nahe dran war, mit einer Frau, die mir etwas bedeutet hat. Aber es hat nicht gereicht. Es hat nicht gereicht, weil es dich gab, Cate. Mir ist es immer nur um dich gegangen.« Er stellte sein Bier ab. »Und ich bin es leid, Distanz zu halten. Das Essen wird später auch noch warm sein.«

Sie lächelte, weil sie damit rechnete, dass er sie packen und so frustriert küssen würde, wie er aussah. Stattdessen hob er sie hoch, wie er es in ihrer ersten gemeinsamen Nacht gemacht hatte.

»Oh. So viel später meinst du.«

»Genau.«

»Gott, das hat mir so gefehlt.« Sie knabberte an seinem Hals. »Ich glaube nicht, dass ich diese Stiefel noch habe. Das ist Jahre her.«

»So eine Schande!«, sagte er und trug sie nach oben.

»Aber ich bin zertifizierte Expertin im Kaufen von Stiefeln.«

»Schwarz, bis übers Knie.«

Er legte sie aufs Bett und blickte auf sie herunter. Die untergehende Sonne tauchte sie in ein goldenes Licht.

Sie winkte ihn zu sich, und als er auf ihr lag und sein erster Kuss sie erschauern ließ, schlang sie die Arme um ihn.

»Ich liebe dich, Caitlyn.«

Es fühlte sich überwältigend an, aber sie wusste nicht, wie sie damit umgehen sollte. »Lass mir Zeit, das zu sagen. Es mag ja verrückt oder abergläubisch klingen, oder meinetwegen auch beides, aber ich glaube wirklich daran, dass es für immer ist, wenn ich es erst einmal gesagt habe.«

»Da ich für immer will und du mich für immer bekommen wirst, kannst du dir ruhig Zeit lassen.«

»So viel Selbstbewusstsein könnte einen wütend machen.«

»Spar dir das für später auf.«

Erneut senkten sich seine Lippen auf ihren Mund, und er küsste sie zärtlich. So zärtlich. Sie wusste, er bot ihr seine Liebe an. Wie hätte sie ihm widerstehen sollen? Sie öffnete sich ihm und gab sich dem schlichten, überwältigenden Geschenk hin. Und als sie es in sich aufnahm, spürte sie, wie es alte Narben glättete und alte Zweifel vergehen ließ.

Nimm das Geschenk, dachte sie, *nimm es und gib es ihm zurück*. Wenn sie auch jetzt noch nicht die Worte sagen konnte, so konnte sie ihm doch wenigstens geben, was sie im Herzen trug.

Sie konnte es ihm in der Sprache der Berührung zeigen, die keine Stimme brauchte. Sie konnte es ihm zeigen in der Art, wie sie sein Hemd aufknöpfte, mit ihren Fingern über seine Brust glitt, über die harten Muskeln auf seinem Rücken, als sie ihm das Hemd auszog. Sie zeigte es ihm, indem sie sich ihm entgegenbog, als er ihr die Bluse auszog und ihre nackte Haut mit den Lippen streifte. Das goldene Licht wurde rot, als sie einander auszogen. Das Blau des Meeres verband sich mit dem Himmel, und er spürte, was sie ihm schenkte.

Sie hatte so viel zu geben, mehr, als sie wusste oder glaubte. Das hatte er vom ersten Moment an in ihr gesehen, und er sah es immer noch. Wenn sie sich selbst traute, wenn sie auf sie beide vertraute, dann würde sie ihm die Worte sagen.

Im Moment würde er sie einfach nur lieben und wissen, dass das Herz, das unter seinen Lippen schlug, auch ihn umfasste.

Als sie sich auf ihn setzte, ihre Haare im letzten Licht der Sonne zurückwarf, wusste er, dass er sie jede Minute jedes einzelnen Tages für den Rest seines Lebens lieben würde.

Sie zog seine Hände an ihre Lippen, hielt sie dort fest, während sie ihn ganz langsam in sich aufnahm. Und als sie den Kopf vor Lust nach hinten warf, als sie seufzend erschauerte, ließ sie seine Hände über ihre Brüste gleiten. Ganz leichte Bewegungen, langsam, lang und tief. Welle über Welle jener Lust, mehr Lust mit dem Heben und Senken. Das Licht wurde weich wie Perlenstaub, als sie ihn umarmte. Und als die Nacht sich herabsenkte und die ersten Sterne am Himmel funkelten, hob er sie mit seinem Körper hoch und drehte sie beide herum.

Sie ließ ihren Kopf an seine Schulter sinken und schmiegte sich an ihn.

»Ich habe noch nie für jemanden das empfunden, was ich für dich empfinde.«

Er streichelte ihr den Rücken. »Ich weiß.«

Unwillkürlich musste sie lachen. »Selbstbewusstsein. Es könnte einen aufregen.«

»Ich weiß es, weil ich es genauso empfinde. Es ist einfach eine Tatsache, dass ich derjenige bin, den du willst und brauchst. Ich kann warten, bis dir das klar ist. Lange wird es sowieso nicht mehr dauern.«

»Ich sehe eine ganz neue Seite an dir.« Sie löste sich ein wenig von ihm und versuchte, in der stärker werdenden Dunkelheit seinen Gesichtsausdruck zu sehen. »Und da ist auch jede Menge Arroganz.«

»Dass ich weiß, was du weißt, ist nicht arrogant. Niemand wird dich je so lieben wie ich, Cate. Es wird dir schwerfallen, dich dagegen zu wehren.« Er gab ihr einen raschen Kuss. »Ich sterbe vor Hunger. Und ich würde sagen, du auch.«

»Ja, ich könnte jetzt definitiv etwas essen.«

»Siehst du! Ich weiß, was ich weiß.«

Während Cate mit Dillon im Kerzenschein unter den Sternen Fajitas aß, lief Charlotte in ihrer Schlafzimmer-Suite auf und ab. Sie hatte sie gerade in Gold, Gold und noch mehr Gold, mit smaragdgrünen und saphirblauen Akzenten, neu einrichten lassen.

Sie hatte nach Opulenz verlangt, und der Innenausstatter hatte ihren Wünschen mit Unmengen von Stoffen, glitzernden Kristallen und einem siebenflammigen Leuchter, der aus Italien importiert worden war, entsprochen.

Unter seinem Licht konnte sie in einem Bett mit goldener Seidenbettwäsche liegen und das Deckenbild bewundern. Bilder von Charlotte als Eva, als Julia, als Lady Godiva, Königinnen und Göttinnen blickten auf sie herab und wünschten ihr angenehme Träume.

Sie hatte das Bett jetzt für sich ganz allein, seit Conrad in seiner eigenen Suite schlief. Der arme alte Mann hatte Schlaf-Apnoen und musste deshalb nachts eine grässliche Maske tragen. Der arme uralte Mann, korrigierte sie sich.

Schlaf-Apnoe, zwei Herzinfarkte, eine Lungenentzündung im Winter. Prostata-Probleme, Hautkrebs, der die Operation seines linken Ohrs mit anschließendem Wiederaufbau notwendig gemacht hatte.

Und er lebte immer weiter.

Wann würde er bloß sterben, ruhig und schmerzlos natürlich, und sie befreien, damit sie sich endlich einen vernünftigen Liebhaber zulegen konnte? Der Ehevertrag – hieb- und stichfest – ließ ihr nichts, wenn sie sich auch nur eine winzig kleine Affäre gönnte. Was kein großes Problem gewesen war, bis vor ein paar Jahren. Aber jetzt bekam Conrad ihn kaum noch hoch, und vor allem konnte er ihn nicht oben halten.

Sie hatte nicht damit gerechnet, dass er so lange leben würde. Ganz bestimmt nicht so lange, dass er nur noch mit einem Stock durchs Zimmer gehen konnte, nicht so lange, dass sein kräftiger Körper hinfällig wurde und sie so tun musste, als ob sie sich für den Haufen Medikamente interessierte, die er brauchte, um am Leben zu bleiben.

Aber wenigstens brauchte sie jetzt nicht mehr so zu tun, als ob sie mit ihm schlafen wollte. Und er war so dankbar dafür, dass sie »verstand«, dass er nicht mehr in der Lage war, sie zu beglücken – und trotzdem seine liebende, hingebungsvolle Ehefrau blieb.

So viel Geld, und sie konnte sich dafür noch nicht mal anständigen Sex kaufen. Und das war noch nicht einmal das Schlimmste, oh nein, nicht annähernd.

Dass die Polizei zu ihr gekommen war – das war der Gipfel! Sie hatte natürlich nicht mit ihnen gesprochen. Und das würde sie verdammt noch mal auch nicht. Ihre Anwälte setzten eine Erklärung auf, ihre Anwälte würden die Sache mit den idiotischen Polizisten regeln.

Das musste man sich einmal vorstellen! Jemand wollte *sie* zu Morden und Überfällen befragen, die nichts mit ihr zu tun hatten. Morde an Leuten, die ihr völlig egal waren.

Dem Arschloch Denby war es doch nur recht geschehen. Und was war mit Scarpetti? Er war ja noch nicht einmal clever genug gewesen, ihr das Gefängnis zu ersparen. Und dieser Bulle? Es war schade, dass er nicht ins Gras gebissen hatte. Hoffentlich versuchte derjenige, der das arrangiert hatte, es noch einmal und hatte beim zweiten Mal mehr Erfolg. Und Grant sollte an seinem eigenen Blut ersticken!

Sie fuhr mit dem Finger über die goldenen Seidenvorhänge, die ihre Haushaltsgehilfin schon für die Nacht zugezogen hatte.

Nein, doch nicht. Nicht wirklich. Sie hatte immer noch eine kleine Schwäche für Grant Sparks.

Ob er sich wohl im Gefängnis seinen Körper erhalten hatte? Ob er noch genauso gut aussah? In ein paar Jahren kam er raus, und wenn Conrad endlich tot war, dann würde sie ihn vielleicht zu sich rufen. Sie würde ihn sogar dafür bezahlen, dass er sie um den Verstand vögelte. Allein der Gedanke an den Sex, den sie mit ihm gehabt hatte, ließ sie geil werden.

Sie würde ihr Hausmädchen rufen, damit sie ihr ein Ölbad einlaufen ließ. Und dann würde sie sich um ihr brennendes Verlangen selbst kümmern.

Sie blieb vor einem ihrer Spiegel im Ankleidezimmer stehen und betrachtete sich. Dank der Implantate waren ihre Haare immer noch üppig und voll. Regelmäßige Nachbesserungen hielten ihr Gesicht straff und glatt.

Während sie sich auszog, bewunderte sie sich selbst. Nackt drehte sie sich hin und her. Volle, hoch angesetzte Brüste, auch der Hintern hoch und fest. Die Schönheitschirurgie wusste Wunder zu vollbringen. Sie fuhr sich mit einer Hand über ihren Bauch – flach, dank der letzten Korrektur-Operation. Glatte Oberschenkel, keine hängende Haut unter den Armen. Die Wunder der modernen Medizin – und das Geld, um sie sich leisten zu können, dachte sie mit einem trägen Lächeln.

Sie würde weder Grant Sparks noch irgendjemand anderen dafür bezahlen müssen, dass er mit ihr ins Bett ging. Sie fand, sie sah keinen Tag älter aus als fünfunddreißig, und sie hatte einen perfekten Körper. Niemand würde ihr glauben, dass sie eine Tochter von… wie alt war das Luder noch mal? Aber wer erinnerte sich schon daran? Niemand würde glauben, dass sie eine erwachsene Tochter hatte.

Vielleicht war es mal wieder an der Zeit, sich ihnen in Erinnerung zu rufen, überlegte sie, als sie nach einem weißen Satin-Morgenmantel griff. Um ein bisschen mehr Saft aus dieser Zitrone zu pressen. Sie würde ihre PR-Beraterin am Morgen darauf ansetzen, aber jetzt wollte sie erst einmal ein Bad nehmen, um sich Lust zu bereiten.

Dann würde sie eine Schlaftablette schlucken und früh zu Bett gehen.

Sie hatte am nächsten Tag ein Foto-Shooting und musste so gut wie möglich aussehen. Und danach fand eine Dinner-party statt, auf der sie ein wenig jammern konnte, dass sie sich für ihre Kunst verausgabte.

Wirklich ein perfekter Tag, dachte sie, als sie nach ihrer Haushaltsgehilfin läutete.

Das Einzige, was ihn noch besser machen konnte, wäre, wenn der arme alte Conrad im Schlaf sterben würde.

27

Beziehungen, entdeckte Cate, boten einen stetigen, zufriedenstellenden Ablauf. Weil sie noch fest schlief, wenn Dillon früh am Morgen ging, wachte sie allein auf und setzte sich erst einmal mit einem Kaffee vor ihre Glaswand, um den Kopf klar zu bekommen.

Je nachdem, wie viel sie zu tun hatte, arbeitete sie manchmal zuerst noch eine Stunde, bevor sie zum Haupthaus hinaufging, um ihren Großvater in den Fitnessraum zu jagen. Da die Temperaturen jetzt im Juni schon sommerlich waren, fand sie es allerdings noch besser, ihn in den Pool zu locken. Sie hatte sich extra Aquafitness-Übungen herausgesucht.

»Schwimmen soll doch entspannend sein.«

»Wenn du deine Übungen für Oberschenkel und Bizeps gemacht hast, wird es das auch.«

Sie standen am flachen Ende des Pools, und er machte alle Übungen mit.

»Wer auch immer Pool-Gewichte erfunden hat, sollte erschossen werden.« Das Sonnenlicht reflektierte von seiner Sonnenbrille, als er die hellblauen Gewichte mit angewinkeltem Arm aus dem Wasser hob. »Und vom Zug überfahren werden. Und dann noch einmal erschossen.«

»Consuela macht Frittata zum Frühstück.« Sie machte die Kniebeugen, hob die Gewichte an und dachte insgeheim, dass er mit dem Erschießen und dem Zug gar nicht so unrecht hatte. »Aber du musst sie dir verdienen. *Fagfaimid!* Noch zwei, Sullivan!«

»Jetzt belegt sie mich auch noch mit irischen Schimpfwörtern. Ich liebe meine Enkelin, aber als Personal Trainer ist sie eine Pest.«

»Noch einen und ... geschafft.«

Sie lachte, als er sich ins Wasser sinken ließ und mit Sonnenbrille und Sonnenhut untertauchte.

»Komm, jetzt machen wir die Dehnübungen«, sagte sie, als er wieder auftauchte.

Hugh stemmte den Arm in die Seite, dehnte die Unterschenkel, dann die Vorder- und Rückseite der Oberschenkel. »Einem Mann in meinem Alter sollte man erlauben, gebrechlich und schlaff zu werden.«

»Nicht, wenn er mein Grandpa ist.«

»Hast du etwa vor, auch Lily zu all diesen Übungen zu zwingen, wenn sie nächste Woche zurückkommt?«

»Das ist der Plan.«

Hugh setzte seinen Sonnenhut ab, wrang ihn aus und setzte ihn wieder auf. »Dann lohnt es sich vielleicht.«

Lächelnd stieß sie sich ab und ließ sich zur Belohnung faul auf dem Rücken treiben.

»Dad kommt ja auch bald aus London wieder, und wenn er dann hier ist, ist er ebenfalls dran. Wir können ja eine synchrone Choreografie ausarbeiten und dann mit der Show durchs Land tingeln.«

»Die schwimmenden Sullivans.«

Lachend tauchte sie und schwamm am Boden entlang zur Leiter. Sie kletterte heraus und trocknete sich ab, wobei sie die Boote auf dem Meer beobachtete.

»Sieh mal.« Sie zeigte hin. »Das ist ein Blauwal. Der erste, den ich dieses Jahr sehe.«

Hugh trat gerade noch rechtzeitig neben sie, um die Schwanzflosse im Wasser verschwinden zu sehen. »Ich kann mich erinnern, dass ich von hier aus schon Wale beobachtet habe, da war ich jünger als du jetzt. Und trotzdem fasziniert es mich immer wieder. Als meine Mutter nach Irland zog, fragte sie mich, welches Haus ich haben wollte. Das hier oder das in Beverly Hills. Es war immer dieses hier. Immer. Auch wenn manchmal Wochen und Monate vergingen, bis ich wieder hier sein und darauf hoffen konnte, einen Wal durchs Blasloch atmen zu sehen, war es immer dieses hier.«

»Wir haben solches Glück gehabt mit unseren Vorfahren, Grandpa.«

»Ja, das stimmt.«

Sie hängte das Handtuch wieder auf, bevor sie sich mit den Händen durch die Haare fuhr. »Das einzige Problem bei dieser Location ist, dass es hier keinen Stylisten gibt. Wenn Lily zurückkommt, werden wir mit vereinten Kräften Gino dazu überreden, dass er hierherkommt und uns die Haare macht. Für Lily kommt er sogar nach Big Sur.«

»Du hast wunderschöne Haare.«

Sie drückte das Wasser heraus. »Sie brauchen aber mal ein bisschen Pflege. Einen guten, professionellen Schnitt. Und es gibt nur zwei Personen, denen ich das zutraue. Gino und die Frau, die ich in New York nach zahlreichen traurigen, gescheiterten Versuchen gefunden habe.« Sie drehte sich zu ihm und klimperte mit den Wimpern. »Ich habe schließlich jetzt einen Freund.«

»Einen besseren hättest du dir nicht aussuchen können.« Hugh schlüpfte in einen weißen Frotteebademantel.

»Manchmal denke ich, das Schicksal hat uns zusammengebracht, aber so oder so.« Sie kam zu ihm und knotete sich einen Sarong mit Blumenmuster um die Taille. »Komm heute Abend zum Essen.«

»Ich dränge mich doch nicht in eure gemeinsame Zeit.«

»Wenn ich dich bitte, dann drängst du dich doch nicht hinein.«

Wie immer hatte Consuela bereits den Tisch fürs Frühstück gedeckt. Ein Saftkrug in einem Eiskübel, eine Thermoskanne Kaffee.

Cate schenkte ihnen beiden ein.

»Ich bitte Dillon, Steaks mitzubringen – und deine Lieblingskartöffelchen, wenn sie welche haben. Ich könnte mich an meinem zweiten Soufflé versuchen.«

Mit einem glücklichen Seufzer ließ Hugh sich auf den Stuhl sinken. »Bei Steak war ich schon einverstanden.«

»Gut. Er kann die Hunde mitbringen, und dann feiern wir eine Party.«

»Und was tust du heute sonst noch außer Abendessen kochen?«

»Die meiste Zeit werde ich singen. In dieser Serie *Caper* warst du vor ein paar Jahren mal Gaststar, oder?«

»Ja. Als Dieb im Ruhestand, der wiederbelebt wird, um einem Freund zu helfen. Es ist eine solide Ensemble-Show, clever gemacht.«

»Und sie machen so eine Art Musical-Episode, aber es hat sich herausgestellt, dass die Hauptdarstellerin keinen Ton halten kann. Erst wollten sie es extra so drin lassen, damit man was zum Lachen hat, aber sie haben nicht das Gefühl, dass es funktioniert. Also synchronisiere ich ihre Lieder. Zwei Solos, ein Duett und eines mit dem gesamten Ensemble.«

»Das wird dir bestimmt Spaß machen.«

»Es macht mir jetzt schon Spaß. Und hier kommt das Frühstück.« Cates Lächeln erlosch, als sie Consuelas bösen Gesichtsausdruck sah. »Ist alles in Ordnung?«

»Ich will es Ihnen nicht sagen.« Mit scharfen Bewegungen stellte Consuela das Tablett ab. Mit zusammengepressten Lippen stellte sie zwei Schalen mit Obst und Joghurt auf den Tisch, und dann die Frittata. »Aber ich muss es Ihnen sagen.«

Hugh stand auf und zog einen Stuhl heraus. »Setzen Sie sich, Consuela.«

»Ich kann mich nicht hinsetzen. Ich bin zu wütend dazu.« Sie stieß einen Schwall spanischer Worte aus und ging erregt auf und ab.

»Das war jetzt zu schnell für mich«, gestand Hugh. »Ich habe nur die Flüche verstanden. Ich glaube, ich habe noch nie gehört, dass Consuela solche Worte ausgesprochen hat.«

»Es geht um Charlotte. Sie war heute früh im Fernsehen. Ist schon in Ordnung. Es wird schon nichts Interessantes sein.«

Darauf folgte ein weiterer Schwall wütender spanischer Wörter. Aber als sie fertig war, verschränkte Consuela die Hände vor der Brust, schloss die Augen und holte tief Luft.

»Es tut mir leid. Ich werde mich beruhigen. Diese Frau, sie war in meiner Morgensendung mit ihren Lügen und ihrem traurigen Gesichtsausdruck und ihrem Getue, was für ein guter Mensch sie ist. Sie sagt... sie verkündet«, korrigierte sich Consuela, »sie habe eine große Stiftung – mit viel Geld – gegründet. Natürlich das Geld ihres Mannes, weil sie eine...« Sie brach ab und schüttelte den Kopf. »Ich werde nicht aussprechen, was sie ist. Sie macht das für... ah, ich bin zu aufgebracht, um Englisch zu sprechen.«

»Sie hat eine Wohltätigkeitsorganisation gegründet«, übersetzte Cate für Hugh, als Consuela in schnellem Spanisch weiterredete. »Um Frauen, Müttern zu helfen, die noch im Gefängnis oder bereits entlassen sind. Damit sie wieder in Kontakt mit ihrem Kind oder ihren Kindern kommen können. Bildungsprogramme, Beratung, Drogen- und Alkohol-Entzug, Familienberatung, Weiterbildung im Job und Stellenvermittlung. Sie nennt die Organisation *Das Herz einer Mutter*. Ja, Consuela, ich verstehe.«

»Aber, *mi niña*, sie sagt, ihr Herz sei gebrochen, weil ihre

Tochter ihr nie verziehen hat. Das würde das Herz jeder Mutter brechen. Und sie hofft, die Herzen der Mütter heilen zu können, die solche Fehler gemacht haben wie sie. Sie weint dabei.« Consuela tippte mit dem Finger auf ihre Wange. »Dicke Krokodilstränen, die ihr das Herz verbrennen würden, wenn sie eines hätte. Aber sie hat kein Herz, was brennen könnte, was brechen könnte.«

»Nein, das hat sie nicht.« Cate stand auf und legte die Arme um die wütende Haushälterin. »Aber du hast eins. Du bist mir immer eine Mutter gewesen. Eine Mutter in meinem Herzen«, murmelte sie und küsste Consuela auf die Wange. »Sie ist gar nichts.«

»*Te amo.*«

»*Te amo*«, echote Cate und küsste sie auf die andere Wange.

»Das Frühstück wird kalt. Du musst essen. Ihr beide müsst essen. Ich habe zu tun.«

»Sie wird jetzt irgendwas zu Tode putzen«, sagte Cate, als Consuela davonmarschierte. »Das macht sie immer, wenn sie sauer oder aufgebracht ist.«

Sie setzte sich wieder hin und legte ihrem Großvater ein Stück Frittata auf den Teller. Er legte seine Hand auf ihre. »Und du?«

»Ich? Ich werde jetzt dieses hervorragende Frühstück genießen. Zum Teufel mit ihr, Grandpa. Soll sie doch zur Hölle fahren. Und wer weiß? Wenn sie diese Organisation gründet, hilft sie ja vielleicht – unabsichtlich – tatsächlich ein paar Frauen, die Hilfe brauchen.«

»Sie wird das ausnutzen, um in die Schlagzeilen zu kommen.«

»Ja, das ganz bestimmt. Nur darum geht es ihr doch.« Cate zuckte mit den Schultern und nahm sich ebenfalls ein Stück Frittata. »Ich könnte es genauso machen. Aber ich will nicht«, fügte sie hinzu, als sie merkte, wie eindringlich Hugh sie ansah. »Ich denke mehr an mich und meine Familie als an billige Publicity. Aber über die Jahre habe ich schon ein paarmal mit dem Gedanken gespielt.«

»Wenn du eine Erklärung abgeben wolltest...«

»Nein«, unterbrach sie ihn. »Ich habe diesen Entschluss vor langer Zeit gefasst und habe seither meine Meinung nicht geändert. Und ich habe darüber nachgedacht, überlegt, ob es Vorteile für mich haben könnte. Die Nachteile überwiegen für mich. Mir gefällt das Leben, das ich mir aufgebaut habe und mir immer noch aufbaue, Grandpa. Ich bin glücklich damit. Und ich ziehe immer noch echte Befriedigung aus dem Wissen, dass sie mit ihrem Leben nicht glücklich ist.«

»Es gibt keine süßere Rache als ein glückliches Leben.«

»Ich wette, sie sitzt an diesem schönen Morgen nicht am Pool mit diesem Ausblick auf Meer und Himmel, sie riecht nicht den Duft der Blumen, fühlt nicht die Brise des Ozeans. Und isst nicht die beste Frittata in Kalifornien zusammen mit jemandem, den sie liebt.«

Cate machte sich an die Arbeit, verpfuschte die erste Synchronisation jämmerlich und musste eine kurze Pause einlegen. Das Timing in diesem Lied, die Lippenbewegungen der Schauspielerin stellten ja schon eine Herausforderung dar, ohne dass sie an Charlotte dachte.

Sie stellte sich vor den Spiegel, visualisierte sich in der Rolle und sang. Dann versuchte sie es noch einmal. Besser, aber nicht ihre optimale Leistung. Bei der fünften Aufnahme spürte sie, wie ihr der Rhythmus gelang, machte aber zur Sicherheit noch zwei weitere Aufnahmen. Sie spulte alle drei Aufnahmen zurück, beobachtete ganz genau den Bildschirm, um sich zu vergewissern, dass alles passte, und beschloss schließlich, die erste Sicherheitsaufnahme zu nehmen, weil sie damit den Ton am besten getroffen hatte.

Da sie das Gefühl hatte, in der Musik angekommen zu sein, arbeitete sie gleich am zweiten Solo – eine Art Hymne, mit viel Bewegung und beträchtlicher Dramatik.

Schwierig.

Und der Trick, rief Cate sich ins Gedächtnis, bestand darin, sich selbst sowohl in die Rolle als auch in den Song zu versetzen.

Als sie schließlich für den Tag aufhörte, hatte sie drei Aufnahmen von jedem Song ausgeführt, überarbeitet und gefiltert. Sie schickte die Dateien weg. Mehr zu tun hatte jetzt keinen Zweck, ehe nicht der Regisseur – und die Schauspielerin – grünes Licht gegeben hatten. Außerdem musste sie die Bestellung abholen, die sie Julia heute früh gemailt hatte. Und eine Stunde auf der Ranch würde ihr guttun.

Für die kurze Fahrt reihte sie sich in den Strom der Touristen ein. Sie sollte sich wirklich langsam ein Cabrio zulegen.

Ja, dachte sie, als sie den Weg zur Ranch entlangfuhr, eine Stunde hier würde ihr guttun. So sehr sie *Sullivan's Rest* liebte, auf der Ranch hob sich ihre Stimmung immer.

Wiesen, Felder mit Hafer und Mais erstreckten sich wie goldene und grüne Teppiche bis zum Horizont. Auf den Weiden am Fuß des Santa-Lucia-Gebirges grasten Pferde. Sie hörte das ferne Rumpeln eines Traktors – oder einer anderen Maschine, als sie um das Haus herum zur Familientür ging.

Sie sah Maggie, die Tomatenpflanzen aufband, mit einem orangefarbenen Schlapphut, einer weiten Latzhose und Birkenstocks.

Bienen summten in den Bienenstöcken am anderen Ende des Gartens. Cate schätzte zwar den Honig und die wichtige Arbeit der Bienen, aber in der Anzahl betrachtete sie sie doch lieber aus der Ferne.

»Ein schöner Tag, um im Garten zu arbeiten«, rief Cate Maggie zu.

Maggie richtete sich auf und streckte sich. »Ja, es ist nicht so übel.«

»Alles ist so schnell gewachsen. Ich war vor kaum einer Woche hier, und jetzt überschlägt sich alles schon.«

»Für einen Garten gibt es keinen besseren Dünger als Hühnerkacke.«

»Anscheinend.«

»Julia hat mir deine Bestellung gegeben. Wenn du es eilig hast, kann ich sie dir gleich holen.«

»Nein, ich bin nicht in Eile. Ich habe ein bisschen Zeit. Kann ich dir helfen?«

»Weißt du, wie man Tomaten aufbindet?«

»Nein.«

»Na, dann komm her und schau es dir ab.«

Vorsichtig trat Cate zwischen die Reihen und holte sich ihre Lektion ab.

»Julia ist irgendwo draußen im Feld, aber sie muss jetzt jeden Moment zurückkommen. Red hat sich den Nachmittag freigenommen, um surfen zu gehen. Er hat es sich verdient. So ist es richtig, Mädchen, mit weicher Hand. Du willst ja schließlich die Stängel nicht abbrechen. Wenn du nach Dillon suchst, der ist draußen, Schafe scheren.«

»Schafe scheren?«

»Wir haben für heute einen Mann engagiert, der ihm hilft und etwas von seiner Arbeit versteht. Vier Hände sind besser als zwei.«

»Was macht ihr mit der Wolle?«

»Wir haben sie immer verkauft, aber bei dieser Schur behalte ich ein Viertel.«

»Für was?«

Maggie musterte Cates Versuch mit einem kritischen

Blick. »Gut gemacht. Und das war's dann hier auch. Komm mit rein, dann zeige ich dir, was ich mit der Wolle anstelle.«

Sie gingen durch den Schmutzraum, wo Maggie ihre Gartenschuhe auszog, in die Hauptküche des Hauses. Dort winkte Maggie Cate weiterzukommen, und Cate folgte ihr in den Wohnraum.

Ihr fielen fast die Augen aus dem Kopf.

»Ist das…« Sie hatte natürlich *Dornröschen* gesehen. »Ist das ein Spinnrad?«

»Ja, keine Mondrakete.« Mit offensichtlicher Zuneigung streichelte Maggie das Rad. »Ich habe es bei eBay für einen verdammt guten Preis ersteigert.«

»Es ist, na ja, es ist sehr schön. Was machst du damit?«

»Das, wozu es bestimmt ist. Ich spinne Wolle. Vorher wasche ich sie – du musst nur aufpassen, dass du nicht das ganze Lanolin herauswäschst. Dann trockne ich sie auf meinem alten Wäschereck in der Sonne.«

»Waschen, trocknen, dann hiermit verarbeiten, und es wird…«

»Garn. Wollgarn, mit dem du alles Mögliche anstellen kannst. Horizon Ranch Wolle«, fügte sie stolz hinzu. »Reine Schafswolle. Ich experimentiere vielleicht noch mit Naturfarben, um zu sehen, wie das aussieht.«

»Woher weißt du denn, wie es geht?«

»Von YouTube.« Sie nahm einen Strang aus einem Korb. »Das war vor ein paar Tagen noch auf einem Schaf.«

Cate nahm den Wollstrang staunend in die Hand. »Wenn die Außerirdischen angreifen, will ich bei dir sein.«

Maggie lachte und ging voraus in die Küche. »Wir haben Himbeer-Sonnentee.«

»Das klingt ja unglaublich.«

Sie hörte, wie sich die Tür zum Schmutzraum öffnete. »Mom?«

»Hier bin ich.«

»Wir müssen den Hufschmied anrufen. Aladdin hat ein Eisen verloren, und wenn er schon einmal da ist... Oh, hi, Cate. Tut mir leid, ich habe gedacht, ich sei früher wieder hier, um deine Bestellung fertig zu machen.«

»Ich habe keine Eile.«

»Ich habe sie schon in den Auftrags-Kühlschrank gestellt.« Maggie reichte ihrer Tochter ein Glas Eistee.

»Danke.« Sie hatte die Haare zu einem Zopf geflochten. Trug Jeans und ein schlichtes Hemd, dessen Ärmel sie bis zu den Ellbogen aufgekrempelt hatte. Ihre Haut, feucht von der Hitze, schimmerte leicht gebräunt. »Die Arbeit da draußen macht durstig. Und ich könnte mich jetzt gut auf etwas setzen, was sich nicht bewegt.« Sie sank auf einen Stuhl und streckte ihre Beine aus.

Maggie gab Cate ebenfalls ein Glas und fuhr mit der Hand über Julias Haare, eine so beiläufig zärtliche Geste, dass Cate die Tränen in die Augen traten. »Wie wäre es mit ein paar Apfelstücken und Cheddar?«

Lächelnd lehnte Julia den Kopf an den Arm ihrer Mutter. »Da sage ich nicht Nein. Das war schon als Kind mein Lieblingssnack nach der Schule«, begann Julia, dann sah sie, dass Cate die Tränen über die Wangen liefen.

»Oh, Süße.«

Sie wollte aufspringen, aber Cate bedeutete ihr, sitzen zu bleiben. »Nein, tut mir leid. Das kam jetzt aus dem Nichts.«

»Nein, kam es nicht.« Maggie nahm einen Apfel und schrubbte ihn unter dem Wasserhahn so fest ab, dass beinahe die ganze Schale abgerieben wurde. »Wir haben hier oben auch Fernsehen. Ich habe es nur deshalb nicht erwähnt, weil ich mir gedacht habe, wenn du darüber reden wolltest, würdest du es schon sagen.«

»Das ist es nicht. Oder vielleicht ist dadurch nur etwas

ausgelöst worden, was ich nicht anständig verarbeitet habe. Es ist – ich sehe euch zwei zusammen, und es ist so... so, wie es sein sollte. Ihr liebt einander und zeigt es auch auf eine ganz einfache Art. Ich habe so ein Verhältnis mit meiner Großmutter, mit Consuela, mit meinen Tanten, deshalb kenne ich es.«

»Und sie findet immer wieder neue Wege, um dich zu verletzen.«

»Es tut nicht mehr weh, zumindest nicht so wie früher.«

»Sie reibt es dir immer wieder unter die Nase.« Maggie begann den Apfel zu zerschneiden, als wolle sie Blut sehen.

»Ja.« Es war eine Erleichterung, sich so verstanden zu wissen. »Genau. Aber sie reibt es uns allen unter die Nase, nicht nur mir. Ich werde wahrscheinlich meine Telefonnummer mal wieder ändern müssen, weil es bestimmt irgendjemandem gelingt, sie ausfindig zu machen, und dann fangen die Anrufe wieder an. Die Geschichten werden sich irgendwann totlaufen, das weiß ich ja, aber eine Zeit lang ist das Thema in aller Munde.« Sie holte tief Luft und stieß sie wieder aus. »Ich weiß, wie privilegiert ich bin, nur weil ein Junge, der gut singen und tanzen konnte, eines Tages ein Schiff in Cobh bestiegen und seinen Weg bis nach Hollywood gemacht hat. Er hat eine Frau kennengelernt – ein Mädchen damals noch –, die in jeder Hinsicht zu ihm gepasst hat. Zusammen haben sie eine Dynastie gegründet. Und dabei geht es nicht nur um Ruhm und Geld.«

»Nein, sondern um Familie und Ethik, um gute Arbeit und gute Werke«, sagte Julia. »Wir haben einen Großteil deiner Familie kennengelernt.«

»Ja, sie waren zum Barbecue hier. Tut mir leid, dass ich es verpasst habe.«

»Es wird noch andere Gelegenheiten geben. Du bist jung, schön, weiß, reich und begabt, also ja, privilegiert. Aber privilegiert zu sein bedeutet nicht, dass man nicht verletzt werden kann. Deine Mutter sieht nur Ruhm und Reichtum. Obwohl sie das doch mittlerweile selbst hat...«

»Sie ist nicht berühmt, sie ist höchstens berüchtigt, das ist nicht dasselbe«, sagte Maggie, während sie den Käse in Scheiben schnitt.

»Das ist wohl wahr. Sie will immer noch ein Stück von eurem Kuchen abhaben. Sie beneidet euch um das, was ihr habt, was ihr seid. Ich würde ihr am liebsten in den Hintern treten.«

»Das ist nett von dir«, sagte Cate. Maggie kicherte.

»Daran ist nichts Nettes. Das hat schon ganz oben auf meiner Wunschliste gestanden, seit ich zum ersten Mal gehört habe, dass sie deine Entführung inszeniert hat.«

Fasziniert musterte Cate das Gesicht der Frau, die sie so gut kannte. »Du wirkst immer so ruhig und ausgeglichen.«

Als sie das sagte, brach Maggie vor Lachen fast zusammen. Sie stellte den Teller mit den Apfelspalten und den Käsewürfeln auf den Tisch. »Wenn du auch nur versuchst, einem ihrer Küken was zu tun, dann wird meine Tochter zur Furie!«

»Ich denke, das würde bei ihr nichts nützen, Cate. Du kannst sie nicht aufhalten. Das muss dir klar sein. Ehrlich gesagt halte ich sie für unfähig, echte Gefühle zu empfinden. Sie kennt nur Gier und Neid. Aber am Ende wird sie nie bekommen, worauf sie wirklich aus ist. Sie wird nie zu dir oder deiner Familie gehören.«

»Mit anderen Worten, scheiß auf sie!«

Julia blickte ihre Mutter an. »Na ja, das ist jetzt wirklich sehr... direkt ausgedrückt.«

»Lass es mich doch so deutlich sagen.« Sie strich über Cates Haare, so wie sie es eben bei ihrer Tochter gemacht hatte. »Und jetzt nimm Käse und Apfel und iss etwas Glückliches.«

Cate gehorchte und aß glücklich.

Ein paar unternehmungslustige Reporter brauchten nicht lange, um ihre Telefonnummer und ihre E-Mail-Adresse herauszufinden. Sie blockierte und ignorierte sie.

Aber der Anruf, den sie gefürchtet hatte, kam durch. Stimmen überlagerten andere Stimmen – die ihrer Mutter, ihre eigene Stimme, die in ihrer ersten Filmrolle ein fröhliches Lied sang, ein Horror-Filmlachen, Geflüster. Schlecht digitalisiert. Übereinandergelegt, nicht fachgerecht, aber effektiv, in eine klare Botschaft.

»*Du hast nicht getan, was man dir gesagt hat. Jetzt sind Menschen tot.*

Blut klebt an deinen Händen. Weitere Menschen werden sterben. Deine Schuld. Es war immer deine Schuld.«

Sie machte eine Kopie für sich selbst, bevor sie ihr Handy an Michaela gab. Sie würde sich wieder einmal ein neues kaufen. Wieder einmal ihre Nummer ändern.

Es würde genauso sein wie immer, das wusste sie. Satzfetzen und Wörter aus Interviews, zusammengeschnitten und neu aufgenommen. Und von einem Prepaid-Handy geschickt.

»Was Besseres fällt ihnen nicht ein?«, fragte Dillon.

Cate bückte sich, um die Hunde zu streicheln, die jetzt in ihrem Cottage Körbchen und Spielzeug hatten. »So ist es. Es ist eine schlecht gemachte Collage. Sie nehmen eine Aufnahme auf, ziehen spezifische Wörter oder Sätze heraus, legen sie übereinander, mischen sie, schicken das Ganze ab. Ich könnte es selbst mit verbundenen Augen besser, also muss es ein Amateur sein. Die Aufnahmen sind immer voller Geräusche – Rauschen, Vibrationen, das Raumecho«, erklärte sie.

»Die Qualität ist mir völlig egal.«

»Sie entlastet wahrscheinlich meine Mutter. Sie könnte für etwas Besseres bezahlen. Und was Sparks angeht, wo bekommt er im Gefängnis die Geräte her?«

»Diese Anrufe sind Drohungen, Cate. Du musst sie ernst nehmen.«

»Es ist eine Einschüchterungstaktik, Dillon, und sie macht mir schon lange keine Angst mehr. Ich nehme einfach Omas Ratschlag in Bezug auf meine Mutter und wende ihn hier an.«

»Und der wäre?«

»Scheiß drauf.« Es fühlte sich verdammt gut an, es auszusprechen und es auch so zu meinen. »Ich habe einen großen, starken Rancher mit zwei starken Wachhunden, der auf mich aufpasst. Lily kommt morgen nach Hause, und ich lasse nicht zu, dass irgendjemand das verdirbt.«

»Du hast Hugh von diesem letzten Anruf nichts erzählt.«

»Ja, aber das mache ich noch, wenn auch nicht jetzt gleich.« Sie holte ihm ein Bier und goss sich selbst ein Glas Wein ein. »Komm, wir gehen mit unseren zwei starken Wachhunden noch ein bisschen am Strand spazieren vor dem Abendessen.«

»Es regnet gleich.«

Mit geschürzten Lippen musterte sie den schönen Sommerhimmel. »Ich sehe keinen Regen.«

»Es dauert noch ein paar Stunden, bis es so weit ist.«

Dillon hatte sie nicht gedrängt – aber wozu auch? Am nächsten Morgen fragte er Red.

Er stand auf dem regenfeuchten Boden in der frischen Frühlingsluft an den Schweinetrögen. »Ich habe nie gedacht, dass ich mal Schweine füttern würde. Aber hier stehe ich jetzt und füttere Schweine mit Milch.« Red kratzte sich am Ohr. »Es hat ganz schön geschüttet letzte Nacht.«

»Wir haben den Regen gebraucht. Was weißt du über diese Anrufe, diese Aufnahmen, die Cate bekommt?«

Red blickte zu einem der Saisonarbeiter, der gerade die

Hühner fütterte. Da heute Backtag war, standen beide Frauen in der Küche.

Er hatte sich die tägliche Arbeitsliste angeschaut, deshalb wusste er, dass Julia jemand anderen eingeteilt hatte, um die Ställe auszumisten, aber die Pferde mussten gefüttert, getränkt und mit Insektenmittel eingerieben werden, bevor sie auf die Weide gingen.

»Lass uns darüber in meinem Büro reden. Wie geht sie damit um?«, fragte er im Gehen.

»Als ob es nichts Besonderes wäre, dabei ist es das aber.«

»Du weißt doch, dass sie diese Anrufe schon seit Jahren bekommt. Es ist also nur normal, dass die Wirkung langsam nachlässt.«

»Aber das macht diesen hier nicht weniger schlimm.«

Als Dillon die Stalltüren öffnete, füllte sich die Luft mit dem Geruch nach Pferden, Hafer, Leder und Mist. Alles mischte sich zu dem Duft, den er sein ganzes Leben lang schon liebte.

Da Red den Ablauf schon kannte, nahm er die Boxen auf der linken Seite, und Dillon ging nach rechts.

»Mic wird tun, was sie kann. Außerdem hat sie diesen Polizisten in New York. Das FBI ist auch dran. Ein FBI-Agent kümmert sich jedes Mal darum, wenn sie einen solchen Anruf bekommt.«

»Wieso können sie eigentlich die Anrufe nicht zurückverfolgen?«

»Aus vielerlei Gründen.« Sie schöpften beide Hafer in die Tröge. »Die Aufnahmen sind nicht lang genug, sie stammen von einem Prepaid-Handy. Wer auch immer sie sendet, zerstört direkt danach Handy und Batterie – so hat man es mir erklärt. Es sind immer Aufnahmen von Interviews oder Filmausschnitten. Ein paar konnten sie sogar zuordnen, aber es sind nicht jedes Mal die gleichen Nachrichten.«

»Sie bedrohen sie, sie machen ihr Angst.«

»Ja, das gleiche Gefühl, könnte man sagen. Eine Theorie lautete, dass irgendein Irrer Cates Aufmerksamkeit wecken wollte. Aber das ist nicht tragfähig, dazu geht es schon zu lange.«

»Ihre Mutter könnte dahinterstecken. Cate glaubt es zwar nicht, weil die Qualität so schlecht ist, und ihre Mutter ja viel Geld hat. Aber das könnte auch Absicht sein, damit alle glauben, das ist irgend so ein Irrer.«

Red ging in die nächste Box. Alle Pferde im Stall beobachteten ihn, als wollten sie sagen: *Beeil dich, Mann! Ich verhungere!* Es amüsierte Red jedes Mal.

»Das habe ich auch schon gedacht«, sagte er zu Dillon. »Cate bekommt für gewöhnlich immer dann einen Anruf, wenn Dupont eine Story lanciert oder ein Interview gegeben hat, das Aufmerksamkeit erregt. Es könnte ihre kranke Art sein, noch einen Extra-Schuss auf Cate abzufeuern.«

Dillon ging zurück, um das Geburtsvorbereitungsmedikament für die trächtige Stute in der nächsten Box zu holen. Als er die Tablette in der Hand hielt, markierte er das auf einem Klemmbrett, das draußen am Stall hing.

»Wenn das stimmen sollte«, sagte er, »ist es keine echte Bedrohung, sondern einfach nur niederträchtig und gemein.«

»Charlotte Dupont ist ausgesprochen niederträchtig und gemein. Ich würde es ihr durchaus zutrauen, dass sie jemanden engagiert, der Cate tatsächlich etwas antut, aber wenn Cate nicht mehr da ist, will auch keiner mehr etwas von ihr wissen.«

Red betrachtete stirnrunzelnd das Klemmbrett und drehte sich um. Dillon hatte die Tablette bereits in einen geviertelten Apfel gedrückt. »Sie nimmt die Tablette sonst nicht.«

»Ich weiß.«

»Achte darauf, dass sie sie nicht einfach ausspuckt. Sie

macht das immer heimlich. Was meinst du damit, dass keiner mehr was von ihr wissen will?«

»Wenn sie mal wieder einen Publicity-Schub braucht, spielt sie die traurige, reuige Mutter mit der unversöhnlichen Tochter. Manche Leute glauben ihr das.«

»Manche Leute sind Idioten.«

Red und die apfelkauende Stute musterten einander. »Auf der Welt gibt es viele Idioten. Und ich sehe das genauso. Ich glaube, ihr gefällt der Gedanke, dass sie Cate und den Rest der Familie quält. Aber aufgeben will sie das bestimmt nicht.«

»Und wenn sie es gar nicht ist? Könnte es von Sparks ausgehen?«, überlegte Dillon.

»Ich unterschätze auf keinen Fall, was Sparks so alles in die Wege leiten könnte.« Und Red glaubte fest daran, es irgendwann auch beweisen zu können. »Ich weiß nicht, was es ihm bringt, aber wenn es ihm sinnvoll erscheint, dann findet er auch einen Weg.«

Sie begannen, die Pferde abzureiben, und bald schon mischte sich der Geruch des Insektenmittels mit den übrigen Düften in der Luft.

»Er hat einen Grund, sie verletzen zu wollen, genauso wie es in den Anrufen immer gesagt wird. Sie hat die Anweisungen nicht befolgt, und er kam ins Gefängnis.«

»Dann sollten wir wohl gut auf sie aufpassen.«

Red warf Dillon, der gerade mit den Händen über den Vorderlauf eines Wallachs fuhr, einen Blick zu. »In mancher Hinsicht bist du wesentlich konventioneller als deine Großmutter und ich.«

Dillon grinste. »So ungefähr jeder, den ich kenne, ist konventioneller als Oma und du.«

»Deswegen bin ich ja auch schon seit mittlerweile fünfundzwanzig Jahren verrückt nach ihr. Im Moment muss ich das Garn aufwickeln, das sie spinnt. Gestern Abend habe ich versucht, das Basketballspiel im Fernsehen zu verfolgen, und gleichzeitig habe ich Wolle aufgewickelt wie ein kleines Mädchen mit Zöpfen und Schürze.«

»Na, das ist mal ein Bild«, murmelte Dillon.

»Hör zu, Dillon, ich bin weder dein Vater noch dein Großvater, aber ...«

Dillon erwiderte Reds Blick offen. »Du warst die meiste Zeit meines Lebens beides für mich.«

»Na ja, dann frage ich dich jetzt geradeheraus: Willst du Caitlyn einen Heiratsantrag machen?«

Dillon rieb Insektenmittel auf einen Hinterlauf und ging um das Hinterteil des Pferdes auf die andere Seite. »Zu gegebener Zeit.«

»Du liebst sie jetzt schon ziemlich lange.«

»Ich glaube, seitdem ich zwölf war.«

Red ging vorn um sein Pferd herum. »Ja, das stimmt wahrscheinlich. Gibt es einen Grund, warum du noch wartest?«

»Im Moment würde sie Nein sagen, auch wenn es ihr schlecht dabei ginge. Ich kann warten, bis sie Ja sagt.«

»Und du weißt, wann das ist?«

»Das werde ich ganz genau wissen. Ich merke es an verschiedenen Anzeichen.«

»Selbst als du noch ein Kind warst, konnte ich dich im Pokern nie besiegen. Was verrät sie denn?«

Dillon trat zum nächsten Pferd. »Verschiedene Dinge. Eins davon ist das Armband – das, was sie eigentlich immer trägt. Sie reibt daran herum, wenn sie unsicher ist.«

»Das habe ich auch schon bemerkt.«

»Wenn sie denkt, sie könnte unsicher oder nervös werden, dann achtet sie darauf, dass sie es anlegt. Sie flucht in Fremdsprachen, wenn sie frustriert ist. Ich beherrsche die Sprachen nicht, aber ich erkenne einen Fluch, wenn ich ihn höre. Wenn sie einen großen Schritt tun muss, hat sie das Armband um. Sie murmelt dann vielleicht leise etwas, was ich nicht verstehe, aber das ist dann kein Fluch, sondern eher so etwas wie ein Mantra.« Dillon rieb das Pferd langsam und gründlich ein. »Deshalb weiß ich, wann der richtige Zeitpunkt ist.«

»Ja, das kann ich mir vorstellen.«

28

Wie bei Lilys Abreise warteten Cate und Hugh jetzt auch gemeinsam auf ihre Rückkehr.

»Sie muss jede Minute hier sein.« Cate blickte auf ihre Uhr und kalkulierte die Zeit seit Lilys Nachricht nach der Landung. »Auch bei dem Verkehr.«

»Sie bringt perfektes Wetter mit. Die Luft ist ganz klar. Sie will bestimmt noch durch den Garten spazieren, nachdem sie den ganzen Tag im Auto und im Flugzeug gesessen hat.«

»Der Garten war noch nie schöner. Und danach wird sie einen Martini auf der Terrasse oder oben auf der Brücke haben wollen.«

»Definitiv.« Er legte Cate einen Arm um die Taille. »Wir kennen unser Mädchen.«

»Ja. Oh, das war das Tor. Ich habe das Tor gehört. Wir hätten am besten eine Blaskapelle organisiert.«

»Ich wünschte, ich hätte daran gedacht. Das würde ihr gefallen. Da ist sie.«

Sie blickten der schwarzen Limousine entgegen, die geschmeidig um eine Kurve glitt. Cate rannte zum Auto, um die Beifahrertür selbst zu öffnen. Und ihr Vater stieg aus.

»Dad!« Freudestrahlend rannte sie zu ihm und warf sich in seine Arme. Lachend hob er sie hoch und schwang sie herum, wie er es in ihrer Kindheit immer getan hatte. »Oh, was für eine Überraschung! Was für eine wundervolle Überraschung. Ich dachte, du wärst noch in London.«

»Ich bin vor ein paar Tagen fertig geworden. Und dann

haben Lily und ich uns diesen Plan ausgedacht. Ich habe dich so schrecklich vermisst, Cate.«

»Eine tolle Überraschung!«

»Und was bin ich, gehackte Leber?«

Cate blickte zu Lily. Sie und Hugh hielten sich an der Hand. »Die feinste Pâté, mit Trüffeln.« Sie umarmte Lily und atmete tief ihren Duft ein. »Um einen anderen Sullivan zu zitieren, ich habe dich so schrecklich vermisst.«

»Dito. Gott, ist das schön, wieder zu Hause zu sein! Und deine Haare! Sie sind so gewachsen und wunderschön. Endlich rieche ich wieder kalifornische Luft. Ich liebe New York, aber es war schon fast dreißig Grad und so feucht, dass man in der Luft hätte baden können. Consuela!« Sie drehte sich um und zog die Haushälterin in eine begeisterte Umarmung.

»Willkommen zu Hause, Miss Lily. Willkommen zu Hause, Mr Aidan.«

»Es ist so schön, wieder zu Hause zu sein. Dich zu sehen.«

»Ich kümmere mich darum, dass das Gepäck hineingebracht wird. Mr Aidan, Ihr Zimmer ist fertig.«

»Du wusstest Bescheid?«, fragte Cate.

Consuela fuhr mit dem Finger über die Lippen und tat so, als würde sie einen Schlüssel umdrehen.

»Du bist ein Schatz unter lauter Schätzen, Consuela«, sagte Lily und ließ sie los, damit sie das Ausladen des Gepäcks überwachen konnte.

»Und du?« Cate zeigte auf ihren Großvater.

»Ich hatte keine Ahnung. Ich habe eine hinterhältige Frau geheiratet.« Er umarmte seinen Sohn. »Du bleibst jetzt aber eine Weile, oder?«

»Ja, das habe ich vor. Du siehst sehr fit aus. Ich würde sagen, Cate hat sich sehr gut um dich gekümmert.«

»Wenn sie mich morgens nicht in den Fitnessraum zerrt, dann in den Pool. Und auch noch Aqua-Aerobic!«

»Das möchte ich gerne sehen.« Lily rollte die Schultern. »Aber jetzt muss ich mir nach den Stunden im Flieger erst einmal die Beine vertreten.«

»Wir kommen nach«, sagte Cate, als Hugh Lilys Hand an seine Lippen zog und sich mit ihr zum Gehen wandte. »Lass ihnen erst einmal ein bisschen Zeit für sich«, murmelte sie ihrem Vater zu. »Es ist so schön, dass sie sich nach zwanzig Jahren Ehe immer noch so lieben.«

»Und ich habe dafür ein bisschen Zeit mit dir.« Aidan ergriff ihre Hand. »Wie geht es meiner Tochter?«

»Ich bin glücklich. Jetzt sogar noch glücklicher.«

»Aqua-Aerobic?«

»Das ist härter, als du denkst, aber das wirst du morgen selbst herausfinden, wenn du dich pünktlich um acht Uhr am Poolrand einfindest. Alle müssen in den Pool.«

»Hmm.«

»Ich mache es extra für dich und Lily ein bisschen später, weil ihr sicher noch mit dem Jetlag kämpft. Grandpa steht sowieso immer früh auf. Für gewöhnlich fangen wir um sieben Uhr dreißig an. Ich bin eine arbeitende Frau, weißt du.«

Sie schlenderten durch den vorderen Garten mit seinem ausladenden japanischen Ahorn, den Rosenbüschen, deren Duft die Luft erfüllte, vorbei an den zartblauen Hortensien und dem violetten Zwergflieder.

»Ich habe auf dem Flug von London nach New York eins deiner Hörbücher gehört.«

»Das ist wohl eher das Buch des Autors.«

Aidan zog ihre Hand an die Lippen und küsste sie. »Für mich nicht. Du hast für diese Darbietung den Hörbuchpreis verdient. Du hast ein wundervolles Gefühl für die Charaktere und das Erzähltempo. Man muss schon wirklich begabt sein, wenn man nicht nur einen Charakter verkörpern kann, sondern alle.«

»Ich liebe die Arbeit. Und mein Studio ist einfach großartig. Ich liebe das Cottage und dass ich zu Fuß zu Grandpa laufen kann, um mit ihm zusammenzusitzen oder ihn zum Sport zu drängen. Allerdings genießt auch er beides wesentlich mehr, als er zugibt.«

»Ich habe es ernst gemeint, als ich gesagt habe, dass er fit aussieht. Als ich nach London geflogen bin, sah er gut aus, aber nicht so wie jetzt. Er wirkt jünger. Du warst die reinste Verjüngungskur für ihn, Cate.«

»Das sind wir gegenseitig füreinander. Kannst du wirklich eine Zeit lang hierbleiben?«

»Ich brauche mal ein bisschen Erholung. Ein paarmal muss ich vielleicht nach L.A. fliegen, aber eigentlich habe ich vor, den Sommer über zu bleiben.«

»Den ganzen Sommer über? Wirklich?« Erfreut schmiegte sie sich an ihn, während sie an einer Böschung vorbeigingen, die mit rotem Fingerhut und wildem Thymian bewachsen war. »Mein Glücksquotient ist gerade gestiegen.«

»Ich brauche ein bisschen Zeit mit dir, mit Dad und Lily.« Er drehte sich um und blickte über das Meer. »Und Zeit hier.«

»Es erfüllt mich, hier zu sein. Irland hat mich beruhigt. Dort habe ich mich sicher gefühlt. New York hat mir Energie gegeben, als ich das brauchte. Es hat mir geholfen, mich fähig zu fühlen, erwachsen zu werden. Und das hier? Meer, Himmel, Hügel, Ruhe? Das erfüllt mich.«

»Und fühlst du dich sicher?«

Da sie ihn kannte und wusste, wie viele Sorgen er sich machte, rieb sie ihm über den Arm.

»Lass uns das jetzt gleich besprechen, damit nichts euer Nachhausekommen beeinträchtigt. Ihre letzte Aktion hat mich wütend gemacht, aber sie hat keine Panik bei mir ausgelöst. Du wusstest ja bereits, dass ich meine Telefonnummer und meine E-Mail-Adresse mal wieder ändern musste, weil ich dir die neuen Kontaktdaten geschickt habe. Es ist ärgerlich, aber wenn man sich an Papier schneidet, ist es auch ärgerlich.«

»Ein Schnitt an Papier schmerzt mehr, wenn jemand Zitronensaft darüber gießt. Darin ist sie großartig.«

»Es hat schon ein paar Tage gedauert, bis es mich nicht mehr geärgert hat. Sie hat so viel Lärm um diese Stiftung gemacht, und in ein paar Wochen wird es eine Gala geben, die noch mehr Aufsehen erregen wird, aber sie hat sich dadurch in eine Situation gebracht, in der sie tatsächlich Gutes tun *muss*. Und das ist eine Genugtuung für mich.«

»Es grenzt an ein Wunder, dass sie jemanden wie dich hervorgebracht hat.«

»Die Gene der Sullivans sind stärker als die der Duponts.«

»Die der Mackintoshs.«

»Wie bitte?«

»Mit achtzehn hat sie ihren Namen legal geändert und sich für Charlotte Dupont entschieden, aber geboren wurde sie als Barbara Mackintosh.«

»Wie der Regenmantel?« Aus irgendeinem Grund musste Cate darüber lachen. »Warum habe ich das nie erfahren?«

»Kam mir irrelevant vor.«

»Na ja, Charlotte wurde jedenfalls vor langer Zeit in meinem Leben zu einem gelegentlichen Ärgernis degradiert. Und was das andere betrifft, so fühle ich mich sicher hier. Die Polizei ermittelt, und es gibt verschiedene Theorien, über die wir später noch sprechen können. Aber ich fühle mich sicher, bin glücklich, und über den Sommer ist mein Dad zu Besuch.«

»Na, ich wette, Lily und Grandpa haben es bis zur Brücke geschafft, und Lily sitzt jetzt da, genießt die Aussicht und trinkt einen Martini. Wir sollten zu ihnen gehen. Ich könnte ein Bier vertragen.«

Erneut ergriff sie seine Hand. »Komm, wir holen dir eins.«

Nach den Drinks und einem leichten Essen ging Cate mit Lily hinein, damit auch Vater und Sohn etwas Zeit miteinander verbringen konnten.

»Du kannst mir Gesellschaft leisten, während ich auspacke. Deine Gesellschaft hat mir mehr gefehlt als der Smaragdohrring, den ich letzten Monat verloren habe.«

Als sie die Mastersuite betraten, ging Lily gleich durch ins Ankleidezimmer. Dort blieb sie kopfschüttelnd stehen.

Keine Koffer waren zu sehen, und ihr Kosmetikkoffer stand mit ihrem Parfüm-Flakon bereits auf dem Schminktisch.

»Ich hätte es wissen müssen. Ich habe Consuela gesagt, sie solle sich nicht damit aufhalten.«

»Sich mit etwas aufzuhalten ist ihre Religion.«

»Na ja, ich werde mich bestimmt nicht beklagen.« Sie ging zum Wohnbereich, setzte sich in eine Ecke der Couch und bedeutete Cate, sich in die andere zu setzen. Dann wies sie auf den Wald von Lilien, die überall im Zimmer standen. »Du?«

Cate zog die Augenbrauen hoch. »Dein Liebhaber.«

Lilys Augen wurden weich. »Du musst mich treten, wenn ich jemals wieder auf die Idee kommen sollte, einen Job anzunehmen, der mich für vier Monate von hier fernhält.«

»Ja, ich glaube, das täte ich tatsächlich. Wir sind gut zurechtgekommen, und ich fand es schon, Grandpa mal eine Weile für mich allein zu haben. Aber du hast eine Lücke hinterlassen, G-Lil. Eine echt große Lücke.«

»Ich bin egoistisch genug, dass ich das gerne höre. Und jetzt, wo wir unter uns sind.« Lily beugte sich vor und rieb sich die Hände. »Erzähl mir alles.«

»Wo soll ich anfangen?«

»Wir sind Frauen.« Lily zeigte auf sich und dann auf Cate. »Bei *deinem* Liebhaber natürlich. Kommt er auch zu dem

Willkommensessen, das Consuela für heute Abend geplant hat?«

»Es gibt dein Lieblingsessen – mit Honig gebratener Schinken mit brauner Zuckerglasur –, aber du darfst nicht verraten, dass ich es dir erzählt habe.«

Lily kopierte Consuelas Geste für verschlossene Lippen.

»Und Dillon?«

»Ich konnte ihn nicht zum Abendessen überreden, weil er fand, dass nur Grandpa und ich das mit dir allein genießen sollten, von Dad wusste er ja auch nichts. Und außerdem meinte er, er würde besser mit seinen Damen und mit Red essen. Aber er kommt so gegen neun. Er will nicht, dass ich in meinem Haus alleine bin, bis… na ja, bis…«

»Ich habe ein besseres Gefühl, wenn er bei dir ist. Es ist nur eine zusätzliche Vorsichtsmaßnahme – mit Vorteilen.« Mit einem tiefen Seufzer streifte Lily ihre Schuhe ab. »Ich weiß, dass er dich glücklich macht, weil ich es dir ansehe. Und wenn er nachts bei dir bleibt, nun, betrachte es einfach als eine nette Probefahrt.«

»G-Lil.« Cate schüttelte den Kopf. »Kein Wunder, dass du mir gefehlt hast.«

»Und wie geht es dem Rest der Familie? Ich muss unbedingt vorbeifahren und mit Maggie schwätzen. Es gibt nichts Schöneres, als in einem Bauernhaus zu sitzen, selbstgemachten Wein zu trinken und sich den neuesten Klatsch zu erzählen.«

»Es geht ihnen allen gut. Sie haben echt viel zu tun. Sie haben zusätzlich Leute eingestellt, Studenten engagiert – aber das weißt du wahrscheinlich. Trotzdem ist jeden Tag so viel zu tun. Es ist wirklich ein erfülltes Leben, und ihnen fällt aber auch immer etwas Neues ein. Neuerdings spinnt Oma Wolle. Garn. Also, Wolle zu Garn. Auf einem Spinnrad.«

»Ich habe gewusst, dass man das früher so gemacht hat,

aber ich kann es mir nicht vorstellen. Ich muss es mir mal von ihr zeigen lassen. Und Red ist wieder vollständig genesen?«

»Er surft wieder, repariert Maschinen, macht Butter und Käse und alles, was Oma ihn so machen lässt.«

»Und noch keine Erkenntnisse, wer hinter all dem steckt?«

»Nicht, dass ich wüsste, und sie hätten es mir bestimmt gesagt. Dillon ist im Grunde überzeugt, dass Sparks sich selbst verletzt hat, damit seine Anwältin die vorzeitige Entlassung beantragen kann. Aber wenn man bedenkt, dass Red Polizist war und jemand einen Groll auf ihn gehabt haben könnte, was genauso auch für den Anwalt gilt, und dass Denby sich im Gefängnis Feinde gemacht hat, dann wird das ganze Verbindungsgeflecht schwächer.«

Lily rieb Cates Bein mit ihrem Fuß. »Wen willst du überzeugen, Süße? Mich oder dich selbst?«

»Vielleicht uns beide«, gab Cate zu. »Ich weiß ja, dass ich mein Leben leben muss, einfach nur Cate sein und es leben muss. Diese Lektion musste ich ein paar Mal lernen, aber jetzt beherrsche ich sie im Schlaf.«

»Es ist eine gute Lektion, aber ich bin trotzdem froh, dass Dillon heute Nacht neben dir liegt.«

»Darüber bin ich auch nicht traurig. Du bist sicher müde. Du solltest dich hinlegen und ein bisschen schlafen.«

»Ja, ich könnte ein bisschen Schlaf vertragen. Ein kleines Nickerchen, direkt hier auf der Couch.«

»Dann sehen wir uns heute Abend beim Essen.« Cate stand auf, legte die leichte Decke über Lily und küsste sie auf die Wange. »Ich bin so froh, dass du wieder zu Hause bist.«

»Oh, Cate, ich auch.«

Cate ging nach draußen, zurück auf die Brücke. Sie sah, wie Hugh ihrem Vater seinen kleinen Weinberg zeigte.

Sie ließ die beiden allein und ging zu ihrem Cottage. Sie

würde ihr Leben leben, dachte sie, und noch ein bisschen arbeiten, bevor sie sich für das Dinner umzog.

Jessica Rowe war ihr ganzes Leben lang über gewöhnlich und über durchschnittlich nicht hinausgekommen. Als einziges Kind wuchs sie in einem Mittelschicht-Vorort von Seattle auf. Sie war ganz gut in der Schule, aber über den Durchschnitt hinaus gelangte sie nur, wenn sie die Nächte durchlernte.

Sie gehörte nie wirklich dazu.

Die beliebten Cliquen ignorierten das leicht pummelige Mädchen mit dem durchschnittlichen Aussehen, ihren ungeschickten sozialen Fähigkeiten und ihrem mangelnden Sinn für Mode. Für die Nerds war sie nicht nerdy genug, für die Geeks nicht schick genug. Sportlich war sie auch nicht, und so erregte sie auch nie die Aufmerksamkeit von Trainern oder Sportlehrern.

Sie wurde gemobbt, weil niemand sie bemerkte.

Sie war das menschliche Äquivalent zu beige.

Sie schrieb gerne und benutzte ihre viele freie Zeit dazu, in ihren Tagebüchern fantastische Abenteuer für sich zu erfinden. Sie erzählte niemandem davon.

Als sie ihren Abschluss machte, war sie noch Jungfrau, und da sie keine kluge, freche oder mitfühlende beste Freundin hatte, unterstützte sie in dieser Hinsicht auch niemand. Im College empfing sie niemand mit offenen Armen, und da sich ihr Status auch dort nicht änderte, ging sie einfach in der Menge der Studenten unter. Sie wollte Jura studieren, weil Verbrechen sie interessierten. Oft erfand sie Geschichten, in denen sie die tapfere Heldin spielte, die den Meisterclou vereitelte. Oder aber sie sah sich selbst als Meisterverbrecherin und narrte immer wieder die Polizei.

Insgeheim gestand sie sich ein, dass sie Letzteres bevorzugte. Schließlich lebte sie wie die besten Verbrecher im Schatten. Der Unterschied lag ihrer Meinung nach nur darin, dass sie sich nicht traute, sich das zu nehmen, was sie wollte.

Sie machte ihren Abschluss in Jura mit einer durchschnittlichen Note und wurde beim vierten Versuch schließlich als Anwältin zugelassen. In der Zwischenzeit hatte sie eine kurze Beziehung mit einem anderen Jurastudenten und verlor endlich ihre Jungfräulichkeit, aber er trennte sich schon bald per Textnachricht von ihr, als er eine interessantere Frau kennenlernte.

Sie schrieb eine grausige Kurzgeschichte über die Rache einer Frau an ihrem treulosen Liebhaber und feierte mit sich alleine, als ein Krimi-Magazin sie unter dem Namen J. A. Blackstone veröffentlichte. Während sie in einer durchschnittlichen Kanzlei für ein sehr durchschnittliches Gehalt schuftete, ohne Aussicht auf Beförderung zu haben, schrieb sie zwei weitere Kurzgeschichten.

Ihr ganzes Leben lang lebte sie nach den Regeln, die sie so gern gebrochen hätte. Sie kam morgens früh zur Arbeit, ging spät. Sie lebte einfach, trank kaum Alkohol, kleidete sich bescheiden.

Das änderte sich ein wenig, als ihr Großvater starb und ihr, seinem einzigen Enkelkind, eine dreiviertel Million Dollar hinterließ. Ihre Eltern rieten ihr, das Geld zu investieren. Und sie wollte ihren Rat auch befolgen. Dann verkaufte sie ihr erstes Buch. Keinen Roman, mit dem sie der Wirklichkeit entfliehen wollte, sondern ein Sachbuch über einen wahren Kriminalfall, den sie über zwei Jahre hinweg in ihrem Urlaub sorgfältig recherchiert hatte.

Sie nahm die nicht so üppige Vorauszahlung und ihr Erbe, kündigte ihren Job und zog nach San Francisco. Etwas so Kühnes hatte sie noch nie in ihrem Leben getan. Mit vierzig mietete sie sich eine bescheidene Wohnung, und da sie sowieso nie Gäste hatte, stellte sie ihren Schreibtisch in das Wohnzimmer. Und dort begann sie, begeistert von ihrem einsamen Leben, mit ihrem nächsten Buch. Sie fand den Mut, um Interviews zu bitten, und redete mit Opfern, Häftlingen, Zeugen, Ermittlern. Eine Stunde pro Tag, sozusagen als Belohnung, arbeitete sie an einem Roman, in dem sie zur Mörderin wurde, die Leben und Liebhaber nahm, wie es ihr gefiel.

Die bescheidenen Verkaufszahlen ihres ersten Buchs ermutigten sie. Als sie ihr zweites Buch fertig hatte, fühlte sie sich mehr als bereit, das nächste in Angriff zu nehmen.

Sie musste Charlotte Dupont für ihre Inspiration danken.

Bei ihrem üblichen Mittwochsessen mit süßsauren Shrimps sah sie ein Interview mit ihr und machte sich Notizen. Ihr ursprünglicher Gedanke, die Hollywood-Schauspielerin, die Mutter, als zentrale Figur zu nehmen, geriet ins Wanken, als sie begann, Genaueres über die Entführung zu recherchieren.

Grant Sparks fiel ihr sofort ins Auge. So attraktiv, so anziehend. Und was er aus Liebe getan hatte! Welchen Preis er dafür gezahlt hatte!

Viele, so erfuhr sie, als sie sich in das Thema einarbeitete, sahen Dupont als die Getäuschte, aber sie verfolgte einen anderen Ansatz. Die reiche, berühmte, schöne Frau hatte Sparks benutzt und tat es immer noch. Sie versuchte, von der gescheiterten Entführung zu profitieren, während er im Gefängnis verrottete.

Als sie schließlich um ein Interview anfragte, war sie reif für Grant Sparks' Manipulationskünste. Beim dritten Besuch willigte sie ein, ihn als Anwältin vor Gericht zu vertreten. Beim vierten Besuch war sie bereits wahnsinnig in ihn verliebt.

Er öffnete ihr die Türen, zeigte ihr, wie machtvoll und aufregend es war, Regeln zu brechen. Sie schmuggelte Dinge für ihn ins Gefängnis und hinaus, reichte Nachrichten weiter, ohne auch nur die geringsten Bedenken zu haben. Sie glaubte an seinen Fall – in dem Maße, wie er es zuließ. Sie hatte es ja immer gewusst – manchmal hatte ein Verbrechen seine Berechtigung. Und zu oft wurden die Falschen bestraft. Sie konnte ihm helfen, das zu korrigieren.

Als sie an einem warmen Sommertag anderthalb Jahre nach ihrer ersten Begegnung auf ihn wartete, konnte die durchschnittliche, gewöhnliche Jessica Rowe schon lange nicht mehr zurück.

Er hatte erwähnt, dass Blau seine Lieblingsfarbe sei. Sie trug ein blaues Kleid. Er war Personal Trainer gewesen und bot jetzt, selbstlos und großzügig, wie er war, sein Können und seinen Rat den anderen Häftlingen an. Sie wollte nicht in ein Fitness-Studio gehen, aber sie hatte sich Fitness-DVDs gekauft und trainierte eifrig zu Hause. Sie hatte sich die Haare schneiden, färben und frisieren lassen und hatte sich YouTube-Videos angeschaut, um zu lernen, wie man sich richtig schminkte.

Er hatte sie verwandelt. Zwar wusste sie, dass sie mit jemandem wie Charlotte Dupont nie würde konkurrieren können, aber sie hatte mit ihrem Aussehen zu einem neuen Selbstbewusstsein gefunden und war der Meinung, er würde sich für sie nicht schämen müssen, wenn sie sich ein gemeinsames Leben aufbauten.

Ihr Herz klopfte, als sie hörte, wie die Türen aufgeschlossen wurden und aufgingen. Als ihre Blicke sich trafen und sie die Liebe und Zustimmung in seinen Augen sah, stockte ihr der Atem. Dennoch nickte sie dem Wachmann kühl zu und faltete die Hände über der Akte, die sie aufgeschlagen hatte. Sie wartete, bis sie allein waren.

»Ich lebe dafür«, sagte er zu ihr. »Ich lebe für diesen Moment, wenn ich dich wiedersehe.«

Ihr Herz quoll über. »Ich würde jeden Tag kommen, wenn ich könnte. Ich weiß ja, dass du recht hast, wenn du sagst, wir müssen uns auf einmal wöchentlich beschränken. Höchstens vielleicht zweimal, wenn es Sinn macht. Aber du fehlst mir so sehr, Grant. Sag mir zuerst, ob du irgendwelche Probleme hattest.«

»Nein.« Er wandte den Blick ab, als müsse er sich sammeln. »Ich bin vorsichtig. So vorsichtig, wie man hier sein kann. Aber ich habe Angst, dass sie es vielleicht noch einmal versucht. Sie wird abwarten, bis ich mich ein wenig entspannt habe und nicht mehr daran denke, und dann wird sie jemanden dafür bezahlen, dass er mich tötet. Der Nächste hat vielleicht mehr Glück.«

»Sag das nicht, Grant. Bitte nicht.« Ihre Augen füllten sich mit Tränen der Angst, und sie ergriff seine Hände. »Ich kämpfe immer noch um deine Entlassung. Ich werde nicht aufhören. Ich weiß ja, dass du es nicht willst, aber ich könnte einen erfahreneren Strafverteidiger engagieren. Ich könnte...«

»Ich vertraue niemand anderem, nur dir.« Er blickte ihr tief in die Augen. »Du bist der einzige Mensch auf der Welt, dem ich vertraue. Sie könnte jemand anderen manipulieren, das macht sie doch immer so, mein Liebling. Bis zu meiner Entlassung auf Bewährung sind es nur noch ein paar Monate. Und jetzt, wo ich dich habe, könnte ich diese Zeit ohne das leiseste Bedauern absitzen. Allein das Wissen, dass du auf mich wartest, wenn ich herauskomme... Aber jetzt ist die Frage, *ob* ich herauskomme. Ob ich lebend herauskomme.«

»Lass mich zu ihr gehen und mit ihr reden. Das wollte ich ja immer schon, wegen des Buchs, aber...«

»Glaubst du, ich könnte weiterleben, wenn sie dir etwas antun würde?« Er ließ sie los und schlug seine Hände vors Gesicht. Dann ließ er sie wieder sinken.

»Du brauchst dir keine Sorgen um mich zu machen,

Grant. Ich weiß, bei diesem verlogenen Sheriff, der mit ihr zusammengearbeitet hat, habe ich keinen guten Job gemacht, aber...«

»Das war nicht deine Schuld«, unterbrach er sie rasch. »Ich habe dir die Namen der Männer gegeben, die du engagiert hast. Du hast mich unterstützt, Jessie, als niemand sonst es getan hat. Aber ich habe gedacht...«

Als er abbrach, beugte sie sich dicht zu ihm. »Sag's mir.«

»Es ist eine verrückte Idee. Aber es ist zu riskant für dich.«

»Ich tue alles. Das weißt du. Sag es mir.«

Die Erregung in ihrer Stimme, ihr *eifriger* Gesichtsausdruck sagte ihm, dass er sie bereits in der Tasche hatte. »Nachdem ich angegriffen worden bin, hatte ich viel Zeit zum Nachdenken. Darüber, was die Bullen zu mir gesagt haben, als sie hier waren.«

»Und alles dir anlasten wollten.« Die Empörung loderte hoch in ihr. »Immer nur dir.«

»Ja, sie hatten eben ihre Zweifel. Das habe ich ihnen angesehen. Vor allem die Polizistin. Frauen sind irgendwie aufmerksamer, glaube ich. Wenn es einen Weg gäbe, den Verdacht stärker auf Charlotte zu richten, dann halten sie sie vielleicht auf, bevor sie... bevor sie eine Chance hat, wieder jemanden auf mich anzusetzen. Und ich könnte die letzten acht Monate in dem Wissen verbringen, dass ich dich nach meiner Entlassung in die Arme schließen kann. Dafür würde ich alles geben.«

»Aber wenn ich versuchte, jemanden zu engagieren, der sie umbringt...«

»Nein, Liebling, nicht sie. Und du sollst keinen engagieren. Nein.« Er schüttelte den Kopf und wandte wieder den Blick ab. »Ich kann dich um so etwas nicht bitten. Ich muss mich eben einfach in Acht nehmen, bevor sich die Tore für mich endlich öffnen.«

»Ich will nicht, dass du so leben musst. Und ich will auch nicht jeden Tag Angst haben müssen, dass sie anrufen und mir sagen, du seiest verletzt. Sag mir, was ich tun soll.«

»Wie habe ich nur all die Jahre ohne dich leben können?« Seine Stimme bebte vor Emotionen – die er auf Knopfdruck abrufen konnte. »Du bist mein Schutzengel. Ich werde mich den Rest meines Lebens deiner würdig erweisen.«

Wieder ergriff er ihre Hände und blickte sie an, als sei sie seine einzige Rettung. Sie würde tatsächlich alles für ihn tun.

»Charlotte gibt nächsten Monat in Beverly Hills eine Gala.«

Sie war völlig aus dem Häuschen. Für eine Frau, die bisher nur wenig Aufregung gekannt hatte, war sogar der Akt, eine Perücke aufzusetzen – aschblond, glatt hochgesteckt –, ein höchst aufregender Moment. Außerdem trug sie unter der Kleidung eine Polsterung, die sie um genau die Pfunde dicker wirken ließ, die sie sich so eisern abtrainiert hatte.

Das unauffällige (langweilige) schwarze Kleid passte gut über die Polsterung. Ein bisschen falscher Schmuck – aber nichts Auffälliges. Sie durfte niemandem auffallen. Sorgfältig trug sie Make-up auf, wobei sie Sparks' Anweisungen befolgte. Sie setzte die Brille mit dem dunklen Rahmen auf und schob dann die Vorrichtung in den Mund, die ihr einen deutlichen Überbiss gab.

Sie sah aus wie eine Matrone, was sie schrecklich gefunden hätte, wenn es nicht alles so aufregend gewesen wäre. Ihr Name passte zu ihrem Aussehen. Millicent Rosebury. Der gefälschte Ausweis und die Kreditkarte, mit der sie das Ticket für die Gala gekauft hatte, hatte sie einiges gekostet.

All das trug sie in ihrer schwarzen Abendtasche mit sich, außerdem einen Lippenstift, ein Taschentuch, ein bisschen Bargeld, eine Packung Zigaretten, aus der sie bereits einige herausgenommen hatte, ein silbernes Feuerzeug und etwas, das aussah wie ein kleiner Parfüm-Zerstäuber. Ihr Auto hatte sie wie angewiesen in einem öffentlichen Parkhaus, einige Blocks entfernt, abgestellt. Wenn sie das, weswegen sie hierhergekommen war, getan hatte, würde sie in ihr Hotelzimmer zurückkehren, Millicent in die Tasche packen, die sie mitgebracht hatte, über den Fernseher auschecken, zu ihrem Auto gehen und zurück nach San Francisco fahren.

Es war eigentlich alles ganz einfach. Grant hatte wirklich einen brillanten Verstand.

Heimlich arbeitete sie an seiner Geschichte – *ihrer* Geschichte. Sie war allerdings nur für seine Augen bestimmt, wenn er erst einmal wieder in Freiheit lebte. Wenn sie in Freiheit zusammenlebten.

Sie ging zu Fuß ins Beverly Hills Hotel. Grant hatte ihr gesagt, sie solle zu Fuß gehen. Sie bemühte sich sehr, nicht zu verzückt auszusehen – vom Hotel und den glamourösen Leuten. Sie checkte ein und ging dann in den Ballsaal. Hier entrang sich ihr beinahe ein Keuchen.

Die Blumen! Alles war in Weiß gehalten, Callas, Rosen, Hortensien standen in goldenen Vasen auf jedem Tisch. Funkelnde Kronleuchter tauchten alles in strahlendes Licht. Champagner perlte in Kristallflöten. Frauen in fantastischen Kleidern saßen bereits oder schlenderten herum.

Grant hatte ihr gesagt, sie solle weder zu früh noch zu spät kommen.

Sie wusste, wie sie sich unsichtbar machte. Das konnte sie gut. Mit einem, wie sie fand, hoheitsvollen Nicken nahm sie ein Glas Champagner entgegen und wanderte ein wenig herum. Sie hatte nicht vor, sich an den ihr zugewiesenen Tisch zu setzen, oder falls es nötig sein sollte, auf keinen Fall für lange.

Sie erkannte Charlotte Dupont fast sofort. Sie lief herum,

hielt Hof. Sie trug ein schmales goldenes Kleid, wie die Vasen. Wie die Kronleuchter glitzerte sie vor Juwelen. Wut stieg in Jessica auf. *Sieh dir dieses verlogene, hinterlistige Luder an*, dachte sie. *Sie hält sich wohl für eine Königin, glaubt, sie sei unantastbar. Und sie glaubt, das sei ihr Abend.*

Na ja, in gewisser Weise würde er das ja auch werden.

Ihr Ehemann, alt und gebrechlich, saß am Tisch vor der Bühne. Er warf seiner Frau bewundernde Blicke zu, plauderte mit den Leuten, die an seinem Tisch stehen blieben, und mit seinen Tischgenossen – die zweifellos genauso stinkreich wie er waren.

Jessica ließ sich Zeit. Sie beobachtete ihn einen Moment lang und trat dann näher heran.

Charlotte würde eine Rede halten – wobei sie sich sicher selbst loben und wahrscheinlich dabei auch ein paar Tränen vergießen würde. Dann gab es das Diner, eine Auktion fand statt, damit noch mehr Geld gespendet wurde, gefolgt von einem Unterhaltungsprogramm und schließlich Tanz.

Die beiden Frauen, die noch an seinem Tisch saßen, standen in diesem Augenblick auf und gingen weg. Wahrscheinlich zur Toilette, dachte Jessica und trat langsam näher. Sie konnte sich zwar den Zeitpunkt aussuchen, hatte aber das Gefühl, es besser so schnell wie möglich zu machen.

Der richtige Moment kam, als eine der Kellnerinnen sich dem Tisch näherte. Sie stellte ein hohes Glas mit einer klaren Flüssigkeit und einer Zitrone am Rand vor Conrad auf den Tisch. Jessica fasste unauffällig in ihre Tasche, entfernte den Deckel von dem kleinen Parfümzerstäuber und nahm ihn in die Hand, als sie auf Conrad zutrat.

»Entschuldigung«, sagte sie mit der arroganten Stimme, die sie geübt hatte, weil sie ihrer Meinung nach gut herüberkam. »Könnten Sie mich vielleicht zu Tisch dreiundvierzig bringen?«

»Natürlich, Ma'am. Eine Sekunde.«

Die Kellnerin ging um den Tisch herum, um die anderen Getränke zu servieren, und Jessica beugte sich zu Conrad. »Ich möchte die Gelegenheit nutzen, um Ihnen für die guten Werke zu danken, die Sie und Ihre schöne Frau tun.«

»Das macht alles Charlotte.« Er strahlte vor Stolz und blickte auf, als Jessica die leere Hand nach oben führte. Irreführung, nannte Grant das.

»Eine wunderschöne Umgebung für eine wunderschöne Sache«, sagte sie und kippte den Inhalt des Zerstäubers in seinen Drink.

»Danke für Ihre Unterstützung.«

»Ich bin stolz, heute Abend meinen kleinen Teil beisteuern zu können.«

Sie wich zurück, als die Kellnerin zu ihr kam. »Hier entlang, Ma'am.«

»Danke.« Mit ihrem hoheitsvollen Nicken folgte sie der Kellnerin. »Oh, jetzt sehe ich ihn. Und meine Gruppe. Vielen Dank.«

»Gern geschehen, Ma'am.«

Jessica ging auf Tisch Nummer dreiundvierzig zu und dann direkt daran vorbei.

Trink, dachte sie. *Trink, trink, trink!*

Sie ging direkt aus dem Ballsaal heraus, schob den leeren Zerstäuber wieder in ihre Tasche und nahm die Schachtel Zigaretten heraus. Draußen vor der Tür kramte sie nervös ihr Feuerzeug heraus wie eine Frau, die dringend eine Zigarette rauchen musste.

Jemand tippte ihr auf die Schulter, und sie zuckte zusammen, als hätte sie der Blitz getroffen.

»Oh, entschuldigen Sie bitte!« Die Frau im leuchtend roten Kleid lachte. »Ich wollte Sie fragen, ob ich Feuer haben kann.«

»Natürlich.« Jessica zwang sich zu lächeln, damit sie wie zwei Freundinnen wirkten. Aus Angst, ihre Hand könne zittern, hielt sie der Frau ihr Feuerzeug hin.

»Danke.«

»Gerne. Oh, entschuldigen Sie mich. Ich sehe gerade eine Freundin.«

Sie ging weg, wobei sie sich Zeit ließ, bis sie sah, dass die Frau mit einem anderen Raucher redete.

Sie ging weiter. Einfach immer weiter. Und stellte fest, dass ihre Hand gar nicht zitterte. Sie war nicht nur ruhig und gelassen, sondern empfand ein Triumphgefühl.

Man würde über sie schreiben.

29

Weil sie ihren Terminplan den Sommer über nicht so ausfüllen mochte, beschränkte Cate ihre Arbeit auf drei Stunden am Morgen. So blieb ihr genug Zeit, die sie mit ihrem Vater, den anderen oder auf der Ranch verbringen konnte.

Sie sah gerne dabei zu, wie ihr Vater mit Julia, Oma, Red und natürlich Dillon umging. Sie wusste jetzt schon, dass einige ihrer späteren Lieblingserinnerungen aus diesem Sommer kommen würden. Dem Feuerwerk am Himmel mit allen Sullivans, mit Dillon und seiner Familie zuzuschauen, mit ihrem Vater und Dillon über die Wiesen zu reiten, um die Rinder von Weide zu Weide zu treiben.

Sie hatte nie damit gerechnet, so etwas einmal zu tun.

Spaziergänge am Strand, Tanzen im Roadhouse, ein Besuch von Gino – dank Lily –, der ein bisschen Schwung in ihre Frisur brachte.

Heute war das große Sommer-Barbecue der Coopers, und da würden wahrscheinlich weitere Erinnerungen hinzukommen. Dank eines Shopping-Ausflugs mit Lily hatte sie ein neues Kleid. Weiß mochte für ein Barbecue nicht so ganz geeignet sein, aber es sah so frisch und sommerlich aus mit dem schwingenden Rock und der Schnürung im Rücken.

Sie hoffte, ihr Brotpudding entsprach den Anforderungen des wahrscheinlich äußerst reichhaltigen Büffets. Sie hatte ihn gerade in den Backofen geschoben, als sie durch die Glaswand ihren Vater sah.

Rasch öffnete sie die Tür und rief ihm zu: »Gerade rechtzeitig! Ich habe gerade den Brotpudding in den Ofen geschoben, und du kannst mich ein bisschen ablenken, damit ich mir nicht ständig Sorgen darum mache, ob er mir auch gelungen ist. Ich habe Mrs Learys Rezept ausgegraben, aber ich habe ihn zuletzt als Teenager gemacht. Warum musste ich auch unbedingt etwas machen, was ich seit über zehn Jahren nicht mehr ausprobiert habe?« Dann sah sie sein Gesicht, und ihre aufgeregte Erwartung schwand. »Was ist los? Was ist passiert?«

»Hast du die Nachrichten nicht gesehen?«

»Nein.«

Ihr Herz schlug schneller. Schon wieder jemand? Wer? O Gott, und sie hatte sich eingeredet, es sei vorbei.

Sie standen in der Tür, und Aidan ergriff ihre Hände. »Deine Mutter ist festgenommen worden. Sie verhören sie wegen des Todes ihres Ehemanns.«

»Aber ... Es hat doch geheißen, er habe einen Herzinfarkt gehabt. Ich weiß, dass Red wieder misstrauisch geworden ist, aber der Mann war doch, wie alt? Neunzig? Und er hatte gesundheitliche Probleme.«

»Anscheinend hat wohl jemand dem Herzinfarkt nachgeholfen. Sie haben eine tödliche Dosis Digitalis in seinem Drink gefunden.«

»Gott.«

»Hier.« Er legte ihr einen Arm um die Taille. »Komm, wir setzen uns draußen hin.«

»Jemand hat ihn umgebracht. Ihn vergiftet. Sie glauben, sie ... Aber das hat ja gar nichts mit den anderen Todesfällen oder Angriffen zu tun. Und es war sein Getränk? Nicht ihres?«

»Seins, ja. Angeblich ein Gin Tonic. Sie hat Champagner getrunken.«

»Aber dann ... Dann gibt es ja gar keine Verbindung. Sie

hat ihn ja noch nicht einmal gekannt, als damals alles passiert ist.«

»Nein. Möchtest du ein Wasser?«

»Nein, nein, Dad, ich bin okay. Es ist schrecklich. Ein Mann ist tot, ein Mann ist ermordet worden, und ich bin erleichtert, weil es keine Verbindung zu mir hat. Oder doch«, murmelte Cate. »Ist sie tatsächlich verdächtig?«

»Sie haben gesagt, die Mordkommission untersucht seinen Tod, und sie wird verhört. Viel mehr weiß ich auch nicht.«

»Daddy.« Sie packte seine Hände. »Ich weiß ja, dass keiner von uns sie wohl wirklich gekannt hat, aber hältst du sie für fähig, einen Mord zu begehen?«

»Ja.«

Kein Zögern, dachte sie und schloss die Augen. »Ich auch. So viel Geld, und wahrscheinlich hat sie nicht erwartet, dass er so lange lebt. Sie wollte ihm wahrscheinlich einen kleinen Schubs geben – man kann ja ihre Gedanken förmlich hören: *Was ist denn schon dabei?* Oder denken wir das bloß, weil sie uns das angetan hat?«

»Ich weiß nicht, Baby, das wird die Polizei herausfinden. Ich wollte nur nicht, dass es dich kalt erwischt.«

Sie griff nach ihrem Armband, hatte es aber gar nicht angelegt. Also schloss sie nur ihre Finger um ihr Handgelenk. »Sie haben bestimmt die Entführung schon wieder aufgerollt, oder?«

»Ja, und das wird auch noch weitere Kreise ziehen.«

»Mittlerweile ist mir das völlig egal. Gott, nein, eigentlich nicht, aber nur, weil es auch dich, Grandpa und G-Lil betrifft. Und es wird Dillon und seine Familie aufregen. Sag mir die Wahrheit, Dad. Findest du, ich sollte eine Erklärung abgeben?«

»Lass uns erst mal abwarten, wo das alles hinführt. Vielleicht lassen sie sie ja wieder laufen.«

»Ja, es könnte sein, dass sie ungeschoren davonkommt«, stimmte Cate ihm zu. »Aber ein zweiter, so großer Skandal? Da bleibt immer etwas hängen. Aber dann weiß sie auch mal, wie das ist«, sagte sie ruhig. »Wenn sie unschuldig ist, wird sie erfahren, wie es ist, für etwas gejagt zu werden, das sie nicht verursacht hat.«

Charlotte wollte toben und außer sich vor Wut sein, aber die Wut drang nicht durch die eisige Angst, die sie gepackt hielt.

Sie hatten sie verhört. Klar, dieses Mal hatte sie eine ganze Armada von Anwälten, die besten, die man sich für Geld kaufen konnte, aber trotzdem hatte sie sich zurückversetzt gefühlt zu jenem schrecklichen Tag nach Caitlyns unablässigem Gejammer, als die Polizei ihr schreckliche Dinge vorgeworfen hatte.

Ihre Anwälte hatten das Reden für sie übernommen, hatten eine Unterbrechung verlangt, als sie in Tränen ausgebrochen war. Echte Tränen auch noch. Zwar keine Tränen der Trauer, aber Tränen der Angst. Dass sie Conrad den Tod gewünscht hatte, machte sie noch nicht zu einer Schuldigen. Sie hatte ihm die besten Jahre ihres Lebens geschenkt. Sie war ihm eine treue, pflichtbewusste Ehefrau gewesen – schließlich hingen Milliarden daran. Sie war doch noch nicht einmal an seinem Tisch gewesen, als er zusammengebrochen war, sondern hatte auf der Bühne im Scheinwerferlicht gestanden und ihre selbstlose Rede gehalten.

War sie nicht an seine Seite geeilt – nach nur winzig kurzem Zögern? Es war doch gerechtfertigt gewesen, sich darüber zu ärgern, dass er sich genau diesen Moment ausgesucht hatte, um alle Aufmerksamkeit auf sich zu ziehen! Aber sie war zu ihm geeilt.

Sie hatte nicht erwartet, dass er in ihren Armen sterben

würde. Aber Himmel, was für ein Moment, dachte sie, als sie im Bett lag, eine kühlende Packung auf den schmerzenden Augen.

Gott sei Dank hatte die Presse genau diesen Moment festgehalten. Davon würde sie noch Jahre zehren können.

Aber zuerst einmal musste sie diesen Alptraum überstehen. Die Presse würde wieder da sein, sie bedrängen, ihr Fragen zurufen, Aufnahmen machen, wie ihre Anwälte und ihre Bodyguards sie umgaben und sich mit ihr durch die Menge drängten, um sie zum Wagen zu bringen. Wie die Leute sie ansahen, wie in den Berichten spekuliert und vermutet wurde. Den Reportern war es egal, wie sehr sie litt.

Sie musste ein paar neue schwarze Kostüme bestellen und einen Hut mit Schleier. Um die trauernde Witwe richtig in Szene zu setzen, brauchte sie unbedingt einen schwarzen Schleier.

Sie würde trauern – sie würde es ihnen schon allen zeigen! Wenn dieser Horror erst einmal vorbei war, würde sie eine Gedenkfeier veranstalten, die einer königlichen Hoheit würdig wäre – und sie würde die Königin sein. Keinen Selbstbräuner, noch nicht einmal Bronzer für mindestens zwei Monate, um diesen bleichen, elenden Ausdruck zu behalten. Sie würde sich für einige Zeit zurückziehen und vielleicht zu den verschiedenen Anwesen reisen, die jetzt ihr allein gehörten und über die ganze Welt verteilt waren.

Um sich an die glücklichen Zeiten mit dem einzigen Mann, den sie je geliebt hatte, zu erinnern. Ja, das würden ihr die Leute abkaufen.

Aber zuerst musste sie all das Schreckliche überstehen. Und dann würde sie von der Polizei verlangen, dass sie sich für dieses Trauma, das sie ihr in ihrem Schock und ihrer Trauer zugefügt hatten, entschuldigen würde. Dafür musste die Polizei bezahlen. Und insgeheim würde sie ihr Glas auf denjenigen erheben, der beschlossen hatte, dass Conrad lange genug gelebt hatte.

In ihrem weißen Kleid trug Cate die Auflaufform in die Küche der Coopers. Draußen standen die Smokers und Grills bereit, Dutzende von Picknicktischen waren aufgestellt. Drinnen bereiteten die Frauen der Coopers, wie sie es erwartet hatte, ein wahres Festmahl von Beilagen zu.

»Ich wusste, dass ihr es nicht braucht, aber ich wollte etwas beisteuern.« Sie stellte ihre Auflaufform auf den Tisch zu den anderen Sachen. »Und ich wollte früh genug da sein, um noch mithelfen zu können.«

»Nimm dir eine Schürze«, riet Maggie ihr, »sonst sieht das weiße Kleid nachher so aus, als ob du die Decke gestrichen hättest.«

Julia trat zu ihr, als Cate sich die Schürze umband, und umfasste ihr Gesicht mit den Händen. »Wie geht es dir?«

»Ich weiß nicht, was ich davon halten soll, von ihr halten soll, deshalb habe ich beschlossen, ich denke gar nicht erst darüber nach.«

»Das ist ein guter Plan. Es ist ein schöner Tag, und wir haben genug zu essen für mehrere Armeen. Vielleicht könntest du diese Salsa fertig machen? Ich habe gehört, du hast ein Händchen dafür.«

»Ja, gerne. Wo sind Dillon und Red?«

»Wahrscheinlich legen sie gerade die Getränke auf Eis«, erwiderte Maggie. »Sie haben ein Hufeisen-Spiel aufgebaut, und für gewöhnlich gibt es ein Boccia-Spiel und Ponyreiten für die Kinder. Getanzt wird auch. Viele von unseren Gästen sind Musiker. Wenn Lily und Hugh kommen, müssen sie sich ihr Abendessen ersingen.«

»Ich höre sie gerne singen.«

»Du musst auch auf die Bühne.«
»Oh, ich kann nicht wirklich singen.« Cate blickte von ihrem Schneidbrett auf. »Nur beim Synchronisieren.«
»Was ist da der Unterschied? Auf jeden Fall wird es eine großartige Party, mit gutem Essen, guten Leuten und guter Musik.«
Nach einer Stunde in der Küche akzeptierte Cate die Realität. Sie würde immer nur eine Gelegenheitsköchin sein, dachte sie, während sie zusah, wie Julia einen ganzen Bottich mit Baked Beans würzte und Maggie weitere Punkte von der zwei Seiten langen Liste am Klemmbrett abhakte.
»Wisst ihr, Caterer und Party-Planer verdienen gutes Geld mit dem, was ihr zwei hier zu eurem Vergnügen macht.«
Julia schob die Bohnen in den Ofen. »Wenn ich damit meinen Lebensunterhalt verdienen müsste, würde ich auf die Fidschi-Inseln auswandern und am Strand leben. Aber einmal im Jahr? Da macht es Spaß. Wie liegen wir in der Zeit, Mom?«
»Alles genau auf den Punkt. Zeit für die ersten Gäste.«
»Ich gehe mal nach draußen und gucke, ob ich da irgendwo helfen kann.«
Draußen roch es nach Gras und Kräutern, nach Pferden und Meer. Die Hunde kamen auf sie zugerannt. Bierflaschen lugten aus den großen Blechwannen voller Eis. In einer Schubkarre lagerten Weinflaschen und in einer weiteren alkoholfreie Getränke. Ein paar Mitarbeiter der Ranch hängten Lichterketten auf. Aus der Ferne kam das rhythmische Hämmern von Metall auf Metall, und irgendjemand sang – leicht schief – Tom Pettys *I won't back down*.
Die Hunde begleiteten sie zur nahe gelegenen Weide, wo Dillon geduldig die Mähnen von zwei gefleckten Ponys bürstete, die aus einem Heunetz fraßen.
Er trug Jeans – mit einem Hufkratzer in der hinteren

Tasche –, ein Chambray-Hemd, die Ärmel bis zu den Ellbogen aufgekrempelt, einen Hut mit aufgebogener Krempe und abgenutzte Stiefel.

Mmmh, dachte sie.

Als er sie näher kommen sah, hielt er inne und kraulte das Pony zwischen den Ohren. »Na, du bist ja vielleicht ein Anblick!«

Sie drehte sich einmal um die eigene Achse. »Gut genug für ein Sommer-Barbecue auf der Ranch?«

»Überall und jederzeit gut.« Er hob die Hände. »Ich habe gerade die zwei hier hübsch gemacht, deshalb fasse ich dich lieber nicht an.«

»Das ist okay. Ich fasse dich an.« Sie packte über den Zaun sein Hemd und zog ihn zu sich heran, um ihn zu küssen. »Ich wusste gar nicht, dass ihr Ponys habt.«

»Haben wir auch nicht. Für das Barbecue leihen wir uns immer zwei aus, um die kleinen Kinder darauf herumzuführen.«

»Sie gucken so lieb.« Cate streichelte einem die Wange.

»Am Ende des Tages werden sie zu Tode gelangweilt sein, aber sie kennen ihren Job.« Er tätschelte einem Pony die Flanke und schwang sich über den Zaun. »Bei dir alles okay?«

»Ich habe gerade eine Stunde in der Küche verbracht mit den zwei Frauen, die meine Kochkünste und organisatorischen Fähigkeiten in den Staub treten, aber ansonsten, ja.«

Er lehnte seine Stirn an ihre in einer Geste, die sie ebenso süß fand wie die Ponys. »Ich muss mir die Hände waschen, weil ich dich unbedingt mal in die Arme nehmen muss.«

Als sie mit ihm zur Pumpe ging, kam Red um eine Seite der Scheune herum. »Wir haben das Hufeisenspiel, wir haben deine Bocciakugeln und ein paar Stühle daneben, falls jemand sich beim Zugucken hinsetzen will.«

»Danke, Red.«

»*Die Frau in Weiß*«, sagte er zu Cate. »Du siehst aus wie eine Vision.«

»Oh.«

»Und, willst du es hören, oder willst du es lieber für heute erst einmal gut sein lassen?«

»Ich will es hören, und danach reden wir dann nicht mehr drüber.«

»Du bist ein vernünftiges Mädchen, Cate. Das warst du immer schon. Okay, dann erzähle ich es dir. Die Dupont war gerade auf der Bühne, Ballsaal im Beverly Hills Hotel für die Gala, mit der sie Spenden für ihre Mutterherz-Idee sammeln wollte. Vorher ist sie herumgegangen, wie die meisten Leute, dann hat sie sich eine Zeit lang zu ihrem Mann an den Tisch gesetzt, und schließlich ist sie dann auf die Bühne, um ihre Ansprache zu halten. Zeugenaussagen bestätigen, dass sie schon über fünf Minuten redete, als ihr Mann auf einmal keine Luft mehr zu bekommen schien. Und dann ist er umgekippt und auf den Boden gefallen. Die Leute kümmerten sich sofort um ihn. Dupont hat etwa eine Minute gezögert, aber dann ist auch sie hingeeilt.«

»Es waren doch bestimmt Ärzte da«, sagte Cate.

»Ja, klar. Zwei von ihnen waren sofort bei ihm und haben die Leute zurückgedrängt. Sie haben versucht, ihn wiederzubeleben, und einen Rettungswagen gerufen. Der ist auch schnell gekommen, aber sie konnten nichts mehr tun. Dupont hat geheult und an ihm gezerrt. Es gibt zahlreiche Aufnahmen von ihr, wie sie ihn im Arm hält. Die Polizei kam dazu. Es sah aus wie ein Herzinfarkt, und es wäre auch nicht sein erster gewesen.« Red schob seine Sonnenbrille hoch. »Aber mit der Polizei kam auch die Spurensicherung. Sie haben alles sichergestellt. In seinem Gin Tonic war Digitalis, eine tödliche Dosis. Im Saal war es voll, und sie haben auch viele Leute verhört. Doch Tatsache ist, dass eine Person am meisten von seinem Tod profitierte, eine Person direkt neben ihm am Tisch saß, am leichtesten Zugang zu ihm hatte und dass die gleiche Person sowieso schon wegen zwei Morden und zwei Mordversuchen unter Beobachtung der Behörden stand. Sie wird jetzt noch genauer überprüft werden.«

»Glauben Sie, sie hat es getan?«

»Darauf kann ich keine eindeutige Antwort geben, aber wenn du mich fragen würdest, ob ich ihr das zutraue, würde ich sagen, auf jeden Fall.«

»Ich auch.« Cate stieß die Luft aus. »Es tut mir leid, dass der Mann gestorben ist, und auch die Art, wie er gestorben ist, tut mir leid. Aber es tut mir nicht leid, dass sie jetzt wieder verhört wird. Wenn sie schuldig ist, werden sie sie hoffentlich dieses Mal für immer einsperren. Und wenn sie unschuldig ist, na ja, dann wird sie herausfinden, wie es ist, nichts Schlimmes gemacht zu haben und trotzdem einen hohen Preis dafür zu bezahlen.«

»Wie ich bereits sagte, ein vernünftiges Mädchen. Du solltest wissen, dass die Polizei auch Sparks im Auge behält.«

»Wegen dieser Geschichte? Aber …«

»Polizisten sind misstrauische Leute, Caitlyn«, sagte er nicht ohne Stolz. »Und deshalb muss die Polizei auch davon ausgehen, dass das Ganze inszeniert ist. Was macht Sparks? Was ist seine Natur? Er setzt Zeichen. Er hat ein starkes Motiv, Charlotte Dupont kaltzustellen.«

»Wenn er all das vom Gefängnis aus organisieren konnte, wenn er die Morde an zwei Menschen organisieren konnte, warum hat er sie dann nicht einfach umgebracht?«

»Wenn du jemanden umbringst, ist es vorbei. Aber jemanden unter Verdacht stellen? Das hängt lange noch nach. Und glaub mir, trotz ihrer hochbezahlten Anwälte brutzelt sie bereits.«

»Hey!« Maggie, deren Zopf heute grasgrün war, rief ihnen aus ihrem Schlafzimmerfenster zu: »Habt ihr drei nichts zu tun? Erwartet ihr, dass die Leute mit den Händen aus den Schüsseln essen? Holt Teller und Besteck raus. Und vergesst die Servietten nicht.«

»Die Frau ist eine Sklaventreiberin«, sagte Red, als Maggies Kopf wieder verschwand. »Aber ich kann sie einfach nicht aufgeben.« Er wandte sich wieder an Cate. »Und jetzt denk an was anderes.«

»Mache ich.«

Wie vorhergesagt, gab es sehr gutes Essen, gute Leute und viel Musik. Cate fiel es leicht, das Fest zu genießen. Sie saß bei Leo und Hailey, hielt die wundervolle Grace in den Armen und schaute zu, wie die Kinder auf den geduldigen Ponys im Kreis herumgeführt wurden. Zwischendurch dachte sie an Darlie und Luke, die in ihrem Haus in Antrim angekommen waren, mit einem Welpen namens Hund.

Ihre Großeltern sangen ein Duett, und sie tippte ihrem Vater auf die Schulter. »Sie haben immer noch das gewisse Etwas.«

»Und sie wissen es zu nutzen. Sie werden niemals in den Ruhestand gehen. Auf gar keinen Fall.«

Als er das sagte, trat Hugh auf sie zu und ergriff Cates Hand. »Kannst du dich an das Lied in dem Pub aus *Donovan's Dream* erinnern?«

»Ja, klar. Jetzt?« Eher amüsiert als zögerlich, hielt sie ihn zurück, als er an ihrer Hand zog. »Hier? Grandpa, damals war ich gerade mal sechs.«

»Du hast ein Elefantengedächtnis. Jetzt komm, da ist ein Fiedler, der behauptet, die Melodie zu kennen. Du willst doch deinen alten Großvater nicht im Stich lassen, oder?«

»Oh, das ist gemein. Ich war sechs«, sagte sie noch einmal, aber auch Aidan gab ihr einen Schubs, damit sie aufstand.

»O Gott, danach werde ich mit Julia auf die Fidschi-Inseln auswandern müssen.«

Es war eine schnelle, fröhliche Melodie, und der Geigenspieler bekam sie recht gut und voller Enthusiasmus hin. Cate versuchte, sich in die Zeit zurückzuversetzen, sich an die Schritte, die Bewegungen, die Worte zu erinnern. Sie hielt Hughs Hand, und bei den ersten Schritten zwinkerte er ihr zu, wie er es damals getan hatte. Und sie war wieder drin.

Um sie herum blieben die Leute stehen, pfiffen, sangen sogar mit. Und Aidan musterte Dillon.

Er wusste es natürlich, hatte es gesehen, gehört, gefühlt, jedes Mal, wenn er die beiden zusammen sah. Er wusste, dass der Junge seine Nächte im Bett seiner Tochter verbrachte, und fand eigentlich, dass er als Vater einer erwachsenen Tochter gut damit umging. Aber jetzt, an diesem schönen Sommertag, als er daran dachte, dass diese junge Frau einmal ein Mädchen von sechs Jahren gewesen war, schwoll ihm das Herz.

Die beiden endeten, wie sie angefangen hatten, Hand in Hand, und lächelten einander zu.

»Das war einer der glücklichsten Momente meines Lebens«, murmelte Cate, als sie Hugh umarmte.

»Meiner auch. Ich bin nicht mehr so jung, wie ich mal war.«

»Ich auch nicht!« Lachend führte sie ihn zurück an den Tisch. »Gib mir zehn, Sullivan!«

»Ich hätte lieber ein Bier. Wir sind doch auf einem Picknick.«

Als Lily ihr zunickte, küsste Cate ihren Großvater auf die Wange. »Dann hole ich dir eins.«

»Gut gemacht, Dad. Ich bin gleich wieder zurück.«

Aidan ging geradewegs auf Dillon zu, der den Blick immer noch nicht von Cate wenden konnte und offensichtlich versuchte, sich von den Leuten um ihn herum zu lösen, damit er ihr nachgehen konnte.

»Entschuldigung.« Aidan lächelte charmant in die Runde. »Ich muss euch Dillon für einen Moment entführen.«

»Danke«, sagte Dillon, als sie weggingen. »Ich wollte...«

»Ich weiß, was du wolltest. Aber wir müssen zuerst reden.«

Sie gingen vor das Haus, weil dort weniger Leute waren. Doch es saßen immer noch welche auf der Veranda, deshalb ging Aidan mit Dillon weiter zu der Weide, auf der die Rinder grasten. Dahinter lag der Wald.

Der Wald, durch den Cate als kleines Mädchen gelaufen war, verirrt und außer sich vor Angst.

»Sie ist mein einziges Kind«, begann Aidan. »Ich musste den Instinkt unterdrücken, sie in Watte zu packen, sie ständig überallhin mitzunehmen. Meine Großmutter hat mich damals dazu bewogen, ihr mehr Raum zu lassen, als wir in Irland waren. Sie hatte recht. Aber ich wusste ja auch, dass Nan immer da war, wenn ich nicht bei Cate sein konnte.«

»Ich habe sie nie kennengelernt«, sagte Dillon vorsichtig, »aber ich habe das Gefühl, sie zu kennen, so wie Cate von ihr erzählt.«

»Sie war eine beeindruckende Erscheinung. Als wir zurück nach Kalifornien kamen, waren mein Vater und Lily da, wenn ich nicht zu Hause war. Auch als Cate unbedingt nach New York gehen wollte und es auch tat, wusste ich, dass Lily da sein würde. Danach ließ Cate mir keine große Wahl mehr. Sie lebt jetzt ihr eigenes Leben, und das wollte ich auch für sie. Liebe hat mehr mit Loslassen als mit Festhalten zu tun.«

»Ich liebe sie. Ich liebe sie schon lange, deshalb weiß ich, dass es wahr ist.«

Aidan wandte sich zu ihm und blickte in die Augen des

Mannes, dem das Herz seiner Tochter gehörte. »Ihr seid beide volljährig, aber ich werde dich trotzdem fragen, was du vorhast.«

»Ich werde auf sie aufpassen, auch wenn sie es eigentlich nicht will. Sie ist viel härter im Nehmen, als sie aussieht, aber sie braucht trotzdem jemanden, der sich um sie kümmert. Das brauchen wir alle. Ich werde alles tun, um sie glücklich zu machen, werde mir mit ihr zusammen ein Leben aufbauen, auf das wir beide stolz sein können. Wenn sie sich an all das gewöhnt hat, werde ich sie heiraten. Wir sind zwar beide volljährig, aber ich hoffe trotzdem, dass Sie Ihren Segen dazu geben.«

Aidan steckte die Hände in die Taschen und drehte sich um, um auf das Meer zu blicken. »Ich bin seit fast zwanzig Jahren dankbar dafür, dass es dich gibt.«

»Es hat nichts mit ...«

Aidan hob die Hand, um Dillon zu unterbrechen. »Ich war nicht so oft hier wie mein Vater, wie Lily oder jetzt auch Cate, aber oft genug, um zu wissen, dass ich stolz wäre, wenn deine Familie und meine sich zusammentun würden. Ich beobachte dich diesen Sommer schon seit einer ganzen Weile.«

»Ja.« Dillon schob seinen Hut ein bisschen zurück. »Das habe ich gespürt.«

Erfreut schaute Aidan ihn an. »Wenn du also meinen Segen willst, dann hast du ihn. Aber wenn du meinem Baby auch nur ein Haar krümmst, dann bekommst du es mit mir zu tun. Und wenn ich es nicht selbst erledigen kann, engagiere ich jemanden dafür.«

Dillon ergriff die Hand, die Aidan ihm hinhielt. »Das ist nur fair.«

Lachend schlug Aidan ihm auf den Rücken. »Komm, wir holen uns ein Bier.«

Stunden später ging Cate glücklich und erschöpft mit Dillon zu seinem Haus.

»Ich weiß nicht, wie ihr nach einem solchen Tag noch vor Sonnenaufgang aufstehen könnt.«

»Rancher haben ein angeborenes Durchhaltevermögen. Lass uns noch ein bisschen draußen sitzen. Es ist so eine schöne Nacht.«

Sie hatten bereits das meiste saubergemacht und weggeräumt, aber ein paar Stühle standen noch draußen. Cate setzte sich und blickte seufzend aufs Meer, auf die Sterne und den prallen Vollmond am Himmel.

»Welches war der beste Moment heute?«, fragte sie. »Sag einfach einen. Überleg nicht lange.«

»Es gab ein paar, aber ich nehme den, als du mit Hugh getanzt und gesungen hast.«

»Das ist auch einer meiner schönsten Momente.«

Von den Hügeln drang der Ruf eines Kojoten zu ihnen.

»Willst du das wirklich nicht?«

»Was?«

»So auftreten? Auf der Bühne oder auf der Leinwand.«

»Nein, das will ich wirklich nicht.« Sie schaute in den Himmel und stellte fest, dass sie noch nie so glücklich gewesen war wie heute. Und sie wusste auch genau warum. »Es hat Spaß gemacht, aber ich möchte es nicht jeden Tag tun. Mein Vater meinte heute zurecht, meine Großeltern würden nie wirklich in den Ruhestand gehen. Wir Sullivans neigen dazu, alles für eine Sache zu geben – wie eine andere Familie, die ich kenne. Doch ich will nicht alles für diese eine Sache geben, nicht wegen meines Kindheitstraumas, sondern weil ich andere Dinge gefunden habe, in die ich alles investieren möchte.«

Dillon streichelte ihr über die Haare, und sie wandte ihm ihr Gesicht zu. »Möchtest du meinen besten Moment des Tages wissen?«

»Klar.«

»Ich habe gerade Brötchen aus dem Haus geholt, und da habe ich dich, meinen Vater, meinen Großvater an einem der Grills stehen sehen. Der Rauch stieg auf, du hattest den Pfannenheber in der einen und ein Bier in der anderen Hand. Grandpa hat mit den Händen in der Luft herumgefuchtelt, wie er es immer tut, wenn er eine Geschichte erzählt, und du hast Burger gewendet und ihn angegrinst, während Dad den Kopf geschüttelt hat. Wahrscheinlich wollte er dir sagen, dass du ihn nicht auch noch ermutigen sollst.« Sie ergriff seine Hand und zog sie an ihre Wange. »Und als ich da so stand mit meinem Tablett voller Hamburger-Brötchen, dachte ich: Oh, ist das nicht wundervoll? Ist das nicht das Allerbeste? Schau dir die drei an, in all dem Qualm und der Musik, mit all den Leuten drumherum, mit Kindern, die auf Ponys reiten, und Leo, der mit Hailey tanzt, während Tricia das Baby hält. Da sind die drei Männer, die ich liebe. Da sind sie.«

Er hielt ihre Hand fest, ganz fest und blickte sie eindringlich an. »Wenn du jetzt sagst, wie ein Bruder, dann falle ich hier auf der Stelle tot um.«

»Nicht im Entferntesten wie ein Bruder.« Sie schlang ihm den freien Arm um den Hals und zog ihn zu sich, um ihn zu küssen. »Das ist vorbei. Der Schalter ist umgelegt, und es gibt kein Zurück. Ich liebe dich. Es ist für immer.«

Er stand auf und hob sie hoch. Während sie ihm die Arme um den Hals schlang, küsste er sie erneut. »Das ist offiziell der beste Moment.«

»Meiner auch.«

Dann trug er sie ins Haus.

»Vielleicht habe ich zu früh etwas gesagt«, überlegte sie laut. »Das Beste kommt vielleicht erst noch.«

»Ich glaube, für uns kommt noch einiges Bestes. Zum Beispiel der Tag, an dem du mich heiratest.«

»Heiraten? Das... das geht mir jetzt zu schnell. Viel zu schnell.«

»Für immer ist für immer.«

»Aber ... heiraten ist ...« Sie spürte, wie eine Panikattacke heranglitt und rieb schnell das Armband, das sie nicht trug.

»Es ist nicht viel zu schnell. Atme tief durch«, sagte er zu ihr, ruhig wie immer. »Wir sind Familienmenschen, Cate.«

Damit hatte er recht, das konnte sie nicht abstreiten. Und trotzdem. »Oma und Red lieben einander auch, aber sie sind nicht verheiratet.«

Er verlagerte ihr Gewicht, um die Tür zu öffnen. »Red gehört zur Familie, und Oma hatte schon eine Familie gehabt, als sie zusammenkamen. Wir müssen erst noch eine gründen.«

»Oh, du lieber Himmel. Ich bin kein Rancher, Dillon. Du kannst doch nicht glauben...«

Er stellte sie so abrupt auf die Füße, dass ihr der Atem stockte. »Glaubst du etwa, das verlange ich von dir? Das erwarte ich? Dass du mich heiratest und dann anfängst, Kühe zu melken und Ställe auszumisten? Für eine so kluge Frau kannst du manchmal ziemlich dumm sein. Du hast deine Arbeit, ich habe meine. Warum zum Teufel sollte ich wollen, dass du deine Arbeit aufgibst, etwas, das dich glücklich macht, etwas, das du so verdammt gut kannst?«

»Okay, aber...«

»Kein Aber.« Er warf seinen Hut auf die Couch und fuhr sich mit den Fingern durch die Haare. »Du hast dieses schicke Studio, und du wirst es auch weiter benutzen wollen und deine Großeltern besuchen. Ich stelle mir vor, dass du auch hier so etwas brauchst, wenn du nicht rüberfahren willst. Also werden wir hier auch eines einrichten. Platz haben wir ja genug, und du weißt, was du dafür brauchst. Zum Teufel, ich kann sogar ins Cottage ziehen, wenn es dir darum geht. Was bedeutet das schon? Du bist es, die ich will, und wenn du mir sagst, du liebst mich und es ist für immer, dann will ich verdammt noch mal keine halbherzigen Einwände gegen das Heiraten und ein gemeinsames Leben hören.«

Als sich ihre Augen mit Tränen füllten, fuhr er sich mit allen zehn Fingern durch die Haare. »Tu das nicht. Dagegen komme ich nicht an.«

»Ich will mich nicht mit dir streiten. Du willst mir hier ein Studio bauen?«

»Wir, Cate. *Wir* bauen es. Verstehst du das Konzept von *wir* nicht?«

»Ich habe noch nicht viel Erfahrung mit diesem speziellen Bereich von *wir*, du musst Geduld mit mir haben. Außerdem«, sie bohrte ihm einen Finger in die Brust, »hast du das ja offenbar schon alles durchgeplant.«

»Ich hatte ja auch jahrelang Zeit zum Nachdenken.«

»Und ich ungefähr nur eine Minute.«

Das konnte er nun nicht abstreiten. »Okay. In Ordnung. Ich kann warten.«

»*Dannazione!*« Sie warf die Hände in die Luft und ließ diesem italienischen Fluch weitere folgen. »Vergiss es. Ich muss dir eine Frage stellen. Was siehst du?« Sie legte ihre Hände auf ihr Herz. »Was siehst du, wenn du mich ansiehst?«

»Ich sehe verdammt viel, aber ich kürze das jetzt mal ab. Ich sehe die Frau, die ich liebe. Ich sehe dich, verdammt noch mal. Ich sehe Cate.«

Sie trat zu ihm und drückte ihr Gesicht an seine Schulter. »Ich hatte ungefähr eine Minute. Und ich habe mein ganzes Leben lang auf dich gewartet.«

»Ich war die ganze Zeit über hier.«

»Ich konnte es vorher nicht. Ich konnte es nicht, bis mir

klar wurde, dass ich in den letzten Monaten aufgehört habe, mich von dem, was mir passiert ist, so wie früher verletzen zu lassen, weil es mich zu dir geführt hat.«

»Ist das ein Ja, oder tanzen wir immer noch darum herum?«

Sie trat einen Schritt zurück und umfasste sein Gesicht mit beiden Händen. »Und wenn ich nun sagte, dass ich dieses zweite Schlafzimmer in ein hübsches Gästezimmer verwandeln würde?«

»Dann würde ich sagen, dass das nicht einmal im Ansatz zur Debatte steht.«

Sie lächelte ihn an. »Gut. Ich würde auch nicht gerne jemanden heiraten, der sofort umfällt.«

»Warte.«

Sie blickte ihm nach, als er aus dem Zimmer ging. Und schüttelte den Kopf, als er wieder zurückkam. »Ich dachte, das wäre der Moment.«

»Hier ist noch ein Moment.« Er öffnete seine Hand und zeigte ihr den Ring. Der kleine Diamant saß in einer schlichten Weißgoldfassung. »Er hat meiner Mutter gehört. Mein Vater hat damit um ihre Hand angehalten. Sie hat ihn mir gegeben, als sie wusste, was ich für dich empfinde, was ich wollte. Sie sagte, es wäre auch in Ordnung, und sie wäre nicht verletzt, wenn du lieber etwas hättest, was besser zu dir passt, aber du solltest ihn trotzdem nehmen, damit er weitergegeben wird.«

Sie drückte eine Hand auf ihr Herz, dann streckte sie sie aus. »Nichts passt besser zu mir.«

30

Am nächsten Morgen entdeckte Cate Julia im Hühnerhaus. Sie sammelte gerade die Eier ein.

»Du bist aber früh auf. Und ich bin ein bisschen spät dran heute.« Julia legte ein weiteres Ei in ihren Eimer. »Ich habe Dillon verpasst, als er auf die Weide gefahren ist.«

»Ich muss nach Hause, aber ich wollte…« Sie streckte die Hand mit dem kleinen funkelnden Diamanten aus.

Julia traten die Tränen in die Augen, aber gleichzeitig begann sie zu strahlen. Sie stellte den Eimer ab, stieß ein »Oh, oh!« hervor und zog Cate an sich.

»Es bedeutet mir alles, dass du willst, dass ich deinen Ring bekomme und ihn tragen soll.«

Julia löste sich ein wenig von Cate, dann zog sie sie erneut an sich. »Ich brauche noch eine Minute. Er liebt dich so sehr. Ich bin so glücklich, für ihn, für dich, für uns alle.«

Erneut löste sie sich und ergriff Cates Ringhand. »Ich hatte gehofft, dass er dich mit dem Ring fragt, mit dem sein Vater mir den Antrag gemacht hat. Jetzt, wo er es getan hat, wenn du etwas anderes, etwas Neues möchtest…«

Rasch verschränkte Cate ihre Finger mit Julias. »Meine Familie schätzt und ehrt Vermächtnisse. Und das ist er für mich. Es passiert so viel Hässliches, und ich weiß nicht, ob es jemals aufhört. Aber ich habe diesen Ring, und ich kann ihn ansehen und weiß, was wirklich wichtig ist. Ich bringe Komplikationen mit, und deshalb habe ich versucht, Nein zu sagen – oder es zumindest langsamer anzugehen. Die nächsten Schritte machen mir Angst. Aber ich liebe ihn, und wenn ich den nächsten Schritt nicht mit ihm ginge, säße ich immer noch allein in einem verschlossenen Zimmer.«

»Das Leben bringt immer Komplikationen mit sich, und ich denke, wenn Dillon und du den nächsten Schritt zusammen macht, dann könnt ihr all dem Hässlichen den Stinkefinger zeigen.«

Lachend blickte Cate auf ihre verschränkten Hände. »So habe ich es noch gar nicht gesehen, aber jetzt, wo du es sagst? Ja, genau, so ist es.«

Auf der Fahrt nach *Sullivan's Rest* lächelte sie, als sie daran dachte. Zum Teufel mit all diesem gierigen, sensationslüsternen Blödsinn. Sie würde den nächsten Schritt tun und auch den Schritt danach, ihr Leben leben und sich ein Leben mit Dillon aufbauen. Sie würden sich dieses Leben an einem Ort aufbauen, der für sie beide Zuhause bedeutete, nahe bei der Familie, die ihnen so wichtig war. Sie würde eine Arbeit haben, die sie erfüllte und forderte. Und wenn sie ab und zu einmal eine Kuh melken oder Käse machen wollte, dann würde sie das auch tun.

Der Himmel ist die Grenze, dachte sie. Und die Grenze war genau da, wo man selbst sie zog.

Sie parkte und lief zum Haupthaus, sah aber dann ihren Vater und ihre Großeltern an einem Tisch am Pool sitzen, also ging sie dorthin.

Ihr Vater hob grüßend die Hand und rief: »Wir waren uns nicht sicher, wann du kommen würdest, aber wir haben dir auf jeden Fall schon einmal eine Tasse hingestellt.«

»Hervorragend.« Sie umrundete den Pool und setzte sich an den Tisch. »Ich hätte jetzt gerne einen Kaffee. Aber ihr seid gar nicht in Badekleidung.«

Hugh zog seine Sonnenbrille ein wenig herunter und blickte sie an. »Wir haben beschlossen, dass heute ein freier Tag ist.«

»Gestern war ein freier Tag.« Sie goss Milch in den Kaffee, den ihr Vater ihr eingeschenkt hatte. »Und wisst ihr was? Wir ändern einfach den Plan und machen heute am Spätnachmittag Aqua-Aerobic. Sagen wir, gegen halb fünf. Und danach trinken wir Bellinis. Ich finde, heute ist ein Bellini-Tag.«

»Zu Bellinis kann ich nicht Nein sagen«, begann Lily, entdeckte dann jedoch – wie Cate gehofft hatte – den Ring. »Oh!« Ihre Hand flog zu ihrem Herzen. »Mein Baby!« Weinend und lachend zugleich, sprang sie auf und umarmte Cate.

»Das ist aber eine sehr enthusiastische Reaktion auf Bellinis«, kommentierte Hugh. »Was kriege ich denn, wenn ich noch Kaviar dazu beisteuere?« Er blickte Aidan an. »Sie liebt das Zeug. Weiß der Himmel warum!«

»Männer.« Lily richtete sich auf und wischte sich die Tränen von den Wangen. »Sie merken gar nichts, wenn es ihnen nicht nackt vor der Nase herumtanzt.« Sie ergriff Cates Hand und hielt sie ihnen hin. »Unser Baby ist verlobt!«

Aidan starrte auf den Ring. »Der geht aber ran«, murmelte er. »Ich habe ihm doch erst gestern meinen Segen gegeben.«

»Deinen Segen?«

Er blickte seine Tochter an, seinen Schatz, die wahre Liebe seines Lebens. »Er hat irgendwie darum gebeten.«

»Das zeugt von Respekt.« Hugh wischte sich ebenfalls die Tränen ab und legte seine Hand über die seines Sohnes. »Er ist ein guter Mann, und er ist der richtige Mann. Ansonsten würde ich ihn mit einem Baseballschläger verprügeln. Komm her und küss deinen Großvater.«

Cate trat auf ihn zu und umarmte ihn fest. »Ich hätte nicht Ja gesagt, wenn er kein guter Mann wäre. Er tritt in große Fußstapfen, da ich von lauter guten Männern großgezogen worden bin.« Sie wandte sich an Aidan. »Daddy?«

»Ein Teil von mir möchte am liebsten gar nicht wissen, dass er ein guter Mann ist und der Richtige für dich, dann könnte ich mir den Baseballschläger deines Großvaters ausleihen.« Er stand auf. »Aber so wie es ist...« Er ergriff die Hände seiner Tochter und küsste sie. »Er liebt dich, und Liebe wünsche ich dir vor allem anderen.«

»Zum Teufel mit Kaffee«, sagte Lily, als Aidan Cate in seine Arme zog. »Wir trinken jetzt Mimosas. Ich schreibe Consuela sofort. Oh! Maggie, Julia und ich werden uns voll in die Hochzeitsplanung stürzen!«

Und das taten sie. In den nächsten Tagen konferierten sie ständig miteinander, schickten Sprachnachrichten und E-Mails hin und her, schickten Cate Links zu Hochzeitskleidern, Blumen, Motiven. Sie beschloss, es zu genießen und das Hässliche, was immer noch da war, zu ignorieren.

Wenn sie mit Dillon zu dem kleinen Strand wanderte, zuschaute, wie die Hunde in der Brandung spielten und die Möwen anbellten, hielt sie ihn auf dem Laufenden.

»Ich habe jetzt einen großen weißen Ordner.« Sie breitete die Hände aus, um anzudeuten, wie groß er war. »Lily hat ihn in Kategorien unterteilt, da ich darauf bestanden habe, keinen Hochzeitsplaner einzusetzen. Möglicherweise war das ein Fehler.«

»Ich weiß ja, dass wir nicht einfach abhauen können, aber...«

»Nein, ich werde ihnen nicht das Herz brechen. Und irgendwie macht es mir ja auch Spaß. Es würde mir wirklich gefallen, hier in *Sullivan's Rest* im Garten zu heiraten.«

»Das finde ich auch gut.«

»Gut, wirklich gut, denn das ist ein wichtiger Punkt. Oder zwei. Der Ort und die Jahreszeit. Was sagst du zu Mai? Ich weiß, dann habt ihr immer so viel zu tun.«

»Als Rancher hast du zu jeder Jahreszeit viel zu tun. Bis

Mai kann ich gut warten. Dann haben wir auch mehr Zeit, um dein Ranch-Studio zu bauen.« Er nahm den Ball, den er mitgebracht hatte, und warf ihn für die Hunde, damit sie ihn apportieren konnten.

»Freunde und Familie? Allein die Sullivans sind schon eine ganze Horde. Am besten beschränken wir es wirklich auf Freunde und Familie.«

»Das finde ich absolut in Ordnung. Bei dem Preis, der mich erwartet, würde ich auch eine Hollywood-Produktion durchstehen, aber das gefällt mir besser.«

»Wahrscheinlich – nein, höchstwahrscheinlich«, korrigierte sie, »werden Reporter auftauchen.«

»Das ist mir egal.« Er warf den Ball erneut. »Macht es dir etwas aus?«

»Nicht mehr. Also, hier, im Mai, mit Freunden und Familie. Ich gebe das so an unsere Damen weiter. Ich will allerdings ein fantastisches, wunderschönes weißes Hochzeitskleid.«

»Ich freue mich schon darauf, dich darin zu sehen.« Er ergriff ihre Hand und schwang sie. Dann blieb er stehen. »Warte mal. Bedeutet das etwa, dass ich einen Smoking tragen muss?«

»Ja. Du wirst großartig darin aussehen.«

»Seit dem Abschlussball auf dem College habe ich keinen Smoking mehr getragen.«

»Du hast mir doch erzählt, dass du und Dave Trauzeugen bei Leos Hochzeit wart.«

»Da haben wir Anzüge getragen, keine Smokings.«

»Vergiss es. Wegen dieses Themas reiche ich dich an meine Männer weiter. Dich, Leo und Dave, weil sie deine Trauzeugen sind. Darlie ist meine Trauzeugin, und Brautjungfern brauche ich erst gar nicht. Wenn ich auch noch meine Cousinen ins Spiel bringe, verdoppelt sich die Anzahl der Gäste. Hast du besondere Wünsche wegen Blumen oder Farben?«

»Gibt es Punkteabzug, wenn ich Nein sage?«
»Nein, in diesem Fall bekommst du Punkte gutgeschrieben. Große Entscheidungen wurden getroffen, was unseren Damen gefallen wird. Da das jetzt alles geklärt ist, was hältst du davon, wenn wir mit den Hunden wieder zurückgehen und uns bei einem netten Glas Wein nach draußen setzen, bevor wir ausprobieren, wie es funktioniert, wenn ich selbst Hefeteig und Belag für die Pizza mache?«

»Hast du für den Notfall auch noch tiefgekühlte Pizza?«

»Ich habe immer einen Vorrat.«

Als sie hinaufgingen, rannten ihnen die Hunde bellend voraus.

»Anscheinend hast du einen Gast«, sagte Dillon.

Oben angekommen, sahen sie, wie Michaela, noch in Uniform, sich hinhockte, um die Hunde zu streicheln.

Die Hochstimmung, in die das Gespräch über die Hochzeit sie versetzt hatte, sank in sich zusammen.

»Sie sind nass«, rief Dillon.

»Das stört uns gar nicht, was?« Michaela kraulte die beiden noch ein bisschen, dann richtete sie sich auf. »Es tut mir leid, dass ich euren Abend störe.«

»Das muss es nicht.« Cate wappnete sich, damit sie es auch so meinte. »Wir wollten nur ein Glas Wein hier draußen trinken. Möchten Sie auch eines?«

»Nein, danke, aber ich setze mich gerne zu Ihnen.«

»Ich hole den Wein. Eine Cola?«, fragte Dillon Michaela.

»Ja, das wäre toll, danke.« Sie setzte sich. »Wollen Sie mir nicht mal den Ring zeigen?«

Gehorsam streckte Cate ihre Hand aus. »Das war der Verlobungsring von Dillons Mutter.«

»Ich weiß – das habe ich schon gehört. Damit schließt sich ein schöner Kreis. Der Ring, Sie und Dillon. Ein schönes, fröhliches Ende.«

»Ist es ein Ende?«

Michaela seufzte und lehnte sich auf ihrem Stuhl zurück. »Ich wünschte, ich könnte es Ihnen sagen, und es tut mir wirklich leid, dass ich das an Sie herantragen muss, aber ich habe das Gefühl, dass ich Sie auf dem Laufenden halten sollte.«

»Ja, bitte. Ich weiß es sehr zu schätzen, dass Sie das tun.«

Dillon brachte die Getränke. Dann kramte er ein paar Hundeplätzchen aus der Tasche und verteilte sie. »Dann haben sie was zu tun.«

»Zuerst einmal, von Herzen herzlichen Glückwunsch, meine allerbesten Wünsche und alles Gute.« Michaela hob ihr Glas, dann stellte sie es ab. »Bis jetzt haben die Ermittlungen keine substanziellen Beweise gegen Charlotte Dupont ergeben. Es wird natürlich immer noch danach gesucht, aber Tatsache ist, dass das Motiv fragwürdig ist. Sie hat so lange gewartet, und der Mann war neunzig und bei schlechter Gesundheit. Es gibt keinen Beweis – nicht die leiseste Spur – dafür, dass sie Affären hatte, dass sie sich wegen Geld gestritten oder sich überhaupt gestritten haben. Warum sollte sie ihn töten – und diese Art von öffentlichem Risiko auf sich nehmen –, wenn sie doch einfach nur abzuwarten brauchte?«

»Aber er ist umgebracht worden«, sagte Dillon.

»Ja, er ist umgebracht worden. Sie sind bis jetzt nicht in der Lage, die anderen Morde oder Angriffe mit diesem in Verbindung zu bringen. Aber sie suchen nach Beweisen, das können Sie mir glauben. Die Polizei von L.A., die von San Francisco und unsere Abteilung, alle suchen danach.«

Michaela zögerte. »Ich möchte noch sagen, ich glaube nicht, dass sie sehr klug ist. Gerissen ja, aber klug?«

»Sie glauben nicht, dass sie das alles inszeniert haben könnte?«

Michaela schüttelte den Kopf. »Je genauer ich hingucke,

desto weniger sehe ich, dass sie alle Fäden in der Hand hält. Ich glaube nämlich, dass alle Fälle miteinander verbunden sind. Es gibt noch ein paar andere Gesichtspunkte. Sie haben einen Mann verhört, der sich die Einladung zu der Gala erschlichen hat. Er hat Vorstrafen – Betrug, Geldwäsche –, aber nichts Gewalttätiges. Kennen Sie jemanden namens William Brocker?«
»Nein.«
»Bis jetzt ist auch noch nichts dabei herausgekommen. Die andere ist Millicent Rosebury. Auf diesen Namen ist eine Eintrittskarte gekauft worden, mit einer Kreditkarte, die sich als gefälscht herausgestellt hat. Die Adresse passt nicht. Das Gleiche gilt für den Führerschein. Sie haben eine Gesichtserkennung veranlasst, aber die hat nichts ergeben. Die Kellnerin erinnert sich – vage – an eine Frau in der Nähe des Tischs, die sie nach dem Weg gefragt hat – sie meinte, sie habe wissen wollen, wo ihr Tisch sich befand, es kann aber auch sein, dass sie nach dem Weg zur Toilette gefragt hat. Sie hatten viel zu tun«, fügte Michaela hinzu. »Die Kellnerin konnte sie nur als Frau im mittleren Alter, blond, Brille, weiß beschreiben. Die Überwachungskameras haben eine Frau aufgenommen, auf die diese grundlegende Beschreibung zutrifft. Sie geht gerade mit einer anderen Frau hinaus. Sie hatte Zigaretten und ein Feuerzeug in der Hand. Sie haben sie allerdings nicht beim Zurückkommen aufgenommen. Die Beweislage ist dünn. Dupont macht eine Menge Lärm und erklärt, sie wolle eigene Ermittler engagieren. Ich wünschte, ich hätte etwas Handfesteres für Sie.«
»Ich denke, Sie haben recht. Sie ist nicht klug genug. Und außerdem ist das nicht das Rampenlicht, das sie sich wünscht. Sie hatte doch einen großen Moment – warum sollte sie ihn platzen lassen? Und sie hat ihn mit Sicherheit sehr genossen. Sagen Sie mir aufrichtig. Denken Sie, es ist Sparks?«

»Ja, absolut. Zu einhundert Prozent. Aber wie soll ich es beweisen? Das ist etwas ganz anderes. Was ich sagen will, und ich hoffe, es hilft Ihnen, ist, dass jeder Tod, jeder Angriff sich mit Dupont verbinden lässt. Wenn wir nach einem Muster suchen, ist es eher so, dass es um Dupont geht und nicht um Sie. Selbst die Anrufe, die Sie jetzt mittlerweile seit Jahren schon kriegen. In jedem Anruf war die Stimme Ihrer Mutter in der Aufnahme zumindest einmal zu hören. Es geht um Rache, darum, den Scheinwerfer auf Ihre Mutter zu richten.«

»Das gibt mir tatsächlich ein besseres Gefühl.«

»Wenn ich mehr weiß, gebe ich Ihnen Bescheid. In der Zwischenzeit lasse ich Sie in Ruhe.« Sie stand auf. »Ich freue mich wirklich sehr für Sie beide.«

Als die Hunde sie zu ihrem Auto zurückbegleiteten, ergriff Cate Dillons Hand. »Sie steht auf jeden Fall auf der Liste der wahren Freunde.«

»Definitiv.«

Bei ihrem wöchentlichen Treffen mit Sparks hatte Jessica mit widerstreitenden Gefühlen zu kämpfen. Wie immer berauschte es sie, ihn zu sehen, seine Stimme zu hören, seine Hand zu berühren. Aber die Erregung und Vorfreude bei der Planung von etwas Wichtigem, mit dem sie ihm helfen konnte, waren nicht mehr da. An ihre Stelle waren Wut und Frustration getreten.

»Es ist schon über drei Wochen her.« Sie ballte die Faust, öffnete die Hand wieder, ballte sie erneut. »Sie hält die Polizei zum Narren, Grant. Sie gibt Interviews, plant eine große, aufwändige Trauerfeier, erklärt, sie wolle eigene Ermittler engagieren.«

»Lass sie doch.« Sparks zuckte mit den Schultern.

»Sie wird damit durchkommen! Sie können noch nicht mal zwei und zwei zusammenzählen und sie festnehmen.

Wer sonst hätte denn seinen Tod gewollt, du liebe Güte? Sie müssen sie verhaften.«

Er widerstand der Versuchung, sie daran zu erinnern, dass er selbst den Tod des alten Mannes gewollt hatte, und dass Jessica ihn umgebracht hatte. »Sie hat zu viel Geld, Jess. Ist zu bekannt. Du hast dein Bestes gegeben, um sie bezahlen zu lassen. Und sie hat auch bezahlt. Ein bisschen jedenfalls.«

»Nicht genug, Grant. Nicht genug, nach allem, was sie dir angetan hat. Ich weiß, ich war ganz nahe daran, deine vorzeitige Entlassung zu erreichen. Ich *weiß* es einfach. Und jetzt verhören sie dich wieder. Ich weiß, dass du deshalb nicht mit mir spazieren gehen willst. Es ist nicht richtig.«

»Es dauert nicht mehr lange.« Wenn er ihren Anblick überhaupt noch so lange ertrug. »Am besten warten wir jetzt einfach ab. Du hast dein Bestes getan. Und jetzt warten wir ab.«

»Du bist bestimmt so enttäuscht von mir.«

»Oh nein, Liebling.« Sie machte ihn wirklich krank, aber er ergriff ihre Hände. »Was du für mich getan hast, kann ich dir nie zurückzahlen.«

Sein Glaube an sie, seine Liebe für sie brachten sie beinahe um den Verstand. Sie war so besessen davon, dass sie ihm mehr geben musste. Sie musste ihm zeigen, dass es nichts gab, was sie nicht für ihn tun würde.

Und sie würde alles dafür tun, damit Charlotte Dupont bezahlen musste.

Sie dachte daran, die Schlampe umzubringen. Träumte davon. Sie konnte sich als Zimmermädchen einstellen lassen, um Zutritt zum Haus zu kriegen. Oder sie konnte sich als Journalistin ausgeben. Sie musste einen Weg finden, dicht an sie heranzukommen, um ihr ein Messer durchs Herz zu jagen, eine Kugel in den Kopf zu schießen.

Aber nein, so sehr sie die Idee auch faszinierte, letztendlich würde die Polizei doch weiter Sparks im Verdacht haben, daher musste sie sich etwas einfallen lassen, um diese idiotischen Polizisten direkt zu Dupont zu weisen und Grant komplett herauszuhalten.

Wie sollte sie das anstellen? Gehe zurück auf Anfang. Gehe zurück zu Caitlyn Sullivan.

Es dauerte Wochen, bis sie ihren Plan ausgearbeitet hatte. Nur ihre große Liebe hielt sie davon ab, Grant davon zu erzählen. Sie würde ihn überraschen.

Er würde so stolz auf sie sein!

Sie hatte ihn schon auf die Probe gestellt und die Idee geäußert, Cate eine weitere Aufnahme zu schicken. Aber er war absolut dagegen gewesen. Lass uns abwarten, hatte er wieder gesagt und dabei so müde und traurig ausgesehen.

Wenn sie getan hatte, was getan werden musste, wenn Dupont erst im Gefängnis saß, wo sie hingehörte, dann würde sie ihm alles erzählen.

Und sie würde ihre Anstrengungen verdoppeln, damit er vorzeitig entlassen würde.

Sie kannte das Anwesen der Sullivans ganz gut. Wie dumm von den Reichen und Berühmten, Fotografen in ihre Häuser zu lassen oder zuzulassen, dass Artikel darüber geschrieben wurden. Und sie konnte ausführlich die Luftbildaufnahmen im Internet studieren. Sie wusste von den Sicherheitsmaßnahmen – Tore, Kameras –, sie kannte die Lage des Gästehauses und seine berühmte Glaswand mit Ausblick auf das Meer.

Trotz der Kameras überlegte sie, ob sie sich ein Boot chartern und im Schutz der Dunkelheit versuchen sollte, auf die Halbinsel zu gelangen. Aber sie konnte nicht mit einem Boot umgehen, und sie hätte bestimmt Alarm ausgelöst.

Sie hatte nicht genug Zeit, um zu lernen, wie man mit Alarmsystemen umgeht, so wie sie es in Spielfilmen immer machten. Sie überlegte, ob sie eine Angestellte umbringen und an ihrer Stelle zur Arbeit gehen sollte. Aber die Kameras würden sie sehen, und außerdem kannte sie den Sicherheitscode des Tors nicht.

Sie konnte eine der Angestellten zwingen, sie hineinzubringen. Aber die Kamera würde zwei Personen sehen, es sei denn, sie legte sich auf den Rücksitz und presste die Mündung ihrer Pistole gegen den Fahrersitz.

Aber was sollte sie dann mit dem Fahrer machen? Sie konnte ihn ja weder an Ort und Stelle töten noch konnte sie ihn laufen lassen.

Aber dann, nachdem sie einen Artikel in der *Monterey County Weekly* über das Personal prominenter Einwohner von Big Sur gelesen hatte, wusste sie den Weg. Eine Lynn Arlow – Teilzeit-Hausmädchen in *Sullivan's Rest* – wurde ein paar Mal im Artikel zitiert. Mitten in all dem harmlosen, belanglosen Geschwätz fand Jessica wesentliche Informationen.

Um sich ihr Studium zu verdienen, arbeitete Arlow dreieinhalb Tage die Woche auf dem Anwesen. Der Artikel fügte hilfreich hinzu, dass Arlow mit drei anderen Frauen in Monterey ein Haus gemietet hatte. Jetzt brauchte sie nur noch ein bisschen zu recherchieren, und schon hatte Jessica Arlows Adresse. Es war natürlich riskant, aber Grant war es das Risiko wert.

Jessica übte, recherchierte, studierte, machte Zeitpläne, fuhr hin, um vor Ort die Lage zu beobachten. Sie bedachte jeden Aspekt, der ihr einfiel, und überlegte von Neuem. Als die ersten Anzeichen von Herbst in der Luft lagen, fuhr sie von San Francisco nach Monterey, wo sie in den frühen Morgenstunden ankam.

Sie stellte ihr Auto auf einem öffentlichen Parkplatz ab und ging im Dunkeln die sieben Blocks bis zu dem kleinen

Haus, das Lynn Arlow sich mit ihrer Schwester, einer Cousine und einer Freundin teilte, zu Fuß.

Den Kofferraum des alten Volvos aufzubrechen stellte keine große Herausforderung dar, da sie gewissenhaft geübt hatte. Bewaffnet mit einer kleinen Taschenlampe und einer .32 Smith & Wesson, kletterte sie in den Kofferraum.

Um ihre aufsteigende Panik zu unterdrücken, konzentrierte sie sich auf das Licht des Kofferraumschlosses im Innern. Vor ihrer Recherche hatte sie nicht gewusst, dass es diese Sicherheitsvorrichtung gab – und dass sie seit fast zwei Jahrzehnten zur Standard-Ausrüstung jedes Autos gehörte. Zum Trost legte sie ihre Hand darauf, widerstand aber dem Drang, daran zu zerren. Sie konnte nicht ersticken, rief sie sich ins Gedächtnis. Sie hatte reichlich Luft. Sie hatte dieses schwache Lämpchen und ihre Taschenlampe.

Es stimmte, sie mochte enge, dunkle Räume nicht, aber es war auszuhalten. Sie würde es durchstehen, indem sie an all die Jahre dachte, die Grant im Gefängnis zugebracht hatte wegen Charlotte Dupont.

Sie schloss die Augen und konzentrierte sich auf ihre Atmung. Sie stellte sich vor, mit Grant an einem Strand auf Hawaii spazieren zu gehen, stellte sich vor, wie er sie im Mondschein vor den im Wind schwankenden Palmen in die Arme nahm. Stellte sich vor, wie sie sich endlich zum ersten Mal liebten. Mit einem Lächeln auf den Zügen schlief sie ein.

Sie erwachte mit einem Ruck, als der Wagen über ein Schlagloch fuhr. Voller Panik vergaß sie im Dunkeln, wo sie war, was sie tun wollte, und glaubte einen schrecklichen Moment lang, sie sei in einer Art fahrendem Sarg gefangen.

Dann jedoch fiel ihr alles wieder ein, und sie suchte mit zitternder Hand ihre kleine Taschenlampe. In ihrem Lichtstrahl rang sie keuchend nach Luft und Ruhe. Mit einem Mal stand ihr der ganze Wahnsinn dessen, was sie vorhatte, vor Augen.

Der durchschnittliche, gewöhnliche Regelmensch, zu dem sie erzogen worden war, begehrte auf und hätte am liebsten laut geschrien.

Sie musste hier raus, musste raus und weglaufen, zurück in ihr ruhiges, einsames Leben. Doch die Vorstellung, wieder allein zu sein, wieder ein Nichts zu sein, hielt sie auf, als sie den Kofferraum öffnen wollte.

Sie konnte jetzt nicht mehr zurück, würde nie wieder ein ruhiges, einsames Leben führen können. Sie hatte schon getötet und wusste, wie erregend es sich anfühlte, jemand anderem das Leben zu nehmen. Aus Liebe, aber auch um der Gerechtigkeit willen. Und Charlotte Dupont, die wahre Verbrecherin, hatte immer noch nicht den Preis bezahlt.

Sie musste es zu Ende bringen. Ganz gleich, wie angsteinflößend ihr jetzt alles vorkam, sie würde es zu Ende bringen. Sie schloss die Augen und dachte an Grant.

Als sie sich vorstellte, wie voller Liebe, Stolz und Dankbarkeit er sie ansehen würde, wenn sie ihm alles erzählte, wurde sie ganz ruhig und spürte neue Kraft in sich aufsteigen.

Jessica war jemand, über den eines Tages Bücher geschrieben würden, rief sie sich ins Gedächtnis. Und es war Zeit für das nächste Kapitel.

31

Im Kofferraum schaltete Jessica die Taschenlampe aus, als sie spürte, wie das Auto abbog, am ersten Tor hielt und dann den Hügel hinauffuhr. Sie atmete tief durch, als es wieder langsamer wurde, und sah vor ihrem geistigen Auge das zweite Tor.

Neun Uhr. Sie hatte absichtlich Lynn Arlows halben Tag gewählt. So hatte sie vier Stunden Zeit, zum Cottage zu gehen, Caitlyn zu töten und entsprechende »Beweise« zu hinterlassen. Danach würde sie wieder zum Auto gehen und sich in den Kofferraum legen. Bis jemand die Leiche fand, war sie wieder in Monterey, vielleicht sogar schon auf dem Weg zurück nach San Francisco. Auf dem Weg zurück zu Grant.

Reichlich Zeit. Mehr als genug.

Als der Wagen schließlich anhielt, als sie hörte, wie der Motor abgestellt wurde, die Fahrertür zuschlug, wartete sie.

Eine volle Minute, dann noch eine.

Jetzt, sagte sie sich. *Tu es jetzt.*

Sie packte den Innenhebel und zog daran. Vor Erleichterung trat ihr der Schweiß ins Gesicht, als sie das leise *Plopp* des Kofferraumschlosses hörte. Langsam und vorsichtig hob sie den Deckel ein wenig an. Sie hörte Geräusche – Rasenmäher? Heckenschere? Die Gärtner.

Sie musste ihnen einfach aus dem Weg gehen.

Sie schob den Kofferraumdeckel noch ein wenig weiter auf, sah die Rückseite eines Gebäudes. Eine Garage, dachte sie nach ein paar angstvollen Minuten. Angestrengt lauschte sie auf Stimmen oder Schritte, aber sie hörte nichts außer dem fernen Geräusch des Rasenmähers.

Sie hielt den Atem an und kletterte aus dem Kofferraum, dann ließ sie vorsichtig wieder den Deckel herunter und hockte sich neben den Volvo.

Neben Arlows Auto stand ein weiteres. Sie befand sich auf dem Personalparkplatz, stellte sie fest. Da war auch der Pickup der Gärtner. Da war die Garage, der große Baum.

Natürlich, natürlich, das Personal parkte hinter dem Haus.

Geduckt überquerte sie einen Streifen Rasen, der noch nicht gemäht war. Sie hatte in ihrer Wohnung geübt, sich gebückt schnell zu bewegen, aber in dem Haus waren so viele Fenster, so viel Glas.

Das Herz klopfte ihr bis zum Hals, als sie zu einem Baum rannte, der jetzt im Sommer dicht belaubt war, und sich hinter blühenden Sträuchern versteckte. Sie hatte jedes Foto des Hauses studiert, das sie im Internet gefunden hatte. Ein Meisterwerk der Architektur nannten sie es, mit all seinen Ebenen und Schichten, der berühmten Brücke und der großartigen Aussicht. Aber im wirklichen Leben sah es so viel größer aus, breitete sich in so viele Richtungen aus und war nach allen Seiten verglast. Sie wagte es nicht, eine der Terrassen oder Balkone zu überqueren.

Ihr ging durch den Kopf, dass sie sich besser wie ein Hausmädchen angezogen hätte, statt sich wie ein Einbrecher ganz in Schwarz zu kleiden.

Eine Arbeitshose, ein T-Shirt, eine Kappe, damit sie aussah wie einer der Gärtner, falls jemand zufällig nach draußen blickte.

Als Jessica den Gartenarbeiter auf dem Aufsitzmäher erblickte und einen anderen, der die Rasenkanten schnitt, ließ sie sich fallen. Ihr Herz schlug heftig, als sie hinter den Lilien einen gepflasterten Weg entlangrobbte. Über sich hörte sie, wie sich eine Tür öffnete. Jemand kam singend heraus. Lynn Arlow. Wenn sie herunterblickte, würde sie Jessica entdecken. Aber sie blickte nicht herunter, wässerte nur die Blumentöpfe und Pflanzkübel auf der Terrasse. Dabei sang sie die ganze Zeit. Dann ging sie wieder hinein.

Jessica nahm das als Zeichen und rannte los.

Sie sah die Brücke, aber niemand war darauf. Der Motor des Rasenmähers wurde zum reinen Echo, als sie durch den Obstgarten lief. Orangen, Zitronen und Limonen, leuchtende Farben, starke Düfte. Zwischen den Bäumen ließ sie sich auf die Knie sinken, um zu Atem zu kommen. Sie blickte auf die Uhr. Sie hatte volle zwanzig Minuten gebraucht, um bis hierherzukommen.

Sie musste schneller und mutiger agieren.

Jessica ging zwischen den Bäumen entlang und versuchte sich zu orientieren. Links von ihr stiegen die Hügel an, rechts von ihr lag das Meer. Aber vor dem Cottage war der Pool und weitere offene Flächen.

Wieder hörte sie Stimmen, musste sich langsam und vorsichtig bewegen.

Durch die Bäume sah sie unten den Pool. Das Sonnenlicht glitzerte auf dem Wasser. Und die Leute saßen an einem Tisch, unter einem hellroten Schirm.

Die Sullivans. Der alte Mann, der Vater, die Großmutter. Und Cate. Alle saßen da, in ihren flauschigen weißen Bademänteln, frühstückten, lächelten, lachten, während ihr Grant im Gefängnis litt.

Vielleicht sollten sie alle sterben, überlegte sie. Vielleicht waren sie alle genauso schuldig wie Charlotte Dupont. Sie kam nicht an ihnen vorbei. Nein, einer von ihnen würde sie bestimmt sehen, wenn sie aus dem Schutz der Bäume heraustrat und auf das Cottage zuging. Warum mussten sie auch hier sitzen und gemeinsam den Morgen genießen, mit ihrem Kaffee, den Omeletts und frischem Obst, während Grant in San Quentin Haferpampe zum Frühstück bekam?

Sie malte sich aus, wie sie sie alle erschoss, während sie dasaßen, und stellte fest, dass sich ihr bei dem Gedanken noch nicht einmal der Magen umdrehte. Überhaupt nicht. Im Gegenteil, sie fand die Vorstellung, die Bilder, die ihr dabei vor Augen standen, ungeheuer befriedigend.

Aber es würde Grant nicht helfen.

Sie setzte sich unter die Bäume und wartete.

»Zwei Uhr.« Lily zeigte mit ihrer Gabel auf Cate. »Dann hast du noch reichlich Zeit, um zu arbeiten, bevor du dich mit mir abgibst.«

»Wer gibt sich hier mit wem ab?«, entgegnete Cate. »Du bist doch diejenige, die Entwürfe für Hochzeitskleider in Auftrag gegeben hat.«

»Und ich kann es nicht abwarten, sie mir mit dir zusammen anzuschauen. Du hast mir ja schon ganz gut beschrieben, was du ungefähr haben willst, aber die Skizzen können dir das wichtigste Kleid deines Lebens noch einmal ganz anders vermitteln.«

Lily blickte die beiden Männer an. »Ihr braucht nicht dabei zu sein.«

»Gut.« Hugh ergriff die Kaffeekanne und schenkte sich unter Lilys warnendem Blick noch eine halbe Tasse Kaffee ein. »Ich habe ein Drehbuch, das du mal lesen solltest, Aidan.«

Cate legte die Hand hinters Ohr. »Höre ich da schon wieder das Geräusch des einstürzenden Ruhestands?«

»Könnte sein. Ein Mann lebt nicht allein von Aqua-Aerobic. Gott sei Dank.«

Er hielt auch Cate die Kaffeekanne hin, aber sie schüttelte den Kopf. »Für mich nicht mehr, danke. Ich muss heute früh noch Werbeaufnahmen machen und einen Videospiel-Charakter studieren, bevor ich mit Hochzeitskleid-Entwürfen herumspielen kann.«

»Was hältst du von Essen heute Abend auf der Terrasse?« Sie lächelte Hugh an, als sie aufstand. »Ich würde sagen, ich bin dabei. Ich gebe Dillon Bescheid.« Sie trat um den Tisch herum und umarmte Aidan von hinten. »Schließlich bleiben mir nur noch wenige Tage, bevor mein Dad wieder weg ist.«

»Aber nicht weit weg. Und auch nicht für lange.«

»Zwei Uhr«, erinnerte Lily sie.

Cate hob zwei Finger und lief zu ihrem Cottage.

»Es ist so schön, unser Mädchen glücklich zu sehen,« Hugh lehnte sich seufzend zurück. »Durch und durch glücklich.«

»Ja, das ist sie.« Aidan blickte ihr nach. »Ich werde noch glücklicher sein, wenn diese Ermittlungen endlich abgeschlossen sind. Ich habe mir extra Zeit genommen, um noch ein bisschen länger hierbleiben zu können. Ich kann meine Abreise noch einmal verschieben.«

»In der einen Minute rede ich mir ein, dass Conrad Busters Tod nichts mit Cate, mit uns zu tun hat.« Hugh schob seine Kaffeetasse beiseite. »Aber in der nächsten bin ich wieder überzeugt, dass es auf jeden Fall was mit ihr zu tun hat.«

»Sie ist eine kluge, vernünftige Frau.« Lily legte ihre Hand über Hughs. »Wir sind kluge, vernünftige Leute. Wir tun das, was wir immer tun, und passen aufeinander auf.«

»Ich will uns nicht die Stimmung verderben.« Auch Aidan schob seine Tasse weg. »Wir sollten nur über die Hochzeit und über Drehbücher reden. Worum geht es denn in dem, was du vorliegen hast?«

Bereitwillig ergriff Hugh erneut seine Kaffeetasse. »Das kann ich dir gern erzählen.«

Sie blieben noch etwa eine halbe Stunde sitzen, bevor sie zum Haus zurückschlenderten.

Und dann stand nichts und niemand mehr zwischen Jessica und dem Cottage. Erregung stieg in ihr auf, als sie die Fläche überquerte – aber sie blieb vorsichtig. Sie musste die Seite meiden, die mit der eindrucksvollen Glaswand zum Meer hinausging, und direkt zur Haustür gehen. Falls nicht jemand hoch oben im Haupthaus zufällig gerade im richtigen Moment in die richtige Richtung blickte, hatte sie es geschafft.

Sie blickte noch einmal über die Schulter, dann ging sie zur Haustür. Dort nahm sie die Pistole heraus und drehte den Türknopf.

Wie schön, dass sie nicht abgeschlossen hat, dachte Jessica. Aber warum auch? Ein gesichertes Anwesen, Überwachungskameras, überall Personal. Sie holte tief Luft und trat ein.

Obwohl sie davon wusste, überwältigte sie der Blick auf den Pazifik, der förmlich durch die Glaswand zu kommen schien. Sie wartete, bis sich ihr Pulsschlag wieder beruhigt hatte, dann durchquerte sie den leeren Wohnraum, die offene Küche, wobei sie versuchte, sich so zu bewegen, wie sie es in den Filmen machten: kompetent, aber vorsichtig, nach allen Seiten aufmerksam.

Sie blickte zur Treppe, hörte aber nichts. Absolut nichts als nur das Geräusch der Brandung.

Dann sah sie die geschlossene Tür mit dem Schild, auf dem stand: ›ACHTUNG AUFNAHME!‹ Sie ging darauf zu, wobei sie die Treppe im Auge behielt, für den Fall, dass doch jemand oben war. Im Gegensatz zur Haustür war diese Tür verschlossen. Frustriert trat Jessica einen Schritt zurück. Sie überlegte, ob sie das Schloss zerschießen sollte – das machten sie in den Filmen auch immer so.

Aber sie war sich nicht sicher, ob es funktionieren würde,

und wenn nicht, dann hatte Cate vielleicht noch genug Zeit, um nach Hilfe zu rufen.

Zitternd schaute sie auf die Uhr. Sie war schon viel länger als eine Stunde auf dem Anwesen, und wahrscheinlich brauchte sie genauso lange, um zum Auto zurückzukommen. Das bedeutete, sie hatte immer noch mehr als genug Zeit, um ihren Plan durchzuführen.

Wieder wartete sie, während sie sich im Cottage umschaute, um zu entscheiden, wie sie Caitlyn Sullivans letzte Szene inszenieren sollte.

Cate machte zwei Dreißig-Sekunden-Spots fertig und bearbeitete sie.

Eine produktive Stunde, dachte sie, als sie die Werbespots verschickte. Die Arbeit am Videospiel würde ihr bestimmt Spaß machen, und sie fand, sie hatte die Stimme der Figur schon gut erfasst. Aber sie wollte den Text noch einmal durchlesen und noch einmal proben. Eine halbe Cola konnte da nicht schaden, um vorher noch ein bisschen Energie zu tanken.

Sie schloss die Studiotür auf.

Sie sah weder die Frau noch die Waffe, bis sie zwei Schritte aus dem Studio herausgetreten war.

»Bleiben Sie genau dort stehen.«

Instinktiv hob Cate die Hände.

»Gehen Sie mitten in den Raum. Langsam.«

Zwei Schritte zurück, dachte Cate. Konnte sie es schaffen? Und dann? Sie hatte kein Telefon im Studio. Aus dem Fenster? Vielleicht, vielleicht.

»Ich kann Sie auch dort erschießen, wo Sie jetzt stehen, ich möchte es nur nicht.«

Die Stimme bebte, aber Cate konnte noch nicht sagen, ob aus Nervosität oder aus Erregung.

»Wer sind Sie?«

»Ich bin Grant Sparks' Verlobte, und ich bin hier, um es der Frau heimzuzahlen, die sein Leben ruiniert hat.«

Nervosität, dachte Cate. Und Stolz. »Das bin aber nicht ich. Ich war erst zehn, als er mich gekidnappt hat.«

»Nicht Sie. Sie sind dieselbe wie damals. *Nützlich.* Ich werde Sie töten, und man wird Charlotte Dupont die Schuld geben. Sie wird endlich bezahlen. Und jetzt kommen Sie hierher.«

»Sie wollen, dass Charlotte bezahlt?« Cate lächelte. Eine Sullivan wusste, wie man einen Dialog führte, auch aus dem Stegreif. »Ich auch. Die Schlampe hat mich entführen lassen, mich, ihre eigene Tochter! Sie hat mich mein ganzes Leben lang benutzt. Wie zum Teufel soll sie denn dafür bezahlen, wenn ich getötet werde? Ich bin ihr doch immer schon völlig egal gewesen.«

»Die Polizei wird annehmen, dass sie es war.«

»Wirklich?« Verächtlich rollte Cate mit den Augen. »Sie sollen denken, Charlotte Dupont war clever genug, um die Sicherheitsmaßnahmen zu überwinden, hier hereinzukommen und mich zu erschießen? Warum zum Teufel sollten sie das denn annehmen? Wenn Sie das tun, werden sie sich sofort wieder auf Sparks stürzen.«

»Nein, das werden sie nicht.«

»Natürlich. Sie hat die besten Anwälte, die man mit Geld kaufen kann. Sie hat jahrelang herumgeheult, wie gerne sie wieder meine Mommy sein möchte. Und Sie wollen ihr einen Vorwand liefern, damit sie ihre tote Tochter betrauern kann? Die Schuld wird man Sparks zuschieben.«

»Nein, das wird nicht so sein.«

Aber dieses Mal hörte Cate schon den Zweifel heraus. *Nimm den Löffel,* dachte sie, *und hol die Nägel aus den Fensterschlössern. Tu die richtigen Schritte.*

»Wenn Sie tot sind, werde ich Duponts Namen mit Ihrem Blut auf den Fußboden schreiben.«
»Bitte, das ist einfach nur jämmerlich. Das wird nie funktionieren. Aber wissen Sie, was funktioniert? Eine lebende Zeugin.« Sie zeigte mit einem Finger ihrer erhobenen Hand auf sich. »Ich werde der Polizei sagen, dass ein Mann hier eingebrochen ist, versucht hat, mich zu töten und mir erzählt hat, Charlotte habe ihn engagiert. Ich, die arme, unschuldige Tochter dieser manipulativen Schlampe. Gott, warum bin ich darauf nicht schon früher gekommen? Wir können sie ruinieren. Endlich.«
»Sie müssen hierherkommen.«
»Sie müssen mir zuhören.« Es war riskant, sehr riskant, so viel Autorität und Wut in ihre Stimme zu legen, aber um zu überleben, musste sie die Oberhand behalten.
Mach ein Seil aus der Bettwäsche.
»Wenn das funktionieren soll, brauchen Sie mich lebend. Oh, nehmen Sie die Pistole herunter. Ein Profi würde mich nicht erschießen.« Cate wedelte mit der Hand in Richtung Pistole. »Es könnte ja jemand hören. Vielleicht könnten Sie mich schlagen, ein paar blaue Flecken hinterlassen. Oder... Wir könnten erreichen, dass es wie ein Unfall aussieht. Ich meine, dass der Auftragskiller es aussehen lässt wie einen Unfall? So würde sie es nämlich haben wollen. Aber ich komme davon, und er muss weglaufen, und er hat mir gesagt, dass sie ihn beauftragt hat.«
»Warum sollten Sie das tun?«
»Warum?« Blanker Hass verzerrte Cates Züge.
Klettre herunter, klettre herunter. Raus aus dem verschlossenen Zimmer.
»Ich war *zehn*. Und was hat sie getan, nachdem sie wieder draußen war? Nachdem sie weniger Jahre im Gefängnis verbracht hat, als ich alt war, als sie mich hat betäuben

und in diesem Zimmer einsperren lassen? Immer wieder hat sie mich benutzt. Sie hat mich so terrorisiert, dass ich meine Karriere aufgeben musste. Bezahlt sie dafür? Nein, niemals. Stattdessen heiratet sie einen der reichsten Männer…« Es fiel ihr schwer, Bewunderung zu zeigen, während ihr Herz raste. »Waren Sie das? Heilige Scheiße, haben Sie ihn vergiftet, um ihr die Schuld in die Schuhe zu schieben?«

»Es hätte eigentlich funktionieren müssen!«

»Oh ja, aber sie kommt immer davon. Wie eine Schlange. Um so etwas zu tun, brauchte man bestimmt Mut. Sie müssen ihn wirklich lieben.«

»Ich würde alles für Grant tun. Er ist der Einzige, der mich je geliebt hat. Der Einzige, der mich jemals *gesehen* hat.«

»Ich weiß, wie sich das anfühlt. Sie hat ihn benutzt, genau wie sie mich benutzt hat. Er war bestimmt enttäuscht, weil der Mord an Buster nicht ihr zugeschrieben wurde.«

»Ja, aber er hat es tapfer akzeptiert.«

»Hat er Ihnen gesagt, Sie sollen hierherkommen und mich erschießen?«

»Ich tue es für ihn. Er weiß nichts davon. Ich kann es nicht ertragen, ihn so erschöpft und ausgelaugt zu sehen. Wir waren uns so sicher, dass sie dafür bezahlen würde. Aber nichts hat funktioniert.«

Zeit, um in den Wald zu rennen.

»Weil kein Zeuge da war, um es ihr anzuhängen. Mir würden sie glauben. Warum auch nicht? Sie würden mir glauben, und die Dupont würde endlich bekommen, was sie verdient hat. Und jetzt horen Sie auf, mit der Pistole auf mich zu zielen, damit wir uns überlegen können, wie es am besten funktioniert. Ich hätte gern was zu trinken. Sie auch?«

Jessica senkte die Pistole. »Ich könnte Sie nur verwunden.«

»Einen Schlag würde ich hinnehmen, aber eine Schusswunde möchte ich lieber doch nicht haben.«

Renn weiter, renn weiter, bis du das Licht siehst.

»Lassen Sie mich mal...«

Durch die Glaswand sah sie die Hunde und Dillon mit einem Marktkorb. Ihr Herz setzte einen Schlag aus.

»Warten Sie! Ich hab's!« Rasch und entschlossen, ging sie nach rechts, damit Jessica der Glaswand den Rücken zuwandte. »Einfach, das ist am besten. Einfach und geradeheraus. Ich muss gar nicht wissen, wie er hinein- oder herausgekommen ist. Ich bin hysterisch. Ich sage, er hat versucht, mich die Treppe hinunterzustoßen, damit es so aussieht, als ob ich gestürzt sei. Er hat eine Maske getragen, damit ich sein Gesicht nicht sehe.«

Sie konnte jetzt nicht mehr rennen, weil das Licht auf sie zukam. Also musste sie das Steuer herumreißen.

»Oh, eine Clownsmaske, wie die, die dieser Bastard Denby getragen hat. Sie wissen schon, ich glaube, er hat mit meiner Mutter zusammengearbeitet, um Sparks hereinzulegen.«

»Ja, das stimmt!« Tränen der Dankbarkeit traten Jessica in die Augen. »Grant hat mir alles erzählt. Er hat einen schrecklichen Fehler gemacht, aber...«

»Ja«, sagte Cate, als die Tür aufging.

Sie sprang auf Jessica zu, als die Hunde hereinrannten und Jessica sich zu dem Geräusch und der Bewegung umdrehte.

Hektisch packte Cate Jessicas Hand und zerrte sie hoch. Ein Schuss löste sich und die Kugel schlug in die Decke ein, als Jessica sich wehrte.

Es gelang ihr, Cate einen Schlag zu versetzen, aber Cate hielt ihr Handgelenk eisern umklammert.

Ihre Hände, das Handgelenk, alles war so glitschig. Sie glaubte zu fallen, zu fallen, zu fallen und packte noch fester zu.

Und dann stieß sie den besten all ihrer markerschütternden Schreie aus.

Eine Hand, hart und stark, schloss sich um ihre und riss Jessica die Pistole aus der Hand.

Cate sackte in sich zusammen, Jessica war über ihr, heulend und mit den Armen rudernd, und dann schrie sie nur noch, als die Hunde knurrend nach ihr schnappten. Cate versuchte ebenfalls, ihr einen Schlag zu versetzen, und fühlte, wie ihre Knöchel brannten, als es ihr gelang.

Sie holte tief Luft und stieß einen Schwall von Flüchen in jeder Sprache aus, die sie kannte. Als sie den Arm zurückschwang, um erneut auf Jessica einzuschlagen, schlug sie in die Luft, weil Dillon Jessica hochgezerrt hatte.

Er pflanzte sie auf einen Stuhl. »Bewegen Sie sich nicht. Passt auf!«, befahl er den Hunden, die grollend vor ihr saßen, während Jessica weinte.

»Bist du verletzt, Cate?«

»Nein. Nein.«

»Du musst Michaela jetzt anrufen«, sagte er zu ihr, ohne Jessica aus den Augen zu lassen. »Schaffst du das?«

»Ja.«

»Es ist nicht fair«, stieß Jessica hervor, die Hände vors Gesicht geschlagen. »Sie muss bezahlen.«

»Sie meint nicht mich«, sagte Cate, als sie ihr Handy von der Küchentheke nahm. »Sie meint meine Mutter.«

»Mir ist egal, wen sie meint. Lady, Sie haben meiner Frau einen Bluterguss im Gesicht verpasst, und ich habe etwa ein Dutzend Eier in diesem Korb zerbrochen. Ich habe noch nie in meinem Leben eine Frau geschlagen, aber wenn Sie jetzt nicht den Mund halten, dann werden Sie die Erste sein.«

Jessica ignorierte ihn und wütete gegen Cate. »Ich hätte Sie erschießen sollen! Ich hätte Ihnen niemals zuhören dürfen! Sie sind eine Lügnerin!«

»Nein!« Cate lächelte sie an. »Ich bin Schauspielerin.«

Statt sich am Nachmittag Hochzeitskleider anzusehen, saß Cate Hand in Hand mit Dillon in dem großen Wohnraum des Hauses, das ihre Urgroßeltern gebaut hatten.

Ihr Vater ging auf und ab. Cate war sich nicht sicher, ob sie hätte sitzen bleiben können, wenn Dillon nicht ihre Hand gehalten hätte. Er war wie ein Anker und bot ihr einen sicheren Hafen.

Julia und Maggie saßen zusammen auf einem der kleinen Sofas. Hugh saß in Rosemarys Lieblingssessel, Lily im Sessel neben ihm.

Consuela, die Augen rotgerändert vom vielen Weinen, kam mit einem frischen Eisbeutel ins Zimmer. »Leg dir den jetzt aufs Gesicht.«

Cate gehorchte. Nur ein Bluterguss, dachte sie, noch nicht einmal besonders groß. Aber sie hörte immer noch diesen einzelnen Schuss. Sie konnte sich immer noch nicht vorstellen, wie viel schlimmer es hätte enden können.

Als ob sie dasselbe gedacht hätte, sagte Lily: »Mir ist egal, wie früh am Tag es noch ist. Ich hätte gerne einen Martini. Sonst noch jemand?«

Maggie hob die Hand.

»Ich mache euch einen.« Hugh stand auf und trat an die Bar auf der anderen Seite des Raums. »Du glaubst, du schaffst einen Ort, der sicher ist«, sagte er leise. »Und dafür tust du alles, was in deiner Macht steht.«

Cate stand auf und trat zu ihm. »Sie muss verrückt sein, Grandpa. Und es war das reine Glück, dass sie heute so weit gekommen ist. Aber es geht mir gut. Dillon geht es gut. Und Michaela hat sie festgenommen. Michaela und Red.«

»Du hast klug und mutig reagiert. Aber das warst du immer schon.«

Cate blickte zu Julia. »Ich hatte Angst. Sie hatte auch Angst, und sie war dumm. Das hat mir geholfen.«

Julia schüttelte den Kopf. »Klug und mutig, das seid ihr beide, du und Dillon. Damals und heute.«

»Ja, das stimmt, aber damit, dass sie dumm ist, hat Cate recht«, zischte Maggie. »Ich kann es nicht fassen, dass die Frau tatsächlich Anwältin und so stockdumm ist. Und dann auch noch diesen Schwachsinn zu reden – so hast du es genannt, Dillon –, noch bevor Michaela ihr Handschellen angelegt hat.«

»Sie hat bittere Tränen vergossen, weil Cate sie hereingelegt hat.«

»Bitte.« Um den anderen ein Lächeln zu entlocken, setzte Cate eine hochmütige Miene auf. »Als Schauspieler legst du ständig Leute herein.«

»Du konntest schon immer gut spielen.«

Da Cate die Anspannung in der Stimme ihres Vaters hörte, trat sie zu ihm und umarmte ihn. »Das habe ich geerbt.«

Als sie, wenn auch nur ganz leicht, beim Klopfen an der Tür zusammenzuckte, zog Aidan sie fester in die Arme.

Sie entspannten sich beide, als Red und Michaela hereinkamen. »Mixen Sie gerade Drinks, Hugh? Als pensionierter Beamter und Berater darf ich auch einen trinken. Ich hätte schrecklich gerne einen. Mic bleibt bei Kaffee.« Er legte Cate die Hände auf die Schultern und küsste den blauen Fleck auf ihrer Wange. »Das ist schade, weil gerade Mic einen Drink verdient hätte. Sie ist schon dabei, dieses Chaos endgültig aufzulösen. Ich wusste immer schon, dass sie Potenzial hat.«

»Ich bringe frischen Kaffee. Möchte mein Baby eine Cola?«

Cate setzte sich wieder neben Dillon. »Das wäre großartig.«

»Schenk Consuela ein Glas Rotwein ein, Hugh.«

»Miss Lily, ich bin bei der Arbeit.«

»Sie können den frisch aufgesetzten Kaffee bringen und

eine Cola für Cate, und dann machen Sie hier, bei Ihrer Familie, eine Pause.«

Michaela setzte sich. »Ihre Gärtner haben wir gehen lassen, und ein Deputy fährt Lynn Arlow nach Hause. Ihr Auto müssen wir untersuchen lassen. Jessica Rowe hat das Kofferraumschloss geknackt und sich im Kofferraum versteckt, um so auf das Anwesen zu kommen. Es gibt nicht den geringsten Beweis, dass Ms Arlow mit ihr zusammengearbeitet hat.«

»Sie hat sich selbst im Kofferraum eines Autos eingeschlossen?«

Michaela nickte Maggie zu. »Ja, und sie hat einen Großteil der Nacht darin verbracht. Auf dieselbe Art und Weise wollte sie vom Grundstück wieder herunterkommen. Sie hat bestätigt, was Sie mir erzählt haben, Cate. Sie wollte Sie erschießen, dann den Namen Ihrer Mutter auf den Fußboden schreiben, wobei sie sich gedacht hat, dass wir Dupont sofort festnehmen und sie ins Gefängnis werfen.«

»Verrückt und dumm«, sagte Maggie.

»Beinahe hätte es funktioniert.« Julia verschränkte die Hände.

»Ich glaube nicht. Sie hatte es vor«, sagte Cate, »aber ihre Stimme zitterte. Und auch ihre Hand war nicht ruhig. Und sie ist ... beeinflussbar.«

»Auf jeden Fall ist sie mutig genug, um einen alten Mann in einem Ballsaal voller Leute zu vergiften.« Red nahm den Whisky entgegen, den Hugh ihm reichte. »Aber so kühn das auch war, es ist etwas anderes, jemandem in die Augen zu blicken und auf den Abzug zu drücken.«

»Und alles nur, um meine Mutter zu beschuldigen.«

Michaela wartete, während Consuela den Kaffee hereinbrachte, eine Cola für Cate und eine für Dillon.

»Sparks überzeugte sie, dass Charlotte Dupont hinter all dem gesteckt hatte und er nur auf sie hereingefallen war. Er überzeugte sie auch davon, dass er sie liebte und dass Dupont der Feind war. Sie half ihm dabei, den Mord an Denby zu arrangieren und bezahlte den Killer. Bei Scarpetti lief es genauso ab. Ihrer Meinung nach hat sie dadurch alles ausgeglichen. Sie glaubt nicht, dass er sich selbst die Stichverletzung zugefügt hat, und ich denke, er hat es ihr auch nicht erzählt. Sie ist überzeugt, dass Charlotte versucht hat, ihn umbringen zu lassen.«

»Wie Mic schon sagte, half sie bei Denby und Scarpetti«, warf Red ein.»Und sie hat auch bei mir nachgeholfen. Die letzten Anrufe, diese Aufnahmen, hat sie ebenfalls für ihn gemacht.«

»Weil sie es für Liebe gehalten hat«, murmelte Cate.»So sehr unterscheidet sie sich gar nicht von meiner Mutter.«

»Sie hat eine wesentlich längere Haftstrafe zu erwarten als Dupont.« Red trank einen Schluck Whisky.»Beihilfe zum Mord, in doppelter Hinsicht, Mord, versuchter Mord. Einbruch mit Tötungsabsicht heute. Sie ist fertig. Wieder eine mehr, die Sparks auf dem Gewissen hat.«

»Er selbst wird auch noch lange sitzen«, fügte Michaela hinzu.»Lebenslänglich. Mein… Berater und ich freuen uns schon darauf, ihm einen Besuch abzustatten.«

»Darauf kannst du wetten!«

»Wir verdanken Ihnen so viel!«

Red stach mit dem Finger in Hughs Richtung.»Überhaupt gar nichts. Die Kinder hier haben ja das meiste selbst erledigt. Ich habe so ein Gefühl, dass Sparks sehr sauer darüber sein wird, dass seine Anwältin auf eigene Faust losgezogen ist.« Er trank den Rest des Whiskys aus.»Bist du bereit, es herauszufinden?«

»Mehr als bereit.«

»Wenn Sie bis halb acht fertig sind, kommen Sie zum Abendessen. Ihre Familie auch, Michaela.« Lily trat zu ihr und ergriff ihre Hände. »Alle, heute Abend zum Essen in *Sullivan's Rest*. Gott segne Sie, Consuela, ich helfe Ihnen beim Kochen.«

»Oh nein, Miss Lily. *Por favor.*«

»Dann machen wir uns besser mal auf den Weg. Wer fährt, Mic?«

»Ich bin der Sheriff.«

Cate stand auf. »Ich möchte ein bisschen an die frische Luft, etwas spazieren gehen. Ich helfe Lily später, Consuela, wenn sie dir hilft.«

»*Muy bien.*«

»Ja, lass uns ein bisschen spazieren gehen.« Dillon erhob sich ebenfalls. »Ich komme gleich nach Hause, um die restlichen Arbeiten zu erledigen.«

»Nein. Du bleibst hier.« Julia trat zu ihm und umarmte ihn. »Oma und ich machen das schon. Zum Abendessen sind wir wieder hier.«

»Danke.«

Maggie schnipste mit den Fingern nach den Hunden, die erwartungsvoll auf sie zuliefen. »Kommt nach Hause. Ihr könnt ein paar Rinder treiben.«

»Na los, geh spazieren.« Aidan blickte Dillon an. »Du bist in guten Händen.«

Er ging mit Cate hinaus, auf den Strand zu, da er genau wusste, was sie wollte.

»Hier ist etwas, das ich immer sehen werde und das mir immer ein Gefühl der Sicherheit geben wird«, sagte sie.

»Was ist das?«

»Du, wie du die Pistole der Frau in der einen Hand hältst, während du mich mit der anderen von ihr wegziehst. Du hast sie mit einer Hand überwältigt, auf einen Stuhl gedrückt und den Hunden befohlen, sie zu bewachen. Bis zu dem Moment war alles, was ich tat, adrenalingesteuert. Mein Herz hat gehämmert, der Schweiß ist mir über den Rücken gelaufen. Dann hast du das getan, und alles wurde auf einmal ganz ruhig.«

»Für dich vielleicht.« Er küsste sie auf die Schläfe. »Ich habe eine Scheißangst gehabt.«

»Ich weiß. Ich habe es gehört. Du hattest Angst um mich, aber du hast es dir vor ihr nicht anmerken lassen. Ich bin froh, dass du das nicht getan hast. Ich habe es ja auch nicht getan. Sie sollen beide im Gefängnis sitzen und wissen, dass wir keine Angst mehr vor ihnen haben.« Sie zog seine Hand an ihre Wange und drückte ihre Lippen in seine Handfläche.

»Dieser Teil ist vorbei. Aber du musst wissen, dass meine Mutter das Ganze voll auskosten wird. Sparks und Rowe haben ihr ein großes Geschenk gemacht. Die Publicity wird gewaltig sein.«

»Das ist mir völlig egal.« Er blieb an der Treppe zum Strand stehen und drehte sich zu ihr um. »Und dir?«

Sie musterte sein Gesicht und lauschte seiner Stimme nach.

»Ist es dir wirklich egal?«

»Das Einzige, was mir nicht egal ist, bist du, ist unsere Familie, sind die Hunde und die Ranch. Viele Dinge bedeuten mir etwas. Aber diese Sache steht noch nicht einmal ganz unten auf der Liste.«

»Dann ist es mir auch egal. Es ist mir wirklich völlig gleichgültig. Wie wäre es, wenn du mich heiratest?«

»Wie wäre es, wenn ich es tatsächlich tue?«

Erneut ergriff sie seine Hand, und sie gingen zusammen die Stufen hinunter, über den Sand, zum Meer.